HEINRICH KRAFT

DIE ENTSTEHUNG DES CHRISTENTUMS

HEINRICH KRAFT

DIE ENTSTEHUNG DES CHRISTENTUMS

WISSENSCHAFTLICHE BUCHGESELLSCHAFT
DARMSTADT

1. Auflage 1981.
2., unveränderte Auflage 1986.

CIP-Titelaufnahme der Deutschen Bibliothek

Kraft, Heinrich:
Die Entstehung des Christentums / Heinrich Kraft. –
3., unveränd. Aufl. – Darmstadt: Wiss. Buchges., 1990
ISBN 3-534-07507-2

Bestellnummer 07507-2

3., unveränderte Auflage 1990

Gedruckt auf säurefreiem und alterungsbeständigem Offsetpapier
Satz: Roddert Fotosatz, Mainz
Druck und Einband: Wissenschaftliche Buchgesellschaft, Darmstadt
Printed in Germany
Schrift: Compugraphic Garamond, 9/11

ISBN 3-534-07507-2

INHALT

Erstes Kapitel

JOHANNES DER TÄUFER

1. Historische und religionsgeschichtliche Voraussetzungen

Die Evangelien beginnen — sehen wir von den Kindheitsgeschichten ab — ihren Bericht mit dem Auftreten des Täufers, und Markus sagt dazu ausdrücklich, das Auftreten des Täufers sei der Anfang des Evangeliums gewesen. Dies war auch die Meinung des Johannesevangelisten (1, 6.19ff.). Das heißt, daß die ganze ursprüngliche Überlieferung über die Geschichte Jesu mit dem Bericht vom Auftreten des Täufers einsetzt. Uns scheint es, als sei dieser Anfang sachlich geboten gewesen. Denn die Geschichte Jesu beginnt für die den Evangelien vorausgehende Überlieferung mit seiner Taufe durch Johannes, und so stellt sich der Bericht vom Auftreten des Täufers als eine Art Einleitung zu den Nachrichten über die Taufe Jesu dar. Jedoch die Nachricht hat für die Evangelien größeres Gewicht. Nach den Evangelien ist nicht die Taufe Jesu, sondern das Auftreten des Täufers der Anfang des Evangeliums. Der Täufer hat für die Heilsgeschichte eine selbständige Bedeutung, die sich nicht darin erschöpft, daß er der Täufer Jesu war; vielmehr beginnt das Evangelium mit seinem Auftreten.

Dieses Verständnis der Heilsgeschichte stellte den frühen Deutungen der Gestalt Jesu Probleme, die sich nicht erst bei den Evangelisten, sondern schon in der Logienquelle zeigen. Es gefährdete die Einzigartigkeit Jesu; die Gleichstellung Jesu und des Täufers ließ sich daraus folgern. Auch die Taufe Jesu durch Johannes ließ sich ebenso verstehen. Weitere Probleme stellten sich, sobald die Taufe als Reinigungsritus verstanden wurde; bei Matthäus (3, 14f.) braucht der Täufer einen ausdrücklichen Befehl des Herrn, bevor er den Vollzug der Taufe wagt, und Johannes unterdrückt die Nachricht von der Taufe und läßt sie hinter dem Zeugnis des Täufers für Jesus (1, 29—34) verschwinden. Anscheinend haben besonders die Jünger des Täufers in diesem Zusammenhang die Rangordnung der beiden Gestalten erörtert und die Vorordnung des Täufers behauptet (Joh 3, 23—26). Der Fluß der Überlieferung angesichts dieser Probleme zeigt sich daran, daß die Logienquelle neben Herrenworten, die die Gleichrangigkeit Jesu und des Täufers andeuten (Mt 11, 16—19; Lk 7, 31—35) und den Täufer in das Evangelium hineinnehmen („mehr als ein Prophet“ Mt 11, 9; Lk 7, 26), auch Herrenworte überliefert, in denen der Täufer deutlich zurückgesetzt und dem Alten

Testament zugewiesen wird — das Gottesreich beginnt erst mit Jesus (Mt 11, 11—15; Lk 7, 28 u. 16, 16).

So wird in den Evangelien der Täufer zum Vorläufer Jesu, und sein zeitliches Vorangehen bedeutet nicht Vorrangigkeit, sondern Vorläufigkeit. Diese Deutung des Täufers war möglich, weil im Alten Testament ein Vorläufer Gottes geweissagt war, ein endzeitlicher Prophet, dessen Auftreten den Anfang der Endzeit anzeigen und das Kommen Gottes ankündigen und vorbereiten sollte. Die Erfüllung solcher Weissagungen, von denen Markus (1, 2f.) drei zitiert, ist der Anfang des Evangeliums. Da man diesen Vorläufer Gottes, da er geweissagt war, auch erwartete, stellt sich nun die Frage, wieweit der Täufer selber in seinem Auftreten durch die Erwartung eines endzeitlichen Propheten und Vorläufer Gottes bestimmt war. Aus dieser Perspektive, d.h. unabhängig vom Auftreten Jesu, sind die Nachrichten über ihn zu betrachten.

Nur selten geben uns außerbiblische Quellen Gelegenheit, unser Wissen über die Gestalten des Neuen Testaments zu kontrollieren. Bei dem Täufer liegt dieser Fall vor. Der jüdische Historiker Josephus erwähnt in seinem Buch über die jüdischen Altertümer den Zusammenstoß zwischen dem Tetrarchen Herodes Antipas und dem Fürsten Aretas von Petraea und kommt in diesem Zusammenhang auch auf den Täufer zu sprechen. Jener Zusammenstoß zwischen den Fürsten hatte darin seine Ursache, daß Antipas die Herodias zu heiraten gedachte, die Frau seines Stiefbruders Herodes Boethos. Diese von heftigem politischem Ehrgeiz getriebene Frau war zwar bereit, ihren politisch trägen Gemahl zu verlassen und dessen Stiefbruder zu heiraten, verlangte aber, daß Antipas zuvor seine eigene Frau verstoße, die Tochter des Nabatäerfürsten Aretas. Dazu wird Antipas wohl bereit gewesen sein; doch hörte die Frau von dem Plan und kam ihm, besorgt um ihr Leben, durch die Flucht zu ihrem Vater zuvor. Nun stand der Ehe zwischen Antipas und Herodias nichts mehr im Wege. Die Folge war aber ein sehr gespanntes Verhältnis zwischen Antipas und Aretas, dem Vater der ersten — sei es verstoßenen, sei es geflohenen — Gemahlin, und bei passender Gelegenheit unternahm Aretas einen Rachefeldzug gegen Antipas, der dazu führte, daß dessen Truppen aufgerieben wurden. Hier fährt Josephus fort (Ant 18, 5, 2; 116—119):

Manche Juden waren übrigens der Ansicht, der Untergang der Streitmacht des Herodes sei nur dem Zorne Gottes zuzuschreiben, der für die Tötung Johannes' des Täufers die gerechte Strafe gefordert habe. Diesen nämlich hatte Herodes hinrichten lassen, obwohl er ein edler Mann war, der die Juden anhielt, nach Vollkommenheit zu streben, indem er sie ermahnte, Gerechtigkeit gegeneinander und Frömmigkeit gegen Gott zu üben und so zur Taufe zu kommen. Dann werde, verkündigte er, die Taufe Gott angenehm sein, weil sie sie nur zur Heiligung des Leibes, nicht aber zur Sühne für ihre Sünden anwendeten; die Seele nämlich sei dann ja schon vorher durch ein gerechtes Leben entsündigt. Da nun infolge der wunderbaren Anziehungskraft solcher Reden eine gewaltige Menschenmenge zu Johannes strömte, fürchtete Herodes, das Ansehen des Mannes, dessen Rat allgemein befolgt zu werden schien, möchte das Volk zum Aufruhr treiben, und hielt es für besser, ihn rechtzeitig aus dem Wege zu räumen, als beim Eintritt einer Wendung der Dinge in Gefahr zu geraten und dann, wenn es zu spät sei, Reue empfinden zu müssen. Auf diesen Verdacht hin ließ also Herodes den Johannes in Ketten legen, nach der Festung Machairos bringen, die ich oben erwähnt habe, und dort hinrichten. Sein Tod aber war, wie gesagt, nach der Überzeugung der Juden die Ursache, weshalb des Herodes Heer aufgerieben worden war, da Gott in seinem Zorn diese Strafe über den Tetrarchen verhängt habe.

Die Angaben des Josephus stimmen mit den Nachrichten aus den Evangelien über den Täufer recht gut überein. Wenn er diesen zum reinen Sittenprediger macht und jede Beziehung zwischen dessen Person und Predigt und dem Gottesreich übergeht, so wird man daraus nur auf die apologetische Absicht des Josephus schließen. Denn Josephus will die Juden als ruhiges und geistiges, nur an der Philosophie interessiertes Volk für seine nichtjüdischen Leser hinstellen. Darum erscheinen die Verkündiger des Gottesreiches als Räuber und Zauberer am Rande seiner Schilderung. Die Wirkung, die der Täufer mit seiner Predigt erzielte, die Volksmengen, die ihm zuströmten, um sich taufen zu lassen, widerlegen jedoch das Bild, das Josephus von dem Täufer zeichnet. Sie erklären vielmehr die Furcht des Antipas vor messianischen Unruhen, die sich ebenso gegen ihn wie gegen die Römer wenden mußten. Antipas versuchte, gleichzeitig als frommer und als aufgeklärter Jude sich zu geben und so einander ausschließende Gegensätze zu vereinigen. Dabei folgte er ähnlichen Versuchen seines Großvaters. Gleich diesem ließ er sein Bild nicht auf seinen Münzen anbringen. Er erschien zu den hohen Festen in Jerusalem und trat gegenüber Pilatus als Vertreter der jüdischen Frömmigkeit auf. Aber zugleich baute er sich am Westufer des Sees Genezareth eine hellenistische Residenz, die den frommen Juden anstößig war und blieb. Der Herr Jesus hat die nach dem Kaiser Tiberius benannte Stadt Tiberias nie betreten. Auch Josephus selber, der vom Synhedrium bei Beginn des jüdischen Krieges nach Tiberias mit dem Auftrag gesandt war, den wegen seiner Tierbilder besonders anstößigen Palast des Antipas zu zerstören, betrat die Stadt nicht, sondern verhandelte in dieser Angelegenheit von dem nahgelegenen Dorf Bethmaus aus mit dem Stadtrat und den führenden Bürgern. — Da Antipas derart ein Menschenalter nach seinem Tode noch den frommen Juden mehr als Heide denn als Jude galt, dürfte der Konflikt zwischen ihm und den Frommen auch bei seinen Lebzeiten heftiger gewesen sein, als Josephus in seiner apologetisch bestimmten Erzählung wahrhaben will, und der Täufer mag mit seiner eschatologischen Predigt dem König wie dem Volk als Exponent der gegen Antipas sich wendenden jüdischen Frömmigkeit erschienen sein. Die Evangelien werden recht haben mit ihren Nachrichten, daß die ungesetzliche Ehe des Antipas dabei besonderen Anstoß gab, und daß die Feindschaft der Herodias schließlich den zögernden Antipas dazu bestimmte, den Täufer hinrichten zu lassen.

Anders als bei Josephus begegnet uns der Täufer in den Evangelien als eine fremdartige, fast unheimliche Gestalt. Wenn wir lesen, daß er in der Wüste war, daß er sich mit Kamelhaaren gekleidet und einem ledernen Gürtel gegürtet habe und daß Heuschrecken und wilder Honig seine Nahrung gewesen seien (Mk 1, 4.6), steht er nach Erscheinung und Lebensweise einmalig im Neuen Testament da. Mit diesem Eindruck stimmt es überein, daß er auch manchen seiner Zeitgenossen so unheimlich erschien, daß sie ihn für besessen erklärten (Mt 11, 18). Dennoch ist er nicht der einzige seiner Art. Der Vergleich mit dem Einsiedler Banus drängt sich auf, der drei Jahre lang Lehrer des Josephus gewesen war. Der berichtet in seiner Vita (2):

Im Alter von 16 Jahren faßte ich den Entschluß, unsere Sekten zu prüfen, deren es, wie ich des öfteren auseinandergesetzt habe, drei gibt: Pharisäer, Sadduzäer und Essener. Ich glaubte nämlich, dadurch die beste herausfinden zu können, daß ich sie alle kennenlernte. Unter harten Abtötungen und zahlreichen Mühseligkeiten durchlief ich die drei Sekten, und als ich meinen Wissensdrang noch immer nicht für befriedigt hielt, wurde ich der eifrige Schüler eines gewissen Banus, der, wie ich vernommen hatte, in der Wüste lebte, Kleider von Baumrinde trug, wildwachsende Kräuter aß und zur Reinigung sich öfters am Tage wie in der Nacht mit kaltem Wasser wusch. Bei ihm brachte ich drei Jahre zu und kehrte, nachdem ich meine Absicht erreicht hatte, in die Stadt zurück.

Auch hier schreibt Josephus offensichtlich in apologetischer Absicht für griechische Leser, und was er da zu seinem eigenen Lob und zu dem der jüdischen Philosophie vorbringt, ist alles andere als wörtlich zu nehmen. Die Pharisäer, Sadduzäer und Essener sind nicht die Philosophenschulen gewesen, als die sie Josephus hinstellt. Es gab in der griechischen Literatur eine Form des Bekehrungsberichts, in dem der Weg der Seele zur Gotteserkenntnis beschrieben und dabei die Versuche mit den verschiedenen Philosophenschulen erzählt wurden (vgl. Justin., Dial 2). An den lehnt sich Josephus an, und weil die Griechen in diesem Zusammenhang die großen Schulen der Stoiker, Peripatetiker und Akademiker aufzuzählen pflegten, macht Josephus die genannten jüdischen Gruppen zu Philosophenschulen. Josephus hat den Bekehrungstopos auch dadurch schmählich mißbraucht, daß er als Ziel seiner Bemühung nicht das Erlangen von Gotteserkenntnis angibt — die verhüllende Andeutung, die er macht, ist eine Lüge — sondern eine Ausbildung in der jüdischen Philosophie. Desgleichen ist es unwahr, was er über die harte Askese schreibt, der er sich bei den drei genannten Sekten unterworfen habe. Aber Josephus konnte rechnen, daß seine Leser daraus schlössen, er habe sich um die Erlangung von religiösen Weihen bemüht. Hier ist alles unwahr außer dem, was er über die Lebensweise des Banus schreibt. Aber durch die philosophische Maskerade verhindert Josephus seine Leser daran, den Banus richtig einzuordnen.

Josephus selber zeigt sich in den Anfängen des jüdischen Krieges als Anhänger der aufständigen theokratischen Bewegung, auch wenn er alle möglichen Versuche macht, die Zeichen dieser seiner Gesinnung zu übergehen. Aber wenn er als solcher nicht bekannt gewesen wäre, so hätte er zu Anfang des Krieges nicht die militärischen und politischen Aufgaben übernehmen können, mit denen er betraut wurde. Da nun die drei Jahre, die er von seinem sechzehnten bis zu seinem neunzehnten Lebensjahr bei Banus verbrachte, die einzige Zeit waren, in denen er eine religiöse und politische Ausrichtung empfangen konnte, liegt die Vermutung nah, schon Banus habe ihn in dieser Richtung bestimmt. Josephus hat sich überall, wo er von seinem Leben erzählt, als ein zu schneller Anpassung fähiger Opportunist erwiesen. Aber aus eben diesem Grund muß er zu Anfang des jüdischen Krieges davon überzeugt gewesen sein, daß der Aufstand gegen die Römer erfolgreich verlaufen und das Gottesreich herbeiführen werde. Man wird schon darum für möglich halten, daß Banus nicht der völlig unpolitische Einsiedler war, als den ihn Josephus uns suggeriert. Dazu kommt, daß das, was dieser über die Askese des Banus mitteilt, keineswegs auf die Bedürfnislosigkeit der ersten christlichen Eremiten verweist oder auf die von Philon geschilderten Therapeuten, sondern eine Erklärung verlangt, die den Banus in die Nähe des Täufers bringt; die Lebensweise des Banus erweckt vielmehr den Eindruck, daß er ein Vertreter der alten nomadischen Kulturfeindschaft gewesen sei, und daß er sich, um Visionen zu empfangen, in der Wüste aufgehalten habe. Dies läßt sich wenigstens daraus schließen, daß 4. Esra und Hermas sich in derselben Weise auf den Empfang ihrer Visionen vorbereitet haben. Um die trockene Sand- und Steinwüste kann es sich bei Banus ohnehin kaum gehandelt haben, wenn dieser sich mehrfach täglich waschen konnte. Vielmehr sind die Lebensverhältnisse des Banus und des Täufers so ähnlich, daß die Vermutung nahliegt, beide könnten sich an demselben oder wenigstens einem gleichartigen Ort aufgehalten haben.

Es ist unzweckmäßig, Gestalten wie Banus oder den Täufer „Asketen“ zu nennen, weil man damit einer falschen Deutung Vorschub leistet. Askese im eigentlichen Sinn ist nur die Abwendung von der Materie, die der Mensch vornimmt, um Gott ähnlich zu werden und sich dadurch zur Erlangung von Gotteserkenntnis zu befähigen. Sie setzt voraus, daß die Materie ungöttlich ist, und daß der sich Gott zuwendet, der sich von ihr abwendet. In Gesetz und Propheten ist aber die Erde mit allem, was darauf gedeiht, als gute Gabe

Gottes an den Menschen verstanden; darum liegt diese Art Frömmigkeit dem Alten Testament fern. Auch die Zweizeitenlehre der späten Prophetie und vor allem der Apokalyptik, die vom Menschen die Abwendung von der alten und Zuwendung zur neuen Welt fordert, führt nicht zur Askese in dem oben genannten Verständnis. Doch kennt auch das Alte Testament verschiedene Möglichkeiten, den Lebensgenuß aus Frömmigkeit einzuschränken. Das sind a) gebetsunterstützende Leistungen, b) der Nasiräat, c) kultisch begründete Kulturfeindschaft.

a) Gebetsunterstützende Leistungen. Der Jude zeigt seine Frömmigkeit in erster Linie dadurch, daß er das Gesetz genau befolgt. Will er ein übriges tun, so vermeidet er die Möglichkeit einer unabsichtlichen oder unerkannten Übertretung und legt die Reinheitsbestimmungen in Zweifelsfällen lieber zu streng als zu lax aus. Es liegt in der Natur einer Gesetzesreligion, daß sich die Frömmigkeit nicht in der Menge der Leistung zeigt, sondern in ihrer Präzision. Daneben kennt das Judentum aber auch gute Werke im eigentlichen Sinn, deren Verdienstmöglichkeit durch die Menge der erbrachten Leistung gesteigert werden kann. Das ist die Trias von Gebet, Fasten und Almosen. Von diesen drei Werken ist in unserm Zusammenhang das Fasten von Belang, weil eben das von dem Täufer berichtet wird: Er „aß nicht und trank nicht, darum sagte das Volk, er sei besessen" (Mt 11, 18; Lk 7, 33). Das Fasten ist an sich Ausdruck der Bußgesinnung. Als deren Zeichen ist das Fasten aber so regelmäßig mit dem Bußgebet verbunden, daß es auch außerhalb der Buße zur Gebetsverstärkung herangezogen wird (vgl. Mk 9, 29 und Mt 14, 21; in beiden Stellen ist das gebetsverstärkende Fasten sekundär eingedrungen. Nach Jesu Lehre kann der Mensch Gott gerade nicht durch Leistungen, sondern nur durch sein Bitten bewegen.) Die Verbindung von Fasten und Beten oder Fasten und Almosen zeigt uns, daß das Fasten nicht asketisch gedeutet werden darf, sondern nur als Ausdruck der Gesinnung. Auch das Fasten des Täufers kann als Ausdruck seiner Bußgesinnung verstanden werden. Da der Täufer als Bußprediger und Bußprophet auftrat, ist denkbar, sogar wahrscheinlich, daß er die Buße nicht allein durch seine Worte verkündigte, sondern auch zeichenhaft durch sein eigenes Verhalten. — Allerdings darf man Heuschrecken und wilden Honig nicht als Fastenspeise ansehen. Das sind vielmehr Nahrungsmittel, die der Täufer in der Wüste finden konnte, und die die Wüste als Aufenthaltsort unterstreichen. Sie drücken aus, daß der Prophet an dem Ort in der Wüste, an dem er auf seine Sendung wartet, von Gott ernährt wird. — Das Fasten hingegen, dessentwegen das Volk ihn für besessen erklärte, ist ein Zeichen der Buße, die er verkündigte.

b) Der Nasiräat. Im Unterschied von den Fasten, die das Gesetz auch in einigen Fällen vorschrieb, gehört der Nasiräat ganz zu den freiwilligen Leistungen. Dadurch kann sich in ihm eine übergesetzliche Frömmigkeit ausdrücken (vgl. Apg 21, 23—27). Der Nasiräat ist eine Weihe an Gott, die der Mensch auf bemessene oder auf Lebenszeit vornehmen kann. Der Nasiräer mußte sich vom Genuß berauschender Getränke fernhalten, durfte keine Berührung mit einem Toten haben und durfte sich nicht die Haare scheren lassen. Lk 1, 15 hat man dahin verstanden, daß hier der Täufer als Nasiräer auf Lebenszeit angekündigt werde: „Wein und starkes Getränk wird er nicht trinken und wird noch im Mutterleibe erfüllt werden mit dem Heiligen Geist." Diese Deutung ist jedoch fragwürdig. Zunächst darum, weil die Vorgeschichte als historische Quelle kaum zu brauchen ist. Sollte ihr Verfasser also hier wirklich an den Nasiräat gedachte haben, so wäre das nur seine persönliche Erklärung für die ohnehin bekannte Abstinenz des Täufers. Denn von den drei Kennzeichen des Nasiräats ist nur eines genannt, die Alkoholabstinenz, obwohl Ri 13, 4—5 zitiert wird, wo weitere und treffendere Kennzeichen der Weihe an Gott genannt sind. Auch die Art der Alkoholabstinenz scheint nicht die des Nasiräers zu sein, denn die ist stark — wenn auch nicht ausschließlich — durch die Kulturfeindschaft bestimmt. Hier sind aber Heiliger Geist und Geist des Weins unmittelbar zueinander in Gegensatz getreten. Der Täufer muß sich auf Lebenszeit von Alkohol fernhalten, weil er von Geburt an mit dem Heiligen Geist erfüllt sein wird. Der ganze Vers Lk 1, 15 ist griechisch und unjüdisch empfunden, sowohl in der Erwartung, daß der Inspirierte von Geburt an den Geist besitzen werde, wie darin, daß die Inspiration als sobria ebrietas aufgefaßt wird. — So könnte man sich zwar vorstellen, daß der Verfasser der lukanischen Vorgeschichte eine Nachricht besessen haben könnte, in der der Täufer als Nasir auf Lebenszeit gedeutet war. Notwendig ist diese Annahme aber nicht, denn sie erklärt nur dessen Alkoholabstinenz, und die bedarf keiner zusätzlichen Erklärung.

c) Die Rechabiter. Das Alte Testament macht gelegentlich Andeutungen über kultisch begründete Kulturfeindschaft. Sie zeigt die Unverträglichkeit Gottes mit den Götzen der Kananäer, das heißt die Unverträglichkeit der Religion der Nomaden mit der der Bauern. Das Schafopfer des Hirten Abel ist Gott angenehmer als die Feldfrüchte, die der Ackerbauer Kain darbringt. Die Rechabiter waren eine Gruppe, die das Bewußtsein dieser Unverträglichkeit wachgehalten hat (Rud. Kittel, ›Rechabiter‹, in: PRE 16, 480—482; Frank S. Frick, The Rechabites Reconsidered, in: JBL 90, 1971, S. 279—287). Von den Rechabitern wird Jer 35, 1 berichtet, daß sie sich streng an das Weinverbot ihres Stammvaters hielten:

Wir trinken keinen Wein, denn unser Ahnherr Jonadab, der Sohn Rechabs, hat uns das Gebot gegeben: Ihr sollt keinen Wein trinken, weder ihr noch eure Söhne, für alle Zeiten. Auch dürft ihr keine Häuser bauen und keine Saatfelder bestellen, noch Weinberge pflanzen oder besitzen; vielmehr sollt ihr in Zelten wohnen, solange ihr lebet!

Ferner erfahren wir von den Rechabitern aus 2Kön 10, 15f., daß sie eifrige Anhänger Jahwes waren. Schließlich wird 1Chr. 2, 55 die Abstammung der Kiniter von Rechab berichtet. Dazu kommt der Rechabiter, der beim Martyrium des Herrenbruders Jakobus für diesen eintrat (Eus., h. e. 2, 23, 17). — Die Nachrichten über die Rechabiter lassen den Schluß zu, daß es sie auch noch in der nachexilischen Zeit als eine schriftgelehrte, den Propheten der älteren Zeit nahstehende Genossenschaft gegeben habe. Sucht man nach einer geistigen Heimat für den Täufer, so kommen sie ernsthaft in Betracht. Zumindest erwecken sie in uns aber eine Vorstellung von jenen Kreisen, deren Interesse sich besonders auf die Prophetie richtete. Wir können uns an ihnen als Beispiel eine Gemeinschaft vorstellen, die in der Zeit, in der die Prophetie als erloschen galt, prophetische Schriften tradiert, ausgelegt, ihre eigene Auslegung als Prophetie an die Überlieferung angefügt hat und die ihre Gedanken über die Prophetie und die Endzeit in systematische Form gebracht hat.

Solche prophetischen Kreise wie diese Sekte mögen in der nachexilischen Zeit jahrhundertelang als Stille im Lande gelebt haben. Als aber die Enderwartung sich neu belebte, hatten sie nicht nur die konkreten Vorstellungen anzubieten, die sich ihnen bei ihrem Schriftstudium für den Ablauf der Endereignisse ergeben hatten, sondern versuchten ihrerseits das Volk auf die erwarteten Ereignisse vorzubereiten, Israels heiligen Rest zu sammeln und auf das Gottesreich hin zu handeln. Der Täufer war nicht der einzige Prophet, der auftrat und bereits durch sein Auftreten den Anbruch der Endzeit ankündigte. Parallel zu den messianischen Erhebungen geschahen auch prophetische Unternehmungen, und es ist schwer, die genaue Grenze zwischen beiden anzugeben. Generell läßt sich allerdings sagen, daß einer, der seine Anhänger in die Wüste oder auf einen hohen Berg führt, nicht als Messias, sondern als Prophet aufgetreten ist, weil er nicht Kampf, sondern Offenbarung verspricht. Josephus als unsere Hauptquelle für diese Erscheinungen ist freilich nicht geneigt, einen Unterschied zwischen beiden Richtungen zu machen; nur gelegentlich nennt er nebeneinander Goëten, Zauberer, die die Menschen zu Auszügen veranlaßten, und Räuber, die aktiven Terror übten, beispielsweise Ant 20, 167f.:

> Mit solchem Terror erfüllten die Taten der Räuber die Stadt. Die Zauberer und Verführer überredeten aber das Volk, ihnen in die Wüste zu folgen. Denn sie versprachen, klare Wunder und Zeichen zu tun, die nach Gottes Vorsehung geschehen würden.

Josephus selber ist bei seinen Nachrichten den friedlichen Anhängern der Propheten genausowenig freundlich gesonnen wie den Zeloten, was schon daraus hervorgeht, daß er sie nicht unterscheiden will. Seiner Bell 2, 258—60 geäußerten Meinung nach stellte die prophetische Bewegung, auch wenn sie keine Gewalttaten beging, dieselbe Gefahr für die öffentliche Ordnung dar wie die Zeloten. Es ist wahrscheinlich, daß diese zunächst überraschende Einstellung des Josephus sich aus seiner persönlichen Teilnahme an diesen Kämpfen ergeben hat und darum auch persönlich motiviert ist. Man kann sogar damit rechnen, daß seine Abneigung gegen das Christentum, das von ihm mit Schweigen übergangen wird, sich hier auswirkt. Wenn er Bell 2, 264 behauptet „Die Wundertäter und Räuber schlossen sich zusammen", so ist die Behauptung selber gewiß unwahr, denn nichts hätte der prophetischen Bewegung ferner gelegen, als selber aktiv in die Kämpfe einzugreifen. Doch könnte man vermuten, die Behauptung sei wenigstens insoweit zutreffend, als einzelne bald hier, bald dort aktiv waren und als zwischen den beiden an sich ganz verschiedenen Gemeinschaften der Zeloten und der Prophetenschüler eine merkliche Fluktuation der Mitglieder statthatte.

Einige Josephuszitate mögen das Gesagte belegen:

Noch während Fadus Landpfleger von Judäa war [44 — ca. 46 n. Chr.], bewog ein Betrüger mit Namen Theudas eine ungeheure Menschenmenge, ihm unter Mitnahme ihrer ganzen Habe an den Jordan zu folgen. Er gab sich nämlich für einen Propheten aus und behauptete, er könne durch sein Machtwort die Fluten des Jordan teilen und seinem Gefolge einen bequemen Durchgang eröffnen. Durch solche Reden verführte er viele (Ant 20, 87f.).

Zu dieser Zeit [nach dem Regierungsantritt Neros 54 n. Chr.] kam einer aus Ägypten nach Jerusalem und behauptete, ein Prophet zu sein. Er überredete die Volksmenge, mit ihm zu dem Gebirge zu ziehen, das Ölberg heißt, und das in einer Entfernung von fünf Stadien der Stadt gerade gegenüberliegt. Dort, sagte er, wolle er ihnen zeigen, wie auf seinen Befehl die Mauern Jerusalems einstürzten, durch die hindurch er ihnen den Einzug zu ermöglichen versprach. Felix aber [Prokurator 52—60]... (Ant 20, 169f.)

Von diesem sog. Ägypter ist auch Bell 2, 261—263 die Rede; er wird hier als Pseudoprophet bezeichnet und über ihn mitgeteilt, daß er sich selber Prophet genannt habe (vgl. Apg 21, 38).

Festus [60—62 n. Chr.] sandte einen aus Infanterie und Kavallerie bestehenden Kampftrupp gegen die Schar, die von einem Wundermann verführt war. Der hatte ihnen Heil und Erlösung von den Übeln versprochen, wenn sie ihm in die Wüste folgten (Ant 20, 188).

2. Das Auftreten des Täufers

Die Evangelien beginnen, abgesehen von den Vorgeschichten, mit dem Auftreten des Täufers. Lukas hatte im Prooemium den Anspruch erhoben, Geschichte zu schreiben, darum macht er zu diesem Auftreten des Täufers eine Zeitangabe. Seine Mitteilung über Kaiser, Fürsten und Hohepriester entspricht der „Genauigkeit" und „Zuverlässigkeit", die er 1, 3 versprochen hatte. Es ist darum wahrscheinlich, daß Lk 3, 1 ursprünglich an 1, 4 angeschlossen hatte, bevor die lukanische Vorgeschichte dazwischengeschoben wurde. Von den chronologischen Angaben des Lukas läßt sich nur das Regierungsjahr des Kaisers Tiberius zur Datierung ausnutzen „im fünfzehnten Regierungsjahr des Kaisers Tiberius". Tiberius trat seine Herrschaft am 19. 8. 14 an. Sollte Lukas in ganzen Jahren gerechnet haben, so hat er die Zeit zwischen dem 19. 8. 28 und dem 18. 8. 29 bezeichnet. Daneben besteht die Möglichkeit, daß er als erstes Regierungsjahr des Tiberius die Zeit vom Antritt der Herrschaft bis zum Jahresende am ca. 30. 9. gerechnet hat. In diesem Fall kommt auch noch das vom 1. 10. 27 bis 30. 9. 28 dauernde Jahr für den Eintritt des Täufers in die evangelische Geschichte in Betracht.

Die allen Evangelien gemeinsame Überlieferung begann mit einer Nachricht, die die Geschichte des Amtsantritts Jesu von seiner Taufe bis zur Berufung seiner ersten Jünger berichtete. Dieser Text begann damit, daß er die Weissagung Jes 40, 3 als erfüllt bezeichnete:

> Stimme des Rufers in der Wüste:
> bereitet den Weg des Herrn;
> machet seine Steige richtig!

Die Erfüllung ist die gute Botschaft, das Evangelium, nämlich die Ankunft des Herrn. Da die Weissagung aber nicht von der Ankunft des Herrn allein spricht, sondern auch von der Stimme, die sie verkündigt, wird der Prophet, der diese Verkündigung vornimmt, zum Bestandteil des Evangeliums. Daher ist der Bericht von diesem Propheten, als der nun nicht Jesaja, sondern der Täufer zu verstehen ist, „Anfang des Evangeliums".

Der Täufer mußte hier also genannt werden, weil sein Auftreten die Weissagung Jesajas erfüllte. Nach dieser Weissagung mußte der die Ankunft Jesu ankündigende Prophet in der Wüste auftreten. Die Vorstellungen der Evangelisten über die Lage dieses Ortes stimmen nicht überein. Markus hält sich (1, 4) an das Jesajawort; nach ihm befand sich der Täufer in der Wüste, wo er predigte und taufte. Die andern Evangelisten versuchen, den Ort genauer anzugeben, an dem der Täufer auftrat. Matthäus nennt (3, 1) die „Wüste Judäas". Lukas denkt vielleicht daran, daß man zur Taufe Wasser braucht, und läßt darum den Täufer „im ganzen Jordanumland" (3, 3) auftreten. Johannes verbindet mit dem Ort konkrete geographische Vorstellungen. Nach ihm ist der Taufort jenseits des Jordans, und ein Teil der Textzeugen denkt dabei an die Stelle, wo die von Jericho kommende Straße den Fluß überquert hat.

In der Jesajaweissagung heißt die Wüste „Midbar". Midbar kann allgemein Wüste oder Steppe bedeuten, kann aber auch speziell den öden und unfruchtbaren Teil des Gebirges Juda bezeichnen. Das wird der Grund für Matthäus gewesen sein, aus der „Wüste" die „Wüste Judäas" zu machen. Vermutlich hat er gedanklich die eigentliche Wüste mit der angrenzenden Jordanniederung zur Einheit verbunden, um die Vorstellung zu ermöglichen, daß die Bewohner von Jerusalem und ganz Judäa (3, 5 f.) zu Johannes in die Wüste kommen und sich von ihm taufen lassen konnten. Nach 19, 1 hat er sogar das angrenzende Ostjordanland als „Judäa jenseits des Jordan" zu Judäa gerechnet. Im Unterschied von den Synoptikern nennt Johannes (1, 28) einen geographischen Namen, der freilich uneinheitlich überliefert ist. Die Mehrzahl der Textzeugen liest hier „Bethanien jenseits des Jordan" als Ort des Geschehens. Daneben sind jedoch auch „Bethabara" und (schwach) „Betharaba" bezeugt. Die Überlieferung war schon zur Zeit des Origenes verwildert, was darin wohl seinen Hauptgrund hat, daß man dem Ort besondere Heiligkeit und Taufeignung zuschrieb, an dem man die Taufe Jesu geschehen glaubte.

Die Versuche der Bibelphilologen von Origenes an, den Text gerade an dieser Stelle wiederherzustellen, mußten die Überlieferung — die wohl damals schon unheilbar war — nur weiter verwirren. Aus der handschriftlichen Überlieferung ist an dieser Stelle der Urtext nicht mehr zu erschließen. Problematisch ist bei all diesen Ortsangaben, die durch den Wortbestandteil „Beth" als Angabe eines bewohnten Orts verstanden sein wollen, daß Johannes nach der Weissagung Jesajas in der Wüste aufgetreten sein muß. Daher ist es nur natürlich, daß Origenes und alle, die nach ihm einen Ort mit einem der überlieferten Namen in dieser Gegend suchten, keinen Erfolg hatten. — Am verdächtigsten ist der weitaus am besten bezeugte Name „Bethanien jenseits des Jordan". Hier läßt sich von vornherein vermuten, daß nach dem bekannten Überlieferungsgesetz der bekannte Name („Bethanien") für einen weniger bekannten eingetreten sei. Daß dies in der Tat so geschehen ist, beweist der Text des Gnostikers Herakleon (Schüler des Gnostikers Valentin; schrieb um 150 oder bald danach einen Johanneskommentar), in dem Origenes an unserer Stelle „Bethanien" las. Origenes bezeugt dabei, daß „fast alle Handschriften" diesen Text vertreten. (Or., Io. Comm. 6, 40; Preuschen 149, 12—14: „Denn wir wissen wohl, daß in fast allen Handschriften steht ‚Das geschah in Bethanien', und das ist anscheinend früher schon entstanden, denn wir haben auch bei Herakleon 'Bethanien' gelesen.")

Dazu kommt, daß man Joh 10, 40 („jenseits des Jordan") und 11, 1 („Bethanien") kombinieren und daraus den Ortsnamen „Bethanien jenseits des Jordan" erschließen konnte. Genaugenommen geht allerdings aus der Kombination die Tatsache hervor, daß „Bethanien" und Jesu Aufenthaltsort „jenseits des Jordan" verschiedene Plätze gewesen sein müssen, weil es nötig war, aus Bethanien — wo Lazarus krank lag — nach dem Aufenthaltsort Jesu jenseits des Jordan die Nachricht von der schweren Erkrankung des Lazarus zu senden. Das alles sind Gründe, die die überwältigende Bezeugung der Lesart „Bethanien jenseits des Jordan" erklären, und die eher gegen als für die Ursprünglichkeit sprechen. Es gibt jedoch eine mögliche Konjektur, die für Bethanien und vielleicht sogar Bethanien jenseits des Jordan spricht, nämlich daß der Ortsname aus „Beth-Ainon" entstanden sei. Da Johannes der Täufer für seine Taufen viel Quellwasser brauchte (Joh 3, 28: „Johannes war in Ainon bei Salim und taufte, weil dort viel Wasser war"), liegt die Vermutung sehr nahe, daß der Täufer an seinem eigentlichen Aufenthalts- und Taufort „jenseits des Jordan" erst recht viel Quellwasser zur Verfügung hatte und daß der Name darum aus Ainon gebildet gewesen sei, also Beth-Ainon gelautet haben könne.

Die philologische Bemühung des Origenes und anderer Gelehrter nach ihm zeigt die relativ große Verbreitung der Lesart Beth-Abara, für die er sich entschied (aus philologisch unzulänglichen Gründen). Der Name ist aus abar (überschreiten) gebildet und deutet einen am Flußübergang gelegenen Ort an. Ein derartiger Ortsname kam der Vorstellung von einer am Ostufer im Jordanfluß gelegenen Taufstelle entgegen, die dabei für die Bewohner von Jerusalem und Judäa zugänglich gedacht werden mußte. — Doch muß der Name nicht auf diese Weise entstanden sein, selbst wenn er hernach so verstanden wurde. Abar hat als Äquivalent das griechische peraino, von dem der Landschaftsname Peräa für das südliche Ostjordanland abgeleitet ist (hebräisch *eber-ha-jarden;* aramäisch *ibreh dejardena* Dalman 5). Er könnte ursprünglich auch als „Ort im Ostjordanland" verstanden worden sein. Eben dies ist die Bedeutung der dritten Namensform für den Platz: Beth-araba = Ort in der Araba. Sie ist schwach bezeugt — ein Korrektor des Sinaiticus und Randlesart in der Revision des Thomas von Heraklea — und hat Anspruch auf Ursprünglichkeit, sagt aber über den Taufort nichts aus. Denn die Araba ist nicht nur ein Name für das Ostjordanland, sondern auch ein Begriff, der „Wüste" bedeutet, und so besagt auch diese Form nicht mehr als das, was schon in der Weissagung des Jesaja stand, nämlich daß das Auftreten des Täufers in der Wüste geschah, nämlich im Ostjordanland.

Für die Menschen der Zeit Jesu im Heiligen Land ist die Wüste, selbst wenn sie sie vor Augen hatten, mehr ein theologischer als ein geographischer Begriff. Zwar kennt auch das Alte Testament die Wüste in den uns geläufigen Bedeutungen als unfruchtbares Land oder verwüstete Stätte. Häufig hat hier aber der Begriff eine auf Gott und das Heil hinweisende Bedeutung, die in zwei Formen auftritt. Im einen Fall ist die Wüste der Ort der Gotteserfahrung und der persönlichen, das Heil ankündigenden Offenbarung. So ist sie besonders die Stätte, an der der Prophet die Ansprache Gottes erfährt, auch die, an der er sie erwartet und sich mit ihr auseinandersetzt. Im andern Fall trägt der Begriff „Wüste" die Erinnerung an die Wanderung des Gottesvolkes von seinem Einzug in das Gelobte Land. Die Wüste ist hier der Ort der Heilsvorbereitung. Die beiden Bedeutungen beeinflussen sich gegenseitig, zumal die Zeit der Heilsankündigung zwangsläufig in die Zeit der Heilsvorbereitung fallen muß. — In beiden Fällen wird unter der Wüste nicht die ganz unfruchtbare Sand- oder Steinwüste verstanden. Es kann sich bei ihr um die Steppe handeln, in der der Hirt seine Herden weidet und seine Offenbarung empfängt, es kann sich aber auch um das jungfräuliche Land handeln, an dem noch kein Haus gestanden hat, und auf dem man darum die Offenbarung der Himmelsstadt erwarten kann. Das Alte Testament läßt — auch wenn midbar mehr die trockene Wüste, araba mehr die Steppe meint — keine wirkliche Unterscheidung der beiden Bedeutungen zu, und im griechischen Eremos, wo der Akzent auf der Einsamkeit liegt, kommen sie wieder zusammen. Zwei Beispiele sollen den Vorstellungskomplex erläutern:

4. Esra 9, 23ff. wird dem Propheten mitgeteilt, wie er sich auf den Offenbarungsempfang vorbereiten soll, und der berichtet danach, wie er den Auftrag ausgeführt habe:

Geh auf das grüne Feld, auf dem noch kein Haus erbaut ist, iß nur von den Blüten des Feldes, genieße kein Fleisch, trinke keinen Wein, sondern iß nur Blüten, und bete unablässig zum Höchsten; dann werde ich kommen und mit dir reden. — Ich wanderte, wie er mir gesagt hatte, zu dem Feld, das *Ardath* heißt, ließ mich unter den Blüten nieder, aß von den Gräsern des Feldes, und diese Speise sättigte mich.

Danach empfängt der Prophet die Vision des himmlischen Jerusalem. — Das Feld, das Ardath heißt, ist ein Stück grünes, blühendes Land und ist ein Feld, auf dem noch kein Haus gestanden hat; das wird durch den Namen „Ardath" ausgedrückt. Der Prophet kann sich von dem Kraut ernähren, das darauf wächst. Die Nahrung des Propheten erinnert an Banus, der sich von Kräutern nährt und kein Fleisch ißt; die Enthaltung vom Alkohol erinnert an die Rechabiter und an den Täufer. Mit dem Namen Ardath haben die Tochterübersetzungen, die von 4. Esra übriggeblieben sind, nichts mehr anfangen können. Er wird auch Ardab (daher das „Ardabau" der Montanisten) und Arbab überliefert, und aus dem Gesagten geht hervor, daß er von „Araba" abzuleiten ist, dem Begriff, der die grüne Wüste und Steppe bezeichnet.

Selbst Hermas weiß noch, wie sich der Prophet auf den Offenbarungsempfang vorbereitet, wenn er auch die Anweisungen längst nicht mehr versteht. Er empfängt seine Offenbarungen von der Kirche und Gottesstadt, nachdem er die Wüste durchquert hat, auf einem ebenen Feld. Später wird ihm sein eigenes Dinkelfeld als der Ort genannt, auf dem er seine Offenbarungen empfangen soll; Dinkel ist „Grünkern" und gehört zu den grünen Kräutern. Bei anderer Gelegenheit wird Hermas zum Offenbarungsempfang nach *Arkadien* gebracht; Arkadien ist das klassische Hirtenland, aber Hermas hat anscheinend erfolgreich versucht, den Entstellungen einen Sinn abzugewinnen, die die Namensform „Araba" auf dem Weg zu ihm erlitten hatte. Vielleicht war er gar nicht so verständnislos, wie wir gerade behauptet haben. Im Unterschied von der Prophetie, für die die Wüste Ort der Heilsoffenbarung ist, stellt sie für die Qumransekte den Ort der Heilsvorbereitung dar: „...wenn die Verbannten der Söhne des Lichts aus der Wüste der Völker zurückkehren, um sich in der Wüste von Jerusalem zu lagern" (1QM 1, 3); hier heißt die Wüste entsprechend dem Buche Numeri midbar).

Jenseits des Jordans in der Araba hat Johannes getauft. Die Araba hat neben der allgemeinen Bedeutung „Wüste, Steppe" eine besondere Bedeutung und bezeichnet die Jordanniederung. Daher läßt sich von der Wortbedeutung aus keineswegs entscheiden, ob der Täufer in der Jordanniederung oder weiter östlich in der Wüste aufgetreten ist. Die Orte in den Handschriften des Johannesevangeliums sagen es nicht mehr; vielleicht hat hier ursprünglich gar kein Name, sondern nur „jenseits des Jordans" gestanden, und die Angaben bei Matthäus und Lukas sind vernünftige, aber als solche erkennbare Konjekturen.

Der Täufer wandte sich mit seiner Predigt an die Bevölkerung von Judäa und Jerusalem, muß also für die Menschen erreichbar gewesen sein, die in größerer Zahl zu ihm kamen. Zur Taufe brauchte er außerdem Wasser. Unsere Vorstellung von der Johannestaufe ist durch die altkirchliche Ikonographie geprägt. Die Abbildung der Taufe Jesu bot eine lockende Möglichkeit, die theologisch nicht wirklich ausdrückbare Vereinigung der Gottheit und Menschheit in einer Person in sinnfälliger Darstellung zu erfassen. Das Bild der Taufe Jesu in den Baptisterien führte dem Täufling nicht allein sein göttliches Vorbild vor Augen, sondern machte ihm zugleich den Taufakt als Mysterium deutlich, als Vergegenwärtigung Gottes. So kommt es zu den Darstellungen, auf denen der Täufer, im Jordan stehend, Jesus mit Jordanwasser aus einer Schale übergießt, während der darüber schwebende Heilige Geist in Gestalt der Taube erscheint. Der Flußgott repräsentiert das wässerige Element und schafft das Gleichgewicht für die figürliche Komposition. Doch so kann der Hergang nicht gewesen sein. Denn das Jordanwasser war zum Vollzug der Taufe ungeeignet (Belege mit entgegengesetzter Konsequenz bei Dalman 102). Der Täufer brauchte lebendiges Wasser, d.h. Quellwasser. Die Kirche hat später bald auf diese Anforderung an das Taufwasser verzichtet, aber die Didache, die gerade den frühen Verzicht belegt, zeigt noch an, daß lebendiges Wasser den Vorzug verdient (Did 7: „Tauft also... in lebendigem Wasser. Tauche in anderes Wasser, wenn du kein lebendiges hast. Wenn du nicht in kaltem [taufen] kannst, dann in warmem...").Als der

Täufer später von seinem ursprünglichen Ort fliehen mußte, ging er nach Ainon bei Salim (Joh 3, 23), einem Ort, der nach seinen Quellen benannt war, und der Evangelist fügt ausdrücklich hinzu, daß es dort viel Wasser, nämlich Quellwasser, gab. Johannes war also, um taufen zu können, auf Quellen angewiesen, und so muß auch sein erster Taufplatz eine Stelle mit reichlichem Quellwasser gewesen sein. Dort kann freilich keine Ortschaft gelegen haben, weil sonst die Bedingung der „Wüste" schlecht gewahrt gewesen wäre. Das schließt nicht aus, daß sich dort Wohnungen, Zelte, Laubhütten oder Höhlen für den Täufer und seine Jünger befanden. Nicht sehr wahrscheinlich ist, daß der Wüstenbegriff nur metaphorisch gebraucht war, wie in der oben zitierten Stelle aus der Kriegsrolle. Denn wir müssen die Möglichkeit offenhalten, daß Johannes der Täufer auch die Herabkunft des himmlischen Jerusalem erwartet hat; in jedem Fall muß ihn aber seine Kulturfeindschaft veranlaßt haben, dauernd bewohnte Orte mit festen Häusern zu meiden. Dies kommt auch in Jesu Zeugnis über ihn zum Ausdruck (Mt 11, 7—10; Lk 7, 24—27). Daher ist der Aufenthaltsort des Täufers und zugleich sein Taufort einige Kilometer weiter östlich zu suchen, nicht im Fluß selber und nicht unmittelbar an der Furt. Die Furt selber bezeichnet den Weg, den die Bewohner von Jerusalem und Judäa einschlagen mußten, wenn sie den Täufer aufsuchen wollten, um die Taufe zu empfangen. An der Furt ist nun zwar nicht die Taufstelle, wohl aber die Predigtstelle des Johannes zu denken.

Die Kleidung des Täufers ist das Prophetengewand. Es wird 2Kön 1, 8 als Kleid des Elia beschrieben, und Sach 13, 4 wird der härene Mantel als Prophetentracht genannt. Der Täufer erhebt durch seine Gewandung den Anspruch, Prophet zu sein; er knüpft an die Art an, in der Elia aufgetreten war, und das Volk war bibelkundig genug, diesen Anspruch zu verstehn. Es kann geschwankt haben, ob Elia selber oder ein anderer der alten Propheten das Vorbild des Täufers war, wie es auch später gegenüber der Erscheinung Jesu ungewiß blieb (Mt 16, 14). Jesus selber erklärte später die Deutung des Täufers als wiederkehrender Elia für eine zulässige Interpretation (Mt 11, 14; V. 14 a „wenn ihr's so auffassen wollt..." besagt, daß die Identifikation des Täufers mit Elia im Bereich der Deutung bleibt und nicht wörtlich verstanden werden soll.) — Das Johannesevangelium läßt den Täufer in dem Dialog 1, 19—28 diese Interpretation seiner Erscheinung ausdrücklich abwehren. „Bist du Elia? Er sprach: Ich bin's nicht. Bist du der Prophet? Und er antwortete: Nein." Wenn hier Elia und *der* Prophet unterschieden werden, so handelt es sich dabei um den Dt 18, 15 geweissagten Propheten, der später zusammen mit dem wiedergekehrten Elia als das Paar der beiden endzeitlichen Gotteszeugen erwartet wird (Apk 11). Der Grund dafür, daß der Täufer nach dem Johannesevangelium abwehrt, Elia zu sein, liegt darin, daß dem Elia an der für seine Erwartung grundlegenden Bibelstelle Mal 3, 23f. eine Aufgabe zufällt, die der Evangelist eher als ein Werk Jesu ansieht, die Versöhnung der Menschen untereinander. Die Maleachiweissagung ist Sir 48, 10 ausgeweitet, und diese Deutung des Elia war nach Mt 17, 11 auch dem Evangelisten bekannt, der sie hier sogar in einem Herrenwort unterbringt. Nach Mk 9, 11 und Mt 17, 10 muß Elia wiederkehren, damit die Endzeit anheben kann. So sagen wenigstens die Schriftgelehrten, und der Herr widerspricht dem keineswegs. Im Johannesevangelium soll der Täufer aber nichts anderes sein als der Zeuge für den Herrn; darum wehrt er es ausdrücklich ab, Elia zu sein, d. h. der, der selber für das Gottesreich wirkt, indem er die Glieder des Volkes miteinander versöhnt.

3. Das Wirken des Täufers

a) Die Predigt

Aus dem Auftreten des Täufers war zu schließen, daß er beanspruchte, Prophet zu sein, wahrscheinlich der endzeitliche Prophet, und daß er durch die Art seines Auftretens ausdrücken wollte, daß sich in ihm Elia darstellte. Mit der Wiederkehr des Elia sollte die Endzeit anheben. Da der Herr Jesus diese Deutung des Täufers als des wiedergekehrten Elia nach dessen Hinrichtung vertreten hat, kann man annehmen, daß es auch die Deutung war, die der Täufer selber seinem Wirken gegeben hat. Mk 9, 11—13:

Und sie fragten ihn und sprachen: Sagen doch die Schriftgelehrten, daß Elia muß zuvor kommen. Er antwortete aber und sprach zu ihnen: Elia soll ja zuvor kommen und alles wieder zurecht bringen. Und wie steht über den Menschensohn geschrieben? Daß er viel leiden muß und mißhandelt wird. Aber ich sage euch, daß Elia gekommen ist, und sie haben mit ihm gemacht, was sie wollten, wie über ihn geschrieben steht.

Mt erläutert 17, 13 noch für die, die es nicht verstanden haben, daß die Rede von dem Täufer war.

Dem Propheten kommt die Predigt als Amtspflicht zu; besonders der endzeitliche Prophet hatte die Aufgabe, das Kommen Gottes anzukündigen und den Weg des Herrn zu bereiten. Das geschieht durch die Bußpredigt. Der biblische Begriff, den wir durch unser „Buße" ausdrücken, unterscheidet sich erheblich von unserm Verständnis; es fehlt das Moment der Strafe, wie das der Wiedergutmachung. Buße im jüdischen Sinn ist Umkehr; der Sünder tut dadurch Buße, daß er hinfort das Gesetz hält, das er bisher übertreten hatte. Die Frucht der Buße, die der Täufer in seiner Predigt fordert, besteht nach den Evangelien in einer dem Gesetz entsprechenden Lebensführung. Daß eine so verstandene Buße der einzige Weg ist, auf dem der

Mensch dem Gotteszorn entgehn kann, sagt der Täufer und befindet sich damit ganz in Einklang mit dem Alten Testament.

Über den Inhalt der Predigt des Täufers läßt sich etwas mehr sagen, als Matthäus und Lukas in der Logienquelle gelesen haben, in der sie die Worte des Täufers fanden. Denn wenn der Täufer sein Auftreten als Erfüllung der Verheißung verstanden hat, in der die Wiederkehr des Elia angekündigt war, so war es die Erfüllung von Mal 3, 23f. Dort war aber als Werk des Elia die Versöhnung von Vätern und Söhnen angegeben. Natürlich verstand man das nicht allein auf die Beseitigung des Generationenkonflikts, sondern sah es als Aufgabe des endzeitlichen Elia an, die Stämme Israels wiederherzustellen und die Menschen zu brüderlicher Gesinnung zu bewegen, wie etwa der Sirachide (48, 10) die Aufgabe des Elia beschreibt. Dies ließ sich einerseits aus dem Umstand ableiten, daß Elia 1Kön 19, 18 den Auftrag erhalten hatte, Israels heiligen Rest zu sammeln; andererseits wurde aber auch der Gottesknecht Jes 49, 6 als der genannt, der die Stämme Israels wiederherzustellen habe, und so mit dem wiederkommenden Elia identifiziert. Dies hat auch Jesus getan; darum konnte er sagen, daß der Erwartete leiden und verachtet werden müsse. Aus der Stelle geht zugleich hervor, daß Jesus den Gottesknecht von Jes 53 „Menschensohn" genannt hat.

Die Evangelisten Matthäus und Lukas haben der Täuferpredigt einen zwar ähnlichen, aber nicht ganz gleichen Rahmen gegeben. Matthäus läßt die voranstehenden Drohsprüche an Pharisäer und Sadduzäer gerichtet sein und bricht dann ab. Lukas hat als Angeredete das Volk. Beide Gruppen werden von dem Täufer angeredet, als sie zu ihm kommen, um die Taufe zu erlangen. Man kann nun zwar behaupten, die Logienquelle habe nur die Drohreden des Täufers überliefert, und Lukas habe die positiven Anweisungen aus seinem Sondergut hinzugefügt. Sehen wir einmal davon ab, daß die Überlieferung von lukanischem Sondergut über den Täufer schwer vorstellbar ist, so ist festzustellen, daß die nur bei Lukas stehende positive Anweisung auf die ihr vorausgehende Drohrede eng bezogen ist. Es ist darum wahrscheinlicher, daß die ganze Rede in dem von Lukas mitgeteilten Umfang in der Logienquelle erhalten war, daß Matthäus aber wegen der von ihm genannten Adressaten den zweiten Teil mit den positiven Anweisungen nicht brauchen konnte. — Dazu kommt, daß sich die „Volksscharen" der lukanischen Form tilgen lassen, ohne daß dem Text etwas verlorengeht. Daher ist wahrscheinlich, daß in der Logienquelle eine Aufforderung zu sozialem Verhalten als eigentlicher Inhalt der Ansprache des Täufers an die zu ihm kommenden Menschen enthalten war. Die Umkehr ist in den Augen des Täufers — wie er in der Logienquelle spricht — Umkehr zu sozialem Verhalten.

Diese Umkehr zu sozialem Verhalten ist die Versöhnung, die dem Kommen des Herrn vorausgehen muß. In ihr besteht alles, was die Juden tun können, damit das Gottesreich kommt. Allerdings legt nur Matthäus dem Täufer die Verkündigung der Nähe des Gottesreiches in den Mund. Aber es wäre schwer zu erklären, warum gerade Matthäus dem Täufer ein Wort zugeschoben haben sollte, das die Verkündigung Jesu vorwegnimmt. Und weiter: Was soll der Täufer denn sonst verkündigt haben? Wenn der Täufer zur Buße auffordert, und das ist sicher, dann muß er dafür auch einen Grund gehabt haben, und der kann nur darin bestanden haben, daß er von der Nähe der Gottesherrschaft überzeugt war. Dazu kommt, daß seine Taufe das Kommen Gottes ankündigen und herbeiführen sollte; dann ist wahrscheinlich, daß seine Predigt demselben Ziel diente. — Es könnte allenfalls sein, daß er für das Kommen Gottes einen andern Ausdruck benutzt hat; das ist nicht zu überprüfen. Aber die Sache hat er angekündigt, und die „Königsherrschaft Gottes“ oder, wie Matthäus sagt, „die Königsherrschaft der Himmel“ ist besser denkbar als jeder andere Ausdruck. Man findet gelegentlich die Behauptung, der Täufer kenne nicht die Vorstellung vom heiligen Rest Israels. Das wird daraus geschlossen, daß unsere Überlieferung keine derartigen Verheißungsworte des Täufers kennt. Aber hier ist das Argument e silentio mißbraucht. Man kann zwar sagen, daß aus der Bußpredigt allein noch nicht geschlossen werden darf, daß der Täufer, überzeugt von der Wirksamkeit seiner Predigt, Israels heiligen Rest gesammelt habe. Prophetische Rede hat Zeugnischarakter, und das heißt, daß sie auch dann ihren Sinn hat, wenn niemand der Predigt gehorcht. Aber die Anweisungen, die der Täufer dann gibt, sind praktikabel. Vor allem sind es zwei Umstände, die zeigen, daß der Täufer diese Sammlung vorhatte. Das eine ist der Umstand, daß er Jünger um sich gesammelt hat. In dieser Gemeinde mußte das Gottesvolk sich zum wenigsten vorbereiten, wenn nicht sogar bereits darstellen. Der andere Grund ist die Tatsache, daß er getauft hat. Im Unterschied von der Predigt steht bei der prophetischen Handlung die Wirksamkeit nicht in Frage. Schließlich kommt noch hinzu, daß der Täufer in der Art seines Auftretens selber angedeutet hat, der verheißene Elia zu sein, und das war der Prophet, der den heiligen Rest zu sammeln hatte.

b) Die Taufe

In der Zeit des Hellenismus griff in allen Ländern, die an seiner geistigen Entwicklung Anteil hatten, und dazu gehört auch das nachexilische Israel, zunehmend das Bewußtsein der Gottferne um sich. Eine seiner Auswirkungen bei den Juden ist, daß sich die Überzeugung bildete, die Prophetie sei erloschen. Diese Überzeugung gehört zu den Voraussetzungen für die Erwartung des endzeitlichen Propheten. Wenn die Prophetie wiederauflebt, dann bricht die Endzeit an; daher proklamiert jeder Prophet, der als solcher auftritt, eben durch sein Auftreten den Anbruch der Endzeit. Wenn er überhaupt auftrat, dann mußte er auch die Nähe Gottes verkündigen, gerade für solche, denen die Prophetie als erloschen galt.

Das Wirken des Propheten ist nicht allein durch sein Reden, sondern auch durch sein Handeln gekennzeichnet. Das den Johannes kennzeichnende Handeln war die Taufe, die ihm zu seinem Beinamen 'der Täufer' verhalf. Da er Prophet war, mußte die Taufe, die er vollzog, ein prophetisches Zeichen sein. Der Prophet ist als Prophet ein bevollmächtigter Vertreter Gottes. Er unterscheidet sich von den andern Menschen durch sein Amt, und das besteht darin, daß er den Willen Gottes erkennt, verkündigt und vollstreckt. Gott handelt durch den Propheten. Denn der Prophet ist mit dem Geist Gottes begabt, durch den er erkennt, was Gott tun will und was Gott durch ihn tun will. In seinem Amt ist er mit dem Wort Gottes ausgestattet. Das ist ein wirksames Wort, das in den beiden Formen wirkt, in denen es sich darstellt. Es wirkt nicht allein dadurch, daß es ausgesprochen wird, sondern auch dadurch, daß es in einem Zeichen sichtbare Gestalt erlangt. Die Wirksamkeit des Wortes bedeutet, daß der Prophet durch Wort und Zeichen das herbeiführt, was er auch durch Wort und Zeichen ankündigt. Damit ist gesagt, daß mit dem prophetischen Zeichen — und in diesem Sinn ist das Auftreten und Reden des Propheten ebenfalls schon Zeichen — die Verwirklichung eben dessen anhebt, was das Zeichen ankündigt und bedeutet. Das prophetische Zeichen ist zugleich der Anfang seiner Verwirklichung. Deshalb ist der Täufer mit seinem Auftreten „Anfang des Evangeliums"; mit dem Auftreten des Täufers beginnt das, was er ankündigt und predigt. Auch die Taufe des Johannes ist ein Zeichen, das beginnt und bewirkt, was es ankündigt und bedeutet. Was kündigt also die Johannestaufe an und was bedeutet sie?

Die Evangelisten hatten Mühe, die Taufe des Johannes von der Taufe der Urgemeinde zu unterscheiden. In Übereinstimmung mit dem eben Gesagten deuteten sie die Johannestaufe als Ankündigung der christlichen Taufe. Die christliche Taufe verlieh den Heiligen Geist. Also erklärten sie, die Wassertaufe des Johannes sei eine Ankündigung der christlichen Taufe mit dem Heiligen Geist (so Markus) oder mit „Geist und Feuer" (so Matthäus und Lukas). Bei der Taufe „mit Geist und Feuer" ist offensichtlich die Pfingstgeschichte als das Ereignis angesehen, auf das die Johannestaufe hinweist. — Aber diese Erklärung der Evangelisten befriedigt nicht. Denn die Taufe der Urgemeinde unterscheidet sich in ihrem Vollzug nicht von der Taufe des Johannes: Auch die Urgemeinde taufte mit Wasser. Wie konnten sich da die Taufe der Urgemeinde und die des Johannes unterscheiden?

Die Evangelisten halfen sich auf naheliegende Weise; sie unterschieden zwischen der Bedeutung und der Bewirkung. Das heißt, daß sie den Täufer mit seiner Taufe gleichsam vor den Beginn der Endzeit zurückversetzten. Sie erklärten übereinstimmend, daß die Johannestaufe zwar die Geisttaufe bedeute, daß sie aber nur die der Geisttaufe vorausgehende Sündenvergebung bewirke. Mit dieser Zerlegung der Tauffolgen in Bedeutung und Bewirkung der Taufe hat man auch später noch in den Zeiten der Urkirche und der alten Kirche Schwierigkeiten bei der Deutung der Taufe zu beheben versucht. Man hat aber immer wieder erkannt, daß dieser Weg nicht gangbar war, letzten Endes darum, weil man bei den Handlungen eines Menschen, der von Gott dazu bevollmächtigt ist, nicht zwischen Bewirkung und Bedeutung unterscheiden kann.

Auch bei dem Täufer scheitert dieser Versuch der Evangelisten, die Tauffolgen in dieser Weise zu zerlegen, daß seine Taufe zwar zur Sündenvergebung aber nicht zur Geistmitteilung diene. Denn die Sündenvergebung ist nach der Predigt des Täufers, wie sie die Evangelisten mitteilen, keine Frucht der Taufe, sondern der Buße. Ohne Buße spendet entweder der Täufer nicht die Taufe, oder sie nützt nichts. Daher war die Johannestaufe in keinem Fall eine Art Bußsakrament, und die Behauptung, die Johannestaufe geschehe zur Vergebung der Sünden, ist nichts als ein Versuch der Evangelisten, die Wirkung der Johannestaufe gegenüber der christlichen Taufe einzuschränken. Die Evangelien zeigen vielmehr, daß der Täufer seine Taufe als Ankündigung der Geisttaufe, nämlich als prophetisches Zeichen für die Ausgießung des Heiligen Geistes verstanden hat, das gleich allen prophetischen Zeichen dazu bestimmt war, das zu bewirken, was es bedeutete und verhieß.

Unsere Vorstellung vom Vollzug der Johannestaufe geht von der Voraussetzung aus, daß Johannes im Jordan getauft habe. Diese Vorstellung erwächst aus dem Bericht des Markus von der Taufe Jesu, wo eben dies ausgesprochen ist. Wenn wir uns dabei nicht eine Tauchtaufe derart vorstellen, wie sie heute noch bei den Baptisten und anderen Taufgesinnten üblich ist, so wird unsere Vorstellung von der altchristlichen Ikonographie belebt, die den Täufer im Jordan eine Übergießungstaufe an Jesus vornehmen läßt. — Es war aber den Evangelisten unmöglich, sich einen anderen Taufvollzug vorzustellen als den, der in ihrer Zeit üblich war. Doch hat Markus dabei einen unmöglichen Vorgang konstruiert. Denn der Jordan war nicht einmal zur Vornahme der gesetzlichen Reinigung geeignet (Dalman, Orte und Wege 102); d.h. er war in keinem Fall, was immer die Johannestaufe bedeuten sollte, als Taufwasser geeignet. Er ist dann später auf Grund der Taufe Jesu zum Typos des Taufwassers und der Taufe selbst geworden. Aber die ersten Christen wußten, daß der Fluß ursprünglich und weiterhin in jüdischen

Augen dazu ungeeignet war. Darum entwickelte sich der Gedanke, Jesus habe durch seine Taufe das Wasser gereinigt. IgnEph 18, 2: „Unser Gott Jesus der Christus... wurde getauft, um durch das Leiden" — vom 'Leiden' ist im Zusammenhang der Taufe insofern die Rede, als der Gott, der eigentlich aktiv vorgestellt werden muß, eine Handlung an sich vollziehen läßt, so daß im 'Passiv', in der Leideform, von ihm zu reden ist; es geht hier nicht um die Karfreitagsereignisse — „das Wasser zu reinigen". — Auch die Didache zieht zur Taufe das lebendige Wasser jedem andern vor (Did 7, 1—3), läßt aber gegebenenfalls auch anderes Wasser zu. Hier muß sich eine Erinnerung an die Taufe der Urgemeinde und deren ursprünglichen Taufritus erhalten haben, auch wenn sich die Taufe in den Gemeinden der Didache schon ein Stück weiter entwickelt hatte.

Es kann sich bei der Taufe des Johannes aber in keinem Fall um eine Tauchtaufe gehandelt haben, und damit erweist sich der Bericht vom Vollzug der Taufe Jesu bei Markus, auf dem allein diese Vorstellung von der Tauchtaufe und gar der Tauchtaufe im Jordan gegründet ist, als etwas, was der Evangelist eingetragen hat. Die Johannestaufe weist nämlich einen grundsätzlichen Unterschied gegenüber allen vergleichbaren Waschungsriten in ihrer Umwelt auf, die es ausschließen, sie aus einer dieser Waschungen zu erklären, und der besteht darin, daß zum Vollzug der Johannestaufe ein Täufer nötig ist. Weder im jüdischen Tauchbad noch in der Proselytentaufe, noch bei den Waschungen der Qumrangemeinde oder denen der Essener gibt es einen Täufer. Der einzige Täufer, den es gibt, ist Johannes. All die genannten Waschungen werden durch eben den vorgenommen, der sich ihnen unterzieht. Johannes wäre aber nicht als „der Täufer" in die Geschichte eingegangen, wenn ein anderer ebenso getauft hätte und wenn seine Taufe ohne ihn hätte vollzogen werden können.

Da Johannes nicht mit Jordanwasser getauft haben konnte, so stellt sich die Frage, was er für Wasser gebraucht habe. Sie wird vom Johannesevangelium beantwortet. Dort (3, 23) wird berichtet, daß er später in Ainon bei Salim getauft habe, „weil dort viel Wasser war". Viel Wasser kann bei einem Ort, der nach seinen Quellen benannt ist, nur bedeuten, daß diese Quellen reichlich und regelmäßig Wasser gaben. So ergibt sich, daß Quellwasser das Wasser ist, das Johannes für seine Taufe brauchte.

Die Frage, warum der Täufer getauft habe, wird im Johannesevangelium ihm explizit gestellt; sie findet sich unausgesprochen aber in allen Evangelien, und der Täufer beantwortet sie auch. Nach den Synoptikern will er auf die Taufe hinweisen, nach dem Johannesevangelium auf das Kommen eines Stärkeren. Der nach dem Johannesevangelium als Kommender angekündigte, kommt nach den Synoptikern in, durch und mit der Taufe. Die Johannestaufe kündigt das Kommen des Heiligen Geistes an.

Das haben die Evangelisten so verstanden, daß der Täufer das Kommen Jesu angekündigt habe, der anstelle der ankündigenden Wassertaufe die Taufe mit dem Heiligen Geist vollzog. Damit suggerieren sie dem Leser das Verständnis, Johannes habe auf die kirchliche Taufe hingewiesen. Das kann aber nicht die Meinung des Johannes gewesen sein, und nicht einmal die Meinung der ersten christlichen Überlieferung über den Täufer. Denn nach den Synoptikern hat weder Jesus getauft noch seine Jünger in der vorösterlichen Zeit. Zwar erklärt der Evangelist Johannes 3, 22, daß Jesus getauft habe, aber er korrigiert diese Behauptung bereits 4, 2 dahin, daß nicht Jesus selber, sondern seine Jünger getauft hätten; im Sinne des Evangelisten ist das nicht einmal eine Korrektur. An beiden Stellen will er damit sagen, daß die Jünger Jesu nicht vor Ostern, sondern erst nach Pfingsten getauft hätten. Der Täufer kann aber nicht auf die spätere kirchliche Praxis hingewiesen haben. Wenn er also getauft hat, dann kann er nur insofern auf die kirchliche Taufe hingewiesen haben, als er mit seiner Taufe eben das ankündigte, was die Kirche für die Wirkung ihrer Taufe in Anspruch nahm, die Mitteilung des Heiligen Geistes.

Wenn wir nun fragen, wie Johannes zu dieser Erwartung kam, dann legt sich zur Antwort die Vermutung nah, daß er sich dabei auf dieselben Bibelstellen stütze, die die Kirche später als Ankündigung der Taufe oder der Geistmitteilung verstand. Da Johannes und die Urgemeinde die völkischen und religiösen Voraussetzungen teilten, ist der Schluß zulässig, daß dieselbe Wirkung, nämlich die Taufsitte, bei beiden auch auf dieselbe Ursache zurückgeht, nämlich die Ankündigung der Taufe und der Geistmitteilung im Alten Testament. Die Kirche hat, wie wir durch die Pfingstgeschichte Apg 2, 16—21 erfahren, die Taufe mit der Feststellung begründet, in der Geistausgießung habe sich Joel 3, 1—6 erfüllt. Das ist nicht das einzige Prophetenwort, in dem die Geistausgießung geweissagt ist. Als Beispiele seien Sach 12, 10 genannt „will ich ausgießen den Geist der Gnade" und Jes 44, 3 „ich will meinen Geist auf deinen Samen gießen". Diese Stellen haben ihre gemeinsame Wurzel in Jes 32, 15 „bis solange, daß über uns ausgegossen werde der Geist aus der Höhe".

Die Juden unterscheiden sich von den andern Völkern, und das ganz besonders in der neutestamentlichen Zeit, durch die Erwartung des Gottesreiches. Doch sind die Vorstellungen, die sie sich davon machen, ganz unterschiedlich; sie können nicht allein politischer, sondern auch kultischer und sittlicher Art sein. Wenn diese drei Bereiche des Denkens und Vorstellens auch bei den Juden enger beieinanderliegen als bei den andern Völkern, so nehmen die Gedanken doch je nach ihrem Ausgangspunkt ganz verschiedene Wege. Dabei ist die Reichgottes-Vorstellung, die für die Prophetie kennzeichnend ist, sittlicher Natur. Sie ist aus Gedanken heraus entwickelt, die man zuvor über das Verhältnis des Propheten zu Gott angestellt hatte. Denn die Gottesherrschaft ist bei den großen Propheten der Schrift und bei dem Propheten schlechthin typisch vorgebildet. Der Prophet — als ideale Gestalt verstanden — befindet sich mit seinem Reden und Handeln unter der Leitung des Heiligen Geistes; die Herrschaft Gottes über den Menschen stellt sich an ihm dar. Nach diesem Modell erwartet die späte nachexilische Prophetie die Gottesherrschaft in der Form, daß alle Glieder des Gottesvolkes wie Propheten unmittelbar vom Heiligen Geist geleitet werden. Derselbe Gehorsam, der das Wesen des wahren Propheten ausmacht, wird das wahre Gottesvolk in all seinen Gliedern kennzeichnen; so wird das neue Gottesvolk ein irdischer Repräsentant Gottes und Zeuge für Gottes Wirklichkeit und schließlich auch eine Erleuchtung für die übrige Welt sein. Dementsprechend fordert der Täufer gleich allen Propheten Gehorsam, mit anderm Wort, Buße von denen, die dem Gotteszorn entrinnen und Israels heiligen Rest angehören wollen. Joel hatte angekündigt, daß die unmittelbare Leitung durch den Geist, die alle Glieder des Gottesvolkes zu Propheten macht, sich in vielfachen unmittelbaren Offenbarungen Gottes kundtun werde „...und eure Söhne und eure Töchter sollen weissagen". Am Tage des Herrn wird der Zorn Gottes die Ungehorsamen vernichten, während die Frommen, die Gott als ihren Herrn bekennen, durch die Ausgießung des Geistes zu Propheten und Knechten Gottes werden.

Der Täufer setzt mit seiner Taufe und seiner Predigt Israels heiligen Rest als Empfänger des Geistes voraus. Er predigt darum Buße, weil auf Grund und gegenüber der Bußpredigt die Aussonderung des heiligen Restes sichtbar wird. Das erwartet die Prophetie von der prophetischen Bußmahnung, daß sie die göttliche Erwählung sichtbar macht: auf Grund der Predigt werden die Erwählten Gottes hinfort ihrem sündigen Leben entsagen, während die Sünder durch sie verstockt werden und nun erst recht in ihren Sünden verharren. Wen die Bußpredigt zur Umkehr veranlaßt, der kann die Taufe begehren und damit die Absicht ausdrücken, hinfort gehorsam zu sein; er kann durch den Empfang der Taufe Gott um den Heiligen Geist bitten, der ihn zum Gehorsam und im Gehorsam leiten wird.

Markus (1, 5) und Matthäus (3, 6) behaupten, zum Vollzug der Taufe habe ein Sündenbekenntnis gehört. Hier stellt sich die Frage, ob die Evangelisten die Taufpraxis ihrer eigenen Zeit auf die Johannestaufe übertragen haben. Dies erscheint zwar möglich, aber es schließt nicht aus, daß die Täuflinge des Johannes gleichwohl ein Sündenbekenntnis abgelegt haben. Das könnte bereits auf Grund der Tatsache vermutet werden, daß die Taufe ihrer Natur nach ein Bußversprechen war, in dem nicht nur das neue Verhalten Ausdruck finden konnte, dem man sich zuwenden wollte, sondern auch das alte, von dem man sich abwandte. Dazu läßt sich generell sagen, daß nach alttestamentlichen Vorstellungen das Bekenntnis der Erlösungsbedürftigkeit regelmäßig als Voraussetzung der Erlösung erscheint und daß dieser Sachverhalt sogar im jüdischen Kult zum Ausdruck kam. Wenn man nun die Abhängigkeit der Johannestaufe von der Weissagung Joel 3, 1—6 mit in Anrechnung bringt, so sieht man, daß hier die Rettung denen verheißen ist, die den Namen des Herrn anrufen. Es ist darum wahrscheinlich, daß die Johannestaufe mit einer Anrufung Gottes verbunden war, die auf jeden Fall ein Bekenntnis der Hilfsbedürftigkeit, vermutlich aber sogar ein förmliches Sündenbekenntnis darstellte.

Da wir nun wissen, daß die Johannestaufe ein prophetisches Zeichen war, in dem die Ausgießung des Heiligen Geistes angekündigt wurde, läßt sich auch genauer auf den Taufvollzug eingehen, d. h. begründen, warum sie eine Übergießungs- und keine Tauchtaufe war. Die Vermutung, es habe sich um eine Tauchtaufe gehandelt, ruht zunächst auf Mk 1, 5; dort steht, Johannes habe „im" Jordan getauft. Auf Grund dieser Nachricht hat Markus die Taufe Jesu dann dahin beschrieben, daß er durch den Täufer „in den Jordan getaucht" worden sei. Auf diese beiden Angaben — sachlich ist es für unsere Frage nur eine — gestützt, konnte man vermuten, daß Johannes seine Taufe aus dem jüdischen Tauchbad entwickelt habe oder daß sie in irgendeiner Beziehung zur Proselytentaufe sich entwickelt habe — etwa als eine parallele Erscheinung. Es hat sich aber gezeigt, daß Markus hier seine Quelle unsachgemäß wiedergegeben und nach dem ihm geläufigen Taufvollzug umgedeutet hat. Denn:

a) Das Jordanwasser war kein reines Wasser und damit ungeeignet für die rituelle Reinigung, die ein Tauchbad in jedem Fall gewesen wäre.

b) Der Täufer taufte nach dem Johannesevangelium nicht mit Jordan-, sondern mit Quellwasser.

c) Als Ankündigung der Geistausgießung muß die Johannestaufe eine Übergießungstaufe gewesen sein.

d) Die Existenz und Vollzugsbedingung eines Täufers schließt die Möglichkeit der Tauchtaufe aus und zwingt zu dem Schluß, daß es eine Übergießungstaufe war.

Wenn damit die Möglichkeit entfällt, die Taufe aus den rituellen Waschungen der Juden abzuleiten, so kommt für die Proselytentaufe noch hinzu, daß der Täufer offensichtlich nur Juden getauft hat; das sagt seine Taufpredigt Mt 3, 9; Lk 3, 8. In dieser Weise läßt sich nur der Same Abrahams anreden. Soweit die direkte Überlieferung.

Es erleichtert die Einordnung der Johannestaufe, wenn wir hier bereits einen Blick auf die Tauftheologie der ältesten Kirche werfen, die wir erst bei späterer Gelegenheit im Zusammenhang darzustellen haben. Die Kirche hat bekanntlich sehr früh zur Übergießungstaufe die Tauchtaufe hinzugenommen und beide nebeneinander geübt. Von der Tauchtaufe und ihrer Typologie sehen wir hier ab, weil sich nur die Übergießungstaufe an die Johannestaufe anlehnt. Deren Typologie wurzelt aber in der ältesten, vermutlich sogar vorpfingstlichen Zeit der Kirche, d. h. aber, daß sie zwar nicht aus der Praxis, wohl aber der Typologie der Johannestaufe abzuleiten ist; christliche und Johannestaufe haben ihre gemeinsame Wurzel in der nämlichen Auslegung derselben alttestamentlichen Taufweissagungen.

Für Paulus ist (1Kor 10) die grundlegende alttestamentliche Taufankündigung in der Wolke zu sehen, in deren Gestalt Gott während der Wüstenwanderung seinem Volk den Weg gewiesen hat. Gott — der Heilige Geist — wird in der Wolke sichtbar; die Wolke, die die Taufe vorwegnimmt und bedeutet, ist offensichtlich eine Gewitterwolke, und die Taufe des alten Gottesvolkes, an die Paulus erinnert, war eine Übergießungstaufe.

Diese Wolke ist in johanneischen Kreisen mit den Wolken identifiziert worden, in denen der Menschensohn Daniels (7, 13) erscheint. Daraus ergibt sich, daß die Wolke einerseits als Fahrzeug des Menschensohns verstanden wurde, andererseits aber als Quelle des den Heiligen Geist sichtbar machenden Taufwassers. Die Kombination der beiden Deutungen wird in dem Prophetenspruch Apk 1, 7 vorgenommen; der Spruch zeigt uns aber nun, daß man die Ausgießung des Heiligen Geistes bei der Wiederkehr des mit dem Menschensohn gleichgesetzten erschlagenen und wiedererweckten Propheten erwartete:

Und siehe, es kam einer in des Himmels Wolken wie eines Menschen Sohn (Dan 7, 13)	Siehe, er kommt mit den Wolken
Will ich ausgießen den Geist der Gnade und sie werden (mich ansehn) welchen sie zerstochen haben und werden um ihn klagen (Sach 12, 10)	und sehen wird ihn jedes Auge und die ihn gestochen haben und werden über ihn klagen alle Stämme der Erde (Apk 1, 7)

Der Menschensohn Daniels bringt die Ausgießung des Heiligen Geistes. Welche Bedeutung man in johanneischen Kreisen diesem Midrasch beilegte, zeigt das Johannesevangelium (19, 34—37). Hier ist nicht nur die Öffnung der Seite Christi berichtet und als Erfüllung der Sacharjaweissagung bezeichnet, sondern der Evangelist beteuert dazu die Wahrheit seiner Mitteilung mit den stärksten Worten.

Auf diese Weise läßt sich aber erkennen, daß Wasser und Blut aus der Seitenwunde Christi mit den Wolken gleichgesetzt wurden, mit denen der danielische Himmelsmensch kommt. Anstelle von „Siehe, er kommt mit den

Wolken" heißt es im 1. Johannesbrief (5, 6): „Dieser ist's, der da kommt mit Wasser und Blut, Jesus Christus, nicht mit Wasser allein" (wie man daraus schließen könnte, daß bei Daniel nur die Wolken genannt sind), „sondern mit Wasser und Blut" (wie der Strom aus Christi Seite zeigt). Das aktuelle Interesse des Johanneskreises hat darin seinen Grund, daß man in dem Blut wie in dem Taufwasser einen Hinweis auf die Bluttaufe des Märtyrers sehen wollte. — Von hier aus läßt sich noch ein Blick auf Joh 7, 38f. werfen, weil wir daraus erkennen, daß mit lebendigem Wasser nicht Flußwasser, sondern von oben kommendes Himmelswasser gemeint ist „...von des Leib werden Ströme lebendigen Wassers fließen".

Die genannten Stellen zeigen uns in ihrem Zusammenhang, daß die Geistausgießung von den Kreisen, in denen Apk 1, 7 entstanden ist, mit der Wiederkehr des Menschensohns erwartet wurde. Nun hat aber die Kirche später die Verheißung der Geistausgießung in der Pfingstgeschichte erfüllt gesehen. Wann diese Deutung der Pfingstgeschichte sich durchgesetzt hat, wissen wir zwar nicht, doch können wir sagen, daß das nach der Bekehrung des Paulus geschehen sein muß, weil der Apostel 1 Kor 15, 6 zwar die Pfingstgeschichte selber kennt, aber noch nicht diese Deutung des Geschehens. Das heißt, daß die Erwartung der Geistausgießung zusammen mit der Wiederkehr Jesu in den Anfangszeiten der Kirche herrschend gewesen ist und erst später durch die uns geläufige Deutung der Pfingstgeschichte verdrängt wurde. Diese Erwartung kann — aber muß nicht — vorchristlichen Ursprungs sein. War sie aber vorchristlich, dann liegt die Vermutung nah, daß sie in täuferischen Kreisen entstanden ist, das heißt in jenen Kreisen, die sich die Pflege der Prophetie und der prophetischen Schriftauslegung zur Aufgabe gemacht hatten. — Nach dieser Erwartung war die Wolke, auf der der wiederkehrende Menschensohn erscheint, mit der Gewitterwolke gleichgesetzt, in der man das Fahrzeug Gottes sah, jener Wolke also, die beispielsweise den Elias in den Himmel entrückt hatte (2Kön 2, 11; vgl. auch Apk 11, 12). Diese Gewitterwolke war von Hesekiel in seiner Berufungsvision erblickt worden (Ez 1, 4.13). So lag es nah, den Gewitterregen als Bild der Geistausgießung anzusehen. Ein Grund dafür lag in der Erfahrung der Propheten, daß der Gewitterdonner ihnen den Beginn ihrer Inspiration ankündigte (z. B. Amos 3, 7f.; Apk 10, 4 a); darum werden sie in dem Regen, der dem Donner folgte, das Bild des Heiligen Geistes erblickt haben, und das um so mehr, als im trockenen Land das belebende Wasser die belebende Wirkung des Geistes sinnfällig zum Ausdruck brachte.

Das Urchristentum erwartet aber die Auferweckung der Toten mit der Ankunft des Menschensohns (z.B. 1Kor 15, 23; 1Thess 4, 16). Aus den oben genannten Stellen geht hervor, daß die Geistausgießung die Ursache für die Auferweckung der — Christo angehörenden — Toten war. Diese Erwartung hatte aber wieder ihren Grund in Ez 37, wo auf das Wort des Propheten hin der Heilige Geist die Auferweckung Israels vollzieht. (Eine Auferweckung zum Gericht ist hier wie da noch nicht vorgesehen; die entsteht erst später.) — Nach dem Gesagten scheint es also möglich, daß nicht erst das Urchristentum, sondern bereits der Täufer mit seiner Taufe die Ausgießung des Geistes und damit die Auferweckung der Toten und die Herstellung Israels ankündigte.

Daß freilich Josephus von dem allem seinen Lesern nichts sagt und den Täufer zum Sittenprediger macht, erlaubt uns eine Vorstellung davon, um wieviel reicher und gefüllter das Wirken des Täufers auch im Vergleich mit den evangelischen Nachrichten gewesen sein muß.

4. Jesus und der Täufer

a) Die Frage des Täufers

Die gegenseitige Zuordnung Jesu und des Täufers war nicht erst für die Verfasser unserer Evangelien ein Problem, sondern bereits für die ihnen vorausgehende Überlieferung. Die Markusquelle und die ihr vorausgehende gemeinsame Evangelienüberlieferung hatte die Frage schon am Anfang beantwortet. Denn da sie mit dem Auftreten des Täufers und der Taufe Jesu einsetzte, also die chronologische Reihenfolge wahrte, hatte sich ihr das Problem auch von vornherein gestellt. Sie hatte den Täufer, der als Wegbereiter Gottes des Heiligen Geistes aufgetreten war, als Vorläufer Jesu gedeutet. Die Logienquelle war aber kein chronologisch geordneter Bericht, sondern enthielt Sprüche, die thematisch zusammengefaßt waren. Die Frage nach der gegenseitigen Zuordnung Jesu und des Täufers hatte sich aber auch ihr gestellt; die Antwort darauf war in einigen Worten Jesu über den Täufer gegeben worden, die hier nacheinander mitgeteilt waren. Diese Sprüche stimmen in der Beurteilung des Täufers nicht ganz überein, nämlich in der Frage, ob der Täufer noch dem Alten Testament — den Propheten — oder schon dem Neuen Testament — dem Gottesreich, d.h. dem Evangelium — zuzurechnen sei. Damit zeigt sich, daß die Sprüche ursprünglich unabhängig voneinander überliefert worden waren. Wenn sich aber in allen Sprüchen die Anerkennung und Hochschätzung des Täufers durch Jesus ausdrückt, so wird man eben darin einen Wiederhall dessen sehen dürfen, was der Herr tatsächlich über den Täufer gesagt hat.

Außer den Worten Jesu hat die Logienquelle aber auch ein Wort des Täufers festgehalten, eine Frage genauer, die trotz ihrem andern Skopus ebenfalls der gegenseitigen Zuordnung Jesu und des Täufers dient. „Bist du der

Kommende oder müssen wir auf einen andern warten?" (Mt 11, 3; Lk 7, 19f.). Denn der Täufer zeigt mit seiner Frage, daß er selber keinesfalls die Gestalt ist, nach der er Jesus fragt. Offensichtlich wartet auch er auf den, der da kommen soll.

Die Synoptiker haben Mühe gehabt, einen geeigneten Platz für die Frage des Täufers zu finden. Das lag daran, daß sie scheinbar widersprüchliche Angaben über das zeitliche Verhältnis des Wirkens Jesu und des Täufers in ihrer Überlieferung vorfanden. Aus den Nachrichten über die Taufe Jesu durch den Täufer mußten sie schließen, daß beide — wenn vielleicht auch nur kurz — zur selben Zeit gewirkt hatten. Aber andererseits berichtete die Markusquelle über die Verhaftung und Hinrichtung des Täufers und das Wirken Jesu in einer solchen Weise, daß man daraus schließen mußte, Jesus habe erst nach dem Tod des Täufers sein öffentliches Wirken begonnen. Der König Herodes Antipas hält nach Mk 6, 15 Jesus für den von ihm hingerichteten Täufer und sagt damit, daß der Tod des Täufers vor dem Auftreten Jesu liegt. Markus versucht, die Schwierigkeit dadurch aufzufangen, daß er die Hinrichtung des Täufers im Anschluß an die Aussendung der Jünger durch Jesus anordnet; er deutet damit an, daß Jesus zwar schon vorher gewirkt habe, daß aber seine Zuwendung zu einer größeren Öffentlichkeit erst nach dem Tod des Täufers begonnen habe. Darin sind ihm Matthäus und Lukas gefolgt. Die standen aber vor der Schwierigkeit, daß der Täufer seine Frage an Jesus durch seine Jünger gestellt hatte. Daraus mußten sie schließen, daß er in diesem Augenblick bereits verhaftet gewesen sei und daß er erst nach seiner Verhaftung Kenntnis vom Wirken Jesu erlangt habe. Lukas hat das chronologische Problem auf eine elegante Weise gelöst. Er berichtet die Nachricht von der Verhaftung des Täufers ganz am Anfang, noch vor der Taufe Jesu, nachdem der Täufer ausdrücklich bekannt hat, daß er selber nicht der Christus sei (3, 16.20), und erzählt danach die Taufe Jesu als einen Rückgriff auf die Zeit vor der Verhaftung des Täufers. — Matthäus geht gerade umgekehrt vor. Er formuliert für die Frage des Täufers einen Rahmensatz (Mt 11, 2 a), der auf dessen später mitgeteiltes Schicksal vorgreift. Es ist aber offensichtlich Matthäus selber und nicht seine Quelle, der ausdrücklich mitteilt, daß der Täufer im Gefängnis sitzt, als er Jesus fragen läßt. Man erkennt das auch daran, daß Jesus hier von der handschriftlichen Überlieferung fast in ihrer ganzen Breite — nur D macht eine Ausnahme — „Christus" genannt wird; wenn es ursprünglich ist, dann geht es auf den Evangelisten zurück.

Der Vergleich mit dem Johannesevangelium zeigt aber, daß die Synoptiker — d. h. Markus und die andern in seinem Gefolge — hier eine Vermutung vortragen: Weil der Täufer durch seine Jünger fragen läßt, schließen sie, daß er bereits verhaftet sei. Aus Joh 3, 22—30 geht aber hervor, daß der

Täufer in dem Augenblick, in dem seine Jünger das Verhältnis Jesu zu ihrem Meister erörtern, nicht im Gefängnis sitzt, sondern in Ainon bei Salim tauft. Mit 3, 24 — „denn Johannes war noch nicht gefangengesetzt" — deutet der Evangelist vielleicht sogar an, daß die Verhaftung des Täufers unmittelbar danach folgte und daß Ainon bei Salim der Ort war, an dem der Täufer durch Herodes verhaftet wurde. — Es ist sogar möglich, daß Lukas die Überlieferung gekannt hat, die hier von dem Evangelisten Johannes mitgeteilt wird, weil er den Täufer, bevor er dessen Verhaftung berichtet, ausdrücklich erklären läßt, daß er nicht der Christus sei. Als das Volk sich fragt, ob der Täufer der Christus sei, weist dieser — so ordnet Lukas seine ihm überlieferten Nachrichten an — auf den nach ihm kommenden Stärkeren hin.

Aus dem Vergleich mit dem Johannesevangelium hat sich also ergeben, daß eine — vermutlich kurze — gleichzeitige Wirksamkeit Jesu und des Täufers überliefert war und daß sie gleichbedeutend mit der Zeit ist, in der der Täufer nicht mehr an seiner alten Taufstelle in „Bethanien jenseits des Jordan", sondern in Ainon bei Salim taufte. Von hier aus — so stellte es sich wenigstens die Logienquelle vor — habe der Täufer seine Jünger an Jesus mit seiner Frage gesandt. Die Vermutung liegt nahe, daß der Täufer mit dem Ortswechsel versucht habe, sich den Nachstellungen des Herodes zu entziehen, indem er sich nach Samarien begab, das heißt in ein Gebiet, das nicht dem Antipas, sondern den Römern unterstand. Und es sieht weiter so aus, als habe ihn Antipas dort aufheben lassen; dazu brauchte er sicher die Erlaubnis des römischen Statthalters — Pontius Pilatus —, und die wurde ihm zweifellos auch ohne weiteres erteilt. Denn die Statthalter machten, wie oben gezeigt wurde, zwischen Zeloten und Propheten keinen Unterschied.

b) Das Zeugnis Jesu über den Täufer

Die Logienquelle hat (Mt 11, 7—10; Lk 7, 24—27) ein Wort Jesu mitgeteilt, aus dem hervorgeht, daß der Täufer seine Predigtstelle an der Jordanfurt überraschend verlassen hatte. Mit ihrer thematischen Gliederung hatte die Logienquelle die Frage des Täufers unmittelbar davor angeordnet, die Mitteilungen Jesu zur Einordnung des Täufers in die Heilsgeschichte unmittelbar dahinter. Im chronologischen Ablauf ist das Wort Jesu nicht nur das älteste Wort über den Täufer, sondern das älteste Herrenwort überhaupt. Denn es geht der öffentlichen Wirksamkeit Jesu voraus; nur die Mitteilungen über Jesu Taufe und Versuchung weisen in eine noch frühere Zeit zurück.

...begann Jesus über Johannes zu dem Volk zu reden: Was anzuschaun seid ihr in die Wüste hinausgezogen? Rohr, das vom Wind geschüttelt wird?
Oder was zu sehn, seid ihr hinausgezogen? Einen Menschen in weichen Kleidern? Seht, die Menschen, die weiche Kleider tragen, sind in den Häusern der Könige.
Oder was seid ihr hinausgezogen? Einen Propheten zu sehn?
Ja, ich sage euch: noch mehr als einen Propheten. Dieser ist der, über den geschrieben steht: ‚Siehe ich sende meinen Boten vor deinem Angesicht her; der wird vor dir deinen Weg bereiten' (Mt 11, 7—10).

Der Ort, an dem Jesus diese Worte spricht, ist dadurch bestimmt, daß das Volk das vom Wind geschüttelte Schilfrohr vor Augen hat. Es ist die Jordanniederung. Da die Menge sich versammelt hatte, um den Täufer zu sehen, muß es dessen Predigtplatz an der Jordanfurt gewesen sein. Aber der Täufer selber ist nicht zugegen, auch wenn das Volk ihn hier zu finden erwartet hatte. Statt dessen wird es von Jesus mit den zitierten Worten angeredet. An dieser Stelle befand sich Jesus aber in der Zeit, für die wir Nachrichten über ihn haben, nur zweimal, wie im nächsten Kapitel genauer zu zeigen sein wird: Nach seiner Taufe auf dem Weg nach Galiläa und vor seinem Tod auf dem Weg nach Jerusalem. Hier kommt nur die erste der beiden Gelegenheiten in Frage.

Dieser Augenblick geht aber dem öffentlichen Wirken Jesu in jedem Fall voraus, ob es nun — nach dem Johannesevangelium — bereits auf dem Weg nach Galiläa beim Durchzug durch Judäa, Jerusalem und Samarien einsetzt, oder — nach den Synoptikern — erst in Galiläa. Das Volk, an das sich hier Jesus wendet, sind noch nicht seine eigenen Hörer, sondern die des Johannes; ihn zu hören, sind die Menschen an den Jordan gekommen. Das dreimal wiederholte „Sehen" kann einen Vorwurf Jesu enthalten. Einen Propheten sieht man nicht an, sondern hört ihn und hört auf ihn. So ist denkbar, daß Jesus mit diesen Worten dem Volk seine Sensationsgier und mangelnde Anteilnahme vorwirft.

Da der Ort in der Jordanau ist, bekommen die Völkerscharen an Stelle des Täufers nur den Anblick des Schilfrohrs geboten. Der Täufer selber hatte sich, wie wir aus dem Johannesevangelium erfahren hatten, überraschend nach Samarien begeben; vermutlich, um sich seiner Verhaftung durch die Leute des Herodes Antipas zu entziehn. Nach dem Johannesevangelium befand er sich zu dieser Zeit aber noch nicht im Gefängnis (3, 24). — Anstelle des Täufers spricht Jesus zu dem Volk.

Die Ansprache Jesu besteht aus drei Fragen, auf die die Antwort jedesmal „einen Propheten" lautet, aber in den beiden ersten Fragen verschlüsselt und umschrieben gegeben, in der dritten Frage dafür überboten wird. Das Volk muß sich von Jesus sagen lassen, daß es mit seinem unzulänglichen Prophetenbegriff der Erscheinung des Täufers nicht gerecht wird, während dieser den eigentlichen Inhalt des Prophetenbegriffs überbietet und nicht nur ein Prophet ist, sondern sogar mehr als das. Ein Prophet ist nicht, wie das Volk voraussetzt, ein Rohr im Wind und ein Mensch in weichen Kleidern; der Täufer aber ist mehr als ein Prophet.

Der Vergleich eines Propheten mit dem „Rohr im Wind" kommt im Alten Testament nicht vor. Zwar wird der Prophet Ez 29, 6 nach dem LXX-Text mit einem Rohr verglichen, und diese Stelle kann auch der Ausgangspunkt für den Vergleich an unserer Stelle gewesen sein, aber der Sinn ist an beiden Stellen grundverschieden. Bei Hesekiel war ursprünglich, nach dem hebräischen Text, Ägypten mit einem Rohr verglichen, das zerbricht und den verletzt, der sich darauf stützt. Daraus war in einer Auslegung, die wir nur im LXX-Text vorliegen haben, der Prophet selber zum Rohrstock, d. h. zur Zuchtrute für das Haus Israel geworden. Aber selbst wenn das der Ausgangspunkt für den Vergleich des Propheten mit dem Rohr auch war, so ist das Bild hier ganz anders gebraucht. — Im Alten Testament kommt nicht einmal das Schwanken oder Zittern des Rohrs im Wind vor. Nach 1Kön 14, 15 schwankt das Rohr im Wasser; Jes 7, 2 beben die Bäume im Wind. — Man kann sich hier fragen, ob anstelle der Übersetzung „Schwanken" nicht die Bedeutung „Zittern" vorzuziehen sei. Das im Psalter und bei den Propheten vorkommende Wort meint das Beben häufiger als das Schwanken. Vom Rohr im Wind kann freilich beides ausgesagt werden. Da das Rohr aber mit einem Propheten verglichen wird, wird man eher annehmen, daß hier das Zittern und Beben gemeint ist und das Geschütteltwerden, das durch die Gegenwart Gottes ausgelöst wird. Der Täufer wird durch den Vergleich als ekstatischer Prophet bezeichnet; dem Volk wird vorgeworfen, daß es nicht gekommen ist, einen Propheten zu hören, sondern seine Sensationsgier durch das Anschauen eines von der Ekstase ergriffenen Menschen zu befriedigen. Da das Volk den Täufer für besessen erklärt hat (Mt 11, 18; Lk 7, 33), könnte dessen ekstatisches Zittern daran mit schuld gewesen sein. — Nicht zu entscheiden ist eine Frage, die sich aus der für uns nahliegenden Metapher des „Schwankens im Wind" ergibt, nämlich ob der Täufer durch Jesus als der unerschütterliche Bußprediger habe bezeichnet werden sollen, der sich durch die Drohungen des Antipas nicht habe irrmachen lassen. Man hat jedoch eher den Eindruck, daß hier von einem einzelnen Rohr die Rede ist, während die Metapher auf das Schilf im ganzen zielt. Diese Deutung kann nicht ausgeschlossen werden, wenn sie auch die weniger wahrscheinliche ist. In diesem Fall wäre also die Antwort zu ergänzen: Der Täufer ist kein im Wind schwankendes, dem Fürsten gefälliges Rohr. Wenn sich diese Einzelheit der Ansprache Jesu auch nicht bis ins letzte aufhellen läßt, so ist doch sicher, daß Jesu Frage die Antwort fordert: Das Volk ist nicht gekommen, um das vom Wind bewegte Rohr zu sehen.

Aber das Volk ist auch nicht gekommen, einen Menschen in weichen Kleidern zu sehen. Das geht zunächst auf die Prophetenkleidung des Täufers, die als unansehnliches und unbequemes, vielleicht sogar beim Tragen schmerzendes Bußgewand gedeutet wird. Die Menschen in weichen Kleidern sind wohl darum an den Höfen der Fürsten zu finden, weil sie ihnen zum Munde reden. Der Täufer mit seinem rauhen Gewand ist jedoch ein Mensch, der dem König sagt, was er nicht gern hört. Vielleicht deutet hier der Gegensatz des Täufers zu den Menschen an den Königshöfen an, daß er (nach 1Kön 14, 6) ein rauher oder harter (skleros) apostolos ist wie Ahia der Prophet, der dem Weibe des Königs Jerobeam das Unglück ansagte, das das Königshaus treffen soll. — Wir werden uns ohnehin vorzustellen haben, daß der Täufer sich mit seiner politischen Predigt nicht auf den Ehebruch des Königs beschränkt hat, sondern daß er, ähnlich wie Ahia an der genannten Stelle, dem König seinen Untergang voraussagte und ihm zur Begründung außer Ehebruch auch Götzendienst vorwarf.

Die beiden ersten Fragen Jesu charakterisieren den Täufer mithin als ekstatischen und furchtlosen und politisch unbequemen Bußprediger. *Mehr* als ein Prophet ist der Täufer aber darum, weil er der im Alten Testament geweissagte Engel und Vorläufer Gottes ist. Sein Auftreten ist nicht nur Verheißung, sondern mehr als das, auch Erfüllung; es zeigt ihn als den Anfang des Evangeliums.

Das folgende Logion („Unter den Weibsgeborenen ist kein größerer erweckt als Johannes der Täufer; doch der Kleinste im Himmelreich ist größer als er" [Mt 11, 11; Lk 7, 28]) steht im Widerspruch zu dieser Einordnung des Täufers und ist eben dadurch als selbständiges Logion zu erkennen. Es besagt zwar ebenfalls, daß der Täufer zu den Propheten gehört; Propheten werden „erweckt". So nennt es den Täufer den größten unter den Propheten, nämlich unter denen, die das Reich Gottes erwartet haben. Wenn aber der kleinste im Gottesreich größer als er ist, so besagt das einerseits, daß die Glieder des Gottesreiches alle Propheten sind, die sich der unmittelbaren Leitung des Heiligen Geistes erfreuen, aber andererseits, daß der Täufer noch nicht zu ihnen gehört, sondern zwar an der Grenze zum Gottesreich steht, jedoch diese Grenze noch nicht überschritten hat. — Nun ist der genannte Widerspruch zwar erkennbar und schließt aus, daß die beiden Logien ursprünglich zusammengehört haben, aber auch wieder nicht so grundsätzlich, daß eines von ihnen, und das müßte dann das zweite sein, notwendigerweise unecht sein müßte. Man wird vielmehr wegen der Hochschätzung des Täufers, die sich auch darin ausdrückt, beide für echt halten, nur daß das zweite bei einer andern Gelegenheit und zu einem späteren Zeitpunkt gesprochen wurde, nämlich in einem Augenblick, in dem Jesus erkannt hatte, daß es noch einen Umstand gab, der bis dahin den Anbruch der Gottesherrschaft verhinderte.

Diese Differenzierung, die der Vergleich der beiden eben besprochenen Logien erfordert, nimmt das dritte Logion vor, das bei Matthäus, der Reihenfolge der Logienquelle folgend, anschließend mitgeteilt wird: „Von den Tagen Johannes des Täufers bis jetzt leidet das Himmelreich Gewalt, und Gewalttäter nehmen es weg" (11, 12). Lukas hat das Wort in einen anderen Zusammenhang eingeordnet (16, 16), aber er hat es nicht mehr verstanden. Nach der lukanischen Form reichen Gesetz und Propheten bis auf Johannes; von da an wird das Reich Gottes als Evangelium verkündigt. Was Lukas — oder ggf. die handschriftliche Überlieferung — sich unter „und jeder dringt mit Gewalt in es ein" oder „und jeder übt gegen es Gewalt" auch verstanden haben mag, es war in keinem Fall das ursprüngliche Verständnis. Das hat aber Matthäus bewahrt. Die Form bei Matthäus kann verstümmelt sein; es kann sein, daß auch hier ursprünglich der Satz vorausging, daß „Gesetz und Propheten bis auf Johannes" gereicht hätten. Das muß nicht sein, weil Johannes hier „Johannes der Täufer" genannt ist; die vollständige Titelgebung deutet vielmehr an, daß das Wort hier einsetzt. Es besagt, daß das Gottesreich von Johannes dem Täufer an hätte in Erscheinung treten müssen, wenn es nicht mit Gewalt aufgehalten und verhindert worden wäre. Hier ist von einem Katechon die Rede, der die Offenbarung des an sich bereits vorhandenen Gottesreiches mit Gewalt unterdrückt. Das Wort hätte in der nachösterlichen Zeit von den Jüngern Jesu in dieser Weise nicht mehr formuliert werden können. Da wäre das Auftreten des Täufers als Bezugspunkt für den Anbruch des Gottesreiches ohne Nennung Jesu nicht mehr möglich gewesen. So haben wir Grund, auch dieses Logion für ein echtes Herrenwort zu halten. Weiteres s. u. Schließlich haben wir auch für das Logion Mt 11, 16—19; Lk 7, 31—35 Grund zu der Vermutung, daß es auf ein Wort Jesu zurückgeht. Denn hier sind der Täufer und Jesus in der Ablehnung beider durch das Volk derart auf eine Stufe gestellt, daß der Herr selber diese Anordnung vorgenommen zu haben scheint. Zumindest hat diese Gleichstellung beider in der nachösterlichen Zeit nur ganz spärliche und undeutliche Spuren hinterlassen.

Die bisher besprochenen Worte Jesu über den Täufer entstammten der Logienquelle. Sie müssen sich dort recht weit am Anfang befunden haben. Es ist denkbar, daß der Täufer das erste Thema der Logienquelle überhaupt war. Jedoch hat auch die Markusquelle ein Wort Jesu über den Täufer bewahrt. Nach Mk 9, 11—13 (= Mt 17, 10—13) war der inzwischen hingerichtete Täufer der zum zweiten Mal gekommene Elia, dessen Kommen dem Ende vorausgehen mußte. Diese Deutung des Täufers deckt sich mit der Auffassung des Evangelisten Markus. Doch stammt das Wort nicht von ihm, sondern ist auch unabhängig von Markus, wie das Vorkommen Mt 11, 14f. zeigt, überliefert worden; vermutlich in der Logienquelle. Markus hat diese

Deutung des Täufers durch Jesus an die Verklärungsgeschichte angehängt und ihr damit besonders großes theologisches Gewicht verliehen. Der Elia, den die vertrauten Jünger Jesu zusammen mit dem verklärten Herrn gesehen haben, wird dadurch mit dem hingerichteten und von Gott erweckten Täufer identifiziert, und die Verklärungsgeschichte selber erweist sich damit als prophetische Schau auf die Auferstehung der Toten.

Aus den besprochenen Texten ergab sich eine unerwartet hohe Einschätzung des Täufers durch Jesus. Auch nach seiner Meinung bezeichnet das Auftreten des Täufers den Anfang der Gottesherrschaft. Für die Geschichte Jesu zeigte sich, daß das erste öffentliche Auftreten Jesu, von dem wir überhaupt eine Nachricht haben, seine Ansprache an die Hörer des Täufers am Jordanufer war. So schließen das Wirken des Täufers und das Wirken Jesu unmittelbar aneinander an. Die Texte besagen, daß Jesus vom Auftreten des Täufers an mit der latenten Gegenwart des Gottesreiches gerechnet hat. Möglicherweise gaben die Nachrichten von der Gefangennahme und dem Ende des Täufers für Jesus den Anstoß, nun selber mit der Verkündigung des Gottesreiches an die Öffentlichkeit zu treten.

5. Das Ende des Täufers

Wir haben für das Wirken des Täufers nur eine einzige chronologische Angabe, nämlich die, die Lukas 3, 1—3 macht. Dementsprechend hat der Täufer lange Zeit, etwa in der Weise des Banus, verborgen in der Wüste gelebt, wo er gelehrt und Schüler um sich gesammelt und vielleicht diese auch getauft haben mag, doch all das, ohne daß er Spuren in der Geschichte hinterlassen hätte. Doch nachdem er mit Predigt und Taufe an die Öffentlichkeit getreten war, kann sein Wirken nur noch kurz gewährt haben. Die römischen Statthalter waren gewohnt, energisch zuzuschlagen, wenn sich eine Volksbewegung um eine greifbare Person bildete. Josephus billigt dieses Vorgehen und deutet dabei an, daß die Römer gar nicht in der Lage waren, zwischen Zeloten und Propheten — Josephus spricht von Räubern und Zauberern — zu unterscheiden. — Die Einstellung der Herodesnachkommen, die im Norden und Osten des römischen Gebiets ihre Herrschaft behaupteten, war von der der römischen Statthalter nicht verschieden. Sie waren in ähnlicher Weise von der Gunst des Kaisers abhängig und hatten auch ein ähnliches Interesse an der Unterdrückung aller Volksbewegungen. Denn den Juden waren die Herrscher aus dem idumäischen Hause noch verhaßter als die Römer. Aber auch die Juden waren untereinander alles andere als einig. Die pharisäische Volkspartei war bestrebt, die sadduzäische Adelspartei aus der von ihr behaupteten führenden Stellung zu verdrängen, so daß diese geneigt und genötigt war, sich mit dem König und den Römern gut zu stellen. Keine dieser drei Mächte hatte freilich das Volk auf ihrer Seite. Das stand hinter den Pharisäern, die nach der Macht strebten, aber dabei bisher noch wenig Erfolg aufzuweisen hatten. — Unter diesen Umständen mußten alle, die nur ein wenig Macht in diesem Land hatten, darauf gefaßt sein, daß Unruhen und Volksbewegungen die Verhältnisse zu ihren Ungunsten ändern könnten, und mußten solche Bewegungen unterdrücken, so gut sie konnten. Das bedeutete aber, daß es niemanden gab, der die Möglichkeit hatte, Herodes Antipas bei seinem Vorgehen gegen den Täufer zu hindern.

Herodes Antipas verfolgte ein großes politisches Ziel. Er wollte das ganze Gebiet, das Herodes dem Großen unterworfen war, unter seine Herrschaft bringen. Herodias, deren Ehrgeiz den seinen noch übertraf, bestärkte ihn darin. Dieser Ehrgeiz war für sie wohl der Grund dafür gewesen, daß sie ihren Gemahl, den politisch nicht mehr aktiven Herodes Boethus, verlassen hatte, um dessen Bruder, ihren bisherigen Schwager Herodes Antipas zu heiraten. Diese Verwandtenheirat war nach dem jüdischen Gesetz verboten (Lev 20, 21). Antipas machte sich mit diesem Schritt die Pharisäer zu Feinden und dürfte auch bei den Sadduzäern nicht auf Billigung gestoßen sein. Dazu kam, daß er die Rache des durch die Verstoßung seiner Tochter beleidigten Araberkönigs Aretas fürchten mußte. So hatte Antipas Grund genug, sich dem römischen Statthalter gefällig zu erweisen und gegen den Täufer vorzugehn, der sich von dem Gebiet des Antipas aus mit seiner Predigt an die Bewohner von Judäa wandte.

Noch schwerer werden die Gründe gewogen haben, die dem Antipas nahelegten, von sich aus gegen den Täufer vorzugehen. Dieser konnte in dem Verhalten des Antipas nur ein Hindernis für das Gottesreich sehen, und sowohl aus dem Bericht des Josephus wie aus den Nachrichten der Evangelien ist zu schließen, daß der Täufer auch in seiner Predigt den Antipas nicht schonte. So entschloß Antipas sich, den Täufer zu beseitigen. Dieser scheint über den Plan des Antipas so rechtzeitig im Bild gewesen zu sein, daß es ihm gelang, sich der drohenden Verhaftung zu entziehen und nach Samarien auf römisches Gebiet zu fliehen. In Ainon bei Salim nahm er nun westlich des Jordan, aber wiederum in der Nähe des Flusses, seine bisherige Tätigkeit wieder auf. Indessen war der Täufer in Samarien nichts weniger als sicher. Antipas wird sich wohl der Zustimmung des römischen Statthalters versichert haben, und die wird er ohne Schwierigkeiten erlangt haben. Er ließ den Täufer nun wie geplant verhaften und nach der Festung Machairos bringen. Den Ort wird er darum gewählt haben, weil er sich in dieser Zeit selber dort aufzuhalten pflegte. Denn Machairos war im Grenzgebiet des Nabatäerkönigs Aretas gelegen. Die Tochter des Aretas war von hier aus zu ihrem Vater geflohen, und hier in der Nähe der gefährdeten Grenze versuchte Antipas, den

Feindseligkeiten durch Verhandlungen zuvorzukommen und den Angriff durch seine Gegenwart zu verhindern oder wenigstens abzufangen.

In ihren Berichten vom Tode des Täufers unterscheiden sich Josephus und die Evangelien, d.h. Markus. Nach Josephus deutet nichts darauf hin, daß Antipas den Täufer noch einige Zeit gefangengehalten habe, bevor er ihn hinrichten ließ. Die Evangelien geben dem Täufer nicht nur Zeit, jene Frage an Jesus, ob er der Kommende sei, zu richten, sondern lassen die Hinrichtung auf Betreiben der Herodias hin geschehen. Es ist denkbar, daß Markus hier eine Erinnerung an den Täufer bewahrt hat, die dem Josephus entgangen ist. Der Tod des Johannes ist bei Markus in einer für diesen Evangelisten ungewöhnlichen Breite erzählt. Andererseits läßt Josephus keinen Zweifel daran, wie verhängnisvoll die Verbindung mit Herodias für den Antipas war. So müssen wir schließen, daß er keine Einzelheiten über das Sterben des Täufers gewußt hat.

Nun wissen wir davon freilich noch nicht, ob der Bericht des Markus vom Tod des Täufers auf Betreiben der Herodias zuverlässig ist. Für dessen historische Treue spricht der Umstand, daß die nahliegende Vergleichung der Herodias mit Isebel nicht vorgenommen ist. Es ist nach diesem Bericht die Rache der Herodias für die Vorwürfe, die der Täufer ihrem Gatten wegen des Ehebruchs macht. Diese Vorwürfe sind historisch glaubwürdig, und daß die Ausdrucksweise des Täufers dabei deutlich war, ist mehr als wahrscheinlich. Wenn Antipas den Täufer aber wirklich erst auf das Betreiben der Herodias hinrichten ließ, und wenn Herodias ihren Gatten nur durch ein von diesem voreilig und blanko gegebenes Versprechen zur Hinrichtung des Täufers zwingen konnte, dann muß der König in der Tat seinerseits keine Neigung gehabt haben, den Täufer hinzurichten. Vielleicht hoffte er, da er den Täufer in seiner Gewalt hatte, dessen Unterstützung für seine politischen Pläne zu gewinnen. Es wäre viel für ihn gewonnen gewesen, wenn der Täufer ihm seine Ansprüche auf die Herrschaft über Judäa und Samarien, oder wenigstens über das Gebiet des Philippus bestätigt hätte, das zwischen den beiden Teilen seines Landes lag. Wenn jedenfalls Antipas den Täufer nicht sofort hinrichten ließ, ist es auch wahrscheinlich, daß das Eingreifen der Herodias, wie immer es verlaufen sein mag, das Ende des Täufers bewirkte.

Der enthauptete Leichnam wurde den Jüngern des Täufers auf deren Wunsch zur Bestattung übergeben (Mk 6, 29; Mt 14, 12). Da die Prophetengräber Orte besonderer Verehrung waren und da man annahm, daß die Auferstehung der Toten mit der der Propheten beginnen werde, dürfte sich hinter dieser Nachricht die Kenntnis von der Lage des Täufergrabes verbergen. Die Übermittler dieser Nachricht können nach Lage der Dinge nur Täuferjünger gewesen sein. Dann können wir schließen, daß auch die Nachricht vom Ende des Täufers auf demselben Weg und im Zusammenhang mit der

Nachricht über die Grablegung des Täufers an Markus gekommen ist; d.h. daß wir bei Markus die Geschichte lesen, die die Täuferjünger unmittelbar nach dem Tode ihres Meisters sich über die Umstände dieses Todes erzählten. Wenn wir auf diese Weise auch nicht strikt die historische Treue beweisen können, so können wir doch sehen, daß nicht viel Gelegenheit zum legendarischen Wuchern bestanden hat.

6. *Die Jünger des Täufers*

Johannes der Täufer hatte, bevor er an die Öffentlichkeit trat, als Eremit in der Wüste gelebt. Unsere Vorstellung von der Art, in der ein Eremit von der Art des Täufers lebte, wird durch den Bericht des Josephus über die Lebensweise des Banus gebildet, vielleicht auch durch die ersten christlichen Mönche. Daher haben wir Grund zu der Annahme, daß auch der Täufer nicht ganz allein lebte, sondern daß er Jünger um sich sammelte, die seine Lebensweise teilten, die seine Predigten und Schriftauslegungen hörten und die ihm zur Hand gingen und ihn versorgten, soweit das die geringen Bedürfnisse überhaupt erforderten. — Als man die Schriften der Sekte von Qumran fand, hat man in der ersten Entdeckerfreude die Vermutung geäußert, der Täufer sei Essener, ja sogar Angehöriger der Qumransekte gewesen. Aber da sind die Ähnlichkeiten gering, die Unterschiede groß und zahlreich. Die Johannestaufe hat mit den Waschungen der Essener gar nichts zu tun. Für die hierarchische und militärische Organisation der Qumrangemeinde gibt es bei Johannes gar keine Entsprechung. Vor allem gibt es zwischen der priesterlichen Frömmigkeit der Qumranleute und der prophetischen Frömmigkeit des Täufers nur Unterschiede und keine Gemeinsamkeit. Allein die Wüste könnte eine Verbindung herstellen, sei es als faktischer Aufenthaltsort, sei es als Chiffre für den Ort und die Zeit der Heilsvorbereitung und der Heilserwartung. Aber diese Wüste ist in jeder Hinsicht ein weites Feld und bietet zu den verschiedensten Konstruktionen Platz. Daß aber der Täufer wie die Qumranleute den Anbruch des Gottesreiches in der nächsten Nähe glaubten, daß sie beide bestrebt waren, sich selber auf das Gottesreich vorzubereiten, wie es durch ihr Verhalten herbeizuführen, das unterscheidet sich nicht von der Mehrzahl der andern Juden in jener Zeit. Daher können wir auf keine Weise etwas über die Organisationsform der Jüngergemeinde des Johannes sagen, sondern müssen annehmen, daß es sich dabei um jene wenig durchgebildete Gesellschaft handelte, in der allenthalben in den Eremitenkolonien die Gemeinschaft des Lehrers mit seinen Schülern sich darstellte, und die auf starker persönlicher Bindung und wenig oder gar nicht formulierten, vom Herkommen und von der Natur der Sache festgelegten

Regeln beruhte. Ob der Täufer aber in der Wüste eine Art Kloster gegründet hat, ob das gemeinschaftliche Leben durch Regeln festgelegt war, das wissen wir nicht. Die Evangelien, d.h. die Logienquelle, setzen voraus, daß er mit seinen Jüngern auch nach seiner Verhaftung und Gefangennahme noch Umgang haben konnte, daß er Jünger mit seiner Frage zu Jesus senden konnte, und daß die Jünger auch nach seinem Tod sein Andenken ehrten und sein Grab als das Grab eines Propheten ehrten und pflegten.

Die Gemeinschaft der Johannesjünger hatte auch nach dem Tod des Täufers Bestand. Es gab Johannesjünger, die sich an Jesus anschlossen. Der Evangelist Matthäus setzt 14, 12 voraus, daß die Johannesjünger, die Jesus den Tod ihres Meisters meldeten, sich nun an Jesus anschlossen; warum sollte er sonst den Markusbericht vom Tode des Johannes um die Meldung des Todes erweitert haben. Das Johannesevangelium läßt erkennen, daß es Auseinandersetzungen zwischen den Jüngern Jesu und den Johannesjüngern gab (3, 25—30), und angesichts dieser Auseinandersetzungen kann auch nicht erfunden sein, daß Andreas, der Bruder des Petrus, und ein anderer Johannesjünger zu den erstberufenen Jüngern Jesu gehörten (Joh 1, 40). Man kann freilich im Johannesevangelium bei seinen Nachrichten über die Jünger Jesu und des Johannes nie ganz sicher sein, daß nicht die nachösterliche Zeit gemeint sei, aber auch die Synoptiker weisen darauf hin, daß Johannesjünger und Jesusjünger nebeneinander existieren und sich aneinander maßen. Das geschieht in den Perikopen von der Fastenfrage und der Mitteilung des Vaterunsers.

Diese Fastenfrage (Mk 2, 18—20; Mt 9, 14; Lk 5, 33—35) „Warum fasten die Jünger des Johannes und die der Pharisäer, aber nicht deine Jünger?" hat bei Johannes eine Entsprechung (Joh 3, 29—30), die auch in ihrer Stellung der der synoptischen Perikope entspricht. Sie wird sich daher bereits in der allen Evangelien gemeinsamen Überlieferung befunden haben. In dieser Perikope werden die Schüler des Johannes und die der Pharisäer zu einer fastenden Gruppe zusammengefaßt. Aus der Zusammenfassung läßt sich schließen, daß es sich dabei nicht um im Gesetz vorgeschriebene Fasten gehandelt hat, sondern um außerordentliche; weiterhin, daß der Sinn dieser Fasten die Gebetsverstärkung war, und schließlich, daß das Gebet, das diese Fasten verstärken sollten, das Gebet um die Ankunft der Gottesherrschaft war. Man konnte diese Frage dann aufwerfen, wenn das Fasten eine freiwillige Leistung war, die man gleichwohl auch von den Jüngern Jesu erwarten durfte; so war ihr Verhalten erklärungsbedürftig. Die Perikope setzt voraus, daß der angekündigte Tod Jesu, des Bräutigams, inzwischen eingetreten ist. Daher kann sie ihre uns vorliegende Form erst nach Ostern erlangt haben. Es ist anzunehmen, daß der Satz „Es werden aber Tage kommen..." nach dem Tode Jesu angefügt wurde, als auch Jesu Jünger die Fastensitte übernommen hatten. In jedem Fall hält sie aber die Erinnerung an einen Zustand wach, in dem die Jünger Jesu noch nicht die Fastensitte übernommen hatten, während in ihrer Umwelt Pharisäer und Johannesjünger fasteten. Dazu kommt, daß der Vergleich des fastenden Täufers mit dem nichtfastenden Jesus, den die Logienquelle bewahrt hat (Mt 11, 16; Lk 7, 31), in der vorösterlichen Zeit entstanden ist. Dieser Vergleich drückt die unterschiedliche Auffassung der Täuferjünger und der Jünger Jesu über den Anbruch des Gottesreiches aus. Die Jünger Jesu glauben, das Gottesreich habe bereits begonnen, die Täuferjünger warten noch darauf.

Dieser Unterschied bleibt erhalten, als nach dem Tode Jesu auch die Jüngergemeinde fastet, aber für ihre Sitte eine andere Begründung angibt und darum andere Wochentage wählt (Did 8, 1: „Eure Fasten dürfen nicht zusammen mit den Heuchlern stattfinden…"). Die Christen können nicht mehr wie die Juden fasten, um das Gebet um die Ankunft des Gottesreiches zu verstärken; so begründen sie ihre Fasten mit der Trauer um den Tod Jesu.

In denselben Zusammenhang gehört auch die Nachricht, daß Johannes seine Jünger beten gelehrt habe (Lk 11, 1). Da die Jünger Jesu wie die Jünger des Johannes gleicherweise Juden von besonderer Frömmigkeit waren, die auch vorher schon eifrig zu beten gewohnt waren, kann es sich hier nur um ein besonderes Gebet gehandelt haben, in dem um das gebeten wurde, was allen vor allem am Herzen lag, das Gottesreich. Daher müssen sich das Gebet, das Johannes seine Jünger gelehrt hatte, und das Gebet Jesu zumindest in der Gebetsabsicht ganz ähnlich gewesen sein. Ob es da überhaupt Unterschiede gegeben habe, ist kaum zu sagen. — Die Jünger des Johannes wollten von ihrem Meister nichts anderes erfahren als die Jünger Jesu von dem Herrn: Wie man sich durch das Gebet auf das Reich vorbereiten könne, und was man beten müsse, um die Offenbarung der Gottesherrschaft herbeizuführen und zu beschleunigen. Johannes hatte aber seine Jünger gelehrt, gemeinsam zu fasten und gemeinsam zu beten, und aus diesen Gemeinsamkeiten in der Praxis pietatis erwächst eine Gemeinde. Die Weiterexistenz der Täuferjünger als eigene Gemeinde wird von den Evangelien bezeugt. Bei den Synoptikern spielt freilich die Rücksichtnahme auf die Täuferjünger keine zentrale Rolle. Sie wird über die Synoptikerquellen in diese Evangelien hineingekommen sein, hat aber anscheinend die Gestaltung der Evangelien durch die redaktionelle Tätigkeit der Evangelisten nicht mehr bestimmt.

Allerdings hat sich die Frage, ob der Täufer noch in das Alte oder schon in das Neue Testament gehört, erst bei der Redaktion der Evangelien endgültig in Richtung des Alten Testaments entschieden. Aber für diese Entscheidung braucht man nicht die Täuferjünger als Gegenüber der Evangelisten vorauszusetzen; es ist vielmehr zu schließen, daß die Synoptiker die Jünger des Täufers nicht mehr als Gegenüber der Jünger Jesu und der Urgemeinde vor

Augen hatten. Allein der Evangelist Johannes hat bei der Niederschrift seines Evangeliums noch Täuferjünger vor seinen leiblichen oder geistigen Augen. Aber wir wissen nicht, ob ihn dabei Reminiszenzen an frühere Zeiten leiteten, oder ob es wirklich noch Täuferjünger in seiner Umgebung gab; das erste ist zwar wahrscheinlicher, aber alle Hypothesen über die Entstehung des Johannesevangeliums sind so ungewiß, daß sich aus dem Johannesevangelium kein Schluß auf die Geschichte der Täuferjünger ziehen läßt.

Allerdings tauchen die Täuferjünger auch in der altkirchlichen Sektengeschichte auf, aber von den Evangelien bis zu den Ketzerkatalogen ist ein weiter Weg, und die Darstellung jener Sekten gehört nicht mehr in den Rahmen dieser Darstellung. Doch gibt es Spuren, wenn nicht der Täuferjünger, so doch der Johannestaufe in der Apostelgeschichte, und der 1. Korintherbrief des Apostels Paulus erlaubt eine gewisse Kontrolle.

Lukas hat in dem Abschnitt Apg 18, 24 — 19, 7 zwei Anekdoten aus der Geschichte des Apostels Paulus zusammengefügt. Seine Absicht war dabei, die Berührung der paulinischen Mission mit einer Taufbewegung zu berichten, die sich auf die „Taufe des Johannes" berief. Es ist anzunehmen, daß als „Taufe des Johannes" jene Taufpraxis bezeichnet werden sollte, durch die sich die Taufe des Johannes von allen Waschungen der jüdischen Umwelt unterschied; das war einerseits ihre Einmaligkeit, die sie von den wiederholten Waschungen mancher Taufsekten abhob, und andererseits der Vollzug durch Übergießen, durch den sie sich von Tauchreinigungen, Proselytentaufe und von der christlichen Taufe im Bereich der hellenistischen Mission unterschied, also von den Tauchtaufen. Wenn man auch von der Vermutung ausgeht, daß der Name „Johannestaufe" zuerst den äußerlich erkennbaren Unterschied im Vollzug meint, so ist dabei der Gedanke eingeschlossen, daß mit diesen äußeren Unterschieden auch der im Taufverständnis mitgesetzt war, daß also die Johannestaufe, um die es dabei geht, als Handeln auf die Ausgießung des Heiligen Geistes hin verstanden wurde, und dies bestätigen in der Tat die beiden Textabschnitte.

Im Jahre 49 n. Chr. (so Orosius, Hist. adv. pag. 7, 6, 15f.) hatte Kaiser Claudius die Juden — *impulsore Chresto assidue tumultuantes* (Sueton, Claud 25) — aus Rom vertrieben, und unter ihnen die Eheleute Aquila und Priscilla. Die waren zunächst nach Korinth gegangen, wo sie sich der unlängst von Paulus gegründeten Christengemeinde anschlossen. Sie können nicht ganz unvermögend gewesen sein, denn wenig später treffen wir sie in Ephesos als Hausbesitzer und Gründer einer Hausgemeinde (1Kor 16, 19), und so vermuten wir, daß es die korinthischen Judenunruhen waren, die sie ähnliche Erlebnisse wie in Rom befürchten ließen und dazu veranlaßten, mit Paulus nach Ephesos zu gehn und sich dort niederzulassen. Es ist anzunehmen, daß sie sich im korinthischen Parteienstreit auf die Seite des Paulus geschlagen hatten, und als Parteigängern des Apostels gelang es ihnen nun in Ephesos den aus Alexandrien dort eingetroffenen Apollos für die Anerkennung der Messianität Jesu zu gewinnen. Apollos war aber ein Täufer, von dem es in der Apostelgeschichte heißt, daß er „nur die Johannestaufe kannte" (Apg 18, 24—28):

Ein Jude namens Apollos, von Herkommen ein Alexandriner, ein gebildeter Mann, traf in Ephesos ein; der war in der Bibel gut beschlagen. Er war ausgebildet im ‚Weg des Herrn', und predigte und lehrte, vom Geist ergriffen, *genau* die Angelegenheit mit Jesus. Aber er kannte nur die Johannestaufe. Dieser Mann begann, in der Synagoge das Wort zu ergreifen, und als ihn Priszilla und Aquila hörten, da wandten sie sich an ihn und erklärten ihm den ‚Weg Gottes' noch *genauer*. Weil er nach Achaia weiterreisen wollte, wandten sich die Brüder an die Jünger dort und schrieben ihnen, sie sollten ihn aufnehmen. Nach seiner Ankunft erwies er sich durch die Gnade als sehr nützlich für die Gläubigen. Denn voll Eifer disputierte er erfolgreich mit den Juden und bewies öffentlich aus der Bibel, daß Jesus der Christus sei.

Apollos war, wie wir erfahren, ein schriftgelehrter alexandrinischer Jude und dabei ein Pneumatiker. Von Stand wird er Lehrer gewesen sein. Sein Weg von Alexandrien über Ephesos nach Korinth zeigt, daß er Hörer suchte und durch Vorträge seinen Unterhalt fand. Er war kein gesetzeskundiger Rabbi, sondern Vertreter der pneumatischen Exegese, wie sie in den christlichen Gemeinden üblich war. Als solcher war er im „Weg des Herrn" ausgebildet; das ist ein Ausdruck, der das heilsgeschichtliche Handeln Gottes mit seinem Volk bezeichnet und damit die Grundvoraussetzung der prophetischen Exegese. Da er aber nur die Johannestaufe kannte, werden wir auch bei ihm annehmen müssen, daß er seine Hörer lehrte, wie man den Weg Gottes gemäß Jes 40, 3 vorbereiten und damit für den Anbruch des Gottesreiches arbeiten könne. Doch muß er die Ausgießung des Heiligen Geistes angekündigt und erwartet haben, wußte aber noch nichts von der Erfüllung der Verheißung, die sich im Geistbesitz der christlichen Gemeinden zeigte. Hier halfen ihm Aquila und Priszilla zu einem neuen Verständnis. Da Apollos hernach in Korinth aus der Bibel bewies, daß Jesus der Messias sei, muß er diese Erkenntnis den beiden Eheleuten verdanken.

Folgen wir also den Angaben des Lukas, dann kannte Apollos vor seiner Bekehrung zum paulinischen Christentum a) die prophetischen Zeugnisse über das Kommen Gottes und deutete sie dahin, daß Gott in Gestalt des Heiligen Geistes kommen werde, b) die Übergießungstaufe, die die Ausgießung des Heiligen Geistes ankündigte, und c) die „Sache mit Jesus", und dabei kann es sich nur um die Deutung der Geschichte Jesu als Erfüllung von Jes 53 gehandelt haben. Er wußte aber ursprünglich nicht, daß Jesus der Christus ist, denn das konnte er Jes 53 nicht entnehmen. Mit dem allem paßt sein Christentum ohne weiteres zu dem Christentum, das von den Hellenisten nach ihrer Vertreibung aus Jerusalem verkündigt worden war, von Philippos, Nikolaos oder Prochoros, denn im Zentrum dieses Christentums stand die Erfüllung von Jes 53 durch Jesus. Die Erkenntnis, daß Jesus der Christus ist, war aber anscheinend noch nicht nach Alexandrien, zumindest aber noch nicht zu Apollos gedrungen, und zu der verhalfen ihm die beiden Eheleute.

Apollos reiste dann mit den Empfehlungen der Gemeinde von Ephesos nach Korinth und trat in den Dienst der dortigen Gemeinde. Die war rasch gewachsen und hatte sich — sagt Paulus — aus Angehörigen der niederen Stände rekrutiert (1Kor 1, 26), so daß Bedarf an einem gebildeten und schriftgelehrten Mann bestand, und Apollos war willens und vermutlich auch darauf angewiesen, diesen Bedarf zu decken. In Korinth entfaltete Apollos aber eine lebhafte Tauftätigkeit. Daß er damit den Parteienstreit in Korinth angeheizt habe, schreibt Paulus mehrfach in den ersten vier Kapiteln des ersten Korintherbriefes, ohne Apollos direkt anzugreifen; Paulus deutet vielmehr an, daß Apollos durch seine Taufen sehr zur Vergrößerung der Gemeinde beigetragen habe. So finden die Nachrichten der Apostelgeschichte durch Paulus ihre Bestätigung. Ob Apollos Johannesjünger war, läßt sich nicht ganz ausschließen; nötig ist die Annahme nicht, um seine Erscheinung zu erklären, aber er war zweifellos ein Täufer, der die Praxis der einmaligen Übergießungstaufe geübt hat, und es ist auch angezeigt, das rege Geistesleben der korinthischen Gemeinde mit den Taufen des Apollos in Zusammenhang zu bringen.

Da Apollos seine Predigttätigkeit in Ephesos bereits eine Zeitlang ausgeübt hatte, als er mit Aquila und Priszilla zusammentraf, wundert es uns nicht, daß es in dieser Stadt auch andere „Jünger" (so Lukas) gab, die noch nichts von der mit der Geistausgießung verbundenen Taufe zu wissen behaupteten (Apg 19, 1—6). Wenn wir der Apostelgeschichte das glauben, dann würde daraus folgen, daß sie nichts mit Apollos zu tun hatten, was zwar möglich, aber nicht eben wahrscheinlich ist. Denn da nach der Taufe und Handauflegung durch Paulus der Geist auf diese Jünger fällt, müssen sie sich vorher schon in der Erwartung der Geistausgießung befunden haben, und diese Erwartung konnte durch nichts so fest in ihnen begründet worden sein wie durch den Apollos mit seiner Predigt und seiner Taufe. Da Lukas sie „Jünger" nennt, sagt er damit, daß sie eine Gemeinde bildeten und auch wohl einer gewissen Observanz folgten. Die Möglichkeit, daß es sich bei diesen Jüngern um eine Gemeinde vorpaulinischer Mission gehandelt hat, liegt am nächsten. Da Paulus sie noch einmal getauft hat, war ihnen das paulinische Taufbekenntnis fremd. Viel mehr wird sich über diese Gruppe nicht sagen lassen. Ob aus ihrer Zwölfzahl irgend eine Folgerung zu ziehen ist, läßt sich nicht entscheiden. Wenn man meint, es seien Johannesjünger gewesen, so muß man erklären, wie diese Gruppe sich nach Ephesos ausgebreitet haben könnte, und das wäre keine leichte Aufgabe.

Literatur

Becker, J.: Johannes der Täufer und Jesus von Nazareth, Biblische Studien 63, 1972.

Böcher, O.: Aß Johannes der Täufer kein Brot (Luk 7, 33)? NTSt 18 (1971/2) 90ff.

Brandt, W.: Die jüdischen Baptismen oder das religiöse Waschen und Baden im Judentum, ZAW Beiheft 18, 1910.

Brownlee, W. H.: John the Baptist in the New Light of Ancient Scrolls, Interpretation 9 (1955) 71ff. = The Scrolls and the New Testament, London 1958, 33ff.

Dibelius, M.: Die urchristliche Überlieferung von Johannes dem Täufer, FRLANT 15, 1911.

Eisler, R.: The Messiah Jesus and John the Baptist, London 1931.

Frick, Frank S.: The Rechabites Reconsidered, JBL 90 (1971) 279ff.

Goguel, M.: Au seuil de l'Évangile Jean Baptiste, 1928.

Guénin, P.: Y a-t-il eu conflit entre Jean Baptiste et Jésus? 1933.

Geyser, A. S.: The Youth of John the Baptist, NovT 1 (1956) 70ff.

Innitzer, Th.: Johannes der Täufer, 1908

Konrad, A.: Johannes der Täufer, Wiener Universitätsschrift 1911.

Kraeling, C. H.: John the Baptist, New York 1951.

Lohmeyer, E.: Das Urchristentum I. Johannes der Täufer, 1932.

Michaelis, W.: Jesus, Täufer, Urgemeinde. Neutestamentliche Forschungen, 1928.

Robinson, J. A. T.: The Baptism of John and the Qumran Community, HTR 50 (1957) 175ff.

Rowley, H. H.: Jewish Proselyte Baptism and the Baptism of John, HUCA 15 (1940) 313ff. = From Moses to Qumran, London 1963, 211ff.

Schlatter, A.: Johannes der Täufer (Diss. 1880), hrsg. von W. Michaelis, Basel 1956.

Schoeps, H. J.: Theologie und Geschichte des Judenchristentums, 1949, S. 219—255.

Schütz, R.: Johannes der Täufer, AThANT 50, Zürich 1967.

Scobie, Ch. H. H.: John the Baptist, London 1964.

Steinmann, J.: Saint Jean Baptiste, 1956.

—: St. John the Baptist and the Desert Tradition. London 1958.

Vielhauer, Ph.: Tracht und Speise Johannes des Täufers, in: Aufsätze zum NT, ThB 31, 1965, S. 55ff.

Wink, W.: John the Baptist in the Gospel Tradition, 1968.

Thomas, J.: Le mouvement baptiste en Palestine et Syrie (150 av. J.-C.—300 ap. J.-C.), Gembloux 1935.

Zweites Kapitel

JESUS

1. Religionsgeschichtliche Voraussetzungen

Als die ersten Jünger sich an den Herrn Jesus anschlossen und mit ihm die erste Gemeinde bildeten, da stellten sich dieser Gemeinschaft ökonomische, organisatorische und geistige, nämlich theologische Aufgaben. Über die Lösung der *Wirtschafts*probleme haben uns die Evangelisten nur nebenher und in geringem Umfang Nachrichten überliefert. Das kommt einerseits daher, daß die ersten Jünger — sei es wegen ihrer Naherwartung des Weltendes, sei es wegen ihrer ausschließlichen Zuwendung zum Gottesreich — die ökonomischen Fragen bewußt zurückgesetzt und geringgeschätzt haben; es hat zum andern seinen Grund darin, daß die Wirtschaftsstruktur der Gemeinden, denen die Evangelisten entstammten und für die sie schrieben, gänzlich verschieden von der Wirtschaftsform war, in der Jesus und seine Jünger miteinander lebten. Die Jüngergemeinde wäre in dieser Hinsicht als Vorbild für die Missionsgemeinde ganz ungeeignet gewesen. — Erheblich mehr haben uns die Evangelisten über den *Aufbau* der ersten Jüngergemeinde mitgeteilt. Denn wenn sich diese Struktur auch seit Jesu Lebzeiten erheblich gewandelt hatte, so bestand doch Kontinuität von Anfang an. Das geistliche Amt als solches führte seine Existenz und sein Wesen auf die Einsetzung durch Jesus zurück. Darum mußte man überliefern, daß der Herr Ämter geschaffen und Jünger in sie berufen haben, und in welcher Absicht das geschehen sei. Anders als bei den Wirtschaftsfragen war hier ein fortgesetzter Rückgriff auf die Anordnung des Herrn nicht nur möglich, sondern sogar notwendig. — Die Hauptmenge der Nachrichten betrifft jedoch die *theologischen* Fragen, die sich den Jüngern stellten. Zwar ist auch bei diesen, insbesondere bei ihrer Auswahl, das besondere theologische Interesse der Evangelisten und ihrer Generation unübersehbar. Es zeigt sich beispielsweise am fast völligen Fehlen von biographischen Mitteilungen über den Herrn und seine ersten Jünger. Grundsätzlich ist jedoch die theologische Aufgabe, die sich den ersten Jüngern stellte, dieselbe wie die, vor der die Evangelisten standen, und die sich auch uns stellt. Es geht um die Deutung der Erscheinung Jesu Christi. Denn zu jeder Zeit kann der Mensch, gleich den ersten Jüngern, unmittelbar und ohne umständliche Reflexionen erkennen, daß ihm in Jesus sein Heil begegnet. Doch wenn er dieser Erkenntnis Ausdruck verleihen und sie weitersagen will, muß er sich notwendig theologischer Gedankengänge und Begriffe bedienen.

Da wir nun nach den theologischen Vorstellungen Jesu und seiner ersten Jünger fragen, erkennen wir alsbald, daß es nicht möglich ist, diese Theologie in systematischem Abriß darzustellen. Das liegt einerseits an den Quellen, andererseits an der Art dieses Denkens. In den Quellen, nämlich den Evangelien, hat sich von den theologischen Bemühungen der Jünger Jesu nur ein Teil erhalten, und der verbirgt sich, schwer erkennbar, hinter den theologischen Fragen der folgenden Generationen, angefangen von der Jerusalemer Urgemeinde bis hin zu den Gemeinden, denen wir die endgültige Niederschrift der Evangelien verdanken. Andererseits liegt es aber daran, daß das Denken Jesu und seiner Jünger nicht 'systematisch' im Sinne einer systematischen Theologie war, und das heißt, daß es nicht vollständig zugänglich für eine Systematisierung und von einer Systematik her erschließbar war.

Aber wir kennen den zentralen Gegenstand dieser Theologie, die Herrschaft Gottes, kennen ihre einzige Quelle, die Bibel, und kennen auch die Hermeneutik, durch die diese Quelle erschlossen wurde, die prophetische Schriftauslegung. Mit dieser Kenntnis können wir uns eine begründete Vorstellung von der Gedankenwelt Jesu und seiner Jünger bilden und können dadurch auch die Wahrscheinlichkeit einschätzen, mit der ein bestimmter Gedanke bereits im Kreis der Jünger Jesu formuliert sein kann, oder einer späteren Entstehungszeit zugewiesen werden muß. Dieser Versuch, vorösterliche Herrenworte von späteren Gemeindebildungen zu unterscheiden, stellt, auch wenn die Ergebnisse häufig kontrovers ausfallen, nicht die schwerste von unsern Aufgaben dar, weil er methodisch übersichtlich durchgeführt werden kann. Eine schwerere Aufgabe stellt sich uns dadurch, daß wir zwar die Quelle für die Theologie der Jünger und deren hermeneutische Prinzipien kennen, daß wir uns aber von den exegetischen Traditionen, die sie vorgefunden und fortgesetzt haben, nur mühsam ein Bild machen können.

Das Denken Jesu und seiner Jünger (und der meisten Juden in dieser Zeit) ist auf das Gottesreich gerichtet: auf seine Gestalt und auf die Voraussetzungen und Umstände, unter denen es eintreten soll. Das Evangelium, die Freudenbotschaft, kündigt diesen Eintritt an. Wie wir die Bibel auf Jesus Christus hin lesen und auslegen, so haben die Juden, und Jesus samt den Jüngern mit ihnen, sie auf das Gottesreich hin gelesen und ausgelegt. Ihre Fragen und Antworten haben die Christologie der Kirche vorbereitet. Einerseits fragen sie nach der Gestalt des Gottesreiches, das ist, nach der Art, in der die Herrschaft des unsichtbaren Gottes sich sichtbar zeigt. Andererseits fragen sie nach der Vorbereitung des Gottesreiches: Was der Mensch und was Gott zuvor tun müsse, welche Zeichen zuvor erscheinen müssen, damit das Reich wirklich anheben kann. Die Schlüsselfigur für beide Themen ist die Gestalt des Propheten. Der Prophet versteht sich als den Knecht Gottes schlechthin.

An ihm ließ sich die unmittelbare Leitung des Menschen durch Gott beschreiben und ließen sich die Probleme durchdenken, die sich aus dieser Vorstellung ergaben. Ebenso mußten die Propheten durch ihr Auftreten und durch ihre Verkündigung das Kommen des Gottesreiches vorbereiten und anzeigen. Gedankengänge und Vorstellungen über die Propheten im allgemeinen und über den endzeitlichen Propheten im besonderen lagen bereit und boten sich an, als sich den Jüngern Jesu zum ersten Mal die Aufgabe stellte, die Erscheinung des Herrn theologisch zu deuten. Mit diesen ersten christologischen Versuchen beginnt die christliche Theologie.

Das Bemühen um die Deutung der Erscheinung Jesu wird für uns in den Titeln sichtbar, mit denen seine Gemeinde versucht hat, das auszudrücken, worin sie jeweils sein Wesen erblickte. Gewiß war er für seine Jünger nie etwas anderes als der Heiland. Das sagen diese Titel in erster Linie. Aber darüber hinaus sind sie theologische Begriffe, um deren Verständnis wir uns bemühen müssen. Als theologische Begriffe begegnen sie uns in formelhaften Bekenntnissen der nachösterlichen Zeit, in denen sie zugleich Lehraussagen machen und Gebetsanreden an Gott darstellen. Solche Bekenntnisaussagen erlauben uns, die Entwicklung der Theologie zu verfolgen, die darin gebrauchten Würdetitel zu ordnen und andere Titel auf sie zu beziehen. So kommen wir zur Unterscheidung von vier Entwicklungsstufen, auf denen Jesus überwiegend als Lehrer, als Herr, als Christus und als Wort verstanden wird. Unsere griechischen Quellen sprechen vom Didaskalos, vom Kyrios, vom Christos und vom Logos. Mit der Deutung Christi als Logos kommt diese erste Entwicklungsphase zu ihrem Abschluß; die Geschichte der neutestamentlichen Theologie geht nun in die Dogmengeschichte über.

Aber sobald wir uns bestimmten Ausdrücken zuwenden, stellt sich uns ein sprachliches Problem. Vermutlich haben Jesus und seine Jünger, wie die andern Juden in Palästina, aramäisch gesprochen; sie werden sich dabei des Dialekts ihrer galiläischen Heimat bedient haben (z.B. Mt 26, 73). Das Alte Testament haben sie hebräisch gelesen. Wieweit sie sonst die hebräische Sprache gebraucht haben, wissen wir nicht. Die Evangelien sind aber von Anfang an griechisch geschrieben, und die Berichte von den Worten und Taten Jesu haben, bevor sie griechisch ausgedrückt wurden, eine Übersetzung und damit eine Veränderung erfahren. Denn die Begriffe, die durch die Wörter dargestellt werden, sind von der Sprache der Wörter in jeder Hinsicht abhängig, und je ferner die Sprachen einander stehen, desto mehr unterscheiden sich die einander entsprechenden Begriffe. Das gilt nun auch für die Würdetitel Jesu. Die semitischen Wörter, die dazu ursprünglich gebraucht wurden, haben zwar im Griechischen ihre Übersetzungen. Aber das semitische Wort und seine griechische Entsprechung sind einander nicht wirklich äquivalent. Selbst wenn die Wortbedeutungen in beiden Sprachen einigermaßen übereinstimmen — das ist in Wirklichkeit bei keinem dieser Titel der Fall — erregen doch diese als gleich angenommenen Wörter in ihren verschiedenen Sprachen verschiedene Wortfelder: andere Wörter werden mit ihnen assoziiert, und die diesen entsprechenden Begriffe sind einander in unterschiedlichen Strukturen zugeordnet.

Man kann sich diese Schwierigkeit, vor der die ersten Missionare und dann die Evangelisten standen und vor der wir nun stehen, an dem Problem vergegenwärtigen, das sich Faust stellt, als er die ersten Worte des Johannesevangeliums ins Deutsch zu übertragen versucht und — mit Recht oder nicht — findet, daß das griechische Wort Logos an dieser Stelle nicht durch „Wort", sondern durch „Tat" auszudrücken sei. — Das nämliche Problem hatte sich gestellt, als für die genannten vier Würdetitel griechische Ausdrücke gefunden werden mußten. Daß man Jesus zu seinen Lebzeiten als *Rabbi* angesehen und angeredet hat, ist offensichtlich, aber ein jüdischer Rabbi hat eine andere Bedeutung als ein griechischer Didaskalos. Luthers Übersetzung „Meister" deckt sich zwar mit keinem der beiden Ausdrücke, ist aber sicher das deutsche Wort, das beiden am nächsten kommt. — Unserm *Herr* entsprechen das aramäische Mare (immer mit Suffix: 'mein Herr', 'unser Herr') und das griechische Kyrios. Diese beiden Ausdrücke haben zwar das gemein, daß beide den Bereich von der Höflichkeitsanrede bis zur Bezeichnung für Gott überdecken. Aber damit unterscheiden sie sich soweit, wie sich die Gottesbilder bei Griechen und Juden unterscheiden. — Der *Maschiach* der Juden, der „Gesalbte", läßt sich zwar als Christos ins Griechische übersetzen, aber die Übersetzung bleibt den Griechen unverständlich, weil sich die einzigartige Beziehung zwischen Gott und seinem Volk und seinem Gesalbten nicht mitübersetzen läßt. Später haben die Griechen zwar gelernt, das, was für die Juden der Messias war, dadurch von Jesus Christus auszusagen, daß sie den Titel „Pantokrator" des königlichen Gottes auf ihn anwandten, aber bis dahin hatten sie den ihnen unverständlichen Christustitel längst zum Eigennamen gemacht. — *Logos* schließlich und Dabar Jahwe sind zwar beides zentrale theologische Begriffe und haben so viel gemein, daß beide als „Wort Gottes" in unsere Sprache übersetzt werden können. Aber sie unterscheiden sich derart, daß die Aufgabe, die Faust sich gestellt hatte, als unlösbar angesehen werden kann.

Didaskalos — Kyrios — Christos — Logos sind mit ihren semitischen Äquivalenten vier Versuche, die Bedeutung Jesu Christi zu erfassen. Es handelt sich in ihnen um Entwicklungsstufen des theologischen Denkens, die anzeigen, daß das Denken der Christen, die sich ihrer bedienten, zunehmend griechisches Gepräge erlangt. Da es Entwicklungsstufen des Denkens sind, lassen sie sich bestimmten Entwicklungsstufen der Gemeinde Jesu zuordnen, der vorösterlichen Jüngerschaft Jesu, der Urgemeinde, der hellenistischen Missionsgemeinde und schließlich der sich vom Judentum lösenden heidenchristlichen Gemeinde. So entsprechen diesen Würdetiteln Jesu auch bestimmte Formen der Verfassung und der Liturgie; in gewissem Maße sind auch geographische Zuordnungen möglich.

a) Der Meister

In den Evangelien wird Jesus sowohl als „Didaskalos" wie auch als „Kyrios" angesprochen. Die Evangelisten haben die Frage, wie man den Herrn anzureden habe, unterschiedlich gehandhabt. Markus vermeidet — abgesehen von der Syrophönizierin (7, 28) — die Kyriosanrede überhaupt; hier wird der Herr durchweg als Didaskalos angesprochen. Bei Matthäus reden die Jünger und die, die den Herrn um Hilfe anrufen, ihn „Kyrie" an; Pharisäer und Schriftgelehrte, die mit ihm disputieren wollen, sagen jedoch „Rabbi!" Kennzeichnend für die Sprachregelung des Matthäus ist die Ankündigung des Verrates 26, 21 ff. Die Jünger antworten auf Jesu Ankündigung „Wahrlich, ich sage euch, einer von euch wird mich verraten!" mit der Frage „Doch nicht etwa ich, Herr?" Judas, der Verräter sagt jedoch „Doch nicht etwa ich, Rabbi?" Ebenso grüßt er den Herrn, um ihn zu verraten, mit „Sei gegrüßt, Rabbi!" (26, 49). Bei Lukas sind die Dinge ähnlich geregelt wie bei Matthäus, jedoch weniger strikt. Bei Johannes gehen die Anreden Didaskalos und Kyrios durcheinander (die Jünger sagen beispielsweise 11, 8 „Rabbi!" und 11, 12 „Kyrie!"), und das ist auch beabsichtigt: „Ihr nennt mich ‚Didaskalos' und ‚Kyrios', und das mit Recht, denn ich bin es" (13, 13). Zu den Zeiten der Evangelisten hat man von Jesus nicht mehr anders als von dem „Kyrios" und vom „Christos" gesprochen. Daher zeigen ihre verschiedenen Sprachregelungen, daß „Rabbi" die übliche Anrede an Jesus war, die das Volk und die Pharisäer ebenso gebrauchten wie die Jünger. Die Anrede „Rabbi!" hätte sich auch als „Kyrie!" ins Griechisch übersetzen lassen, wenn nicht der Kyriostitel danach seine besondere Bedeutung erlangt hätte. Ein unverdächtiges Zeugnis, das einen Analogieschluß erlaubt, ist Joh 3, 26, wo der Täufer von seinen Jüngern „Rabbi!" angesprochen wird, ein Zeichen dafür, daß in dieser Weise der Jünger seinen Lehrer ansprach, wenn er das überhaupt wagte. Als wörtlicher Bericht will Joh 20, 16 verstanden sein, wo Maria Magdalena dem auferstandenen Herrn begegnet und auf seine Anrede „Maria!" mit „Rabbuni" „mein Meister!" antwortet. Weil die Antwort wörtlich gemeint ist, wird sie vom Evangelisten übersetzt.

In der vorösterlichen Zeit hat der Rabbi-Titel und die Rabbi-Anrede an Jesus noch keine deutlich erkennbare christologische Bedeutung. Der Titel bedeutet nicht, daß Jesus auf irgendeine Weise den Rabbinen, den Schriftgelehrten und ordinierten Gesetzeslehrern zugerechnet wurde. Es handelt sich vielmehr um eine auszeichnende und ehrende Anrede, die an Jesus gerichtet, ihn in anderem Sinne gleichwohl als Lehrer bezeichnete. Denn als Lehrer wirkte Jesus, wenn er seinen Jüngern und dem Volk die Schrift auslegte. Der Unterschied gegenüber den Schriftgelehrten ist Mt 7, 29; Mk 1, 22 festgehalten: „denn er lehrte in Vollmacht und nicht wie die Schriftgelehrten." Die Vollmacht ist kennzeichnend für den Propheten, und so drückt sich in Jesu Lehrweise sein prophetisches Amt aus. Ähnliches sagt auch Joh 3, 2. Da redet Nikodemus, „der Lehrer Israels", Jesus als Rabbi an und bekennt: „Rabbi, wir wissen, daß du als Lehrer von Gott gekommen bist, denn niemand kann die Zeichen tun, die du tust." Das Tun von Zeichen ist aber nicht Sache des Lehrers, sondern des Propheten. Das Verständnis Jesu als Rabbi hatte aber in der nachösterlichen Zeit eine besondere Hochschätzung des Lehramts zur Folge. Mt 23, 8 wird den Jüngern verwehrt, sich Rabbi-Didaskalos anreden zu lassen, weil diese Würde allein Jesus zukommt. Ganz ähnlich will Ignatius, der selber danach strebt, ein „Jünger" zu werden (IgnEph 1, 2 u. ö.), allein Jesus Christus als Didaskalos gelten lassen (IgnEph 15, 1; IgnMagn 9, 1). Wenn Paulus die Lehrbefähigung zu den Geistesgaben rechnen und das Lehramt als charismatisches Amt einstufen konnte (1Kor 12, 28), so wird diese hohe Einschätzung dadurch möglich geworden sein, daß die urchristlichen Lehrer mit ihrem Amt in die Nachfolge des Lehrers Christus getreten waren. In der späteren Entwicklung wirkt sich im Bereich griechischen Denkens der Umstand aus, daß die Griechen trotz ihrem ganz anders gearteten Verständnis vom Lehramt doch den Lehrer — zwar nicht als bevollmächtigten, aber doch — als inspirierten Mittler himmlischer Weisheit deuten können. Das hat dazu geführt, daß die ersten griechischen Theologen, Häretiker und Kirchenväter das Wirken Jesu als das Wirken eines Lehrers zu erfassen und zu beschreiben versucht haben. Damit hängt es zusammen, daß zu den ersten Versuchen, Christus bildlich darzustellen, Bilder gehören, die ihn als Lehrer zeigen. Doch da geraten wir in eine spätere Zeit.

b) Der Herr

Die Evangelisten haben sich Gedanken darüber gemacht, in welchem Augenblick die Jünger Jesu seine Hoheit erkannt hätten, und haben das Ergebnis ihrer Erwägungen in den Würdetiteln Jesu zum Ausdruck gebracht. Markus setzt voraus, daß erst Tod und Auferstehung den Jüngern die Augen geöffnet hätten; darum beschränkt er sich auf den Rabbititel. Matthäus erinnert sich jedoch an die der Taufe geltende Verheißung, daß „die gerettet werden, die den Namen des Herrn anrufen" (Joel 3, 5); darum gebrauchen diejenigen die Kyriosanrede, denen Jesus hilft. Bei Johannes ist die Anrede der Jünger an Jesus nicht von ihrer subjektiven Erkenntnis abhängig, sondern sie geben ihm, ob Rabbi oder ob Kyrios, einen wahren und zutreffenden Titel. Dabei wird sich der Evangelist bewußt gewesen sein, daß „Rabbi" sich nicht nur als Didaskalos, sondern auch als Kyrios übersetzen ließ. In der nachgetragenen Szene 20, 24—29 mit dem ungläubigen Thomas hält sich der Erzähler freilich an den Sprachgebrauch der Synoptiker. Der Zweifler bekennt in dem Augenblick, in dem er Jesus an seinen Wundmalen erkennt „Mein Herr und mein Gott!" Vielleicht ist die Gottesanrede hier als Verdeutlichung der Herrenanrede gemeint. Insgesamt ist es aber nach Meinung der Evangelisten für die Jünger Jesu in der vorösterlichen Zeit kennzeichnend, daß sie von Jesus als dem Rabbi sprachen.

In derselben Weise kennzeichnet es die Urgemeinde, daß sie Jesus den Kyrios nennt und ihn mit diesem Titel als den auferstandenen Herrn bezeichnet. Dieser Übergang vom einen zum andern Titel hat sich freilich auf Aramäisch vollzogen, und im Aramäischen liegen die Ausdrücke für „Lehrer" und „Herr", die hier einzusetzen sind (überliefert sind nur einerseits Rabbuni, andererseits Maran) nicht so weit auseinander, wie Didaskalos und Kyrios; aber der Wechsel hat doch deutlich stattgefunden. Das wird in erster Linie darum so rasch geschehen sein, weil Jesus in der Liturgie und im Gebet als Herr angerufen wurde. Das ist für die Taufe durch 1 Kor 12, 3 und für die Eucharistie durch Apk 22, 17.20; 1Kor 16, 22 und Did 10, 6 zu ersehen.

Da man aber nun Jesus nur noch „den Herrn" nannte und in seinem Tod und seiner Auferstehung, die die Verbindung des Lebenden und des Auferstandenen herstellten, den Grund alles Heils erkannte, wurde auch in den Erinnerungen an den lebenden Herrn nur noch von dem Kyrios gesprochen. Die Aussprüche Jesu werden als Worte des Kyrios überliefert; die Gebote des Herrn, auf die sich Paulus beruft, sind Worte Jesu aus der vorösterlichen Zeit. Ebenso redet Paulus 1Kor 9, 5 und Gal 1, 19 von Jesu leiblichen Brüdern als den Brüdern des Kyrios.

Besonders interessant ist in diesem Zusammenhang, daß die leiblichen Verwandten Jesu, wie Sextus Iulius Africanus in einem von Euseb (h. e. 1, 7, 11.14) überlieferten Briefstück mitteilt, als Δεσπόσυνοι, als „Herrenverwandte" besonders geehrt waren. Das Wort muß, da es nicht von Kyrios, sondern von Despotes aus gebildet ist, Übersetzung eines aramäischen Ausdrucks sein, und das um so mehr, als die Nachricht auf in der Gegend von Kochaba wohnende Judenchristen zurückzuführen ist.

Damit stellt sich nun die Frage, was die Urgemeinde veranlaßt hat, Jesus von der Auferstehung an den Kyrios zu nennen. Der Übergang vom Rabbi zum Kyrios war zwar im Aramäischen sicher leichter als im Griechischen; auch Rabbi konnte mit „Herr" übersetzt werden, und Gott konnte als Rabbi bezeichnet werden, aber der Unterschied war gleichwohl ganz erheblich. Denn in Gottesdienst und Gebet der Urgemeinde ist „Herr“ keine Höflichkeitsanrede, sondern ein Gottesprädikat. Wenn die Urgemeinde Jesus als den Herrn bekannte, dann wollte sie keine überragende menschliche Qualität damit aussagen, sondern sie sprach von seiner Gottheit. Dabei muß man im Auge behalten, daß diejenigen, die Jesus als erste Herr nannten und anriefen, reine Juden waren, seine Jünger, die vor kurzem ihm noch auf seiner Wanderschaft durch das Land gefolgt waren, und die als reine Juden in ihrer Frömmigkeit vom Alten Testament bestimmt waren. Wie war es möglich, daß sie diesen Jesus mit Maran atha als Herren herbeiriefen; ohne daß dadurch ihr Glaube an den einen Gott Israels eine Einschränkung erlitten hätte? Hätte es sich um Griechen gehandelt, dann wäre die Frage dahin zu beantworten, daß die Jünger die Auferstehung Jesu als Apotheose gedeutet hätten. Die Griechen kennen Heroen und Halbgötter und können sich Zwischenwesen zwischen Menschheit und Gottheit vorstellen. Aber die Jünger waren Juden, die außer dem einen Gott und Schöpfer kein anderes göttliches Wesen denken und sich vorstellen können. Wenn sie ein himmlisches Wesen als „Herr“ anrufen, dann ist das keine Höflichkeitsanrede, wie sie auch einmal gegenüber einem Engel Gottes gebraucht werden konnte, sondern eine Anrufung Gottes und implizit damit auch ein Bekenntnis zu dem einen Gott Israels. Da aber nun Jesus als Herr angerufen wurde, kann in Jesus nur dieser eine Gott als Herr angerufen worden sein. Wenn Jesus der Herr genannt wurde, dann darum, weil mit ihm der eine Herr und Gott so verbunden gedacht werden mußte, daß mit dem Namen Jesu auch immer der eine Gott mitgenannt ist.

Die Urgemeinde war der Überzeugung, daß Jesus im Zusammenhang mit seiner Auferweckung zum Kyrios geworden sei. Der Kyriostitel kommt ihm als dem Auferstandenen zu. Dies ist darum sicher, weil Jesu Auferstehung sein Tod vorausgeht; vom Kyrios, der der lebendige Gott ist, hätte man keinen Tod aussagen können. Bei den Griechen erlaubte die Mysterientheologie in den letzten vorchristlichen Jahrhunderten die Vorstellung vom Tode Gottes wenigstens zu erwägen. Für die Juden ist ein derartiger Gedanke ganz ausgeschlossen. — Die Erhöhung Jesu ist nicht zu seinen Lebzeiten geschehen. Die Himmelsstimme bei der Taufe und bei der Verklärung, die ihn als Sohn Gottes bezeichnet, ist im Blick auf die Erhöhung nur als Ankündigung künftiger Herrlichkeit zu verstehen; sie bedeutet allerdings, daß Jesus auch vor seiner Erhöhung schon Gottes Sohn war. Doch das macht ihn noch nicht zum Kyrios. — Auch hätte der Apostel Paulus nicht sagen können „auch wenn wir Christus nach dem Fleisch gekannt haben, kennen wir ihn doch jetzt nicht mehr“ (2Kor 5, 16), wenn der Kyriostitel Jesus schon in der vorösterlichen Zeit „nach dem Fleisch“ zugekommen wäre. Da aber Jesus erst von seiner Auferstehung und Erhöhung an der Kyrios im eigentlichen Sinne war, ist weiterhin sicher, daß der Kyrios nicht der Auferweckte, sondern der Auferweckende ist. Jesus ist dadurch zum Kyrios geworden, daß der sich mit ihm verband, der ihn auferweckte, der Heilige Geist. — Die Vorstellungen der Urgemeinde von der Erhöhung Jesu haben sich wenigstens an einer Stelle erhalten, nämlich in der Beschreibung der Erhöhung des Lammes Apc 5.

Im Neuen Testament ist — abgesehen von den alttestamentlichen Zitaten — der Kyrios fast durchweg der Herr Jesus. Es gibt jedoch einige Stellen, die darauf hinweisen, daß auch der Heilige Geist als Kyrios verstanden werden konnte. Unmittelbar sagt es Paulus 2Kor 3, 17 „der Kyrios ist der Geist". Die Selbstverständlichkeit dieser Feststellung befremdet, weil Paulus sonst durchweg unter dem Kyrios Jesus Christus versteht, d. h. den Erhöhten nach seiner ganzen Person. Indessen ist dem ganzen Neuen Testament der Gedanke vertraut, daß der Heilige Geist der Geist Jesu ist; die Evangelienschlüsse zeigen, daß es sich dabei um den Auferstandenen handelt.

Grundsätzlich ist das vom Johannesevangelium in den Worten Jesu über den Parakleten gesagt (15, 26), den Geist der Wahrheit, den er seiner Gemeinde senden will. — Natürlich ist es auch für die Apokalypse selbstverständlich, daß der Herr der Heilige Geist ist, sogar der prophetische Geist (22, 6): „der Herr der Gott der Geister der Propheten".

Auch der Sprachgebrauch des Apostels Paulus muß jetzt noch einmal in Betracht gezogen werden, weil sich ein scheinbarer Widerspruch auf diese Weise von selber auflöst. Einerseits lehnt der Apostel an der zitierten Stelle 2Kor 5, 16 die Berufung auf Anordnungen aus Jesu Lebzeiten ab (vermutlich darum, weil man ihm sein Apostelamt mit der Begründung bestritten hatte, er gehöre nicht zu den von Jesus seinerzeit ausgesandten Evangelisten). Andererseits kennt Paulus aber keine größere Autorität in sittlichen Fragen, als die „Anordnung des Herrn" (1Kor 7, 10.25; 9, 14), Anordnungen, die Jesus zweifellos zu seinen Lebzeiten getroffen hatte. Die unbedingte Gültigkeit dieser Gebote wird sich wohl am besten dadurch erklären, daß der Kyrios der durch Jesus redende Heilige Geist ist.

Das Herr-Sein des Heiligen Geistes versteht man, wenn man in Betracht zieht, daß diesem Herrn Knechte zugeordnet sind, die Propheten. Der Heilige Geist ist in besonderem Sinne darin Herr, daß er der Herr der Gottesknechte ist. Davon reden die Propheten an vielen Stellen, aber besonders eindringlich ist das Handeln des Herrn durch seinen Knecht Ez 37 geschildert, wo der lebendig machende Herr durch seinen Knecht die Toten auferweckt. — Da sich aber die Urgemeinde als ein Volk von Propheten verstanden hat — das sagt die Apokalypse, aber es ist auch 1Kor 14 noch für jede Gemeinde vorausgesetzt, die den Geist besitzt — als ein Volk von Gottesknechten, wird man schließlich die Frage stellen müssen, ob die Geisterwartung und Geisttheologie nicht noch stärker akzentuiert war, als wir bis jetzt vorausgesetzt haben. Der urgemeindliche Gottesdienst hatte seinen Höhepunkt im Brotbrechen, und der Höhepunkt dieser Feier bestand im Maran atha und der damit verbundenen Erwartung der Wiederkehr Jesu Christi. Da wir nun wissen, daß diese Erwartung ursprünglich in der Form bestanden hat, daß mit der Wiederkehr des ermordeten Menschensohnes die Ausgießung des Geistes und die Auferweckung der Toten — der Heiligen — verbunden war, könnte sich der Gebetsruf „Komm unser Herr" gerade an den mit Jesu Wiederkehr sich ergießenden Heiligen Geist gewandt haben. Das heißt keineswegs, daß der Geist als von Jesus ablösbar vorgestellt werden konnte; Jesus ist Herr. Aber so würde sich erklären, warum im „Maran atha" der Name Jesu fehlt, was doch eigentlich erstaunlich ist, wenigstens in der Form, die Paulus (1Kor 16, 22) und die Didache (10, 6) zitieren. Denn später ist er hineingekommen (Apk 22, 20), wenn auch nicht allenthalben.

Der Schluß der Apokalypse spricht für diese Hypothese. „Es spricht, der dies bezeugt". Wer ist das? „Der dies bezeugt" ist, beispielsweise nach 1Joh 5, 6 und anderen johanneischen Stellen, der Heilige Geist. Was sagt er? „Ja, ich komme bald." Aber der Geist kommt nicht allein; er kommt nur in der Wiederkehr Jesu, und so antwortet der Prophet: „Ja, komm Herr Jesu!"

Für alle Titel Jesu, die wir hier betrachten, gilt, daß sie auf einer bestimmten Entwicklungsstufe regelmäßig angewandt wurden und damit charakteristisch für die Gemeinde sind, die sie in dieser Weise gebraucht hat. Bei der Weiterentwicklung sind sie jedoch nicht untergegangen, sondern weitergebraucht worden. Dabei haben sie im allgemeinen eine Verschiebung in ihrer Bedeutung erlitten, so daß manche Begriffsinhalte weggefallen und andere dazugekommen sind. Der Lehrertitel hat in der Anwendung auf Jesus erst in der Väterzeit seinen nachhaltigen Bedeutungswandel erfahren, bei dem aus dem Rabbi auf dem Weg über den Weisheitslehrer der göttliche Erzieher und Offenbarer himmlischer Weisheit geworden ist. Bei dem Titel „der Herr" setzt der Wandel bereits mit dem Übergang des Evangeliums von den Juden zu den Griechen in der neutestamentlichen Zeit ein. Das liegt daran, daß das Gottesbild der Juden und Griechen, die Art, Gott sich vorzustellen, grundsätzliche Unterschiede aufweist.

Für die Juden in Palästina ist es charakteristisch, daß ihr Gottes- und Menschenbild keine Übergangsstufen kennt. Dementsprechend konnte das Wort „der Herr" zwar sowohl Höflichkeitsanrede (für Mensch und Gott) als auch Gottesprädikat sein, aber die Vokabel konnte keinen Übergang zwischen Gott und Mensch andeuten. Wenn ein Mensch „Herr" genannt wird, dann erhebt ihn die Anrede nicht auf eine übermenschliche Stufe; wird aber von Gott als dem Herrn gesprochen, dann wird damit keine größere und andere Zuwendung Gottes zur Schöpfung ausgesagt, als mit allen anderen Gottesprädikaten. Anders als im griechischen Gottesbegriff ist der biblische Gott immer weltzugewandt vorgestellt und immer Herr seiner Schöpfung, und immer als Schöpfer durch eine unüberbrückbare Andersartigkeit von der Schöpfung unterschieden. Eben dies läßt sich vom griechischen Gottesbild gerade nicht sagen. Der Abstand zwischen Gott und Welt ist zwar nicht geringer gedacht; der hängt vielmehr bei Juden und Griechen von der konkreten Erfahrung von der Größe der Welt ab, ist klein in der archaischen Zeit, als Gott den Menschen mit seinen Händen aus Lehm formte und die Götter der Griechen am Schicksal der Sterblichen Anteil nahmen, und ist unendlich weit, als die hellenistische Forschung die Weite des Alls zum ersten Mal zu ahnen begann und der skeptische Prediger sein Buch über die Unfähigkeit des Menschen schrieb, den Sinn seines Lebens oder irgend etwas sonst zu erkennen.

Aber die Griechen stellen sich — trotz ihren Schöpfungsmythen und ihrem mythischen Reden über einen Demiurgen — die Dinge als Emanationen der Gottheit vor, so daß eine natürliche Verwandtschaft alles Seienden mit seinem göttlichen Urgrund besteht. Daher sind bei ihnen Zwischenstufen zwischen den vielen Einzelwesen und der einen göttlichen Natur nicht nur denkmöglich, sondern sogar denknotwendig: die Dinge konnten nur so zur Existenz kommen, daß die Gottheit, aus der alles hervorgeht, sich schrittweise ihrer göttlichen Eigenschaften entkleidet, durch deren Besitz sie sich von den Dingen unterscheidet. Darum können die Griechen, was der Bibel unmöglich ist: sich Zwischenstufen zwischen Gott und Mensch vorstellen. Mithin finden sich bei ihnen auch im Gebrauch der Vokabel „der Herr" Schattierungen, von denen die Bibel nichts wissen kann. Zwischen der Höflichkeitsanrede „Herr!" und der Gottesbezeichnung „der Herr" (mit der freilich nie der göttliche Urgrund, aber doch dessen oberste Abbilder bedacht werden können) gibt es noch mancherlei Stufungen. Philon von Alexandrien kann beispielsweise mit „der Herr" eine Eigenschaft Gottes bezeichnet sein lassen, nämlich Gottes Herrsein, die von einer andern Eigenschaft Gottes, seinem Gutsein zu unterscheiden ist (De Cherubim 27f.). — Der Apostel Paulus versucht 1Kor 8, 4—6, seinen Lesern in Korinth diesen Unterschied zwischen dem griechischen und dem biblischen Inhalt der Vokabel „Herr" klarzumachen: „...und wenn es auch so genannte Götter gibt, seis im Himmel, seis auf Erden, wie es denn viele gibt, die Götter, und viele, die Herren genannt werden..." — Derart tritt der Herrentitel Jesu im Bereich der Mission zu andern sogenannten Herren in Konkurrenz. In der Apokalypse zeigt sich der Konflikt am schärfsten; hier wird das Lamm mit dem alttestamentlichen Gottesprädikat „Herr der Herren" genannt und damit vermutlich von dem „Dominus et Deus Dominitianus" als einem der sogenannten Herren abgehoben.

c) Der Gesalbte

Als 'der Gesalbte' (hebräisch maschiach, aramäisch meschicha, daraus in griechischer Umschrift Messias, griechisch Christos) wird der Inhaber eines Amtes bezeichnet, der beim Amtsantritt einem Salbungsritual unterworfen war; das Wort drückt damit aus, daß es sich um einen rechtmäßigen Inhaber des betreffenden Amtes handelt. Die beiden Ämter, die im Alten Testament 'der Gesalbte' genannt werden konnten, sind im Deutschen in ähnlicher Weise mit 'der Gekrönte' und 'der Geweihte' zu umschreiben, nämlich das königliche und das hohepriesterliche Amt. In dieser Weise werden etwa 30-mal Könige und sechsmal Hohepriester Gesalbte genannt. Unter den charismatischen Ämtern wird der Prophet jedoch niemals 'Gesalbter' genannt, obwohl die Königs- und Priestersalbung als Begabung mit dem Heiligen Geist gedeutet wurde, und diese Deutung rückwirkend wieder erlaubte, den Geistempfang des Propheten als 'Salbung' zu umschreiben (Jes 61, 1; 1Kön 19, 6; in ähnlicher Weise von den Patriarchen gesagt: Ps 105, 15). Das liegt daran, daß der Prophet als unmittelbar von Gott berufen vorgestellt wurde, so daß die Berufung sich grundsätzlich nicht ritualisieren ließ. Es gehört zum Wesen des prophetischen Amtes, keine Legitimation zu besitzen, und die Salbung war gerade eine Legitimation. Erst die Übergießungstaufe der Urgemeinde war als Ritual einer Prophetenweihe gedacht. Ursprünglich ist die Salbung eine Weihehandlung und macht den gesalbten Gegenstand oder die gesalbte Person zum bevorzugten Eigentum Gottes. Sobald sie aber als Amtseinsetzung und Geistbegabung gedeutet wurde, hörte sie auf, ein menschlicher Akt zu sein und wurde statt dessen eine in Gottes Namen vollzogene Handlung, die dem Gesalbten einen besonderen göttlichen Auftrag verlieh. Aus diesem Grund spielte die Vorstellung vom „Gesalbten" in der Enderwartung eine wichtige Rolle; Gesalbte wirken bei der Herbeiführung und Vollendung der Endzeit mit. Charakteristisch ist die Erwartung der Qumrangemeinde, die mit einem endzeitlichen Hohenpriester und einem endzeitlichen König nebeneinander rechnet und beide „Gesalbte" nennt. Dabei kommt dem Hohenpriester die weit größere Bedeutung zu. Diese Erwartung ist jedoch ungewöhnlich, sowohl die Nennung von zwei Gesalbten, wie die höhere Einstufung des Priesters, und zeigt an, wie fern die antiquarischen Konstruktionen der Qumrangemeinde von der lebendigen Frömmigkeit des übrigen Israel standen. Der Messias schlechthin ist sonst immer der königliche Messias, wie unterschiedlich die mit seiner Person und seiner Erscheinung verbundenen Vorstellungen auch ausfallen konnten.

Gleich allen andern endgeschichtlichen Gegebenheiten ist der Messias in der Geschichte des Gottesvolkes durch Typen angekündigt, und der wichtigste Typos des Messias ist König David; dadurch wird mittelbar das Königsreich — der „Weinberg“ — Davids zum Typos des Gottesreiches. Aus der Geschichte ist nun freilich nicht nur die Reichsidee überliefert, sondern auch die Spannung zwischen der Idee des Königtums und der reinen Theokratie. Sie ist z.B. die Ursache dafür, daß in Qumran der Hohepriester den König an Bedeutung weit überragt. Diese Spannung hat zur Folge, daß man vom Messias zwar die Errichtung des Gottesreiches erwartet, daß er aber nach Vollendung seiner Aufgabe keine Bedeutung mehr hat und darum die Herrschaft Gott als dem eigentlichen König Israels zurückgeben wird.

Die Mehrzahl der Juden stellte sich das Gottesreich geographisch lokalisiert, nämlich in Palästina vor. Dadurch ergibt sich für den Messias als eigentliche Aufgabe, daß er dieses für das Gottesreich bestimmte und als Eigentum Gottes heilige Land für Gott zu erobern und in Besitz zu nehmen habe. Er sollte das Reich mit Waffengewalt, vielleicht auch mit der Unterstützung durch die himmlischen Heerscharen erobern. Die Kämpfe gegen die Römer mit ihrer Übermacht wurden wohl im Vertrauen auf diese Unterstützung begonnen und bis zur völligen Niederlage geführt. So sollte der Messias die Römer und Griechen mit Gewalt aus dem Land treiben. Wenn die Juden sich dagegen wehrten, daß ein Nachkomme des Herodes ihr König wurde, dann darum, weil sie in den Angehörigen der halbheidnischen, gottlosen Familie keinen möglichen Messias sehen konnten, so daß das Königtum des Herodesenkels die Ankunft des Messias dadurch behinderte, daß es dessen Platz besetzte.

Seiner Herkunft nach ist der Messias gleich allen andern Beauftragten Gottes ein Mensch, den Gott in sein Amt beruft. 'Sohn Gottes' ist er in derselben Weise, wie der König als der Typos, der ihn ankündigt, nämlich durch Adoption. Gleich dem bei seiner Thronbesteigung von Gott adoptierten König wird auch der Messias mit seinem Amtsantritt von Gott adoptiert. Mit Ps 2, 7 „Du bis mein Sohn; heute habe ich dich gezeugt“ wird die Adoption durch Gott vollzogen; wir wissen freilich nicht, wer als Sprecher der Adoptionsformel vorzustellen ist — man sagt 'Kultpropheten'.

Der Messias dieser Art, wie ihn die Juden in Palästina erwarteten, ist jedoch auf keine Weise Sohn Gottes von Natur; der Titel „Sohn Gottes“ bezeichnet in diesem Zusammenhang den Messias als Adoptivsohn und schließt damit eine natürliche Sohnschaft aus. Denn eine natürliche Beziehung dieser Art hätte die Kluft zwischen Schöpfer und Geschöpf überbrückt und ist darum für den Juden — d.h. hier für den in seinem Denken vom Alten Testament und nicht von griechischer Philosophie bestimmten Juden, wie er für Palästina in der Regel vorauszusetzen ist — ganz unvorstellbar.

Es ist unwahrscheinlich, daß der Herr Jesus als Messias aufgetreten und von seinen Jüngern als Messias betrachtet worden sei. Die Feststellung mag angesichts der späteren Bedeutung des Christustitels überraschen. Aber es kommt hier zunächst auf den Inhalt des Begriffes an, d. h. auf die Vorstellungen, die Jesus, seine Jünger und das Volk mit einem Messias verbanden. Diesen Vorstellungen entsprach Jesus durch sein Auftreten und seine Verkündigung auf keine Weise. — Die Messiaserwartung ist eine unter vielen jüdischen Heilshoffnungen, aber die mit ihr verbundenen Vorstellungen gingen in eine andere Richtung als die Verkündigung Jesu. Das 'Messiasgeheimnis' — von William Wrede zur Deutung der Theologie des Markusevangeliums herangezogen — hat seinen realen historischen Grund darin, daß Jesus in der auf ihn selber zurückgehenden Überlieferung durchweg ablehnt, der Messias zu sein. Das heißt, daß die Deutung, Jesus sei der Messias, nachösterlich sein muß.

Auch die Urgemeinde hat in ihm nicht den Messias gesehen. Für sie ist Jesus der Kyrios, und die Gleichsetzung von Kyrios und Christos gehört einer weiteren Entwicklungsstufe der Christusdeutung an, auf der die Christen, die aus der jüdischen Diaspora herkamen, unter dem „Messias" etwas ganz anderes verstanden, als die aus Palästina stammenden Glieder der Urgemeinde. Darum fehlt der Christustitel und Christusname in der ältesten Taufakklamation (1Kor 12, 3). Er fehlt ebenso in der ältesten Abendmahlsüberlieferung (1Kor 11, 23—26; Did 9.10) und fehlt, auf Jesus angewandt, in der Offenbarung des Johannes (außer in den sekundären Zusätzen). Die Konkordanz spricht da ganz eindeutig. Man kann aus ihr unmittelbar den Befund erheben, daß die Anwendung des Christustitels auf den Herrn Jesus nicht in der palästinensischen Urgemeinde entstanden und aus ihren Traditionen abzuleiten ist — geschweige, daß sie sich in die vorösterliche Zeit verfolgen ließe.

Bei dieser Feststellung müssen wir allerdings im Auge behalten, daß wir es mit Juden zu tun haben, die einen theologischen Inhalt — Gedankengang, Titel, Begriff — dann anerkennen konnten, wenn er sich aus der Schrift beweisen ließ. Schriftwidrig war aber die Anwendung des Messiastitels auf den Herrn Jesus nun wieder nicht. In der Perikope mit der Täuferfrage „Bist du, der da kommen soll?" (Mt 11, 2—6; Lk 7, 18—23) ist die Frage so formuliert, daß ein schlichtes „Ja" darauf hinausgelaufen wäre, daß Jesus sich zum Messias erklärt hätte. Jesus bezieht sich mit seiner Antwort auf Jes 61, 1 („Der Geist des Herrn ist über mir, darum daß mich der Herr gesalbt hat"; damit auch auf Jes 29, 18 und 35, 5), wo zwar von einem Gesalbten, aber nicht vom Messias im politischen Sinn die Rede ist. Was dort geweissagt war, das konnte sich wohl beim Auftreten des politischen Messias ereignen, wurde aber auch für das Auftreten des endzeitlichen Propheten erhofft. Der war „gesalbt", weil er mit dem Heiligen Geist gesalbt war, war aber nicht der Messias im eigentlichen, politischen Begriff. — Die Perikope wird wohl nicht in der vorösterlichen Zeit entstanden sein, weil die Erwartung eines politischen Messias schlecht zu den Vorstellungen des Täufers paßt. Aber sie zeigt uns eine Gemeinde als Entstehungsort, die sich den Heiland zwar nicht selber als Messias vorstellt, die aber bereit ist, den Christustitel gutzuheißen, den andere ihm geben. Sie muß darum zwar in Palästina in den Traditionen der Urgemeinde entstanden sein, aber zu einer Zeit, in der die Missionsgemeinden auf hellenistischem Boden schon dazu übergegangen waren, Jesus als den Christus zu bezeichnen.

Denn der Übergang dieses Titels auf Jesus ist nicht aus den Voraussetzungen der Urgemeinde zu erklären. Nach der Apostelgeschichte (11, 26) wurden die Jünger zuerst in Antiochien als „Christianoi" bezeichnet. In Antiochien sprach man griechisch (wenn auch nicht ausschließlich); der neue Name für die Christen ist aber mit einer ursprünglich lateinischen Endung gebildet, der man sich im allgemeinen zur Bezeichnung von Parteien bediente. Der Name bedeutet auf keinen Fall einen der Verehrung Jesu Christi gewidmeten Kultverein, d.h. in unserm Sinn eine Gemeinde. In diesem Fall wären die Jünger Jesuastai oder allenfalls Christiastai genannt worden (wie es sonst Isiasten und Platonisten gab). Was bedeutet also der Name Christianoi?

Einen Namen bekommt man, um sich zu unterscheiden, und einen neuen Namen, um sich von seiner Herkunft zu unterscheiden. Die Jünger, die in Antiochien einen neuen Namen erhielten, sollten sich dadurch von den Juden unterscheiden. Lukas will Apg 11, 26 sagen, daß sich durch die Missionstätigkeit des Paulus und Barnabas die Jünger in Antiochien derart stark vermehrt hätten, daß es nötig war, sie mit einem eigenen Namen zu bezeichnen, der sie von ihrer jüdischen Herkunft unterschied.

Das bedeutet, daß wir nun fragen müssen: wodurch sich die Jünger in Antiochien von den Juden unterschieden, in deren Mitte sich ihre Gemeinde gebildet hatte. Zweifellos dadurch, daß sie Jesus als Messias verstanden und verehrten. Daraus können wir zunächst schließen, daß sich die Jünger in messianischer Erwartung befanden. Sie können nicht darum „Christianoi" genannt worden sein, weil sie den gestorbenen und auferstandenen Jesus als Messias verehrten. Sie müssen vielmehr darum nach dem Messias genannt worden sein, weil sie die Wiederkehr Jesu als des Messias erwarteten. Daß sie sich in lebhafter Messiaserwartung befanden, sagt uns ihr Name; daß sie aber Jesus als Messias erwarteten, folgt daraus, daß durch die Verkündigung des Barnabas und Paulus ihre Zahl so zugenommen hatte, daß sie einen eigenen Namen erhielten.

Der betreffende Satz der Apostelgeschichte (11, 26 b) lautet: „Und sie blieben bei der Gemeinde ein ganzes Jahr und lehrten viel Volks; daher die Jünger am ersten zu Antiochien Christen genannt wurden." Man hat diese Nachricht mit einer Mitteilung des Sueton über den römischen Kaiser Claudius zusammengebracht: „Die Juden, die auf Anstiften des Chrestus in beständiger Unruhe waren..." (Claud 25) und geschlossen, der Name sei durch die Behörden in Antiochien in Gebrauch gekommen, die sich auch hier mit den messianischen Erregungen der Juden hätten auseinandersetzen müssen. Aber diese Folgerung ist nicht sehr wahrscheinlich. Wir können davon absehen, daß die römische Judenaustreibung 15 Jahre später war; die Juden waren das ganze Jahrhundert über in messianischer Erregung. Aus dem griechischen Text geht aber nicht eindeutig hervor, wer nun eigentlich zuerst den Namen Christianoi für die Jünger gebraucht habe (vgl. Conzelmann, Apostelgesch., z. St.). Gegen eine Übersetzung, die die Namensgebung als Werk des Bernabas und Paulus bezeichnet, ist von der Grammatik her nichts einzuwenden; vom Sinn her ist sie möglich. Möglich ist auch, daß es sich um eine Selbstbezeichnung handelt, möglich ist, daß die Juden die in ihrer Mitte entstehende Christengemeinde mit diesem Namen bezeichneten. Daß Lukas hier jedoch eine Benennung durch Heiden und gar Römer habe ausdrücken wollen, ist weniger wahrscheinlich. Sicher ist jedenfalls, daß auf dem Hintergrund einer allgemein gesteigerten Messiaserwartung in der ganzen jüdischen Diaspora die Jünger in Antiochien als erste den Namen Christen führten und sich dadurch von den Juden unterschieden, und daß der Unterschied gegenüber den Juden darin bestand, daß sie die Wiederkehr Jesu als Ankunft des Messias erwarteten.

Somit müssen wir nach der Messiaserwartung der jüdischen Diaspora fragen, wenn wir nach den Gründen suchen, die die Antiochener dazu bestimmten, Jesus als den Messias zu verehren. Die jüdische Diaspora unterscheidet sich von den Juden in Palästina grundsätzlich eben dadurch, daß sie Diaspora ist. Die Juden in der Diaspora wohnen nicht im Gelobten Land, d.h. sie wohnen nicht in dem Land, in dem die Juden in Palästina die Errichtung des Gottesreiches erwarteten, sondern sie wohnen, wenigstens in religiöser Hinsicht, in der Fremde. Sie wohnen unter Heiden und stehen in engem Kontakt mit ihnen, treiben mit ihnen Handel und Wandel, betreten womöglich auch ihre Häuser und essen vielleicht sogar mit ihnen, wie das die Umstände jeweils erforderten. Ihre Muttersprache ist die Sprache des Landes, in dem sie wohnen, zumeist griechisch, und jedenfalls nicht das Hebräisch der Bibel. Ihrer Religion nach sind sie uneingeschränkt Juden, auch dann, wenn ihre Lebensweise nicht allen pharisäischen Reinheitsforderungen entspricht. Darum ist auch ihre religiöse Hoffnung wie bei allen Juden auf die Errichtung der Gottesherrschaft gerichtet. Das bedeutet für sie aber etwas anderes als für die Juden in Palästina; nicht die Vertreibung der Fremden aus dem Land, sondern ihre eigene Heimkehr dahin.

Auch die Heiden werden von ihnen im Blick auf die Endereignisse anders beurteilt als von den Juden in Palästina. Da sie in heidnischer Umgebung leben und Heiden sich auch in gewissem Maße an ihre Synagogen angeschlossen haben, stehen sie der Möglichkeit der Heidenbekehrung aufgeschlossener gegenüber als die Rabbinen.

Der Messias ist für die Diasporajuden dementsprechend in erster Linie der Führer bei der Heimkehr der Juden in ihr Land. Diese Heimkehr wird aber am Tage des Herrn gleichzeitig von allen vier Enden der Erde her geschehen, weil das Volk in alle vier Winde zerstreut ist. Diese notwendige Voraussetzung ist mit der politischen Messiaserwartung der Juden in Palästina nicht verträglich. Für die Juden in der Diaspora ist der Messias kein von Gott berufener Mensch, sondern ein von Gott gesandtes himmlisches Wesen. Daher besteht in der Diaspora anscheinend in vorchristlichen Zeiten schon die Neigung, diesen Messias himmlischen Ursprungs mit dem danielischen Menschensohn zu identifizieren. Strenggenommen ist dieser Messias gar kein Gesalbter im eigentlichen Sinn, weil er kein von Gott erweckter Mensch ist. Aber die Vorstellungen, die man sich in der Diaspora von der Heimkehr machte, knüpfen an die Rückkehr aus dem babylonischen Exil an, bei der noch verschiedene menschliche Gestalten und bestimmte historische Persönlichkeiten (Kyros, Serubbabel) als Führer wirkten.

In der Diaspora war aus diesem Führer, wie gesagt, ein himmlisches Wesen geworden. Für die Entwicklung dieser Vorstellung war der ausschlaggebende Grund, daß sich etwa seit dem 3. Jh. der Begriff von Gottes Transzendenz so weit steigerte, daß man sich ein unmittelbares Handeln Gottes an der Welt nicht mehr vorzustellen wagte, sondern Zwischenwesen einschob, personifizierte göttliche Kräfte, durch die Gott gegenüber der Welt vertreten wurde. Eine derartige Gestalt erscheint dem Daniel (7, 13). Die Erscheinung wird als die eines Menschen, eines „Menschensohns" beschrieben; hier liegt ein Schluß auf Grund der Schöpfungsgeschichte vor, nach der Gott den Menschen nach seinem eigenen Bilde geschaffen hat. Daher hat der himmlische König, der hier an Stelle Gottes die Weltregierung ausübt, als Bild Gottes menschliche Gestalt. Damit ist jedoch zugleich gesagt, daß es sich bei Daniel nicht um einen Menschen handelt; das einzige Wesen, das nicht „wie ein Mensch" erscheinen kann, ist eben ein Mensch. „Menschensohn" ist bei Daniel noch kein Titel und bezeichnet — anders als bei Hesekiel und bei Jesus — auch keinen Menschen. Indessen hatte sich der danielische Menschensohn in der apokryphen Überlieferung weiterentwickelt und wird uns in den Bilderreden des äthiopischen Henoch als Titel einer endzeitlichen Heilsgestalt faßbar, in der viele z. T. widersprüchliche Wesensmerkmale zusammengefaßt erscheinen.

Mit diesem Himmelswesen besteht kein Zusammenhang, wenn Jesus sich selbst als „Menschensohn" bezeichnet. Überwiegend sind im Munde Jesu mit diesem Titel Niedrigkeitsaussagen verbunden, und dies war seinen Jüngern so bewußt, daß sie nach seiner Auferstehung niemals von ihm als dem Menschensohn gesprochen haben. — Jesus gebraucht den Titel Menschensohn, um seine Erniedrigungen ausgesetzte menschliche Person vom Heiligen Geist zu unterscheiden, der auf ihm ruht und durch ihn spricht. Diese Niedrigkeit entspricht jedoch schon bei Jesus und ebenso in der Urgemeinde der Erwartung einer Erhöhung, die der Ermordete nach seiner Auferweckung erfährt. Dazu gehört besonders, daß der Auferweckte am Tage Gottes seinen Mördern erscheinen und durch sein Erscheinen gegen sie Zeugnis ablegen werde. Dieses Erscheinen ist das Zeichen des Menschensohns; d.h. der wiederkehrende Menschensohn wird das Zeichen sein, das der Welt ihr Ende bringt.

> Siehe, er kommt mit den Wolken,
> und sehen werden ihn aller Augen
> und die ihn zerstochen haben,
> und klagen werden über ihn alle Stämme der Erde.
> (Apk 1,7)

Der Prophetenspruch zeigt durch die Worte „er kommt mit den Wolken", daß man inzwischen gelernt hatte, den Erhöhten mit dem endzeitlichen Herrscher bei Daniel zu identifizieren, und die Vision Daniels als Vision von der Wiederkehr des ermordeten und von Gott erweckten und erhöhten Jesus zu deuten. Ob diese Identifikation bereits von der Urgemeinde vorgenommen wurde, wissen wir nicht. Sie wäre dazu zweifellos in der Lage gewesen, aber es wäre dann schwer zu erklären, warum diese Erwartung in der Offenbarung des Johannes nicht deutlich ausgeführt ist. (Ob Apk 14, 14 „Ernte des Menschensohns" an den erhöhten Herrn zu denken ist, wird kaum zu entscheiden sein; mir ist es unwahrscheinlich.) — Die Didache spricht davon in ihrem Schlußsatz „Dann wird die Welt den Herrn auf den Wolken des Himmels kommen sehen" (Did 16, 8). Die Didache erwartet an dieser Stelle, daß die Auferweckung der Heiligen zusammen mit der Ankunft des Herrn stattfinden wird. In diesen beiden Schriften ist die Identifikation des zur Auferweckung der Toten wiederkehrenden Herrn mit dem Messias noch nicht vorgenommen. Sie bahnt sich aber an, weil die Auferweckung mit der Rückkehr der Zerstreuten zusammengenommen wird; beides zusammen ist die Herstellung des neuen Israel und wahren Gottesvolkes.

Die Apokalypse ist aus den Traditionen der Urgemeinde entstanden; die Didache ist für hellenistische Christen in Palästina vor dem Ausbruch des jüdischen Krieges geschrieben. Beide Schriften sind gerade für die Situation der in der Diaspora entstehenden Jüngergemeinden nicht charakteristisch. In der Diaspora war schon in vorchristlicher Zeit die Messiaserwartung mit der Vision des Menschensohns bei Daniel kombiniert worden.

Man kann das aus der Esraapokalypse (4Esra 13) ersehen. In den in der sechsten Vision verarbeiteten Traditionen findet sich der Gedanke, daß der „Mensch“ ein friedliches Heer ins Heilige Land führen werde, das später als das Volk der verlorenen Stämme gedeutet wird. Dieses friedliche Heer wird unter anderem auch Gebundene als Opfergaben mit sich führen, womit die zu Gott bekehrten Heiden gemeint sind. Der Mensch ist also der Messias nach der Erwartung der Diaspora. Da er aber mit den Wolken des Himmels kommt, ist er offensichtlich mit dem Menschensohn Daniels zusammengebracht worden und wird von daher auch seinen Namen erhalten haben, zumal er in der Vision als „etwas wie ein Mensch“ erblickt wird, was dem Ausdruck bei Daniel ganz nahe kommt.

Die Identifikation des Messias mit dem Menschensohn (nach Daniel) fanden die ersten Missionare der Hellenisten vor, während sie ihrerseits bereits gelernt hatten, die Menschensohnvision Daniels als Weissagung auf die Ankunft des Herrn zu deuten. Damit war der Schluß unvermeidlich geworden, daß Jesus der in der Diaspora sehnlichst erwartete Messias ist. Die Folgerung muß manchen Christen unbehaglich gewesen und geblieben sein; anders ist das Fehlen des Christustitels in den oben genannten Schriften nicht zu erklären. Sie hat sich auch nicht überall so schnell durchgesetzt wie im Gebiet der paulinischen Mission. Wir lernten in dem alexandrinischen Juden Apollos einen Mann kennen, der erst als er ins paulinische Missionsgebiet nach Ephesus kommt, erfuhr, daß Jesus der Christus sei, obwohl er die Sache mit Jesus vorher schon gekannt und verkündigt hatte.

Da der Messias, den die Diaspora erwartete, auch ein Heiland der Heiden war, war die Deutung Jesu als Messias der Mission eher förderlich als hinderlich. Die politischen Erwartungen, die die Juden in Palästina mit dem Messias verbanden, waren für die nun hinzukommenden Heidenchristen unwichtig, und das Bewußtsein, daß Christus ein Amtstitel und kein Eigenname war, ging dann bald verloren. Als das Christentum — gegen Mitte des zweiten Jahrhunderts — in den Bereich der lateinischen Sprache eindrang, da wurde Christos = der Gesalbte nicht mehr ins Latein übersetzt. Das Wissen, daß Jesus Christus der König und Herr der Welt ist, hing an seiner Person und nicht mehr an seinem Amtstitel „der Gesalbte“.

d) Das Wort

Die Vorstellung vom Worte Gottes verdichtet sich zunehmend im Alten Testament und in der Apokalyptik und nimmt schließlich messianische Züge an. Gott ist in der Bibel ein tätiger Gott, und er schafft durch sein Wort. Er geht in Gestalt seines Worts in die Geschichte ein, er handelt durch sein

Wort und ist für uns nicht anders als durch sein Wort zu erkennen. Alles, was über Gott zu sagen ist, ist über sein Wort zu sagen. Die verschiedenen Entwicklungsstufen der Vorstellung vom Worte Gottes haben sämtlich die Christologie bestimmt, weil in Jesus Christus als dem Worte Gottes das Handeln Gottes an der Welt seine Vollendung erhält. Eine Christologie ist — anders als eine Dogmatik — ihrem Wesen nach eine Auslegung dessen, was die Bibel über das Wort Gottes sagt, und das heißt: Sie ist eine Auslegung der ganzen Heiligen Schrift. Denn die Bibel ist — kurz gesagt — das Buch über das Wort Gottes.

Dennoch ist 'das Wort', griechisch 'der Logos' als Würdetitel Jesu Christi nicht allein aus dem Alten Testament heraus verständlich. Ebensoviel wie dieses hat die griechische Philosophie dazu beigetragen, in der 'Logos' in neutestamentlicher Zeit ein Begriff von ähnlich zentraler theologischer Bedeutung geworden war. Aber der biblische und der griechische Begriff sind, obwohl wir beide durch 'Wort Gottes' im Deutschen ausdrücken, keineswegs äquivalent. Wenn die Bibel darunter vorzugsweise das Handeln Gottes versteht, so bedeutet der griechische Begriff in seiner Anwendung auf Christus das Denken Gottes. Zwar überschneiden sich die beiden Begriffsinhalte im gesprochenen Wort, aber es ist nur ein relativ kleiner Bereich, in dem die beiden Wortbedeutungen zusammenkommen. Freilich hat dieser kleine Bereich es ermöglicht, das biblische Denken in das von ihm völlig verschiedene griechische Denken zu übertragen. Aber die theologischen Streitigkeiten, von denen die Dogmengeschichte der ersten sechs Jahrhunderte erfüllt ist, sind zumeist dadurch veranlaßt, daß diese Übertragung nicht restlos möglich war. Wenn wir uns fragen, ob Faust den Anfang des Johannesprologs zu Recht mit „im Anfang war die Tat" zu übersetzen versucht, so hat die Frage keine eindeutige Antwort. Denn Johannes umschreibt mit seinem „Im Anfang war das Wort" den Anfang der Schöpfungsgeschichte, die von der Tat Gottes berichtet. Aber in dem für Griechen geschriebenen Johannesprolog mußte hier, um denselben Sachverhalt zu beschreiben, vom Denken Gottes gesprochen werden. Besser als „Im Anfang war das Wort" wird sich der Text wohl nicht ins Deutsche übertragen lassen.

Das griechische Wort Logos hat zahlreiche, weit auseinanderfallende Bedeutungen. Die Wurzel bedeutet bei dem zugrundeliegenden Zeitwort ursprünglich wohl das Sammeln und Zusammenfassen, und von da aus auch das Zählen. Dieses Zählen wird einerseits zum Er-Zählen und insofern zur Rede, andererseits zum Rechnen, zur Rechenschaft, zur Proportion als dem ins Verhältnissetzen und zur Ordnung. Als Weltordnung erhält das Wort Logos zuerst eine theologische Bedeutung bei Heraklit von Ephesus (Anf. des 6. Jh. v. Chr), der darunter das allgemeine, den Wechsel der Dinge regelnde Weltgesetz versteht. Es schreibt ebenso den Gestirnen ihre Bahnen, wie den Menschen ihr Verhalten vor, und das Verstehen dieser allgemeinen Weltvernunft ist das Ziel, nach dem sich die zu ihrer Erkenntnis berufenen Menschen ausrichten sollen, um dadurch zur Teilhabe an ihr zu gelangen und vernünftige Wesen zu werden.

Von Heraklit an ist die Geschichte des Logosbegriffs recht abwechslungsreich verlaufen. Als Platon zwischen der sinnfälligen, materiellen Scheinwelt und der geistigen wahren Welt der Ideen unterschied, da wies er dem Logos als einer Funktion des ordnenden menschlichen Verstandes seinen Platz in der diesseitigen und sinnlichen Welt zu. Er hat hier die Aufgabe, die Begriffe zu reinigen, die Merkmale, die ihnen in Wahrheit zukommen, von denen zu unterscheiden, die ihnen widersprechen, um auf diese Weise zu einer immer genaueren Bestimmung des Begriffsinhalts zu gelangen. Diese Tätigkeit führt noch lange nicht zur Erkenntnis, aber sie bereitet sie vor und ist ihre unerläßliche Voraussetzung. Mit dem Logosbegriff Heraklits hat der Logos Platons das gemein, daß auch er eine ordnende Tätigkeit ausübt und die Dinge in ihr natürliches und richtiges Verhältnis („Logos") rückt; er „teilt" in der richtigen Weise. Aber er ist nicht mehr die alles durchwaltende ordnende Weltvernunft, und die Beziehung zum Ganzen ist verlorengegangen. Der Mensch ist zum Gebrauch des Logos zwar berufen und befähigt, aber er kommt damit nicht bis zur Einsicht in das Wesen der Dinge.

Während bei Platon die Erkenntnis der Dinge noch als Möglichkeit des Menschen bestehen bleibt, auch wenn sie seine natürlichen Fähigkeiten grundsätzlich überschreitet, setzte sich bei seinen Schülern die Überzeugung durch, daß der Mensch zur Wahrheitserkenntnis unfähig sei. Hier kann sich daher der Gehalt des Logosbegriffs nicht weiter vertiefen. Dies geschieht vielmehr in der Stoa, die wieder an die umfassende Bedeutung anknüpft, die bei Heraklit angelegt war. Die Stoa übernimmt nicht den (fälschlich so bezeichneten) platonischen Dualismus, d. h. die Unterscheidung von materieller Scheinwelt und immaterieller wahrer Welt, sondern behauptet, daß alles Seiende materiell sei. Die bei Platon geschiedenen Bereiche fallen daher bei ihr in eins.

Der Logos, der bei Platon nur im materiellen Bereich seine ordnende, teilende und auf die geistige Welt hinführende Funktion ausgeübt hatte, erstreckt seine Wirksamkeit hier wieder auf die ganze zugleich geistige und zugleich materielle Welt und kann ähnlich wie bei Heraklit als ein für alles Seiende verbindliches, ewig gültiges Weltgesetz begriffen werden. Durch sein Ordnen und Teilen wird er aber zum Schöpfer der Welt und tritt an die Stelle, die bei Platon der Nous und dessen mythische Hypostase, der Demiurg eingenommen hatte. Daß die ersten Stoiker, Zenon und Chrysipp, bei ihrem Entwurf von Heraklit abhängig waren, wird daraus hervorgehen, daß der stoische Logos im Feuer sein materielles Substrat hat, und das Feuer hatte

Heraklit für das Urelement gehalten. Darüber hinaus besteht die Möglichkeit, daß der biblische Schöpfungsbericht mit seiner Teilung von Licht und Finsternis und seinem „und Gott sprach" auf die stoische Kosmogonievorstellung eingewirkt hat (ein Gedanke, der weder zu beweisen noch zu widerlegen ist). In diesem schöpferischen Logos kulminiert der stoische Gottesbegriff; daher stellt sich der Logos als Zeus und als Sonne dar, und da die Menschen mit ihrer Vernunft Anteil am Logos haben und logische Kräfte in sich tragen, „sind sie seines Geschlechts".

Die Stoiker hatten also gegenüber der Einstufung Platons den Logos nicht allein vergöttlicht, sondern auch als die Gottheit und Menschheit verbindende Substanz beschrieben. Damit zeigten sie der Akademie den Weg, auf dem die Platoniker die Krise überwinden konnten, in die sie durch den Einbruch der Skepsis geraten waren. Denn die blieben zwar bei ihrer Voraussetzung, daß der nur durch seine Sinne mit der Außenwelt verbundene Menschengeist eben dadurch zur Wahrheitserkenntnis unfähig sei. Sie folgerten aber jetzt weiter — und mit dieser Folgerung geht die jüngere Akademie in den Mittelplatonismus über — daß sich die Wahrheit dem aus eigenen Kräften zu ihrer Erkenntnis unfähigen Menschen durch einen Offenbarungsakt erschließe, und diese Offenbarung nahm der nach stoischem Vorbild Göttern und Menschen gemeinsame Logos vor. Denn wenn Erkenntnis nur so möglich ist, daß Gleiches von Gleichem erkannt wird, dann muß die Erkenntnis so vor sich gehen, daß göttlicher und menschlicher Logos einander erkennen: „[Der Mensch] tauscht mit Gott den Blick, und Vernunft erkennt Vernunft." So ist aus dem teilenden Logos Platons der schöpferische Logos der Stoa und aus diesem der offenbarende Logos des Mittelplatonismus geworden. Daher verstehen die Griechen Christus als Schöpfer und Offenbarer, wenn sie ihn mit dem alttestamentlichen Begriff „Wort Gottes" — Logos bezeichnen.

Im Grenzgebiet zwischen biblischem und alttestamentlichem Denken erlangt außer dem Logosbegriff selber noch ein zweiter Begriff Bedeutung für das Verständnis Christi als des göttlichen Logos, nämlich die himmlische Weisheit. Wenn von Gott im Alten Testament „Weisheit" ausgesagt wird, dann ist damit im allgemeinen das göttliche Handeln als sinnvoll, planmäßig, fehlerlos und vollkommen beschrieben; die himmlische Weisheit ist ursprünglich ein Merkmal, das dem göttlichen Schaffen eigentümlich zukommt. Sie ist darum vorzugsweise bei der Weltschöpfung und -regierung zu erkennen, oder vorauszusetzen, wenn der Mensch sie nicht erkennt. Gelegentlich kann auch der Heilige Geist „Weisheit" genannt werden, weil er die verborgenen göttlichen Ratschlüsse kennt (und den Propheten offenbart), aber auch darum, weil er nach Gen 1, 2 bei der Schöpfung zugegen war, mitgewirkt hat oder sie schließlich auch vollzogen hat.

Dabei zeigt sich die Neigung, die weltzugewandte Seite des göttlichen Handelns isoliert zu betrachten; der Heilige Geist, besonders als himmlische Weisheit, wird dadurch nicht zu einem zweiten Gott neben Gott verselbständigt, aber die Grenze zwischen dem verborgenen und dem offenbaren Gott wird bei dieser Betrachtung deutlicher sichtbar. — Von einem vergleichbaren Empfinden wird wohl auch Platon geleitet gewesen sein, als er zur Beschreibung der Kosmogonie in mythischer Redeweise den Weltbaumeister, den Demiurgen, vom göttlichen Urgrund unterschied und dadurch die Möglichkeit gewann, von Gott eben die Tätigkeiten aussagen zu können, die man mit dem göttlichen Geist selber nicht recht vereinigen konnte. Was aber bei Platon gedankliche Konstruktion und bildliche, allenfalls mythische Redeweise war, das haben die Späteren als Realität aufgefaßt; der platonische Demiurg wurde zum Ausgangspunkt dafür, daß die weltzugewandte Seite des göttlichen Wesens sich zwischen Gott und der Welt zu einer eigenen Hypostase verdichtete. Besonders ist von daher die Verselbständigung der himmlischen Weisheit entscheidend gefördert worden. Zu dieser Verselbständigung war freilich insofern besondere Ursache, als die zunehmend tiefere Einsicht in die Transzendenz und völlige Unerfahrbarkeit Gottes die Einführung einer Zwischenstufe nötig machte, bei der die Unerkennbarkeit Gottes eingeschränkt war und Gottes Handeln an der Welt — nämlich das Denken der Welt durch Gott — wenigstens vorgestellt werden konnte.

Dieser Vorgang hat sich, soweit er für unsere Frage relevant ist, im hellenistischen Judentum Alexandriens abgespielt. Hier entstehen auf der Grundlage der Bibel Schriften, in denen wir das Hervorgehen der himmlischen Weisheit aus Gott und ihre Verselbständigung neben Gott beobachten können.

Dieser Vorgang ist in gewissem Maße mit der Übersetzung der Bibel ins Griechisch verbunden. So schreibt der Verfasser des Proverbienbuches (8, 22) einen Satz über die Weisheit, den unsere Übersetzungen mit „Er hat mich schon gehabt im Anfang seiner Wege" wiedergeben. Die Übersetzung ist einwandfrei, denn der Spruchdichter will in der Tat hier ausdrücken, daß Gott nie ohne seine Weisheit gewesen sei, und daß alle Taten Gottes seine Weisheit erkennen lassen. Der griechische Übersetzer drückt diesen Satz aber wörtlich aus durch „Der Herr schuf mich als Anfang seiner Wege für seine Werke." Dabei wird die Weisheit zu einem Geschöpf Gottes, seinem ersten, und das hatte der hebräische Dichter gewiß nicht behaupten wollen. Die Verselbständigung, die die Weisheit auf dem Weg der Übersetzung ins Griechisch erfährt, entsprach aber den Erfordernissen der Zeit, in der diese Übersetzung entstand. — Abgesehen von der Übersetzung entstanden nun aber auch neue Schriften, darunter die ›Weisheit Salomos‹, in denen diese Verselbständigung der Weisheit vollzogen ist. Die etwas primitive Weise, in der

der Proverbienübersetzer die Weisheit zu einem Geschöpf gemacht hatte, um sie als selbständig deutlich zu machen, wird dabei zumeist aufgegeben. Vielmehr erscheint sie jetzt als der sichtbare Abglanz des unsichtbaren göttlichen Lichts. Die Frage, ob sie von Ewigkeit her mit Gott gewesen sei oder zur Schöpfung aus ihm — gleichsam als Gottes Atem — hervorgegangen sei, stellt sich erst viel später, im dritten Jahrhundert. Wesentlich ist nun für uns, daß die Weisheit eben die Bedeutung hat, die auch der Logos erhielt: Sie ist zugleich Schöpfungs- und Offenbarungsmittlerin. Daher konnten die beiden Begriffe dort miteinander konkurrieren, wo man mit ihrer Hilfe das Alte Testament auszulegen und Gott aus der Bibel zu erkennen versuchte. Auf jeden Fall haben sie einander in ihrem Verständnis beeinflußt und sind soweit zusammengeflossen, daß es den Kirchenvätern erst im dritten Jahrhundert gelang, sie wieder zu trennen, nämlich so, daß „Weisheit" und „Heiliger Geist" als synonym angesehen wurden. Da war jedoch die Identifikation des göttlichen Logos mit Christus längst vollzogen. Aber die gegenseitige Beeinflussung beider Begriffe hat dazu geführt, daß man nun vom Logos in derselben Weise sprechen konnte, in der in den alexandrinischen Weisheitsbüchern von der himmlischen Weisheit gesprochen worden war.

Aus mehr als einem Grund wurde Christus mit dem Logos identifiziert. Rein äußerlich lag dafür die maskuline Vokabel 'Logos' näher als die feminine 'Sophia'. Sachlich dürfte es auch von Bedeutung gewesen sein, daß das Eingehen Gottes in die Geschichte in der Bibel von Gottes Wort (und kaum von der Weisheit) ausgesagt wird. Am wichtigsten war aber wohl der Umstand, daß bei der Weisheit u. a. ihre Tätigkeit als Schöpferin im Vordergrund stand, während der Logos in dieser Zeit (auch im folgenden Jahrhundert) vor allem als Offenbarer und damit als Bringer der Erlösung gedeutet wurde. Auch hier ist zwischen beiden Begriffen keine scharfe Grenze, aber das soteriologische Moment ist beim Logos sehr viel stärker ausgeprägt. Die Weisheit wurde „oben" vorgestellt, der Logos aber als der „von oben" Kommende. In dieser Eigenschaft, als der von Gott zum Heil der Menschen kommende Gott, traf er aber mit dem Messiasbild der jüdischen Diaspora zusammen und wurde so zur vollkommenen, mit der Bibel wohlübereinstimmenden griechischen Interpretation dessen, was der Messias für die Juden bedeutete. Der Messias führte sein Volk ins gelobte Land. Der Logos leitete aber den Menschen, der sich ihm anvertraute, in seine himmlische Heimat und gab ihm Macht, Kind Gottes zu werden.

2. *Jesu Abstammung*

Das Matthäus- wie das Lukasevangelium haben in ihre Vorgeschichten einen Stammbaum Jesu aufgenommen. Aber die Frage nach Jesu Abstammung kann nur während eines verhältnismäßig kurzen Zeitraums Bedeutung gehabt haben. Jesu Jünger, die Bewohner von Kapernaum, die galiläischen Landsleute Jesu kannten seine Abstammung („...Ist das nicht des Zimmermanns Sohn?..." Mt 13, 53; vgl. Mk 6, 3). Die seßhafte Bevölkerung, heute wie damals, hat solche Kenntnis von denen, die ihr angehören, und wenn der Prophet nichts in seiner Vaterstadt gilt, dann liegt es eben daran. Da hatte niemand Ursache, Jesu Abstammung zu erörtern. — Später aber, als man das Bekenntnis formulierte „geboren von der Jungfrau Maria", da fragte man nicht mehr danach. Ignatius von Antiochien läßt Jesus über seine Mutter aus dem Geschlecht Davids stammen (IgnEph 18, 2); andernfalls schlössen die Geburt aus der Jungfrau und die Abstammung von David in seinen Augen einander aus.

Das antiquarische Interesse an der Verschiedenheit der von Matthäus und Lukas überlieferten Stammbäume konnte im dritten Jahrhundert noch einmal die Frage nach Jesu Abstammung aufwerfen und hier ein Problem finden, das zu lösen der Mühe wert schien. — Aber zwischen den Zeitgenossen Jesu und Ignatius liegen ein paar Jahrzehnte, in denen dieser Frage wirkliche Bedeutung zukam. Sie mußte im Zusammenhang der ungleich wichtigeren Frage erörtert werden, ob Jesus nun eigentlich der Messias sei. Auch die Landschaft, in der man diese Frage stellen konnte, ist eng begrenzt. Denn wenn man fragte, ob Jesus von David stamme, weil man entscheiden wollte, ob er der Messias sei, dann liegt der Fragestellung der politische Messiasbegriff zugrunde, wie er in Palästina heimisch war und bei der Enderwartung der hier lebenden Juden seine Rolle spielte. Der Messias ist zwar für alle Juden eine der Gestalten, deren Erscheinen und Wirken das Gottesreich herbeiführt. Aber die Juden in Palästina erwarten, daß Gott einen der Ihren als Messias beruft. Das weiß man aus einer Reihe von biblischen Weissagungen, und auf diese Weise kennt man seine Herkunft und seine Abstammung. Von diesem politischen Messias weiß man, daß er dem Stamme Juda angehört, daß er ein Nachkomme Davids ist und daß er aus Bethlehem stammt, aus der Stadt Davids.

Wegen dieser Erwartung ist „Sohn Davids" eine Umschreibung des Messiastitels, und wer Jesus auf diese Weise anredet, der drückt damit aus, daß er ihn für den Messias ansieht. Die Syrophönizierin ruft ihn (Mt 15, 22; nicht bei Mk 7, 24—30) mit „Herr, Sohn Davids!" um Hilfe für ihre Tochter an. Der Evangelist will dadurch ausdrücken, daß das heidnische Weib in Jesus den politischen Messias Israels erblickt. Auch die beiden Blinden, die auf seinem Weg nach Jerusalem in der Nähe von Jericho sich an ihn wenden, hegen dieselbe Vorstellung (Mt 20, 29—34; Lk 18, 35—43; Mt hatte die Geschichte bereits 9, 27—31 einmal mitgeteilt). Sie halten Jesus für den König, der sich daran macht, seinen Thron zu besteigen, und der darum mit besonderen Heilungskräften ausgestattet ist. Bei Markus (10, 46—52) ist es ein einzelner Blinder, der aber als Sohn des Timaios mit seinem Namen genau bezeichnet wird. Vielleicht hat die Urgemeinde auf ihn als auf einen Beweis für Jesu Heilkräfte verwiesen. Denn der Geheilte (bzw. bei Matthäus die beiden Geheilten) trat, wie die Evangelisten mitteilen, in die Nachfolge Jesu ein, und diese Mitteilung hätte nicht viel Sinn, wenn damit nur die wenigen Tage bis zu seiner Verhaftung und Kreuzigung gemeint gewesen wären. Wahrscheinlich ist darum, daß Bartimaios der Urgemeinde angehörte, und daß Markus von ihm unmittelbare Kenntnis besaß. Auch das Volk, das Jesus bei seinem Einzug in die Stadt zujubelt, bringt mit seinem Rufen zum Ausdruck, daß es ihn für den Messias hält (Mt 21, 1—9; Mk 11, 1—10; Lk 19, 28—40; Joh 12, 12—19). Markus hat allerdings nicht den bei Matthäus stehenden Ruf „Hosianna dem Sohne Davids!" und fügt — im Unterschied von Lukas und Johannes — auch sonst keine Königsakklamation ein. Die Menge ruft statt dessen „Gepriesen sei der Anbruch der Königsherrschaft unseres Vaters David." Markus dürfte hier den Königsruf im Sinne des Messiasgeheimnisses unterdrückt haben. Gerade weil Jesus in Wahrheit der König ist, kann das blinde Volk ihn nicht als solchen erkennen und kann ihm nur unbewußt die ihm zukommenden Ehren erweisen. Da bei Johannes demgegenüber das Volk Jesus als den König von Israel begrüßt, ist zu schließen, daß die Königsakklamation Jesu durch das Volk in der ursprünglichen Überlieferung mitgeteilt war. Dies ist wahrscheinlich. Denn die jüdischen Behörden haben Jesus als Messiasprätendenten verhaftet und an die Römer ausgeliefert und die Römer ihn als solchen gekreuzigt.

Dies sind insgesamt wenige und im Sinne der Evangelisten auch keine gültigen Zeugen. Bartimaios ruft Jesus als Sohn Davids an, bevor ihn der Herr von seiner Blindheit heilt und ihm die Augen öffnet. — Die Geschichte von der Syrophönizierin kontrastiert mit dem gleich danach mitgeteilten Petrusbekenntnis (Mt 16, 16), und darin wird Jesus zwar „Messias" genannt, aber als Messias ist er hier nicht der „Sohn Davids", sondern der „Sohn des lebendigen Gottes". Die hellenistischen Judenchristen, deren Bekenntnis Petrus hier ausspricht, sahen im Messias ein von Gott gesandtes Himmelswesen und standen darum der Davidssohnschaft des Messias mit Zurückhaltung gegenüber.

Noch deutlicher drückt sich hier eine von der Markusquelle überlieferte Perikope aus, in der Jesus selber erörtert, ob der Messias überhaupt ein Nachkomme Davids sein könne (Mk 12, 35—37; Mt 22, 41—46; Lk 20, 41—44).

Da David in Ps 110, 1 den Messias seinen Herrn nennt, kann er — so folgert Jesus — den Messias nicht als seinen Nachkommen angesehen haben. Er muß ihn vielmehr als himmlisches Wesen angesehen haben (das ist die Messiasdeutung der Diasporajuden); andernfalls hätte er ihn nicht „seinen Herrn" nennen können. Somit zwingt Jesus in dieser Perikope seinen Gesprächspartnern den Schluß auf, daß der Messias kein Sohn Davids sein könne. — Für uns heißt das: Wenn die Markusquelle Jesus für einen Sohn Davids gehalten hätte, so hätte sie ihn nicht für den Messias halten können. Da sie ihn aber für den Messias gehalten hat, war so für sie bewiesen, daß Jesus, der Messias, kein Nachkomme Davids war.

Diese Christologie hellenistischer Judenchristen, die im Interesse der himmlischen Herkunft des Messias Jesu Abstammung von David bestritten, wird für uns auch im Abendmahlskapitel der Didache faßbar (Did 10, 6). Vor der Austeilung erklingt der Ruf „Osanna dem *Gotte* Davids!", und daß damit der Herr Jesus gemeint ist (der in der Didache noch nicht den Christustitel trägt), ersieht man daraus, daß unmittelbar darauf das „Maranatha!" folgt „Komm, unser Herr!" Hier wird der erhöhte Herr Jesus herbeigerufen, der Bringer des Heiligen Geistes, und die überraschende Akklamation „Osanna dem Gotte Davids!" richtet sich gegen eine Bezeichnung Jesu als „Sohn Davids". Wir können der Stelle zumindest das entnehmen, daß Jesu Davidssohnschaft umstritten war und von bestimmten hellenistischen Kreisen abgelehnt wurde.

Von derartigen Kontroversen um Jesu Abstammung weiß auch das Johannesevangelium. Auf dem Laubhüttenfest verheißt Jesus denen, die an ihn glauben, den Heiligen Geist (7, 37—43). Darauf entsteht ein Disput unter dem Volk. „Viele nun vom Volk, die diese Rede hörten, sprachen: ‚Dieser ist wahrlich der Prophet.' Andere sprachen: ‚Er ist Christus.' Etliche aber sprachen: ‚Soll Christus aus Galiläa kommen? Spricht nicht die Schrift von dem Samen Davids und aus dem Flecken Bethlehem, da David war, solle Christus kommen?' Also war eine Zwietracht unter dem Volk über ihn." Das Volk, das hier redet, weiß mithin nicht, ob Jesus der Christus sei. Es glaubt aber zu wissen, daß er aus Galiläa und nicht aus Bethlehem stammt, und daß er kein Nachfahre Davids ist. — Der Evangelist nimmt zu dieser Kontroverse nicht Stellung. Denn er weiß, daß der Herr Jesus in Wahrheit der Christus ist, und daß die Vorstellung des Volkes von einem politischen oder sonstwie von unten kommenden Messias unzulänglich ist. Darum sieht er keine Ursache, uns bei dieser Gelegenheit mitzuteilen, ob Jesus nun ein Nachfahre Davids war oder nicht.

Alle bisher genannten Textstellen sind für die Frage nach Jesu Abstammung unergiebig. Sie beweisen lediglich, daß die Antwort auf die Frage umstritten war. Weil die Behauptung, Jesus sei ein Sohn Davids, einen politischen oder sonstwie menschlichen Messiasbegriff einschließt, bestritt die Überlieferung, daß Jesus ein Nachkomme Davids gewesen sei.

Es gibt aber auch Zeugnisse, die an dieser Kontroverse unbeteiligt sind, und dennoch Jesus zum Sohn Davids erklären. Der Apostel Paulus sagt im Römerbrief (1, 3) „der geboren ist von dem Samen Davids nach dem Fleisch". Hat der aus Tarsus stammende Apostel Paulus unmittelbare und direkte Kenntnis von Jesu Abstammung gehabt? Sicher läßt sich die Frage nicht entscheiden. Immerhin stand er vor seiner Bekehrung der Urgemeinde, wenn auch als Feind, räumlich und geistig so nah, daß wir die Möglichkeit zugeben müssen. In seiner Christologie vertritt er aber die unpolitische Auffassung, die im Messias ein Wesen himmlischen Ursprungs erblickt. Dementsprechend kann er (2Kor 5, 16) die „Kenntnis Christi nach dem Fleisch" für unwesentlich erklären, nämlich gegenüber der Kenntnis des Auferstandenen. Zwar setzt diese aufs äußerste zugespitzte Behauptung voraus, daß Paulus zu ihr provoziert worden war. Aber sie deckt sich doch insoweit mit dem Befund in den Briefen des Apostels, als Paulus nur ein einziges Mal, nämlich an der oben zitierten Römerstelle, die Abstammung Jesu Christi von David behauptet hat. Somit stellt sich für uns die Frage, warum er es dann dieses eine Mal getan hat, obwohl diese Behauptung seiner Christologie nicht entgegenkam, sondern sie eher gefährdete.

Die Antwort ergibt sich, wenn wir den Fundort unseres Zitats in der Adresse des Römerbriefes in Betracht ziehen. Einige Jahre zuvor hatte der Streit um den Messias — um die Messianität Jesu, wie wir meinen — die römische Judenschaft in so schwere Unruhen versetzt, daß ihr Kaiser Claudius den Aufenthalt in der Stadt verbot. So teilt Sueton (Claud 25) mit, und die Apostelgeschichte (18, 2) bestätigt die Nachricht. Es ist denkbar, daß die römischen Judenchristen, an die Paulus sich hier wendet, nur unter der Voraussetzung Jesus als Messias anerkennen wollten, daß er auch ein Nachkomme Davids war. Das mußte in ihren Augen so sein, denn so stand es in der Bibel. Paulus wendet sich mit dem Römerbrief an eine Gemeinde, die er nicht gegründet hat, und an Menschen, die ihn nicht persönlich kennen, an Judenchristen, die die Bibel im Kopf und ihre messianischen Verheißungen im Ohr haben, und die die Frage, ob Jesus der Messias sei, nicht eher zulassen, als bis ihnen die Frage beantwortet ist, ob Jesus ein Nachkomme Davids sei. Darum muß Paulus etwas zugeben, wovon er sonst nicht gern spricht, weil er ein falsches Verständnis befürchtet: daß Jesus wirklich ein Nachkomme Davids ist. Für seinen eigenen Christusbegriff ist das ganz unwichtig, aber nicht für den der Menschen, an die er sich mit dem Römerbrief wendet.

Die Davidssohnschaft Jesu wird nun wörtlich und unmißverständlich von den beiden Stammbäumen behauptet, die in die Vorgeschichten bei Matthäus und Lukas aufgenommen sind. So wenig die beiden Stammbäume auch übereinstimmen — darin sind sie einig. Sie können aber nicht allein dazu aufgestellt sein, um diesen Nachweis zu führen. Wenn der Stammbaum bei Matthäus mit Abraham einsetzt, so unterstreicht er, daß Jesus Same Abrahams und mithin ein Kind des jüdischen Volkes ist. Dies ist nicht so selbstverständlich, wie uns das auf den ersten Blick scheinen mag; das wird die Erörterung der Frauen in diesem Stammbaum zeigen. — Der lukanische Stammbaum ist statt dessen bis zu Adam hinaufgeführt, weil der Verfasser nichts von einem Vorrang des jüdischen Volkes wissen will, und wohl auch darum, weil er diesen Stammbaum als ein Zeugnis für Gottes heilsgeschichtliches Handeln von Beginn ansieht.

Wir kehren zu unserer eingangs getroffenen Feststellung zurück, daß nur während einer kurzen Zeitspanne derartigen Stammbäumen Jesu irgendeine Bedeutung zukommen konnte. Jesu Jünger wußten, daß Jesus nicht der politische Messias war und hatte sein wollen und daß der Nachweis seiner Davidssohnschaft das politische Mißverständnis nur begünstigt hätte. Dann beginnt die Zeit, in der diese Gefahr der politischen Deutung nicht mehr bestand; das ist die Zeit, in der Jesu leibliche Verwandte zu Ansehen in der Urgemeinde kommen. Bei denen könnte man sich leichter genealogisches Interesse vorstellen. Aber in dem Maß, in dem die Lehre von der jungfräulichen Geburt Jesu sich ausbreitete, mußte jedes Interesse an Jesu Abstammung zum Erliegen kommen. Sextus Iulius Africanus und Origenes haben sich für den Stammbaum Jesu darum interessiert, weil die beiden überlieferten Listen nicht übereinstimmten. Ihre starke persönliche Beteiligung bei diesem Problem ist in ihrem Inspirationsglauben begründet.

Die Stammbäume müssen in judenchristlichen Kreisen entstanden sein, nicht in den allerersten Anfangszeiten der Kirche, aber doch zu einer Zeit, in der Judenchristen und Heidenchristen noch miteinander in Umgang und Austausch standen. Als sie in die Evangelien aufgenommen wurden, da bedeuteten sie noch keinen Einwand gegen die Lehre von Jesu jungfräulicher Geburt; andernfalls hätte man sie nicht aufgenommen. Der Glaube an Jesu jungfräuliche Geburt hatte aber dann nicht die Folge, daß die Stammbäume wieder entfernt wurden. Bei Lukas wurde diesem Glauben dadurch Rechnung getragen, daß Jesu Abstammung von Joseph durch ein „wie man meinte" bestritten wurde. Der Einschub besagt, daß es in Wahrheit anders war. Bei Matthäus liegen die Dinge etwas anders. Hier klingt die Einschränkung zwar ähnlich, hat aber einen anderen Sinn: „...Joseph, der Mann der Maria, aus der Jesus geboren wurde, der Christus genannt wurde." Der Verfasser will durch sein „der...genannt wurde" nicht etwa behaupten, Jesus sei nicht der Messias gewesen, sondern er will die Zulänglichkeit des Messiastitels in Frage stellen. Die Bezeichnung Jesu als Christus hat hier ein relatives Recht, und dieses Recht geht aus dem Stammbaum hervor. Zwar kann man nicht sagen 'Joseph zeugte Jesus', wie es davor geheißen hatte „Jakob zeugte Joseph". Weil aber Joseph Marias Mann war, der Maria, die Jesus gebar, darum besteht zwischen Joseph und Jesus eine in juristischen Kategorien faßbare Beziehung, die es erlaubt, Jesus als den Messias zu bezeichnen. Jesus ist zwar empfangen vom Heiligen Geist; aber im Sinne der Zugehörigkeit zum Samen Abrahams und Davids hört er nicht auf, Glied des Stammes zu sein, der den Messias hervorbringen soll. Insofern darf man Jesus den Messias nennen. Der Stammbaum kann zwar die natürliche Vaterschaft Josephs nicht bezeugen, aber dafür hält er an der juristischen Vaterschaft Josephs fest und behauptet, sie sei ausreichend, die Messiasprädikation für Jesus zu begründen.

Gegen diese Behauptung könnte man immerhin einwenden, daß es sich doch um eine erhebliche Unregelmäßigkeit handele. Solchen Einwand entkräftet der Verfasser für seine juristische Argumentation auf juristische Weise: durch das Beibringen von Präzedenzfällen. Er zeigt, daß in dem Stammbaum noch weitere Unregelmäßigkeiten enthalten sind, die doch offensichtlich keinen Einwand gegen die Gültigkeit abgaben. Diese Präzedenzfälle werden von den Frauen in Jesu Stammbaum geliefert. Maria ist nicht die erste Frau in der Liste. Vor ihr werden genannt: Thamar, Rahab, Ruth und Bath-Seba.

Was haben diese Frauen gemeinsam? Man hat von jeher gesehen, daß Thamar, Rahab und Ruth fremdstämmig waren. Aber das läßt sich von der Bath-Seba nicht wirklich behaupten. Das hat man allerdings getan; man sagte, als Weib des Hetiters Uria sei sie Ausländerin gewesen. Mag sein, aber als Weib des Königs David war sie es nicht mehr, und wenn die Ehe mit Uria sie auch zur Ausländerin gemacht haben sollte, so machte die Ehe mit David sie ebenso sicher wieder zur Jüdin. — Groteskerweise hat man auf Grund der Fremdstämmigkeit der Frauen in Jesu Stammbaum während des Dritten Reiches und davor schon versucht, für Jesus den Nachweis seiner nichtjüdischen Abstammung anzutreten — der menschliche Geist ist zu erstaunlichen Verirrungen fähig. Bath-Seba jedenfalls ist als Mutter Salomos mit Sicherheit Jüdin.

Drei der vier Frauen sind von fragwürdiger Sittlichkeit. Thamar hat Unzucht mit ihrem Schwiegervater begangen (Lev 18, 15; 20, 10). Rahab war Hure, bevor sie entweder die Frau des Josua oder des Stammesfürsten Salma und Mutter von acht Propheten wurde. Bath-Seba war mitschuldig an ihrem Ehebruch (Dt 22, 22). — Aber Ruth ist von tadelloser und vorbildlicher Sittlichkeit.

Weder die Fremdstämmigkeit noch die Sittlichkeit ergibt somit ein allen vier Frauen gemeinsames Merkmal. Doch sind wir damit in die Nähe dessen gekommen, was die Frauen wirklich gemeinsam haben: Sie haben sämtlich andere Männer gehabt, bevor sie sich mit den Männern verbanden, als deren

Frauen sie im Stammbaum Jesu erscheinen. Thamar war mit den beiden älteren Söhnen Judas legal verheiratet; Rahab war Hure, Ruth war Witwe und Bathseba das Weib des Uria. Die frühere Verbindung mit anderen Männern war ihnen nicht hinderlich, Ahnen der Könige David und Salomo zu werden. Sie steht ihnen aber auch nicht im Weg, Ahnen des Messias zu werden, des Königs aus königlichem Stamm.

Diese Feststellung erlaubt aber dann den Analogieschluß auf die Mutter Jesu. Auch sie hatte einen Mann, zumindest im juristischen Sinn, nämlich Joseph, bevor sie Jesu Mutter wurde. Unbeschadet ihrer körperlichen Unversehrtheit war sie als Frau Josephs keine Jungfrau mehr. Aber die Präzedenzfälle beweisen nun die Unerheblichkeit dieses Einwands. Die an sich rechtsgültige Vermutung, Maria habe trotz ihrer körperlichen Unversehrtheit durch ihre Ehe mit Joseph — ihre 'erste' Ehe — aufgehört, Jungfrau zu sein, und habe darum Jesus nicht vom Heiligen Geist empfangen können, wird durch die genannten Ahnfrauen widerlegt. Die waren alle vorher Frauen anderer Männer gewesen und hätten beispielsweise nie Frauen von Priestern werden können und haben doch im Stammbaum des Messias einen festen und unangefochteten Platz.

Soweit die Frauen im Matthäusstammbaum. Da die beiden Stammbäume nicht übereinstimmen, geben sie Anlaß zu kritischen Fragen. Sie stimmen so wenig überein, daß man nicht annehmen kann, der eine sei vom andern abgeschrieben. Sie sind aber auch nicht völlig unähnlich, als seien sie unabhängig von einander ganz frei erfunden. Die auffälligste Differenz besteht darin, daß zwei verschiedene Söhne Davids in den beiden Stammbäumen als Ahnen Josephs erscheinen. Matthäus führt die Linie über Bath-Seba und Salomo; Lukas nennt statt dessen Nathan, einen anderen Sohn Davids. — Dieser Befund, daß die beiden Stammbäume weder frei erfunden noch in Abhängigkeit voneinander entstanden sein können, läßt sich nur so deuten, daß sie auf eine gemeinsame Tradition zurückgehen, von denen sich einer oder beide recht weit entfernt haben. Damit haben wir nun zu fragen, wer ein Interesse an der Pflege solcher Traditionen gehabt haben könnte.

In dieser Weise haben schon die Alten nach den Gründen für den Unterschied in den Stammbäumen gefragt. Euseb zitiert in der Kirchengeschichte den Africanus (h. e. 1, 7, 1 ff.), der die Hauptdifferenz aus der Sitte der Leviratsehe erklärte. Der vom Levir gezeugte Sohn gilt rechtlich als Sohn des verstorbenen Bruders:

Die Aufzählung der Namen in den Stammtafeln war in Israel entweder physisch oder gesetzlich. Physisch war sie, wenn der leibliche Sohn folgte, gesetzlich war sie, wenn ein Fremder an Kindes Statt angenommen wurde auf den Namen des verstorbenen Bruders....

Die von Salomon und die von Nathan abstammenden Geschlechter wurden durch die Erweckung des Samens der Kinderlosen... so sehr miteinander verkettet, daß man mit Recht behaupten kann, die gleichen Personen stammten zugleich von verschiedener Seite ab, nämlich von Vätern, die es dem Schein nach sind, und von solchen, die es in Wirklichkeit sind.

Zu dieser allgemeinen Unsicherheit, die alle jüdischen Stammbäume belasten kann, kommt hier noch der Untergang der Geschlechterlisten durch Herodes. Der König habe, sagt der Africanus, diese Aufzeichnungen verbrennen lassen, weil er selber fremdstämmig war und darum den alten jüdischen Familien den Nachweis ihrer Abstammung nicht habe gestatten wollen. (Vielleicht wollte Herodes auf diese Weise auch etwaigen Messiasprätendenten die Berufung auf ihre Abstammung erschweren.) Diese von Herodes vernichteten Stammtafeln seien aber später aus dem Gedächtnis rekonstruiert worden.

Einige wenige jedoch, die sich darum gekümmert hatten, indem sie sich entweder aus dem Gedächtnis oder durch Benützung von Abschriften Privatregister besorgt hatten, konnten sich rühmen, die Erinnerung an ihre edle Abstammung gerettet zu haben. Zu diesen gehörten die Erwähnten, die wegen ihrer Beziehung zum Geschlecht des Erlösers „Herrenverwandte" genannt wurden, und die sich von den jüdischen Dörfern Nazareth und Kochaba aus über das übrige Land ausgebreitet und die vorliegende Ahnentafel aus dem Buch der Tage so gut wie möglich erklärt hatten.

Es gibt kaum Grund, diese Mitteilung des Africanus zu bezweifeln. Da er in Jerusalem lebte, hatte er gute unmittelbare Kenntnis, und die beiden Stammbäume erwecken genau den Eindruck, als seien sie auf die beschriebene Weise zustande gekommen. Im ersten Jahrhundert — vermutlich in der Zeit der römischen Prokuratoren 44—66 n. Chr. — haben die jüdischen Familien ihre von Herodes zerstörten Geschlechtsregister wiederhergestellt, und Jesu Verwandte haben sich an dem Unternehmen beteiligt. Dazu hatten sie insofern besonderen Grund, als sie wegen ihrer Verwandtschaft mit Jesus besonderes Ansehen in der Gemeinde genossen. — Aus späterer Zeit, der des Kaisers Domitian, ist noch eine Legende auf uns gekommen, die das Erscheinen der Verwandten Jesu vor dem Kaiser erzählt. Wir können daraus ersehen, daß die letzten Angehörigen der Familie Jesu unter diesem Kaiser noch am Leben waren. In den darauf folgenden Jahrzehnten, d. h. zu Beginn des 2. Jh., ist dann die Familie ausgestorben.

Dies spricht nun alles dafür, daß Jesus wirklich ein Nachkomme Davids war. Dazu kommt schließlich noch ein Text aus der Offenbarung des Johannes. Dieses Buch hat keine messianische Christologie. Die messianischen Verrichtungen fallen in ihm anderen Wesen zu, und es gibt Jesus auch nicht den Christustitel (außer in den sekundären Zusätzen am Anfang und Ende). Jesus ist hier vielmehr als der endzeitliche Prophet gezeichnet; wenn er „das

Lamm" genannt wird, dann schließt das alle landläufigen Messiasvorstellungen aus. Weder mit dem palästinensischen Messiasbegriff noch mit dem der jüdischen Diaspora ist die Erscheinung des Lammes in Einklang zu bringen. Es ist aber die Christologie der Urgemeinde, die sich in der Johannesapokalypse erhalten hat. Anstelle einer Messiasinthronisation Jesu hat sie die Erhöhung des Lammes. Das ist keine Inthronisation oder Investitur, sondern eine Bevollmächtigung; das Lamm erhält den Auftrag und die Vollmacht, die Endereignisse in Gang zu setzen. Es erfährt seine Erhöhung auch nicht als ein königliches, sondern als ein prophetisches Amt. Es thront nicht und regiert nicht, es besteigt nicht den Thron Gottes oder einen eigenen Thron, und wird auch nicht als Weltenrichter eingesetzt. Vielmehr steht es vor Gottes Thron und erhält mit dem versiegelten Buch seinen Auftrag. Dementsprechend lautet der abschließende Lobgesang durch alle Kreatur „Dem, der auf dem Throne sitzt, und dem Lamm..." Obwohl bei diesem Akt der Erhöhung des Lammes jede Einzelheit vermieden ist, aus der eine messianische Deutung Jesu abgeleitet werden könnte, wird er doch umschreibend genannt „der Löwe aus dem Stamm Juda, der Sproß Davids" (Apk 5, 5). Damit wird die Person des Lammes umschrieben, das sichtbar die Zeichen seines Opfertodes trägt. Da diese Prädikate sich nur auf die Person Jesu und sein prophetisches Amt beziehen, ist der Schluß unvermeidlich, daß der Verfasser der Apokalypse Jesus für einen Nachkommen Davids gehalten hat, gerade darum, weil er ihn nicht für den Messias gehalten hat. Auch er dürfte den Messiastitel nicht für falsch, wohl aber für unzulänglich angesehen haben. Wenn man aber nun trotzdem wissen will, welchem Stamm Jesus angehört hat, so lautet die Antwort: dem Stamm Juda und der Nachkommenschaft des Königs David.

3. Jesu Heimat

Bei unserer Frage nach den Orten, an denen Jesus geboren und aufgewachsen ist, müssen wir von vornherein dem Umstand Rechnung tragen, daß die unmittelbaren historischen Nachrichten über ihn nicht in die Zeit vor seiner Taufe zurückreichen. Für diese Zeit gibt es anstelle von Nachrichten die Spuren, die die Erörterung seiner Heimat in der Überlieferung hinterlassen hat.

Das Markusevangelium beginnt seine Mitteilungen über Jesus mit dem Bericht von seiner Taufe. Mit dem Johannesevangelium steht es nicht anders. Der Evangelist hat zwar die Geschichte von Jesu Taufe durch das Jesuszeugnis des Täufers ersetzt, aber sein Bericht setzt sichtlich an derselben Stelle wie Markus ein. Folglich hat die allen vier Evangelien gemeinsame Überlieferung an dieser Stelle mit der Berufungsgeschichte Jesu ihren Anfang genommen.

Desgleichen haben die Logienquelle und das Sondergut der Evangelisten keine Nachrichten über Jesus aus der Zeit vor seiner Taufe gekannt. Solche Nachrichten finden sich allein in den Vorgeschichten des Matthäus- und des Lukasevangeliums.

Diese Vorgeschichten sind deutlich als sekundäre Zusätze zu erkennen. Sie stimmen mit ihrem jeweiligen Evangelium in zentralen theologischen Vorstellungen nicht überein. Die Art, wie Gott in die Geschichte eingreift und wie Christi göttliche Natur sich offenbart, ist in den Vorgeschichten anders als in den Evangelien dargestellt. Der Abstand der Vorgeschichten von den Ereignissen ist weit größer als der der Evangelien. — Dazu kommt, daß der Erzählungsfaden zwischen Vorgeschichten und Evangelien abreißt und nur dürftig zusammengebunden wird. Bei Matthäus ist das Auftreten des Täufers mit „in jenen Tagen" an die Vorgeschichte angeschlossen. Das müßte bedeuten, daß der Täufer bereits um die Zeit von Jesu Geburt aufgetreten sei. Im Lukasevangelium schließt der mit Lk 3, 1 beginnende Hauptteil an den mit 1, 4 schließenden Prolog an, und der Anfang dieses Hauptteils ist so gehalten, daß er nur einen literarischen Prolog, aber keine Erzählung vor sich erträgt; der Evangelist gibt in 3, 1 deutlich zu erkennen, daß er den Anfang eines Geschichtswerks schreibt. Die beiden Vorgeschichten haben, auch wenn sie nicht denselben Messiasbegriff vertreten, doch das gemein, daß in ihnen sich Jesu Messianität schon vor seiner Berufung offenbart. Darüber hinaus wollen sie aber zeigen, daß Jesus die wichtigste messianische Weissagung des Alten Testaments erfüllte. Nach Micha 5, 1.3 sollte der Messias aus Bethlehem kommen: „Und du, Bethlehem Ephrata, ... aus dir soll mir kommen, der in Israel Herr sei." Bethlehem ist (1Sam 16, 4.13; 17, 12 u. ö.) die Stadt Davids. Da Jesu Heimat Nazareth ist, wie die Evangelisten meinen und wie aus den Evangelien hervorzugehen scheint, wollen die Vorgeschichten zeigen, wie es geschehen konnte, daß Jesus trotzdem in Bethlehem geboren wurde. — Nach der Matthäusvorgeschichte hat Joseph ursprünglich in Bethlehem gewohnt, und dort sei auch Jesus geboren worden. Joseph sei aber vor den Nachstellungen des Herodes zunächst nach Ägypten geflohen, und als er nach dessen Tod zurückkehrte, habe er sich aus Furcht vor dem in Judäa regierenden Archelaos im galiläischen Nazareth niedergelassen. — Die lukanische Vorgeschichte enthält unsere vertraute und liebe Weihnachtsgeschichte. Sie berichtet, wie Joseph der Volkszählung wegen mit seiner schwangeren Frau nach Bethlehem in die Stadt Davids gereist sei, um sich dort einschreiben zu lassen, weil er ein Nachkomme Davids war. So kam es, daß Jesus in Bethlehem geboren wurde, obwohl sein Vaterhaus in Nazareth stand.

Soweit die Vorgeschichte. Der Bibelleser meint zu wissen, daß Jesus in den Evangelien regelmäßig „Jesus von Nazareth" genannt wird. Für die deutsche

Bibel trifft das auch zu. Überprüft man aber den Sachverhalt am griechischen Text, so erlebt man eine Überraschung. In der erwarteten Form Ἰησοῦς ἀπὸ Ναζαρέθ findet sich die Herkunftsbezeichnung Jesu nur ein einziges Mal, und die Stelle steht nicht einmal in einem Evangelium, sondern in der Apostelgeschichte (10, 38). Sonst steht überall das Adjektiv Nazoraios oder Nazarenos, und die Bedeutung dieses Adjektivs ist unser Problem.

Die Evangelisten sind durchaus der Meinung, daß Jesus aus Nazareth stammt, aber sie sagen es unerwartet selten. Nur drei Stellen kommen dafür in Frage:

1. Bei Jesu Einzug in Jerusalem sagt nach Mt 21, 11 das Volk: „Dies ist der Prophet Jesus, der aus Nazareth in Galiläa" (stammt oder kommt). Der Evangelist hat hier der Volksmeinung die Gestalt einer dreigliedrigen Bekenntnisformel gegeben. Analog ist beispielsweise das Bekenntnis der Bewohner Samariens zu dem Zauberer Simon nach Apg 8, 10 geformt. Diese Bekenntnisform hat der Evangelist darum gewählt, weil er die unzulängliche Volksmeinung, die in Jesus den Endpropheten sah, dem zutreffenden und richtigen Bekenntnis der Jünger Mt 16, 16 gegenüberstellen wollte (dem Taufbekenntnis der hellenistischen Gemeinde in der Zeit, als Matthäus sein Evangelium schrieb). Die Formel, in der nach Matthäus die unzulängliche Meinung des Volkes über Jesus zum Ausdruck kommt, muß man als solche auslegen. Solche dreigliedrigen Formeln bestehen im ersten Glied aus dem Personal- oder Demonstrativpronomen, im zweiten aus einem Würdetitel und im dritten aus der Erklärung dieses Titels. Daraus folgt, daß man das erklärende Glied in dem zitierten Satz nicht auf die Person Jesu, sondern auf den Titel „der Prophet" zu beziehen hat, und der ganze Satz besagt, daß Jesus der Prophet ist, von dem man erwartete, daß er aus Nazareth in Galiläa kommen werde. Wie man allgemein glaubte, der Messias müsse aus Bethlehem kommen, so gab es auch die Erwartung, der Endprophet werde aus Nazareth kommen. Wenn der Evangelist diese Erwartung durch das Volk aussprechen läßt, dann nimmt er nicht an der Erwartung selber Anstoß, sondern an der die Bedeutung Jesu verkürzenden Erklärung, er sei der Endprophet. Ähnlich wie schon Mt 16, 13 hält er sie für unzulänglich und legt sie darum dem Volk in den Mund. Zureichend ist in seinen Augen nur der Messiastitel für Jesus. Hinter dieser Gegenüberstellung der Würdetitel verbirgt sich der Konflikt zwischen der Christusdeutung der hellenistischen Gemeinde, aus der Matthäus kommt und für die er schreibt, und der der palästinensischen Gemeinde.

2. Auch Markus hielt Nazareth für Jesu Heimat. Er bringt das dadurch zum Ausdruck, daß er sagt (1, 9), Jesus sei „von Nazareth in Galiläa" gekommen, um sich von Johannes im Jordan taufen zu lassen. Auf diese Weise konnte er seine Meinung über die Herkunft Jesu aus Nazareth mit der Über-

lieferung verbinden, die Jesu Wirken in Kapernaum beginnen läßt, denn dorthin begibt sich Jesus nach seiner Taufe.

3. Auch das Johannesevangelium spricht von Jesu Herkunft aus Nazareth, und das im selben Zusammenhang wie Markus, nämlich der Geschichte von Jesu Taufe, d. h. vom Zeugnis des Täufers über Jesus. Bei Johannes erkennen wir aber, daß die Frage nach der Herkunft Jesu Schwierigkeiten bereitete. Es geht dabei um das Gespräch zwischen den aus Galiläa stammenden Johannesjüngern Philippos und Nathanael (1, 45f.). Philippos ist gerade in Jesu Nachfolge getreten und berichtet seinem Landsmann: „Wir haben den gefunden, von welchem Mose im Gesetz und die Propheten geschrieben haben: Jesum, Josephs Sohn von Nazareth. Und Nathanael sprach zu ihm: Was kann von Nazareth Gutes kommen!"

Wen meint Philippos gefunden zu haben? Es ist eine Gestalt, von der „Mose im Gesetz" geschrieben hat. Darum kann damit nur der Dt 18, 15 verheißene Prophet gemeint sein: „Einen Propheten wie mich wird dir der Herr dein Gott erwecken aus deinen Brüdern; dem sollt ihr gehorchen." Ein Prophet „wie Mose" ist ein königlicher Prophet. Jesus zeigt alsbald, daß er dieser Prophet ist; darauf bekennt Nathanael: „Du bist der *König* von Israel." So gibt er dem recht, was Philippos behauptet hatte. Nathanael war zunächst freilich mißtrauisch gewesen: „Was kann von Nazareth Gutes kommen!" Wir hören aus seinen Worten die Geringschätzung heraus, die der Bürger einer Kleinstadt für die Bewohner eines benachbarten Fleckens zu äußern geneigt ist. Das ist kaum falsch, aber es trifft nicht den Kern der Sache. Aus Joh 7, 52 erfahren wir, daß die Herkunft des Propheten eine Streitfrage ist. Da wird dem Nikodemos entgegengehalten: „Forsche und sieh: aus Galiläa wird der Prophet nicht erweckt!" Wenn Nikodemos in der Schrift forscht, meinen seine Gesprächspartner, dann muß er zu der Einsicht kommen, daß nichts von der Erweckung eines Propheten aus Galiläa darin steht. Eben dies dürfte auch ursprünglich die Meinung Nathanaels gewesen sein, und diese Meinung hatte er dem Philippos entgegengehalten. — Wir können aus den beiden Johannesstellen 1, 46 und 7, 52 ersehen, daß an beiden von dem Dt 18, 15 geweissagten Propheten die Rede ist, und das unter dem Gesichtspunkt, ob dieser Prophet aus Nazareth oder aus Galiäa stammen könne. Aus der Schrift ließ sich aber anscheinend diese Erwartung nicht begründen.

An diesen drei Stellen wird wörtlich von Nazareth als dem Flecken in Galiläa gesprochen. Dabei hat sich aber gezeigt, daß Jesu Herkunft aus Nazareth eine Bedeutung für die Beantwortung der Frage hatte, ob er der verheißene Endprophet sei. — An allen anderen Stellen, an denen wir im Deutschen Jesus *von Nazareth* lesen, steht im Griechischen eines der beiden Adjektive Nazoraios oder Nazarenos. Diese beiden Adjektive sind gleichwertig. In ihrer Bildungsweise sind sie mit den Begriffen 'Essäer' und 'Essener' zu vergleichen, und hier wie da besteht zwischen den beiden Wortformen kein Bedeutungsunterschied. Die Evangelisten haben die beiden Adjektive als Angaben über die Herkunft Jesu aus Nazareth gelesen. Damit haben sie einen Standpunkt eingenommen, der auch zu Jesu Zeiten schon vertreten wurde. Aber sie haben damit in einer Streitfrage Stellung genommen. Das darf uns nicht wundern. Nur mit brutaler Gewalt lassen sich Nazarenos und Nazoraios als „der aus Nazareth" verstehen. Dies wird deutlich, wenn wir der Bedeutung von Nazoraios unter Absehen von der Person Jesu nachforschen.

„Nazoräer" ist der Name, mit dem die Juden die ersten Christen bezeichnen. Als der jüdische Rechtsanwalt Tertullus den Apostel Paulus vor dem römischen Statthalter Felix anklagt, da nennt er die Christen „Nazoräer" und versteht darunter eine jüdische Sekte (Apg 24, 5). Wir erfahren bei dieser Gelegenheit, daß die Juden den Nazoräern Feindschaft gegen den Tempelkult vorwarfen. Tertullus behauptet nämlich, Paulus habe als Nazoräer versucht, den Tempel zu entweihen. Wir wissen aus der Apostelgeschichte, daß der Vorwurf des Tertullus unberechtigt war. Aber offensichtlich haben die Juden den Nazoräern derartige Absichten zugetraut; sie müssen also zumindest kritische Äußerungen der Nazoräer über das Verhältnis des Tempelkults zur wahren Frömmigkeit gekannt haben. Nun gibt es im Alten Testament hinreichend kritische Äußerungen aus Prophetenmund über die unzulängliche Sittlichkeit, die mit Tempelfrömmigkeit verbunden sein kann. Weiter brauchen auch die Nazoräer nicht gegangen zu sein, um sich die Feindschaft solcher Juden zuzuziehen, die im Tempelkult die Grundlage der (politisch verstandenen) Theokratie sahen. Nach der Apostelgeschichte ist die sittlich motivierte Zurückhaltung gegenüber einer veräußerlichten Tempelfrömmigkeit kennzeichnend für die ersten Christen. Eine solche Äußerung legt Lukas dem Stephanos in den Mund; der Tempelkult ist danach regelmäßig mit dem Ungehorsam gegen die Propheten und der Feindschaft gegen sie verbunden. Durch das Attribut „mit Händen gemacht" wird dabei der Tempel selber den Götzenbildern an die Seite gestellt. In ähnlicher Weise äußert sich der Apostel Paulus in der Areopagrede (Apg 17, 24) über den heidnischen Kult. Der richtige Gottesdienst — soll der Hörer schließen — geschieht mit dem Herzen und in der Wahrheit.

Bei Lukas nähert sich auf diese Weise die prophetische Zurückhaltung gegenüber dem Tempelkult der Kultkritik griechischer Philosophen. Aber das bedeutet keine Verfremdung. Auch die dem griechischen Denken ganz fernstehende Apokalypse enthält eine Stelle, an der der Tempel kritisch betrachtet wird. Freilich nicht in ihrem Hauptteil; dort gilt nach dem Vorbild Hesekiels der irdische Tempel als Nachbildung eines himmlischen Urbilds. Aber in der nachgetragenen Vision vom himmlischen Jerusalem wird ausdrücklich hervorgehoben, daß sich in der Gottesstadt kein Tempel befindet (Apk 21,

22); das Wohnen Gottes bei den Menschen ist da vollständig sittlich gedeutet. — Über die Beurteilung des Tempels und des Tempelkults durch die ersten Christen haben wir insgesamt eine Reihe von Nachrichten, die sich nicht ganz miteinander vertragen. Das liegt daran, daß die Urgemeinde bis zum Jahr 66 die Heilsoffenbarung auf dem Zion erwartet hat, aber diese Erwartung mit Zustimmung zum Tempelkult, mit kritischer Zurückhaltung und vielleicht sogar mit Tempelfeindschaft verbinden konnte.

Der Name „Nazoräer“ war nicht auf die Urgemeinde beschränkt. Die syrischen Christen, die an der Umsetzung des Christentums in das griechische Denken nicht beteiligt waren, haben ihn beibehalten. Darauf wird es zurückzuführen sein, daß der Talmud Jesus den Beinamen „der Nazoräer“ (hanozri) gibt. Dieser Name ist von einem Verb (נָצַר) aus gebildet mit der Bedeutung 'behüten', 'beobachten', 'bewahren'. Was dabei bewahrt werden soll, ist das Wort Gottes in seiner verschiedenen Gestalt. Judenchristen haben mit diesem Verbum die Summe gläubigen Verhaltens ausgedrückt und es durch τηρεῖν im Griechischen wiedergegeben (Lohmeyer, Offb., zu 1, 3; vgl. Dibelius, Jakobusbrief, zu Jak 1, 22).

Darüber hinaus erscheinen die Nazoräer auch in der altkirchlichen Sektengeschichte und stellen hier ein recht verwickeltes Problem dar. Der Hauptschuldige an der Verwirrung ist Epiphanios, der in seinem Panarion zwischen den „Nasaräern“ als einer jüdischen und den „Nazoräern“ als einer judenchristlichen Sekte unterscheidet, daneben aber noch andere judenchristliche Sekten aufzählt und schließlich auch die Urgemeinde „Nazoräer“ nennen kann. Für die vorchristlichen Nazoräer, nach denen wir fragen, kommen in erster Linie die „Nasaräer“ des Epiphanius in Betracht. Er zählt sie unter den sieben jüdischen Sekten auf, die es schon vor dem Fall von Jerusalem gegeben habe.

Heimat dieser Nasaräer seien ursprünglich die Landschaften Gilead und Basan im Ostjordanland gewesen. Der Abstammung nach seien es Juden; sie hielten an der Beschneidung, am Sabbat und an den Feiertagen fest und trieben weder Schicksalserforschung noch Astrologie. Desgleichen verehrten sie die Patriarchen von Abraham bis Jesus (= Josua) — bis zur Landnahme in Kanaan also. Doch unterschieden sie sich in ihrem Gesetzesverständnis. Denn sie nähmen an, das Gesetz, das die Juden in Palästina beachten, sei nicht das ursprüngliche Gesetz Moses. Dies wirke sich vor allem bei ihrer Ablehnung des Opferkultes und des Fleischverzehrs überhaupt aus. Die Gesetzesbestimmungen, die sich darauf beziehen, hielten sie für nachträglich erfunden. (Epiphanius, Panarion 18, 1).

Epiphanius scheint den Namen der Sekte von נָזַר = weihen abgeleitet zu haben; darum machte er einen Unterschied gegenüber den (judenchristlichen) Nazoräern (נָצַר = beachten). Wieweit es überhaupt eine Grenze zwischen beiden gegeben habe, und ob der einzige Unterschied der Nazoräer von den Nasaräern nicht im Glauben an Jesus bestanden habe, ist schwer zu entscheiden. Auf jeden Fall erhalten wir so eine Vorstellung von der Vielfalt der Gemeinschaften, die in der letzten vorchristlichen Zeit im Judentum und an seinem Rand existierten, und die auch ihrerseits die allgemeine Volksfrömmigkeit beeinflußt haben müssen.

Die Vorgeschichte bei Matthäus endet mit der Mitteilung, Joseph habe sich nach seiner Rückkehr im Gehorsam gegen einen im Traum empfangenen Befehl Gottes in Nazareth niedergelassen, damit sich das *durch die Propheten* ergangene Wort erfülle Ναζωραῖος κληθήσεται. Mithin war der Verfasser der Meinung, „Nazoraios" bedeute einen Mann aus Nazareth und sei in dieser Bedeutung ein Beiname Jesu.

Aber diese Meinung ist in ihren beiden Bestandteilen offensichtlich falsch. Nazoraios heißt nicht „der Mann aus Nazareth", sondern „der Nazoräer". Des weiteren: Wenn κληθήσεται mit „er soll heißen" richtig übersetzt wäre, dann müßte Ναζωραῖος ein Name sein; das ist es aber nicht, sondern allenfalls ein Beiname. Folglich ist die Übersetzung „er soll heißen" falsch. Das Prophetenwort bedeutet nicht „er soll Nazoräer genannt werden". Den Fehler hat der Verfasser der Vorgeschichte gemacht, denn er wollte das Prophetenwort in dieser Art verstanden haben. Da sein Verständnis aber falsch ist, ist das andere Verständnis richtig. Das Prophetenwort bedeutet: „Es wird ein Nazoräer berufen werden." Damit entfällt die Beziehung auf Nazareth. Es handelt sich vielmehr um einen Prophetenspruch, in dem die Berufung eines Nazoräers als endzeitlicher Prophet angekündigt wird.

Dies ist ein apokryphes Wort. Als Quelle ist nicht ein bestimmter Prophet, sondern „die Propheten" angegeben. Aber bei keinem Schriftpropheten findet sich dieses oder ein ähnlich klingendes Wort. Dieser Prophetenspruch kann keinesfalls ein Vaticinium ex eventu für Jesus sein; dafür spricht er nicht deutlich genug von ihm. So ist zu schließen, daß die Weissagung zwar jung, aber doch älter als Jesus ist, und daß sie ursprünglich die Berufung eines Nazoräers als Endprophet angekündigt hat, bevor sie auf Jesus bezogen wurde.

Wir haben also festgestellt, daß Ναζωραῖος κληθήσεται ein vorchristliches apokryphes Prophetenwort war. Die Vermutung liegt nah, daß es in nazoräischen Kreisen umlief. Dieses Wort erklärt uns aber, warum man die Frage aufwerfen und erörtern konnte, ob der Prophet aus Nazareth kommen könne. Denn nach dem kanonischen Alten Testament gibt es für einen Propheten und darum auch für den Endpropheten keinen Stamm, aus dem er kommen und keinen Ort, aus dem er geboren sein muß, anders als für den Messias. Es liegt in der Natur des prophetischen Amtes, daß der Geist auf jeden fallen kann; darum fehlt es notwendigerweise an einer Vorschrift über die Herkunft des Propheten. An sich hätte der Prophet aus Nazareth wie aus jedem andern Ort kommen können. Aber das Wort, mit dem bewiesen werden sollte, daß der Prophet aus Nazareth kommen müsse, konnte einer Prüfung nicht standhalten. Denn einerseits fand sich dieses Ναζωραῖος κληθήσεται nicht in der Schrift, und andererseits redete es nicht von einem Mann aus Nazareth, sondern von einem Nazoräer. Das steht für die Leute fest, die dem Nikodemus empfehlen (Joh 7, 52), diese kritische Prüfung anzustellen.

Desgleichen bezieht sich der Dialog zwischen Nathanael und Philippos (Joh 1, 44) auf diese apokryphe Weissagung. Wenn der Galiläer Philippos erklärt: „Wir haben den gefunden, von welchem Mose im Gesetz und die Propheten geweissagt haben", und wenn die folgenden Verse zeigen, daß er den Endpropheten meint, so hat er hier eine Weissagung aus zwei Prophetensprüchen im Auge. Einerseits meint er das Mosewort „Einen Propheten wie mich wird der Herr erwecken", andererseits das Wort „der Propheten" „Ein Naẓoräer wird berufen werden", und er meint schließlich, durch Jesu Herkunft aus Nazareth sei diese Weissagung erfüllt „Jesum Josephs Sohn aus Nazareth".

Oben sprachen wir davon, daß die Urgemeinde von den Juden 'Nazoräer' genannt wurde, daß der Name aber älter als die Jüngergemeinde Jesu war. Damit stellt sich uns die Frage, wie die Urgemeinde zu dieser Bezeichnung gekommen sein mag. — Jesus selber hatte sich bei dem Täufer aufgehalten, bevor er hervortrat, und seine ersten Jünger waren Täuferjünger gewesen, bevor sie sich an ihn anschlossen. Wie über die Personen, so bestehen auch über Institutionen, vor allem die Taufe, und Traditionen, vor allem das Vaterunser, Verbindungen zwischen den vorchristlichen Täuferjüngern und der Urgemeinde. Wir müssen daher mit der Möglichkeit rechnen, daß auch der Name 'Nazoräer' ein Name war, mit dem vor der Urgemeinde die Täuferjünger bezeichnet werden konnten und der von den Täufern auf die Urgemeinde übergegangen ist.

Die Bewohner Jerusalems haben die Anhänger Jesu zunächst 'Galiläer' genannt. Das konnte man als Bezeichnung ihrer landschaftlichen Herkunft verstehen. So hat es jedenfalls Matthäus aufgefaßt; in der Geschichte von der Verleugnung des Petrus wird dem Petrus vorgeworfen, daß er nach seinem Dialekt aus Galiäa stamme und darum wohl ein Anhänger Jesu, ein 'Galiläer' sein müsse. Als Sektenname, weniger als Herkunftsbezeichnung, wird das Wort „Galiäer" Joh 7, 52 gebraucht, wo Nikodemus gefragt wird „Bist du auch aus Galiläa?" Man muß dabei im Auge behalten, daß „Galiläer" einen herabsetzenden Nebenklang hat. Der Name der Landschaft Galiläa ist an sich eine Abkürzung für den Begriff „Galiläa der Heiden" (Jes 8, 23), d.h. vielleicht „Landstrich, Bezirk der Heiden" und besagt, Galiläa sei nie wirklich jüdisch gewesen.

Die Jünger Jesu können sich darum nie selber „Galiläer" genannt haben. Ursprünglich stammten sie alle aus Galiläa, und als sich dann in Jerusalem auch Leute aus Judäa, Samarien und Hellenisten an die Urgemeinde anschlossen, dürften sie diesen Namen erst recht gescheut haben. Daher ist anzunehmen, daß sie ihrerseits 'Nazoräer' als Selbstbezeichnung gebraucht haben. Denn wenn 'Galiläer' soviel hieß wie 'Halbheiden', dann bedeutete 'Nazoräer' das gerade Gegenteil, etwa Observanten oder Präzisisten, Leute also, die es mit der Erfüllung ihrer religiösen Pflichten besonders genau nehmen. (Ein später Zeuge für den Gebrauch der Namen 'Nazoräer' und 'Galiläer' für die Christen ist Kaiser Julian, auch für die Bezogenheit dieser beiden Namen aufeinander. Woher der Kaiser aber diese Kenntnis hatte, ist ganz unbekannt. Möglicherweise konnte er sie heute verlorenen Werken heidnischer Polemik gegen das Christentum entnommen haben. Vermutlich gedachte er, durch sie das Christentum als vom Judentum abgefallene ursprünglich jüdische Sekte zu charakterisieren. Das ist ein Topos, der durch Kelsos in die heidnische Polemik eingeführt worden ist, und darum liegt die Vermutung nah, der Jude, auf den sich Kelsos stützt, sei der Ausgangspunkt für diese Bezeichnungen; ein im zweiten Jahrhundert schreibender christenfeindlicher Jude konnte noch unmittelbare Kenntnis dieser Namen haben.)

Die Evangelisten waren also der Meinung, Jesus sei in Nazareth in Galiläa aufgewachsen, gründeten diese Meinung aber auf eine falsche Deutung des Beinamen Nazoraios. Dieser Irrtum der Evangelisten schließt keineswegs die Möglichkeit aus, daß Jesus wirklich in Nazareth aufgewachsen ist. Indessen haben die Evangelisten aber reichlich Nachrichten überliefert, daß Jesu Heimat Kapernaum war, so daß sie nur mühsam mit diesen Nachrichten ihre eigene Meinung ausgleichen konnten, Jesus sei in Nazareth zu Haus gewesen.

Nach dem Markusevangelium beginnt Jesus sein öffentliches Wirken mit einem Lehrvortrag in der Synagoge von Kapernaum. Ebenso, nur ausführlicher, stellen die Dinge sich bei Matthäus dar. Nach der Verhaftung des Täufers (Mt 4, 12) bricht Jesus seinen Wüstenaufenthalt ab und begibt sich zunächst nach Nazareth, wo sich nach Meinung des Evangelisten seine Angehörigen befinden. Sodann zieht er nach Kapernaum (4, 13) und beginnt hier sein Werk (4, 17). — Auch der Evangelist Johannes erzählt so, daß wir daraus schließen müssen, in seinen Quellen habe das Wirken Jesu in Kapernaum eingesetzt. Der Evangelist hat davor freilich das für seine Theologie charakteristische, eigentümlich johanneische Weinwunder auf der Hochzeit in Kana in Galiläa und hat so Jesu Wirken begonnen. Aber anschließend, berichtet er, sei Jesus mit seinen Verwandten und Jüngern nach Kapernaum gezogen. Daß hier der Aufenthalt nur wenige Tage dauert, liegt wieder an einem johanneischen Eingriff in den Ablauf der Dinge; der Evangelist ordnet die Tempelreinigung wegen deren grundsätzlicher Bedeutung und geistigem Gehalt dem Anfang von Jesu Wirken zu (und nicht dem Ende, wie die Synoptiker). Darum begibt sich Jesus alsbald von Kapernaum nach Jerusalem.

Der einzige, dem es schwergefallen ist, Nazareth als Vaterstadt Jesu mit dem Beginn seines Wirkens in Kapernaum zu vereinigen, ist Lukas. Der Satz, daß der Prophet nichts in seiner Vaterstadt gelte, wird von Markus und Matthäus gebracht, ohne daß diese Stadt mit Namen genannt wird (Mt 13, 43; Mk 6, 1). Lukas jedoch nennt Nazareth ausdrücklich; das hat die Folge, daß die Bewohner von Nazareth sich nun ihrerseits auf die Wunder beziehen, die Jesus am Anfang seines Wirkens in Kapernaum getan hat (Lk 4, 23: „Was wir gehört haben, daß es in Kapernaum geschehen sei, das tu auch hier in deiner Vaterstadt!" vgl. Mt 11, 23; Lk 10, 15). — Ein Beispiel dafür, daß man ursprünglich Kapernaum als Vaterstadt Jesu angesehen hat, bietet die Perikope von der Tempelsteuer (Mt 17, 24—27). Diese Steuer wurde — falls nicht unmittelbar an den Tempel geleistet — von einer Steuerkommission des Heimatortes eingezogen. Jesus muß sich also in seiner Vaterstadt befunden haben, als sich die Sammler mit ihrer Zahlungsaufforderung an Petrus wandten, und dieser Ort muß am Wasser gelegen haben, damit Petrus durch einen wundersamen Fischfang das benötigte Geldstück beschaffen konnte. Denn Jesus und seine Jünger besitzen kein Geld und führen keines mit sich. Die Geschichte ist mit ihrer eleganten Pointe ein schönes Beispiel judenchristlicher Schriftgelehrtheit; sie zeigt aber zugleich, wo man wirklich den Heimatort Jesu glaubte, nämlich da, wo er zu wirken begonnen hatte: in Kapernaum.

Nach Mk 6, 3 war Jesus Zimmermann; Mt 13, 55 heißt es, sein Vater sei Zimmermann gewesen. Warum Matthäus hier geändert haben sollte, ist nicht recht einzusehen; Handwerk und Schriftgelehrsamkeit schlossen bei den Juden einander nicht aus. Vielmehr waren die Rabbinen gehalten, ein Handwerk zu erlernen, damit sie als Richter unabhängig entscheiden konnten, denn in diesem Amt durften sie weder Bezahlung noch Geschenke annehmen. — Möglicherweise hat in der Quelle gestanden „Ist dieser nicht der Zimmermann, des Zimmermanns Sohn?" und die Evangelisten meinten, je eine dieser Angaben sei genug. Die Tatsache, daß Jesus sich auf ein Handwerk verstand, konnte jedenfalls seine Lehrbefähigung nicht in Frage stellen. Eine solche Frage konnte aber darum aufgeworfen werden, weil er nicht regelrecht studiert, d. h. die Ausbildung zum Rabbi empfangen hatte. Das meinen die Juden, wenn sie Joh 7, 15 fragen: „Wie kommt es, daß der lesen kann, ohne studiert zu haben?"

In Kapernaum kann Jesus nicht die Anerkennung finden, die ihm zukommt, weil seine Mitbürger ihn allzugut zu kennen meinen. Das gibt dem Evangelisten Gelegenheit, Jesu Angehörige zu nennen; seine Mutter und seine Brüder Jakobus, Joseph, Juda und Simon werden mit Namen genannt, seine Schwestern erwähnt. In der späteren Überlieferung taucht ein Zwillingsbruder Jesu auf, Thomas — griechisch Didymos. Didymos oder (aramäisch-griechisch) Thomas heißt „Zwilling"; doch hat die Etymologie des aramäischen Namens den Thomas, der dann aufhört, Bruder Jesu zu sein, zum Typ des Zweiflers gemacht. Er ist der grundsätzlich skeptische Jünger, der sehen muß, um glauben zu können. Die griechische Namensform Didymos legte diese Deutung nicht nah; sie gründet sich nur auf der Form Thomas. Mit Thomas ist aber die Grenze gegen die apokryphen Nachrichten bereits überschritten. In der koptisch überlieferten Geschichte von Joseph dem Zimmermann kennt man mit Lydia und Assia die Namen der Schwestern Jesu; merkwürdigerweise heißen die Schwestern nach kleinasiatischen Landschaften. An anderer Stelle (Epiphanius, Panarion 78, 8) heißen die beiden Schwestern Maria und Salome.

Nach den Evangelien waren die Verwandten Jesu zunächst ablehnend gegen ihn. Später schlossen sie sich an die Gemeinde an. Jesu Bruder Jakobus wurde zum Führer der Urgemeinde und blieb in dieser Stellung bis kurz vor dem jüdischen Krieg und dem Auszug der Urgemeinde aus Jerusalem. Nach Hegesipp (zitiert bei Euseb, h. e. 3, 20) gab es noch unter Domitian leibliche Verwandte Jesu, und das Zitat läßt den Schluß zu, daß diese kinderlos gestorben sind. Hegesipp kannte jedenfalls keine lebenden Verwandten Jesu.

4. Jesu Berufung

Wenn Jesu Jünger oder das Volk versuchten, Jesu Erscheinung zu deuten, dann standen sie vor demselben Hindernis, das auch uns zu schaffen macht. Das ist der Umstand, daß Jesu Einmaligkeit und Einzigkeit sich in keine vorhandene Kategorie wirklich einordnen läßt. Alles Deuten muß zwangsläufig von vorhandenen Kategorien ausgehen, auch wenn es diese erweitert, vermehrt oder ergänzt. Kategorien, die sich zur Deutung Jesu eigneten, konnte in seiner Zeit allein das Alte Testament liefern. Nun dient dem Alten Testament aber die Gestalt des Propheten als Modell für das geistliche Amt, weil der Prophet dem Willen Gottes unmittelbar und sichtbar unterworfen ist. Der Gedanke der Theokratie, der Herrschaft Gottes über die Welt, über den Menschen, über sein Volk, findet in der Gestalt des Propheten ihren klaren Ausdruck. Darum dient auch der Prophet als Modell für die ersten Versuche, Jesu Erscheinung zu verstehen und theologisch zu deuten.

Die Quelle unserer Nachrichten über Jesus sind die Evangelien, und ein vergleichbares Problem stellt sich uns, wenn wir nach deren literarischer Gattung fragen. Historische Nachrichten über Jesus gibt es nirgends sonst als in den Evangelien, die im neutestamentlichen Kanon zusammengefaßt sind. Um sie zu erheben, muß man die literarische Absicht kennen, in der sie verfaßt wurden. Das heißt, wir müßten die literarische Gattung und Art kennen, in die die Evangelien einzuordnen sind. Versucht man das, so erkennt man, daß die Evangelien die Evangelien von Jesus sind und von seiner Einzigkeit nicht abgelöst werden können. Sie stellen eine eigene literarische Gattung dar, in der es nur die Evangelien gibt und bei der auch das Aufsuchen verwandter Gattungen erhebliche Schwierigkeiten macht.

Bis ins 19. Jh. hat man die Evangelien als Lebensbeschreibungen Jesu angesehen. Dann hat die historische Kritik erkannt, daß sie das nicht waren. Danach hat die Formkritik gezeigt, warum die Evangelisten auch nicht nebenher und unabsichtlich eine Lebensbeschreibung Jesu liefern konnten. Aber die Frage nach der literarischen Gattung der Evangelien ist dadurch nicht beantwortet. Wenn die Evangelisten kein Leben Jesu schreiben wollten — was sonst?

Die Frage nach der literarischen Gattung, der die Evangelien zuzuordnen sind, ist noch unbeantwortet. Der Bibelleser kennt die große Bedeutung, die Jesu Leidensgeschichte für die Gestalt der Evangelien hat. Sie ist nicht nur theologisch und historisch ihr Höhepunkt, sondern auch in literarischer Hinsicht ihr Zielpunkt, auf den hin sie erzählt sind. Am deutlichsten ist das beim Markusevangelium zu sehen, das man darum als Passionsgeschichte mit ausführlicher Einleitung bezeichnet hat. In ihm macht die Leidensgeschichte fast ein Drittel des Ganzen aus. Darüber hinaus weiß man, daß die Unterschiede zwischen den Evangelien für die Leidensgeschichte viel geringer sind; die Evangelisten haben hier auf die Gestaltung ihres Stoffes weniger Einfluß genommen.

Wenn man die Evangelien im Hinblick auf die große Bedeutung betrachtet, die in ihnen der Leidensgeschichte zukommt, dann legt sich der Gedanke nah, unter den Märtyrerakten nach literarischen Parallelen zu suchen. Die gibt es reichlich, und für deren Verständnis ist dieser Vergleich ungemein fruchtbar. Für die Evangelien kann sich auf diese Weise jedoch unmittelbar nicht viel ergeben, weil die Märtyrerakten unter dem Einfluß der evangelischen Leidensgeschichte geschrieben sind und zumeist zeigen wollen, wie die Märtyrer in der Nachfolge Christi stehen. Christus ist das Vorbild der Märtyrer; sein Leiden das Vorbild der Martyrien.

Dennoch kommen wir auf diesem Wege mittelbar weiter. Die Märtyrerakten haben ihrerseits eine literarische Vorform, die vor die Evangelien zurückreicht in den Leidensgeschichten der Propheten. 'Martys' heißt 'Zeuge', und den Zeugentitel haben die Märtyrer von den alttestamentlichen Propheten übernommen. Im Neuen Testament bedeutet 'Zeuge' oder 'Martys' durchweg noch nicht den Märtyrer im späteren martyrologischen Sinne, d.h. den in der Nachfolge Christi stehenden Blutzeugen, sondern den leidenden Propheten; Hebr 12, 1 zeigt das in klassischer Weise. Wo Christus als „Zeuge" bezeichnet wird, wie in der Offenbarung, da heißt das, daß sein prophetisches Amt, insbesondere sein prophetisches Leiden, die Grundlage ist, auf der seine Erscheinung gedeutet wird. Da Leben und Leiden der Propheten einen wesentlichen Teil ihrer Amtsverrichtung ausmachen, muß man nach den literarischen Formen suchen, in der historische Nachrichten über die Propheten mitgeteilt wurden.

Solche Nachrichten finden sich im Alten Testament eingesprengt in die Schriftpropheten. Dazu kommen die zusammenhängenden Prophetengeschichten und einige Einzelmitteilungen in den Geschichtsbüchern. Als sich im letzten vorchristlichen Jahrhundert das Interesse an der Prophetie von neuem belebte, da zog man die Nachrichten über die Propheten heraus und stellte sie zusammen. Einiges steuerte auch die apokryphe Überlieferung über die Propheten bei. Von diesem Interesse zeugt eine Schrift ›Prophetenleben‹, die damals entstanden ist. Der Verfasser hat 24 Propheten gezählt, wohl um damit zu zeigen, daß deren Zahl voll sei und dem Anbruch der Endzeit nichts mehr im Wege stehe. Interessant ist für uns, was ihn an den Propheten interessiert hat. Es ging ihm nicht etwa um den Inhalt ihrer Prophetie. Was er zusammengetragen hat, das waren die Mitteilungen über die Heimat des Propheten, über seine Machttaten, seine Leiden, seinen Tod und über sein Grab.

Unter diesem Gesichtspunkt hat aber auch die älteste Jesusüberlieferung, d. h. die Urmarkus und Johannes gemeinsame Überlieferung ihre Nachrichten über Jesus mitgeteilt. Johannes hat diese Nachrichten nicht etwa Markus entnommen; das zeigt die Art, in der er sie verwertet hat, sondern einem Bericht, den er anders als Markus auffüllte, ergänzte und verarbeitete. Dieser Bericht enthielt Nachrichten über Jesus, die unter demselben Gesichtspunkt gesammelt waren wie die Prophetennachrichten in den ›Prophetenleben‹. Er bestand also aus der Berufungsgeschichte Jesu, dem Bericht von seinen Taten und der Leidensgeschichte. Bei den Prophetenleben ist der übergeordnete Gesichtspunkt die Legitimation des Propheten, der Nachweis des für einen Propheten charakteristischen Handelns und Leidens. Der erste und ursprüngliche Bericht über Jesus hat jedoch nicht mehr seiner Legitimation gedient wie die Prophetengeschichten. Er muß Jesus bereits als den Erfüller der alttestamentlichen Weissagungen und Verheißungen gezeigt haben. Aber die Gattung der Prophetenleben hat die Form für die Durchführung dieser Absicht geliefert.

So kommt es, daß Jesu Berufungsgeschichte ebenso wie seine Leidensgeschichte in allen vier Evangelien so gleichmäßig erzählt ist, daß die gemeinsame Grundlage der Erzählung erkennbar geblieben ist. Den tiefsten Eingriff in den urprünglichen Bericht hat Johannes vorgenommen. Er hat Jesu Taufe ersetzt durch das Zeugnis des Täufers über Jesus. Andernfalls hätte ihn seine Theologie zu einer absurden Konsequenz genötigt, nämlich, daß Jesus unter Mitwirkung des Täufers sich selbst getauft hätte. Doch ist nichtsdestoweniger bei Johannes zu erkennen, daß der ursprüngliche Bericht aus den folgenden Bestandteilen zusammengesetzt war: Auftreten des Täufers — Taufe Jesu — Versuchung Jesu — Berufung der ersten Jünger.

Der erste Bestandteil, die Ankündigung Jesu durch das Auftreten des Täufers, hat unter den alttestamentlichen Nachrichten und in den Prophetenleben keine Entsprechung. Denn wenn der Verfasser des ursprünglichen Berichts Jesus auch von der Prophetie her verstand, so wollte er ihn doch nicht in die Schar der alttestamentlichen Propheten einordnen, zumal auch er deren Zahl als voll angesehen haben dürfte wie der Sammler der Prophetenleben. Er wollte ihn vielmehr als den Erfüller und Überbieter aller Prophetie darstellen. Da er Jesus aber nach dem Modell des Propheten zu deuten versuchte, sah er in ihm auch den endzeitlichen Zeugen, dem ein zweiter Zeuge zugehörte, und den erkannte er in dem Täufer.

Die andern drei Bestandteile, Taufe (als Berufungsakt), Versuchung und Wahl der ersten Jünger haben alttestamentliche Vorbilder. Das wichtigste davon ist die Geschichte von Elia am Horeb. Auf die Taufe als Berufung folgt die Versuchung, bei der der Berufene sich zum Gehorsam gegen den Willen Gottes durchringt. Die Jüngerberufung folgt danach; einerseits des alttestamentlichen Vorbildes wegen, weil in der Eliageschichte an der entsprechenden Stelle die Berufung des Elisa erzählt wird, und weil es andererseits zugleich in der Geschichte Jesu der passende Platz ist. Denn Jesus hatte bei Beginn seines Wirkens bereits seine ersten Jünger um sich gesammelt.

Sobald die Geschichte von Jesu Berufung einmal ihre Gestalt gewonnen hatte, konnte sie ihrerseits allen weiteren neutestamentlichen Berufungsgeschichten als Vorbild dienen.

a) Jesu Taufe

Den Bericht von Jesu Taufe (Mk 1, 9—11; Mt 3, 13—17; Lk 3, 21—22) fand Markus und fanden durch ihn die beiden andern Synoptiker in der ursprünglichen und gemeinsamen Evangelienüberlieferung. Johannes (1, 29—34) las ihn ebendort und ersetzte ihn durch das Zeugnis des Täufers über Jesus. Die Fußwaschungsperikope zeigt, daß eine Taufe Jesu durch den Täufer mit der johanneischen Theologie unverträglich war (Joh 13, 8: „Werde ich dich nicht waschen, so hast du kein Teil an mir"). Vielleicht mußte er auch Rücksicht auf Johannesjünger nehmen, die sonst behaupten konnten, Jesus habe den Heiligen Geist von dem Täufer empfangen. Den Inhalt, den die Taufe bei den Synoptikern hat, konnte sie bei ihm ohnehin nicht erhalten. Denn bei Johannes kommt Jesus von oben. Die Synoptiker sehen jedoch in der Taufe Jesu den Akt, in dem er seine göttliche Berufung empfängt. Ähnlich wie auf den Propheten bei seiner Berufung fällt auf Jesus bei seiner Taufe der Heilige Geist.

Derselbe Grund, der den Evangelisten Johannes daran hindert, die Taufe Jesu überhaupt mitzuteilen, hat den Evangelisten Matthäus dazu veranlaßt, ein Sträuben des Täufers gegen Jesu Taufbegehren einzuschieben. Der Täufer hatte vorher, bevor Jesus kam, getauft und durch seine Taufe die Geistausgießung angekündigt. Nun erscheint der bei ihm, der den Heiligen Geist bringt, um sich von ihm taufen zu lassen. Darum „hindert" er ihn. — Die Frage nach einem Taufhindernis gehörte in der hellenistischen Gemeinde zum Vollzug der Taufe. (Ob sie auch in der Urgemeinde gestellt wurde, wissen wir nicht.) Bereits zur Zeit der Niederschrift des Markusevangeliums war sie üblich, wie uns die Kindersegnungsperikope zeigt (Mk 10, 14; Mt 19, 14; Lk 18, 16 μὴ κωλύετε αὐτά). Auch in der Apostelgeschichte wird die Frage nach dem Taufhindernis mehrfach erwähnt. Der Kämmerer fragt: „Was hindert's, daß ich mich taufen lasse?" (τί κωλύει 8, 36). Petrus fragt: „Mag auch jemand das Wasser wehren?" (μήτι τὸ ὕδωρ δύναται κωλῦσαί τις 10, 47), und „Konnte ich Gott wehren?" (11, 17). Auch 9, 13f. ist als Hinweis auf ein Taufhindernis zu beurteilen. — Die Frage nach dem Taufhindernis hat sich lange gehalten. Kaiser Konstantin kennt am Anfang des vierten Jahrhunderts den Zweifel als das Taufhindernis, und die Schriften der Kirchenväter des vierten Jahrhunderts gegen den Taufaufschub lassen erkennen, daß in dieser Zeit der Zweifel als schwer widerlegbarer Vorwand denen zu Gebote stand, die die Taufe aufschieben wollten. Diese späte Übung der Frage nach einem Taufhindernis schließt jedoch nicht aus, daß in früheren Zeiten auch konkrete Gründe, wie Besitz oder Ehe als Taufhindernisse dienen konnten, oder zumindest ein Beruf, der mit dem Christenstand unverträglich war.

Davon wissen wir wenig und können es um so weniger wissen, als der Evangelist Matthäus im Unglauben oder Mangel an Glauben das Taufhindernis gesehen hat. Jesus antwortet nämlich mit dem Täufer auf dessen Einwand, es gehöre sich für ihn, Jesus, „*alle* Gerechtigkeit zu erfüllen". Mithin ist die Taufe ein Teil der Gerechtigkeit, was immer das auch sein mag. Es ist der Teil, den Jesus noch nicht aufweist, solang er noch nicht getauft ist. Der andere Teil der Gerechtigkeit ist der Teil, den Jesus so selbstverständlich hat, daß der Täufer ihn nicht taufen will. Denn dieser Teil der Gerechtigkeit wird durch Jesus verkörpert, den Gott uns zur Gerechtigkeit gemacht hat (1Kor 1, 30). Wir empfangen diese Gerechtigkeit „im Glauben" (Röm 1, 17), d.h. im Vertrauen darauf, daß Gott Jesus uns zur Gerechtigkeit gemacht hat.

Wir sehen, daß „alle Gerechtigkeit" aus Glauben und Taufe besteht. Glaube und Taufe sind im Markusschluß miteinander als Bedingung der Rettung definiert (16, 16). Der Markusschluß knüpft damit noch an die Taufe der Urgemeinde an, die auch außerhalb Jerusalems geübt wurde; sie bestand aus diesen beiden Teilen: einer Anrufung Jesu als des rettenden Herrn, das ist der „Glaube" im technischen Sinn des Worts, und dazu aus der Übergießungstaufe als dem sichtbaren Bild für den Empfang des unsichtbaren Heiligen Geistes.

Jesu Taufe zeigt, wie er berufen wurde und den Heiligen Geist empfing. Daher werden nun drei Mitteilungen gemacht, die den eben berufenen Jesus als Pneumatiker und Träger des Heiligen Geistes kennzeichnen: 1. Er sieht den Himmel offen . — 2. Er sieht den Geist herabkommen und sich wie eine Taube auf ihm niederlassen. — 3. Eine Himmelsstimme ergeht.

1. Die *Öffnung des Himmels* bringt zum Ausdruck, daß Gott und Mensch nun nicht mehr länger getrennt sind. Sie ist eine Umschreibung für das, was geschieht, wenn Gott einen Menschen beruft und ihm seinen Heiligen Geist verleiht. Dementsprechend geht Hesekiels Berufung (1, 1) die Öffnung des Himmels voraus. Israel empfand in der vorneutestamentlichen Zeit das Fehlen von Propheten als Zeichen der Gottferne und erwartete das Wiederaufleben der Prophetie, d.h. die Öffnung des Himmels als Zeichen dafür, daß Gott dieser schrecklichen Zeit ein Ende gemacht habe. So ist die Öffnung des verschlossenen Himmels ein Bild für den Anbruch der Heilszeit (Jes 64, 1). Der Evangelist Johannes hat im Traum Jakobs (Gen 28, 12) eine Ankündigung des heilszeitlich geöffneten Himmels gesehen (1, 51), eine Ankündigung der Zeit, in der Gott und Menschen nicht mehr voneinander getrennt sind. Die wichtigste unter den verschiedenen Bedeutungen der Himmelsöffnung ist, daß sie Vorzeichen der Epiphanie Gottes ist. Daher faßt Tritojesaja an der genannten Stelle den Inhalt der Enderwartung zusammen: „Ach daß du den Himmel zerrissest und führest herab!" und in apokalyptischen Texten (z.B. Apk 6, 14; 20, 11) geht die Öffnung des Himmels der endzeitlichen Epiphanie Gottes voran.

So bedeutet bei Jesu Taufe die Öffnung des Himmels nicht allein die Herabkunft des Geistes auf Jesus selbst, sondern sie zeigt zugleich den Beginn der Heilszeit an. Der Himmel hat sich geöffnet, um sich nie mehr zu schließen. Eben das kündigt Jesus auch bei Johannes (1, 51) dem Nathanael an.

2. Die alttestamentliche Berufungsvision ist häufig mit einer Gottesschau verbunden oder deutet sie wenigstens an. Darin kommt die Unmittelbarkeit der Beauftragung zum Ausdruck. Durch die Gottesschau wird sich aber der Prophet seiner Berufung bewußt. Aus der Erscheinung Gottes folgt für ihn ebenso wie aus dem Anruf Gottes, daß er einen Auftrag empfängt. In der neutestamentlichen Zeit ist das Gefühl für Gottes Transzendenz gegenüber

der alttestamentlichen gesteigert. Darum treten Lichtvisionen an die Stelle der alttestamentlichen Gottesschau und werden als solche verstanden („Licht ist dein Kleid, das du anhast“ Ps 104, 2. Aus diesem Grund läßt Lukas den Stephanos bei seiner Gottesschau den „Menschensohn“ erblicken — Apg 7, 55f. —, weil die erhöhte menschliche Natur auch nach ihrer Erhöhung sichtbar bleibt.) Der Heilige Geist in der Pfingstgeschichte und Christus in der Berufungsvision des Paulus werden dagegen als Licht sichtbar.

Bei Markus und Matthäus hat Jesus nun eine Vision. Er sieht den Heiligen Geist ὡς περιστεράν wie eine Taube herabfahren und sich auf ihm niederlassen. Im Johannesevangelium schaut der Täufer das Ereignis. Im Lukasevangelium wird es als objektives Geschehnis berichtet und kein Beobachter genannt. Der Hauptunterschied zwischen den Evangelien besteht aber in etwas anderem. Zwar steht „wie eine Taube“ bei allen vier Evangelisten, aber Lukas hat den Vergleich anders aufgefaßt. Bei den weniger ausgeprägt griechisch denkenden Evangelisten Markus, Matthäus und Johannes betrifft der Vergleich die Aktionsart. Der Geist kommt so auf Jesus, wie eine Taube einfällt. In dem Vergleich wird wohl das Ankommen und Platznehmen sich ausdrücken, das bei einer Taube ja stets merklich vor sich geht, und vielleicht auch das Schimmern der Taubenflügel im Licht. — Lukas hingegen denkt griechisch in den Kategorien der Substanz, und so verdeutlicht er den ihm überlieferten Ausdruck „wie eine Taube“ durch seine eigene Interpretation „in körperlicher Gestalt“ σωματικῷ εἴδει. Das muß nicht heißen, daß Lukas sich den Heiligen Geist materiell vorgestellt habe, wohl aber, daß er leiblichen Augen in einer bestimmten Gestalt sichtbar geworden ist. Lukas sieht hier nicht den Bewegungsablauf des Niederfahrens und Platznehmens beschrieben, sondern die Gestalt, in der der Heilige Geist erschien.

Damit stellt sich für uns die Frage, ob Lukas bei seiner Übersetzung in die griechische Sprache und Denkweise ganz frei verfahren ist oder ob er von vornherein annahm, die Taube sei die Gestalt, in der der Heilige Geist sich zeigt, wenn er sich zeigen will. Es gibt zwischen der Taube und der Prophetie eine Beziehung, die sich mit der Beziehung zwischen Lamm und Prophetie vergleichen läßt. Während wir aber erkennen können, auf welchem Weg das ‘Lamm’ zum Bild des Propheten geworden ist, ist für eine ebensolche Erklärung der ‘Taube’ nicht genug Material überliefert. Es gibt nur einige wenige, weit auseinander liegende Stellen, aus denen wir ersehen, daß der Vergleich des Heiligen Geistes mit einer Taube nicht ungewöhnlich war.

Nach dem babylonischen Talmud (Chagiga 15a) brütet Gen 1, 2 der Geist Gottes über den Wassern wie eine Taube über den Jungen. Nach dem Midrasch rabba zu Cant 2, 12 ist die Stimme der Taube die Stimme des Heiligen Geistes. Philon kennt (Quis rer. div. heres 127) die Taube als Symbol für die göttliche Weisheit. Da er aber zwischen himmlischer und menschlicher

Weisheit unterscheidet, so rechnet er τρυγών der göttlichen und περιστερά der irdischen Weisheit zu.

Mehrfach (s. Greeven, ThWB 6, 66) heißt es, die Bath Qol ertöne im Tempel wie das Gurren einer Taube. 4. Esra 5, 23ff. erinnert der Prophet Gott daran, daß er aus allen Vögeln sich allein die Taube erwählt habe, und schließlich ist die Taube auch der einzige Vogel, der sich als Opfertier eignet.

Bemerkenswert ist in diesem Zusammenhang, daß 'Jona' Prophetenname ist. Es gibt einen historischen Propheten dieses Namens; er weissagte um 760 die Siege Jerobeams II. von Israel (2Kön 14, 25). Dieser Jona gab seinen Namen für den Helden einer Prophetengeschichte, die in die Sammlung der kleinen Propheten geraten ist. Der Anlaß zu dieser im Legendenstil gehaltenen Erzählung dürfte wohl Dt 18, 21f. gewesen sein; dort ist das Eintreffen der Weissagung als Kriterium zur Unterscheidung des wahren und des falschen Propheten erklärt. Die Unzulänglichkeit dieses Kriteriums und besonders seine Unverträglichkeit mit der Idee der Barmherzigkeit Gottes ist der eigentliche Inhalt des Jonabuches. Inhaltlich und sprachlich ist das Buch ein Produkt der Spätzeit. Die Prophetie ist erloschen, ein Umstand, dem das Buch seine Aufnahme in den Zwölfprophetenkanon verdankt, aber die Reflexion über das Wesen der Prophetie hat einen hohen Grad erreicht. Zur Bestimmung der Entstehungszeit des Buches wird man die Feststellungen machen, daß die Skepsis, die uns das Buch des Predigers zeigt, bereits überwunden ist, während das starke Nationalgefühl der Makkabäerzeit noch nicht zu spüren ist. So mag das Buch bald nach 200 verfaßt sein. — Da der Verfasser den Namen des wenig bekannten Propheten Jona aus dem zweiten Buch der Könige für seinen Helden gewählt hat, werden wir zu schließen haben, daß er darin einen typischen Prophetennamen gesehen und ihn als „Taube" verstanden hat. So setzt dieser Name eine enge Beziehung zwischen dem Heiligen Geist, der Taube und der Prophetie voraus.

Die Stellen ließen sich noch etwas vermehren, ohne daß eine wirkliche Erklärung dabei herauskäme. Vielleicht enthält der unerklärbare Psalm 68 derart die Lösung, daß die Taube als Freudenbotin verstanden wurde und daß Tauben die Regenzeit ankündigten, und mit dem Regen auch die Ausgießung des Heiligen Geistes. Vielleicht hat der Täuferjünger Simon Bar-Jona nicht nach seinem Vater „Sohn des Jonas" geheißen, sondern als „Sohn der Taube" einen Prophetennamen getragen. — Wir können jedenfalls die Möglichkeit in Betracht ziehen, daß die Verkünder der Freudenbotschaft, die Evangelisten, sich so mit Tauben vergleichen ließen, wie die Propheten schlechthin mit Lämmern. — Auf diese Weise ließe sich verstehen, warum man erst viel später, in christlichen Zeiten, von der uns nahliegend erscheinenden Beziehung zur Taube Noahs Gebrauch gemacht hat. Solang man die

Beziehung zwischen Taube und Taufe im Auge hatte, war die Taube Noahs für die Auslegung fernzuhalten.

3. Die dritte Wahrnehmung, die bei Jesu Taufe zu machen ist, betrifft die *Himmelsstimme*. Unter der Himmelsstimme ist eine an Stelle Gottes vom Himmel her redende Stimme zu verstehn. Wieweit die Evangelisten hier eine Umschreibung für Gottes Stimme gesehen haben, wieweit sie sich einen anstelle Gottes redenden Engel als Urheber der Stimme vorgestellt haben, ist nicht deutlich. Mit zunehmendem Verständnis für Gottes Transzendenz wird auch in der Prophetie Gott nicht mehr unmittelbar redend vorgestellt, und an Gottes Stelle tritt der Angelus interpres. Es kennzeichnet hinfort den Legendenstil, wenn Gott unmittelbar zum Menschen redend eingeführt wird.

Die Himmelsstimme als Ansprache Gottes an den Menschen hat in der Gotteserfahrung der alttestamentlichen Propheten ihre Wurzeln. Den Propheten wurde ihr Gotteserlebnis ursprünglich durch das Gewitter vermittelt. Sie beschreiben es daher so, daß sie an die Gewittererfahrung des Menschen anknüpfen und das Gewitter nach verschiedenen Seiten als Bild für die Gegenwart Gottes ausnützen. Der Gewitterregen, der die ausgetrocknete und abgestorbene Steppe zum Grünen und Blühen bringt, stellt die lebenweckende Kraft des Heiligen Geistes dar und wird darum in der Übergießungstaufe abgebildet. Die Gegenwart Gottes zeigt sich durch Sturm, Donner, Blitz und Erdbeben an; daraus werden darum Begleiterscheinungen der Epiphanie. Da Gott seine Gegenwart im Gewitter enthüllt, erfährt die Himmelsstimme eine Differenzierung. Einerseits wird unter der Himmelsstimme der Gewitterdonner verstanden:

> Der Löwe brüllt, wer sollte sich nicht fürchten?
> Der Herr HErr redet, wer sollte nicht weissagen?
> (Am 3, 8).

Aber in der Epiphanie Gottes vor Elia am Horeb wird erklärt, daß die Gewittererscheinungen die Epiphanie Gottes nur begleiten. Die eigentliche Ansprache erfährt der Prophet in dem sanften Rauschen des lebensspendenden Gewitterregens (1Kön 19, 12). Üblicherweise bedeutet die Himmelsstimme ein Reden Gottes, das allein der Prophet versteht; den Nichtpneumatikern wird es als Donner wahrnehmbar, hörbar aber unverständlich (Joh 12, 28). In dieser Weise wird allgemein das prophetische Charisma aufgefaßt, daß der Prophet durch den Heiligen Geist das zu verstehn und zu deuten vermag, was alle zwar wahrnehmen, aber doch nicht erkennen.

Die Ansprache Gottes an Jesus ist in der Form des hellenistischen Taufbekenntnisses gegliedert (Mt 16, 16; Apg 8, 37). Das dreigliedrige Bekenntnis besteht aus dem Namen (oder Personal- oder Demonstrativpronomen), der

Kopula, die die griechische Sprache verlangt, dem Prädikat, das der eigentliche Inhalt der Aussage ist, und einer Explikation des Prädikats. In dieser Weise wird Jesus als Sohn Gottes bezeichnet, und das Prädikat wird durch das Wohlgefallen Gottes genauer bestimmt.

Das Prädikat „Sohn Gottes" kommt bekanntlich dem Messias zu, und so lag der Gedanke nah, hier in Jesu Taufe die Berufung Jesu zum Messias ausgesprochen zu finden. Die Grundlage dieser Deutung ist der Psalm 2, in dem sich die Adoptionsformel findet

„Mein Sohn bist du. Heute habe ich dich gezeugt."

Aber wir ziehen diesen Psalm zu Unrecht heran. Daß mit dem „Sohn Gottes" auch in der Geschichte von Jesu Taufe der Messias gemeint sei, tragen wir aus Ps 2, 7 in die Taufgeschichte ein. In Wirklichkeit kommt dem Messias weder das Prädikat „Der Geliebte" zu, noch heißt es von ihm, daß er Gottes Wohlgefallen habe. So sagt die Himmelsstimme zwar, daß Jesus der Sohn Gottes ist, und daß er der Geliebte ist, an dem Gott Wohlgefallen hat. Sie sagt aber nicht, daß er der Messias sei.

Diese Feststellung kommt darum überraschend, weil die Evangelisten, ganz besonders die Synoptiker, der Meinung waren, daß Jesus der Messiastitel zukomme. Bei Markus, dem Lukas darin folgt, ist die Himmelsstimme eine Spezialoffenbarung an Jesus. Dabei zeigt sich, daß Markus hier die Berufung Jesu zum Messias gefunden zu haben meinte, und daß er daher im Sinne des Messiasgeheimnisses den Empfang der Mitteilung auf Jesus beschränkte. Nach dem Johannesevangelium galt die Offenbarung dem Täufer, der „gesehen und bezeugt hat, daß dieser der Sohn Gottes ist." In derselben Form, jedoch in direkter Rede, gibt Matthäus die Himmelsstimme wieder. Da hier die Matthäusform durch Johannes gestützt wird, ist zu schließen, daß Matthäus die ursprüngliche Form erhalten hat und daß die Beschränkung der Offenbarung auf Jesus ein Werk des Markus ist.

Anders als Markus war die ursprüngliche Überlieferung nicht der Meinung, mit dem „Sohn Gottes" sei der Messias gemeint. Sie stimmt mit Markus nur insofern überein, als auch sie der Meinung war, daß Jesus in diesem Augenblick sein Amt antritt und eine himmlische Bestätigung dafür erlangt. Aber sie hielt dieses Amt nicht für das des Messias. Die Prädikate „der Geliebte" und „der an dem Gott Wohlgefallen hat", kommen nach Jes 41, 8 und 42, 1 dem Gottesknecht zu. Dafür gibt es zumindest zwei Bestätigungen. Die eine liefert der Täufer im Johannesevangelium, der aus der Taufe Jesu die Erkenntnis gewonnen hat, daß Jesus das Lamm Gottes ist, d.i. der Gottesknecht (Joh 1, 29—33). — Die andere findet sich in der Verklärungsgeschichte; dort wiederholt sich die Himmelsstimme mit dem Zusatz „Hört auf ihn!" oder „Gehorcht ihm!"; das ist nach Dt 18, 15 ein klarer Hinweis, daß hier der endzeitliche Prophet gemeint ist. Somit ist sicher, daß die von den Evangelisten vorgefundene Überlieferung unter dem „Sohn Gottes, dem geliebten, an dem Gott Wohlgefallen hat“, den Gottesknecht verstanden hat.

Bei Paulus und den Evangelisten finden wir eine Theologie, in der das Prädikat „Sohn Gottes“ Jesu als dem Messias zukam. Hier dagegen stoßen wir auf die theologischen Gedanken solcher Kreise, die nicht an der Gestalt des Messias, sondern an der des Gottesknechts in erster Linie interessiert waren, und für die Jesus als der Gottesknecht Sohn Gottes war. Für beide Gestalten, den Messias wie den Gottesknecht, ist die biblische Begründung der Sohn-Gottes-Prädikation nicht besonders breit. Was den Gottesknecht anlangt, so konnte das jüdische Volk im Alten Testament sowohl Sohn Gottes wie Knecht Gottes genannt werden. Von da aus war es möglich, das Sohnesprädikat auf den Propheten als den Gottesknecht zu übertragen. Die Gleichsetzung von „Sohn“ und „Knecht“ hat schon der Übersetzer der griechischen Bibel im Auge gehabt, als er den Ebed Jahwe nicht als δοῦλος, sondern als παῖς ϑεοῦ ins Griechische übertrug. Nach einer überzeugenden Hypothese ist auf diesem Weg Jesus im Evangelium und in der Offenbarung des Johannes zu seinem Titel „Lamm“ gekommen. Den Vergleich des Propheten mit einem Schaf, das zur Schlachtbank geführt wird, hatte Jeremia (11, 19) eingeführt, und Deuterojesaja hat ihn übernommen und vertieft (53, 7). Paulus bezeugt uns, daß die Kirche mit Hilfe dieses Bildes vom geschlachteten Lamm den Tod Jesu als Sühnopfer verstanden hat (1Kor 5, 7). Der Weg vom vergleichenden Bild zum Titel wird unter der Voraussetzung übersichtlicher, daß dem johanneischen „Lamm Gottes“ ein aramäisches Äquivalent talja dalaha entspricht. Das Wort talja bedeutet allgemein 'das Junge', und kann in dieser Bedeutung nicht nur den Sohn und den Knecht, wie das griechische Pais, sondern auch noch das Lamm meinen. Damit enthält der Begriff „Lamm Gottes“ nicht nur den Gottessohn und den Gottesknecht, sondern darüber hinaus auch das Opfer Gottes für die Sünden der Welt.

b) Jesu Versuchung

Wir sind gewohnt, daß uns in der einen Person Jesu Christi seine göttliche und seine menschliche Natur zur untrennbaren Einheit verbunden begegnen. Darum müßte es uns eigentlich überraschen, daß die Versuchung Jesu im Neuen Testament überhaupt erwähnt wird. Sie wird aber nicht bloß erwähnt, sondern sogar stark betont. Nicht weniger als dreimal kommen die synoptischen Evangelien auf Jesu Versuchung zu sprechen. Neben der eigentlichen Versuchung zu Beginn des öffentlichen Wirkens Jesu (Mk 1, 12f.; Mt 4, 1—11; Lk 4, 1—13), wird auch dem Petrus im Zusammenhang mit der ersten Leidensankündigung eine Versuchung Jesu in den Mund gelegt (Mk 8, 32f.; Mt 16, 22f.); sie ist in ihrer Zurückweisung durch Jesus als solche zu erkennen: „Hebe dich, Satan, von mir!" Die dritte Versuchung wird in der Gethsemaneperikope mitgeteilt, nicht nur von den drei Synoptikern (Mk 14, 32—42; Mt 26, 36—46; Lk 22, 39—46), sondern selbst Johannes deutet sie an (12, 27). — Die drei Versuchungsgeschichten der Synoptiker stehen in literarischem Zusammenhang. Die Zurückweisung des Satan Mt 4, 10 wiederholt sich wörtlich Mt 16, 23. Der Dienst der Engel nach Jesu Versuchung (Mt 4, 11; Mk 1, 14) ist von Lukas in die Gethsemanegeschichte verlegt (Lk 22, 43) und wird auch von Johannes im Gethsemanemoment angedeutet (12, 30). — Schließlich hat Lukas bei der ersten Versuchung Jesu den Hinweis auf eine spätere Versuchung, wenn er schreibt, der Satan habe von Jesus „bis zu seiner Zeit" abgelassen; damit ist die Gethsemanegeschichte gemeint, auch wenn dort der Satan als Versucher nicht ausdrücklich genannt wird.

Wenn die Evangelisten Jesu Taufe berichtet haben, obwohl sie ihnen unbequem war, so können wir uns vorstellen, daß sie durch historische Gründe dazu gezwungen waren. Jesu Taufe war ein öffentlicher Vorgang, der unzweifelhaft geschehen war. Solche Gründe lagen aber für die Versuchung Jesu nicht vor. Es müssen vielmehr dogmatische Gründe gewesen sein, aus denen sie nicht nur einmal, sondern sogar dreimal erzählt wurde, und das gerade an den wichtigsten Punkten der Geschichte Jesu: Am Anfang, als er in die Öffentlichkeit trat; auf dem Höhepunkt, als er sich entschloß, den Weg nach Jerusalem anzutreten; schließlich unmittelbar zu Beginn seines Leidens. Was als Versuchung Jesu erzählt wurde, war nicht wie die Taufe ein äußerlich sichtbares Ereignis. Jesu Versuchung spielte sich vielmehr, wie jede Versuchung, in der angefochtenen Seele ab. Aus Jesu Verhalten konnte man schließen, daß er die Versuchung überwunden hatte, und an den Stellen seiner Geschichte, an denen man diesen Schluß ziehen konnte, haben die Evangelisten die drei Versuchsgeschichten auch angeordnet. Aber es liegt in der Natur einer Versuchung, daß die Evangelisten mit ihren Versuchsgeschichten kein historisches Ereignis mitteilen, sondern Jesu Verhalten interpretieren.

Da es nicht bloß historische, sondern vor allem dogmatische Gründe gab, diese Geschichte mitzuteilen, teilt sie mehr mit als nur den Vorgang; sie sagt aus, daß Jesus versucht werden konnte, denn das folgt aus der Tatsache, daß er versucht wurde. Die Feststellung, daß Jesus versucht werden konnte, war aber nur in einem einzigen Zusammenhang der Mühe wert, aufgeschrieben und überliefert zu werden: als Aussage über seine menschliche Natur. Denn nur der Natur des Menschen als des einzigen sittlichen, zur Entscheidung fähigen Wesens kommt das Versuchtwerden als Möglichkeit zu. Nur von einem Menschen läßt sich sinnvoll berichten, daß er versucht worden sei, denn nur der Mensch kann in der Versuchung eine Entscheidung fällen.

In einer späteren Zeit, von der zweiten Hälfte des vierten Jahrhunderts an, ist die Vollständigkeit der menschlichen Natur Christi Gegenstand erbitterter Kämpfe geworden. Von dem Streit um die Naturen Christi sind wir zu der Zeit, als die Evangelien und ihre Quellen geschrieben wurden, sachlich und zeitlich noch weit entfernt. Die christologischen Kämpfe der Dogmengeschichte haben darin ihren Grund, daß die Griechen die Vereinigung von Gottheit und Menschheit in der einen Person Christi sich auf eine Art verwirklicht dachten, die unvereinbar mit der Art war, in der die Bibel diese Vereinigung zustande kommen sah. Damit es zu dieser Auseinandersetzung kommen konnte, mußte viel geistige Arbeit geleistet werden. Die Kirche beginnt sie damit, daß sie Jesu Gottheit gegen die Juden und seine Menschheit gegen die Doketen verteidigt. Aber die synoptischen Evangelien enthalten noch keinen Hinweis auf die Erörterung christologischer Fragen (wenn wir von den Vorgeschichten absehen). Anders als der Hebräerbrief, der schon veranlaßt ist, die Gleichartigkeit der menschlichen Natur Christi mit unserer Menschennatur ausdrücklich auszusprechen (Hebr 4, 15 „der versucht ist gleichwie wir, doch ohne Sünde"), setzen diese Evangelien die menschliche Natur selbstverständlich voraus. Wir können ihnen aber zugleich entnehmen, daß sie darin einen Gegenstand von großer Bedeutung gesehen haben.

Denn wir dürfen nicht denken, die Zweinaturenlehre sei erst von den antiochenischen Theologen an der Wende des 4. und 5. Jh. entwickelt worden; sie hat vielmehr eine Geschichte, die weit ins Alte Testament zurückreicht. Die Versuchungsgeschichte Jesu fußt auf Erwägungen, die man in alttestamentlicher Zeit anstellte, als man die Probleme durchdachte, die durch das Zusammenwirken göttlichen Geistes und menschlicher Person in der Gestalt des Propheten auftreten mußten. Problematisch war dabei nicht die Unvereinbarkeit der beiden Naturen; die war selbstverständlich. Die Frage war vielmehr, wie der Heilige Geist und der in seiner Person uneingeschränkte Prophet zu einem einheitlichen Handeln gelangten. Das ist die Frage, die von den Versuchungsgeschichten Jesu beantwortet wird, und Jesu Versuchung findet sich vorbereitet in den Versuchungen, denen die alttestamentlichen Propheten bei der Übernahme ihres Amtes ausgesetzt sein konnten.

Das bedeutet, daß die Versuchungsgeschichte Jesu für die erste Gemeinde einen Schlüssel zur Christologie darstellt. Sie ist für sie ein wesentlicher Bestandteil des Evangeliums. In der Überwindung der Versuchung entschließt Jesus sich, sein Leiden auf sich zu nehmen; auf Jesu Leiden beruht aber das Evangelium. Es ist die Voraussetzung für den Anbruch der Gottesherrschaft.

Damit hat es folgende Bewandtnis. Eine der wichtigsten Erkenntnisse der formkritischen Betrachtungsweise besteht darin, daß die ersten Christen Jesu Leidensgeschichte im Alten Testament gelesen haben (M. Dibelius, Gethsemane, in: Botschaft und Geschichte 1, 258ff.). Die Ankündigung des Leidens Christi in den Leidenspsalmen, in den Nachrichten über prophetische Leiden (die sie als Weissagungen auf Christi Leiden auslegten) und ganz besonders in den Gottesknechtsliedern waren in ihren Augen *das* Evangelium. Andere Quellen als das Alte Testament hatten sie nicht; die kanonischen Evangelien waren noch lange nicht geschrieben und deren Quellen gab es ebenfalls noch nicht. Das Alte Testament hatte am Ende seiner Geschichte unter dem Evangelium die Botschaft von der Ankunft des Gottesreiches verstanden. Die ersten Christen glaubten, daß durch Tod und Auferstehung Christi das Gottesreich seinen Anfang genommen habe. Darum verstanden sie unter dem Evangelium die alttestamentlichen Weissagungen, die durch Christus erfüllt worden waren. Demgegenüber waren alle anderen Geschehnisse zweitrangig und gehörten nicht zum Evangelium im eigentlichen Sinn, und das galt ausnahmslos; auch die Geschehnisse, die Jesus selbst betrafen, waren in ihren Augen nur dann Evangelium, wenn sie im Alten Testament angekündigt waren. Anders gesagt: „Evangelium" war in ihren Augen nicht die geschehene Geschichte Jesu Christi, sondern seine vom Alten Testament gedeutete Geschichte.

An dieser Betrachtungsweise hat sich nur langsam etwas geändert. Noch Ignatius von Antiochien trifft in Philadelphia in Kleinasien um das Jahr 115 auf Christen, die ihm erklären: „Wenn ich etwas nicht in den alten Urkunden finde, dann glaube ich nicht, daß es im Evangelium steht" (IgnPhld 8, 3). Die Gesprächspartner des Ignatius waren davon überzeugt, daß durch die Propheten Gott sie unmittelbar angeredet habe und anrede. Das Evangelium war die Freudenbotschaft, die Gott ihnen hatte zukommen lassen; es bestand in den durch die Geschichte Christi erfüllten Prophetenworten. Damit enthielt es die Mitteilung, daß die Gottesherrschaft und die Auferweckung der Toten begonnen habe.

Diese Mitteilung folgt aus der Erfüllung der alttestamentlichen Evangeliumsweissagung durch Christus. Somit gehört zum Evangelium der ersten Christen nicht nur die Nachricht, daß es *geschehen* sei, sondern auch, daß es *nach den Schriften* (1Kor 15, 3.4) geschehen sei. — Dementsprechend beginnt auch das Markusevangelium nicht mit der Geschichte, dem Auftreten des Täufers, sondern mit der alttestamentlichen Weissagung, die durch das Auftreten des Täufers ihre Erfüllung gefunden hat. Der Vorrang der geweissagten Geschichte, der die geschehene Geschichte nur als Bestätigung dient, ist offensichtlich. Der Nachweis, daß ein Ereignis „nach den Schriften" geschehen sei, ist nicht eine apologetische Entschuldigung, sondern die Hauptsache, weil das Evangelium ursprünglich in der alttestamentlichen Weissagung bestanden hat und bereits Evangelium war, bevor die Weissagung begonnen hatte, sich zu erfüllen.

Auf diese Weise sind unsere kanonischen Evangelien zu ihrer Gattungsbezeichnung „Evangelium" gekommen, und es ist anzunehmen, daß „Urmarkus", die hypothetische Vorform des Markusevangeliums, damit den Anfang gemacht habe, weil bei diesem Evangelium der Zusammenhang mit dem alttestamentlichen Evangelium noch zu erkennen ist. Denn auf die kanonische Gestalt unserer Evangelien paßt der Titel 'Evangelium' gar nicht. Die Geschichte Jesu Christi, die unsere Evangelien zu erzählen meinen, ist zwar Geschichte, aber nicht das, was der Titel ankündigt, nämlich Botschaft. Die Botschaft, die in der Geschichte enthalten ist, ist nicht so umfangreich, daß sie der Gattung der Evangelien unmittelbar den Namen gegeben haben könnte. Vielmehr kam die Bezeichnung „Evangelium" ursprünglich alttestamentlicher Weissagung zu, und die Bezeichnung blieb auch noch zutreffend, als die Erfüllung dieser Weissagungen durch Jesus Christus mit dem alttestamentlichen Evangelium verbunden und gemeinsam mit ihm von den Boten verkündigt wurde. Der Titel muß aber gebräuchlich und fest gewesen sein, als dann das Evangelium im eigentlichen Sinn von weiteren Mitteilungen über die Geschichte Jesu Christi aufgefüllt wurde, die sich zunächst neben dem Evangelium erhalten hatten. So blieb der Titel bestehen, obwohl er der neuen Gestalt, die die Evangelien nun angenommen hatten, nicht mehr recht entsprach.

Weil nun das Evangelium die im Alten Testament geweissagte Geschichte Jesu ist, darum kommt der Versuchungsgeschichte ihre große heilsgeschichtliche Bedeutung zu. Sie teilt Jesu Entschluß mit, das Amt anzutreten, das Gott ihm aufgetragen hat. Damit mußte die Versuchung Jesu zum Bestandteil seiner Berufungsgeschichte werden. Jesu Versuchung steht mit seiner Taufe in engem Zusammenhang. Die Synoptiker weisen eigens darauf hin, daß er durch den Geist der Versuchung ausgesetzt wird. Den Geist hat er aber gerade in der Taufe empfangen (Mk 1, 12; Mt 4, 1; Lk 4, 1). Die erste Wirkung des Geistes ist — abgesehen von der Berufungsvision — die Versuchung.

Im Alten Testament wird mehrfach mitgeteilt, daß der Berufung eines Propheten seine Versuchung folgt, nämlich sich dem Amt zu entziehen, das er antreten soll. Die Berufung ist ein Befehl Gottes; die Versuchung ist eine Versuchung zum Ungehorsam. Sie zeigt sich nicht zum wenigsten darin, daß der Prophet sich dagegen sträubt, sein Amt anzutreten. So wehrt sich Mose lange gegen seine Sendung: „Ach sende doch, Herr, wen du senden willst!" (Ex 4, 13); zu ergänzen ist: aber nicht mich. Die Eliageschichte 1Kön 19 ist sekundärer Umstellungen wegen im Ablauf der Ereignisse nicht mehr als Berufungsgeschichte zu erkennen, aber hinreichende Einzelheiten zeigen, daß sie das ursprünglich war; und daß Elia auf der Flucht vor seiner Sendung ist, erkennt man an dem wiederholten „Was hast du hier zu suchen, Elia!"

(1Kön 19, 9.13). Wenn wir im Jesajabuch auch kein Widerstreben des Propheten gegen seine Berufung finden, so zeigen uns die Leiden des Gottesknechts doch hinreichend, warum der Prophet vor seiner Berufung flieht. Bei Jeremia finden wir den Widerstand gegen die Berufung 1, 6 angedeutet. Bei Hesekiel ist die Flucht vor dem Amt nach dem Vorbild der Eliageschichte als Weg zum Empfang der Offenbarung umgedeutet. Diese Umdeutung legte sich dadurch nah, daß beide Wege, die Flucht vor dem Amt und der Weg zum Offenbarungsempfang, in die Wüste führten.

Bei Hesekiel finden wir 3, 25 eine anschauliche Schilderung der Leiden des Propheten: „Und du, Menschensohn, siehe, man wird dir Stricke anlegen... und ich will dir die Zunge an deinem Gaumen kleben lassen..." Das Verstummen des Propheten, eine wichtige Einzelheit unter den Leiden des Gottesknechts, wiederholt sich so oft, daß wir daraus auf eine der Erfahrung entstammende eigentümliche Besorgtheit des Propheten zu schließen haben. Das Verstummen, meinen wir, sei als Ausdruck tiefster Anfechtung des Propheten zu werten, nämlich als Zweifel an der eigenen Berufung. Denn der Prophet hat nicht nur für andere, sondern auch für sich selber keine Legitimation.

Die Schriftpropheten fliehen vor der Berufung, um Leiden zu entgehen, die ihnen wohlbekannt sind und von ihnen bereits erfahren wurden. Die Verlegung der Versuchung an den Anfang der Prophetengeschichte ist eine notwendige Stilisierung. Indessen hat der Prophet in Wahrheit die Versuchung jedesmal von neuem zu überwinden, wenn er reden soll. Demgegenüber zeigt uns die Prophetengeschichte des Jonabuches eine weniger emotionale, als vor allem rationale Begründung der Flucht (4, 2). Der Prophet weiß von vornherein, daß er eine Bloßstellung erfahren wird, wenn er seinem Auftrag nachkommt und Erfolg dabei hat. Das, was er ankündigt, wird dann gerade nicht eintreffen, wenn er Gehör findet.

Die neutestamentlichen Berufungsgeschichten haben sämtlich in dem Bericht von Jesu Taufe ihr Vorbild und zeigen damit, daß der Neuberufene in die Nachfolge Christi tritt. Durchweg wird dabei vorausgesetzt, daß die Berufung Leiden auferlegt, und gerade das zeigt der Geist als erstes dem Neuberufenen; Apg 9, 16 „Ich will ihm zeigen, wieviel er um meines Namens willen leiden muß." Der Hebräerbrief sagt unumwunden, daß Jesu Versuchung in der Angst bestanden habe (5, 7), um den Lesern in ihrer Angst Mut zu machen. Selbst Joh 12, 27 ist die Überwindung der Versuchung als Überwindung der Angst beschrieben. Mt 16, 23 wird die Angst — die hier allerdings von Petrus empfunden wird — als der Fallstrick bezeichnet, der den Berufenen zum Sturz bringt und vom Gehorsam abhält. Später kann auch der Zweifel an die Stelle der Angst treten und davon abhalten, der Berufung nachzukommen; wir haben gesehen, daß beide, Angst und Zweifel, sich bereits im Erfahrungsschatz der alttestamentlichen Propheten finden ließen.

Alle drei Synoptiker berichten, daß Jesus nach seiner Taufe eine Versuchung überwinden mußte. Johannes hat an Stelle der Versuchungsgeschichte das Zeugnis des Täufers, daß Jesus das Lamm Gottes ist. Er deutet damit die Versuchung an, denn er verweist so auf die Leiden des Gottesknechts. Er konnte aus demselben Grund keine Versuchung mitteilen, aus dem er auch die Taufe durch das Zeugnis des Täufers ersetzen mußte: Weil Jesus nach der johanneischen Theologie sein Amt nicht zu einem geschichtlichen Zeitpunkt angetreten hat, sondern als der von oben Gekommene sein Amt bei Beginn seines Wirkens bereits innehat. Da er aber in seinem Evangelium die Versuchungsgeschichte andeutet und das an derselben Stelle, an der sie auch bei Markus steht, aber unabhängig von diesem Evangelisten, muß er sie in der ihm und Markus gemeinsamen Überlieferung gefunden haben.

Matthäus und Lukas haben die Versuchungsgeschichte um ein Zwiegespräch zwischen Jesus und dem Satan erweitert. Wenn dieses Zwiegespräch nicht aus dem Matthäusevangelium in das Lukasevangelium eingedrungen sein sollte — was doch nur schwer vorgestellt werden kann —, müssen es beide Evangelisten in einer gemeinsamen Quelle gelesen haben, und das dürfte die Logienquelle gewesen sein. Die Wechselrede hat bei Matthäus eine eigentümliche Klimax, die bei Lukas durch Umstellung zerstört ist; darum ist sicher, daß sich bei Matthäus die ursprüngliche Form des Dialogs erhalten hat. Zweimal fordert der Satan Jesus auf, durch Wundertaten zu beweisen, daß er Gottes Sohn sei; als dritte Versuchung stellt er ihm die Weltherrschaft in Aussicht. Der Skopus besteht darin, daß Jesus jedesmal darauf verzichtet, nach der Macht zu greifen, die beim dritten Mal in ihrem teuflischen Ursprung aufgedeckt wird. — Dem Gespräch liegt das aus dem Alten Testament übernommene Schema vom triplex munus zugrunde; Jesus verzichtet darauf, die Macht zu ergreifen, die mit dem prophetischen, hohepriesterlichen und königlichen Amt verbunden ist. Er legitimiert sich dadurch, daß er auf seine Macht verzichtet; so erweist er durch seine Selbstentäußerung sich als Gottes Knecht, als Lamm Gottes, als Sohn Gottes. Das Brotwunder, das der Satan zunächst von Jesus verlangt, ist ein prophetisches Zeichen, das an die Brotvermehrung Elisas (2Kön 4, 42—44) anknüpft. Die Verheißung aus dem 91. Psalm, deren Wahrheit zu erproben der Satan den Herrn auffordert, gilt dem Priester, und auf das priesterliche Amt weist darüber hinaus der Umstand hin, daß die Szene auf die Tempelzinne verlegt wird. Die dritte Versuchung betrifft das königliche Amt. Der Satan fordert hier Jesus nicht auf, sich als Messias zu erweisen, sondern sich von ihm mit der Weltherrschaft ausstatten zu lassen. Denn er ist der Fürst dieser Welt, und der Messias, den er entsendet, kann nur der Antichrist sein.

Die Versuchung ist ein Thema, das in der abendländischen Kunst und Literatur nicht eben selten behandelt wird. Solche Darstellungen haben darin ihren Sinn, daß sie zeigen, wie der Mensch durch die sittliche Entscheidung sich selber findet, sich selber verwirklicht und von der ihm gegebenen Freiheit Gebrauch macht. Indem er die Anfechtung überwindet, erweist er sich als Mensch. Dieses Thema ist keineswegs allein aus der antiken Geisteswelt in die des Abendlandes eingedrungen, wie es auf den ersten Blick scheinen könnte, sondern es hat auch den Beitrag der biblischen Prophetie aufgenommen. Denn anders als bei den Griechen ist der Prophet der Bibel nicht das willen- und bewußtlose Sprachrohr Gottes, sondern sein bevollmächtigter Vertreter. Nur Gott ist er Rechenschaft schuldig für das, was er in seinem Namen tut. Darum darf die Person dessen, auf den der Heilige Geist fällt, auf keine Weise eine Einschränkung erfahren. Er muß der Erwählung Gottes zustimmen und muß sich zum Gehorsam entschließen. So kommt es zur Vereinigung mit dem Heiligen Geist. Der Gehorsam ist die der menschlichen Person zukommende Leistung; ihr entspricht die zuvorkommende und durch nichts begründete Erwählung auf seiten Gottes.

Da die Versuchung ein Geschehen in der Seele Jesu war, kann die Frage nach ihrem historischen Kern nicht wirklich beantwortet werden. Das Markusevangelium sagt, Jesus sei gleich nach seiner Taufe vom Geist in die Wüste getrieben worden (1, 12). Wenn es heißt, daß er hier „unter den Tieren“ war, und daß „die Engel ihm dienten“, so erinnern diese Angaben an ihr Vorbild bei Elia (1Kön 19, 5—7; 17, 6). Sie bedeuten auf jeden Fall, daß er in dieser Wüstenzeit keinen menschlichen Umgang hatte; vielleicht sprechen sie auch davon, daß er Zeit brauchte, sich seiner Berufung zu vergewissern und damit der Versuchung Herr zu werden, die Matthäus und Lukas stilisiert haben. Insofern ist der Platz, den diese Versuchungsgeschichte in den Evangelien hat, der einzige, den sie im Ablauf der Ereignisse einnehmen konnte.

Die erste Nachricht über Jesu öffentliches Auftreten ist die dem Beginn seines Wirkens noch vorausgehende Rede, die er an die Bewohner von Jerusalem und Judäa über den Täufer gehalten hat. Der Täufer war in diesem Augenblick nicht mehr an seiner Predigtstelle, wo ihn die Menschen zu hören — zu sehen, sagt Jesus — erwartet hatten. Falls er nicht bereits verhaftet war, so war er, wie wir gezeigt haben, nach Enon bei Salim ausgewichen. Darum muß Jesu Taufe zurückliegen. Da aber die Abwesenheit des Täufers der Grund dafür war, daß Jesus und die Täuferjünger, die sich nun an ihn anschlossen, den Rückweg nach Galiläa antraten, muß Jesu Versuchung entsprechend früher eingeordnet werden. Es mag sein, daß das Schicksal des Täufers dabei als auslösendes Moment eine Rolle gespielt hat.

c) Die Berufung der ersten Jünger

Nach der Verhaftung des Täufers, sagen Markus und Matthäus, trat Jesus die Heimreise nach Galiläa an. Dem Johannesevangelium können wir eine Fülle von Einzelheiten darüber entnehmen. Vom Täufer heißt es da, er sei mit wenigen Jüngern nach Enon bei Salim gegangen und habe dort seine Taufen fortgesetzt (3, 23). Jesus aber habe in Judäa das Werk des Johannes weiter betrieben und dabei großen Zulauf gehabt (3, 26). Als die Pharisäer jedoch hörten, daß Jesus mehr zu Jüngern machte als der Täufer, da sei Jesus nach Galiläa gezogen. Damit wird angedeutet, daß er auf diese Weise sich den Anfeindungen der Pharisäer entziehen wollte. Hier wird nun die Mitteilung über seine Taufen korrigiert. Er selber, heißt es, habe zwar nicht getauft, aber seine Jünger (4, 3). — Das Johannesevangelium erklärt hier, daß die Täuferjünger, die sich an Jesus anschlossen, die Tauftätigkeit ihres früheren Meisters zunächst fortsetzten. Sie taten das, solang sie sich mit Jesus an einem Ort aufhielten, an dem man überhaupt taufen konnte und an dem, wie es 3, 23 heißt, viel Wasser war, nämlich zum Taufen geeignetes Wasser. Wenn Jesus, wie das Johannesevangelium sagt, nach dem Weggang des Täufers dessen Werk weiterbetrieben hat, die Taufen aber nicht von Jesus, sondern nur von den Jüngern fortgesetzt wurden, die sich nun an Jesus anschlossen, dann kann es nur die Predigt des Täufers gewesen sein, mit der Jesus die Tätigkeit des Täufers fortführte. Dies paßt aber wieder trefflich zu der nicht im Johannesevangelium mitgeteilten Rede Jesu an das Volk, das gekommen war, den Täufer zu hören.

Der Unterschied zwischen den Synoptikern und dem Evangelisten Johannes besteht darin, daß dieser berichtet, Jesus sei bereits von Jüngern begleitet gewesen, als er den Rückweg nach Galiläa antrat. Die Synoptiker lassen Jesus erst nach der Rückkehr nach Galiläa mit der Berufung von Jüngern beginnen. Nun lag dem Evangelisten Johannes aber vermutlich derselbe summarische Bericht vor, den Markus in sein Evangelium aufgenommen hat. Darum muß Johannes hier zusätzliche, über Markus und die gemeinsame Quelle hinausgehende Nachrichten gehabt haben, die den Beginn des Wirkens Jesu nach Judäa verlegten, unmittelbar im Anschluß an das Wirken des Täufers, und die auch genauer mitteilten, daß Jesu erste Jünger ehemalige Täufer waren und ihn auf dem Rückweg nach Galiläa begleiteten.

Da die Mitteilungen des Johannes weniger schematisch sind als die der Synoptiker, ist es angebracht, ihm hierin zu folgen. Jesus trat somit den Rückweg nach Galiläa von jenem Ort aus an, wo ursprünglich der Täufer getauft hatte, und der „Bethanien östlich des Jordan" genannt wurde. Hier sammelte er einige galiläische Landsleute aus den Täuferjüngern und begab sich auf die Rückreise. Der Weg führte zunächst zum Predigtplatz des Johannes und sodann über die Jordanfurt auf das westliche Flußufer. — Da Jesus nach dem Johannesevangelium keinen Augenblick untätig war, erhalten wir hier Angaben über ein erstes Wirken in Judäa und Jerusalem. Diese Mitteilungen fehlen bei den Synoptikern, weil nach ihnen Jesu Wirken in Galiläa beginnt.

Nach dem Johannesevangelium stand das Passafest kurz bevor; darum sei Jesus — das war dann selbstverständlich — nach Jerusalem hinaufgezogen. Bei dieser Gelegenheit läßt das Johannesevangelium Jesus die Tempelreinigung vornehmen. Aber gegen deren Anordnung an diesem Punkt der Geschichte Jesu bestehen Bedenken. Gerade wenn man sie für historisch hält, läßt sich ihr Platz am Beginn der Leidensgeschichte, wohin sie die Synoptiker getan haben, leichter vorstellen als am Beginn von Jesu Wirken. Das Johannesevangelium hat freilich seine Gründe, die Tempelreinigung hier schon mitzuteilen. Dazu gehört, daß nach seiner Meinung Jesus damals schon die Aufmerksamkeit der Pharisäer erregt hatte. In oder nahe bei Jerusalem fand das Gespräch mit Nikodemus statt, das ebenfalls in dieser Aufmerksamkeit seine Ursache hatte. Diese Betrachtungsweise paßt nicht in die Sicht der Synoptiker; darum spricht das Fehlen entsprechender Nachrichten nicht gegen die Historizität, und darum kann auch die Sicht des Johannesevangeliums keine Stütze bei den Synoptikern haben.

Von Jerusalem aus führte der Weg nach Norden durch Samarien. Dabei fand das Gespräch mit der Samariterin am Jakobsbrunnen statt. Mit der Ankunft Jesu in Galiläa setzt sein Wirken auch nach den Synoptikern ein; er beginnt, das Evangelium zu verkünden. „Er verkündigte das Evangelium Gottes und sagte: Die Zeit ist voll und das Reich Gottes ist nah. Kehrt um und werdet gläubig auf Grund des Evangeliums!" (Mk 1, 14b.15).

Die Anfänge des Wirkens Jesu werden in den Evangelien ungleichmäßig dargestellt, weil Matthäus und Lukas, nach denen er in Nazareth aufgewachsen ist, nun erklären müssen, warum er hinfort seine Heimat in Kapernaum hat. — *Lukas* läßt Jesus zunächst in Galiläa durch seine Lehre Aufsehen erregen (4, 14f.). Als Beginn seines Wirkens erscheint die sog. Antrittspredigt in Nazareth als dem Ort, an dem er aufgewachsen war (4, 16). Darin erklärt Jesus, daß die Weissagung Jes 61, 1ff. durch ihn erfüllt sei (4, 18f.). In dieser Rede bezieht er sich aber auf Taten, die durch ihn bereits in Kapernaum geschehen waren (4, 23). Daran schließt sich ein Streit an, in dem die Bewohner von Nazareth versuchen, ihn über die Klippen zu stürzen (4, 29), und darum begibt sich Jesus nun nach Kapernaum und nimmt hier seine Tätigkeit auf.

Weniger dramatisch vollzieht sich die Übersiedelung nach *Matthäus*. Auch hier geht Jesus zunächst zwar nach Nazareth, übersiedelt aber gleich nach Kapernaum und beginnt hier sein Wirken mit der Berufung der ersten Jünger (4, 12f. 18ff.). — Daß ein Umzug nach Kapernaum stattgefunden habe, läßt sich auch dem *Johannes*-Evangelium entnehmen (2, 12); doch bleibt der Ausgangspunkt ungenannt. Zuvor war Jesus mit seiner Mutter in Kana in Galiäa, aber der Ort wird hier nicht als Wohnort der Familie bezeichnet. Vielmehr ist aus Joh 1, 45 zu schließen, daß der Evangelist sich des eigenen Urteils enthält und statt dessen die verbreitete, aber umstrittene Deutung des Beinamens Ναζωραῖος einführt, die ja zum Skopus des Abschnitts hinleitet. Nach Meinung des Evangelisten war Jesus aber auch nicht in Kapernaum zu Haus, denn das soll mit 2, 12 („und sie wohnten dort ein paar Tage") gerade gesagt sein. Ebenso heilt Jesus den kranken Sohn des königlichen Dienstmanns in Kapernaum, ohne die Stadt zu betreten (4, 43—54). Schließlich vermeidet der Evangelist auch 6, 42 jede Herkunftsangabe für Jesus, obwohl der Leser sie erwartet („Ist das nicht Josephs Sohn Jesus? Kennen wir nicht seinen Vater und seine Mutter? Wie kann er jetzt sagen, er sei vom Himmel herabgestiegen?") — Mithin unterläßt Johannes absichtlich jede Herkunftsangabe; der einzige Platz, der als Aufenthaltsort Jesu mehrfach genannt wird, ist Kana in Galiläa.

Am einfachsten stellt sich die Sicht der Dinge bei *Markus* dar. Hier begibt sich Jesus nach seiner Taufe ohne weitere Erklärungen nach Kapernaum. Der Evangelist überläßt dem Leser den Schluß, daß Jesu Angehörige von Nazareth nach Kapernaum übersiedelt seien, während Jesus selber beim Täufer weilte. — Bevor Jesus Kapernaum erreicht, beruft er seine ersten Jünger, die Brüderpaare Simon und Andreas samt Jakobus und Johannes. Auf diese Weise erreicht Markus eine Angabe, die auch Johannes mitgeteilt hatte, und die darum in den ältesten Nachrichten gestanden haben muß: daß Jesus von Jüngern begleitet war, als er in Kapernaum einzog.

Johannes kann die Nachricht nicht erst bei Markus gelesen haben, denn er hat sie ganz anders verwertet. Sie muß vielmehr aus der beiden gemeinsamen Überlieferung herkommen. Für sie ist ihr typisches Vorbild in der Eliageschichte kennzeichnend, die im Anschluß an die Versuchung und Berufung des Elia die Berufung des Elisa berichtete.

Mit diesen ersten Jüngern, zu denen bald noch als fünfter der Zöllner kam, ließ Jesus sich in Kapernaum nieder. Die Gruppe bezog nicht das Haus, das Jesu Mutter und Geschwister bewohnten, sondern nahm in Simons Haus Wohnung. Die Gründe für diesen Entschluß dürften banal gewesen sein. Marias Haus war von mindestens sieben Personen bewohnt, Simons Haus aber nur von zweien, und geräumig können wir uns beide Häuser nicht vorstellen. Es waren die kleinen Häuser kleiner Leute. Simon stammte wie sein Bruder Andreas aus Bethsaida (Joh 1, 44). Da er in Kapernaum das von seiner Schwiegermutter bewohnte Haus besaß (Mk 1, 29), dürfte er sich dahin verheiratet haben. Sein verstorbener Schwiegervater mag Fischer gewesen sein wie er selber. So wird eine Fischerhütte am Seeufer zur ersten

Heimat der Jüngerschaft Jesu. Sie ist die erste Kirche und zugleich das erste Kloster in der Kirchengeschichte.

Jesus begann nun, in der Synagoge Kapernaums Lehrvorträge zu halten und nahm auch seine ersten Heilungen vor. Unter seinen Patienten befand sich die an einer fieberhaften Krankheit leidende Schwiegermutter des Petrus. Nach ihrer Heilung übernahm sie die Fürsorge für den leiblichen Bedarf Jesu und der Jünger; sie „diente" ihnen (Mk 1, 31). Der Evangelist deutet damit an, daß sie sich damit den Aufgaben zuwandte, die zu seiner Zeit von den „Witwen" wahrgenommen wurden. Die Inhaberinnen des Witwenamtes dürften zur Zeit des Markus und danach vorwiegend wirkliche Witwen gewesen sein, die als solche frei für den Gemeindedienst und häufig auch auf Versorgung angewiesen waren. Ignatius grüßt aber am Ende des Briefs an die Smyrnäer die „Jungfrauen, die Witwen genannt werden" und zeigt uns, daß „Witwe" zum Amtstitel geworden ist. Zum Amt wird der Begriff dadurch, daß man das Vorbild des Witwenamtes in der Witwe sah, die den Elia 1Kön 17, 8—16 auf Befehl Gottes versorgte. Der Evangelist sah in der Schwiegermutter des Petrus, die offensichtlich keinen Mann mehr hatte, die erste „Witwe" im technischen Sinn des Witwenamtes; dazu muß er sie aber auch als Witwe im natürlichen Wortsinn angesehen haben.

Wenn Jesus zu Beginn seines Wirkens Jünger um sich sammelte, so setzte er das Beispiel des Täufers fort. Ein Schritt über dieses Beispiel hinaus besteht aber darin, daß diese erste Gemeinde Jesu das gemeinsame Leben auch nach ihrer Rückkehr aus der Wüste beibehielt. Man darf nicht etwa denken, der Täufer sei darum, daß er in der Wüste lebte, menschen- und gesellschaftsfeindlich gewesen. Die Lebensform des Eremiten schließt im allgemeinen die Anwesenheit von Schülern eher ein als aus. Dazu kommt, daß der Täufer durch seine Predigt und durch seine Taufe, an der sich Erwählte und Verstockte scheiden mußten, Israels heiligen Rest zu sammeln gedachte. Doch ist der Täufer nicht notwendig ein Glied der neuen Gemeinschaft, die sich durch seine Predigt herstellen soll. Nach dem Bild, das die Evangelisten von ihm zeichnen, bleibt er außerhalb des Volks wie Israels alte Propheten.

Bei Jesus scheint demgegenüber der Gemeinschaftsgedanke von vornherein im Mittelpunkt gestanden zu haben. Die Evangelisten haben es so gesehen und einen Unterschied gemacht, obwohl 1Kön 19, 18 dieselbe Ausgangsweissagung für beide war. Das wird daran liegen, daß der Täufer nicht im selben Maß ein Gnadenprediger war wie Jesus. Bei diesem hat der Begriff der Gnade einen schärferen und konsequenteren Ausdruck gefunden als bei dem Täufer.

Bei dem Täufer ist die Gnade eine Folge der Umkehr. Er glaubt, nicht anders als Jesus, daß Gott sein Reich ohne menschliches Zutun errichten werde. Aber er meint, Gott nehme nur solche Menschen an, die Buße tun und zurückkehren. Damit ist nicht etwa an Bußleistungen gedacht, aber doch an sichtbare Zeichen der Sinnesänderung. Die Umkehr geht bei dem Täufer der Gnade voraus; die Gnade folgt der Umkehr. — Jesus rechnet aber bereits die Umkehr zu den Werken Gottes. Wenn sie sichtbar wird, ist sie Ausdruck einer Sinnesänderung, die ihr vorausgegangen sein muß, und zeigt bereits die Gnade am Werk. Darum wendet er sich an die Sünder und fordert sie auf, der Gnade zu vertrauen, die er ihnen verkündigt. So wird bei ihm die Umkehr eine Folge der ihr vorausgehenden Gnade. Der heilige Rest sind seine gläubigen Hörer, diejenigen, die darauf vertrauen, daß Gott sie annimmt. Das bedeutet aber, daß sich in der Gemeinschaft Jesu das Gottesreich bereits verwirklicht, während es der Täufer durch seine Bußpredigt nur vorbereiten konnte. Die gemeinschaftsbildende Kraft der Gnadenpredigt Jesu wird dadurch besonders deutlich, daß man sie mit der Bußpredigt des Täufers vergleicht, die Gründung der Kirche auf der rechtfertigenden und heiligenden Gnade.

So erlangt der Gemeinschaftsgedanke unter den Anhängern Jesu sein besonderes Gewicht. Hier verwirklicht sich das Gottesreich. An sich war es eine Bußbewegung, was Jesus ins Leben gerufen hatte. Doch waren deren Angehörige eng miteinander verbunden, und die Regeln, die ihr Leben ordnen, sind nicht kultisch, sondern sozial betont. Diese Regeln drücken das eigentümliche Verständnis des göttlichen Gesetzes aus. Bei Pharisäern und Essenern können wir zu dieser Zeit ähnliches beobachten, nämlich die Bildung von Gemeinschaften nach Regeln, denen das Gesetz in einer bestimmten Auslegung zugrunde liegt. Diese Gemeinschaften verstehen sich sämtlich als Vorwegnahme des Gottesreiches. Charakteristisch für die Gemeinschaft Jesu ist, daß hier das Gesetz nach den Regeln ausgelegt wird, nach denen es die alttestamentlichen Propheten verstanden haben. Das heißt, daß die Gesinnung den Maßstab abgibt, nach dem das Verhalten beurteilt wird. Auch die Pharisäer wollen das Gesetz befolgen, und um es nicht zu verletzen, fragen sie nach den Grenzen seiner Geltung und rechnen diese Geltung so weit wie möglich, bis sie schließlich Dill und Minze verzehnten. Jesus zeigt, daß die Frage nach der Grenze des Gesetzes dem Sinn des Gesetzes und der Absicht Gottes zuwider ist. Das Gesetz ist der Wille Gottes. Gottes Herrschaft bedeutet, daß der Mensch den Willen Gottes zu seinem eigenen Willen macht, so daß es nie eine Grenze geben kann, an der das Gesetz erfüllt ist. Gehorsam heißt bei Jesus nicht nur tun, was Gott will, sondern vor allem, wollen, was Gott will.

Da wir uns mit dem Gesetzesverständnis Jesu in der geradlinigen Überlieferung der alttestamentlichen Prophetie befinden, hat die von ihm gestiftete Gemeinschaft noch eine zweite Bedeutung. Sie kann auch als prophetisches Zeichen verstanden werden, das dazu dient, die Gottesherrschaft herbeizuführen, indem es sie verwirklicht. Das Gottesreich ist noch nicht sichtbar offenbart. Es kommt zweifellos ohne menschliches Zutun. Gott aber kann durch Menschen handeln, die er beauftragt. Das prophetische Zeichen ist sowohl Ursache wie Anfang dessen, was es bedeutet, und die Jüngergemeinde ist auf beide Weisen Zeichen für das Gottesreich.

Mit ihrer starken Betonung des Gemeinschaftsgedankens war die Bewegung Jesu von vornherein darauf angelegt, sich auszubreiten, Mitglieder zu werben und eine feste Form zu finden. — Die Synoptiker haben die Berufung der ersten Jünger an den See Genezareth verlegt. Vielleicht haben zunächst Andreas und sein Bruder Simon ihr Handwerk als Fischer aufgenommen, bevor sie ganz in die Nachfolge Jesu und die Arbeit am Reich Gottes traten. Auch Johannes nennt Andreas und Simon als Erstberufene; er setzt aber voraus, daß sie sich schon am Taufplatz des Täufers an Jesus anschließen. Bei den beiden nächsten Namen teilt sich die Überlieferung; sie ist sich nur soweit einig, daß es Männer aus Galiäa waren, die alsbald zu Jesus stießen. Aber Markus nennt als nächste Jakobus und Johannes, die Söhne des Zebedäus, während das Johannesevangelium Philippus und Nathanael bezeichnet. Philippus und — vermutlich — auch Nathanael stammen ebenso wie Andreas und Simon aus Bethsaida. Als fünften Jünger nennen die Synoptiker einen Zöllner, der bei Markus und Lukas Levi heißt, bei Matthäus aber den Namen Matthäus trägt. Mit seinem Beitritt zeigt sich, daß Jesus sich zum Genossen der Zöllner und Sünder gemacht hat. Die Steuerpächter und die in ihrem Namen auftretenden Steuereintreiber, und um einen solchen wird es sich gehandelt haben, unterlagen allgemeiner Verachtung; bei ihnen rechnete niemand mit Buße. Das Erscheinen eines derartigen Menschen unter den Jüngern Jesu mußte überall Anstoß erregen.

Jesus konnte sein Wirken nicht lang auf das kleine Kapernaum beschränken. Nach Mk 1, 38 macht er Galiläa zu seinem Arbeitsfeld. Die Evangelisten berichten von seinen Predigten, Krankenheilungen und Exorzismen. Dabei fand er nicht nur Anklang, sondern hatte auch Mißerfolge. Die Logienquelle hat einen Weheruf über Bethsaida, Chorazin und Kapernaum bewahrt (Mt 11, 21—24; Lk 10, 12—15), der davon spricht, daß er in diesen Orten auf Ablehnung gestoßen war. Bemerkenswert ist, daß Nazareth in dieser Aufzählung fehlt, obwohl doch alle drei Synoptiker von dem Unglauben sprechen, auf den er in seiner Vaterstadt gestoßen war (Mk 6, 1; Mt 13, 54; Lk 4, 16).

An den Anfang seines Wirkens gehört eine Szene in Kapernaum, die von der Verständnislosigkeit seiner Angehörigen berichtet. Sie setzt voraus, daß er sich bereits in Kapernaum niedergelassen und Jünger und Anhänger um sich gesammelt hat, während seine Angehörigen sein Auftreten nicht zu deuten wissen. Sie meinen, er sei nicht bei sich, und versuchen, ihn mit

Gewalt nach Haus zu holen (Mk 3, 20f.). Mit dieser Szene ist eine andere zusammenzubringen, die ebenfalls von Markus überliefert, aber auch von den anderen Synoptikern übernommen wurde. Angesichts seiner Angehörigen bezeichnet Jesus die ihn umgebenden Hörer als seine wahren Verwandten (Mk 3, 31—35; Mt 12, 46—50; Lk 8, 19—21). Aus dem Wort spricht die große Bedeutung des Gemeinschaftsgedankens für die Verkündigung Jesu. — Eine ähnliche Auffassung drückt sich auch in dem Wort aus „Laß die Toten ihre Toten begraben!", das die Logienquelle erhalten hat (Mt 8, 22; Lk 9, 60). Doch das Wort hat im Ablauf der Ereignisse einen späteren Platz, da Jesus bereits seine heimatlose Wanderschaft angetreten hat.

5. *Jesu Wanderschaft*

Jesus hatte sich in Kapernaum niedergelassen und hier begann er mit der Verkündigung des Gottesreiches. Aus der Art, in der seine Landsleute seinen Schritt in die Öffentlichkeit aufnahmen (Mk 6, 2; Mt 13, 54), läßt sich schließen, daß seine Abwesenheit eher nach Jahren als nach Wochen gezählt hatte. Da Kapernaum allein kein ausreichendes Wirkungsfeld bot, dehnte er seine Tätigkeit zunächst auf die Orte im Norden des Sees aus. Die neben Kapernaum als Stätten seiner Mißerfolge genannten Flecken Bethsaida und Chorazin werden wohl auch zugleich die Orte sein, an denen er zuerst hervorzutreten versucht hatte. Daß nicht eine Begebenheit aus Magdala von der Überlieferung festgehalten wurde, ist überraschend. Bei Tiberias ist jedoch denkbar, daß er es absichtlich gemieden hat.

Tiberias war im Jahr 17 — also erst kürzlich — von Herodes Antipas gegründet worden; er versuchte, dadurch den Wettstreit mit Herodes Philippos aufzunehmen, der 3 v. Chr. mit dem Ausbau von Beth-Saida = Julias begonnen hatte. (Die Namen sind Ergebenheitsadressen an das römische Kaiserhaus. Julia freilich, die Tochter des Kaisers Augustus, nach der Julias den Namen erhalten hatte, war schon 2 v. Chr. in die Verbannung gesandt worden. Tiberius war 14 n. Chr. Kaiser geworden.) Die frommen Juden sahen den halbheidnischen Ausbau von Tiberias mit Mißvergnügen. Sie hatten Antipas in dem begründeten Verdacht, er strebe nach der Gesamtherrschaft seines Großvaters. So behaupteten sie, die Stadt sei auf einem Gräberfeld gegründet und darum unrein. Auch verwies man zum Erweis ihres heidnischen Charakters auf die Tierbilder im neuerbauten Königspalast. — Wenn Jesus in seiner Rede über den Täufer „Königsschlösser" erwähnt (Mt 11, 8), so ist darin ein Hinweis auf die Neubauten in Julias und Tiberias enthalten. Man könnte sich darum vorstellen, Jesus habe gegen Tiberias dieselbe Abneigung empfunden wie die Pharisäer. Wahrscheinlicher ist aber ein anderer Grund, der ihn von Tiberias ferngehalten haben wird, nämlich die Feindschaft des Antipas; der hätte nicht gezögert, ihm das Schicksal des Täufers zu bereiten, wenn er seiner habhaft geworden wäre.

Zu Beginn seines Wirkens hatte Jesus sich in den Synagogen an das Volk gewandt (Mk 1, 21; Lk 4, 31; Mt 4, 23 u.ö.). Aber es dauert nicht lang, bis Markus zu berichten hat, Jesus habe sich nicht mehr in den Städten sehen lassen können. Auch Kapernaum kann er von da an nur noch heimlich aufgesucht haben. Als Grund gibt Markus an, Jesus habe mit der Heilung des Aussätzigen eine ihm unerwünschte Popularität erlangt. Daß Jesus auf diese Weise viel Zulauf erhielt, ist sicher richtig, aber das kann nicht die Ursache dafür gewesen sein, daß er in die Einsamkeit ging. Denn er war darauf aus, das Volk zu versammeln, um möglichst viele Menschen mit seiner Verkündigung zu erreichen. So hätte es ihm recht sein müssen, wenn die Menschen in großer Zahl zu ihm kamen. Es wäre einfacher für ihn gewesen, wenn er seine Hörer in den Städten hätte vereinigen können. Die Speisungswunder zeigen Probleme, die sich nicht gestellt hätten, wenn er nicht in der Einöde hätte zum Volk sprechen müssen. Warum mied er also die Städte? Sicher war der Grund nicht die Abneigung gegen die Orte, an denen er auf Feindschaft gestoßen war (Mt 11, 20—24; Lk 10, 13—15). Die ersten Mißerfolge wurden durch die späteren Erfolge reichlich aufgewogen. Wenn er zunächst auch Ablehnung und Vorurteil der stumpfen und unbeweglichen Massen hatte überwinden müssen, so wußte er doch, daß er zu den hirtenlosen Schafen gesandt war. Je länger er wirkte, desto mehr gewann er an Ansehen. Nach seinen ersten Heilungen begann das Volk damit, ihn zu suchen, ihm nachzulaufen, seine Kranken und Besessenen zu ihm zu bringen, selbst wenn es nötig war, das Dach des Hauses zu durchbrechen, in dem er sich aufhielt, weil auf der Straße kein Durchkommen vor Menschen war. — Lukas und Johannes erzählen freilich auch von der Lebensgefahr, in die Jesus dadurch geriet, daß das Volk ihn zu töten versuchte (Lk 4, 28—30, Joh 8, 59; 10, 31.39 u. ö.). Aber als Jesus sein Amt antrat, da wußte er bereits, daß er mit derartigen Mißhelligkeiten zu rechnen hatte. Sie können seine Entschlüsse nicht bestimmt haben.

Eher als die Feindschaft des Volkes könnte die der Pharisäer und Schriftgelehrten in Betracht kommen. Sie erscheinen in den Evangelien zunehmend als seine Gegner, und die Evangelisten legen ihnen Angriffe gegen seine Lehre in den Mund. Doch ist hier in Betracht zu ziehen, daß die Evangelisten dabei einer Tendenz zur Verallgemeinerung folgen, die für ihre eigene Zeit charakteristisch ist. Wenn Pharisäer und Schriftgelehrte als Typen der Feinde Jesu stilisiert werden, dann drückt sich damit in erster Linie die zunehmende Entfremdung zwischen Kirche und Judentum aus. Pharisäer und Schriftgelehrte stehen stellvertretend für das Judentum und die jüdische Frömmigkeit. Von Anfang an war die pharisäische Frömmigkeit nicht so unverträglich mit der Frömmigkeit der Jünger Jesu, wie wir heute aus den Evangelien den Eindruck gewinnen. Umgekehrt widerspräche es der Verkündigung Jesu, wenn man ihn als Gegner des Gesetzes verstehen wollte. — In dieser Frage sind wir geneigt, anachronistisch zu empfinden. Wenn der Apostel Paulus die grundsätzliche Unvereinbarkeit der prophetischen und der nomistischen Auslegung des Alten Testaments erkannt hat, so dürfen wir doch diese Erkenntnis nicht schon bei den Schriftgelehrten der Zeit Jesu voraussetzen und ihre Gesetzesauslegung als grundsätzliche Absage an die Lehre Jesu interpretieren.

Vielmehr finden wir unter den Pharisäern auch Freunde Jesu. Die Pharisäer warten wie die Jünger Jesu und die meisten Juden dieser Zeit auf das Reich Gottes. Daher mußte es zwischen Jesusjüngern und Pharisäern nicht nur Feindschaft geben, sondern auch die Bereitschaft, einander anzuerkennen, voneinander zu lernen und durch Kritik einander zu fördern. Beide Gruppen waren bestrebt, dem Willen Gottes zu folgen, den sie in der gemeinsamen Offenbarung fanden. — Wenn daher Jesus bei einem Pharisäer speist, dann gehört der zu seinen Anhängern, auch wenn ihm sein unzulänglicher Eifer einen Tadel zuzieht (Lk 7, 40). Der Schriftgelehrte, der sich an Jesus anzuschließen sucht (Mt 8, 19), wird nicht als Ausnahme hingestellt. Selbst Lukas berichtet, daß es Pharisäer waren, die Jesus vor den Nachstellungen des Herodes Antipas warnten und ihm zur Flucht rieten (Lk 13, 31).

Die Nachstellungen des Herodes sind aber nun der Grund, den Jesus hier in seiner Antwort an die Pharisäer selber nennt (Lk 13, 33). Er erklärt, er werde sein Werk zu Ende bringen und werde dann nach Jerusalem gehen, um dort den Tod eines Propheten zu sterben. „Denn es tut's nicht, daß ein Prophet umkomme außer Jerusalem." Man muß zum Verständnis der Stelle ins Auge fassen, daß Lukas eine Begegnung zwischen Herodes und Jesus im Verlauf der Leidensgeschichte mitteilt (Lk 23, 6—12). Mk überliefert 6, 16 eine Äußerung des Herodes; danach habe der König Jesus für den von den Toten auferstandenen Täufer gehalten. Wir können uns Herodes Antipas nicht gut als Vertreter dieser Ansicht vorstellen. Da wir aber wissen, daß sie im Volk vertreten wurde (Mt 16, 14), ist es begreiflich, daß sie auch dem König nachgesagt wurde. Herodes dürfte allerdings der Meinung gewesen sein, der Täufer habe in Jesus einen Nachfolger gefunden. Wenn er glaubte, Grund zur Ermordung des Täufers zu haben, dann war er für Jesus nicht weniger gefährlich.

Sicher stellte Jesus keine objektive Gefahr für die politischen Ziele des Fürsten dar. Feindschaft gegen Antipas und die Hasmonäer ließ sich aus seiner Verkündigung nicht folgern. Natürlich waren die theokratischen Enderwartungen Jesu und seiner Jünger nicht mit den Ambitionen des Königs in Einklang zu bringen, aber in dieser Hinsicht gab es zwischen Jesus und allen andern frommen Juden der Zeit keinen Unterschied; von hier aus ergab sich kein Grund, gerade Jesus zu verfolgen. — Allerdings gelang es Herodes nicht, sich Jesu zu bemächtigen, und daraus konnte er zumindest schließen, daß er dazu Ursache habe. Antipas befand sich im übrigen in der Lage jeder Regierung in Palästina, der römischen Statthalter wie der einheimischen Fürsten: Um sich in Rom zu empfehlen, mußte er fähig sein, die Ruhe im Lande aufrechtzuerhalten. Nur so konnte er hoffen, daß Tiberius seinen Wunsch, das Erbe des großen Herodes anzutreten, mit Wohlwollen betrachtete. Daher dürfte er in der Naherwartung, die Jesu Predigt erregte, und im raschen Anwachsen seiner Anhängerschaft eine Gefahr für seine politischen Ziele gesehen haben. Wenn er also auch keine objektive Ursache hatte, Jesus zu verfolgen, so ist doch wahrscheinlich, daß er solche Ursache zu haben glaubte.

Das bedeutete aber, daß Jesus von dem Augenblick an, in dem seine Arbeit ihre ersten Erfolge zeigte, seine Verkündigung nur auf fortgesetzter ruheloser Wanderschaft ausüben konnte. Aus keinem seiner Schritte durfte man schließen, wohin der nächste gerichtet sein werde. Wir dürfen uns die Wege Jesu mit seinen Jüngern nicht in der Art eines Sonntagsspaziergangs vorstellen, auch wenn die Legende uns dieses Bild lieb gemacht hat. Trotz ihrer friedlichen Gesinnung und trotz ihren friedlichen Zielen führten die Jünger das Leben von Partisanen. Zu dieser Lebensführung gehören tagaus, tagein lange und anstrengende Märsche, gehören blutende Füße und gehört das Erklimmen von Gebirgspfaden mit dem letzten Rest an Kraft. Wie oft werden Jesus und seine Jünger bei Einbruch der Dunkelheit noch einmal das bereits bezogene Quartier gewechselt haben, wie oft werden sie in Höhlen oder ohne Dach über dem Kopf geschlafen haben, wie oft werden sie ihr Nachtquartier im ersten Morgengrauen verlassen haben, werden in rascher Flucht einen Ort an der einen Seite verlassen haben, den die Leute des Antipas auf der andern Seite schon betraten. Der Schriftgelehrte, der sich Jesus anschließen und in seine Nachfolge eintreten will, empfängt zuvor eine eindringliche Warnung vor den Strapazen und vor der Heimatlosigkeit, die dann sein Los sein wird: „Die Füchse haben Gruben und die Vögel haben Nester, aber der Menschensohn hat keinen Platz, sein Haupt zu betten" (Mt 8, 18—20; Lk 9, 57f.).

Die Worte über die Nachfolge Jesu, die die Logienquelle erhalten hat (Mt 8, 18—22; Lk 9, 57—62), lassen erkennen, daß sich bei dieser Lebensweise das Bewußtsein ausbildete, in der Existenz von andern Menschen grundsätzlich geschieden zu sein, und damit zugleich ein besonders enges Gemeinschaftsgefühl. Das Leben der Jünger in der Nachfolge Jesu ist geprägt vom Verzicht auf alles, was der Mensch besitzt, Hab und Gut, Freunde und Verwandte, Ruhe und Heimat. Dafür empfängt der Jünger, was sein Opfer aufwiegt: Freunde und Verwandte für die, die er verloren hat, und Heimat und Ruhe in dem Bewußtsein, von Gott in sein Reich erwählt und berufen zu sein. Die Gewißheit ihrer Erwählung empfangen die Jünger durch die Leiden, die sie erdulden.

Die Übertretungen, die die Pharisäer an den Jüngern tadeln, werden von der Not erzwungen gewesen sein. Dabei mag es offenbleiben, ob die literarische Gestalt nicht auf kasuistische Erörterung des übergesetzlichen Notstandes zurückgeht, denn die Technik der rabbinischen Schriftauslegung war den Jüngern Jesu nicht unbekannt; sie mußten sich ja ohnehin dauernd damit auseinandersetzen.

Zu den Reisen am Sabbat, die dem Juden verboten sind, werden die Jünger durch konkrete Gefahren genötigt gewesen sein. Bei den Sabbatheilungen läßt sich vermuten, daß Jesu Lage ihm oft genug nicht erlaubte zu warten, bis die Sonne untergegangen war. Wenn die Jünger ihren Hunger dadurch stillen mußten, daß sie Ähren ausrauften, so entwirft die Frugalität und die Unruhe dieser Art Mahlzeit ein bezeichnendes Bild von den Umständen, unter denen sie eingenommen werden mußte. Die Rechtfertigung des Ährenraufens mit dem Beispiel des David, der auf ähnlicher Flucht mit seinen Leuten das den Priestern vorbehaltene Brot aß, weist uns auf die Grundsätze hin, nach denen Jesus und seine Jünger die Bibel lasen: als Weissagung auf die eigene Zeit und die eigene Gemeinschaft.

Manche Worte über die Nachfolge Jesu sind in die Aussendungsreden an Jesu Boten aufgenommen worden, weil sie in der apostolischen Zeit mit den Wanderungen der Apostel eine Aktualisierung erfahren hatten. Die von Jesus in der vorösterlichen Zeit ausgesandten Boten dienten den Aposteln der nachösterlichen Zeit als Vorbild. Ein Beispiel dafür bietet Mt 10, 34—39. Das Wort „Wer nicht sein Kreuz nimmt und mir nachfolgt..." ist keine nachösterliche Gemeindebildung, wie man zunächst denken wird, weil man voraussetzt, hier sei von dem Kreuz die Rede, das der Herr getragen hat und an das er geschlagen wurde, und die Kirche konnte das Wort auch gar nicht anders auffassen. Ursprünglich ist hier aber von einem anderen Kreuz die Rede (s. E. Dinkler, Jesu Wort vom Kreuztragen, in: Signum Crucis 77—98). Das Wort verweist auf verschiedene Prophetenstellen, die von der Kennzeichnung des Menschen als göttliches Eigentum sprechen. Als Kennzeichen dient aber der althebräisch als Kreuz geschriebene Buchstabe Taw. So sagt das Wort vom Kreuztragen, daß das Gottesreich, die Herrschaft Gottes, zuerst darin besteht, daß der Mensch Gott zu eigen wird, daß Gott sein Herr und der Mensch Gottes Knecht wird.

Im übrigen dürfen wir uns die Eingriffe der Evangelisten in die Überlieferung der Herrenworte nicht allzu gewaltsam vorstellen. Sie haben vielmehr die Worte nach Möglichkeit unverändert gelassen; aber sie haben, gestützt auf die Markusquelle, Szenen zusammengestellt, in denen das betreffende Wort gesprochen sein konnte. Ein Beispiel für diesen Vorgang bietet das Wort von Jesu wahren Verwandten (Mk 3, 31—35; Mt 12, 46—50). In der Überlieferung des Markus fand sich die Nachricht, daß Jesu Verwandte versucht hatten, ihn mit Gewalt nach Hause zu holen (Mk 3, 20f.). Es gab ferner ein Herrenwort, das den Nachfolgern Jesu neue Verwandte in der Gemeinde verhieß. Schließlich gab es ein in verschiedener Form überliefertes Wort, in dem als wahre Verwandte Jesu diejenigen bezeichnet werden, die Gottes Wort hören und bewahren. Aus diesen drei Stellen ist dann die oben bezeichnete Szene geworden, in der Jesus angesichts seiner Blutsverwandten seine gläubigen Hörer als seine wahren Verwandten bezeichnet. (Man könnte vermuten, daß das Wort, das ja in der hellenistischen Gemeinde zusammengestellt sein muß, ursprünglich eine Spitze gegen den Vorrang der Herrenverwandten in der Urgemeinde enthielt. Doch das kann nur Vermutung sein.)

Mindestens zweimal konnte Jesus sich den Nachstellungen nur dadurch entziehen, daß er weit über die Grenze ging. Die Züge nach Norden ebenso wie in die Dekapolis werden durch die Gefahr erzwungen worden sein, die ihm in Galiläa drohte. — Man kann sich vorstellen, daß ihn und seine Jünger der Sturm beim Überqueren des Sees überraschen konnte. Wenn er sich aber bei Sturmgefahr dazu entschloß, den See zu überqueren, so dürfte ihn eine größere Gefahr am Ufer zu seinem Entschluß veranlaßt haben.

Die Wanderungen in rein heidnische Gebiete können schon darum nicht freiwillig gewesen sein, weil Jesus unter den Heiden nicht wirken konnte noch wollte. Darum lehnt er in der Gegend von Sidon und Tyrus zunächst die Bitte der Griechin (der „Syrophönizierin") ab, er möge doch ihrer kranken Tochter helfen: „Ich bin nur zu den verlorenen Schafen vom Hause Israel gesandt" (Mt 15, 24; Mk 7, 27). — Ein andermal hatten ihn die Gefahren genötigt, bis Cäsarea Philippi zu fliehen. Man versteht, daß viele Jünger sich den Strapazen nicht mehr gewachsen glaubten und aufgaben, wie Joh 6, 66 berichtet wird. Auch das Petrusbekenntnis Mt 16, 16 deutet dies an, da es ebenfalls hierherverlegt wird. Aber unter diesen Strapazen behielt die Jüngerschaft ihren Bestand und festigte sich. Darum legt sich die Frage nah, wie die Organisation beschaffen war, die sich unter diesen Bedingungen nicht nur erhalten, sondern sogar ausbreiten konnte.

6. *Organisationsprobleme*

Als die Evangelisten die Lebensweise Jesu und seiner Jünger beschrieben, da standen ihnen die Gemeinden ihrer eigenen Zeit vor Augen. Darum haben sie wie selbstverständlich die Verhältnisse ihrer Gemeinden auf die

Jüngergergemeinde Jesu übertragen. Hinsichtlich der Zeit machte das auch keinen allzugroßen Unterschied aus. Wurde das Markusevangelium, wie allgemein angenommen wird, noch in den sechziger Jahren des ersten Jahrhunderts geschrieben, dann ist der Zeitabstand nicht mehr als ein Menschenalter, eine Generationsfolge. Aber in anderer Hinsicht ist der Unterschied erheblich. Die Evangelisten kommen aus hellenistischen Gemeinden, und die haben — wie wir im dritten Kapitel genauer sehen werden — eine grundsätzlich andere Struktur als die Urgemeinde und als Jesu Jüngerschaft. Doch unterscheidet sich die Jüngergemeinde auch von der Urgemeinde, denn die hatte in Jerusalem einen festen Sitz; Jesus und seine Jünger waren aber auf beständiger Wanderschaft. — Zu diesen Unterschieden kommt noch der Umstand, daß die Evangelisten den Organisationsproblemen fast keine Aufmerksamkeit geschenkt haben. Daher hätten wir von der Lebensweise der Jünger Jesu überhaupt keine Vorstellungen, wenn die besagten Unterschiede zwischen der Jüngergemeinde und der Urgemeinde, und die zwischen der Urgemeinde und der hellenistischen Gemeinde, nicht doch gelegentlich Anlaß zur Erörterung von Organisationsfragen gegeben hätten.

Die Damaskusschrift und die Sektenregel schaffen die Möglichkeit, uns ein Bild von Gemeinden zu machen, die sich nach Organisation und Struktur als Vorwegnahme des Gottesreiches verstanden haben. Die Beschreibungen der Essener bei Josephus und die Reste des Koinobiums in Qumran tun ein übriges, daß dieses Bild farbig und lebensnah ausfällt. Aber die Jüngerschaft Jesu ist Essenergemeinden nicht ähnlich. Die einzige Einrichtung unter den Jüngern Jesu, die sich mit der essenischen Organisation überhaupt vergleichen läßt, ist das Zwölfjüngeramt. Als der Herr sich entschloß, den Weg nach Jerusalem anzutreten, hatte er es gestiftet und hatte auch dadurch den Anbruch des Gottesreiches angekündigt. Abgesehen davon kennen wir aber keine Einrichtung, die zum Ausdruck bringt, daß unter Jesu Jüngern das Gottesreich sich verwirklicht. Selbst das Abendmahl, das gleich nach Jesu Tod als von ihm eingesetzt begangen wurde, blickt ursprünglich auf die kommende, noch nicht offenbarte Gottesherrschaft und wendet sich erst später ihrer Verwirklichung in der Gemeinde zu.

Nun haben nicht erst die Evangelisten die Organisationsfragen hintangestellt; auch Jesus und seine Jünger haben ihnen wenig Bedeutung beigemessen. Das hat seinen Hauptgrund darin, daß der Reichgottes-Begriff Jesu im Wesentlichen sittlich ist. Die Gottesherrschaft kommt nicht in Verfassungen und Geschäftsordnung zum Ausdruck, sondern in der Gesinnung und in dem Verhalten der Knechte Gottes. Der Gottesknecht, den Jesaja geweissagt hat und den der Herr verkörpert, ist ihr Vorbild. Daher können Ämter in der Gemeinde nichts anderes sein als gern geübte Knechtschaft und Dienstbarkeit. Kein Jünger kann mehr sein als der Meister, und der ist der Knecht aller (Mk 10, 35—45; Mt 20, 20—28; Lk 22, 24—27).

In den Gemeinden der Evangelisten hatte die Taufe eine scharfe Grenze gezogen zwischen den Getauften und allen anderen, die sich zur Gemeinde hielten, Taufbewerbern, Katechumenen, Gottesfürchtigen und interessierten Heiden. Darum finden wir auch in den Evangelien die Grenze zwischen den Jüngern und dem Volk schärfer gezogen, als sie in Wirklichkeit gewesen sein kann. Diese Grenze zwischen Jüngern und Volk wurde fortgesetzt durch Jesus durchbrochen, der sich an das Volk wandte, und durch das Volk, das zu ihm kam. Die Menschen kommen zu ihm, um seine Predigt zu hören, und um ihn zu hören, laufen sie ihm tagelang in die Einöde nach. Sie leiden Not und hoffen, daß er diese Not wenden kann. Die Not nimmt Gestalt in den vielfachen Gebresten an, mit denen sie zu ihm kommen. Man bringt Kranke und Besessene, daß er sie heile und von den bösen Geistern befreie. Taube, Blinde und Lahme hoffen, daß er ihre Sinne und den Gebrauch ihrer Gliedmaßen wiederherstellen kann. Das Volk hält Jesus — so berichten die Jünger (Mt 16, 13—20; Mk 8, 27—30; Lk 9, 18—21) — für einen von den Toten auferweckten Propheten; es meint darum, daß mit Jesu Auftreten die Heilszeit beginnt, und daß er die Macht hat, das alles zu tun, was die Propheten geweissagt haben. Die Evangelisten freilich sagen, die Meinung des Volkes sei unzulänglich. Die Jünger hätten ihre besser zutreffende Erkenntnis Jesu dadurch zum Ausdruck gebracht, daß sie ihn den „Messias, den Sohn des lebendigen Gottes“ nannten.

Insgesamt haben wir nicht viele Zeugnisse dafür, daß das Volk Jesus für den Messias gehalten habe. Die Einzugsgeschichte deutet etwas Derartiges an, läßt aber die Frage in der Schwebe, ob das Volk Jesus als dem König oder als dem Propheten zugejubelt habe. Der Geschichte von den beiden Blinden, die bei Jericho nach Heilung verlangten (Mk 10, 46—52; Mt 9, 27—31; 20, 29—34; Lk 18, 35—43), läßt sich entnehmen, daß Jesus bei seinem Anmarsch auf Jerusalem als Messias aufgefaßt werden konnte. Ruft die Syrophönizierin Jesus als „Sohn Davids“ an (Mt 15, 22), so bezeichnet sie ihn damit als Messias und sagt zugleich, daß sie dem Messias Israels die Kraft zutraut, ihre kranke Tochter zu heilen. Aber vielleicht wollte hier nur der Evangelist auf die Parallele zwischen dem verfolgten David und dem verfolgten Jesus hinweisen.

So erwecken die Evangelisten, obwohl sie selber Jesus als Messias bezeichnen, in ihren Schilderungen den Eindruck, Jesus sei durch sein Auftreten der Volksdeutung als endzeitlicher Prophet entgegengekommen. Von dieser Heilsgestalt hatte das Volk eine Vorstellung, die die Identifikation mit Jesus ermöglichte. Für den täglichen Umgang mit Jesus war aber eine gewöhnlichere Gestalt als Vorbild zur Deutung brauchbarer. Die fand das Volk in dem schriftgelehrten Rabbi; so wird es ihm auch öfter als das eine überlieferte Mal Rechtsfragen zur Entscheidung vorgelegt haben. Nach Lk 12, 14 hat Jesus es abgelehnt, die Erbauseinandersetzung zweier Brüder zu schlichten. Die Geschichte paßt nicht gut zu der Moral, die der Evangelist angehängt hat; abgesehen davon könnte sie aber vorösterlichen Ursprungs sein, da Jesu Antwort so brüsk gehalten ist. Sie illustriert jedenfalls diese Art von Wünschen, mit denen das Volk sich ebenfalls an Jesus wenden konnte. — In diesen Zusammenhang gehören auch die theoretischen Probleme, die ihm Pharisäer, Sadduzäer und Schriftgelehrte vorlegen, um mit ihm zu disputieren. Man muß sich bei solchen Fragen das Volk als Zuhörer vorstellen, das nach der Beantwortung den Mut gefunden haben mag, ihn um einen Schiedsspruch zu bitten.

Die Nachrichten über Jesu Umgang mit den Kindern leiden daran, daß die Überlieferung, wenn von „Kleinen" die Rede war, zwischen kleinen Menschen und kleinen Leuten nicht zu unterscheiden verstanden hat. Die Evangelisten haben die Kindersegnungsgeschichte in eine Form gebracht, in der sie sich dazu eignete, die Sitte der Kindertaufe zu begründen. Ob das Bild des Menschen vor Gott, der sich wie ein Kind beschenken läßt, auf Jesus zurückgeht, ist schwer zu entscheiden. Insgesamt bleibt von den Nachrichten aber doch so viel übrig, daß das Volk seine Kinder zu Jesus gebracht hat, damit er sie segne, und Jesus dieses Verlangen erfüllt hat.

So steht Jesus in ständiger und vielfältiger Beziehung zum Volk. Seine Ankunft erregte Aufsehen; vielleicht wurde sie auch angekündigt, daß seine Hörer sich versammeln konnten; wenigstens hat Lukas (9, 52; 10, 1) sich das so vorgestellt. Wer einen Wunsch an ihn hatte, wie eine Bitte um Heilung, der wartete auf ihn am Rande des Weges. Die ständige Berührung mit einer unübersehbaren Anzahl von Menschen vergrößerte die Gefahr, in der er stand. Aber andererseits wird auch manch überraschender Wechsel in seinen Marschzielen, auf die andere Seite des Sees, in die Berge oder sonstwo über die Grenze, durch eine Warnung veranlaßt gewesen sein, die aus dem Volk zu ihm gelangte.

Jesus war bei seinen Wanderungen von einer Jüngerschar begleitet. Deren Zahl kennen wir nicht genau. Es waren mehr als zwölf, denn die Zwölf sind aus dem Kreis der ständigen Nachfolger Jesu berufen. Lukas setzt (10, 1) voraus, daß Jesus siebzig Jünger als Boten aussenden konnte; das geschah in einem Augenblick, in dem er bestrebt sein mußte, jeden verfügbaren Mann für diese Aufgabe einzusetzen. Daraus läßt sich schließen, daß Jesus, nach der Meinung des Lukas, von einer zwischen siebzig und hundert zählenden Jüngerschar begleitet war. In derselben Größenordnung liegt die Zahl, die sich aus Joh 6, 66 ergibt: Die Mehrzahl der Jünger hat Jesus verlassen, aber die Zwölf sind bei ihm geblieben. Auf diese Größenordnung kommen wir auch, wenn wir uns fragen, wie groß die Jüngerschar im Hinblick auf ihre Lebensweise äußerstenfalls gewesen sein kann. Wären es mehr gewesen, so hätten die Märsche so viel organisatorischen Aufwand erfordert, daß die Aufgaben nicht mehr durch fortgesetzte Improvisation hätten gelöst werden können; das zeigt besonders der Vergleich mit dem Marsch nach Jerusalem. Ohnehin war Jesus immer wieder gezwungen, sich mit wenigen Begleitern vom Gros der Jünger zu trennen; die Sturmstillungsperikope geht beispielsweise von dieser Voraussetzung aus.

Aber selbst wenn die Zahl der Jünger erheblich größer oder kleiner war, als sich aus unsern Vermutungen ergab — in jedem Fall konnte Jesus sich nicht mit seinen Jüngern im Lande bewegen, ohne feste Stützpunkte zu unterhalten. Solche waren auch bei äußerster Bedürfnislosigkeit der Jünger erforderlich. Wasser und Nahrungsmittel mußten bereitgestellt werden. Es ist anzunehmen, daß das Ährenraufen am Sabbat nicht die Regel, sondern die Ausnahme war, auch wenn diese Ausnahme an jedem Tag und an jedem Sabbat nötig werden konnte. Bei aller Bereitschaft zur Improvisation war das Unternehmen auf die Dauer nicht ohne logistische Maßnahmen durchzuführen. Wenn die Evangelisten an einer Schreibung der Geschichte Jesu auch nur das leiseste Interesse gehabt hätten, so hätten sich ihnen die Fragen nach diesen Voraussetzungen der Wege Jesu stellen müssen. Die Wanderungen Jesu durch Galiläa haben in Abenteuern von der Art der Anabasis ihre nächste Verwandtschaft. Aber unsere Interessen waren den Evangelisten nicht nur gleichgültig, sondern ihre Gleichgültigkeit war sogar theologisch begründet.

Die Jünger konnten ihren Unterhalt nicht selber aufbringen; darum muß es Menschen gegeben haben, die für sie sorgten. Eine der Geschichten, die das Thema der Versorgung streift, handelt von Jesu Salbung durch die Sünderin (Lk 7, 36—50). Jesus befindet sich im Hause eines Mannes namens Simon. Daß Simon Pharisäer war, steht nur bei Lukas; es ist mitgeteilt, um Simons Hochmut zu charakterisieren. Ob Simon Jesus eingeladen hatte, um ihn zu verköstigen und zu beherbergen, oder ob Jesus ihn dazu aufgefordert hatte, wissen wir nicht; der Vergleich mit Zakchäus (Lk 19, 5) legt sich nah.

Markus und Matthäus (Mk 14, 3—9; Mt 26, 6—13) verlegen die Geschichte in das Haus Simons des Aussätzigen nach Bethanien. Der Name des Hausherrn wird von allen Synoptikern also gleichmäßig angegeben. Wenn bei Markus — der Schluß ist nur für diesen Evangelisten zulässig — Namens- und Ortsangaben erscheinen, läßt sich folgern, daß diese Kenntnisse aus der Urgemeinde zum Evangelisten gelangt sind und in der Urgemeinde noch lebendig waren. Die Urgemeinde dürfte darum das Haus und seinen Hausherrn gekannt haben. Vielleicht befand es sich sogar in ihrem Besitz. Denn die Beherbergung erweist den Hausherrn als Anhänger Jesu, und so läßt sich vermuten, daß Simon auch nach Jesu Tod zu den Anhängern und vielleicht sogar Gliedern der Gemeinde gehörte, und dann wird wahrscheinlich, daß sein Besitz in den der Gemeinde übergegangen sein kann. — Der Beiname „der Aussätzige“ kann von seinem Aussehen abgeleitet worden sein. Mehr für sich hat aber die Annahme, Simon sei durch Jesus von seinem Aussatz geheilt worden und habe sich Jesu Anhängern angeschlossen, und die Urgemeinde sei gewohnt gewesen, auf Simon als auf einen Beweis für Jesu Heilkräfte hinzuzeigen.

Bei Johannes (12, 1—8) spielt sich die Geschichte wie bei Markus und Matthäus ebenfalls in Bethanien ab, aber in einem andern Haus, nämlich dem, das die Geschwister Lazarus, Maria und Martha bewohnen. Dieses Haus ist der Ort für die klassische Versorgungsgeschichte von Maria und Martha Lk 10, 38—42. Lukas sagt, Martha habe Jesus in das Haus aufgenommen, und ein Teil der Überlieferung sagt dazu ausdrücklich, es sei ihr Haus gewesen. Das mag zwar aus dieser Angabe erschlossen sein, oder aus dem Namen der Martha, denn Martha heißt „Herrin“, aber es ist vor allem für den Inhalt der Geschichte wesentlich, die an Sinn einbüßt, wenn es nicht das Haus der Martha ist. Diese Geschichte kann, wenigstens in der heutigen Form, nicht in der vorösterlichen Zeit entstanden sein. Denn ihr Skopus verlangt, daß Maria und Martha nicht als historische, sondern als typische Gestalten verstanden werden. Sie vertreten zwei Jüngerkreise, von denen der eine, der Marthakreis, eifersüchtig auf den andern ist, den Maria repräsentiert. Dies sind aber in der vorösterlichen Zeit gerade die Jünger, die Jesu heimatloses, an Entbehrungen und Strapazen reiches Leben teilen. Darum war es in der vorösterlichen Zeit nicht verlockend, die Rolle der Maria zu spielen; das konnte sich erst in der Urgemeinde ändern. Dazu kommt, daß in der Zeit vor Ostern und selbst in den ersten Zeiten der Urgemeinde es jedem Marthajünger freistand, seinen Besitz aufzugeben, sich dem Herrn anzuschließen und so zum Mariajünger zu werden.

Wenn unsere Geschichte also zu einem Problem Stellung nimmt, das sich erst in der nachösterlichen Zeit stellen konnte, so werden darin doch die vorösterlichen Verhältnisse zutreffend beschrieben sein. Sie illustriert, wie Jesus auf der Wanderschaft bei seinen Anhängern einkehrt, und wie diese ihn unterstützen, indem sie ihn verköstigen und beherbergen und bedienen. In ähnlicher Absicht ist die Schwiegermutter des Petrus genannt (Mk 1, 29—31) als ein Beispiel für die Menschen, die Jesus und seine Jünger zu versorgen hatten. — Wir kommen so zu der Feststellung, daß es in ganz Galiläa Anhänger gab, bei denen die wandernden Jünger Nahrung und Wohnung finden konnten, wenn sie es forderten.

Daran schließt sich zwangsläufig die Frage, ob es darüber hinaus auch Anhänger Jesu gegeben habe, die das Unternehmen durch regelmäßige Geld- und Naturalspenden förderten. Die Beantwortung ist dadurch behindert, daß Jesus und seine Jünger nicht unmittelbar Geld bei sich trugen. Die Aufforderung an Jesu Gefolgsleute, den Besitz aufzugeben und dem Herrn nachzufolgen, war in beiden Teilen ganz wörtlich gemeint. Die Tempelsteuerperikope (Mt 17, 24—27) — sie spielt in Kapernaum und gehört zum Sondergut des Matthäus — setzt voraus, daß weder Jesus noch der die Jüngerschaft repräsentierende Petrus Geld bei sich haben. Desgleichen würde die aus Markus stammende Zinsgroschenperikope, die ihren Platz in der letzten Zeit Jesu in Jerusalem hat, ihre Schärfe verlieren, wenn auch Jesus und nicht allein seine Gegner Geld mit dem Götzenbild des Kaisers bei sich trügen (Mk 12, 13—17; Mt 22, 15—22; Lk 20, 20—26). Die Überlieferung war sich ganz einig darüber: Jesus und seine Jünger haben kein Geld bei sich.

Dennoch müssen Jesus und die Jünger, auch wenn sie das Geld nicht bei sich trugen, doch über Geld verfügt haben. Die Geschichte von der Tempelsteuer hatte allerdings die Frage, wie Jesus über Geld verfügen konnte, ohne es zu besitzen, mit dem Hinweis auf Jesu Wundermacht beantwortet. Aber die Gemeinschaft gab offensichtlich auch Almosen. Wenn Jesus und die Jünger selber kein Geld besaßen, kann es nur die gemeinsame Kasse gewesen sein, aus der diese Aufwendungen bestritten wurden. In der Geschichte von Jesu Salbung, wie sie Matthäus, Markus und Johannes berichten, erregt die Verschwendung des teuren Salböls bei den Jüngern Anstoß: „Wozu dienet dieser Unrat?“ Die Jünger — bei Johannes ist es Judas Ischarioth — meinen, man hätte das kostbare Duftöl verkaufen und den Erlös den Armen geben müssen. — Das Almosengeben ist ein Werk, das dem Juden vorgeschrieben ist. War die Kasse etwa ausschließlich dazu bestimmt? Es gibt zwei Stellen, aus denen zu ersehen ist, daß der Zweck der Kasse nicht in dieser Weise beschränkt war. In der Geschichte von der Speisung der 5000 ist bei Markus, Lukas und Johannes vorausgesetzt, daß die Jünger mit zur Verköstigung der Menge ausreichendem Geld versehen sind (Mk 6, 37; Lk 9, 13; Joh 6, 5). Desgleichen ist in der Geschichte von Jesu letztem Mahl die Meinung der Evangelisten, daß die Jünger kaufen können, was sie zur Herrichtung des Passas brauchen (Mt 26, 17—20; Mk 14, 12—17; Lk 22, 7—14).

Es gab also eine gemeinsame Kasse. Dann muß es auch einen Kassenführer gegeben haben. Nach dem Johannesevangelium war das Judas Ischarioth: „...sondern weil er ein Dieb war und die Kasse trug und die Spenden verwaltete“ (Joh 12, 15). — Man hat Bedenken, das ganz wörtlich zu nehmen. Judas war immerhin ein Mitglied des Zwölferkreises. Bis zu seinem Verrat können wir ihn nicht mit den Augen Gottes ansehen, der allein weiß, was geschehen wird, sondern müssen ihn eben als einen von den Zwölfen betrachten. Sonst versperren wir uns der Einsicht, wie schrecklich dieser Verrat war und wie sehr er jede menschliche Treue in Frage stellt. Aber die Stelle ist auch so schwer zu verstehen. War Judas schon dadurch ein „Dieb“, daß er der Kassenwart der Jünger war und das Geld seine Aufmerksamkeit in Anspruch nahm? Oder wollte der Evangelist hier sagen, er habe sich an den Spenden persönlich bereichert? In Kreisen, in denen Besitz und Besitzstreben mit Verachtung angesehen wird, ist der Gedanke nicht selten, daß die Inhaber der Verwaltungsämter eo ipso unehrlich seien; dafür hat die Geschichte reichlich Beispiele. Die Evangelien erzählen den Verrat des Judas so, als habe dieser aus Geiz, um des Judaslohnes willen, den Herrn verraten. Aber das ist schwer vorzustellen. Wie hätte Judas sich unter solchen Männern auch nur kurze Zeit halten können, wenn die Geldgier wirklich sein Wesen bestimmt hätte! Ein enttäuschter Zelot, vielleicht sogar nur ein Jünger, der die Entscheidung um jeden Preis suchte, ist als Verräter denkbarer. Judas muß wirklich „der Zwölfe einer" gewesen sein.

Dem sei wie ihm will; es gab jedenfalls auch bereits in der vorösterlichen Zeit einen Kassenwart. Sein Amt war ohne Ansehn. Das Geld gehörte zu den vergänglichen Dingen, und wenn es heidnisches Geld war, so war es darüber hinaus unrein und abgöttisch. Die Beschäftigung mit dem Geld war unvermeidlich, machte aber keine Ehre. Bei dieser Einstellung ist auch die Urgemeinde geblieben; darum können wir über das Rechnungswesen in Jesu Jüngerschaft nicht viel erfahren.

Dabei war die Aufgabe, um die es hier geht, recht umfangreich. Denn wir sehen, daß die Anhänger die Jünger nicht allein durch gelegentliche Spenden, sondern auch durch regelmäßige Geld- und Sachleistungen unterstützt haben. In der Aussendung der Siebzig (Lk 10, 4; entspr. Mt 10, 10) fordert Jesus die Boten auf, weder Ranzen noch Beutel mitzunehmen. Man schließt, daß die Jünger der Eile wegen, die diesmal geboten ist, ohne Gepäck reisen sollen. Aber die Situation erfordert darüber hinaus den Schluß, daß Jesus hier eine außergewöhnliche Anordnung trifft, und daß die Jünger sonst gewohnt waren, *mit* Ranzen und Beutel entsandt zu werden, nämlich um Sachspenden und Geldbeiträge einzuziehen. Dasselbe ergibt sich in der parallelen Anweisung, nicht Gold-, noch Silber-, noch Messinggeld im Gürtel zu tragen. An sich haben die Jünger, wie wir feststellten, ohnehin kein Geld bei sich. Werden sie aber diesmal besonders dazu aufgefordert, so heißt das, daß sie sonst gewohnt sind, Geldspenden für die gemeinsame Kasse einzuziehen, Geld also, das sie trugen, ohne darüber verfügen zu können.

Dies hätten wir auch ohne ausdrückliche Zeugnisse vermuten müssen. Denn die Beträge, die zum Unterhalt der Jünger nötig waren, können bei aller Anspruchs- und Bedürfnislosigkeit doch nicht vernachlässigbar gering gewesen sein. Man muß da mit dem Maßstab der armen Leute messen, die diese Beträge aufbrachten und die sie empfingen. Es ist leicht, sich klarzumachen, daß der Verbrauch der Jünger größer war, als daß ihn die Spenden deckten, die die Jünger an dem jeweils besuchten Ort einsammeln konnten.

Nennenswerte Summen waren, wenn man sich nicht auf reiche Leute stützen konnte, wie einst David (1Sam 25, 4—8), nur durch regelmäßige Beiträge zu sammeln, und dazu bedurfte es der entsprechenden Organisation.

Als Jesus nach Jerusalem aufbrach, da schlossen sich dem Zug einige wohlhabende Frauen an, von denen drei mit Namen genannt werden (Lk 8, 31). Lukas war der Meinung, diese Frauen hätten ihn schon auf den Wanderungen durch Galiläa begleitet; dies kann aber nicht so gewesen sein. Denn Jesu Märsche durch Galiäa und über dessen Grenzen hinaus verliefen nicht so gemächlich, daß reiche — und dementsprechend vermutlich auch nicht mehr ganz junge — Frauen daran hätten teilnehmen können. Der Irrtum des Lukas hat seinen Grund in der Mehrdeutigkeit des Wortes διακονεῖν = „dienen". Es umfaßt jede Form der Unterstützung vom persönlichen und körperlichen Dienst bis hin zur Geldspende. Der Irrtum des Lukas läßt sich zurechtrücken, wenn man Mt 27, 55 mit heranzieht. Dort ist die Rede von den Frauen, „die Jesus aus Galiläa gefolgt waren, um ihm zu dienen". Das ist in Beziehung zu setzen mit Lk 8, 3 „welche ihm dienten aus ihrem Vermögen". So erfahren wir, daß dem Marsch der Jünger nach Judäa sich die besondere Schwierigkeit entgegenstellte, daß es auf den möglichen Wegen keine Stützpunkte gab; man brauchte darum mehr Geld als sonst, und das gaben die genannten Frauen. Daraus läßt sich aber dann weiter schließen, daß die Unterstützung durch diese Frauen auch vorher schon der Jüngerschaft zugute gekommen sein wird.

Neben den Verheißungsworten, die sich an die Jünger in der Nachfolge Jesu richten, wird auch denen Lohn versprochen, die Jünger und Boten Jesu bei sich aufnehmen (Mt 10, 40—42; Mk 9, 41; Lk 10, 16; Joh 13, 20). Diese Worte werden ihre Hauptbedeutung vielleicht erst in der nachösterlichen Zeit erlangt haben. In den Gemeinden, in denen das Matthäusevangelium entstanden ist, waren am ehesten die Voraussetzungen gegeben, daß man von den Sendboten als von „Propheten" und „Gerechten" sprechen konnte. Aber die Worte stehen nicht allein bei Matthäus, sondern bei allen vier Evangelisten, und das ist Grund genug, den Ursprung der Verheißungen in der vorösterlichen Zeit zu suchen. Sie werden also zuerst denen gegolten haben, die Jesus und seine Jünger unterstützten.

Die Zahl dieser Anhänger Jesu kann nicht gering gewesen sein. Auf jeden besitzlosen Jünger, der Jesus begleitete, müssen mehrere besitzende Jünger und Anhänger gekommen sein. Auch diese Gruppe befand sich, wie die besitzlosen Jünger, in der Erwartung der Gottesherrschaft und rechnete sich zu den Gliedern des neuen Gottesvolkes und heiligen Restes. Grundsätzlich dürften auch sie bereit gewesen sein, sich den besitzlosen Jüngern anzuschließen und ihren Besitz aufzugeben. Der Konflikt, der sich in der Seele des reichen Jünglings abgespielt hat, wird sich in manchem dieser Anhänger

Jesu wiederholt haben. Die Bereitschaft, Jesus zu folgen, muß sehr viel größer gewesen sein, als sich aus der Zahl der Jünger unmittelbar ergibt.

7. *Die von Jesus eingesetzten Ämter*

Eine Gesellschaft, d.h. der bewußte und willentliche Zusammenschluß von Individuen, gliedert sich beim Überschreiten einer spezifischen Größe in Untergruppen. Diese Gliederungen können sowohl ständischer Art sein und Mitglieder gleicher Eigenschaften umfassen, als sie auch funktional sein können und aus Mitgliedern gleicher Aufgaben bestehen. Die Grenzen zwischen beiden Gliederungsformen sind fließend, weil Stände dazu neigen, sich als Träger gemeinsamer Aufgaben zu verstehen, um ihre Existenz zu rechtfertigen, und weil Funktionärsverbände die häufig grotesk wirkende Neigung haben, zum Stand zu werden. Je klassenloser die Gesellschaft, desto exklusiver das Standesbewußtsein ihrer Funktionäre. — In der Jüngerschaft Jesu lassen sich beide Organisationsmöglichkeiten finden. Die Evangelien setzen grundsätzlich voraus, Jesus sei die Mitte des näher stehenden Jüngerkreises und des sich um ihn sammelnden Volks gewesen. Bei genauerem Zusehn erkennt man aber, daß beide Gruppen in sich selbst deutlich gestuft waren. Eine auch für uns erkennbare funktionale Differenzierung unter Jesu Jüngern ergab sich in dem Augenblick, in dem Jesus Boten zur Verkündigung des Anbruchs der Gottesherrschaft aussandte. Beide Arten von Gruppierungen haben zunächst die Gestalt der Urgemeinde und die Entwicklung ihrer Verfassung bestimmt und haben sich dann bis auf die Kirche unserer Tage ausgewirkt.

a) Der Dreierkreis

Als engster Kreis um Jesus erscheinen in den synoptischen Evangelien Simon Petrus und die Söhne des Zebedäus, Jakobus und Johannes. Diese drei Jünger stellen Jesu Vertraute dar. Der Herr offenbart ihnen in der Verklärungsgeschichte seinen Auferstehungsleib und läßt sich von ihnen zum Gebet im Garten Gethsemane begleiten. Die Sonderstellung erhalten diese drei Jünger dadurch, daß sie — immer noch nach den Synoptikern — als erste berufen waren. Der vierte von den Erstberufenen, der hier fehlt, ist Andreas, der nach dem Johannesevangelium als allererster berufen wurde; die Griechen zeichnen ihn eben darum mit dem Namen Protokletos aus. — Andreas spielt in der synoptischen Überlieferung keine große Rolle. Nur in der Markuseinleitung der synoptischen Apokalypse (Mk 13, 4) wird er zusammen mit den andern drei Jüngern als Empfänger dieser Spezialoffenbarung genannt. Für die synoptische Apokalypse ist vorausgesetzt, daß Gott sein endzeitliches Handeln zuvor seinen Knechten, den Propheten offenbart (vgl. Am 3, 7). Nachdem das geschehen ist, können die beschriebenen Ereignisse ihren Gang nehmen. — Die synoptische Apokalypse ist das Ergebnis redaktioneller Arbeit; daher ist erst recht wahrscheinlich, daß auch ihr Rahmen vom Evangelisten gestaltet wurde. Ob Markus aber den Andreas den Vertrauten Jesu zugefügt hat, weil er historische Kenntnisse von einer ursprünglich größeren Bedeutung des Andreas besaß, die sonst von der synoptischen Überlieferung nicht bewahrt wurden, oder ob er von sich aus auf die Berufungsgeschichte der Jünger zurückgegriffen und den Andreas darum hier eingefügt hat, ist nicht zu sagen. Noch wahrscheinlicher ist, daß er die Stiftung des Dreierkreises durch Jesus als förmliches Amt bestritt, sondern dies allein für das Zwölferamt gelten ließ. Wie dem auch sei, die Synoptiker haben uns jedenfalls keine Nachrichten über eine hervorragende Stellung des Andreas erhalten; er gehört nicht zu Jesu Vertrauten.

Etwas anders stellt sich die Rolle des Andreas im Johannesevangelium dar. Dieses Evangelium bestreitet, daß es überhaupt Vertraute Jesu gegeben habe (2, 24). Die entsprechende Bedeutung haben hier außer Simon Petrus dessen Bruder Andreas und ihr Landsmann Philippus, während die Söhne des Zebedäus im eigentlichen Evangelium überhaupt nicht, nur im Nachtrag Kap. 21 genannt werden. Philippus und Andreas werden zweimal als Gesprächspartner Jesu ausgezeichnet; das eine Mal bei der Speisung der 5000 (6, 1—5), das andere Mal bei der Schilderung des Gethsemanemoments (12, 20—36). Auf diese Weise entsteht zwischen den Synoptikern und Johannes Konkurrenz in der Frage, wer Jesus unter den Jüngern am nächsten gestanden habe, und wenn der Evangelist an der oben genannten Stelle sagt, Jesus habe sich keinem Menschen anvertraut, dann könnte das Wort leicht gegen die Bedeutung gerichtet sein, die dem Dreierkreis in der Urgemeinde und der synoptischen Überlieferung zukam. Es ist jedenfalls nicht möglich, hinter dem anonymen Jünger im Johannesevangelium einen Sohn des Zebedäus zu vermuten.

Nach der apokryphen Überlieferung hat Andreas das Christentum nach Norden verbreitet. Pontus, Achaia und Skythien werden als seine Missionsgebiete genannt. Bisweilen wird er als „Standbild“ bezeichnet, und so ergibt sich eine merkwürdige, aber zufällige Berührung mit dem Titel „Säule“, den die drei andern Erstberufenen erhalten. Die Berührung ist darum zufällig, weil der Ehrentitel „Standbild“ durch das Wortspiel Ἀνδρέας — ἀνδριάς zustande kommt. Soviel über Andreas.

Von den „Säulenaposteln“ erfahren wir durch Paulus. Im Galaterbrief (2, 9) berichtet er, die Urgemeinde sei ihm in Person eines Dreierkollegiums gegenübergetreten, dem es zukam, die Abgrenzung der Missionsgebiete und

-aufgaben mit ihm auszuhandeln. Das war sicher ein Gegenstand von großer und grundsätzlicher Bedeutung. Dieses Kollegium bestand damals aus Petrus, dem Zebedaiden Johannes und dem Herrenbruder Jakobus, der an die Stelle des namensgleichen, bereits als Märtyrer gefallenen Zebedaiden (Apg 12, 1f.) getreten war (vgl. Apg 12, 17). Paulus spricht (Gal 2, 6) nicht ohne Empfindlichkeit von dem Ansehn, das diese Männer in der Urgemeinde genossen. Allem Anschein nach hat man ihn ungeachtet seines Eifers und seiner Missionserfolge fühlen lassen, daß er sich nicht mit den Männern vergleichen könne, die den Herrn noch persönlich gekannt hätten und von ihm an die führende Stelle gesetzt worden seien. (Vgl. 2Kor 5, 16 „...und ob wir auch Christum gekannt haben nach dem Fleisch, so kennen wir ihn doch jetzt nicht mehr" mit Gal 2, 6 „... was sie früher einmal gewesen sind, das ist mir ganz gleich.") Von diesen Männern sagt Paulus, daß sie als „Säulen" galten (2, 9) und daß sie „das Ansehn hatten" (2, 6).

Der Ausdruck „Säule" ist trotz dem polemischen Klang, mit dem Paulus ihn gebraucht, doch nicht von ihm ad hoc erfunden, sondern eine Bezeichnung der Urgemeinde für die Männer, die sie faktisch leiteten, also das Dreieramt. Der Titel geht auf Jer 1, 18 zurück; dort ist er eine metaphorische Bezeichnung für das Amt des Propheten. In Jeremias Berufungsvision heißt es: „...denn ich will dich heute zur festen Stadt, zur eisernen Säule, zur ehernen Mauer machen." Auf Grund von Jer 1, 5 („zum Propheten habe ich dich eingesetzt") erblickte die Urgemeinde in diesen Metaphern Ehrentitel für das prophetische Amt, die nicht an die Person des Jeremia gebunden waren. Man kann das an dem Gebrauch zeigen, den sie von der hier ebenfalls genannten „ehernen Mauer" machte. Hegesipp schreibt über den Herrenbruder Jakobus im 5. Buch seiner Erinnerungen (bei Euseb, h. e. 2, 23, 7): „Wegen seiner hervorragenden Gerechtigkeit wurde er ‚der Gerechte' und ‚Oblias' genannt. Das ist im Griechischen ‚Schutzmauer für das Volk', wie die Propheten über ihn geweissagt haben." Der Gerechte schlechthin, über den die Propheten geweissagt haben, ist der Ebed Jahwe, der Gottesknecht (Jes 53, 11). „Oblias", wie das Wort im Eusebtext lautet, ist ein hebräischer Ausdruck, der auf griechisch „Schutzmauer für das Volk" bedeuten soll. Das Wort Oblias gibt es zwar nicht, aber es ist leicht zu sehen (Baltzer-Köster, ZNW 1955, S. 141), daß es nur geringfügig durch Versehen eines Schreibers entstellt wurde. Hinter dem Oblias verbirgt sich der Abdias, also wieder der Ebed Jahwe (ΑΒΔΙΑΣ — ΩΒΛΙΑΣ). Abdias-Gottesknecht wird von den Propheten als allgemeiner Prophetentitel verstanden. Wo Jeremia erfährt, daß Gott ihn zu seinem Knecht, zum Propheten machen will, erfährt er zugleich, daß Gott ihn zur „ehernen Mauer" machen will. Solche Ehrentitel sind im Alten Testament nicht ungewöhnlich. Wer die Bibel las, der kannte Beispiele.

Der Apostel Paulus nennt den Titel „Säulen“ Gal 2, 9, um zu beweisen, daß er wirklich mit dem leitenden Amt der Urgemeinde verhandelt hat. Doch hat der Gebrauch des Titels als Ehrenname für das prophetische Amt die Urgemeinde überdauert. Ignatius von Antiochien hat diese Verwendung noch verstanden. Als er durch Philadelphia kam, fand er dort eine in den Traditionen der Prophetie stehende und an ihr besonders interessierte Gemeinde. In diesem Zusammenhang schreibt er: Wenn Beschnittene und Unbeschnittene „nicht von Jesus Christus sprechen, dann sind sie für mich Säulen und Gräber von Toten“ (IgnPhld 6, 1). Die „Gräber“ beziehen sich auf die besondere Verehrung, die die Prophetengräber genossen; mit den „Säulen“ spielt der Bischof aber auf den prophetischen Ehrentitel an. Von Ignatius her versteht man wieder, warum der prophetische Ehrentitel „Säule“ auch im apokalyptischen Sendschreiben nach Philadelphia erwähnt wird. Christus verheißt darin dem Sieger, er werde ihn zur „Säule“ machen (Apk 3, 12).

Wie wir aus Paulus ersehen haben, brachte die Urgemeinde mit dem Titel „Säule“ zum Ausdruck, daß Jesus seine ersten Träger zu Propheten berufen und mit der Berufung ein gemeindeleitendes Amt gestiftet habe. Weil sie der Meinung war, Jesus habe ein festes Amt eingerichtet, war es nötig, beim Tode eines Amtsinhabers, des Zebedaiden Jakobus, seine Stelle einem andern bewährten Propheten zu übergeben. Den fand man in dem gleichnamigen Herrenbruder. Denn wenn die Berufung der Säulen nicht in der vorösterlichen Zeit stattgefunden hätte, so wäre auch Paulus nicht veranlaßt gewesen, die Aufträge aus der vorösterlichen Zeit für unwichtig gegenüber den Berufungen durch den Auferstandenen zu erklären. Einer solchen konnten sich alle Apostel rühmen, aber dadurch hatten sie vor Paulus nichts voraus.

Die Berufung des Dreierkreises durch Jesus ist in den Evangelien zwar zugunsten des Zwölferkreises unterdrückt, aber nicht völlig verschüttet. Im Markusbericht von der Einsetzung der Zwölf (3, 13—19) läßt sich erkennen, daß der Evangelist mehrere ursprüngliche Auswahl- und Einsetzungsberichte zusammengearbeitet hat. Es heißt da:

> ...und er setzte zwölf ein, daß sie um ihn seien und daß er sie aussende, zu verkündigen und Vollmacht zur Dämonenaustreibung zu haben, und er setzte die Zwölf ein.

Zunächst fällt auf, daß sich die Mitteilung von der Einsetzung der Zwölf wiederholt. Solche Wiederholungen sind ein sicheres Anzeichen dafür, daß zwei Berichte ineinander gearbeitet sind. — Man sieht ferner, daß die Amtsaufgaben der Zwölf widersprüchlich definiert sind. Natürlich konnte Jesus einen Jünger aus seiner Umgebung als Boten aussenden, und ein solcher Bote kehrt dann auch wieder zu ihm zurück. Aber hier geht es um die Beschreibung von Amtsaufgaben, und dann sind „um Jesus sein“ und „als Bote abwesend sein" einander ausschließende Widersprüche. Man kann den Befund nur so deuten, daß der Evangelist hier die Einsetzung zweier verschiedener Ämter zusammengefaßt hat, von denen das eine in der Umgebung Jesu ausgeübt wurde, während das andere ein Botenamt war. Dieses Botenamt hat sich im Lukasevangelium in der Sendung der Siebzig (10, 1—12) erhalten; die Siebzig hatten ursprünglich den Auftrag, das Reich Gottes zu verkündigen und die Dämonen auszutreiben, wie aus dem Bericht von ihrer Rückkehr (10, 17) noch zu ersehen ist.

Markus hat nur das Zwölferamt als Stiftung Jesu anerkannt. Darum hat er einerseits in den Zwölfen die späteren Apostel gesehen und in den Aposteln Sendboten; andererseits hat er aber diesen Zwölfen auch die Aufgabe zugewiesen, Jesus wie ein Stab oder Hofstaat zu umgeben und derart um ihn zu sein. Es wird sich zeigen, daß er auf beide Weise das Wesen des Zwölferamtes nicht getroffen hat. Sein Bericht von der Einsetzung der Zwölf zeigt aber, daß ihm eine Nachricht über die Berufung des Dreierkreises vorlag und von ihm eingearbeitet wurde. Denn in der Namensliste des Markus unterscheiden sich die ersten Drei erheblich von den übrigen. Bei diesen werden bloß die Namen aufgezählt. Von den ersten Dreien heißt es aber, daß sie bei Gelegenheit ihrer Berufung neue Namen erhielten. Dem Simon gibt Jesus den Namen Petrus, den Zebedaiden den Namen Boanerges.

Namenswechsel kommen im Alten Testament häufig vor. So häufig, daß Philo diesem Gegenstand einen größeren Abschnitt seiner Auslegung widmete. Auch im Bereich der urchristlichen Prophetie finden wir oft, daß bei der Berufung ein neuer Name empfangen wird. Das wird mit der Selbstdeutung des Propheten als Knecht Gottes zusammenhängen. Mit dem neuen Namen kommt das Recht zum Ausdruck, das Gott an seinem Knecht als an seinem Eigentum hat (Jes 43, 1). Viele dieser Namen besagen, daß der Empfänger den Heiligen Geist und eine neue Existenz empfangen hat. Der in der alten Kirche gelegentlich geübte Namenswechsel bei der Taufe kam mit der Verbreitung der Kindertaufe zum Erliegen und erhielt statt dessen in der Mönchskonversion seinen Platz.

Für den mit der Berufung übernommenen neuen Namen einige Beispiele. Bei dem bekanntesten handelt es sich nicht um einen wirklich neuen Namen, sondern um die neue Deutung eines vorhandenen. Das ist der des Apostels Paulus. Da „Paulus" ein bekannter und verbreiteter Römername ist, und da der Apostel in Tarsus, also im Gebiet der jüdischen Diaspora zu Haus ist, muß man annehmen, er habe diesen Namen Paulus von Anfang an neben seinem jüdischen Namen Saul besessen; nach seiner Berufung zum Heidenapostel habe er aber diesem heidnischen Namen einen neuen pneumatischen Sinn gegeben und sei dadurch vom Saulus zum Paulus geworden. Aus Apg 13, 9 läßt sich die Meinung des Lukas erheben, Paulus habe diesen

Namen von der ersten Missionsreise an geführt. Wenn der Apostel 1Kor 15, 9 schreibt, er sei der „allergeringste unter den Aposteln“, so spielt er dabei auf seinen „klein“, „wenig“ „gering“ bedeutenden Namen an. Denn ein Wortspiel nimmt er hier vor; man sieht das daran, daß er vom „letzten“ in zeitlicher Reihe zum „letzten“ in der Rangordnung überwechselt. Auch wenn Paulus das Herrenwort „Wer groß unter euch sein will, der sei euer aller Knecht“ noch nicht im Markusevangelium (10, 43) gelesen haben kann, so konnte er doch mit seinem Demutsnamen Jes 53, 3 anklingen lassen und damit andeuten, daß er in die Nachfolge Christi berufen war.

Ignatius, der sich mehrfach mit geiststolzen Pneumatikern auseinanderzusetzen hat, drückt mit seinem neuen Namen „Theophoros“ aus, daß er den Heiligen Geist trägt und im Geist zu prophezeien vermag. — Die Apostelgeschichte nennt unter den zur Nachwahl für Judas anstehenden Männern (1, 23) einen Joseph, der gleich Paulus dazu einen römischen Namen trägt: Justus. Dieser Joseph-Justus hat außerdem einen Pneumatikernamen, der uns vermutlich erkennen läßt, daß er an Pfingsten berufen wurde: Bar-Sabbas. — Ein anderer Joseph ist der Apg 4, 36 zum ersten Mal genannte Bar-Nabas. Die Apostelgeschichte übersetzt seinen Namen mit „Sohn der Tröstung“ υἱὸς παρακλήσεως, womit die Tröstung durch den Parakleten, den Heiligen Geist gemeint ist. Wörtlich wäre der Name בַּר־נְבוּאָה = Bar Nabas durch „Sohn der Prophetie“ zu übersetzen gewesen.

Auf diese Weise ist auch der neue Name der Zebedaiden gebildet. Bei der Rückübertragung der in griechischer Umschrift überlieferten hebräischen Wörter ist immer zu berücksichtigen, daß das griechische Schluß-S wegfällt und daß das Gamma regelmäßig dem hebräischen Ajin entspricht. So hat der Name auf hebräisch בְּנֵי־רֵעַ gelautet, und das ist mit „Donnersöhne“ einwandfrei übersetzt. Dies ist darum ein Prophetenname, weil der Gewitterdonner dem Propheten seine Inspiration ankündigt und ihn zum Prophezeien erregt. Der Name drückt nicht aus, daß die Brüder jähzornig gewesen seien, wie man aus Lk 9, 52—56 schließen will („Herr, willst du, so wollen wir sagen, daß Feuer vom Himmel falle und verzehre sie, wie Elia tat“). Dennoch beleuchtet das Wort der Brüder Wesen: Sie halten sich für fähig, das prophetische Machtzeichen zu tun, das Elia 1Kön 18, 38 und 2Kön 1, 10.12 zu tun vermochte.

Im Unterschied von den Zebedäussöhnen ist die Verleihung des Namens Petrus an Simon viel breiter und dementsprechend komplizierter. Die von Markus benutzte Quelle berichtete sie zusammen mit der an die Zebedaiden (3, 16f.). Das geschah ursprünglich im Zusammenhang mit der Verklärungsgeschichte; daran erinnert noch, daß die Namensgebung auf einem Berg stattfindet (Mk 3, 13). Lukas ist dem Markus gefolgt (6, 14); er teilt die Namensverleihung ebenfalls im Zusammenhang mit der Einsetzung der Zwölf mit. Johannes hat sie schon am Anfang (1, 42) bei der Berufung des Petrus in die Nachfolge. Matthäus hat sie jedoch aus der Geschichte von der Einsetzung der Zwölf herausgenommen und berichtet sie im Zusammenhang mit dem Petrusbekenntnis in Cäsarea Philippi (16, 18). Somit haben sich alle vier Evangelisten für berechtigt gehalten, der Geschichte ihren Platz nach theologischen oder redaktionellen Erwägungen zu geben.

Des Petrus ursprünglicher Name lautet in den Evangelien auf griechische Weise Simon und nicht semitisch Symeon. Diese Form taucht in der Apostelgeschichte (15, 14) im Munde des Herrenbruders Jakobus auf und verleiht seiner Rede semitische Färbung. In derselben Absicht schreibt auch der Verfasser des 2. Petrusbriefes den Namen Symeon Petros. Paulus gebraucht den Namen überwiegend in der aramäischen Form (Kepha), aber mit dem üblichen griechischen -s: Kephas. In dieser Form findet sich der Name auch im Katalog der Auferstehungszeugen 1Kor 15, 5; und so wird er aramäisch und griechisch auch im allgemeinen gebraucht worden sein. Da man ihn aber ins Griechische übersetzt hat, muß es dazu einen Grund gegeben haben; es muß griechischsprechende Gemeinden gegeben haben, denen die Bedeutung des Namens so wichtig war, daß ihnen das aramäische und nicht unmittelbar verständliche Kephas nicht genügte.

Es gibt zwei Möglichkeiten, den Namen zu erklären; sowohl Paulus wie das Matthäusevangelium kennen beide. Die Bedeutung ist in beiden Fällen das, was der Name besagt: Fels. Aber der Fels hat in der Heilsgeschichte zwei Funktionen, die, ohne grundverschieden zu sein, doch auch nicht identisch sind. Einerseits bezeichnet der Fels den Spender der Taufe und Vermittler des Heiligen Geistes, andererseits das Fundament der Kirche. Die beiden Bedeutungen bringen Wesensmerkmale Christi zum Ausdruck; darum stimmen sie darin überein, daß sie den Träger des Namens als Bevollmächtigten und Stellvertreter Christi bezeichnen. Mit diesem Namen hat Christus den Petrus vor allen Jüngern geehrt; darum führt er auch alle Jünger- und Apostellisten an.

Die erste dieser Bedeutungen, Spender der Taufe und Vermittler des Heiligen Geistes, bezieht sich auf den Felsen am Horeb, aus dem Mose mit seinem Stab Wasser für das dürstende Volk schlug (Ex 17; Num 20). Durch Paulus erfahren wir, daß es eine jüdische Auslegung dieser Geschichte gab, einen haggadischen Midrasch, wonach dieser Fels dem Volk auf der Wüstenwanderung nachfolgte und es tränkte (1Kor 10, 4). Das Wasser aus der Felsenquelle war ein Bild für den Heiligen Geist, ein Bild, von dem schon Johannes der Täufer bei seinem Taufen Gebrauch gemacht hatte. Daher konnte Paulus ohne jede weitere Erklärung sagen, dieser Fels sei Christus gewesen. Hier handelt es sich nicht um eine jüdische messianische Ausdeutung. Paulus meint keinen andern Messias als Jesus Christus, den Herrn, der allein

Spender des Heiligen Geistes ist (2Kor 3, 17); der Geist ist der Geist Jesu Christi. Der jüdische Messias ist nicht Spender des Heiligen Geistes und wird auch nicht mit dem Felsen gleichgesetzt; dieser Vergleich ist Gott vorbehalten.

Unter Bezugnahme auf diese πνευματικὴ πέτρα (1Kor 10, 4), diesen geistlichen Felsen, bezeichnet der neue Name den Petrus als einen Pneumatiker, der befähigt ist, den Heiligen Geist zu spenden. Dementsprechend hat er nach der Apostelgeschichte die Vollmacht, den Geist mitzuteilen oder zu verweigern (8, 14), und betreibt die Taufe von Juden und Heiden (2, 38; 9, 47; 11, 16). Dieses Interesse des Petrus an der Taufe läßt sich gut mit seiner Herkunft von den Täuferjüngern vereinbaren. Auch das Schlüsselwort (Mt 16, 19) bezieht sich auf diese Vollmacht. Denn die Himmelsschlüssel, die dem Petrus hier verheißen werden, sind ein Bild für die Vollmacht, die einst Elia besaß, den Himmel zu verschließen: „...es soll diese Jahre weder Tau noch Regen kommen, ich sage es denn" (1Kön 1, 17). Der Regen wurde — das zeigt 1Kor 10, 2 — als Bild der Taufe verstanden. Mit der Vollmacht, die Taufe zu spenden oder zu verweigern, öffnet oder sperrt Petrus die Himmelstür und wird so zum Himmelspförtner. Die Vollmacht ist nach Apk 3, 7 eine Vollmacht Christi. Joh 20, 22 ist sie als die Vollmacht zur Sündenvergebung interpretiert; dabei hat sie keinen Bedeutungswandel erlitten. (Vom Ursprung her hat die Vollmacht des Petrus nichts mit der Bußgewalt zu tun; die Kirchenbuße kam erst viel später auf. Die bischöfliche Vollmacht, den Sündern die Rekonziliation zu gewähren, ist zwar der Vollmacht über die Taufe analog, knüpft aber an die Zulassung zur Eucharistie und nicht zur Taufe an.)

Mit der zweiten Bedeutung verweist der Name des Petrus auf den Felsen, der das Fundament der Kirche ist. Auch dafür finden wir den wichtigsten Beleg im 1. Korintherbrief (3, 11), und wiederum so, daß damit eine Eigenschaft Christi beschrieben wird. Da Paulus in diesem Brief den Korinthern auf zweierlei Weise erklärt, daß Christus der Fels sei, wollte er vielleicht auch den Anhängern der korinthischen Petruspartei zu verstehen geben, daß der Fels schlechthin nicht Petrus, sondern Christus sei, und daß es darum unsinnig sei, sich als Petruspartei von der Gemeinde abzuschließen. Als Paulus diesen Brief schrieb, waren die Apostel noch nicht zum Fundament der Kirche geworden. Es gab nicht einmal den Begriff der „Zwölf Apostel". Statt dessen gab es noch die Erwartung, daß der Bau des himmlischen Jerusalem — das ist ein Bild für die Kirche — auf dem Zionsfelsen errichtet werde. Denn der Zionsfelsen ist der Ort, an dem der heilige Rest Israels Rettung finden und den Heiligen Geist empfangen wird, wenn er den Namen des Herrn anruft (Joel 3, 1—5; Apg 2, 16ff.; Apk 14, 1—5).

Die Kirche blieb bemüht, die auseinanderstrebenden Bedeutungen des „Felsen", soweit damit endzeitliche Heilsgüter gemeint waren, zusammenzuhalten. Charakteristisch ist dafür die Turmvision des Hermas. Der Turm tritt später an die Stelle des himmlischen Jerusalem; das Bild ist mit Hilfe der Rekapitulationstheorie aus der Geschichte vom Turmbau zu Babel gewonnen. Hermas errichtet seinen die Kirche symbolisierenden Turm auf einem Felsen, den er als Christus deutet. Aber der Fels steht seinerseits mitten im Wasser; darum müssen die Steine, die lebendigen Steine, die im Bau der Kirche vermauert werden, durch das Wasser hindurchgetragen werden und die Taufe empfangen, bevor sie eingefügt werden können.

Urmarkus besaß einen Bericht, in dem die Namensverleihung an Petrus und die Zebedaiden im Zusammenhang mit der Verklärungsgeschichte erzählt war. Er löste sie aus diesem Zusammenhang und fügte sie in seinen Bericht von der Stiftung des Zwölfjüngeramtes; diese Ordnung übernahm auch Lukas. Matthäus folgte ihm aber nicht darin, sondern machte aus der Namensverleihung an Petrus eine eigene Erzählung von der Art einer Berufungsgeschichte, und die fügte er mit dem Petrusbekenntnis in Cäsarea Philippi zusammen. — Das Petrusbekenntnis geht auf einen Bericht zurück, der bereits in der Johannes und Markus gemeinsamen Überlieferung enthalten war. Darin hatte gestanden, daß Jesus weit nach Norden in das Gebiet des Philippus ausgewichen sei und nach dem Abfall vieler Jünger denen, die bei ihm geblieben waren, nahegelegt habe, ihn ebenfalls zu verlassen. Daraufhin sei es zum Treuebekenntnis durch den Mund des Petrus gekommen. Soviel läßt sich aus der Übereinstimmung von Markus und Johannes erschließen. Johannes läßt aus einer Andeutung (6, 70) die Vermutung zu, daß ursprünglich in diesem Zusammenhang die Stiftung des Zwölferamtes berichtet war.

Aus diesem Treuebekenntnis hat Markus (8,29) ein Christusbekenntnis der Jünger gemacht. Die Treue der Jünger hat darin ihren Grund, daß sie in Jesus den Christus erkannt haben. — Es ist denkbar, daß Johannes den Markustext bereits gekannt hat. Er legt dem Petrus aber kein Christusbekenntnis in den Mund; der Jünger sagt vielmehr „der Heilige Gottes“. Denn im Johannesevangelium spielt der Christustitel etwa dieselbe Rolle, wie der Prophetentitel im Markusevangelium; er ist nicht falsch, aber auch nicht zureichend. Der Gebrauch zeigt eine unvollkommene Erkenntnis an. So wirft die Samariterin 4, 29 die Frage auf, ob Jesus nicht der Christus sei; dasselbe fragen sich die Juden 7, 26—42 und ähnlich auch 9, 22, wo ihre Übereinkunft berichtet wird, jeden zu exkommunizieren, der Jesus als Christus bekennt. 12, 34 wirft das Volk den Christustitel in die Debatte, und 17, 3 ist der Titel sekundär hinzugesetzt. In 20, 31 handelt es sich um einen ursprünglichen Buchschluß, der bereits Kenntnis des hellenistischen Taufbekenntnisses zu Jesus als dem Christus, dem Sohne Gottes verrät. Das ist das Bekenntnis, das Petrus Mt 16, 16 ablegt.

Dieses Bekenntnis ist im Johannesevangelium der Martha in den Mund gelegt (11, 27). Maria und Martha sind bei Johannes ähnlich wie bei Lukas (10, 38—42) unterschieden, aber der Unterschied ist anders akzentuiert: Martha hat weniger Erkenntnis und Glauben als Maria (Joh 11, 39f.). Sie steht Jesus deutlich ferner als ihre Schwester Maria; das zeigt gerade das 11. Kapitel. So entspricht das Bekenntnis der Martha ihrer geringeren Erkenntnis. Aber das Christusbekenntnis drückt bei den Synoptikern die vollkommenere Erkenntnis der Jünger gegenüber dem Volk aus, das Jesus für den Endpropheten hält. Diese Erkenntnis der Jünger will Matthäus als inspiriert bezeichnen. Das erklärt Jesus wörtlich, und darum erhält Simon bei dieser Gelegenheit seinen Prophetennamen Petrus.

Daß bei Matthäus der Empfang des neuen Namens immer noch zum Skopus der Geschichte gehört, trotz ihrer Erweiterung über den ursprünglichen Text hinaus, zeigt die Betonung des Namenswechsels. Simon wird zunächst mit seinem alten Namen angeredet, und die Akzentuierung wird daran sichtbar, daß dem Namen Simon das Bar-Iona nach Art eines Vaternamens zugesetzt wird. Vielleicht war er das wirklich; es ist ohne weiteres möglich, daß Simons Vater Jochanan, abgekürzt Jona, geheißen hat. Wir meinen freilich, wie oben erklärt (S. 93), daß Jona ein Prophetenname war und daß Simon bereits einen Prophetennamen getragen hat, bevor er seinen neuen Namen Petrus erhielt.

Der Evangelist gebraucht hier eine Theorie der Taufwirkung, die wir schon bei Paulus 1Kor 12, 2f. finden und die aus der Urgemeinde stammt: Wer das Bekenntnis spricht, der erweist sich eben dadurch als inspiriert. Da hier Petrus in Jesus den Christus erkennt, zeigt er, daß er den Heiligen Geist besitzt und erhält darum den neuen Namen, der ihn als inspirierten Propheten bezeichnet. — Das Bekenntnis ist aber das Taufbekenntnis der hellenistischen Judenchristen; wer dieses Bekenntnis gläubig spricht, dem hat das der himmlische Vater offenbart und hat ihm seinen Heiligen Geist verliehen. Darum gilt dem Täufling dann auch die hier an Simon Petrus gerichtete Seligpreisung, die wie alle Seligpreisungen die Zugehörigkeit des derart Gepriesenen zum Gottesreich ausspricht.

Wir kommen so zu der Vermutung, dem Evangelisten habe der Taufvollzug in der hellenistischen Gemeinde als Modell für seine Gestaltung der Szene gedient. Dann läßt sich weiter folgern, daß das Taufbekenntnis, das hier von Petrus gesprochen wird, beim Taufvollzug durch eine Zusage beantwortet wurde, in der der Täufling die Verheißung empfing, als lebendiger Stein in den auf dem Felsen Christus errichteten Bau der Kirche eingefügt zu werden. 1Kor 3, 10f.; 1Petr 2, 4f. und die Turmallegorie des Hermas können als Begründung herangezogen werden. Denn es ist immerhin überraschend, daß Christi Antwort bei Matthäus nicht so lautet, wie sie Joh 1, 42 formuliert ist: „Du sollst Kephas genannt werden." Sie lautet statt dessen „Du bist Petros", als ob Petros ein Amtstitel und fester Begriff sei wie Christos.

Man wird das wohl so erklären müssen, daß der Evangelist sich mit den Worten „Du bist Petros" an die Form des Bekenntnisses „Du bist Christus" angelehnt hat. Er hätte nun damit fortfahren müssen, daß er die mit dem neuen Namen Petrus verbundene Vollmacht bezeichnet. Vorher wollte er aber erläutern, welchen Inhalt der als Namen verwandte Begriff „Fels" hat. Dafür konnte er davon Gebrauch machen, daß man Christus als den Felsen kannte, auf dem der Bau der Gemeinde errichtet wird. Der Schriftgrund für diese Deutung Christi findet sich Ex 17, 6; 33, 21; Num 20, 8.10f. und vor allem 2Sam 22, 2; denn hier wird der Kyrios als der Fels bezeichnet, der den rettet, der auf ihm steht. Damit ist der Anschluß an die Taufvorstellung der Urgemeinde erreicht, nach der derjenige Rettung findet, der auf dem Zionsfelsen steht und den Kyrios anruft, d.h. genauer Jesus als den Kyrios bekennt.

Nach diesem Einschub, der erklärt, was der neue Name des Petrus bedeutet, konnte der Evangelist fortfahren und sagen, welches Amt dem Petrus verliehen sei. Das war die Verwaltung der Taufe und die Spendung des Heiligen Geistes, des Leben weckenden Geistes, dessen Kraft stärker als alle Macht des Todes ist.

Schließlich ist noch der Wechsel des Geschlechts zu erklären. In „Du bist Petros" ist, weil es sich um einen Namen handelt, die maskuline Form des Worts gewählt, das es daneben auch in femininer Form als Petra gab. An den genannten alttestamentlichen Stellen ist aber die feminine Form gebraucht, und da der Evangelist auf die alttestamentliche Schriftgrundlage hinweisen wollte, mußte er bei den Worten „und auf diesem Felsen..." zur femininen Wortform übergehen.

b) Die Berufung des Dreierkreises: Jesu Verklärung (Mk 9, 2—10; Mt 17, 1—9; Lk 9, 28—36)

Nur Matthäus hat den Petrus bei der Verleihung seines neuen Namens derart herausgestellt. Bei Markus und Lukas erhebt er sich nicht so sehr über den Dreierkreis. Aus Mk 3, 16f. war zu schließen, daß der Evangelist die Namensverleihung an die Drei an anderer Stelle in seiner Überlieferung gelesen hat, als er sie selber einordnet, und aus 3, 13 war hervorgegangen, daß die Namensverleihung auf einem Berg stattgefunden habe. Nun finden wir in der Verklärungsgeschichte einen Berufungsbericht für die Drei, der sich enger an das mit Jesu Taufe vorgegebene Schema hält. Daraus war zu folgern, daß die Namensverleihung an die Drei ursprünglich im Zusammenhang mit der Verklärungsgeschichte mitgeteilt war und daß diese Geschichte außer der Namensverleihung und der Berufung der drei Jünger in ihr neues Amt auch die Berufungsvision erzählte, nämlich die prophetische Schau des auferstandenen Herrn. Durch diese Vision werden die drei Jünger zu Auferstehungszeugen in demselben Sinn, in dem für den Hebräerbrief (12, 1) die alttestamentlichen Propheten Auferstehungszeugen sind; sie bezeugen den verheißenen, aber noch nicht für leibliche Augen sichtbar gewordenen Heilswillen Gottes. So ergibt sich schließlich, daß Markus die Verklärungsgeschichte zusammen mit der Berufung der Drei und der Verleihung ihres neuen Namens in der ihm und Johannes gemeinsamen Quelle gelesen hat; denn in ihr war versucht, die Geschichte Christi mittels der von der Prophetie gelieferten Kategorien zu deuten.

Die Verklärungsgeschichte ist nur scheinbar eine Geschichte von Jesus. Wir nehmen sie dafür, weil wir eine Jesusgeschichte erwarten, und weil wir nicht darauf gefaßt sind, daß eine Geschichte, in der er vorkommt, von einem andern handelt. Diese Geschichte hat aber dennoch die drei Jünger zu Hauptpersonen gemacht; sie handelt von dem, was diese geschaut haben. Weil die Jünger im Mittelpunkt stehen, richtet sich auch die Ansprache durch die Himmelsstimme auf dem Höhepunkt der Geschichte an sie. — Lukas hat übrigens beobachtet, daß die Verklärungsgeschichte keine Jesusgeschichte ist und daran Anstoß genommen. Das hat er dadurch zu korrigieren versucht, daß er Jesus in eine handelnde Person verwandelt; 9, 31 machen Mose und Elia Jesus Mitteilung über das, was er, Jesus, leiden werde. Aber diese Variante des Lukas ist als sekundäre und darüber hinaus auch verfehlte Erweiterung zu erkennen. Denn auch bei Lukas geht die erste Leidensankündigung Jesu der Verklärungsgeschichte voraus, so daß Jesus in diesem Augenblick keiner zusätzlichen Information mehr bedurfte; ganz zu schweigen von der Unzulänglichkeit eines derartigen Jesusbildes, auch nach Lukas' eigenen Maßstäben. Dazu kommt, daß Jesus mit seinem verklärten Leib erscheint, so daß die beiden alten Propheten eher von der Auferstehung als vom Leiden hätten sprechen müssen.

Markus — Matthäus folgt ihm darin — hat stark betont, daß nur die drei Jünger Empfänger der Schau sind. Der Grund dafür, den auch Markus andeutet, besteht darin, daß die mit der Auferstehung der Toten zusammenhängenden Endereignisse im ersten Jahrhundert als Geheimnisse behandelt wurden. Das mag uns erstaunlich klingen; es war aber so. Wir kennen den Topos aus Paulus (1Kor 15, 51) und der Offenbarung des Johannes (10, 4; s. meinen Kommentar z. St.). So kommt es, daß sich die drei Jünger Mk 9, 10 uns überraschende Gedanken darüber machen, was die Auferstehung der Toten eigentlich sei. Aber die Meinung ist, daß nur die Propheten die Auferstehung der Toten kennen (vgl. Hebr 11). Da die Jünger bei Markus, im

Unterschied von seiner Quelle, nicht als Propheten verstanden werden, hilft sich der Evangelist mit der Meinung, die Jünger kennten nun zwar die Auferstehung der Toten, da sie ja den verklärten Herrn gesehen haben, wüßten aber immer noch nicht was das eigentlich sei. Da Markus die drei Jünger bereits zu Zeugen der Auferweckung der Tochter des Jairus gemacht hatte (Mk 5, 35—43, V. 37, in dem eben das steht, geht offensichtlich auf einen redaktionellen Eingriff zurück), läßt sich sagen, daß der Evangelist die Verklärungsgeschichte als Ankündigung der Auferstehung der Toten verstanden haben wollte.

Zur neutestamentlichen Berufungsgeschichte gehören, wenn sie vollständig ist, drei Bestandteile: die Öffnung des Himmels, die Himmelsstimme und die Vision. Davon fehlt hier die Mitteilung, daß der Himmel sich geöffnet habe. Sie fehlt, weil zur Öffnung des Himmels kein Anlaß war. Die drei Gestalten, die den Jüngern erscheinen, kommen von der Erde, und der Heilige Geist bedarf der Öffnung des Himmels nicht, um auf Erden zu wirken. Jesus ist ohnehin bei seinen Jüngern leiblich gegenwärtig. Den verklärten Leib, in dem er erscheint, hat er nach Meinung des Markus von seiner Auferstehung an getragen. (Anders Johannes 20, 17 —, der erklärt, Jesus habe den verklärten Leib erst von der Himmelfahrt an gehabt.) Mose ist ein gestorbener und von Gott erweckter Prophet; als solcher trägt er ebenfalls den Auferstehungsleib, den die Jünger erblicken. Elia war allerdings ursprünglich ein entrückter Prophet. Aber im Anschluß an die Verklärungsgeschichte erfahren wir mit den Jüngern, daß er bereits wiedergekehrt und ermordet worden sei. Darum trägt auch er in der Vision den Leib, mit dem er bei seiner Auferweckung von Gott bekleidet wird. — So sehen die Jünger die Auferstehung der Toten, aber sie verstehen sie nach Meinung des Markus noch nicht, weil ihnen erst Leiden und Auferstehen Christi das Verständnis öffnen werden.

Wenn die Vision der Jünger auf einem Berg stattfindet, so ist das zuerst darauf zurückzuführen, daß Berge ohnehin gern als zum Empfang von Visionen geeignete Orte angesehen werden. Hier könnte es darüber hinaus aber eine Rolle spielen, daß Jesus im Gewande des himmlischen Bräutigams erscheint, und daß die Jünger die Gemeinde repräsentieren, die ihm entgegengeht. Denn sie schauen den Herrn in der Gestalt, in der die Gemeinde zur Zeit des Markus seine Wiederkehr erwartete.

Wegen der großen Bedeutung der Geschichte ist es lohnend, sich auch ihren Einzelheiten zuzuwenden.

Die Verklärung vollzieht sich vor den Augen der Jünger. Dadurch wird die Identität des irdischen und des verklärten Herrn bewiesen, und das bedeutet zugleich die Identität des sterbenden und auferstehenden Herrn (vgl. 1Kor 15, 35ff.). Markus spricht nicht von Jesu Antlitz; Lukas sagt, es habe sich verwandelt, und Matthäus, daß es strahlte wie die Sonne. Dies steht auch in der Berufungsvision der Johannesapokalypse, und da es dort durch eine verhältnismäßig umständliche Kombination alttestamentlicher Stellen erschlossen war, scheint es möglich, daß Matthäus bereits diese Vision gelesen hat. Das Strahlen bedeutet, daß von ihm der Glanz der göttlichen Herrlichkeit ausgeht; die Vorstellung ist nach Ex 34, 29—35 gebildet (vgl. 2Kor 3, 7—18). Die weißen Gewänder zeigen über Ps 104, 2 („Licht ist Dein Kleid, das Du anhast") auf die Ausstattung Jesu mit göttlicher Herrlichkeit. Dazu kommen noch eine Reihe von Jesajaweissagungen, in denen Gottes Gerechtigkeit als Licht bezeichnet wird (9, 2; vom Gottesknecht 42, 6; 51, 4; 60, 1.3.19f.). In dem Licht, das von dem auferstandenen Herrn auf sie fällt, leuchten auch die auferweckten Toten (vgl. 1Kor 15, 35ff.; Apk 7, 9.14). Die alte Kirche hat dies auch durch die weißen Gewänder der Neugetauften auszudrücken versucht. Der sittliche Grund dafür ist, daß das Wort Gottes — vgl. dessen weißes Gewand Apk 19, 13 — sie gerecht gemacht hat und der Heilige Geist sie in Gerechtigkeit erhält.

Das Erscheinen Moses und Elias zeigt die Endzeit an. Beide sind gemeinsam die beiden endzeitlichen Zeugen (Apk 11, 3; bes. 11, 6). — Da der mit ihnen redende Herr mit seinem Auferstehungsleib bekleidet ist, erkennen wir, daß die Jünger ein künftiges Ereignis schauen. Zu solcher Schau sind Propheten befähigt. Die Möglichkeit dazu beruht darauf, daß das Ereignis im göttlichen Heilsplan und -willen bereits feststeht und dadurch eine dem Propheten sichtbare Realität darstellt.

Mose personifiziert das Gesetz; Elia die Prophetie. Beide gemeinsam stellen „Gesetz und Propheten", d. h. das Wort Gottes dar. Wenn am Ende die Himmelsstimme den Jüngern und der durch sie repräsentierten Gemeinde befiehlt „Hört auf ihn!" oder „Gehorcht ihm!", so gilt das der Zusammenfassung und Überbietung von Gesetz und Propheten, dem leibhaftigen Wort Gottes, als das der Herr sichtbar geworden ist.

Die Rede des Petrus wird bei Markus dadurch als ekstatisch bezeichnet, daß es heißt, er habe ohne Bewußtsein gesprochen. Lukas hat daran festgehalten, weil das Reden ohne Bewußtsein der griechischen Vorstellung von Inspiration und Prophetie entgegenkommt. Matthäus hat das aber weggelassen. Der Evangelist weiß, daß hier eine Streitfrage besteht; man ist geteilter Meinung in der Frage, ob ein Prophet ohne Bewußtsein, also in Ekstase, reden dürfe oder müsse (vgl. 1Kor 14, 32). Bei Markus ist die Ekstase des Propheten noch keine Streitfrage; sie zeigt lediglich an, daß der Heilige Geist auf den Jünger gefallen ist.

Hütten bauen die Juden zum Laubhüttenfest-Sukkot. Dieses Fest hat eine sehr verwickelte Geschichte, denn seine Wurzeln reichen sowohl in die kanaanäische Bauerntradition als auch in die Wüstentradition. Zum Verständnis ist von einem kanaanäischen Erntefest auszugehen, das zum Abschluß der Weinlese begangen wurde. Dieses Fest haben die Juden unter verschiedenen Deutungen in ihren Festkalender übernommen; von den großen Heiligtümern, an die es gezogen worden war, ging es auf den Tempel über. Salomo verband (1Kön 8, 2) die Tempelweihe mit einem Hüttenfest. Nach Ex 23, 16 (vgl. 34, 22) gehörte es zu den drei großen Jahresfesten, an denen alle Männer vor Jahwe erscheinen sollten. Dieses Fest muß mit dem Bundeserneuerungsfest identifiziert worden sein, weil nach Dt 31, 9ff. dabei alle sieben Jahre das ganze Gesetz verlesen wurde. Das heißt aber, daß die Übergabe des Gesetzes an das Gottesvolk alle früheren Festinhalte verdrängt hat. Das kommt Lev 23, 34—43 noch deutlicher zum Ausdruck, wo das Wohnen in Hütten als Erinnerung an die Wüstenwanderung gedeutet wird. In der nachexilischen Zeit finden wir wieder ein in Jerusalem gefeiertes Hüttenfest, d.h. die Vereinigung der kanaanäischen Bauerntradition, der im Grunde ebenfalls unjüdischen Tempeltradition und der Wüstentradition in diesem einen Fest (Neh 8, 14ff.). Nach Sach 8, 14 wurde das Fest als Vorwegnahme der messianischen Heilszeit verstanden. Dieses erneuerte Fest erfuhr verschiedene Erweiterungen. Prozessionen mit Palmzweigen deuteten eine messianische Siegesfeier an, und am merkwürdigsten ist die Vornahme einer Wasserspende, die sich in dieser jüdischen Umgebung sehr fremdartig ausnimmt (S. 216f.).

Warum fragt nun Petrus, ob die Jünger Hütten bauen sollen? Mit „Hier ist gut sein" wird ein Ort bezeichnet, der sich als Lagerplatz eignet. Die Stelle sagt uns zunächst, daß es die Aufgabe der drei Jünger war, den Herrn zu bedienen und für sein Lager und dergleichen persönliche Bedürfnisse zu sorgen. — Zum Verständnis der Frage des Petrus müssen wir davon ausgehen, daß Petrus mit den Hütten, die er aufbauen will, nicht etwa an das Erntefest, sondern an die Wüstenwanderung erinnert. Auf der Wüstenwanderung war die Lade im Zelt — Hütte untergebracht. Die Lade enthielt die Gesetzestafeln; sie wurde als Thron für Gottes Herrlichkeit gedeutet. Wenn hier Mose, Elia und Jesus Anspruch auf Hütten haben, dann darum, weil auf ihnen die Herrlichkeit Gottes ruht, und weil Gott durch sie seinen Willen offenbart. — Die Erbauung dieser Hütten bedeutet, wenn sie wirklich geschieht, daß die Heilszeit angebrochen ist und Gott unter seinem Volke wohnt. Er ist in Mose, Elia und Jesus gegenwärtig als den Gestalten, mit denen er verbunden ist und durch die er spricht.

Das macht die Wolke deutlich, die nun erscheint. Es ist die Wolke, durch die Gott auf der Wüstenwanderung das Volk geführt hat (Ex 13, 21). Sie ist das Fahrzeug des unsichtbaren Gottes und bezeichnet die Stelle über ihnen, von der aus der Heilige Geist spricht. — Die Ansprache Gottes richtet sich an die drei Jünger. Sie ähnelt der Himmelsstimme, die bei Jesu Taufe erging.

Doch fehlt dort der Zusatz „Hört auf ihn!" Denn dort war Jesus selber Empfänger der Vision; hier sind es aber die Jünger. — Matthäus hat ein Niederfallen der Jünger eingeschoben; wir vermuten, er habe es aus der Berufungsvision der Offenbarung des Johannes entlehnt (1, 17). Kennzeichnend ist nämlich hier wie dort, daß das Niederfallen erst hinterher stattfindet, wenn die eigentliche Vision bereits geschehen ist. Wir können jedenfalls daraus entnehmen, daß Matthäus die Verklärungsgeschichte als Berufungsgeschichte der drei Jünger erkannt hat; doch scheinen auch Markus und Lukas sie ebenso verstanden zu haben. Selbst der Verfasser der lukanischen Vorgeschichte hat sie so aufgefaßt (vgl. Lk 1, 35). Bei Johannes hat sie jedoch keine Entsprechung; in diesem Evangelium fehlen alle Voraussetzungen.

c) Der Zwölferkreis

Matthäus und Lukas übernahmen aus Markus die Nachricht, daß Jesus aus seinen Jüngern zwölf ausgewählt und sie in ein damit geschaffenes Amt eingesetzt habe (Mk 3, 13—19; Mt 10, 1—4; Lk 6, 12—16): „Er setzte zwölf dazu ein, daß sie bei ihm seien, und daß er sie aussende...und er setzte die zwölf ein." Bei Johannes fehlt der Einsetzungsbericht. Hier ist angenommen, beim großen Abfall der Jünger (6, 66) seien die Zwölf übriggeblieben und hätten dadurch ihre präexistente Erwählung gezeigt (6, 70). Markus gibt als Grund für die Stiftung des Zwölferamtes an, Jesus habe durch seine Heilungen einen derartigen Zulauf erfahren (3, 7—11), daß er sich vor der Volksmenge zurückziehen mußte (3, 9). Da Markus nun die Einsetzung der Zwölf berichtet, soll der Leser schließen, daß Jesus seine wichtigste Tätigkeit, die Verkündigung des Gottesreiches und die Austreibung der Dämonen, auf die Zwölf delegiert habe. Von der Krankenheilung wird hier nicht gesprochen; Markus sah darin ein Legitimationszeichen Jesu. Krankenheilung und Dämonenaustreibung haben an sich verschiedene Bedeutung. Die Dämonenaustreibung hat darin ihren Grund, daß nach dem Satanssturz der Endkampf gegen den Satan in seinem letzten Abschnitt auf Erden geführt wird. Die Krankenheilungen sind jedoch ein Machtzeichen des endzeitlichen Propheten. So sind beides zwar Zeichen dafür, daß die Endzeit angebrochen ist, sie stehen aber in anderen Zusammenhängen. — Den Auftrag, bei Jesus zu bleiben, wird Markus im Zusammenhang mit der Berufung der drei Jünger vorgefunden haben. Er wird jedenfalls in der Gethsemanegeschichte ausdrücklich ausgesprochen (14, 34); auch aus der Verklärungsgeschichte ging hervor, daß das Bei-Jesus-Sein ein Merkmal des Dreieramtes war. Daraus hat Markus einen Amtsauftrag der Zwölf gemacht. — Die Aussendung war dagegen ursprünglich von den Boten Jesu mitgeteilt, und Markus hat sie ebenfalls den Zwölfen als Amtsaufgabe zugewiesen. Da Markus auf diese Weise Amtsaufgaben für die Zwölf dadurch konstruierte, daß er sie von dem Dreieramt und von den Boten entlehnte, müssen wir folgern, daß ihm zwar die Einsetzung der Zwölf überliefert war, daß seine Überlieferung aber keine für ihn brauchbare Beschreibung ihrer Amtsaufgaben enthielt.

Die Urgemeinde hat in den Zwölfen ein festes, durch Jesus geschaffenes Amt gesehen. In 1Kor 15, 5 sind die Zwölf als Auferstehungszeugen benannt. Der Kreis kann aber nicht dadurch erst gebildet sein, daß ihm der Auferstandene erschien. Denn nach der ganzen sonstigen Überlieferung zählte der Kreis in diesem Augenblick nur elf Mitglieder; Judas Ischarioth war einer der Zwölf, aber kein Auferstehungszeuge. Daher muß es die Zwölf als feste Gruppe mit dem Namen „Die Zwölf" bereits in dem Augenblick gegeben haben, als ihnen der Auferstandene erschien. Da aber die Erscheinung Jesu vor den Zwölfen älter als die Urgemeinde ist und in die Geschichte ihrer Entstehung gehört, muß der Zwölferkreis älter als die Urgemeinde sein und in der vorösterlichen Zeit entstanden sein. Somit muß er auch durch Jesus gegründet sein, und nicht in zufälliger Zahl, sondern als Zwölferkreis.

Die Apostelgeschichte — auch Paulus, indem er den Katalog der Auferstehungszeugen zitiert — beide zeigen, daß die Urgemeinde wenigstens in den ersten Jahren ihres Bestehens an ihrer Spitze ein Zwölfjüngeramt hatte. Auch wenn sie faktisch durch den Dreierkreis geleitet war, muß ihr doch das Zwölferamt der Verfassung nach vorgestanden haben. Denn da alle Nachrichten über die Zwölf und ihre Bedeutung in der Zeit vor und nach Ostern über die Urgemeinde zu uns gekommen sind, muß die Urgemeinde an diesem Amt nicht nur festgehalten haben, sondern darüber hinaus auch die Stiftung des Amts und die Einsetzung der ersten Inhaber durch den Herrn behauptet haben. Und da dieses Amt später seine Bedeutung verloren hat, muß die Urgemeinde nicht nur die Kontinuität dieses in ihr vorhandenen Amtes mit der vorösterlichen Zeit behauptet haben, sondern muß darüber hinaus der Meinung gewesen sein, daß das Amt seine eigentliche Bedeutung in der vorösterlichen Zeit gehabt habe. Das aber ist gerade die Meinung, die wir bei Markus gefunden haben; Markus deutet den Zwölferkreis als eine historische Einrichtung, der in seiner Gegenwart keine Aufgaben mehr zukommen.

Die weitere Überlieferung über die Zwölfjünger hat deren Amt aber auf zwei Weisen fehlgedeutet. Sie hat zunächst das Apostelamt, das von Haus aus mit dem Zwölferamt gar nichts zu tun hat, mit diesem zusammengebracht. Daraus sind dann die 'Zwölf Apostel' geworden, eine mythische und fiktive Größe, für die es in der Geschichte nie eine Entsprechung gab. Sie hat sodann den Begriff des Apostels fälschlich, nämlich von der Bedeutung des zugrundeliegenden Tätigkeitsworts ἀποστέλλω her als 'Sendbote' gedeutet. Das ist eine Bedeutung, die im Begriff zwar enthalten ist, die aber nichts über sein Wesen aussagt. Der Apostel ist in seinem Amtstitel mit unsern Begriffen 'Gesandter' oder 'Botschafter' zu vergleichen, denn diese Ämter meinen auch nicht gerade Sendboten, obwohl das der wörtlich verstandene Begriff besagen könnte. Vielmehr bedeutet das Wort 'Apostolos' einen Beamten. Auf diese Weise sind die zwölf Apostel schließlich auch zu Sendboten Jesu geworden, aber der Apostelbegriff hat dabei eine höchst irreführende Einschränkung in seinem Sinn erfahren. Apostel sind vielmehr — wie Gesandte und Botschafter — bevollmächtigte Vertreter, und wenn es darauf ankäme, den Amtsinhalt durch die Übersetzung auszudrücken, so müßte man „Bevollmächtigte" sagen.

Diese Fehldeutung des Apostelamtes war allerdings nahezu unvermeidlich. Denn Jesus hat bereits vor Ostern Boten ausgesandt, und an deren Aufträge hat die Urgemeinde angeknüpft, als sie den Apostolat einrichtete. Aber Apostel mußten, um ihren Namen zu Recht zu tragen, vom auferstandenen Herrn beauftragt sein; es waren auch nicht eo ipso Sendboten, sondern die Sendboten, die es gab, gehörten nur dazu, und schließlich war die Zahl der Apostel nicht auf zwölf beschränkt oder sonstwie festgelegt.

Die Frage nach dem Inhalt des Zwölferamtes wird durch ein Herrenwort beantwortet, das nur von der Logienquelle überliefert war (Mt 19, 28; Lk 22, 30). Die Zwölf sind dazu berufen, im Gottesreich die Stämme Israels zu richten. Matthäus erwartet, daß die Zwölf ihr Amt mit der Wiederkehr des Menschensohns antreten werden: „In der Wiedergeburt, wenn sich der Menschensohn auf den Thron seiner Herrlichkeit setzt, dann werdet auch ihr selber euch auf zwölf Throne setzen, um die zwölf Stämme Israels zu richten." Dies ist nun die Vorstellung, die Matthäus vom Anbruch des Gottesreiches hat, aber das Wort kann nicht in der Gemeinde des Matthäusevangelisten erfunden worden sein, weil es auch bei Lukas steht. Verändert hat es Lukas, vielmehr er hat es ergänzt in einer für ihn charakteristischen Weise, in der seine eigentümlich griechische Form der Seligkeitserwartung zum Ausdruck kommt. Wie in den griechischen Mysterienreligionen besteht für Lukas die Seligkeit in der Tischgemeinschaft der Seligen mit ihrem Gott. Diese Form der Enderwartung ließ sich durchaus mit der Reich-Gottes-Erwartung der Urgemeinde in Einklang bringen, aber charakteristisch ist sie für Lukas und nicht für die Urgemeinde, und bei Lukas steht sie unverbunden neben der Verheißung, daß die Zwölf Richter der zwölf Stämme im Gottesreich sein werden. Darum muß sie in der Logienquelle gestanden haben und kann nicht vom einen Evangelium zum andern gewandert sein.

Ohnehin hätte uns die Zwölfzahl zu dem Schluß nötigen müssen, daß das Amt der zwölf Jünger auf das Zwölfstämmevolk bezogen sei und daß seine Inhaber zumindest gemeinsam als Repräsentanten dieses Volkes verstanden sein wollen. Da Jesus aber dieses Amt geschaffen und Jünger damit betraut hat, wissen wir, daß dies eine Handlung war, die der Aufrichtung der Gottesherrschaft dienen und sie ankündigen und herbeiführen sollte. Es ist die einzige Einrichtung dieser Art, die wir als Werk Jesu kennen. Daran zeigt sich, wie gering sein Interesse an Institutionen war, und wie sehr sich seine Gemeinde in dieser Hinsicht von den Essenern unterschied.

Daß er es aber geschaffen hat, läßt sich nicht bezweifeln, und so legt sich der Gedanke nah, das Binde- und Lösewort Mt 16, 19b sei zu den Zwölfen bei ihrer Berufung in dieses Amt gesprochen. Sachlich besteht kein Zusammenhang mit dem vorausgebenden Wort „Ich will dir des Himmelreiches Schlüssel geben". Denn der Schlüssel ist kein Instrument, mit dem man löst und bindet, sondern eines, das öffnet und schließt. Mit dem Himmelsschlüssel wird eine charakteristisch prophetische Vollmacht übergeben. Dies läßt sich jedoch von der Binde- und Lösegewalt nicht sagen. Sie deckt sich mit der prophetischen Vollmacht nur insoweit, als sie eine volle Stellvertretung ausspricht; Gott will alle Entscheidungen seines menschlichen Stellvertreters anerkennen. Das Binden und Lösen drückt aber eine eigentümlich richterliche Vollmacht aus. Bei den Rabbinen wird damit das Für-verbindlich-Erklären und Befreien bezeichnet. „Der Ausdruck kommt von der Vollmacht des Richters, der gefangennehmen und freilassen kann" (W. Grundmann, Matthäus, z. St., S. 391). Bei Johannes (20, 23) ist daraus die Vollmacht zur Sündenvergebung geworden, die bei stärkerer Annäherung an die prophetische Vollmacht immer noch als richterliche Vollmacht zu erkennen ist.

Da Jesus die Zwölf aber als Richter berufen hat, so bedeutet das, daß er das Amt im Hinblick auf das anbrechende Gottesreich und nicht auf die irdische Wanderschaft gestiftet hat. Es gibt auch keine Nachricht von einer Amtsaufgabe, die den Zwölfen für die Wanderschaft besonders zugekommen wäre, es sei denn das „bei Jesus sein", und das beschrieb gerade die Aufgaben der Drei und nicht der Zwölf, wie uns Verklärungs- und Gethsemanegeschichte gelehrt haben. Denn was immer als Amtsaufgabe der Zwölf für die irdische Wanderschaft auch angegeben werden könnte, niemals könnte man dazu sagen, warum es gerade zwölf hätten sein müssen. Vielmehr ist der einzige Sinn, den das Zwölferamt haben kann, eben der, daß die Zwölf Richter des Zwölfstämmevolks im Gottesreich sind.

Man könnte hier fragen, wozu man im Gottesreich überhaupt Richter braucht. Zunächst müßte man zur Beantwortung auf die von der unsrigen verschiedene Denkweise des Alten Testaments hinweisen, wonach Gerechtigkeit etwas ist, was getan werden muß, um vorhanden zu sein, und daß darum zur Gerechtigkeit auch Rechtsprechung und Gesetzesauslegung gehören, damit es überhaupt Gerechtigkeit gibt. Damit in einem Gemeinwesen Gerechtigkeit sei, müssen Richter da sein. In diesem Sinn hat auch das himmlische Jerusalem Tore (Apk 21, 12), und darauf die Namen der zwölf Stämme Israels geschrieben.

Dazu kommt aber, daß unter „Richtern" die Führer der Stämme verstanden sind. Das Amt war im Alten Testament vorhanden, und darum sah man darin eine Weissagung auf die Heilszeit. Es war zunächst durch die Patriarchen angekündigt und vorgegeben. Dann war es abermals angekündigt durch die zwölf Richter des Richterbuches. Vielleicht hat sogar der Sammler des Zwölfprophetenbuches wegen der zwölf endzeitlichen Richter auch zwölf Propheten zusammenstellen wollen. — Die Deutung der Zwölf als endzeitlicher Richter weicht etwas von der aus Daniel abgeleiteten Erwartung ab, daß die Heiligen die Welt richten werden (1Kor 6, 2); sie steht in Beziehung zur Vision des himmlischen Thronsaals (Apk 4), wo die 24 Ältesten auf ihren Thronen den Thron Gottes umgeben.

Die Namen der Zwölf sind nicht einheitlich überliefert. Die Listen beginnen mit dem Dreierkreis, es sei denn, daß Andreas an der zweiten Stelle genannt wird. Die fünfte Stelle nimmt dann Philippos ein (Mt 10, 2—4; Mk 3, 16—19; Lk 6, 14—16; Apk 1, 13). Wir müssen damit rechnen, daß die Listen nicht nur aneinander korrigiert wurden, sondern daß man auch versucht hat, sie mit den Berichten von der Berufung der ersten Jünger in Einklang zu bringen. Dadurch sind die Namen auf den ersten fünf Plätzen gleich. Danach finden wir Unterschiede in der Reihenfolge und in den Namen. Interessant ist da besonders Thaddäus, der diesen Namen — abgekürzt gesagt — bei Markus führt, während er bei Matthäus Lebbäus und bei Lukas Judas Jakobi heißt. Das Auseinandergehn der Namenslisten ist so zu erklären, daß diese Listen erst zu einer Zeit schriftlich festgehalten wurden, als die Urgemeinde Jerusalem bereits verlassen hatte. Da die Zugehörigkeit zum Zwölferkreis in den Anfangszeiten der Urgemeinde ein festes Amt war, ist anzunehmen, daß man nach dem Tode der ersten Mitglieder, wie das für Judas Ischarioth berichtet wird, Nachwahlen vornahm. Von den Zebedaiden wissen wir, daß sie als Märtyrer gefallen sind (Apg 12, 2; Mk 10, 39), und das zu einer Zeit, in der Nachwahlen für sie noch denkbar sind. Wenn der Herrenbruder Jakobus den gleichnamigen Zebedaiden im Dreierkreis ersetzt hat, dann ist wahrscheinlich, daß er auch seinen Platz im Zwölferkreis eingenommen hat. Auf diese Weise mußte die Überlieferung der Namen des Zwölferkreises notwendigerweise bald mehr als elf bzw. zwölf Namen umfassen, ohne daß dabei gesagt war, in welcher Zeit der betreffende Jünger dem Zwölferkreis angehört hat. Bei den Nachwahlen hielt man sich an die Mitglieder der Jüngergemeinde, die ihr schon früh angehört hatten (Apg 1, 22) und bevorzugte wohl auch solche Jünger, die Jesus seinerzeit als Boten ausgesandt hatte. (Dies läßt sich daraus schließen, daß man versucht hat, in diesem Auftrag eine Bedingung für den Apostolat zu sehen.) Der erste in dieser

Weise schwankende Name ist der des Matthäus, und so kann man vermuten, er sei mit dem Matthias verwechselt worden, der für Judas Ischarioth gewählt wurde (Apg 1, 23).

Hat Paulus die Namen der Zwölf gekannt? Er zählt diese nirgends auf, aber er nennt die Zwölf als Empfänger der zweiten Vision des Auferstandenen. Bei der grundlegenden Bedeutung, die die Liste der Auferstehungszeugen für Paulus gehabt hat, ist zu erwarten, daß Paulus nicht nur wußte, daß Christus den Zwölfen erschienen war, sondern daß er auch deren Namen kannte. Ein reiner Zufall ist es dennoch nicht, daß Paulus die Namen nirgend aufzählt. Wenn es für Paulus unwichtig war, daß der Zwölferkreis bei der Vision des Auferstandenen nur elf Mitglieder hatte, dann bedeutet das, daß es auch unwichtig war, wer im einzelnen dazu gehört. Wichtig war allein, daß es diese Zeugen der Auferstehung gab, daß man sie kennen und nach ihrem Erlebnis fragen konnte. Aber wichtig waren sie nicht als einzelne, sondern nur als der Kreis, der den Herrn gesehen hatte.

Eine ähnliche Haltung nimmt auch das Johannesevangelium ein. Hier gibt es keine Namensliste. Daß Johannes aber die Zwölf als feste Größe kannte, geht nicht nur daraus hervor, daß dort der Begriff „die Zwölf" überhaupt vorkommt (6, 67.70), sondern daß Judas Ischarioth das adversativ zu verstehende Prädikat „einer von den Zwölfen" trägt; besser als Luther kann man es nicht übersetzen „und war doch der Zwölfe einer".

Dieses Prädikat des Judas Ischarioth wird Joh 20, 24 auch dem Thomas gegeben; man sieht daran, daß die Episode von Zweifel und Überführung des Thomas eine nachträgliche Einfügung in das Evangelium ist (Joh 20, 22—23 mit 30f. ist ein alter Buchschluß). — Es ist nicht recht zu entscheiden, ob Thomas hier das dem Judas zukommende Prädikat darum erhält, weil die Geschichte von seinem Zweifel mit Mißbilligung erzählt wird, oder darum, weil der Erzähler den Hinweis auf die Zugehörigkeit zum Zwölferkreis banal verstanden hat. Der Zweifel des Thomas ist aus seinem Namen heraus entwickelt. An sich bedeutet der Name das, was hier ins Griechisch übersetzt wird: Didymos-Zwilling. Um ihn als „Zweifler", „Zwiespältiger" deuten zu können, mußte man Aramäisch oder Syrisch können; das griechische Äquivalent für diese Bedeutung ist nicht Didymos, sondern Amphibolos. Die Mißbilligung haftet jedenfalls am Namen des Jüngers und richtet sich ursprünglich gegen den Zweifel, der durch das Ausbleiben der Parusie erregt wurde. Da mit der Parusie die Auferstehung der Toten, d. h. die Auferstehung des Fleisches erwartet wurde, wird eben davon Thomas dadurch überzeugt, daß er die Wundmale des Herrn mit seinen Händen berührt. Die Perikope hat eine antidoketische Zielrichtung. Später haben syrische Christen die Etymologie des Namens Thomas noch zu einer anderen Deutung ausgenutzt, nämlich den Thomas als Zwillingsbruder Jesu verstanden und mit dem Herrenbruder Judas identifiziert. Das gab wieder den Gnostikern Gelegenheit zu eigentümlichen Spekulationen über den himmlischen Jesus und seinen irdischen Zwillingsbruder.

d) Die Boten Jesu

Während das Zwölfjüngeramt für die Zukunft, für das Gottesreich eingerichtet war, aber im Verlauf der irdischen Wanderschaft Jesu keine für uns erkennbaren Aufgaben hatte, stand das bei den von Jesus ausgesandten Boten gerade umgekehrt: Sie werden mit einem einmaligen Auftrag ausgesandt, haben aber im völlig offenbarten Gottesreich keine Verrichtung mehr. Wie das Zwölferamt dem erhöhten Herrn zugeordnet ist, so das Botenamt dem Menschensohn in seiner Niedrigkeit.

Die Überlieferung hat alle von Jesus eingerichteten Ämter miteinander und mit dem erst in der Urgemeinde eingerichteten Apostelamt vermischt. Der Unterschied der Boten gegenüber den Zwölfen zeigt sich auf den ersten Blick daran, daß die Boten zu zweien und zweien ausgesandt werden. Die Zwölf werden gar nicht ausgesandt, und sie nehmen ihr Amt gemeinsam oder einzeln wahr, aber jedenfalls nicht paarweise. (Andernfalls wären es nicht zwölf, sondern vierundzwanzig Jünger in diesem Amt gewesen; soviel, wie die Apokalypse tatsächlich „Älteste" zählt.) — Der Apostolat unterscheidet sich von Jesu Boten dadurch, daß Apostel vom Auferstandenen berufen sein müssen und daß Apostel ihr Amt dauernd bekleiden. Der Auftrag an die Boten ist mit ihrer Rückkehr beendet. Die Eile, die den Boten Jesu aufgetragen ist, hat in den Vorstellungen des Paulus von seinen Amtsaufgaben keine tiefergehende Entsprechung.

Die Vermischung der Ämter ist durch Lukas vor allem, aber auch durch Matthäus geschehen. Die beiden Evangelisten wollten Name und Amt der Apostel auf die von Jesus in den Zwölferkreis berufenen Jünger beschränken, vermutlich weil sie den mit Aufträgen der Urgemeinde reisenden Aposteln mißtrauisch gegenüberstanden. Am deutlichsten verfährt dabei Lukas; er sagt (6, 13), Jesus habe die Zwölf *auch* Apostel genannt. An anderer Stelle (9, 2) deutet er an, Jesus habe die Zwölf darum Apostel nennen können, weil er sie ausgesandt habe. Dieser Sprachgebrauch ist an einer Stelle, nämlich bei der Namensliste (10, 2) auch in das Matthäusevangelium eingedrungen. — Markus kennt für die *Zwölf* noch nicht die Umbenennung in Apostel. Einmal nennt er aber die *Boten* Apostel, nämlich bei ihrer Rückkehr (6, 30). — Johannes erwähnt den Apostel in unserm technischen Sinn überhaupt nicht. 13, 16 gebraucht er ihn aber in der allgemeinen Wortbedeutung, nämlich als „Bevollmächtigten", ohne jede Bezugnahme auf ein Gemeindeamt.

Die Vermischung der „Zwölf“ mit den Aposteln und den Boten Jesu geht allein auf die Evangelisten zurück und ist bloße Konstruktion. Demgegenüber stehen die Apostel der Urgemeinde und die Boten Jesu in sachlichem Zusammenhang; die Urgemeinde knüpft mit ihrem Apostelamt an die Aussendung der Boten durch Jesus an (S. 213.224). Sie konnte sich zur Einrichtung des Apostelamtes darum als berechtigt ansehen, als Gottesboten, die das Evangelium verkündigen, Gegenstand alttestamentlicher Weissagungen sind. So konnte die Urgemeinde auf Grund des Alten Testaments zu der Überzeugung kommen, Jesus habe in seinen Boten eine Institution geschaffen, zu deren Weiterführung sie verpflichtet war. — Die Evangelisten, Lukas und Matthäus, wollten den Aposteltitel aber darum auf die Zwölf beschränken, weil die Gemeinden, für die sie schrieben, sich gegen die Ansprüche von wandernden Charismatikern wehren mußten, die behaupteten, vom Herrn ausgesandt zu sein und als seine Bevollmächtigten auftraten. Schon die Didache deutet in ihrem Apostelabschnitt (11, bes. 11, 3—6) die Probleme an, die sich einer Gemeinde durch das Auftauchen eines ihr unbekannten Apostels stellen konnten. Auch die Sendschreiben der Johannesapokalypse und des Ignatius nach Ephesus zeigen uns, daß es selbst in der dritten Generation noch Wanderprediger gab, die den Apasteltitel in Anspruch nahmen. Dies sind allerdings nach unserer Kenntnis die letzten gewesen, und die Gemeinde in Ephesus geriet durch sie auch sichtlich nicht mehr in Verwirrung.

Lukas gibt uns durch seine Genauigkeit die Möglichkeit, trotz der Ämtervermischung die Aussendung der Boten von der Einsetzung der Zwölf zu unterscheiden, denn er teilt zwei verschiedene Aufträge mit; den einen erhalten die Zwölf, den andern siebzig Jünger (10, 1—12). Dadurch sehen wir, daß auch das Markusevangelium eine ähnliche Unterscheidung erkennen läßt. Markus berichtet 3, 14—16 die Einsetzung der Zwölf und deutet dabei ihre künftige Entsendung an. Die wird dann 6, 7—11 mitgeteilt, und die beiden folgenden Verse 6, 12f. berichten vom Vollzug des Auftrags. Schließlich wird dann auch 6, 30f. die Rückkehr erzählt, aber diesmal nicht der „Zwölf“, sondern der „Apostel“. Wir achten nicht auf den Wechsel in der Amtsbezeichnung, weil uns die lukanische Ämtervermischung den Blick dafür genommen hat, daß hier von verschiedenen Aufträgen die Rede ist.

Lukas aber macht einen Unterschied zwischen der Entsendung der „Apostel“ und der Siebzig. Die Verdoppelung erklärt Lukas so, daß die Zwölf während der galiläischen Wanderschaft Jesu Tätigkeit als seine Stellvertreter vervielfachen, während die Siebzig ihm als Herolde auf seinem Marsch nach Jerusalem vorausziehen und sein Erscheinen ankündigen. Die Zwölf sind Verkünder des Gottesreiches, die Siebzig Herolde Jesu. Aus dem Evangelium können wir aber erkennen, daß dieses ein Erklärungsversuch des Evangelisten ist. Denn wenn die Siebzig Herolde Jesu auf seinem Weg nach Jerusalem gewesen wären, dann wären sie nicht zu ihm zurückgekehrt, sondern von ihm eingeholt worden; dazu kommt, daß die Siebzig bei ihrer Rückkehr von ihren erfolgreichen Dämonenaustreibungen berichten (Lk 10, 17). Somit geht aus dem lukanischen Bericht hervor, daß Jesus nicht die Zwölf, sondern die Siebzig ausgesandt hat, daß er sie nicht zur Ankündigung seiner Ankunft, sondern zur Verkündigung der Gottesherrschaft und zum Kampf gegen die Dämonen ausgesandt hat und daß es sich dabei um einen einmaligen Auftrag gehandelt hat.

Auch Jesu Sendboten werden zu ihrer Verkündigung des Gottesreiches nach dem Modell des alttestamentlichen Propheten gezeichnet; das Alte Testament bot kein anderes Amtsmodell für diesen Zweck an. Da die Jünger wie Propheten mit dem Heiligen Geist ausgestattet sind, werden sie auch wie Propheten als Zeugen gedeutet. Die Zeugeneigenschaft zeigt sich darin, daß sie zu je zweien ausgesandt werden. Der Zeugentitel der Propheten hat zwei Erklärungen. Einerseits wird es als „Zeugnis" verstanden, wenn die Propheten den Heilswillen Gottes bezeugen. Andererseits werden sie durch ihre Tätigkeit zu Zeugen Gottes im künftigen Gericht, wo sie bezeugen können, daß Gott die Menschen zur Umkehr aufgefordert und ihnen sein Heil angeboten hat. Die Deutung der Propheten als Zeugen ist vor allem Jes 43, 9.10.12; 44, 8 ausführlich begründet, und in diesem Zusammenhang wird auch der Gottesknecht als Zeuge schlechthin genannt (Jes 43, 10; 55, 4). Da das Gesetz vorschreibt, daß Zeugen mindestens zwei sind, enthält das paarweise Auftreten immer ein Anzeichen dafür, daß ein Amt als Zeugenamt verstanden werden will. Dies gilt auch für die Boten Jesu; desgleichen läßt auch ihre Dienstanweisung erkennen, daß sie als Zeugen auftreten sollten und daß ihre Verkündigung ebenso „Zeugnis" wie „Evangelium" sein konnte.

Die einzige Angabe über die Zahl der Boten sind die Lk 10, 1 genannten Siebzig. Da Lukas selber und erst recht seine Quelle den Ereignissen noch recht nah stand, ist es denkbar, daß diese Zahl wenigstens der Größenordnung nach auf die Zahl der von Jesus tatsächlich ausgesandten Boten hinauslief. Die Zahl selber ist in den siebzig Ältesten vorgebildet, die Mose Ex 24; Num 11, 16 zu Zeugen der Theophanie gemacht hat. Vermutlich hat die Exegese dieser Stelle schon bei diesen Ältesten die Doppelfunktion der Zeugen erkannt; als Theophaniezeugen konnten sie die Wirklichkeit Gottes bezeugen, als Zeugen der Gesetzesübergabe konnten sie Zeugnis von Gottes Heilswillen ablegen. Von einem Verkündigungsauftrag an diese siebzig Ältesten steht nichts im Alten Testament. Es kann aber sein, daß man zur Zeit des Lukas einen derartigen Auftrag aus dem Amtstitel 'Ältester' als selbstverständlich ableitete.

Kennzeichnend für die Boten Jesu ist ihre große Zahl. Sie erlaubt uns den Schluß, daß Lukas die Nachricht von der Aussendung der Siebzig in der Logienquelle gefunden hat. Die Logienquelle enthielt eine Aussendungsrede an die Boten, die Lukas 10, 3—20 aufgenommen hat; Matthäus hat sie im Zusammenhang mit der Aussendung der Zwölf verarbeitet. Dieser Rede ging in der Logienquelle der Spruch Mt 9, 37f.; Lk 10, 2 voraus „Die Ernte ist groß und es gibt wenig Arbeiter. Bittet also den Herrn der Ernte, daß er Arbeiter in seine Ernte sende!" Vor diesem Spruch hat Lukas aber die Mitteilung, die folgende Rede sei an die Siebzig gerichtet gewesen. Da diese Angabe nicht isoliert überliefert worden sein kann, muß sie in dem Zusammenhang gestanden haben, in dem Lukas sie vorgefunden und belassen hat, nämlich in der Aussendung der Siebzig.

Lukas hat nämlich die derart zusammengestellten Sprüche anders als seine Quelle verstanden. Er hat darin eine Weissagung auf die Ausbreitung des Evangeliums in der Zeit der Kirche gesehen und die Boten als die Missionare gedeutet, die das Evangelium dort verkündigen, wohin der Herr kommen will. Dadurch vertrug sich in seinen Augen die Aussendung der Siebzig mit der der Zwölf, in denen er Jesu an Israel gerichtete Boten erkannte. Da sich in den Siebzig die Ausbreitung des Evangeliums in die Welt verkörpert, fand ihre große Zahl eine Erklärung. Sie sind die Typen der ersten Missionare; das sind in den Augen des Lukas nicht die Apostel, die ja für ihn mit den Zwölfen zusammenfallen. Hingegen können sie im Unterschied von den Aposteln „Evangelisten" genannt werden (Apg 21, 8; vgl. 6, 5).

Die Aussendung der Siebzig war also in der Logienquelle überliefert. Aber auch ihr schien die große Zahl der Boten einer Erklärung zu bedürfen. Darum hat sie den Spruch von der Ernte und der großen Zahl der benötigten Arbeiter dazugestellt; so konnte man dem Zusammenhang entnehmen, warum Jesus derart viel Boten ausgesandt hatte.

Das Bild von der Ernte war durch sich selbst verständlich. Es hatte sich allerdings gegenüber seiner alttestamentlichen Begründung in seinem Sinn etwas verschoben. Nach Joel 4, 13 ist unter der Ernte der Gerichtstag zu verstehen, und in dieser Weise ist das Bild auch Apk 14, 14—16 gebraucht. Neben diesem düsteren und drohenden Verständnis hat sich aber auch eine Ausdeutung des Bildes auf das Gottesreich entwickelt. Sie steht mit der Gerichtsdeutung in Zusammenhang, teilt vor allem mit ihr die Überzeugung, daß das Gottesreich oder das Gericht zuvor allen verkündigt sein müsse, bevor es anheben könne.

Dementsprechend wird das Gleichnis vom Unkraut unter dem Weizen dahin erklärt (Mt 13, 36—43), die Ernte sei die Vollendung dieses Äons, die Engel seien die Schnitter und der Menschensohn sende (ähnlich Apk 14, 14—20) seine Engel aus, um die Ernte einzubringen und zu reinigen. Mit dem „Reinigen" wird die Gerichtserwartung angedeutet; ebenso in der Täuferpredigt Mt 3, 12; Lk 3, 17. Wo immer in diesen Erntebildern von „Engeln" die Rede ist, sind himmlische Engel gemeint. Aber nun heißt 'Angelos' einfach 'Bote', so daß man dem Wort nicht ansehen kann, ob es himmlische oder irdische Boten bedeutet. Das zeigt erst der Zusammenhang. — Denn in dem Herrenwort, das wir hier betrachten, sind die Erntearbeiter irdische Gottesboten, die das Evangelium verkündigen. Der Schriftgrund ist zunächst Jes 52, 7: „Wie lieblich sind auf den Bergen die Füße der Boten, die da Frieden verkündigen, Gutes predigen, Heil verkündigen." Die Quelle für diese Weissagung ist Nahum 2, 1: „Sieh, auf den Bergen kommen Füße eines guten Boten, der da Frieden verkündigt." (Auf diesen guten Boten bezieht sich auch der Schluß des Maleachibuches.) Hier sind die Boten keine himmlischen, sondern menschliche Engel. Die haben sich an der obengenannten Matthäusstelle wieder in himmlische Gottesboten verwandelt; doch bringen auch sie die Ernte des Gottesreiches dadurch ein, daß sie die Friedensbotschaft verkündigen. Dieselbe Rückverwandlung aus einem irdischen in einen himmlischen Engel hat auch der Engel mit dem ewigen Evangelium Apk 14, 6 erfahren.

Somit erklärte die Logienquelle die große Zahl der ausgesandten Boten durch die Nähe des Gottesreiches. Sie erfordert es, das Evangelium so schnell wie möglich und so vielen wie möglich zu verkündigen. Mit dieser Voraussetzung ist die Anweisung an die Boten völlig in Einklang. Nach Lk 10, 9 und andern Stellen lautet die Botschaft: „Das Gottesreich ist euch nahgekommen." Die Boten sollen ihren Auftrag möglichst rasch ausführen. Sie gehen in leichter Bekleidung; sie sollen keine zwei Gewänder anziehen und sollen weder einen zweiten Chiton noch sonst irgendwelches Gepäck mitnehmen. Hingegen sollen sie Schuhe an den Füßen tragen und einen Wanderstab mitnehmen (Mk 6, 8f.). Beides brauchen sie auf ihren gebirgigen und steinigen Pfaden. — Wenn es weiter heißt, sie sollen nicht Ranzen noch Beutel bei sich haben und sollen auch kein Geld im Gürtel mitführen, so heißt das, daß sie sich nicht mit dem Einsammeln von Gaben und Spenden aufhalten sollen; ihre einzige Aufgabe besteht darin, daß sie ihre Botschaft ausrichten. So sollen sie sich auch nicht dort aufhalten, wo man sie nicht aufnehmen, d.h. nicht anhören will; sie sollen nicht etwa bitten, werben oder diskutieren, sondern sollen den Staub von ihren Füßen schütteln zum Zeichen dafür, daß diesem Ort das Evangelium vergeblich angeboten war. — Der Bezirk, in den die Boten ausgesandt werden, ist nach Mt 10, 5 auf Galiläa beschränkt; denn Galiläa ist das Land, das von den Ländern der Heiden und der Samariter eingeschlossen liegt. (Diese Anweisung hat also von ihrem Ursprung her gar nichts mit der Heidenmission zu tun; sie verbietet sie nicht, noch nimmt sie überhaupt dazu Stellung.) Der Grund für die Beschränkung ist allein die Knappheit der verbliebenen Zeit.

Die Aussendungsreden sind aus Markus und aus der Logienquelle von Matthäus und Lukas aufgenommen worden. Bei diesem Übergang tritt die Anweisung zur Eile an die Boten zurück; sie weicht der Uneigennützigkeit und Bedürfnislosigkeit, zu der nun in erster Linie angehalten wird. Da die Anweisung zur Eile bei Markus (und in der Logienquelle) aber noch erkennbar ist, so folgt daraus, daß beide in einer Zeit geschrieben oder zusammengestellt sind, in der die Naherwartung der Apostel sich von der der Jünger Jesu noch nicht wesentlich unterschied. Ursprünglich muß der Auftrag auch eine zeitliche Grenze enthalten haben, bis zu der er ausgerichtet sein sollte. Das geht daraus hervor, daß die Rückkehr der Boten mit ihrer Vollzugsmeldung in die Überlieferung eingegangen ist (Mk 6, 30; Mt 14, 12; Lk 9, 10; 10, 17). Vermutlich hatte Jesus den Boten gesagt, wann und wo sie ihn treffen sollten.

So stellt sich nun die Frage nach dem Grund der Aussendung. Inhaltlich unterscheidet sich die Botschaft nicht von dem, was Jesus bis dahin selber verkündigt hatte. Das einzige, was sich geändert hat, ist die Dringlichkeit, mit der der Auftrag auszuführen war. Da aber Jesus schon vorher die Nähe des Gottesreiches verkündigt hatte, kann die große Zahl der Boten und die Schnelligkeit, mit der sie reisen sollen, nur darin ihren Grund gehabt haben, daß bei Jesus die Erwartung über die bisherige Nähe bis zur Unmittelbarkeit gesteigert war. — Wenn weiterhin den Boten entgegen der bisherigen Gewohnheit untersagt wird, Spenden einzusammeln, so bedeutet das, daß sie sich mit ihrer Botschaft in erster Linie an die zu wenden hatten, die Jesus durch Spenden unterstützten, seine Anhänger also, doch ohne daß ihre Botschaft diesen allein gegolten hätte.

Wir wissen nun, daß Jesus seine Wanderschaft in Galiläa dadurch beendete, daß er sich zum Passa auf den Weg nach Jerusalem machte. Wir wissen weiter, daß er erwartet hat, dort seinen Tod zu finden, und daß er dort auch den Anbruch des Gottesreiches erwartet hat. Er muß darum, weil die Entsendung der Boten seinem Zug nach Jerusalem vorausgeht, durch die Boten seine Anhänger aufgefordert haben, sich zum Passa in Jerusalem einzufinden.

Als Jesus die Boten entsandte, kann er nicht an die Begründung einer Institution gedacht haben. Doch hat die Urgemeinde an diesen Auftrag Jesu angeknüpft, als sie den Apostolat einrichtete. Sie hat aber nicht den ursprünglich einmaligen Auftrag Jesu in einen dauernden verwandelt, sondern mit der Beauftragung der Apostel durch den Auferstandenen an die Erteilung eines neuen Auftrags geglaubt. Dies schließt nicht aus, daß viele der ursprünglich von Jesus ausgesandten Jünger hernach zu den Aposteln gehörten. Im Unterschied von Jesu Boten vermochten die Apostel die Auferstehung Jesu als Tatsache zu bezeugen, und dieser Unterschied war wichtiger als alle sonstige Übereinstimmung.

8. Jesu Aufbruch nach Jerusalem

Die Juden feiern ihr Passa in Erinnerung an den Auszug aus Ägypten, aber darin erschöpft sich nicht der Sinn der Feier. Wichtiger als der Blick in die Vergangenheit ist der in die Zukunft. Das Passafest zeigt an, daß das Volk sich noch auf der Wanderschaft weiß und das verheißene Gottesreich erwartet. Wenn die Juden Passa feiern, dann tun sie ein Zeichen von der Art, wie die alten Propheten getan haben; das Begehen dieser Feier dient dazu, das Gottesreich anzukündigen und herbeizuführen. Auch in der neutestamentlichen Zeit haben die Juden bereits erwartet, daß das Gottesreich in der Passanacht anbrechen werde, und Jesus muß diese Erwartung geteilt haben. Er erwartete weiterhin, daß die Gottesherrschaft sich in Jerusalem offenbaren werde; das Alte Testament hat hinreichend Heilszusagen an die Stadt, an den Zionsberg und -felsen, um diese Erwartung zu begründen. Beim Zusammenbruch und Untergang der alten Welt sollten die Erwählten auf dem Zion Rettung finden. Hier sollte vor allem die Ausgießung des Heiligen Geistes stattfinden, und mit der Ausgießung des Geistes auch die Auferstehung der Toten, die von den Gräbern der erschlagenen Propheten als den Zeugen des Auferweckungsglaubens ihren Anfang nehmen sollte.

Da wir wissen, daß Jesus in der Erwartung der Gottesherrschaft gelebt und gewirkt hat, wissen wir zugleich, daß es diese Erwartung war, die ihn dazu bestimmt hat, seine Tätigkeit in Galiläa abzuschließen und nach Jerusalem zu ziehen. Wir fragen aber weiter, wodurch sich seine Erwartung so weit verdichtet hat, daß er sich zu diesem Schritt entschloß. Wenn er glaubte, daß das Gottesreich in einer Passanacht anbrechen werde, so teilte er die Erwartung aller. Warum kam er aber zu der Überzeugung, daß Gott das bevorstehende Passa als den Zeitpunkt für die Vollendung seines Leidens und den Beginn des Gottesreiches festgesetzt habe?

Aus Lukas (10, 18) erfahren wir, daß Jesus durch eine Vision zu seinem Entschluß veranlaßt oder darin bestärkt worden sei, und eine Betrachtung dieser Nachricht führt zu der Erkenntnis, daß sie auch im Johannesevangelium mitgeteilt ist. Nach dem Lukasevangelium berichten die von Jesus ausgesandten Boten bei ihrer Rückkehr, daß ihnen zu ihrer Überraschung die von ihnen in Jesu Namen angeredeten Dämonen gehorcht hätten. Jesus liefert ihnen die Erklärung dafür: „Ich sah den Satan wie einen Blitz vom Himmel stürzen." Der Sturz des Satan und seiner Engel ist der Grund dafür, daß diese den Jüngern gehorchen, wenn sie ihnen im Namen Jesu befehlen.

Das von Jesus geschaute Ereignis, der Satanssturz, ist auch in der Offenbarung des Johannes Gegenstand einer Vision. Dort handelt es sich um den Höhepunkt des ganzen Buches. In dem Augenblick, in dem der Seher den Satansturz sieht, wird die Schilderung der Vision durch einen feierlichen

Hymnus unterbrochen, und in diesem Hymnus wird der Satanssturz als Ursache dafür bezeichnet, daß nun, nachdem der Satan aus dem Himmel gestürzt ist, das Gottesreich anbrechen kann:

ἄρτι ἐγένετο...	Nun ist eingetreten...
ἡ βασιλεία τοῦ θεοῦ ἡμῶν...	die Herrschaft unseres Gottes...
ὅτι ἐβλήθη...	denn gestürzt wurde...
	(Apk 12, 10)

Diesen Satanssturz teilt auch das Johannesevangelium mit, und dabei bedient es sich einer Wortfolge, die der der Apokalypse ganz ähnlich ist

νῦν ὁ ἄρχων τοῦ κόσμου τούτου ἐκβληθήσεται ἔξω

Nun wird der Fürst dieser Welt hinausgestürzt.
(Joh. 12, 31)

Das ist auch im Johannesevangelium der Höhepunkt des ganzen Buches, nämlich der Anfang der Leidensgeschichte. Es handelt sich um den sogenannten Gethsemanemoment des Johannesevangeliums, der diesen Namen wegen der Beziehungen zur synoptischen Gethsemaneperikope erhalten hat. Während das Johannesevangelium Jesus sonst durchweg im Glanz seiner mit der Auferstehung sichtbar gewordenen Hoheit zeichnet, berichtet es hier, daß Jesus in diesem Augenblick — ähnlich wie in der synoptischen Gethsemanegeschichte — einer Versuchung durch die ihm bevorstehenden Leiden ausgesetzt gewesen sei. „Jetzt ist meine Seele betrübt" (12, 27).

Die Ähnlichkeit zwischen der synoptischen und der johanneischen Gethsemanegeschichte setzt sich fort. Im Johannesevangelium ergeht nun eine Himmelsstimme. Himmelsstimmen zeigen im allgemeinen an, daß ein Prophet berufen wird. So steht das schon bei Amos (3, 8): „Der Herr HErr redet; wer sollte nicht weissagen?" Das Volk hört zwar die Himmelsstimme, aber es versteht sie nicht, sondern hört nur den bei Amos mit dem Brüllen des Löwen verglichenen Gewitterdonner. Auch im Johannesevangelium erklärt das „Volk, das dabeistand und zuhörte: Es donnerte." Es versteht weder Jesu Gebet, noch Gottes Antwort. Aber wenn das Volk auch die Himmelsstimme nicht versteht, so kann es doch aus dem Donner, den es hört, auf das schließen, was in Wahrheit vor sich geht, und so meinen denn andere: „Ein Engel hat zu ihm gesprochen."

Das ist im Sinne des Johannesevangeliums unzulänglich, denn da bedarf es nicht des Mittlers zwischen Jesus und dem Vater. Darum erklärt Jesus nun dem Volk, daß die Himmelsstimme nicht seinetwegen geredet hat, sondern des Volkes wegen, und daß sie den Satanssturz anzeigt, der in diesem Augenblick („jetzt") sich vollzieht oder anhebt. Von dem Engel, der nach Meinung einiger Hörer mit Jesus gesprochen hat, ist im Johannesevangelium nicht mehr weiter die Rede. Jesus war ja auch nicht auf ihn angewiesen. Aber dieser Engel erscheint in der Gethsemanegeschichte bei Lukas (22, 43f.): „Es erschien ihm ein Engel vom Himmel und stärkte ihn." Da dieser Engel im Johannesevangelium im Grunde unmotiviert vom Volk ins Gespräch gebracht wird, liegt die Vermutung nah, der Evangelist habe ihn in seiner Quelle vorgefunden. Bei Markus erscheint dieser Engel ebenfalls; freilich nicht in der Gethsemanegeschichte, sondern in der ersten Versuchungsgeschichte (Mk 1, 13); daher wissen wir, daß es sich bei diesem Engel, der nach der lukanischen Gethsemanegeschichte Jesus „stärkte", und nach der Versuchungsgeschichte bei Markus ihm „diente", ursprünglich um den Engel gehandelt hat, der den Elia in seiner Versuchungsgeschichte „stärkte" (1Kön 19, 5—8). Bei Lukas bedeutet das Erscheinen des stärkenden Engels, daß nun der Kampf erst richtig ausbricht; Jesus ringt, unterstützt von dem Engel, mit dem Satan und besiegt ihn.

Das heißt aber, daß nach Lukas der Kampf, der dem Satanssturz vorausgeht, sich in Jesu Seele abspielt. Die Johannesapokalypse hat, ebenso wie das Johannesevangelium, diesen Kampf kosmisch interpretiert. In der Apokalypse ist der Engel Michael, der den Satan bekriegt und ihn schließlich stürzt. Lukas hat demgegenüber psychisch interpretiert und den kosmischen Kampf als Versuchung Jesu durch den Satan und Sieg Jesu über den Satan in der Brust Jesu gedeutet. Daß der Evangelist zu dieser Interpretation berechtigt war, zeigt uns der Gebrauch, den der Hebräerbrief von der Gethsemanegeschichte gemacht hat. Jesus ist als Überwinder des Versuchers Vorbild für alle Menschen. Aber nichtsdestoweniger ist es ein ursprünglich äußeres, kosmisches Ereignis, das Lukas auf diese Weise nach innen verlegt hat, und von diesem ursprünglichen und äußeren Ereignis berichtet ebenfalls Lukas, daß es sich für Jesus durch eine Vision erschlossen hatte. Gerade Lukas hat diese Vision mit der Aussendung der Boten durch Jesus in Zusammenhang gebracht, und so schließen wir wieder gerade aus Lukas, daß diese Vision in Jesus die Überzeugung erweckt hat, nun sei der Augenblick gekommen, in dem er den Weg nach Jerusalem anzutreten habe.

Aus den oben zitierten johanneischen Stellen, Apk 12, 10 und 12, 31 geht die Überzeugung hervor, daß der Satanssturz vonstatten gehen muß, damit das Gottesreich anbrechen kann. Nach diesen Stellen ist der Satan die gottfeindliche Macht, die bis dahin der Gottesherrschaft im Wege stand. Diese Vorstellung von einer Katechon-Wirkung des Satan finden wir auch in einem Herrenwort ausgesprochen, das die Logienquelle überliefert hat (Mt 11, 12). Darin heißt es, die Zeit der Propheten reiche hinab bis auf Johannes den Täufer. Das bedeutet in diesem Zusammenhang, daß die Propheten das Gottesreich geweissagt und angekündigt haben, aber draußen und davor geblieben sind. Mit dem Täufer ist das jedoch anders geworden: „Von den Tagen Johannes des Täufers bis zu diesem Augenblick (ἕως ἄρτι) wird die Königsherrschaft Gottes gewaltsam unterdrückt (βιάζεται), und Gewalttäter reißen sie an sich (βιασταὶ ἁρπάζουσιν αὐτήν)." Das ἄρτι kennen wir aus der Apokalypse und als νῦν aus dem Johannesevangelium; der Augenblick, den es bezeichnet, ist der des Satanssturzes. Der Satan, der gewaltsam versucht hatte, die Gottesherrschaft zu verhindern, ist gestürzt und hat den Weg freigemacht; nun werden die Dinge ihren Lauf nehmen. Aus der Apokalypse wissen wir, daß er auf die Erde gestürzt ist, und daß das zur Folge hat, daß jetzt die letzte Versuchung und die Leiden Jesu und seiner Jünger ihren Anfang nehmen. — Es gibt aber auch ein bei Lukas überliefertes Herrenwort, in dem diese Überzeugung zum Ausdruck kommt. Lukas hat diese Versuchung als Ursache für die Verleugnung des Petrus angesehen und dem Wort darum auch seinen Platz in der Verleugnungsgeschichte angewiesen (Lk 22, 31); „Simon, Simon, siehe der Satan hat euch gefordert und will euch sichten wie den Weizen." Das deckt sich mit der Rolle, die der Satan noch kurze Zeit auf Erden als Versucher spielen kann (Apk 13). Petrus wird der Versuchung zunächst erliegen. Es deutet sich dadurch an, daß der Herr ihn nicht mit seinem geistlichen Namen Petrus anredet, sondern mit seinem bürgerlichen Namen Simon.

Der Zug nach Jerusalem bereitete neue Schwierigkeiten. Bei den Märschen durch Galiläa hatten sich die Jünger allenthalben auf Anhänger stützen können, wenn sie Kost und Herberge brauchten. Aber nun ging die Reise durch ein Gebiet, in dem es keine Anhänger und keine Stützpunkte gab. Lukas zufolge (9, 51—58) versuchte Jesus zunächst, den Weg durch Samarien zu nehmen. Aber in dem als Quartier vorgesehenen Ort gab es keine Unterkunft. Lukas erklärt, die Samariter hätten die galiläischen Festpilger nicht unterstützen wollen. Daraus läßt sich schließen, daß sich das Land in starker apokalyptischer Erregung befand und daß die Samariter dadurch sich zu ihrem Garizim zu bekennen versuchten, daß sie die Wallfahrt zum Zion behinderten. Die Frage der Samariterin am Brunnen (Joh 4, 19) deutet auf diesen Gegensatz hin.

Jesus wählte nun (nach Mk 10, 1; Mt 19, 1) den Weg auf dem östlichen Jordanufer. Er zog zunächst nach dem Ort, an dem Johannes der Täufer sich aufgehalten und getauft hatte (Joh 10, 39f.), dem Platz also, der in der Textüberlieferung von Joh 1, 28 den Namen „Bethanien östlich des Jordan" angenommen hat. Hier dürfte er seine Jünger gesammelt haben. Nach Joh 10, 39 befand er sich in Gefahr, verhaftet zu werden. Man kann vermuten, daß seine Gegner — dabei denken wir an Leute des Herodes — ihm im Grenzgebiet zwischen Galiläa und Samarien auflauerten; auch dies könnte einen Grund abgegeben haben, die ursprünglich vorgesehene Route zu ändern.

Möglicherweise hatten seine Gegner es in erster Linie gar nicht auf seine Verhaftung abgesehen, sondern darauf, seinen Zug nach Jerusalem zu verhindern. Jesus hat wenigstens mit dieser Möglichkeit gerechnet und darum seine Jünger angewiesen, außer einer zulänglichen Ausrüstung auch ein paar Waffen mitzunehmen. „Und er sagte ihnen: Hat euch etwas gefehlt, als ich euch ohne Beutel, Ranzen und Schuhe aussandte? Und sie sagten: Keineswegs. Und er sagte zu ihnen: Jetzt aber soll, wer einen Beutel hat, ihn mitnehmen, und desgleichen einen Ranzen, und wer kein Schwert hat, der soll seinen Mantel verkaufen und sich eines kaufen" (Lk 22, 35).

Das Verständnis der Anweisung hat schon der Überlieferung Schwierigkeiten gemacht, und die macht es uns ebenfalls; denn sie widerspricht dem Gewaltverzicht Jesu unmittelbar und hart. Man kann sie sich so erklären, daß Jesus entschlossen war, sich den Weg nach Jerusalem nötigenfalls zu erzwingen. Wenn die Jünger gar keine Waffen mitgeführt hätten, so hätte es nur weniger Bewaffneter bedurft, ihnen den Weg zu verlegen. Denn daß Verteidigungsbereitschaft Angreifer abschreckt, ist kaum zu bestreiten.

Der Evangelist erklärt, die Waffen seien mitgenommen worden, um Jes 53, 12 zu erfüllen „Er wurde unter die Übeltäter gerechnet". Unter den Übeltätern sind Zeloten begriffen. — Auch das angeschlossene Wort von den zwei Schwertern spricht wohl von den Schwierigkeiten, die die Waffen dem Evangelisten gemacht haben. Es ist so zu verstehen, daß es sich bei den Waffen um zwei Schwerter und nicht mehr gehandelt habe. Zwei Schwerter wären in der Tat in jedem Fall genug gewesen. Sie hätten ausgereicht, um gegebenenfalls einen Durchzug gegen eine kleine Gruppe Bewaffneter zu erzwingen. — Sie reichen aber jedenfalls auch aus, den Plural „Er wurde unter *die* Übeltäter gerechnet" zu rechtfertigen. Dazu kommt, daß der Besitz von zwei Schwertern bei Jesu Gefangennahme den Jüngern die Möglichkeit zu der Frage gibt: „Sollen *wir* mit dem Schwert dreinschlagen?" Ob aber Jesu Antwort „Genug!" bedeutet 'Genug geredet' (wie Dt 3, 26), oder ob sie heißt 'Genug Schwerter', das weiß niemand.

Den Jüngern war der Ernst der Lage bewußt. Mk 10, 32 beschreibt, wie Jesus voranging und die Jünger ihm folgten und sich fürchteten. An der entsprechenden Stelle im Johannesevangelium (11, 16) sagt Thomas: „Laßt uns mitziehn, daß wir mit ihm sterben!" Der Zug Jesu nach Jerusalem erweckte weder den Eindruck einer Schar bewaffneter Zeloten, die in Siegesstimmung nach der Hauptstadt marschieren, um dort zu putschen, noch den von Wallfahrern, die friedlich durch das Tal des Jordan ziehen. Die Stimmung, die Jesus und die Jünger beherrscht, ist die Leidenserwartung; sie wissen, daß sie einem schweren Los entgegengehen, und sicher weiß Jesus, vermutlich wissen es auch die Jünger, daß er dort sterben wird.

Wahrscheinlich nahmen nur die Jünger den Weg durch das Ostjordanland. Die Menge der Anhänger dürfte auf den Pilgerstraßen durch Samarien gezogen sein, um Jesus in Jerusalem zu erwarten. Jesus selber sammelte seine Jünger in Bethanien östlich des Jordan und zog dann mit ihnen über Jericho und Bethanien nach Jerusalem, wo seine Anhänger ihm den Einzug bereiteten, von dem die Evangelien erzählen.

9. Der Menschensohn

Die den Evangelisten Markus und Johannes vorliegende Überlieferung hat die Geschichte Jesu als Erfüllung einer Reihe von alttestamentlichen Weissagungen gedeutet. Sie verstand diese Weissagungen als Ankündigung des endzeitlichen Propheten, der durch sein Auftreten die Endzeit herbeiführt. Die Zusammenstellung war in der Absicht vorgenommen, Jesus als den endzeitlichen Propheten zu erweisen, und war mit dieser Absicht der Gattung der 'Prophetenleben' verwandt. Das 'Prophetenleben' ist nicht das, was wir unter einer Biographie verstehen, sondern die Zusammenstellung all der Nachrichten, die einen Menschen als Inhaber des prophetischen Amtes kennzeichnen: Berufung, Machttaten, Leiden, Tod und Begräbnis. Unter diesen Angaben ist keine so kennzeichnend wie die Leiden, die der Prophet auf sich nimmt. Nur die Leiden stellen eine Art Legitimation dar und einen Nachweis dafür, daß der Prophet ein wahrer, von Gott beauftragter Prophet ist. Daher trägt die Gattung die Tendenz in sich, zur Leidensgeschichte zu werden. Diese Tendenz hat sich beim Markusevangelium ausgewirkt, das nicht nur Jesu Leidensgeschichte breit ausführt, sondern darüber hinaus Jesu Leidensbereitschaft an den ausgezeichneten Punkten seiner Geschichte zum Ausdruck bringt. Das geschieht vornehmlich in den Leidensweissagungen.

Aber nun werden Jesu Leidensweissagungen von vielen als Vaticinia ex eventu angesehen, als Erfindungen der ersten Gemeinden. Sie seien dadurch bestimmt gewesen, Jesu Mißerfolg nachträglich zu rechtfertigen, die Tatsache also, daß sein Marsch nach Jerusalem mit einer Katastrophe geendet habe. So habe man mit den Leidensweissagungen Jesus die Kenntnis vom Ausgang seiner Unternehmung unterschoben, die er in Wirklichkeit — als 'historischer Jesus' — nicht gehabt habe. Man habe auf diese Weise sein Unternehmen als Gehorsam gegen ein Schicksal gedeutet, das Gott ihm auferlegt hatte, und so hätten jene Gemeinden der Katastrophe einen erbaulichen Sinn abgewonnen.

Wir meinen, diese Folgerung sei historisch unwahrscheinlich; sie sei ein falscher Schluß aus falschen Prämissen. Man kann sich zwar einen germanischen oder mittelalterlichen Heerkönig vorstellen, der nach seinem Untergang die Königs- und Reichsidee hinterließ und nichts sonst, und kann sich auch vorstellen, daß seine Anhänger auf diese Weise die Vergangenheit und Geschichte mehr über- als bewältigt hätten. Und so könnte man sich die Evangelien als Apologie eines mißlungenen Unternehmens dann in der Tat vorstellen, wenn Jesus wirklich als der Messias oder Christus aufgetreten wäre, den man zu seiner Zeit gemeinhin unter diesem Titel verstand.

Dies war aber nicht der Fall. Die Vorstellung von einem Messias als einer politischen Gestalt taucht in den Evangelien nur dazu auf, abgewehrt zu werden. Von Jesus ist vielmehr nicht *ein* Wort und nicht *eine* Handlung überliefert, aus der sich messianische Ansprüche herleiten ließen. Mit den Messiasprätendenten, die wir aus der Geschichte kennen, hat Jesus nichts gemein. Demgegenüber ist es sicher, daß Jesus selber nicht beanspruchte, der Messias zu sein. Wer ihn Messias nannte, der mußte dem Titel einen neuen und völlig anderen als den herkömmlichen Sinn geben.

Dies nötigt uns, nach den Vorstellungen zu fragen, die Jesus selber von seinem Amt gehabt hat. Hierbei liegt die besondere Schwierigkeit darin, daß wir uns zur Beantwortung auf die Evangelien und auf Paulus stützen müssen, das heißt auf Vertreter der Überlieferung, die in dem Christustitel die zutreffende Bezeichnung für Jesu Amt gesehen hat. Wir übersehen dabei leicht, daß dies aber der Christustitel der jüdischen Diaspora ist, der mit dem Christustitel der Juden in Palästina nur wenig gemein hat. Da es sich um den Christustitel der Diasporajuden handelt, verbietet sich von vornherein der Gedanke, Jesus könne zu seiner Selbstdeutung von diesem Titel ausgegangen sein. Erst die Ausbreitung des Christentums zu den Hellenisten bringt den exiljüdischen Christustitel in den Horizontkreis der Deutungsmöglichkeiten für Jesu Erscheinung.

Die Evangelien sagen uns nun, daß Jesus sich selber — außer mit dem Personalpronomen — mit dem Menschensohntitel bezeichnet hat. Dieser Titel kommt nur in den Evangelien und nur im Munde Jesu vor; bei den beiden scheinbaren Ausnahmen, Apg 7, 56 und Apk 1, 13 handelt es sich um Zitate. Stephanos zitiert ein Herrenwort aus der synoptischen Leidensgeschichte (Mk 14, 62), das man ohne Gebrauch des Begriffs „Menschensohn" nicht als solches erkennen könnte. Johannes zitiert in der Berufungsvision aber Dan 7, 13. In beiden Fällen liegt, weil es Zitate sind, nicht der titulare Gebrauch des Menschensohnbegriffs durch den jeweiligen Autor vor. — Auch die Kirche hat von Jesus niemals als dem Menschensohn gesprochen. Allerdings hat Ignatius einmal (IgnEph 20, 2) Menschen- und Gottessohn nebeneinandergestellt, aber auch hier handelt es sich nicht um titularen Gebrauch, sondern um eine dogmatische Aussage, um ein Bekenntnis zu den beiden Naturen in der einen Person Jesu Christi. — So ist der eindeutige Befund, daß die Überlieferung Jesus ganz überwiegend mit dem Titel 'Menschensohn' von sich reden läßt, während sie ihrerseits diesen Titel niemals gebraucht. Daher muß sich in diesem Titel nach Meinung der Überlieferung — der Evangelien und ihrer Quellen — die Vorstellung ausdrücken, die Jesus selber von seinem eigenen Amte gehabt hat.

Charakteristisch ist dafür das Gespräch zwischen Jesus und seinen Jüngern, aus dem bei den Synoptikern das Christusbekenntnis des Petrus hervorgeht. Bei Markus und Lukas (Mk 8, 27; Lk 9, 18) leitet Jesus das Gespräch mit der Frage ein „Wer sagen die Leute, daß ich sei?", und so dürfte die Frage auch in der Quelle des Markus gestanden haben. Bei Matthäus (16, 13) fragt Jesus statt dessen: „Wer sagen die Leute, daß der Menschensohn sei?" Obwohl das Gespräch also auf die Erkenntnis hinausläuft, daß der Christustitel die wahre, nur im Heiligen Geist erkennbare Bezeichnung Jesu sei, und obwohl die Quelle das Personalpronomen anbot, hat Matthäus hier den Menschensohntitel eingefügt. Denn er wollte den Kontrast hervorheben, der zwischen dem Hoheitstitel 'Christus' und dem Niedrigkeitstitel 'Menschensohn' besteht; nur durch den Heiligen Geist, meint Matthäus, konnte man im Menschensohn den Christus erkennen.

Die Evangelisten haben Dan 7, 13 genauso in ihrer Bibel gehabt wie wir. Wenn sie dennoch den Menschensohntitel nicht als Hoheitstitel verstehen konnten und durften, dann darum, weil dieser Titel durch den Gebrauch Jesu als Ausdruck für seine gegenwärtige Niedrigkeit festgelegt war. Er war in dieser Verwendung derart festgelegt, daß die urchristlichen Schriftsteller ihn nicht einmal für den wiederkehrenden Herrn gebrauchen konnten, selbst dann nicht, wenn sie durch die Erwähnung der „Wolken des Himmels" zeigten, daß sie die Identifikation mit dem Menschensohn Daniels bereits vollzogen hatten. Der Gedanke 'Menschensohn' sei ein Hoheitstitel, ist erst in unserer Zeit aufgekommen.

Dies meinen viele, obwohl ihre Meinung in der kanonischen Überlieferung keine Stütze findet. Sie müssen dafür die Bilderreden des äthiopischen Henoch anführen. Dort gibt es eine endzeitliche Heilsgestalt, die unter anderen Namen auch als „Menschensohn" bezeichnet wird, und der Titel ist da zweifellos aus Dan 7, 13 abgeleitet. Ferner kann man auch die sechste Vision des 4. Esra anführen. Dort gibt es einen endzeitlichen Heilbringer, dessen Erscheinung nach Dan 7, 13 entworfen wurde; er heißt im allgemeinen „der Mensch". Wir können aus den beiden apokryphen Schriften zwar nicht „Menschensohn" als Titel des endzeitlichen Königs belegen, sehen aber dafür, wie die Vision Daniels die Messiaserwartung der Diasporajuden gestaltet hat. Titularer Gebrauch liegt, wie gesagt, allein im äthiopischen Henoch vor, und darauf muß sich stützen, wer meint, Jesus habe sich mit dem Menschensohntitel als Himmelskönig bezeichnet; unmittelbar aus Daniel läßt sich diese Vermutung jedenfalls nicht ableiten.

Daniel hatte in seiner Vision vier Mächte geschaut, deren Gestalten er mit Tieren vergleicht: „wie ein Löwe", „gleich einem Bären", „gleich einem Parder"; für das vierte Wesen gibt er keinen Vergleich an. Dann folgt eine fünfte Erscheinung, deren Bild Daniel mit einem Menschen vergleicht „wie ein Mensch". Der aramäische Ausdruck ist wörtlich mit „wie ein Menschenkind" zu übersetzen, und das läßt sich in keiner Hinsicht titular verstehen. Darüber hinaus ist auch ausgeschlossen, daß Daniel in diesem fünften Wesen das Abbild eines Menschen gesehen hat. Denn unter allen Wesen, die in verschiedener Gestalt erscheinen, kann allein der Mensch nicht „wie ein Mensch" erscheinen. Wenn Daniel seine Erscheinung mit „wie ein Mensch" beschrieben hat, dann sagt er damit zugleich, daß das Wesen, das er erblickte, seiner Meinung nach kein Mensch war. — Dan 10, 16.18 erblickt er ein anderes Himmelswesen, einen Engel; diese Vision vergleicht er dementsprechend mit „dem Bild eines Menschen" und der „Erscheinung eines Menschen".

Daniel hat also kein Wesen gesehen, dem der Titel 'Menschensohn' zukommt, sondern ein Wesen, dessen Erscheinung der eines Menschen ähnlich war. Dies bedeutet freilich auch nicht, daß der Vergleich trivial und ohne theologischen Gehalt gewesen sei. Daniel lehnt sich vielmehr bei der Beschreibung seiner Vision an die Berufungsvision Hesekiels an. Hesekiel hatte die Herrlichkeit Gottes erblickt, und er hatte sie in menschlicher Gestalt geschaut. „...und auf dem Thron saß einer gleich wie ein Mensch gestaltet" (1, 26). Es war eine kühne Behauptung Hesekiels, wenn er sagte, er habe Gott in menschlicher Gestalt gesehen; um sie wagen zu können, mußte der Prophet daran denken, daß Gott den Menschen nach seinem Bild geschaffen hatte. In der Ebenbildlichkeit, die der Schöpfer seinem Geschöpf verliehen hatte, wurde Gott für den Propheten Hesekiel sichtbar.

Dieses göttliche Urbild hatte Hesekiel aber thronend und herrschend erblickt. Da nun im Anschluß an Gen 1, 27 dem Menschen die Herrschaft über die Erde verheißen wird, kann Daniel in seiner Vision die Erfüllung eben dieser Verheißung schauen. Er erblickt die Inthronisation dessen, dem die Herrschaft über die Erde verheißen ist. Die Ebenbildlichkeit des Menschen erstreckt sich nach Daniel auch dahin, daß das Abbild Gottes Gott in seinem Königtum abbildet. In dem fünften Wesen hat Daniel das menschliche Abbild des himmlischen Königs gesehen, dem die Herrschaft über die Erde übergeben wird; eine Weltherrschaft, wie sie auch die zuvor erschienen Weltmächte besaßen, aber im Unterschied von ihnen ohne Ende. In der Deutung erfährt Daniel dann genauer, daß diese Herrschaft dem heiligen Volk des Höchsten zukommen wird. Bei dem allem war nirgends Anlaß oder Möglichkeit, „Menschensohn" oder „Mensch" titular zu verstehen. Vorausgesetzt war allenthalben, daß die Menschengestalt das Ebenbild Gottes darstellt, die Art, in der Gott sichtbar wird. „Menschensohn" ist bei Daniel nicht Titel, sondern Vergleich.

Im Munde Jesu ist hingegen 'Menschensohn' niemals Vergleich, sondern immer Titel. Jesus gebraucht diesen Titel, um Aussagen über seine gegenwärtige Niedrigkeit zu machen. Zu den Hoheitsaussagen, in deren Zusammenhang der Begriff bei Daniel gebraucht wird, besteht keine unmittelbare Verbindung. Folglich darf man nicht von den Visionen Daniels ausgehen, um zu erklären, was Jesus mit diesem Titel sagen wollte.

Wer nun meint, der Gebrauch des Menschensohntitels durch Jesus sei Gemeindebildung, und alle Menschensohnworte Jesu seien in der nachösterlichen Zeit entstanden, der muß jetzt erklären, warum Jesus mit dem Menschensohntitel ganz überwiegend Niedrigkeitsaussagen über sich macht; denn gerade zu Niedrigkeitsaussagen bietet der Gebrauch bei Daniel keinen Ansatz. Wenn es wahr wäre, daß die nachösterliche Gemeinde den Menschensohntitel bei Daniel gefunden und Jesus als Selbstbezeichnung in den Mund gelegt hätte, dann hätte Jesus mit diesem Titel ausschließlich Hoheitsaussagen über sich machen und sich als Himmelskönig bezeichnen müssen; etwas anderes ließ sich aus Daniel nicht entnehmen.

Der Vertreter dieser Meinung muß weiterhin erklären, warum der Gebrauch des Menschensohntitels auf Jesus beschränkt bleibt, und warum die nachösterlichen Gemeinden, die diesen Titel gefunden und seinen Gebrauch für Jesus erfunden haben, ihn nirgends anwenden, weder als Hoheits- noch als Niedrigkeitstitel. — Man muß sich ebenso von der Logik wie von der historischen Wahrscheinlichkeit beurlauben, wenn man den Gebrauch des Menschensohntitels durch Jesus als eine aus Dan 7 abgeleitete nachösterliche Gemeindebildung erklärt.

Wenn die Behauptung, die Selbstbezeichnung Jesu als 'Menschensohn' sei eine nach Dan 7 entstandene nachösterliche Gemeindebildung, absurd ist, dann ist demgegenüber die Folgerung logisch und wahrscheinlich, daß Jesus von sich selber als von dem Menschensohn gesprochen hat und daß sich in diesem Titel das Verständnis ausdrückt, das er von seinem Amt besaß. Wir können darüber hinaus als wahrscheinlich vermuten, daß die älteste Jesusüberlieferung verstanden habe, welche Bedeutung dieser Titel im Munde Jesu besaß, und schließlich, daß solche Kenntnis nicht schlagartig verlorengegangen sei. Denn daraus ergibt sich, daß in den Worten Jesu über den Menschensohn authentische Deutungen seines Amtes enthalten sind.

Die einzige Quelle für Jesu theologische Vorstellungen ist das Alte Testament. Auch sein Verständnis des Begriffs 'Menschensohn' muß von daher gespeist sein. Der Begriff bezeichnet einen Angehörigen der Gattung 'Mensch'; er faßt die Eigenart zusammen, die der Mensch dadurch erlangt, daß er Sohn eines Menschen ist. Wenn die Bibel vom Menschen spricht, da spricht sie von seiner Geschöpflichkeit; in den biblischen Worten über den Menschen läßt sich stets die innere Spannung eines Begriffs erfühlen, der einerseits das Geschöpf Gottes und andererseits den Partner Gottes bezeichnet, den Gesprächspartner, aber auch Vertragspartner. Der Mensch hat Gottes Gesetz nicht wie die Natur empfangen, sondern Gott hat ihn so geschaffen, daß er dem göttlichen Willen widerstreben und gehorchen kann und daß er sich in seinem Gehorsam gegen Gottes Willen als selbständiges und vor allem als freies Wesen zeigt. — In dieser Weise redet die Bibel an vielen Stellen vom Menschen; wenn wir davon auszugehen hätten, dann könnte das nur in der allgemeinen Weise geschehen, in der sich eine Vielzahl von biblischen Aussagen über einen Gegenstand zusammenfassen läßt.

Aber nun ist dieser allgemeine Gebrauch des Begriffs 'Mensch' und 'Menschensohn' an einer Stelle zum Titel geworden, und dabei drückt der Titel die Möglichkeit des Menschen aus, gegen Gott gehorsam zu sein. Diesen Gebrauch des Menschensohntitels finden wir bei Hesekiel. Da ist „Menschenkind" die Anrede des Propheten durch Gott, und in dieser Anrede drückt sich nichts anderes aus als in der Bezeichnung der Propheten als Gottesknechte. Gott redet bei Hesekiel seinen Knecht, den Propheten, gegen hundert Mal als „Menschenkind" an. — Der Gebrauch des Titels verweist auf die eigentümliche Gotteserfahrung des Propheten, der seinen Herrn als den in ihm zu ihm sprechenden Heiligen Geist erlebt. Die Gegenüberstellung von Gott und Mensch, die den Anlaß dazu gibt, daß Gott gerade den Propheten betont als Menschen anredet, findet im Innern des Propheten statt.

Dieser Gebrauch des Menschensohntitels als Anrede des Propheten durch Gott ist eine Eigentümlichkeit Hesekiels; er wiederholt sich nur noch Dan 8, 17, wo Gabriel den Propheten als Menschenkind anspricht. Es handelt sich also um einen Prophetentitel, dessen Gebrauch charakteristisch für den Heiligen Geist ist. Voraussetzung für diesen Gebrauch ist ein Zwiegespräch zwischen dem Heiligen Geist und der menschlichen Natur des Propheten; denn dabei erscheint diese menschliche Natur getrennt von ihrem Gesprächspartner, dem Heiligen Geist, mit dem sie sonst immer — vor allem nach außen — verbunden ist. Daher kann *nur* Gott der Heilige Geist den Propheten als „Menschensohn" anreden, und die Anrede gilt dem menschlichen Substrat des Heiligen Geistes. Dadurch wird dieser Begriff geeignet, Niedrigkeitsaussagen über die menschliche Person des Propheten auszudrücken, weil er eine Abtrennung des Heiligen Geistes von der Menschheit des Propheten impliziert. Bei Hesekiel ist also „Menschensohn" kein Hoheitstitel (wie im äthiopischen Henoch), aber auch kein Vergleich (wie bei Daniel), sondern ein Niedrigkeitstitel, der das Knechtsein des Propheten gegenüber der Herrschaft des Heiligen Geistes zum Ausdruck bringt.

An den Gebrauch Hesekiels knüpft Jesus an, wenn er von sich als dem Menschensohn spricht. Worte Jesu über den Menschensohn sind in allen vier Evangelien überliefert; sie sind auch in beiden Synoptikerquellen enthalten. Die zwölf Menschensohnworte im Johannesevangelium sind zwar in Richtung der johanneischen Theologie verändert, erlauben aber insgesamt den Schluß, daß in der allen Evangelien gemeinsamen Überlieferung Herrenworte über den Menschensohn enthalten waren. Später hat die hellenistische Gemeinde zur Deutung der von ihr überlieferten Menschensohnworte Jesu Dan 7, 13 mit herangezogen. Die Erweiterung des Menschensohnbegriffs ist daran zu erkennen, daß von der Wiederkunft des Menschensohns „mit den Wolken" und von seinem Richten gesprochen wird. Die ursprüngliche palästinensische Menschensohnweissagung, am Propheten und Gottesknecht orientiert, ging nicht über Auferweckung, Erhöhung und Wiederkehr des Menschensohns hinaus.

Bei der folgenden Übersicht über die wichtigsten Menschensohnworte folgen wir der Reihenfolge des Matthäusevangeliums, um Markus und die Logienquelle gleichzeitig berücksichtigen zu können. Dabei ist zu beachten, daß im Matthäusevangelium das Wirken Jesu erst mit Kapitel 8 einsetzt (weil Kapitel 3 und 4 von der Berufungsgeschichte und 5 bis 7 von der Bergpredigt eingenommen werden). Der Stoff dieser Kapitel 3 bis 8 bei Matthäus findet sich im ersten Kapitel des Markusevangeliums, und so beginnen hier die Menschensohnworte schon im zweiten Kapitel.

a) Die Heimatlosigkeit des Menschensohns (Mt 8, 20; Lk 9, 58)

Der Hebräerbrief zählt in seinem elften Kapitel Glaubenszeugen auf. Diese Zeugen sind Beispiele für den Glauben an eine unsichtbare Wirklichkeit, der sich allein auf Gottes Verheißung gründet. In diesem Zusammenhang kommt der Verfasser auf die Propheten als Zeugen für den Glauben an die Auferstehung der Toten zu sprechen (11, 33—38). Die Propheten werden darum genannt, weil sie in diesem Auferstehungsglauben ihr Amt angetreten haben, und weil sie in diesem Amt Machttaten vollbracht und Leiden auf sich genommen haben. Unter den prophetischen Leiden spielt die Heimatlosigkeit die Hauptrolle (11, 37f.): „Sie sind umhergegangen in Schafpelzen und Ziegenfellen, mit Mangel, mit Trübsal, mit Ungemach, sie, deren die Welt nicht wert war, und sind im Elend umhergeirrt in den Wüsten, auf den Bergen und in den Klüften und Löchern der Erde."

Man sieht, daß der Verfasser des Hebräerbriefs einen ihm überlieferten Topos 'Heimatlosigkeit der Propheten' recht und schlecht in seinen eigenen Zusammenhang 'Glaube an die unsichtbare Verheißung' eingeordnet hat.

Ein Hinweis auf die Wanderschaft Jesu ist in dem Abschnitt nicht enthalten und war auch nicht vorgesehen. Also muß der Topos in Kreisen entstanden sein, die Interesse an der summarischen Aufzählung der prophetischen Machttaten und Leiden besaßen. Dafür kommen weder die Urgemeinde noch die ersten Missionsgemeinden in Frage. Denn wenn diese Gemeinden auch wandernde Propheten kannten, so konnte in ihnen doch kein Topos mehr entstehen, der nicht in Jesus seinen Grund oder sein Ziel hatte, d. h. der erkennbar für einen christologischen Zusammenhang bestimmt war. Vielmehr ist das Interesse des Sammlers der „Prophetenleben" eng verwandt, und der Topos muß vorchristlichen Ursprungs sein.

Diesen Topos benutzt sichtlich das Herrenwort von der Heimatlosigkeit des Menschensohns: „Die Füchse haben Gruben und die Vögel des Himmels Nester, aber der Menschensohn hat nicht, wo er sein Haupt hinlege." Der Sammler der Logienquelle hat das Wort vorgefunden und unter dem Gesichtspunkt der 'Nachfolge Christi' in seine Sammlung eingereiht. Dieser Sammler kann aber nicht die Person gewesen sein, die in den Spruch den Begriff 'Menschensohn' eingefügt hat. Denn der Spruch hat eine andere Pointe als die 'Nachfolge Jesu'. Er macht von dem Begriffspaar Tier/Mensch Gebrauch, um zu erklären: Tiere haben Behausungen, nicht das Menschenkind. Dieser Satz ist genau dann gültig, wenn unter dem „Menschenkind" der heimatlose Prophet verstanden wird, so wie ihn Hebr 11, 37f. beschreibt. — Nun kennen wir aber niemanden, der Jesus „Menschensohn" genannt hat, außer ihm selber. Somit haben wir Grund, das Logion für ein echtes Herrenwort zu halten.

Den Topos von der Heimatlosigkeit des wahren Propheten kennen nicht nur der Verfasser des Hebäerbriefs und der Sammler der Prophetenleben, sondern auch der Apostel Paulus; der benutzt ihn, um die Leiden des Apostelamtes zu beschreiben (1Kor 4, 6—16; 2Kor 1, 8; 4, 7—5, 10; 6, 4—10; 11, 16—33; 12, 9f.). Auch der Evangelist Johannes dürfte das Wort von der Heimatlosigkeit des Menschensohns als Herrenwort gekannt haben. In der Logienquelle stellt es die Antwort an einen Mann dar (Mt an einen Schriftgelehrten), der in Jesu Nachfolge einzutreten wünscht und dabei andeutet, daß ihm Jesu Heimatlosigkeit bereits bekannt ist: „Ich will dir folgen, wohin immer du gehst." Jesu Antwort verstärkt ein Moment, das sich in dem Wunsch bereits andeutet. Insofern paßt es in der Tat gut zu der Rubrik der Logienquelle 'Sprüche über die Nachfolge', in die es deren Sammler eingeordnet hat. Betrachtet man aber Jesu Antwort für sich, ohne die vorausgehende Bitte, so sieht man, daß ursprünglich eine andere Anrede an Jesus vorausgesetzt war, nämlich die Frage nach seiner Wohnung. Diese Frage hat sich im Johannesevangelium erhalten; sie wird von Jesu ersten Jüngern gestellt „Wo wohnst du?" (1, 38). Jesu Antwort darauf „Kommt und seht!"

klingt, als habe der Evangelist sie banal verstanden; als ob die Jünger wirklich Jesus in seine Unterkunft begleitet hätten und dort bei ihm geblieben seien. Die Banalität sollte uns mißtrauisch machen; vielleicht setzt auch das Johannesevangelium voraus, daß die Jünger, die bei Jesus blieben, dessen Heimatlosigkeit zu sehen bekamen.

Auch der Schluß der Perikope (Joh 1, 51) spricht dafür, daß das Wort von der Heimat des Menschensohns ursprünglich einmal die Antwort auf eine Frage nach dessen irdischer Wohnstatt war: „Von nun an werdet ihr den Himmel offen sehen und die Engel Gottes hinauf- und herabfahren auf den Menschensohn." Von diesem Vers sagt das Evangelium, er sei an Nathanael gerichtet. Das trifft offensichtlich nicht zu. Er richtet sich vielmehr an eine Mehrzahl von Jüngern; weiterhin setzt er voraus, daß die angeredeten Jünger gerade zu Propheten berufen wurden. Folglich muß es sich mit diesem Spruch um den Abschluß der Jüngerberufung in der ursprünglichen (Johannes und Markus gemeinsamen) Evangelienüberlieferung handeln; da die Jünger ihre Berufung erlangt haben, werden sie hinfort den geöffneten Himmel sehen und erleben, das heißt, das Gottesreich. Der Preis, den sie dazu aufbringen müssen, besteht darin, daß sie Jesu heimatloses Leben teilen. — Es ist anzunehmen, daß es sich dabei um die Berufung der vertrauten Jünger Jesu gehandelt hat, also um den Dreierkreis. Denn kurz davor (Joh 1, 42) war ohne weitere Motivation die Verleihung des neuen Namens an Kephas-Petros mitgeteilt. (Die Zebedaiden sind im Johannesevangelium durch Andreas und Philippos ersetzt.) Und im Grunde ist es selbstverständlich, daß die Jünger, die dazu berufen sind, bei Jesus zu sein, auch dazu berufen sind, dessen heimatloses Leben zu teilen.

b) Die Vollmacht des Menschensohns

ø) Die Vollmacht zur Sündenvergebung
(Mt 9, 1—8; Mk 2, 1—12; Lk 5, 17—26)

Im Markusevangelium beginnt Jesus sein Wirken mit einer Reihe von Taten, die seiner Legitimation und dem Erweis seiner Vollmacht dienen (Mk 1, 39 — 3, 12). Die Vollmacht ist bei Markus die des Gottessohnes, und als solchen erkennen die Dämonen Jesus (Mk 3, 11). Jesus selber bezeichnet sich in diesen Geschichten als Menschensohn, daraus folgern wir, der Evangelist habe diesen Titel als Selbstbezeichnung vorgefunden. Indem er ihn beibehielt, habe er erklären wollen, daß der unsichtbare, nur für die Dämonen erkennbare Gottessohn sich unter der Sichtbarkeit des Menschensohnes verborgen habe.

Die Heilung des Gichtbrüchigen (Mk 2, 1—12) findet unter dramatischen Umständen statt. Die Krankenträger müssen das Dach durchbrechen, weil sie durch die vom Volk umlagerte Tür nicht zu Jesus dringen können. Die Mitteilung derartiger Einzelheiten bedeutet im Markusevangelium im allgemeinen, daß die Urgemeinde konkrete Erinnerungen an die Umstände und die beteiligten Personen besaß; dies dürfte auch hier der Fall gewesen sein. — Die Geschichte zeigt gleich allen Heilungsgeschichten Jesu wunderbare Macht, geht aber nicht darin auf, sondern erörtert außerdem die Frage, ob Jesus die Vollmacht habe, Sünden zu vergeben. Anwesende Schriftgelehrte werfen die Frage auf; die Rabbinen waren der Meinung, Gott habe diese Vollmacht sich selber vorbehalten. Die prophetische Auslegung des Alten Testaments unterschied sich hierin von den Rabbinen; sie glaubte, Gott habe diese Vollmacht zumindest dem Endpropheten übertragen. Dazu konnte sie sich einerseits auf rekonziliatorische Entscheidungen einzelner Propheten stützen, die im Alten Testament mitgeteilt waren, andererseits aber auf die Sündhaftigkeit aller Menschen, aus der diese Vollmacht des Endpropheten als Voraussetzung der Gottesherrschaft hervorging.

Dieser Zusammenhang wird durch unsere Geschichte weiter verdeutlicht; sie erklärt, warum Jesu Heilungswunder seine Vollmacht zur Sündenvergebung und damit zur Herbeiführung der Gottesherrschaft beweisen. Nach Jes 35, 5 finden Blinde und Lahme, Taube und Stumme in der Heilszeit Heilung. Ähnliches ist für Blinde und Lahme auch Jer 31, 8 und Micha 6, 4 gesagt. Wenn Jesus Macht hat, diese Gebrechen zu heilen, dann ist er der, der die Heilszeit bringt. Wegen der allgemeinen Sündhaftigkeit kann es aber ohne Sündenvergebung auch nicht zum Anbruch der Heilszeit kommen. Folglich beweisen Jesu Heilungswunder, daß er mit der Vollmacht zur Sündenvergebung ausgestattet ist, um die Heilszeit herbeiführen zu können. Diese Vollmacht Jesu ist hier die Vollmacht des Menschensohns genannt; der Menschensohn ist mithin als Endprophet verstanden, der mit der Vollmacht zur Sündenvergebung und Herbeiführung der Heilszeit ausgestattet ist. Sein eigentliches Werk, auf das seine Heilungen nur hinweisen, besteht darin, daß er Gottes Vergebung und Gnade wirksam zuspricht. So ist der Gnadenzuspruch die eigentliche Vollmacht des Menschensohns.

β) Die Herrschaft über den Sabbat
(Mt 12, 1—8; Mk 2,23—28; Lk 6,1—5)

An die Geschichte vom Ährenraufen der Jünger haben die Synoptiker das Wort Jesu angehängt, daß der Menschensohn Herr über den Sabbat ist. Ursprünglich gehören das Logion und die Geschichte nicht zusammen. In der

Geschichte vom Ährenraufen rechtfertigt Jesus seine Jünger durch das Beispiel des verfolgten David (1Sam 21); das hat mit dem Sabbat nichts zu tun. Dazu kommt, daß das Ährenraufen nicht von Jesus, sondern nur von den Jüngern mitgeteilt wird, so daß Jesus sich auf diese Weise gar nicht als Herr über den Sabbat erweist. Vielmehr muß das Logion ursprünglich zur Rechtfertigung einer Sabbatheilung gedient haben, und dafür bietet sich besonders die anschließende Geschichte von der Heilung der verdorrten Hand an (Mk 3, 16; Mt 12, 9—14; Lk 6, 6—11). Der Evangelist hat dieser Geschichte einen neuen Schluß gegeben. Er berichtet, Jesu Sabbatheilung habe die auf strikte Sabbathaltung bedachten Pharisäer dazu veranlaßt, sich mit den Herodianern zu gemeinsamer Gegnerschaft gegen Jesus zu verständigen (Mk 3, 6). Damit war das Logion, das diese Sabbatheilung urprünglich abgeschlossen hatte, freigeworden und wurde nun (Mk 2, 27) an die Geschichte vom Ährenraufen angehängt. — Ursprünglich können die Verse Mk 2, 27 und 28 nicht aufeinander gefolgt sein. Denn aus Vers 27 (Der Sabbat ist um des Menschen willen gemacht) geht nicht der Vers 28 hervor (Der Menschensohn ist Herr über den Sabbat). „Mensch" und „Menschensohn" klingen zwar gleich, sind es aber nicht. Der Evangelist hat hier durch die Zusammenfügung der beiden Sprüche eine Quaternio terminorum zustande gebracht, aus der folgt, daß jeder Mensch (um dessentwillen der Sabbat gemacht ist) das Sabbatgebot beliebig übertreten dürfte (weil er Herr über den Sabbat ist). Dies ist eine absurde Konsequenz. Nimmt man aber an, daß Vers 27 sekundär eingefügt ist und konjiziert ein λέγω δὲ ὑμῖν, dann lautet der Schluß der Geschichte vom Ährenraufen „Ich sage euch, der Menschensohn ist auch Herr über den Sabbat", nämlich so wie David über die Schaubrote. Dies ist aber gerade die Textgestalt, die der westliche Text (D, it) vertritt.

Die Geschichte vom Ährenraufen geht davon aus, daß die außergewöhnlichen Umstände — Not und Verfolgung — David dazu berechtigten, die Schaubrote zu essen, die nur von Priestern gegessen werden durften. Sie setzt fernerhin voraus, daß die Umstände vergleichbar sind und daß Jesus mit seinen Jüngern so verfolgt ist, wie David mit seinen Begleitern war. Ursprünglich war die Davidsgeschichte als Weissagung auf die Geschichte Jesu verstanden. In der Weissagung lag zugleich die Rechtfertigung. Matthäus hat daraus einen juristischen Gedankengang gemacht und einen Schluß a minore ad maius eingefügt (12, 6). Er bringt zwar den Verweis auf Davids Verhalten, aber der gibt als Beweis und Rechtfertigung nichts mehr her und wird nur mühsam und locker angeknüpft: David sei in das Gotteshaus gegangen, um die Schaubrote zu essen. Die Erwähnung des Gotteshauses leitet über zu dem Tempel, in dem die Priester den Sabbat entweihen, ohne dadurch schuldig zu werden. Auf diesem Satz gründet sich nun der Schluß: „Hier ist mehr als der Tempel." — Damit hat sich Matthäus recht weit vom ursprünglichen Sinn der Geschichte entfernt, die eigentlich dazu bestimmt war, den Menschensohn in der Heimatlosigkeit und Verfolgung zu zeigen, die ihn als den Bevollmächtigten Gottes erweist.

c) Die Abweisung der endzeitlichen Zeugen (Mt 11, 16—19; Lk 7, 31—35)

Mit wem werde ich dieses Geschlecht vergleichen? Es ist den Kindern gleich, die auf den Marktplätzen sitzen und einander die Worte zurufen: Wir haben euch gepfiffen und ihr habt nicht getanzt! Wir haben das Klagelied gesungen, und ihr habt nicht geweint! Johannes kam; er aß nicht, noch trank er, da sagten sie: er ist besessen. Der Menschensohn kam; er aß und trank, da sagten sie: schau, ein Fresser und Weinsäufer, ein Freund der Zöllner und Sünder. — Und so wurde die Weisheit nach den Werken beurteilt.

Der Täufer und Jesus sind in diesem Wort als Verkünder des Gottesreiches und endzeitliche Propheten auf eine Ebene gestellt. Gleicherweise werden sie vom Volk abgelehnt, und die Vorwände für den Ungehorsam widersprechen sich und heben sich auf. Das hohe Alter dieses in der Logienquelle überlieferten Spruches geht daraus hervor, daß ein Vorrang Jesu vor dem Täufer auch nicht angedeutet ist; in gleicher Weise wird vom Mißerfolg beider gesprochen. Der Ausdruck „dieses Geschlecht" läßt die Sintflutgeschichte anklingen, eine Geschichte, in der die Menschen sich ebenfalls nicht retten lassen wollten, und erklärt damit diese Generation zur letzten: sie wird in der kommenden Katastrophe ihren Untergang finden. — Man kann sich nicht vorstellen, daß dieses Wort noch in der nachösterlichen Zeit hätte entstehen können; dagegen spricht die Gleichordnung Jesu und des Täufers und die Verzögerung des Weltuntergangs. Somit läßt sich annehmen, daß die Bezeichnung Jesu als Menschensohn ursprünglich und folglich auch authentisch ist.

Wenn der Heilige Geist hier „Weisheit" genannt wird, so handelt es sich dabei um eine im Neuen Testament relativ seltene Ausdrucksweise. Die Benennung weist unter starker Betonung des göttlichen Ursprungs auf die Inspiration der prophetischen Rede hin. Derselbe Sprachgebrauch — Weisheit als Sapientia infusa — liegt auch an folgenden Stellen vor: Lk 11, 49; 21, 15; Apg 6, 3.10; Mt 13, 54 (Mk 6, 2); Apk 13, 18; 17, 9.

Die „Werke" Jesu und des Täufers, die den Vorwand dafür abgeben, ihnen die Vollmacht zu bestreiten, bestehen darin, daß der eine fastet, der andere nicht. Der Widerspruch, in den das Volk mit seinen Ablehnungsgründen gerät, zeigt seinen böswilligen Ungehorsam. Die Benennung des Heiligen Geistes als Sophia kontrastiert mit dieser bösen Torheit. In dem

Wort kommt die topische Ablehnung und Befehdung der Propheten durch das Volk zum Ausdruck; doch sind hier von den Propheten nur der Täufer und der Menschensohn genannt. Sie sind die beiden letzten Propheten, die zu den Menschen der letzten Generation gesandt sind. Als die letzten Propheten stellen sie die beiden endzeitlichen Zeugen (Apk 11) dar.

Aus dem Logion geht hervor, daß „Menschensohn" der Titel ist, mit dem sich Jesus in seiner Niedrigkeit bezeichnet hat; mit diesem Titel sind die Leiden verbunden, die ihm der Ungehorsam des Volkes bereitet.

d) Die Lästerung des Heiligen Geistes (Mt 12, 32; Lk 12, 10)

Ein Herrenwort, das die Lästerung des Heiligen Geistes als unvergebbare Sünde bezeichnete, ist sowohl über Markus wie über die Logienquelle in die Evangelien gelangt. Inhaltlich dürfte es sich um nichts anderes als die Ablehnung Jesu gehandelt haben; sie wird zur unvergebbaren Sünde, weil keine Zeit zur Umkehr bleibt. Aber die Überlieferung war von dem die Spekulation provozierenden Begriff der unvergebbaren Sünde fasziniert, und das hatte Rückwirkung auf die Gestaltung des Logions.

Die weniger zugespitzte Form findet sich bei Markus (3, 28—30) und ist über diesen auch in das Matthäusevangelium (12, 31) gelangt: Sünden und Lästerungen werden den Menschenkindern vergeben, aber nicht die Lästerung des Heiligen Geistes. Daß die Menschen in diesem Wort als „Menschensöhne" bezeichnet werden, ist ungewöhnlich; es ist ein Grund, die andere, schärfer pointierte Form (Mt 12, 32; Lk 12, 10) für ursprünglich zu halten: „Wer etwas gegen den Menschensohn sagt, dem wird es vergeben werden, wer aber gegen den Heiligen Geist lästert, dem wird es nicht vergeben werden."

Seiner Form nach travestiert das Wort die rabbinische Kasuistik, die danach strebt, den Gültigkeitsbereich eines Gebotes so genau wie möglich anzugeben. Der Tatbestand, der einen Übertretungsfall erfüllt, wird mit einem ähnlichen Tatbestand verglichen, in dem der Übertretungsfall nicht erfüllt ist. Die Ironie des Wortes liegt aber darin, daß die beiden verglichenen Tatbestände sich in diesem Fall gar nicht trennen lassen. In der Person Jesu sind Menschennatur und Heiliger Geist so zur Einheit verbunden, daß jedes Verhalten gegenüber der Menschheit zugleich ein Verhalten gegenüber Gott darstellt. In Wirklichkeit kann niemand etwas gegen den Menschensohn sagen, was sich nicht zugleich gegen den Heiligen Geist richtet.

Das Logion zeigt mit seiner theoretischen Abtrennung des Heiligen Geistes vom Menschensohn, was der Menschensohn eigentlich ist: die menschliche Natur des Menschen, auf dem der Heilige Geist ruht. Diese menschliche Natur existiert zwar nicht unabhängig und isoliert vom Heiligen Geist; sie kann aber zum Gegenstand eigener Betrachtung und eigener Aussagen gemacht werden. Darum kann sie die Demut und Niedrigkeit dessen ausdrücken, auf dem die göttliche Majestät unsichtbar ruht, um sich dereinst sichtbar zu offenbaren.

e) Die Leidensankündigungen

Markus hat der Leidensgeschichte Jesu drei Leidensankündigungen vorausgeschickt, und Matthäus und Lukas sind ihm darin gefolgt:

1. Mk 8, 31—33; Mt 16, 21—23; Lk 9, 22
2. Mk 9, 30—32; Mt 17, 22f.; Lk 9, 44f.
3. Mk 10, 32—34; Mt 20, 17—19; Lk 18, 31—34

Die Leiden sind durchweg die Leiden des Menschensohnes; nur Matthäus ist in der ersten Leidensankündigung bei „Jesus Christus" geblieben, weil bei ihm das Christusbekenntnis der Jünger unmittelbar vorausgeht, in dem die Identität des Christus und des Menschensohnes festgestellt und bekannt wird. Die Notwendigkeit der Leiden wird von den Jüngern nicht sofort eingesehen, aber sie fügen sich darein. Auf die erste Leidensankündigung folgt die Versuchung Jesu durch den Mund des Petrus. Bei der zweiten heißt es „Sie verstanden das Wort nicht und fürchteten sich, ihn zu fragen" (Mk 9, 32). Im Zusammenhang mit der dritten berichtet der Evangelist, wie Jesus den Jüngern auf dem Weg nach Jerusalem voranzieht und diese ihm angstvoll folgen (Mk 10, 32—34). In dieser dritten Leidensankündigung werden Einzelheiten der Leidensgeschichte aufgezählt, durchweg solche Leiden, die man im Alten Testament angekündigt gefunden hat.

Damit läßt sich feststellen, daß der Menschensohntitel geeignet war, die alttestamentlichen Leiden der Propheten als Charakteristika für das prophetische Amt zusammenzufassen und auf Jesus anzuwenden. Daraus folgt aber, daß Jesus mit diesem Titel seine Leidenserwartung ausgedrückt hat, Leidenserwartungen, die darum sicher und unumstößlich waren, weil sie von den alten Propheten geweissagt waren. Eine Angabe über den Sinn dieser Leiden fand Jesus in den Leiden des Gottesknechts (Mk 10, 45; Mt 20, 28): „Denn auch der Menschensohn ist nicht gekommen, sich dienen zu lassen, sondern um zu dienen und sein Leben für viele zu geben" (Jes 53, 10). So haben wir zu schließen, daß Jesus selber (und nicht erst die Evangelisten) die Gestalten des Menschensohns und des Gottesknechts identifiziert hat, und daß er mit dem Menschensohntitel sich selber als die Erfüllung der alttestamentlichen Weissagungen bezeichnet hat, die ein stellvertretendes und sühnendes Leiden des Gottesknechts ankündigten.

10. Das Schicksal der Propheten

Einige Leidensweissagungen Jesu stehen im Zusammenhang mit der Überzeugung, es sei das Los der jüdischen Propheten, daß sie durch ihr eigenes Volk verfolgt und womöglich ermordet werden. Die Verfolgung der Propheten durch das Volk ist ein Topos, der nicht allein in den Evangelien, sondern auch in den andern neutestamentlichen Schriften auftaucht. Er hat auch nach der apostolischen Zeit noch Bedeutung gehabt und Verwendung gefunden; als die Kirche sich von ihrem jüdischen Ursprung löste, hat er geholfen, die Trennung zu begründen und zu rechtfertigen. Entstanden ist er aber in vorchristlicher Zeit, und wir haben seine Entstehung in jenen Gruppen zu suchen, die die Bedeutung der Prophetie für die Erneuerung Israels in den Mittelpunkt ihrer Gedanken gestellt haben, und die nicht nur die alttestamentlichen Nachrichten über die Propheten gesammelt, sondern auch über deren theologische Konsequenzen nachgedacht haben.

Wer das Neue Testament liest, dem begegnen Prophetenverfolgungen zum ersten Mal in der neunten Seligpreisung der Bergpredigt. Der Sammler der Bergpredigt hat sie hierhin gestellt, weil in der vorausgehenden achten Seligpreisung diejenigen seliggepriesen werden, die um der Gerechtigkeit willen verfolgt werden. Damit können bereits die Propheten gemeint sein, weil die Gerechtigkeit, um die es hier geht, die Gerechtigkeit des Gottesreiches ist. Jedenfalls sagt die neunte Seligpreisung sehr viel deutlicher, wer hier gemeint ist. Sie wendet sich in der zweiten Person — „selig seid ihr..." — an die Hörer der Predigt. Durch die Verfolgungen, die sie um Jesu willen erleiden, ordnen sie sich in die Reihe der ihnen vorausgegangenen und gleicherweise verfolgten Propheten ein (Mt 5, 11f.; Lk 6, 22f.). Der Spruch setzt voraus, daß das Erleiden von Verfolgungen den Propheten kennzeichnet; wer deshalb um Jesu willen Leiden und Verfolgungen auf sich nimmt, der erwirbt mit der Teilhabe an deren Schicksal auch die Teilhabe an deren Lohn und Verheißung.

Auch die Parabel von den bösen Weingärtnern setzt voraus, daß die Juden allen Propheten Leiden zugefügt haben. Die einen wurden beschimpft, die andern verprügelt und mißhandelt und wieder andere getötet (Mt 21, 33—46; Mk 12, 1—12; Lk 20, 9—19). Diese neutestamentliche Weinbergparabel beginnt mit den Worten der alttestamentlichen (Jes 5, 1f.). Daher weiß der Hörer, sobald er die ersten Worte vernimmt, daß mit dem Weinberg das Volk Israel gemeint ist. Desgleichen versteht er beim ersten Hören, daß die Knechte, die der Herr des Weinbergs entsendet, die Gottesknechte sind, die Propheten. Als Vertreter und Bevollmächtigte Gottes werden sie den „Hohenpriestern, Schriftgelehrten und Ältesten" (Mk 11, 27) gegenübergestellt, in denen sich die Feindschaft der Juden gegen ihre Propheten verkörpert. Da in diesen Personen charismatisches und institutionelles Amt der Juden einander gegenübertreten, ist damit die Feindschaft zwischen Institution und Charisma als Ursache der Prophetenmorde angegeben. Diese Feindschaft ist später im Verlauf der Kirchengeschichte immer wieder zutage getreten; darum ist es interessant, ihren vorchristlichen Ursprung zu beobachten.

Denn aus diesem vorchristlichen Ursprung ergibt sich eine überraschende Konsequenz. Die Geschichte hat ihren Höhepunkt in der Ermordung des Sohnes und Erben. Natürlich haben die Evangelisten — das gilt zumindest für Matthäus und Lukas — darin eine metaphorische Umschreibung der Kreuzigung Jesu erblickt. Bei Markus fehlt aber jeder wirkliche Hinweis auf das Leiden Jesu (12, 8 „und sie nahmen ihn, töteten ihn und warfen ihn aus dem Weinberg hinaus"). So erscheinen die Juden als unmittelbare Mörder des Sohnes. Matthäus und Lukas haben durch Umstellung die Auslieferung Jesu an die Fremden wenigstens andeutend berücksichtigt (Mt 21, 39 „und sie nahmen ihn, warfen ihn aus dem Weinberg hinaus und töteten ihn", ebenso Lk 20, 15). Hier ist offensichtlich nur die Markusform ursprünglich. Da nun der Höhepunkt der Geschichte, die Tötung des Sohnes, nicht nachträglich eingeschoben sein kann — denn die Parabel ist auf diesen Höhepunkt hin entworfen — und da in der Markusgestalt kein Hinweis auf die Kreuzigung Jesu enthalten ist, ist zunächst zu folgern, daß sie mitsamt der Tötung des Sohnes als vorösterlich anzusehen ist und ohne weiteres im Munde Jesu vorgestellt werden kann.

Dieser Sohn ist Mk 12, 6 (auch Lk 20, 13) als der „geliebte Sohn" bezeichnet. Das ist das Prädikat, das Jesus bei seiner Taufe empfangen hat und das bei seiner Verklärung bestätigt wird. Bei der Besprechung jener beiden Perikopen hatte sich ergeben, daß dadurch nicht etwa der Messias, sondern der Prophet bezeichnet wird, und dementsprechend heißt es auch von dem Sohn wie von den vorausgehenden Propheten, daß der Herr ihn „sandte". Der Geliebte ist aber nach Jes 42, 1 und 48, 14 der Gottesknecht.

Dieses Verständnis wird durch das Schriftzitat bewiesen, das an die Parabel angehängt ist. Jesus zitiert Ps 118, 22f. „Der Stein, den die Bauleute verworfen haben...". Damit erklärt er nicht die Ermordung des Sohnes zum Höhepunkt der Parabel, wie wir als selbstverständlich voraussetzen, sondern die Tatsache, daß er zum Weinberg hinausgeworfen wurde. In eben dieser Weise hatte ja Markus mit dem ursprünglichen Text die Geschichte erzählt. Selbst wer nicht Jes 8, 14 und 28, 14—16 im Ohr hat, erkennt nun, daß der Stein mit der Prophetie gleichgesetzt ist und daß seine Verwerfung die Ablehnung der Propheten und mit ihnen des Heiligen Geistes, des Kyrios durch das Volk beschreibt. Das ist eine Deutung des Todes Jesu, die dem Verfasser des Hebräerbriefes (13, 11—14) noch ganz geläufig war. — Insgesamt wird deutlich, wie der Ungehorsam des Volkes gegen die Propheten sich zu deren Verfolgung steigert und schließlich in der Ermordung des Gottesknechts seinen höchsten Ausdruck findet.

In der Logienquelle waren außerdem mehrere Sprüche über die Verfolgung der Propheten durch die Juden überliefert. Drei davon hat Matthäus (23, 29—39) einer Reihe von Drohworten gegen die Pharisäer und Schriftgelehrten angehängt. Im ersten werden die Ahnen der gegenwärtigen Generationen als Prophetenmörder bezeichnet (Mt 23, 29—33): „Sie erbauen die Gräber der Propheten und schmücken die Grabmäler der Gerechten, die von ihren Vätern ermordet sind." — Der folgende Spruch (Mt 23, 34—36; Lk 11, 49—51) bezieht auch die jetzige Generation in die Vorwürfe ein. Matthäus hat das Wort an die Situation der Boten Jesu angeglichen; bei Lukas ist eine ältere Form bewahrt. Die „Weisheit" sagt, Gott schicke seine Gesandten dazu, daß die Juden sie umbrächten, so daß schließlich der Prophetenmord aller Generationen an der letzten bestraft wird.

Die Drohworte gegen die Juden wegen der Prophetenmorde können eine Spitze gegen Jerusalem enthalten als die Stadt, in der die Propheten ermordet werden. Jesus sagt Lk 13, 33, daß Propheten nur in Jerusalem umkommen; vermutlich wollte er damit die Versuche des Herodes Antipas für vergeblich erklären, sich seiner zu bemächtigen. Daran hat Lukas die Wehklage Jesu über Jerusalem gehängt (Lk 13, 34f.; entspr. Mt 23, 37—39), in der der Vorwurf des Prophetenmordes gegen die Stadt gerichtet ist.

In diesen Sprüchen wird Jerusalem oder den Juden der Vorwurf gemacht, daß sie die Gesandten Gottes ermorden. In erster Linie sind dabei die Propheten als Opfer der Verfolgung genannt; daraus haben wir auf besondere Anteilnahme am Schicksal der Propheten zu schließen. Daneben werden die Opfer der Verfolgung aber auch als „Apostel" bezeichnet; daraus läßt sich ebenso auf christliche Apostel wie auf vorchristliche Gottesboten schließen. Insgesamt erwecken die Sprüche nicht den Eindruck, daß sie erst in christlicher Zeit entstanden seien, auch wenn sich gerade bei Matthäus eine Anpassung an die spätere Situation feststellen läßt. Vielmehr ist die Möglichkeit in Betracht zu ziehen, daß die Logien auf Äußerungen Jesu zurückgehen, der den Topos von der Ermordung der Propheten durch die Juden gekannt hat und in seinem Selbstbewußtsein durch ihn bestimmt war.

Der Topos von der Ermordung der Propheten findet sich auch außerhalb der Evangelien; dabei muß der Tod Jesu nicht immer mitgenannt sein. Stephanos will Apg 7, 51 beweisen, daß die Juden ‚allezeit dem Heiligen Geist widerstrebt' haben: „Welchen Propheten haben eure Väter nicht verfolgt?" — Paulus spricht 1Thess 2, 15 von den „Juden, die sowohl den Herrn Jesus getötet haben, wie die Propheten". Die Leiden der Propheten Hebr 11, 35—38 setzen ihre Verfolgung durch die Juden voraus, auch wenn die Verfolger nicht ausdrücklich genannt werden. — Ebenso kennt die Apokalypse die Prophetenmorde. Der Vorwurf, der sich daraus ergibt, richtet sich gegen Jerusalem. Die Leichen der beiden erschlagenen Zeugen „werden liegen auf der Gasse der großen Stadt, die da heißt geistlich ‚Sodom und Ägypten', da auch ihr Herr gekreuzigt ist" (11, 8). — So ist im ganzen Neuen Testament die Überzeugung zu finden, daß die Juden ihre Propheten verfolgt und teilweise sogar getötet haben, und diese Überzeugung ist nicht erst in christlicher Zeit entstanden, sondern vorher schon aus der Theologie des prophetischen Amtes heraus entwickelt worden. Vielmehr ergeben sich die Prophetenmorde als Konsequenz aus der Vorstellung, daß die prophetische Predigt zur Aussonderung des heiligen und erwählten Restes führt, aber zugleich die Verworfenen in die Verstockung treibt. Die Ermordung der Propheten ist die äußerste Form, die die Ablehnung Gottes und seines Heilsangebotes erreichen kann.

Demgegenüber läßt sich im Alten Testament an historischen Fakten erstaunlich wenig finden, um den Topos zu beweisen. Mt 23, 35 heißt es „daß auf euch komme alles gerechte Blut, das auf Erden vergossen ist, angefangen vom Blute Abels bis hin zum Blute des Sacharja, des Sohnes des Berechja, den ihr zwischen Tempel und Rauchopferaltar getötet habt." Das klingt, als halte das Alte Testament eine stattliche Reihe von prophetischen Blutzeugen bereit. Einen ähnlichen Eindruck erweckt Apk 6, 9: „...sah ich unter dem Rauchopferaltar die Seelen derer, die um des Wortes Gottes willen und um des Zeugnisses willen, das sie hatten, ermordet waren." Auch hier ist eine größere Zahl von erschlagenen alttestamentlichen Propheten vorausgesetzt.

Nach dieser größeren Zahl suchen wir im Alten Testament vergeblich. Die Ermordung der Propheten, von der Elia 1Kön 19, 10.14 spricht, ist ein Werk der Isebel, das der Prophet Israel zur Last legt, und darüber hinaus gibt es nicht viel. Jeremia erwähnt 26, 20—24 die Ermordung des Uria, Sohn des Semaja, und 2Chron 24, 20f. wird die Steinigung des Sacharja, Sohn des Jojada berichtet; er ist in dem obenerwähnten Logion mit dem Schriftpropheten Sacharja, Sohn des Berechja verwechselt. Es ist freilich möglich, daß Jeremia noch mehr Beispiele hätte nennen können, da er 2, 30 sagt „Euer Schwert frißt eure Propheten". Aber diese Möglichkeit ist kein historischer Beweis, und wahrscheinlicher ist, daß der Prophetenmord für Jeremia bereits zum Topos geworden war. Jedenfalls ließ sich die Überzeugung, daß die Juden ihre Propheten ermordeten, nicht aus den historischen Nachrichten des Alten Testaments gewinnen.

Das Bild ändert sich zwar nicht grundsätzlich, aber es verschiebt sich doch etwas, wenn man auch die apokryphe Prophetenüberlieferung mit heranzieht. Von den 24 Propheten, über die in den Vitae prophetarum berichtet wird, sterben sechs eines gewaltsamen Todes, und die Zahl läßt sich aus andern Apokryphen noch etwas erhöhen. Nehmen wir auch die Verfolgungen dazu, die nicht zum Tode des Propheten führten, dann ist abermals eine Steigerung möglich. So veranschaulicht der Befund in den Apokryphen, wie die Überzeugung von der Ermordung der Propheten nach und nach gewachsen ist.

Als Quelle dieser Überzeugung kann die apokryphe Literatur aber nicht gedient haben. Andernfalls müßten wir im Neuen Testament viel mehr Zitate aus alttestamentlichen Apokryphen finden. Aber anscheinend waren diese Schriften nicht geeignet, Dicta probantia zu liefern.

Es gibt ein paar Ausnahmen. Bei Lukas (11, 49) wird die „Weisheit" mit einem Spruch zitiert „Siehe, ich sende zu ihnen Propheten und Apostel ...". Die Weisheit, die hier redet, ist offensichtlich der Heilige Geist, aber das Wort wird nicht als Schriftwort bezeichnet und durch das einleitende „Siehe" als Prophetenwort nur angedeutet. Insgesamt läßt sich aber sagen, daß Jesus seine Leidenserwartung nicht aus alttestamentlichen Apokryphen gewonnen haben kann; nur die anerkannten alttestamentlichen Schriften kommen als deren Quelle in Frage.

Das bedeutet aber, daß der Topos vom Prophetenmord nicht als Quelle der Leidenserwartung Jesu anzusehen ist, sondern nur als Ausdruck eines Bewußtseins, aus dem sie erwachsen konnte. Jesus dürfte vielmehr unter allen Beschreibungen prophetischer Leiden vornehmlich die Gottesknechtsweissagungen auf sich bezogen haben. Die Beschreibung des Gottesknechts war für sich eine Abstraktion dessen, was der Prophet zu erwarten hatte, und was er durch sein Leiden bewirkte; sie war eine Zusammenfassung dessen, was das Alte Testament über die Gestalt und Bedeutung des Propheten zu sagen hatte. Die Prophetie ließ sich ihrerseits als Weissagung auf den Gottesknecht verstehen. Dazu kam, daß der Sinn der Leiden des Gottesknechts angegeben war. Durch seine Leiden ermöglichte der Gottesknecht den Anbruch des Gottesreiches. So erschlossen die Gottesknechtsweissagungen Jesus das Verständnis seiner eigenen Sendung. Er ist in dem Bewußtsein, der bei Jesaja angekündigte Gottesknecht zu sein, nach Jerusalem gegangen, um dort den Tod zu finden, der dem Gottesknecht geweissagt war und der das Gottesreich ermöglichte. Daß die Kirche Jesu Handeln alsbald in dieser Weise gedeutet hat, spricht nicht dagegen, daß sie auf diese Weise genau sein Verständnis traf.

11. Die Einsetzung des Abendmahls

Von der Einsetzung des Abendmahls berichten die drei Synoptiker (Mt 26, 26—29; Mk 14, 22—25; Lk 22, 15—20). Älter als die synoptischen Einsetzungsberichte und auf jeden Fall vor ihnen fixiert ist der Einsetzungsbericht, den Paulus empfangen und an die korinthische Gemeinde bei ihrer Gründung weitergegeben hat (1Kor 11, 23—26). Im Johannesevangelium wird nur andeutend vom Abendmahl gesprochen, bes. 6, 48—59 („Ich bin das Brot des Lebens"). Die bei Paulus als Verkündigung des Todes Christi bezeichnete Abendmahlsfeier enthält in sich und durch sich selbst den Hinweis auf diesen Tod. Daher ist ihre Einsetzung als Leidensweissagung anzusehen. Wer nicht behaupten will, Jesus habe das Abendmahl nicht eingesetzt oder habe bei dieser Gelegenheit nicht auf seinen Tod hingewiesen — beide Behauptungen wären angesichts der Überlieferung absurd —, der muß zugeben, daß er seinen Tod angekündigt und ihn dabei auch gedeutet hat.

Der älteste Bericht steht im ersten Korintherbrief. Als Paulus die Gemeinde gründete, da waren seit Jesu Kreuzigung rund zwanzig Jahre vergangen. Das ist keine lange Zeit, wenn es um die Erinnerung an Ereignisse geht. Nach zwei Jahrzehnten sind die meisten ursprünglichen Zeitgenossen noch am Leben, und das Gedächtnis der Zeugen nähme es nicht hin, wenn der Bericht vom Ablauf der Dinge entstellt wäre. Was sich in einer solchen Zeitspanne verschieben kann, ist allein die Sinndeutung der Geschehnisse. Da der Einsetzungsbericht bei Paulus früh fixiert wurde, muß man von ihm ausgehen und an ihm die Berichte der Evangelisten messen.

Paulus hat diesen Bericht nicht mit seinen eigenen Worten formuliert, sondern „vom Herrn empfangen". Das heißt: Von dem Augenblick an, als Paulus diesen Bericht empfangen hat, bis zu dem Augenblick, als er ihn an die Korinther weitergab, hat sich nichts mehr daran geändert. Denn Paulus zitiert in diesem Bericht die Worte, die er selber den Korinthern früher mitgeteilt hat, und die Korinther könnten ihn durch seine eigenen Worte kontrollieren. Der Wortlaut steht fest. — Diesen Bericht muß Paulus aber in der ersten Zeit nach seiner Bekehrung empfangen haben (Gal 1, 16), in Damaskus, Antiochien oder Arabien, zu der Zeit, als er sich entschloß, Missionar zu werden. Er muß ihn ferner von hellenistischen Judenchristen empfangen haben, und daß das so ist, können wir daran sehen, daß dieser Einsetzungsbericht aus dem 1. Korintherbrief und der des Markusevangeliums sich nur geringfügig voneinander unterscheiden.

Die Quelle für seinen Bericht nennt Paulus den „Kyrios". Der Zusammenhang zeigt, daß das kein theologischer, sondern ein literarischer Begriff ist. Paulus hat diesen Bericht nicht in der Form einer unmittelbaren Offenbarung, sondern eines fixierten Textes empfangen. Ob dieser Text nur mündlich oder auch schriftlich überliefert wurde, macht keinen grundsätzlichen Unterschied und braucht darum hier nicht entschieden zu werden. Paulus zitiert jedenfalls, und er zitiert die Worte aus einer Quelle, die er den Korinthern früher schon mitgeteilt hatte. Diese Quelle nennt er den „Kyrios", und die Benennung erklärt sich dadurch, daß das von Paulus zitierte

Logion mit den Worten beginnt „Der Kyrios Jesus in der Nacht, da er verraten ward...".

Diese Quelle kann aber nicht nur aus diesem einen Logion bestanden haben, denn Paulus beruft sich noch öfter auf den „Kyrios", wenn er Entscheidungen auf Grund der Anordnungen Jesu fällt. Daraus folgern wir, daß Paulus eine Sammlung von Herrenworten besaß, aus der er zitieren konnte, und diese Herrenworte waren durch ihre Form als solche erkennbar. Der Kyrios war eine Spruchsammlung von der Art, wie wir sie in der Bergpredigt, in der Feldrede, in der synoptischen Apokalypse vorliegen haben.

Was ist daraus geworden? Man kann sich nicht vorstellen, daß die Kirche eine in ihr überlieferte Sammlung von Herrenworten untergehen ließ; folglich müssen wir sie noch haben. Der einzige Ort, an dem sie verborgen sein kann, sind die synoptischen Evangelien. Wir schließen also, man habe diese Sammlung von Herrenworten darum nicht weiterüberliefert, weil man sie vollständig, aber vielleicht ausführlicher in einem Evangelium oder einer Evangelienquelle besaß. — Über die Beziehung zwischen dem „Kyrios" des Paulus und der Logienquelle läßt sich nicht rasch urteilen, weil zu vermuten ist, daß die verschiedenen Spruchquellen in verschiedenen Redaktionen nebeneinander bestanden. Der „Kyrios" des Paulus enthielt jedenfalls einen Einsetzungsbericht. Urmarkus dürfte von Anfang an einen anderen, eigenen Einsetzungsbericht gehabt haben, aber die Unterschiede gegenüber dem Bericht im „Kyrios" waren nicht groß, wie der Einsetzungsbericht des Markusevangeliums zeigt.

Aus dem Einsetzungsbericht, den Paulus mitteilt, läßt sich schließen, daß er dazu bestimmt war, die Stiftung des Abendmahls durch den Herrn Jesus zu erzählen und den Sinn der Feier zu erklären. Dies läßt sich dem Text entnehmen. Inhalt der Feier ist der Tod Jesu, und dieser Tod wird durch das Begehen der Feier verkündigt. Mit der Verkündigung des Todes des Herrn wird seine Wiederkunft angekündigt.

Die Wiederkunft des Herrn ist das sichtbare Zeichen für den Anbruch des Gottesreiches. Der Sinn der Feier besteht darin, daß sie der zuversichtlichen Erwartung des Gottesreiches Ausdruck verleiht, und diese Zuversicht gründet sich auf dem Tod des Herrn.

Die enge Beziehung zwischen Abendmahl und Reichgotteserwartung liegt im Einsetzungsbericht des 1. Korintherbriefs nicht vor Augen; er geht aber desto deutlicher aus den Abendmahlsgebeten der Didache (9) hervor. Die Einheit des Gottesreiches wird hier in der Einheit von Brot und Kelch abgebildet. In diesen Gebeten wird Jesus als der Gottesknecht bezeichnet, der das Gottesreich — den heiligen Weinstock des Gottesknechts David — kundgemacht habe. Brot und Wein sind als prophetische Zeichen für das Gottesreich gedeutet, und Jesus wird als der angegeben, der diese Zeichen zuerst getan und durch sein Tun die Gemeinde gelehrt habe:

Wir danken Dir, Vater unser, für den heiligen Weinstock Deines Knechtes David, den Du uns kundgemacht hast durch Deinen Knecht Jesus.

So das Kelchgebet. Das Brotgebet erläutert, wie das gemeint ist:

Wir danken Dir, Vater unser, für das Leben und die Erkenntnis, die Du uns kundgemacht hast durch Deinen Knecht Jesus. Wie dieses Brot ausgestreut war auf den Bergen und zusammengebracht und eins geworden ist, so werde Deine Kirche zusammengebracht von den Enden der Erde in Dein Reich.

Die Didachegemeinde kann nicht gemeint haben, Jesus habe als erster das Gottesreich verkündigt. Dann bedeuten die Gebete aber, daß er es als erster durch die Einsetzung des Abendmahls verkündigt habe; dafür sagt die Gemeinde in diesen beiden Gebeten Dank.

Diese Gebete waren, ohne gerade zwingend vorgeschrieben zu sein, für den Inhalt der Feier so wichtig, daß sie ihr den Namen 'Eucharistie' gegeben haben. Es überrascht den Leser aber, daß in der Didache nicht vom Tode Jesu gesprochen wird. Wir haben daraus zu schließen, daß die Didache zwar ihre Gebetsvorschläge wörtlich mitteilt, aber über das Herzstück der Feier bewußt und absichtlich schweigt. — Wir sehen, daß das Brot nicht ἄρτος heißt, wie z.B. im Vaterunser, sondern κλάσμα; das ist das abgebrochene Brot, das „Bruchstück". Das Brot muß bei der Feier gebrochen werden. — Wenn dann anschließend verboten wird, Brot und Wein den Ungetauften auszuteilen, weil der Herr auch davon gesagt habe „Gebt das Heilige nicht den Hunden" (die „Hunde" sind die Außenstehenden), dann muß ein Stück der Feier vorausgegangen sein, in dem Brot und Wein geheiligt wurden. Daß dieser das Brot heiligende Akt im Brotbrechen bestand, ist wahrscheinlich, denn „Brotbrechen" κλάσις ἄρτου ist der andere Name, den die Feier neben εὐχαριστία trägt. Das Brot wurde dadurch geheiligt, daß es gebrochen und dadurch zum Tod des Herrn in Beziehung gesetzt wurde.

Die Abendmahlsgebete der Didache zeigen uns weiterhin, daß die Teilnehmer in der Erwartung standen, in ihrer und durch ihre Feier werde die Welt vergehen, werde das Gottesreich und die „Gnade", d.h. der Heilige Geist kommen und werde vor allem — Maran Atha! — der Herr kommen.

Was wir in der Didache vermissen, steht in den neutestamentlichen Einsetzungsberichten, die Gleichsetzung des gebrochenen Brotes mit dem Leib des Herrn. Je länger und weiter die Abendmahlsfeier in den Bereich vorstieß, in dem man griechisch dachte und empfand, desto wichtiger wurde diese Gleichsetzung für das Verständnis des Abendmahls. Sie bedeutet aber ursprünglich nicht die Gleichsetzung der Substanz von Brot und Herrenleib, so selbstverständlich uns dieses Verständnis auch vorkommt. Das haben uns schon die Abendmahlsgebete der Didache gezeigt, in denen Brot und Wein mit der Gemeinde gleichgesetzt werden. Eben dieses Verständnis liegt auch bei Paulus vor; so 1Kor 11, 29 „...weil er den Leib des Herrn nicht unterscheidet", was hier eindeutig die Gemeinde und nicht der sakramentale Leib des Herrn ist. Ebenso auch 1Kor 10, 16f. „die Gemeinschaft des Blutes Christi" und „die Gemeinschaft des Leibes Christi". Da ist überall nicht die sakramentale Gemeinschaft mit Christus durch seinen Leib und sein Blut gemeint, sondern die Gemeinschaft der Teilnehmer untereinander, die durch diese Gemeinschaft zum Leib Christi werden: „denn *ein* Brot, *ein* Leib sind wir, die Vielen, denn wir haben alle Teil an dem *einen* Brot." Mit den „Vielen" wird Jes 53, 12 zitiert. Die Vielen sind die, für die der Gottesknecht gestorben ist, deren Sünden er auf sich genommen hat und deretwegen er unter die Übeltäter gerechnet wurde.

Damit können wir uns wieder dem Einsetzungsbericht bei Paulus zuwenden. Im Text steht, daß die Abendmahlsfeier Verkündigung des Todes des Herrn ist. Die Verkündigung geschieht durch ein bestimmtes und vorgeschriebenes Handeln: „Dies *tut* zu meinem Gedächtnis!" Mit dem „Gedächtnis" ist, soweit das Wort überhaupt als „Erinnerung" zu verstehen ist, nicht die Erinnerung an die Person des Herrn, sondern nur die an den Tod des Herrn gemeint. Aber als „Erinnerung an den Tod des Herrn" ist das Wort nur zum kleinen Teil erklärt.

Das „Handeln auf etwas hin", das ποιεῖν εἴς τι ist das Tun eines prophetischen Zeichens (vgl. Did 11, 11). Das Tun dieses Zeichens wird der Gemeinde aufgetragen. Sie soll durch ihr Tun eine derzeit noch unsichtbare Wirklichkeit herbeiführen und sichtbar machen. Die Anweisung, auf etwas hin zu handeln, verweist in die Zukunft und nicht — wie wir uns durch das Wort „Gedächtnis" zu verstehn verführen lassen — in die Vergangenheit. Ein „Gedächtnismahl" als bloße Erinnerung an Vergangenes ist das Abendmahl von Anfang an nicht gewesen.

Aber der Text sagt, auf was hin die Gemeinde handeln soll. Genannt ist nicht das Gottesreich, obwohl wir das eigentlich erwarten müssen, sondern die Wiederkunft des Herrn. Die Gemeinde wird angewiesen, durch ihr Tun, die Abendmahlsfeier, „den Tod des Herrn zu verkündigen, bis daß er kommt" ἄχρι οὗ ἔλθῃ. Der temporale Sinn des Satzteils ist so selbstverständlich, daß man ihn durch ein finales Verständnis ergänzen muß, das ursprünglich leicht vorhanden gewesen sein kann: auf daß er kommt. Selbstverständlich ist weiterhin, daß mit der Wiederkunft des Herrn — die Didachegebete hatten es gesagt — die Welt vergeht und die Gnade kommt, das Gottesreich also anbricht.

Worin besteht nun das Tun, zu dem die Gemeinde aufgefordert wird? Für das Brot ist der Text eindeutig: im Brechen des Brotes. Man wird auch das Sprechen des Brotgebetes diesem Tun zugerechnet haben, weil es zum rituellen Vollzug gehörte; darum erlangte die Feier beide Namen „Eucharistie" und „Brotbrechen". Daß es sich dabei um das Tun eines prophetischen Zeichens handelte, kann man auch daran noch sehen, daß den Propheten in der Didache (10, 7) kein agendarischer Zwang auferlegt wird; sie brauchen nicht das mitgeteilte Dankgebet zu sprechen, sondern sollen beten, was sie wollen. — Für den Kelch ist die Frage nach dem Tun der Gemeinde schwerer zu beantworten, weil die Einsetzungsworte 1Kor 11, 25 verschweigen, was der Herr Jesus mit dem Kelch eigentlich gemacht hat. Mk 14, 23 (verdeutlichend Mt 26, 28) erklärt, das Tun habe darin bestanden, daß alle aus dem Kelch getrunken hätten. Aber man wird diesem Verständnis gegenüber Zurückhaltung üben müssen. Denn zunächst fehlt diese Angabe 1Kor 11 und sodann entspricht dem Trinken des Kelchs das Essen des Brotes. Wir wissen aber noch nicht, welches Handeln mit dem Kelch dem Brechen des Brotes entsprach. Die Einsetzungsworte lauten aber „Das tut!", und dieses derart befohlene Tun wird nicht durch Essen und Trinken erfüllt.

Auch die zugehörigen Deuteworte sperren sich gegen die Erklärung, das den Jüngern aufgetragene Tun habe darin bestanden, daß alle aus dem Kelch getrunken hätten. Die Worte lauten „Dieser Kelch ist der neue Bund auf Grund meines Blutes"; es ist nicht einzusehen, auf welche Weise das gemeinsame Trinken aller aus dem einen Kelch den Grund für einen neuen Bundesschluß hätte abgeben können. — Bei Markus lauten die entsprechenden Deuteworte „Dies ist mein Blut des Bundes, das für viele vergossen ist". Damit werden zwei alttestamentliche Stellen zitiert. Die eine ist Ex 24, 8: „Da nahm Mose das Blut und besprengte das Volk damit und sprach ‚Sehet, das ist das Blut des Bundes, den der Herr mit euch macht über allen diesen Worten'." Bei den „Vielen" geht es wieder um die Vielen von Jes 53, 12, für die der Gottesknecht stirbt. Wegen der Exodusstelle ist zu vermuten, daß hier ursprünglich eine Besprengung geübt wurde. Diese Besprengung mußte in dem Augenblick wegfallen, in dem der Wein mit dem Blut und das Brot mit dem Leib des Herrn gleichgesetzt wurde. Das ist der Augenblick, in dem nicht mehr der Tod des Herrn durch das Brechen des Brotes und das Vergießen des Weins dargestellt wurde, sondern in dem man meinte, daß die Substanz von Leib und Blut durch die Substanz von Brot und Wein abgebildet werde. Das ist präzis der Augenblick, in dem sich der Übergang vom dynamischen Denken der Bibel zum statischen Denken der Griechen vollzieht.

Somit ergab sich, daß der Herr Jesus bei seinem letzten Mahl „in der Nacht, da er verraten ward" die vorhandenen Nahrungsmittel, Brot und Wein, dazu gebraucht hat, ein prophetisches Zeichen zu tun, um durch dieses Zeichen seinen bevorstehenden Tod anzukündigen, herbeizuführen und zu deuten. Jesu eigene Deutung seines Todes besagte, daß sein Tod der Jes 53, 12 geweissagte Tod des Gottesknechts sein werde, daß dieser Tod sühnende Kraft haben und das Gottesreich herbeiführen werde.

12. Jerusalem

Die älteste Christenheit las die Geschichte Jesu Christi und besonders seine Leidensgeschichte im Alten Testament. Sie las sie als Erfüllung alttestamentlicher Heilsweissagungen. Diese Sicht der Dinge war darum von vornherein berechtigt, weil Jesus und seine Jünger ihre eigene Geschichte unter demselben Blickwinkel erlebt haben, und da die Apostel, Presbyter und Evangelisten sie auf ihre Art weitergegeben haben, sind die Ereignisse, die wir heute in den Evangelien lesen, in ihrer Auswahl und in ihrem Ablauf durch das einseitige Licht bestimmt, das vom Alten Testament auf sie fällt. Dies wird um so merklicher, je mehr wir uns der Leidensgeschichte im engeren Sinne nähern. Über den Verlauf, den der Prozeß Jesu genommen hat, besitzen wir kein historisches Wissen über das hinaus, das sich aus Jesu Kreuzigung erschließen läßt. Die Evangelien teilen darüber freilich viele Einzelheiten mit, Einzelheiten nämlich, die sie im Psalter und in den Propheten bezeugt fanden; aber sie teilen uns auch mit, daß es für eben diese Einzelheiten keine Augenzeugen gab, deren Berichte in die Evangelien hätten eingehen können. — Wo es keine Zeugen im historischen Sinn des Wortes gibt, da gibt es auch keine historische Forschung. Denn historische Forschung ist die Deutung kritisch befragter Quellen und bedarf darum auch dieser und nicht allein der kritischen Vernunft.

a) Der Zug nach Süden

Jesu Boten hatten die Anhänger aufgefordert, nach Jerusalem zu kommen, und diese dürften im Unterschied von den Jüngern auf den Pilgerstraßen durch Samarien nach Jerusalem gezogen sein. Sie nahmen in und um die Stadt Quartier und warteten auf den Herrn. Jesus hatte seinen Weg auf der östlichen Jordanseite gesucht. Da er befürchten mußte, von seinen Gegnern aufgehalten und womöglich verhaftet zu werden, wird er mit einer kleinen Schar seiner Jünger durch das Jordantal gezogen sein. Die Frauen, die sich ihm angeschlossen hatten (Lk 8, 2f.), erlauben den Schluß, daß er vom See aus aufgebrochen war. — Die Logienquelle hat Weherufe über galiläische Städte bewahrt, in denen er gewirkt hatte (Mt 11, 20—24; Lk 10, 12—15).

Diese Weherufe hatten die Funktion, Jesu Wirken in Galiläa abzuschließen. Vielleicht bezeichnen sie den Augenblick, als Jesus seine heimatlose Wanderschaft antrat; andernfalls dürfte der Aufbruch nach Jerusalem die Gelegenheit gewesen sein, bei der sie gesprochen wurden.

Nach Lukas (9, 52) versuchte Jesus zunächst, den Weg durch Samarien zu nehmen. Nach Markus (10, 1) zog er in „das Gebiet von Judäa und jenseits des Jordans". Matthäus (19, 1) hat das „und" getilgt. Das Schwanken der Überlieferung über den Reiseweg könnte darin seinen Grund haben, daß Jesus seine erste Etappe nach Ainon bei Salim legte. Hier hatte der Täufer seine letzte Taufstelle (Joh 3, 23), und hier war er auch, wie der Evangelist Johannes andeutet (3, 24), durch die Leute des Antipas verhaftet worden, die dazu die nahe Grenze überschritten hatten. Der Ort gehörte zur Dekapolis. Die Urgemeinde ist später, als sie Jerusalem verließ, nach Pella übersiedelt. Ainon, Pella und Skythopolis bilden ein gleichseitiges Dreieck von ca. 10 km Seitenlänge; wir vermuten daher, die Urgemeinde habe hier seit der vorösterlichen Zeit einen Stützpunkt unterhalten. Denn Ainon lag in der Dreiländerecke, die Samarien, die Dekapolis und Peräa miteinander bildeten; darum bot es sich als Etappe und Sammelplatz für die Jünger an. Vielleicht hat Jesus hier schon die Rückkehr der von ihm ausgesandten Boten erwartet; so würde sich am besten die Meinung des Lukas erklären, daß Jesus die Boten vorausgesandt habe.

Der Aufbruch von diesem Ort kam dem Entschluß gleich, den die zweite Leidensankündigung bezeichnet; die Geheimhaltung, die nach Markus mit dieser Ankündigung verbunden war (9, 30 „er wollte nicht, daß es jemand erfahre"), kann ursprünglich den Reiseweg betroffen haben.

Aus der lukanischen Darstellung war zu schließen, daß Jesus und die Jünger in kleineren Gruppen reisten. Als nächste Etappe war das andere Ainon vorgesehen, der Ort, den die Evangelien „Bethanien östlich des Jordan" nennen (Bethanien = Beth Ainon). Hier war der Sammelpunkt für die Jünger, die Jesus auf seinem Einzug in Jerusalem begleiten wollten. — Die Logienquelle (Mt 13, 16f.; Lk 10, 23f.) hat eine Seligpreisung der Jünger überliefert, die auf dem Marsch nach Jerusalem ergangen sein muß: „Selig die Augen, die sehen, was ihr seht! Denn ich sage euch, daß viele Propheten und Könige sehen wollten, was ihr seht, und haben es nicht gesehn, und hören wollten, was ihr hört, und haben es nicht gehört." Was die Propheten und Könige — damit sind David und Salomo gemeint — sehen und hören wollten, ist der Anbruch der Gottesherrschaft und damit die Ausgießung des Geistes und die Auferweckung der Toten.

Da Jesu Gegner nach Joh 10, 39f. ihm auflauerten, war er gezwungen, seinen Weg durch die Jordanau zu nehmen: Jesus „entging ihren Händen und zog wieder östlich des Jordans an den Platz, wo Johannes ursprünglich getauft hatte. Dort blieb er." An der Stelle heißt es weiter, daß Jesus hier Zulauf erhielt (10, 41). Daraus haben wir geschlossen, daß sich hier die Jünger für den Einzug in Jerusalem sammelten.

b) Der Weg nach Jerusalem

Den Jüngern kam nun endgültig der Ernst der Situation zu Bewußtsein. Markus hat an den Beginn des Weges die dritte Leidensankündigung gestellt und die Furcht geschildert, die die Jünger befiel (10, 32): „Sie waren aber auf dem Wege hinauf nach Jerusalem. Jesus ging ihnen voraus. Sie gerieten in Entsetzen und folgten ihm voll Furcht." — Der Weg führte durch Jericho. Mit dem Durchzug durch diesen Ort sind in den Evangelien zwei Geschichten verbunden, eine Blindenheilung und die Begegnung mit Zakchäus. Die Blindenheilung war durch Markus mitgeteilt (10, 46—52). Lukas (18, 35—43) hat sie übernommen. Matthäus hat zwei Blinde daraus gemacht (20, 29—34), weil er in der Blindenheilung eine Erfüllung der Weissagung Jes 61, 1 sah; dort ist aber nicht von einem Blinden, sondern von Blinden schlechthin die Rede, und darum brauchte der Evangelist eine Mehrzahl. — Markus nennt den Namen des geheilten Blinden, Bartimaios, und versteht ihn als „Sohn des Timaios". Bei Markus bedeutet die Nennung des Namens, daß der Evangelist konkrete Kenntnisse der Urgemeinde verarbeitete. Das heißt, daß man in der Urgemeinde etwa ein Menschenalter nach den Ereignissen noch Vorstellungen mit den von Jesus geheilten Personen verband, und das Bewußtsein von diesen Vorstellungen ist in das Markusevangelium übergegangen, selbst wenn der Evangelist diese unmittelbare Kenntnis nicht mehr selber besaß.

Ebenso wie bei Matthäus bedeutet die Blindenheilung auch im Markusevangelium, daß Jesus der ist, der die Blinden sehend macht und sich damit als Bringer der Heilszeit erweist. Darüber hinaus bereitet der Hilferuf der Blinden „Jesu, Sohn Davids!" den messianischen Einzug in Jerusalem vor und damit die theologische, den Jüngern eröffnete Erkenntnis, daß Jesus in Wahrheit der Messias ist.

Diese Blindenheilung findet nach Markus und Matthäus nach dem Durchzug durch Jericho beim Verlassen des Ortes statt. Lukas verlegt sie schon auf den Einzug, weil er im Anschluß an die Heilung die Begegnung Jesu mit dem Zöllner Zakchäus schildern will. Bei Lukas läßt sich — im Unterschied von Markus — nicht mehr aus konkreten Einzelheiten auf deren direkte Überlieferung schließen (weil für diesen sich als Historiker verstehenden Evangelisten die Mitteilung von Einzelheiten ein bewußt gehandhabtes Stilmittel ist). Die beiden Geschichten, Blindenheilung und Begegnung mit

Zakchäus, zeigen uns, daß Jesu Durchzug Aufersehen erregte und das Volk auf die Straße brachte. Auch ohne daß Jesus als Messiasprätendent auftrat, konnte das Volk ihn doch so verstehen. Dieses Verständnis könnte sich in der Anrede des Bartimaios andeuten, wenn er den Herrn als „Sohn Davids" anruft. Aber wenn der Blinde auf Jesu Frage, was er ihm tun solle, auch die natürliche Antwort gibt Ῥαββουνι ἵνα ἀναβλέψω, so klingt damit doch deutlich Jes 61, 1 an καὶ τυφλοῖς ἀνάβλεψιν (nach griech. Bibel). Vermutlich war die Meinung des Evangelisten, daß Bartimaios erst durch die Öffnung seiner Augen erkennt, wer Jesus in Wahrheit ist, so daß die Anrede „Sohn Davids" Ausdruck einer unzulänglichen Erkenntnis ist.

Die Evangelisten berichten, Jesus habe vor seinem Einzug in der Stadt noch eine Etappe eingeschoben. Nach Lukas übernachtete er im Hause des Zakchäus; vielleicht hat sich der Evangelist dieses Haus in Jericho vorgestellt, oder er nahm an, Zakchäus sei von Bethanien Jesus bis Jericho entgegengegangen. Denn die andern Evangelisten verlegen diese letzte Station nach Bethanien. Markus und Matthäus lassen Jesus im Haus Simons des Aussätzigen übernachten; Johannes im Haus der Martha und ihrer Geschwister Maria und Lazarus. Dabei verdient der Bericht des Markus den Vorzug. Johannes hat den Gang der Ereignisse aus der ihm eigentümlichen Sicht mitgeteilt. Für dieses Evangelium ist die Salbung Jesu durch Maria die wichtigste Leidensweissagung; darum stellt er sie an den Anfang, vor den Einzug in Jerusalem. Danach bleibt Jesus für das Johannesevangelium in der Stadt. — Dazu kommt, daß man sich zwar für Johannes, aber nicht für Markus vorstellen kann, daß er der in der gemeinsamen Evangelienüberlieferung mitgeteilten Salbungsgeschichte einen anderen Platz gegeben habe. — Ferner kommt dazu, daß die Geschwister und ihr Haus bei Johannes eine Bedeutung haben, für die es bei Markus noch keine Entsprechung gibt: Sie repräsentieren Jesu Jünger und Anhänger. Daher müssen wir damit rechnen, daß das Johannesevangelium dieses später wohl im Gemeindebesitz befindliche Haus Simons des Aussätzigen dadurch als Haus der Jünger Jesu bezeichnet hat, daß es als Haus der Maria und Martha dargestellt wurde.

So spricht alles dafür, daß Jesus die Nacht vor dem Einzug in Bethanien im Hause Simons des Aussätzigen verbracht hat und daß er, wenigstens zum Einnehmen der Abendmahlzeit, auch an den folgenden Abenden dort eingekehrt ist.

c) Der Einzug

Nach Markus nahm Jesus seinen Einzug „von Bethphage und Bethanien am Ölberg" aus. Bethanien liegt etwa 3 km von Jerusalem entfernt am südöstlichen Abhang des Ölbergs, Bethphage am Westabhang. Matthäus hat die Mitteilung von zwei Ortsnamen als Widerspruch empfunden und darum — vielleicht auf Grund eigener Ortskenntnis — Bethanien unerwähnt gelassen. Aber wir müssen für Markus ebenfalls Ortskenntnis und Treue gegen die Überlieferung voraussetzen, und dieser Evangelist hat anscheinend keinen Widerspruch empfunden, so daß er nicht einmal den Platz der beiden Ortsangaben vertauschte. (Dadurch hätte sich ein „von Bethanien über Bethphage" ergeben.) Da wir in Betracht zu ziehen haben, daß Jesus später am Ölberg verhaftet wurde, können wir vermuten, daß er dort, zwischen Bethanien und Bethphage, sein Standquartier aufgeschlagen hatte. Er mag sich am Morgen des Einzugstages zunächst nach Bethanien begeben haben. Die Anweisung an die Jünger „Geht in das Dorf da drüben!" bedeutet, daß die Jünger aus Bethphage den Esel holten und ihn nach Bethanien zu Jesus brachten. Von da aus ging dann der Einzug in Jerusalem vor sich.

Markus (und Lukas) sprechen nur von einem Tier, einem Eselsfüllen. Gemeint ist auf jeden Fall ein junges Tier, so jung nämlich, daß noch nie ein Mensch darauf gesessen hatte. Das erinnert an die beiden jungen säugenden Kühe 1Sam 6, 7, auf die noch niemals ein Joch gekommen war und die sich darum eigneten, die Lade aus dem Philisterland zurückzubringen. Die Last, die der junge Esel tragen soll, ist in ihrer Heiligkeit mit der der Lade vergleichbar. Selbstverständlich soll man sich das Eselsfüllen alt genug vorstellen, daß es einen Reiter tragen kann. πῶλος meint nicht nur das Füllen im eigentlichen Sinn, sondern auch das noch jugendliche, aber bereits kräftige Tier. Wenn unser Bericht im Legendenstil ausgeschmückt wäre, so hätte der Erzähler darauf hingewiesen, daß das ungerittene Tier sich besteigen ließ und seinem Reiter gehorchte.

Matthäus arbeitet die alttestamentliche Weissagung heraus, die Jesus mit seinem Einzug erfüllt. Der Einzug auf dem Esel ist Sach 9, 9 geweissagt

> Siehe, dein König kommt zu dir,
> ein Gerechter und ein Helfer,
> arm und reitet auf einem Esel,
> auf einem Füllen der Eselin!

Matthäus hat den Text ausgeschrieben (21, 5). Er hat ihn aber nicht mit den durchaus passenden Worten Sacharjas eingeleitet „Du Tochter Zion, freue dich sehr, und du, Tochter Jerusalem, jauchze!" Statt dessen hat er die Einleitung zu den Sacharjaworten aus Jesaja (62, 11) genommen: „Saget der Tochter Zion". Der Jesajatext fährt fort „Siehe, dein Heil kommt!" An Stelle dieser Worte hat Matthäus die Sacharjaweissagung eingeschoben. Durch die aus Tritojesaja genommene Einleitung besagen die Worte Sacharjas, daß es das Heil ist, das hier kommt, und worin dieses Heil besteht. — Matthäus hat hier zwei Tiere, eine Eselin mit ihrem Füllen, und unter Verzicht auf

Vorstellbarkeit reitet Jesus auf beiden Tieren in die Stadt ein. Denn Matthäus kam es vor allem darauf an, die Erfüllung der Sacharjaweissagung mitzuteilen. Man darf nicht denken, er habe den Parallelismus membrorum bei Sacharja mißverstanden oder mißverstehen wollen. Seine Absicht war vielmehr — das erkannten wir bereits aus seinem Kombinieren der Weissagungen Sacharjas und Jesajas —, die alttestamentliche Basis der Weissagung zu verbreitern und dadurch den Umfang ihrer Aussagen zu erweitern.

Dadurch, daß er ausdrücklich die Eselin und ihr Füllen nennt, geht er über Sacharja hinaus noch weiter zurück und knüpft an den Jakobssegen über Juda an (Gen 49, 10):

> Es wird
> das Szepter von Juda nicht entwendet werden,
> noch der Stab des Herrschers von seinen Füßen,
> bis daß der Held komme;
> und demselben werden die Völker anhangen.

Hier wird ein König aus Juda angekündigt, der nicht nur Herrscher seines Volkes ist, sondern auch der Heiden; darauf legt Matthäus Wert. Der Jakobssegen fährt fort:

> Er wird sein Füllen an den Weinstock binden
> und seiner Eselin Sohn an die edle Rebe.
> Er wird sein Kleid in Wein waschen
> und seinen Mantel in Weinbeerblut.

Das ist nach Joel 4, 13 (18) — ebenso Apk 14, 14—20 — eine Weissagung auf das Endgericht, auf die große Traubenernte, und sie bezeichnet Jesus als den künftigen Weltenrichter. Damit schließt sich die Verbindung zu Tritojesaja (62, 11), d.h. zu dem Prophetenwort, von dem Matthäus ausgegangen war. Denn im Jesajatext folgt nun unter Benutzung des Bildes von der Traubenernte ein Hinweis auf das Endgericht und auf den Zorn Gottes (Jes 62, 11 — 63, 6).

Wir könnten auf noch mehr alttestamentliche Beziehungen in der Schilderung des Matthäus hinweisen. Sie zeigen uns, daß Matthäus in dem arm und demütig auf dem Esel einziehenden Jesus bereits den zum Gericht kommenden Himmelskönig erkannte und die Sacharjaweissagung als Ankündigung künftiger Herrlichkeit durch die gegenwärtige Niedrigkeit verstanden hat. — Soweit sind Markus und seine Quelle jedoch noch nicht gegangen; hier ist allein die Erfüllung der Weissagung Sacharjas ins Auge gefaßt, wenn Jesus in der von diesem Propheten angekündigten Weise einzog.

Von einem „König" ist hier nur in uneigentlichem und übertragenem Sinne die Rede. Der Friedefürst, der geweissagt wird, ist ein Gerechter, ein Helfer (oder vielleicht sogar einer, dem geholfen wird), und er ist arm. Von diesem Friedefürsten heißt es Vers 11 „Auch lasse ich durch das Blut deines Bundes los deine Gefangenen aus der Grube, da kein Wasser ist." Auf Grund der Einsetzung des Abendmahls wußten die Jünger und wissen wir, daß mit dem „Blut deines Bundes" Jesu eigenes Blut gemeint war, das gemäß Jes 53, 12 vergossen werden sollte. Die Gefangenen in der wasserlosen Grube sind die Toten des Volkes Israel. So bringt Jesus nicht nur durch die Einsetzung des Abendmahls, sondern auch durch die Art seines Einzugs zum Ausdruck, daß er erwartet, sein Tod und das Vergießen seines Blutes werde die Auferweckung der Toten zur Folge haben. Selbst wer nicht zugeben will, daß Jesus die Bibel gekannt hat und allein durch sie in seinem Auftreten bestimmt war, der muß doch anerkennen, daß ein derartiger Einzug einen Gewaltverzicht ausdrückt, der mit dem Messiastitel auf keine Weise in Einklang zu bringen war.

Während Jesus in der Mitte seiner Jünger heranzog, schlossen sich andere dem Zug an, Anhänger, die ihn erwartet hatten, und Festpilger, die sich von der aufflammenden Begeisterung anstecken ließen. Man darf sich die Zahl der Festpilger nicht klein vorstellen (Jeremias, Abendmahlsworte 36: um 100 000). Der Zug vergrößerte sich auf diese Weise zusehends. Am Rande der Stadt wurde er von Jesu Anhängern erwartet, und deren Jubelrufe erwiderten die, die heranzogen. Die Evangelisten sagen, das Volk habe Jesus als dem König zugejubelt. Zurückhaltend drückt das Matthäus aus und spricht nur von dem Sohne Davids. Lukas und Johannes lassen das Volk Jesus zum König oder zum König Israels ausrufen. Bei Markus wird aber Jesus nicht zum König proklamiert:

> Osanna!
> Gepriesen sei, der kommt im Namen des Herrn!
> Gepriesen sei das Kommen des Königreiches unseres Vaters David!
> Osanna in der Höhe!

Was die Jünger und das Volk in Wirklichkeit gerufen haben, wissen wir nicht. Aber die Rufe sind in der bei Markus stehenden Gestalt nicht erst für dieses Evangelium formuliert worden. Jesus wird in ihnen als der bezeichnet, der im Namen des Herrn kommt und das Königreich Davids bringt. Da die Akklamation schon vor der Niederschrift des Markusevangeliums in die Abendmahlsliturgie eingegangen ist, und wir ihre Vorstufe in der Didache kennen „Osanna dem Gotte Davids!", können wir sie verstehen. Sie gilt dem Bringer des Heiligen Geistes, durch dessen Ausgießung das Gottesreich sich offenbaren wird. Das ist ein Verständnis, das bis in die Urgemeinde zurückreicht und älter als das der hellenistischen Gemeinde ist, aus der uns die Einzugsgeschichte überliefert ist.

Wahrscheinlich ist dabei, daß das Volk Jesu Einzug mit Jubelrufen begleitet hat; vielleicht hat es ihm sogar als dem Messias zugejubelt, obwohl der

Markustext gerade diese Akklamation vermeidet. Denn nach dem Markustext ist der König Gott selber, und Jesus, der auf dem Esel einreitet, ist der Beauftragte Gottes, der Gottes Herrschaft herbeiführt.

Die Römer waren während des Passafestes auf messianische Unruhen und Demonstrationen gefaßt. Das ist der Grund für die Höflichkeit des römischen Prokurators, selber zum jüdischen Passa nach Jerusalem zu kommen. Wenn er sich nicht von Truppen begleiten ließ, um eine Provokation des erregten Volkes zu vermeiden, so dürfte er sie doch einsatzbereit gehalten haben. Der Prokurator war aber bestrebt, es gar nicht erst zu Unruhen kommen zu lassen, da er befürchten mußte, in diesem Falle werde ihm der Kaiser jede Maßnahme und jede Unterlassung als Fehler vorwerfen. Tatsächlich hat Pontius Pilatus einige Jahre danach gelegentlich der Unterdrückung prophetischer Unruhen der Samaritaner sein Amt verloren (Josephus, Ant 18, 4, 1f.).

Ebenso waren die jüdischen Behörden in Sorge vor Unruhen. Während der Festtage nahm ihnen die große Zahl der Festpilger jeden wirklichen Einfluß auf die öffentliche Ruhe. Sie waren den Römern zwar nicht freundlich gesonnen, wußten aber dafür, daß die römische Macht ausreichte, Unruhen gewaltsam zu unterdrücken, und daß die Römer von dieser Macht auch rücksichtslosen Gebrauch machen würden. Sie konnten bei derartigen Zusammenstößen nichts gewinnen. Darum vermuten wir, es seien die Jerusalemer Behörden gewesen, die Jesu Zug nach Jerusalem zu verhindern gesucht hatten. Da ihnen dies nicht gelungen war, sahen sie der Entwicklung der Dinge mit Sorge entgegen. Wie der Landpfleger fürchteten sie, die apokalyptische Erregung der Pilger könnte sich in einem Aufstand gegen die Römer und die andern Heiden im Lande entladen. Anders als die Römer dürften sie sich über Jesu und seiner Jünger friedliche Gesinnung im klaren gewesen sein. Aber allein die Anwesenheit der Galiläer in dem mit Festpilgern überfüllten Jerusalem bedeutete eine schwere Gefahr für das ganze Volk. Sie sahen diese Gefahr kommen und sahen sie mit Jesu Einzug sich verdichten und mit jedem Tag seiner Anwesenheit noch weiter wachsen, ohne daß sie eine Möglichkeit zum Einschreiten in den Blick bekamen. Denn eine gewaltsame Maßnahme, etwa eine entschlossene Verhaftung Jesu, hätte zumal bei ihren eingeschränkten Kräften gerade die Gefahr verwirklicht, vor der sie besorgt waren.

d) Die Tempelreinigung

In Jerusalems engen Gassen löste sich der Zug auf. Die Jünger und Anhänger Jesu vermischten sich mit der Menge der Festpilger, die die Wege füllten und verstopften. Gleich allen anderen Pilgern begab sich Jesus mit seinen Jüngern zunächst zum Tempel. Mk 11, 11 heißt es, er habe dort alles angesehen. Das klingt, als wolle der Evangelist sagen, Jesus habe zunächst, wie jeder andere Pilger, die Heiligtümer besichtigt. Aber das ist kaum gemeint. Der Evangelist wollte eher sagen, daß sich mit dieser Besichtigung die am folgenden Tag vor sich gehende Tempelreinigung vorbereitet habe. Der Vers 11 b ist dann kausal (und nicht temporal!) zu verstehen: „weil es aber spät war — nämlich zu spät, an diesem Tage noch etwas zu unternehmen — begab Jesus sich nach Bethanien." Der Evangelist läßt den Leser ergänzen: und verschob die Tempelreinigung auf den folgenden Tag. Markus setzt voraus, Jesus sei nach Bethanien in das Haus Simons des Aussätzigen gegangen, um dort die Abendmahlzeit einzunehmen; vielleicht meint er dazu, Jesus habe hier Quartier bezogen.

So verschob sich die Tempelreinigung auf den Tag nach Jesu Einzug. Die Tempelreinigungsperikope ist von einer Geschichte eingerahmt, die man die „Verfluchung des Feigenbaumes" nennt. Jesus habe an dem folgenden Morgen auf dem Weg nach Jerusalem, weil ihn hungerte, auf einem vom Weg aus sichtbaren Feigenbaum nach Früchten gesucht, jedoch vergeblich, weil dieser Zeit die Feigen noch nicht reif waren. Da habe er gesagt „Nun esse von dir niemand eine Frucht ewiglich" (Mk 11, 12—14; Mt 21, 18f.). Dann nimmt er die Tempelreinigung vor und verläßt abends wieder die Stadt. Am andern Morgen geht Jesus mit den Jüngern wieder auf demselben Weg nach Jerusalem, und Petrus stellt fest, daß der Feigenbaum inzwischen verdorrt ist. (Bei Matthäus war er augenblicklich verdorrt.) Daraufhin richtet Jesus eine Ansprache an die Jünger über die bergeversetzende Kraft des Glaubens, über die Gebetserhörung und über die dem Gebet notwendig vorausgehende Vergebung als Voraussetzung der Gebetserhörung. Die drei Sprüche sind zweifellos sinnvoll aneinandergereiht, aber nichtsdestoweniger sind es von Anfang an drei verschiedene Logien, die nachträglich zusammengefügt und mit der Geschichte verbunden wurden.

Diese Geschichte läßt die Stadien ihres Wachsens deutlich erkennen. Zuletzt wurden die drei Logien angefügt; das kann bei der abschließenden Redaktion des Markusevangeliums geschehen sein. Matthäus las die Sprüche bei Markus und an dieser Stelle. Aber auch die ausdrückliche Feststellung, daß der Feigenbaum am folgenden Tag verdorrt war, d. h. der ausführliche Bericht vom Eintreffen des Machtworts, nimmt das Wunder nicht so selbstverständlich hin, wie das etwa in den Heilungswundern geschieht. Umständliche Kontrollen des Wunders und umständliches Erstaunen zeigen in stilistischer Hinsicht bereits die Legende an; in religiöser Hinsicht drückt sich hier der Konflikt zwischen Ratio und Glauben aus, der der ursprünglichen Überlieferung fernliegt. In den Wundergeschichten gilt, wie überall sonst, daß in Frage steht, worüber Wörter gemacht werden, und je mehr Wörter einer macht, desto fragwürdiger ist ihm das, wovon er spricht. Da die

Geschichte bei Markus steht, ist es eine alte Geschichte, aber nichtsdestoweniger eine Legende; der Unterschied gegenüber den wirklichen Wundergeschichten, die Jesu Macht als selbstverständlich und unbezweifelt voraussetzen, ist unübersehbar.

Man könnte vermuten, es handele sich um eine ätiologische Legende. Die Urgemeinde habe damit die Dürre eines Feigenbaums erklärt, unter dem nach der Überlieferung der Herr auf dem Weg zur Stadt gerastet habe; gerade dann wäre die Dürre des Baums erklärungsbedürftig gewesen. — Wahrscheinlicher, viel wahrscheinlicher, ist aber eine andere Erklärung. Nimmt man nämlich an, daß Jesus auf diesem Baum vergeblich nach Feigen gesucht habe, dann sollten die Worte „Nun esse von dir niemand Frucht ewiglich" nicht als Verfluchung angesehen werden, wie das die Evangelisten getan haben und wie das vor ihnen vielleicht auch die Urgemeinde getan hat, weil sie den Baum wirklich als verdorrt kannte. Eher stellen diese Worte Jesu eine Ankündigung des unmittelbar bevorstehenden Weltendes dar, so daß dem Feigenbaum nicht mehr Zeit gegeben war, hungrige Wanderer mit seinen Früchten zu speisen. Eine Geschichte dieser Art konnte von der Urgemeinde überliefert und mit einem bestimmten Baum am Wege zwischen Bethanien und Jerusalem verbunden werden, und auf diese Art mußte aus der eschatologischen Weissagung ein Machtwort und schließlich auch eine ätiologische Legende werden. In die Evangelien, unter denen sich die Geschichte recht fremd ausnimmt, ist sie darum eingedrungen, weil man sie als Erfüllung einer prophetischen Weissagung (Hos 9, 10—16; Hab 3, 17) verstehen konnte.

Die Tempelreinigung selber fand nach den Synoptikern am Tag nach Jesu Einzug statt (Mk 11, 15—17; Mt 21, 12f.; Lk 19, 45f.; Joh 2, 13—17). Die Erklärung der Geschichte steht vor zwei Schwierigkeiten. Die eine stellt die abweichende Einordnung bei Johannes dar. Dieser Evangelist hat sie am Anfang des Wirkens Jesu, die Synoptiker am Ende. Das wird in der johanneischen Theologie begründet sein. Johannes konnte das Wirken Jesu als Tempelreinigung verstehen; daher hatte die Tempelreinigung bei ihm programmatischen Charakter und gehörte an den Anfang. — Das andere Problem ist schwieriger. Von Jesus sind tempelkritische Worte überliefert und passen wohl zu allem, was er gesagt hat. Fragt man nach deren Echtheit, so sieht man sich der Tatsache gegenübergestellt, daß die Urgemeinde keine einheitliche Haltung zum Tempel eingenommen hat und im Lauf ihrer Geschichte zu entgegengesetzter Beurteilung gekommen zu sein scheint.

Bei Markus und den Synoptikern wird die Tempelreinigung als Erfüllung einer Weissagung aus Jeremia (7, 11 mit Jes 56, 7) erklärt. Johannes hat in Ps 69, 10 die zugrundeliegende Weissagung gesehen. Da die ersten Christen die Geschichte Jesu im Alten Testament gelesen haben, könnte man auf den

Gedanken kommen, sie sei aus einem der alttestamentlichen Worte heraus entwickelt. Aber das ist unwahrscheinlich. Wenn die Synoptiker sich auf ein anderes Bibelwort als Johannes stützen, so ist daraus zu schließen, daß die Geschichte bereits überliefert wurde, als ihre alttestamentliche Begründung noch nicht feststand. Vielleicht meint man, Johannes sei mit der Begründung bei den Synoptikern unzufrieden gewesen und habe sich darum einen passenderen Spruch gesucht. Aber es wäre kaum anzugeben, inwiefern das von Johannes benutzte Wort johanneischer sein sollte, als der Spruch, den die Synoptiker wählten. Letzten Endes muß es dabei bleiben, daß die Geschichte älter als ihre alttestamentliche Begründung ist.

Wie läßt sich aber die Tempelreinigung mit Jesu tempelkritischer Haltung vereinbaren? Jesus und seine Jünger kommen von dem Täufer her, der vermutlich tempelfeindlich eingestellt war. Dessen Aufenthalt in der Wüste und seine Wüstenpredigt vom Gottesreich setzen voraus, daß er die Offenbarung des Gottesreiches auch in der Wüste und nicht auf dem Zion erwartete. Zu dieser Haltung des Täufers paßt es, daß die synoptische Überlieferung Jesus die Zerstörung des Tempels ankündigen läßt (Mk 13, 2; Mt 24, 2; Lk 21, 6). Tempelkritische Worte Jesu werden auch aus seinem Verhör vor dem Synhedrium überliefert (Mk 14, 57—59; Mt 26, 60—62; Joh 2, 19); das waren nach Markus allerdings sich widersprechende Behauptungen falscher Zeugen. Aber andererseits ist Jesus nach Jerusalem gezogen, und wenn er hier zu sterben erwartete, so bedeutet das, daß er hier auch den Anbruch des Gottesreiches erwartet hat. Daß er an seinen letzten Lebenstagen im Tempel gelehrt hat, ist darum nicht zu bestreiten, weil die Geschichten nicht vom Tempel als dem Ort des Geschehens abgelöst werden können. Da sich aber in der Urgemeinde tempelfromme und tempelkritische Meinungen zusammengefunden haben, dürfen wir nicht erwarten, daß uns Jesu Meinung über den Tempel einheitlich überliefert wurde.

Ein eindeutiges Indiz für die Historizität der Tempelreinigung stellt Mk 11, 16 dar: „Er erlaubte nicht, daß einer ein Gerät durch den Tempel trug." Diese Mitteilung findet sich nur bei Markus; vielleicht haben die andern Evangelisten sie nicht übernommen, weil sie keine alttestamentliche Begründung fanden. Andernfalls müssen wir sie als Sondergut dieses Evangelisten ansehen. Sie erklärt sich dadurch, daß der Tempelberg so in der Mitte von Jerusalem liegt, daß eine Durchquerung des äußeren Vorhofs erlaubte, einen Umweg um den Tempelbezirk zu vermeiden. Diese Anweisung Jesu bedeutet aber, daß er für die Heiligkeit des Ortes eintrat, und da sie für den Schluß a minore ad maius geeignet ist, läßt sich aus ihr die Historizität der Tempelreinigung vermuten.

Die Tempelreinigung zeigt uns den Herrn Jesus als Verkünder des autoritativen Willen Gottes. Sie ist in Einklang mit den andern Nachrichten über sein Verhalten in seinen letzten Tagen. Er lehrte im Tempelbezirk und ließ sich auf die Streitgespräche ein, die in den Evangelien mitgeteilt werden. — Da wir aber wissen, daß Jesus in der Erwartung nach Jerusalem gegangen ist, das Gottesreich werde sich sichtbar offenbaren, können wir aus der Tempelreinigung schließen, er habe die Offenbarung auf dem Zion erwartet.

Die Tempelreinigung selber diente dazu, den Ort der Offenbarung des Gottesreiches in einen würdigen Zustand zu versetzen und gerade dieser Erwartung Ausdruck zu verleihen. Dabei kann er dem Tempelkult gegenüber kritisch eingestellt geblieben sein. Sein Verhalten zeigt im übrigen, daß er nicht darauf aus war, nach der Macht zu greifen, sondern das Handeln Gottes erwartete. Er wird vielleicht sogar die Zerstörung des Tempelgebäudes, seinen Zerfall erwartet haben. Die Urgemeinde war davon überzeugt, daß das himmlische Jerusalem keinen Tempel haben werde (Apk 21, 22). Maßnahmen Jesu, die auf eine Kultreform hinauslaufen, sind nicht überliefert. So wird er erwartet haben, daß sich an der heiligen Stätte das himmlische Jerusalem offenbaren werde und daß das alte Heiligtum verschwinden und dadurch den Platz für das neue bereiten werde.

e) Die Verschwörung gegen Jesus

Die Verschwörung der Juden gegen Jesus wird von Markus und Lukas zweimal mitgeteilt (Mk 11, 18f.; Lk 19, 47f. und Mk 14, 1f.; Lk 22, 1f.). Aus der Wiederholung der Nachricht geht hervor, daß Markus ein ihm bereits geformt vorliegendes Überlieferungsstück (durch die Einfügung der synoptischen Apokalypse) getrennt hat. Bei Matthäus findet sich die Mitteilung nur einmal (26, 1—5); so ist zu folgern, daß der Evangelist an der Wiederholung Anstoß genommen hat. Auch Johannes teilt die Verschwörung der Juden nur einmal mit (11, 45—53); der Ort entspricht der ersten Erwähnung bei Markus. Die Begründung bei Johannes entspricht genau der historischen Wirklichkeit: „Lassen wir ihn gewähren, dann kommen die Römer und nehmen uns Land und Leute“ (11, 48). Markus vermutet, Jesus habe die Hohenpriester und Schriftgelehrten durch die Tempelreinigung provoziert (11, 18), und Lukas bringt Jesu tägliches Lehren im Tempel in Anschlag (19, 47).

Der Bericht von der Verschwörung der jüdischen Führung gegen Jesus kann nicht durch einen Zeugen zur Kenntnis der Evangelisten gekommen sein. Vielmehr gibt es viele Stellen im Psalter und eine Reihe Stellen in den Propheten, wo man den Anschlag der Juden geweissagt finden konnte, beispielsweise Jer 11, 19. Als ein im Alten Testament geweissagtes Ereignis war die Verschwörung der Juden Bestandteil des Evangeliums. Da die Verschwörung als Ursache der Leidensgeschichte aber auch im historischen Gang der Dinge einen notwendigen Platz besaß, wird Markus keine Bedenken getragen haben, die Mitteilung zu wiederholen. — Die frühe Mitteilung der Nachricht bei Johannes trägt dem Sachverhalt Rechnung, daß die Führer der Juden schon vor Jesu Aufbruch nach Jerusalem versucht hatten, seinen Zug zu verhindern. Insgesamt ist wahrscheinlich, daß die Juden in dem Augenblick Gegenmaßnahmen planten, in dem sie von Jesu Absicht erfuhren, den Zug nach Jerusalem anzutreten. Daher vermuten wir, die Verschwörung der Juden sei durch Jesu Botenaussendung ausgelöst worden, und die ersten Maßnahmen gegen ihn hätten in den Versuchen bestanden, ihm den Weg nach Jerusalem zu verlegen und ihn womöglich zu verhaften. Unter diesen Voraussetzungen verstehen wir die Art von Jesu Vorgehen: Er sandte seine Anhänger mit den Festpilgern nach Jerusalem, während er selber mit einer kleinen Jüngerschar auf Umwegen in die Nähe der Stadt vordrang und dort wartete, bis eine hinreichende Anzahl von Anhängern und Festpilgern die Stadt erreicht hatte und schnelle und unauffällige Maßnahmen ausschloß, Maßnahmen, zu denen die Juden ohne den Verrat auch weiterhin keine Gelegenheit gefunden hätten.

Damit erkennen wir aber, daß Jesu Leidensweissagungen auch unter historischem und nicht allein unter theologischem Blickwinkel nicht als Vaticinia ex eventu gedeutet werden dürfen. Denn Jesus zwang durch sein Verhalten die jüdischen Behörden dazu, gegen ihn vorzugehen, und nötigte ihnen durch Waffenlosigkeit und Gewaltverzicht ihr gewaltsames Vorgehen gegen ihn auf. Die Evangelien legen Wert darauf, daß Jesus sich in seinen Leiden als Herr der Geschichte erweist. Das hat zwar apologetische und theologische Gründe, ist aber zugleich auch das historisch Wahrscheinliche. Auch im Blick auf die historische Wahrscheinlichkeit ist festzustellen, daß Jesus seine Leiden bewußt auf sich genommen, vorhergesehen und vorgesehen hat.

Die Verschwörung der Juden bedeutet, daß sich zwei Gruppen miteinander verständigten, die sonst eher gegen- als miteinander gingen. Das sind bei Markus (14, 1) die „Hohenpriester und Schriftgelehrten", bei Matthäus (26, 3) „Hohepriester und Älteste"; Lukas (22, 22) übernimmt die Formel des Markus, und Johannes (11, 47) hat „Hohepriester und Pharisäer". Die Gruppe, die in allen vier Evangelien erscheint, ist die der Hohenpriester. Der Begriff ist nicht eindeutig. Er kann den amtierenden Hohenpriester zusammen mit seinen Amtsvorgängern bezeichnen. Da sich aber das Hohepriestertum in den Händen weniger einflußreicher Familien befand, könnten hier auch die maßgeblichen Mitglieder dieser Familien gemeint sein. Die Hohenpriester sind, wenn der Ausdruck in der Mehrzahl gebraucht wird, die Führer des jüdischen Volkes. Als solche befinden sie sich, besonders wenn sie Entscheidungen zu fällen haben, an der Spitze des Synhedriums, und so ist der

Doppelausdruck, den die Evangelien gebrauchen, eine Umschreibung für diese Behörde. „So stellte sich das Synhedrium der römischen Zeit als eine Mischung beider Faktoren dar: des sadduzäisch gesinnten priesterlichen Adels und der pharisäischen Schriftgelehrsamkeit" (Schürer 3, 249). Die Evangelien wollen sagen, daß die beiden im Synhedrium vertretenen Richtungen und die von ihnen repräsentierten sozialen Schichten sich zusammengefunden hätten, um Jesus zu beseitigen. Es ist dabei ganz wahrscheinlich, daß das Synhedrium mehrfach zusammenkam, um sich mit der Gefahr zu beschäftigen, die die Anwesenheit Jesu in Jerusalem in seinen Augen darstellte, und das Motiv hat Johannes knapp und treffend genannt.

Wenn sich auch das Synhedrium einig darin war, daß Jesus beseitigt werden mußte, so hatte die Verwirklichung des Beschlusses doch erhebliche Schwierigkeiten. Die Verhaftung Jesu am Tag im Festtreiben und aus der Menge der Festpilger heraus war untunlich, weil sie eine Solidarisierung des Volkes mit Jesus zur Folge haben und die Römer zum Eingreifen zwingen konnte. Außerhalb dieser Öffentlichkeit war Jesus aber für das Synhedrium unauffindbar und ungreifbar. Das hatten schon die vergeblichen Versuche bewiesen, seinen Marsch nach Jerusalem und seinen Einzug in die Stadt zu verhindern. Die Verlegenheit des Synhedriums wird vom Evangelium mitgeteilt: „Ja nicht auf dem Fest, daß kein Aufruhr im Volk entstehe!" (Mk 14, 2; Mt 26, 5). Aus dieser Verlegenheit hilft der Verrat des Judas. Darum muß die Perikope, die den Verrat des Judas berichtet, unmittelbar an die Verschwörungsperikope anschließen (Mk 14, 1f. und 10f.). Das bedeutet, daß es sich dabei um eine zusammenhängende Geschichte handelt, die dadurch zu zwei Perikopen wurde, daß die Geschichte von der Salbung in Bethanien dazwischengeschoben wurde. Diese Anordnung hat darin ihren Grund, daß die Salbungsgeschichte Gelegenheit zu einer Wiederholung der Leidensweissagung gibt; dadurch wird der Verrat des Judas in die Reihe der von Jesus vorhergesehenen und vorgesehenen Ereignisse hineingenommen. Jesus unterliegt nicht einem tragischen Schicksal, das ihm der Verrat des Judas bereitet, sondern erweist sich auch im Verratsgeschehen als der Herr, der seine Leiden bewußt und willentlich auf sich nimmt.

f) Die Salbung

„Sechs Tage vor dem Passa", sagt Johannes (12, 1), kam Jesus nach Bethanien in das Haus der Martha. Markus, der die Salbung in das Haus Simons des Aussätzigen verlegt, hat keine genaue Zeitangabe. Die Ortsangabe bei Markus ist die wahrscheinlichere. Als Zeitpunkt ist der Abend vor oder nach dem Einzug Jesu in Jerusalem am wahrscheinlichsten, doch ohne daß die andern Abende außer dem letzten ausgeschlossen wären. Die Evangelisten berichten, als Jesus zu Tische lag (Mk 14, 3), sei ein Weib an ihn herangetreten und habe ein Alabastergefäß mit kostbarem Salböl auf sein Haupt gegossen. Nach Johannes war das der Martha Schwester Maria; bei Markus bleibt die Frau ungenannt.

Wir wissen von ihr, daß sie Zutritt zu dem Raum hatte, in dem der Herr mit seinen Jüngern speiste. Den Unwillen der Jünger erregte nicht ihr Eintreten in den Raum, sondern ihr verschwenderisches Handeln. Aus dem Wert des Opfers geht hervor, daß es keine arme, sondern eine wohlhabende Frau gewesen war. Somit muß es eine der Frauen gewesen sein, die Jesus auf dem Zug nach Jerusalem begleitet hatten und die die Sorge für seine und der Jünger Ernährung übernommen hatten.

Die Frau dürfte von der Absicht geleitet gewesen sein, Jesus durch ihre Salbung als König, als den Messias Gottes, zu bezeichnen. Man könnte sich vorstellen, daß sie in ihrem Handeln ihrem persönlichen Glauben Ausdruck verleihen wollte. Das ist jedoch nicht wahrscheinlich. Wahrscheinlich ist vielmehr, daß sie sich als von Gott zu dieser Salbung beauftragt ansah und daß sie in der Art einer Prophetin Jesus als König Israels in sein Amt einzusetzen gedachte. Die Berufung Baraks durch Debora kann ihr als Vorbild gedient haben, und im Ritus folgte sie der Salbung Davids.

Wenn die Geschichte historisch ist — und nichts spricht dagegen —, dann ist auch der Unwille der Jünger historisch. Die Jünger wollen die Deutung nicht anerkennen, die die Frau für ihr Handeln fordert. Weil sie aber ihre Kritik weder gegen die Person der Frau noch gegen die von ihr ins Auge gefaßte Deutung richten können, so wenden sie sich nur gegen die Überschwenglichkeit. Das Passafest stand bevor, und somit war es angezeigt, den Armen durch eine große Gabe zu einer würdigen Feier zu verhelfen.

Jesu Worte „Das gute Werk hat sie an mir getan“ setzen voraus, daß die Jünger bei ihrer Kritik den Begriff des „guten Werks“ eingeführt hatten. Dem Almosengeben an die Armen, als dem von den Jüngern genannten guten Werk setzt Jesus das gute Werk der Totenbestattung entgegen, das die Frau an ihm vorwegnehmend verrichtet habe.

Matthäus (26, 12) hat die Worte Jesu so verstanden, daß der Herr das Handeln der Frau als ein prophetisches Zeichen deutet, das sein Begräbnis ankündigt und herbeiführt (ποιεῖν εἴς τι = einen unsichtbaren Sachverhalt durch Zeichen sichtbar machen). Damit hat Matthäus die Worte richtig gedeutet, die er bei Markus gelesen hatte: „Was sie hatte, hat sie getan.“ Die übliche Deutung dieser Worte ‚Sie hat alles dahingegeben, was sie hatte‘, trägt das Wort in den Text ein, das die Deutung bestimmt und nicht darin steht; „alles“ oder gar „all ihr Hab und Gut“ sagt der Herr gerade nicht. Darum bedeuten ihre Worte nicht ‚Sie hat nach ihrem Vermögen gehandelt‘

und schon gar nicht, wenn wir unter diesem Vermögen Geld und Gut verstehen; sondern sie bedeuten „sie hat getan, was ihr aufgetragen war".

Jedenfalls machen Jesu Worte die Salbung zur Leidensankündigung. Indem die Frau seine Bestattung ankündigt, kündigt sie auch seinen Tod an. — Die Perikope schließt mit einem Herrenwort: „Wahrlich, ich sage euch, wo immer das Evangelium in die ganze Welt verkündigt wird, da wird auch gesagt werden, was sie getan hat, zu ihrem Gedächtnis." Wenn in diesem Wort die Weltmission vorausgesetzt ist, dann müssen wir es für sekundär ansehen. Nun kennen wir aus der Apokalyptik allerdings die Vorstellung, daß am Jüngsten Tag der Anbruch des Gottesreiches durch Engel der ganzen Welt verkündigt wird (Apk 14, 6). Aber in diesem Fall besteht das Evangelium aus der von allen historische Einzelheiten freien Botschaft, daß das Gottesreich angebrochen ist. Das Evangelium, von dem hier die Rede ist, besteht aber in der Erfüllung alttestamentlicher Weissagungen durch Jesus. Folglich ist das Herrenwort eingefügt, um die Aufnahme der Salbungsgeschichte in die Leidensgeschichte zu begründen. Für diese Vermutung spricht, daß unsere Perikope einen ursprünglichen Zusammenhang zerreißt. Dazu kommt, daß Lukas nicht gewagt hätte, die Perikope an einen Platz außerhalb der Leidensgeschichte zu stellen, wenn er sie nicht als selbständige Einheit gekannt hätte. Folglich liegt in der Salbungsgeschichte eine Einzelheit aus der Leidensgeschichte vor, bei der die Zugehörigkeit zum Evangelium innerhalb der Überlieferung kontrovers war, weil man nicht sicher wußte, ob durch sie eine alttestamentliche Weissagung erfüllt worden war. Wenn Markus, wie zu vermuten ist, gewußt hat, wer die Frau gewesen war, so ist sein Wissen mit der Urgemeinde untergegangen.

Einen Widerspruch der Salbungsgeschichte mit der Absicht der Frauen, Jesu Leichnam zu salben (Mk 16, 1), muß man nicht annehmen. Denn als prophetische Handlung beginnt sie ein Geschehen, das sich später in der Geschichte ereignet; die prophetische Handlung ist als Beginn der Verwirklichung zu verstehen. Der Widerspruch könnte allenfalls darin liegen, daß Jesu Leichnam keine Salbung erhielt, weil die Frauen das Grab leer fanden; daher stellt die Salbung in Bethanien wirklich die Vorwegnahme dar, zu der sie durch Jesus erklärt wird. Auch diese Beobachtung spricht aber dafür, die Salbungsperikope als eine nachträglich in den Ablauf der Leidensgeschichte eingedrungene Anekdote anzusehen.

g) Der Verrat

Mk 14, 10 schließt, wie ausgeführt wurde, an 14, 2 an. Die Juden, Hohepriester und Schriftgelehrte, d.h. Pharisäer und Sadduzäer, waren sich zwar einig darin, daß sie gegen Jesus vorgehen wollten, aber die Situation gab ihnen nicht die Möglichkeit, ihren Plan zu verwirklichen. Am Tage konnten sie nichts unternehmen, weil sie einen Volksaufstand befürchteten, und in der Nacht war Jesus für sie nicht zu finden. Der einzige Weg, auf dem sie zum Ziel kommen konnten, bestand darin, daß sie Jesu Nachtquartier in Erfahrung brachten. Zu dieser Kenntnis verhalf ihnen Judas Ischarioth, und der besaß sie darum, weil er zum Zwölferkreis und damit zu Jesu Tischgemeinschaft gehörte.

Was Judas zu seiner Tat getrieben hat, wissen wir nicht. In der Überlieferung ist Geldgier als Motiv genannt, weil man wußte, daß Judas für seinen Verrat belohnt worden war. Aber das ist nicht vorzustellen. Judas gehörte zu den Jüngern, die ihre Habe aufgegeben hatten, um in Jesu Nachfolge zu treten; darum ist es unwahrscheinlich, daß er sich für den relativ kleinen Betrag, den die Überlieferung nennt, das Monatseinkommen eines Tagelöhners, hätte zu seinem Verrat bestimmen lassen. Mehr hat die Vermutung für sich, Judas sei ein enttäuschter Zelot gewesen; noch wahrscheinlicher ist, daß er ein Jünger war, der die Konfrontation und mit ihr die Entscheidung um jeden Preis herbeizuführen gedachte.

Offensichtlich konnte Judas seinen Verrat nicht einfach dadurch begehen, daß er den Ort bezeichnete, an dem die Diener des Synhedriums Jesus finden konnten. Vielleicht war es darum unmöglich, weil Jesu Schlafquartier sich auf einem Zeltplatz inmitten vieler galiläischer Pilger befand, vielleicht auch darum, weil der Platz in der Einsamkeit des Ölbergs an unvorhersehbarer Stelle lag. So suchte er nach einer geeigneten Gelegenheit (Mk 14, 11), und die fand sich in dem Augenblick, in dem Jesus daranging, das Abendmahl in Jerusalem einzunehmen. Denn nun ließ sich der Weg vorhersehen, auf dem Jesus seinen Schlafplatz aufsuchen mußte, und auf diesem Weg war die Verhaftung möglich, weil Jesus dabei nur von den wenigen Jüngern der Tischgemeinschaft begleitet war. Darum wartete Judas, bis er den Ort kannte, an dem Jesus sein letztes Mahl einnahm und verließ bei der ersten Gelegenheit die Jüngerschar; er eilte zu dem Hohenpriester, und der entsandte nun die Schar, die Jesus verhaften sollte. Judas führte sie an den geeigneten Platz, an dem man Jesus erwarten oder ihm auch entgegengehen konnte. Es wird Punkte auf dem Weg gegeben haben, die Jesus passieren mußte. Weil Judas aber der einzige war, der Jesus hinreichend kannte, um ihn auch bei Nacht sicher zu erkennen, mußte er bei den Männern des Hohenpriesters bleiben und ihnen den eindeutig bezeichnen, den sie verhaften sollten.

h) Jesu letztes Mahl

Wir setzen als selbstverständlich voraus, daß Jesus das letzte Mahl in Jerusalem eingenommen habe. Nur so konnte Judas die Knechte des Synhedriums rechtzeitig verständigen und auf den Weg führen, auf dem Jesus kommen mußte, und nur so läßt sich die Vorstellung aufrechterhalten, daß Jesus nach dem Mahl mit seinen Jüngern über den Bach Kidron zum Garten Gethsemane gegangen sei, dort gebetet habe und danach verhaftet worden sei. — So stellen die Evangelien den Ablauf der Dinge dar, aber dabei entstehen Probleme. Bis dahin haben wir vorausgesetzt, Jesus habe in Bethanien einen Stützpunkt gehabt, an dem er das Nachtmahl einzunehmen pflegte; damit stellt sich die Frage, warum er es damit in der letzten Nacht anders gehalten habe. Dafür gibt es nur einen notwendigen Grund: Wenn Jesu letztes Mahl ein Passamahl war, dann mußte der Herr dieses Mahl wie die andern Festpilger in der Stadt einnehmen. Dies konnte Judas voraussehen, und damit auch die Gelegenheit, bei der der Verrat möglich war. Selbst wenn Judas auch bis zum Abend nicht wissen konnte, wo dieses Mahl eingenommen werden sollte, so hatte er auf diese Weise doch die Zeit, seinen Verrat vorzubereiten. Aber die Voraussetzung für das alles ist, daß Jesu letztes Mahl ein Passamahl war.

Dies steht nun in der Tat verschiedentlich bei den Synoptikern, aber nicht alles, was sie berichten, stimmt mit dieser Behauptung überein. Schon der einleitende Satz, mit dem die Vorbereitung der Mahlzeit berichtet wird, enthält einen Widerspruch. „Am ersten Tag der süßen Brote, als man das Passaopfer schlachtete..." Das Passaopfer wurde nicht am ersten Festtag geschlachtet, sondern am Vortag. Man wird sich den Widerspruch so erklären können, daß Markus — unkorrekt, aber für seine griechischen Leser verständlich — den bis zum Abend reichenden Vortag des Passafestes (an dem man das Lamm schlachtete) und den mit Sonnenuntergang beginnenden, zum folgenden Tag gehörenden Abend zu einem einzigen Tag zusammengefaßt hat. Bei den Juden reicht der Tag von Sonnenuntergang bis zum Sonnenuntergang; daher sind nach jüdischer Zählweise der Tag, an dem man das Passa schlachtete, und der Abend, an dem man es aß, zwei verschiedene Tage.

Von dieser Unregelmäßigkeit abgesehen sind aber die Synoptiker der Meinung, daß Jesu letztes Mahl ein Passamahl war. Das heißt, daß dieses Mahl in der Nacht eingenommen wurde, mit der der 15. Nisan begann, und daraus folgt weiter, daß der Herr am 15. Nisan gekreuzigt wurde und starb. — Es könnte uns schon überraschen, daß die synoptischen Berichte von Jesu letztem Mahl nirgends einen eindeutigen Hinweis auf den Unterschied zwischen einer gewöhnlichen Abendmahlzeit und dem festlichen Passamahl mit seinem reicher gedeckten Tisch enthalten. Als Ausnahme ließe sich nur Lk 22, 25 nennen, wo Jesu Worte „Mich hat herzlich verlangt, dies Passa mit euch zu essen“ einen Hinweis auf das Passalamm als Speise enthalten können.

Ein wirkliches Problem entsteht aber dadurch, daß Jesus nach dem Johannesevangelium einen Tag vorher gekreuzigt wurde, am Rüsttag, und daß er zu der Zeit starb, zu der die Passalämmer geschlachtet wurden. Johannes behauptet auch nicht, wie die Synoptiker, daß Jesu letztes Mahl ein Passamahl gewesen sei. Hier liegt ein unauflöslicher Widerspruch zwischen Johannes und den Synoptikern vor. Dieser Widerspruch hat zahlreiche Untersuchungen, Erörterungen und Lösungsversuche zur Folge gehabt, ohne daß die Frage dadurch entschieden worden wäre. Beide, Johannes wie die Synoptiker, haben bei ihrer Darstellung theologische Motive gehabt, und jede Betrachtung des Problems läuft darauf hinaus, daß man sich für Johannes oder für die Synoptiker entscheiden und mit der einen Position gegen die andere Stellung nehmen muß. Wenn wir uns dafür entscheiden, Jesu letztes Mahl sei ein Passamahl gewesen, so können wir doch nicht ausschließen, daß dieses Mahl auch einen Tag vorher stattgefunden haben könnte.

Nun sprachen wir aber oben von dem Zusammenhang, der zwischen dem Verrat des Judas und Jesu letztem Mahl besteht; der Verrat war dadurch möglich geworden, daß Jesus dieses Mahl in Jerusalem einnahm, und nur der Umstand, daß es ein Passamahl war, konnte Jesus dazu veranlassen, dieses Mahl in Jerusalem einzunehmen. So ergibt sich ein gewichtiges Argument für die Ansicht der Synoptiker. Man müßte die ganze Verratsgeschichte als unhistorisch beiseite schieben, wenn man sich gegen ihre Auffassung entscheiden wollte. Dazu kommt vielleicht, daß dem Evangelisten Johannes der Eingriff in den zeitlichen Ablauf der Dinge zugunsten einer für ihn wichtigen theologischen Deutung eher zuzutrauen ist als den Synoptikern.

Jesu Anordnungen für die Vorbereitung der Mahlzeit ähneln scheinbar denen, die er für den Einzug getroffen hat. Er entsendet zwei Jünger und sagt ihnen voraus, daß ihnen ein Mann mit einem Wasserkrug begegnen werde. Dem sollen sie folgen und den Herrn des Hauses, das der Wasserträger betritt, nach dem Raum fragen, in dem sie das Mahl einnehmen können. Diese Anweisungen Jesu erwecken den Eindruck, in ihnen zeige sich Jesu prophetische Kraft, die die kommenden Ereignisse auch in den Einzelheiten vorausschaut. Aber da bestehen doch erhebliche Unterschiede gegenüber der Einzugsgeschichte. Die Bewohner von Jerusalem waren gehalten, den Festpilgern Räume zur Einnahme des Passamahls unentgeltlich zur Verfügung zu stellen. Jesus nimmt ein Recht aller Pilger in Anspruch, wenn er von einem Bewohner Jerusalems einen derartigen Raum fordert. Weiterhin läßt sich feststellen, daß ein Mann, der am frühen Morgen einen Wasserkrug durch das wasserarme Jerusalem trägt, keine ungewöhnliche Erscheinung abgegeben haben dürfte. Ein solcher Mann konnte nur ein Knecht sein, aber zu einem Knecht gehört notwendigerweise ein Herr, und zu einem Herrn mit einem Knecht gehört auch zwangsläufig ein Haus mit einem zur Einnahme einer Passamahlzeit geeigneten Obergemach. All diese Einzelheiten könnten nur dadurch als Zeugnisse providentieller Fügung und prophetischer Kraft erscheinen, daß man sie zu den vergleichbaren Ereignissen der Einzugsgeschichte in Parallele setzt; ohne diese Bezugnahme bleiben sie im Rahmen des Alltäglichen. Die Evangelisten haben sie auch so verstanden. Nicht einmal Matthäus hat den Versuch gemacht, hier die Erfüllung einer alttestamentlichen Weissagung zu entdecken.

Jesu Anordnungen hatten die Folge, daß niemand wußte, wo er zum Passamahl einkehren werde, außer den beiden Jüngern, die mit der Vorbereitung beauftragt waren. Markus nennt die Namen nicht; Lukas setzt Petrus und Johannes ein, ohne daß wir dadurch mehr als durch Markus erfahren. Die beiden Jünger mußten den Raum nach Resten von Sauerbrot durchsuchen, reinigen und für die Mahlzeit herrichten, sodann die Zutaten zur Mahlzeit einkaufen und zubereiten. Schließlich mußte einer von ihnen auch Jesus aufsuchen, um Ort und Vollzug zu melden. Das ist alles mit dem Satz gesagt „und sie bereiteten das Passa". Jesu Anweisungen bedeuteten, daß der Verräter noch keine Gelegenheit erhielt, seinen Plan zu verwirklichen. Erst als die Sonne untergegangen war und Jesus das Haus aufsuchte, erfuhr er, wo das Mahl stattfinden werde.

Da Jesus seine Passion nicht nur vorhergesehen, sondern auch herbeizuführen geholfen hat, müssen wir folgern, daß er in der Passanacht die Zeit gesehen hat, die Gott ihm für sein Opfer bestimmt hatte, eben die Nacht, in der die Juden die Offenbarung der Gottesherrschaft erwarteten und nach den Zeichen ausschauten, an denen sich der Anbruch der Gnadenzeit erkennen ließ. So dürfte ihm der Plan des Verräters nicht unbekannt geblieben sein.

Dies kündigte er den Jüngern an, daß einer der Mahlgenossen ihn verraten werde. Die Kirche hat in dem Verrat die Erfüllung der Weissagung Ps 41, 10 gesehen: „Auch mein Freund, dem ich mich vertraute, der mein Brot aß, tritt mich unter die Füße." Sie hat darum Jesu Ankündigung, daß einer der Mahlgenossen der Verräter sein werde, in das Evangelium aufgenommen. Die Jünger wissen, daß Gott es so gefügt hat. Darum fragen sie erschrocken: „Bin ich's?" Matthäus hat verdeutlicht; Jesus sagt dem Judas auf den Kopf zu, daß er der Verräter sei. Dadurch entsteht im Fortgang der Handlung, die nun zur Einsetzung des Abendmahls schreitet, ein Bruch.

In ähnlicher Weise hat auch Johannes eingegriffen. Der Teufel fährt in den Verräter in dem Augenblick, in dem Jesus ihm den eingetauchten Bissen reicht — „mein Freund, der mein Brot ißt." (Vgl. Mt 26, 50 „Mein Freund, warum bist du gekommen?") Der Evangelist Johannes hat aber dafür gesorgt, daß der Verrat in diesem Augenblick noch ein Geheimnis zwischen Jesus und dem Verräter ist.

Die Evangelisten waren insgesamt der Meinung, der Verräter habe noch an der Mahlzeit teilgenommen und erst danach seinen Verrat begangen. Bei Johannes schließt sich die Fußwaschungsperikope an; da der Verräter zuvor die Gemeinschaft verlassen hat, erlangt er keinen Anteil an der Fußwaschung mehr.

Bei den Synoptikern folgt darauf die Einsetzung des Abendmahls. Da sie nicht mitteilen, wann Judas sich entfernt hat, bleibt offen, ob er auch an diesem Abschnitt der Mahlzeit noch teilgenommen habe. Die Annahme seiner Gegenwart widerspricht unserm Empfinden, weil wir in unserer Vorstellung nicht vom sakramentalen Charakter des Abendmahls absehen können. Ziehen wir aber in Betracht, daß das Abendmahl bei seiner Einsetzung ein prophetisches Zeichen war, durch das Jesus seinen Tod ankündigte, wird die Vorstellung leichter möglich, daß Judas auch dabei noch zugegen war und sich erst beim Aufbruch der Jünger entfernt habe. Das war die Gelegenheit, bei der er sich unbemerkt entfernen konnte. Beim Aufbruch einer Gruppe in dunkler Nacht kann leicht ein Mitglied unbemerkt von den andern verlorengehen.

Nach dem Zeugnis der Evangelien hat Jesus das prophetische Zeichen, aus dessen Wiederholung die Abendmahlsfeier wurde, während der Mahlzeit getan „während sie aßen" (Mk 14, 22). Ob man freilich die Meinung vertreten kann, der Herr habe an der Mahlzeit nicht teilgenommen (so J. Jeremias), ist fraglich. Sie fußt auf einer sehr gewagten Exegese, hat aber eine starke Stütze in der Passafeier der Quartadezimaner, einer kleinasiatischen kirchlichen Gemeinschaft, bei der sich Bräuche der Urgemeinde erhalten haben. Die Quartadezimaner haben ihren Namen daher, daß sie Passa am 14. Nisan zu feiern begannen. Sie verbrachten die Passanacht (14./15. Nisan) fastend und feierten dann beim Hahnenschrei die Eucharistie. Jeremias nimmt an, daß sie damit dem Beispiel Jesu folgten. — Es ist in der Tat schwer zu erklären, was die Quartadezimaner dazu veranlaßt haben könnte, zwar gleichzeitig mit den Juden Passa zu feiern, aber dabei nicht die Passamahlzeit zu essen, sondern zu fasten. Vielleicht genügt aber auch Jesu erklärte Absicht, „hinfort nichtmehr von der Frucht des Weinstocks zu trinken...", um die abweichende quartadezimanische Praxis zu begründen.

i) Gethesemane

Die Jünger beschlossen die Mahlzeit mit dem Gesang des Dank- und Lobgebets und brachen dann zu ihrem Schlafplatz am Ölberg auf. Der Weg führte über den Bach Kidron. Unterwegs kündigte ihnen der Herr an, was sie in dieser Nacht noch erwartete: daß alle den Glauben an ihn verlieren sollten („sich ärgern" = zu Fall kommen). Dem widersprachen sie und erklärten, sie wollten dem Herrn in den Tod folgen. Besonders Simon Petrus behauptete für sich selber, daß er Jesus auf keinen Fall im Stich lassen werde. Darauf weissagte ihm der Herr sein dreimaliges Verleugnen.

Daß die Geschichte von der Verleugnung des Petrus und ihrer Ankündigung durch Jesus so ausführlich überliefert ist, kann überraschen. Zwar verrät sie tiefe Einsicht in die Gebrechlichkeit der Menschennatur und konnte und kann jedem Sünder Zuversicht zur Buße geben. Desgleichen macht sie auch keine Mühe, sich als Erfüllung alttestamentlicher Weissagung deuten zu lassen. Aber die Geschichte geht mit Rede und Gegenrede tiefer in die Einzelheiten, als die genannten Gründe erfordert hätten. Es ist unvorstellbar, daß die Überlieferung von psychologischen oder seelsorgerlichen Absichten geleitet gewesen sei, und von der Lust der Legende am Ausschmücken und Fabulieren kann ebenfalls keine Rede sein. Der Grund ist vielmehr darin zu sehen, daß an dieser Stelle ursprünglich die Flucht der Jünger zusammen mit den ersten Erscheinungen des Auferstandenen in Galiläa geweissagt waren. Damit war erklärt, warum sich die Jünger bei diesen Erscheinungen nicht in Jerusalem befanden, um den Anbruch des Gottesreiches zu erwarten. In der Flucht kam ihr Unglaube zum Ausdruck. Diesen Unglauben hat die historische Überlieferung der Urgemeinde nicht festgehalten. Markus (14,28) und Matthäus (26,32) führen die Reise der Jünger auf einen Befehl Jesu zurück: „Aber nach meiner Auferstehung werde ich vor euch her nach Galiläa gehen." Daraus hat der erste Markusschluß (16,7) einen Befehl des Engels am leeren Grab gemacht. Lukas und Johannes übergehen die Flucht der Jünger ganz und erwecken damit den Eindruck, diese hätten Jerusalem überhaupt nicht verlassen. Lukas zeigt aber gleichwohl 22,32 mit dem Wort Jesu an Petrus „und du, wenn du dich bekehrt hast, dann stärke deine Brüder", daß auch in der ihm vorliegenden Überlieferung Unglaube und Flucht der Jünger mitgeteilt war.

Nachdem die Gruppe den Bach Kidron überschritten hatte, gelangte sie an einen Garten, dessen Namen Gethsemane die Synoptiker mitteilen. Hier hieß Jesus die Jünger warten; er nahm nur die drei Vertrauten mit sich und forderte sie auf, ihn durch ihr Beten bei dem Gebet zu unterstützen, zu dem er sich zurückzog.

Die Gethsemanegeschichte bestätigt, was die Evangelien versichern: daß Jesus die Ereignisse voraussah und dadurch Herr über sie blieb. Denn zweifellos hätte der Herr seine Verhaftung dadurch verhindern können, daß er sich im Dunkel der Nacht von den Jüngern trennte und die Knechte der Juden ins Leere fassen ließ. Nicht minder sicher ist es aber auch, daß er in den Tod ging, wenn er die Flucht unterließ. In dieser Situation ist es vorstellbar, daß Jesus die Entscheidung, die er bereits getroffen hatte, noch ein letztes Mal wiederholen mußte, nämlich sich dem Zugriff seiner Feinde auszuliefern und das Schicksal des Gottesknechts auf sich zu nehmen.

Martin Dibelius hat gezeigt, in welch reichem Maße alttestamentliche Weissagungen in der Gethsemanegeschichte Erfüllung gefunden haben. Dadurch wird nicht das Ereignis in seiner Geschichtlichkeit in Frage gestellt: daß Jesus sich unmittelbar vor seiner Verhaftung gesammelt und sein Schicksal bejaht hat. Jesu Worte, mit denen die Geschichte schließt, zeigen an, daß er den Verräter erwartet hat. Nun hört er ihn kommen und liefert sich aus.

k) Verhaftung, Verurteilung, Kreuzigung

Die mit Jesu Verhaftung beauftragte Schar dürfte an Zahl den Jüngern überlegen gewesen sein. Jesu Feinde konnten nicht wissen, ob der Herr sich wirklich kampflos ergeben werde. Waren sie mit Schwertern und Knüppeln bewaffnet, so konnten sie eine ähnliche Bewaffnung auch bei den Jüngern voraussetzen. Da keiner Jesus hinreichend kannte, waren sie darauf angewiesen, daß Judas ihnen Jesus bezeichnete. Das war in der Nacht nur durch eine Berührung eindeutig möglich, und so hatte der Verräter den Begrüßungskuß als das Zeichen verabredet, das den Knechten sagte, wen sie eigentlich verhaften sollten. Als Judas ihnen dieses Zeichen gab, legten sie Hand an den Herrn.

Zunächst kam es zu einem kurzen Handgemenge, bei dem ein Knecht des Hohenpriesters — er hieß Malchus, sagt Johannes — ein Ohr einbüßte. Das berichten alle Evangelisten. Markus erzählt darüber hinaus, daß einer aus dem Gefolge Jesu bei diesem Kampf sein Gewand, das er auf der bloßen Haut trug, in den Händen seines Gegners ließ und nackt entfloh. Auch hier dürfte die Urgemeinde gewußt haben, wer der Jüngling gewesen war. Den Ausgang des Streites bestimmte der Umstand, daß der Herr sich kampflos ergab. Als die Jünger dessen gewahr wurden, verließ sie der Mut. Sie flohen und ließen den Herrn in den Händen der Feinde.

Ob Simon Petrus wirklich der Jünger war, der das Schwert gezogen und dem Malchus das rechte Ohr abgehauen hat, wissen wir nicht. Nur Johannes nennt Petrus. So kann es sein, daß dieser Evangelist eine bessere Erinnerung bewahrt habe, oder er könnte schließlich auch den aus den Apostellisten bekannten Simon den Zeloten mit Simon Petrus verwechselt haben. Wir sind geneigt, uns Simon Petrus mutig, tapfer und rasch entschlossen vorzustellen. Der Versuch, den Herrn zu verteidigen, paßt in das Bild, das wir uns von ihm machen.

Nach seiner Verhaftung wurde Jesus zum Palast des Hohenpriesters gebracht. Simon Petrus folgte ihm dahin nach, und ein anderer Jünger; der verkehrte im Haus, wie der Evangelist Johannes berichtet, und verschaffte ihm Zutritt. So konnte Petrus sich unter die Diener mischen und beobachten, wie es mit Jesus weiterging. Da die Nacht kalt war, hatte man im Hof ein Feuer angezündet, das die Szene beleuchtete und an dem die Umstehenden sich wärmten. Im Schein dieses Feuers erkannte eine Magd den Petrus als Jünger Jesu und hielt ihm dies vor. Petrus stellte sich verständnislos und verleugnete so zum ersten Mal. Um der Aufmerksamkeit der Magd zu entgehen, zog er sich aber in den Vorhof zurück. Der ließ aber ihre Entdeckung keine Ruhe; so folgte sie ihm, stellte ihn, und Petrus leugnete zum zweiten Mal. Inzwischen waren die Umstehenden auf den Wortwechsel aufmerksam geworden und begannen, Kombinationen zwischen dem Vorwurf der Magd und dem galiläischen Dialekt des Petrus herzustellen, und so kam es, daß Petrus zum dritten Mal jede Beziehung zu Jesus abstritt. Da krähte der Hahn abermals; dem Petrus kam sein Verhalten zu Bewußtsein, und er ging hinaus und weinte bitterlich.

Die Leidensgeschichte berichtet weiter, daß die Mitglieder des Synhedriums sich noch in der Nacht versammelten und berieten, wie mit Jesus zu verfahren sei. Aus der Verspottung ist zu schließen, daß sie ihm vorwarfen, er sei ein falscher Prophet. Ein förmlicher Prozeß kann aus mehreren Gründen nicht stattgefunden haben. Zeit und Ort schlossen ein ordentliches Gerichtsverfahren aus, und die Kapitalgerichtsbarkeit war ohnehin dem römischen Statthalter vorbehalten. Darum kann es bei dieser nächtlichen Zusammenkunft des Synhedriums nur um die Frage gegangen sein, ob man Jesus an die Römer ausliefern solle, und dazu war man anscheinend entschlossen. Vermutlich hat man Jesus unter der Beschuldigung, er sei ein Messiasprätendent an Pilatus überstellt. Denn von nun an wird Jesus von den römischen Soldaten als König der Juden verspottet und später auch als solcher gekreuzigt. Die Evangelisten berichten, Pilatus habe Jesus zusammen mit einem Zeloten namens Barrabas, der einen Mord begangen hatte, dem Volk zur Wahl gestellt, und das Volk habe sich durch Akklamation für die Freilassung des Barrabas entschieden. Darum habe Pilatus den Befehl gegeben, Jesus zu kreuzigen.

Von der Flucht des Petrus an konnten sich die Berichte der Evangelien nicht mehr auf Zeugen stützen. Zweifellos haben sie uns die Dinge, die öffentlich geschehen sind, auch zutreffend berichtet. Aber die älteste Christenheit las Jesu Geschichte und vor allem seine Leidensgeschichte im Alten Testament, während wir für das, was nach der Flucht des Petrus geschehen ist, keine Zeugen im historischen Sinn des Wortes mehr haben.

Literatur

Bornkamm, G.: Jesus von Nazareth, 1956; ^{9}1971.
Bultmann, R.: Jesus, 1926; ^{3}1967.
Dibelius, M.: Jesus, 1939; 4. Aufl. (mit Nachwort von W. G. Kümmel) 1966.
Kümmel, W. G.: Jesusforschung seit 1950, ThR NF 31 (1965/66) 15—46, 289—315; Ein Jahrzehnt Jesusforschung (1965—1975), ThR NF 40 (1975) 289—336; 41 (1976) 197—258, 295—363.
Stauffer, E.: Jesus. Gestalt und Geschichte, 1957.

Zu 1.:
Cullmann, O.: Die Christologie des Neuen Testaments, 5. (3.) Aufl. 1975.
Hahn, F.: Christologische Hoheitstitel. Ihre Geschichte im frühen Christentum, ^{4}1974.
Hengel, M.: Der Sohn Gottes. Die Entstehung der Christologie und die jüdisch-hellenistische Religionsgeschichte, ^{2}1977.

Zu 2.:
Stegemann, H.: Die des Uria. Zur Bedeutung der Frauennamen in der Genealogie von Matthäus 1, 1—17, in: Tradition und Glaube, Festgabe für K. G. Kuhn, 1971, 246—276.

Zu 3.:
Die hier vorgetragene Hypothese über Jesu Geburtsort habe ich zum ersten Mal ca. 1956 von H. Stegemann gehört. Stegemann hat sie in seiner Bonner Antrittsvorlesung 1969 vorgetragen und mir sein Konzept zugänglich gemacht.

Zuckschwerdt, E.: Nazoraios in Matth 2, 23, ThZ 31 (1975) 65—77.

Zu 4.:
Bertrand, D. A.: Le baptême de Jésus, Beiträge zur Geschichte der biblischen Exegese 14, 1973.
Buchanan, F.: The Baptism and Temptation of Christ, 1949.
Dibelius, M.: Gethsemane, in: Botschaft und Geschichte 1, 258—271.
Dupont, J.: Die Versuchungen Jesu in der Wüste, 1969.
Dutheil, J.: Le baptême de Jésus au Jourdain, Diss. Straßburg 1961.
Fascher, E.: Jesus und der Satan, 1949.

Gerhard Friedrich verzeichnet in seinem Literaturnachtrag zu bapto ktl (ThWzNT 10, 998ff.) gegen 500 Titel zur Taufe; davon nimmt etwa die Hälfte auch auf Jesu Taufe Bezug.

Hirsch, S.: Taufe, Versuchung und Verklärung Jesu, 1933.
Johnson, S. L.: The Temptation of Christ, BS 13, 1966.
Kosnetter, J.: Die Taufe Jesu, 1936.
Lentzen-Deis, F.: Die Taufe Jesu nach den Synoptikern. Literarkritische und gattungsgeschichtliche Untersuchungen, FTS 4, 1970.

Mahnke, H.: Die Versuchungsgeschichte im Rahmen der synoptischen Evangelien. Ein Beitrag zur frühen Christologie, Diss. Kiel 1978.

Zu 7.:

Betz, J.: Die Gründung der Kirche durch den historischen Jesus, TheolQuart 138 (1958) 152—183.

Betz, O.: Felsenmann und Felsengemeinde, ZNW 48 (1957) 49—77.

Bieder, W.: Die Berufung im NT, AThANT 38, 1961.

Cullmann, O.: Petrus — Jünger, Apostel, Märtyrer, ^{2}1960.

Dinkler, E.: Petrusbekenntnis und Satanswort, in: Zeit und Geschichte (Bultmannfestschrift), 1964, S. 127—153 = Signum Crucis, 1967, S. 283—312.

Feuillet, A.: Les perspectives propres à chaque évangeliste dans les récits de la transfiguration, Biblica 39 (1958) 281—301.

Freyne, S.: The Twelve: Disciples and Apostles, 1968.

Hahn, F.: Die Petrusverheißung Mtth 16, 18f., Materialdienst des Konfessionskundlichen Instituts Bensheim 21 (1970) 8—13.

Kertelge, K.: Die Funktion der „Zwölf" im Mk, Trierer Theol. Zs. 78 (1969) 193—206.

Klein, G.: Die zwölf Apostel. Ursprung und Gestalt einer Idee, FRLANT 77, 1961.

Klein, G.: Die Berufung des Petrus, Rekonstruktion und Interpretation, 1969, S. 11—48.

Kuhn, K. G.: Der Spruch von dem Felsen Mt 16, 17ff., in: Evangelische Autorität — Katholische Freiheit, 1960, S. 1—18.

Kümmel, W. G.: Kirchenbegriff und Kirchenbewußtsein in der Urgemeinde und bei Jesus, Symbolae Biblicae Upsalienses 1, ^{2}1968.

Nützel, J. M.: Die Verklärungserzählung im Mk, Forschung zur Bibel 6, 1973.

Reicke, B.: Die Verfassung der Urkirche im Licht der jüdischen Dokumente, ThZ 10 (1954) 95—112.

Riesenfeld, H.: Jésus transfiguré, 1947.

Reynal, D. J. de: La vocation dans la Bible, 1970

Sabbe, M.: La rédaction du récit de la transfiguration, in: La Venue du Messie. Recherches Bibliques 6, 1963, S. 65—100.

Schweizer, E.: Gemeinde und Gemeindeordnung im NT, AThANT 35, ^{2}1962.

Vögtle, A.: Messiasbekenntnis und Petrusverheißung. Das Evangelium und die Evangelien, 1971, S. 137—170.

Zu 9.:

Bracht, W.: Der Menschensohn — eine Untersuchung zum Bedeutungswandel usw., Diss. theol. München, 1973.

Müller, U. B.: Messias und Menschensohn in jüdischen Apokalypsen und in der Offenbarung des Johannes, Studien zum NT 6, 1972.

Neugebauer, F.: Jesus der Menschensohn, Arbeiten zur Theologie I 50, 1972.

Festschrift A. Vögtle, 1975.

Zu 10.:

Baltzer, K.: Die Biographie der Propheten, 1975.

Schoeps, H.-J.: Die jüdischen Prophetenmorde, in: Aus frühchristlicher Zeit, 1950, S. 126—143.
Steck, O. H.: Israel und das gewaltsame Geschick der Propheten, WMANT 23, 1967.

Zu 11.:
Gaugler, F.: Das Abendmahl im NT, AThANT 2, 1943.
Jeremias, J.: Die Abendmahlsworte Jesu, [4]1967.
Lohse, B.: Das Passafest der Quartadecimaner, 1953.
Sandvik, B.: Das Kommen des Herrn beim Abendmahl, AThANT 58, 1970.

Drittes Kapitel

DIE URGEMEINDE

1. *Die Gründung der Urgemeinde durch die Erscheinungen des Auferstandenen*

Markus und Matthäus berichten, daß bei der Verhaftung Jesu alle Jünger geflohen seien (Mk 14, 50; Mt 26, 56). Das bedeutete aber, daß für die Ereignisse, die nun noch zu berichten waren, keine angebbaren Zeugen zur Verfügung standen. Diesen Mangel an Zeugen konnte der Umstand beheben, daß die Frauen, die sich dem Zug nach Jerusalem angeschlossen hatten, hier geblieben waren. Soweit daher Erscheinungen Jesu am Grabe zu berichten waren, konnten sie als deren Zeugen in Anspruch genommen werden. Am auffälligsten zeigt sich dies bei Lukas. Dieser Evangelist hat die Flucht der Jünger nicht mitgeteilt; vielmehr bleiben nach ihm die Jünger in Jerusalem. Dennoch weiß auch Lukas nichts von einer Erscheinung Jesu vor den Jüngern am Grab; auch er hat dafür die Frauen als Zeugen. Dadurch wird Lukas zum indirekten Zeugen für die Flucht der Jünger und ebenfalls dafür, daß die ersten Erscheinungen Jesu in Galiläa stattgefunden haben. Abweichend ist somit nur das Johannesevangelium, das nicht die Flucht der Jünger mitteilt, jedoch wenigstens Petrus und den Lieblingsjünger als Zeugen für das leere Grab benennt. Aber auch hier gibt es am Grabe keine Erscheinung Jesu vor den Jüngern, und der Ergänzer, der in Kapitel 21 zu Wort kommt, verlegt ebenfalls die Erscheinungen Jesu vor den Jüngern nach Galiläa.

Die Berichte der Evangelien über die ersten Erscheinungen des Auferstandenen sollen zuerst die Tatsächlichkeit der Auferstehung Jesu mitteilen und durch Zeugenaussagen sichern. Daneben sind noch andere Tendenzen erkennbar. Relativ oft wird erzählt, der Auferstandene sei den Jüngern beim Mahl erschienen. Dabei kann sich die Erkenntnis auswirken, daß der auferstandene Herr vornehmlich beim Mahl in seiner Gemeinde gegenwärtig ist; daneben soll aber auch dadurch, daß der Auferstandene ißt und nach Speise verlangt, die Leiblichkeit der Auferstehung dargelegt werden. Hier wirkt sich bereits eine antidoketische Absicht aus. Sie wird auch dadurch sichtbar, daß der Herr dem zweifelnden Thomas erlaubt, seine Wundmale zu berühren. — Schließlich ist auch die Absicht des Erzählers sichtbar, den Missionsauftrag dem Auferstandenen in den Mund zu legen und damit zugleich den Apostolat auf einer Berufung der Apostel durch den Auferstandenen zu begründen.

Der älteste Bericht über die Erscheinungen des Auferstandenen steht nicht in den Evangelien; er ist vielmehr die Liste der Auferstehungserscheinungen, die der Apostel Paulus 1Kor 15, 3—8 zitiert:

Ich habe euch zuerst überliefert, was ich selber empfangen habe

> ...und daß er dem Kephas erschienen ist,
> darauf den Zwölfen,
> darauf erschien er über 500 Brüdern auf einmal, von denen die meisten heute noch am Leben sind; einige aber sind entschlafen,
> darauf erschien er dem Jakobus,
> darauf allen Aposteln,
> am letzten von allen ... erschien er auch mir.

Man kann sich darüber streiten, ob ἐν πρώτοις „am Anfang" heißt, oder „unter den Hauptartikeln", aber wie man sich hier auch entscheidet, es ist doch kein Zweifel, daß diese Mitteilungen des Paulus am Anfang, zur Zeit der Gemeindegründung erfolgt sein müssen. Von dieser Nachricht sagt der Apostel, er habe sie selber empfangen, wörtlich „auch er habe sie empfangen". Dabei können wir für eine Nachricht von so grundlegender Bedeutung voraussetzen, daß Paulus sie nicht irgendwann einmal und zufällig empfangen hat, sondern am Anfang seines Christentums, im Zusammenhang mit seiner eigenen Bekehrung, vielleicht sogar schon vorher. An diesem Bericht ist für die Korinther und für uns seine Nachprüfbarkeit wichtig. Was Paulus von den „über 500 Brüdern" auf Platz drei der Liste sagt, gilt für alle Zeugen: Einige davon sind zwar inzwischen verstorben, aber die Mehrzahl ist noch am Leben und kann befragt werden. Zu welchem Zweck die Liste auch immer zusammengestellt worden sein mag, sie hält zur Abfassungszeit des 1. Korintherbriefs einer Prüfung stand, und eben darum fügt Paulus sie hier in seinen Brief ein.

Die Menge der Zeugen und ihre Verfügbarkeit erlaubt, die Tatsächlichkeit der Auferstehung zu beweisen. Daß die älteste Gemeinde die Erscheinungen des Auferstandenen gezählt hat, ersieht man auch aus Joh 21, 14: „Das ist nun das dritte Mal, daß Jesus offenbar ward seinen Jüngern, nachdem er von den Toten auferstanden war." Dennoch darf man nicht als selbstverständlich voraussetzen, die Liste sei von Anfang an in apologetischer Absicht zusammengestellt worden, um mit der Menge der Zeugen den Leugnern der Auferstehung den Mund zu stopfen. In dieser Weise gebraucht sie Paulus zwar 1 Kor 15, aber die Art, in der er seine eigene Christuserscheinung an die ihm überlieferte Liste angefügt hat, zeigt, daß sie auch sonst einem andern Zweck diente. Paulus bewies sein Apostelamt dadurch, daß er auf seine Christuserscheinung verwies (neben 1Kor 15, 9—11 auch 1Kor 9, 1). Man sieht aber nun, daß die letzten drei Positionen auf dieser Liste, die vierte, fünfte und sechste, es gerade mit Aposteln zu tun haben und Christuserscheinungen vor Aposteln aufzählen. Die Worte des Paulus „Darauf erschien er dem Jakobus, darauf *allen* Aposteln, und als letztem von allen erschien er auch *mir*, denn ich bin der geringste unter den Aposteln..." zeigt an, daß diese Positionen vier bis sechs der Liste nicht allein eine zeitliche Reihenfolge darstellen, sondern zugleich das gemeinsam haben, daß diese Erscheinungen durchweg Aposteln galten.

Dies läßt sich der Liste unmittelbar entnehmen. Daraufhin liegt die Vermutung nah, daß auch die ersten drei Positionen auf dieser Liste nicht allein darum zusammengestellt wurden, um die Zeugen der Auferstehung aufzuzählen, sondern eine darüber hinausgehende Bedeutung besaßen, eine Bedeutung nämlich, die sich auf die Gründung der Urgemeinde bezieht. Wir erinnern uns, daß Jesus das Zwölferamt als Leitungsgruppe für das neue Gottesvolk geschaffen und die Zwölf mit diesem Amt betraut hatte (Mt 19, 28). Daraus ergibt sich die Hypothese, daß in diesen ersten drei Erscheinungen die Gründung der Urgemeinde und mit ihr des neuen Gottesvolkes durch die Erscheinungen des Auferstandenen berichtet ist.

Wir können davon ausgehn, daß der von Paulus zitierte Text der älteste und bestbezeugte Bericht von den Erscheinungen des Auferstandenen ist. Vielleicht hat es daneben auch alte Berichte über Erscheinungen des Herrn im Zusammenhang mit dem leeren Grab gegeben. Solche waren darum zu erwarten, weil die Jünger Jesu den Beginn der Auferstehung der Toten bei den Prophetengräbern annahmen. Es ist möglich, daß auch die Berichte von den Erscheinungen des Auferstandenen am Grab von hohem Alter sind, und daß sie nur darum nicht in der Liste 1Kor 15 erscheinen, weil sie für die Gründung der Urgemeinde ohne Bedeutung waren. Wenn wir aber festen Boden unter den Füßen behalten und uns auf sichere historische Überlieferung stützen wollen, dann dürfen wir von der Liste nicht abweichen. Diese wohlbezeugte Liste sagt, daß Petrus der erste war, dem der Auferstandene erschienen ist.

Das bedeutet dann aber, daß die Sammlung der Urgemeinde das Werk des Petrus war und daß Petrus durch diese erste Erscheinung dazu veranlaßt wurde, die versprengten und zerstreuten Jünger zu sammeln. In den Evangelien finden sich Stellen, die von dieser grundlegenden Bedeutung des Petrus sprechen. Eindeutig ist das bei der Ankündigung der Verleugnung gesprochene Wort Jesu Lk 22, 32: „Wenn du dich aber bekehrt hast, so stärke deine Brüder." Auch das Zwiegespräch des Auferstandenen mit Petrus Joh 21, 15—17 läßt sich in dieser Weise verstehen. Schließlich erhält Mt 16, 18 „und auf diesem Fels will ich meine Gemeinde gründen" einen besonderen und überzeugenden Sinn, wenn die Gründung der Urgemeinde tatsächlich das Werk des Petrus war und durch die erste Erscheinung des Auferstandenen vor Petrus ausgelöst wurde. — Petrus war schon in der vorösterlichen Zeit als Charismatiker ausgezeichnet gewesen. Dazu kommt, daß er die andern Jünger durch Glauben und Mut übertroffen zu haben scheint. Bei seiner Verleugnung waren die andern längst geflohen, so daß auch in der Stunde seines Versagens die andern sich nicht mit ihm vergleichen konnten.

Durch die Erscheinung des Auferstandenen wurde Petrus dazu veranlaßt, zunächst den Zwölferkreis zu sammeln. Petrus muß aus seinem Erlebnis geschlossen haben, daß Gott begonnen habe, die Verheißungen über das Gottesreich zu erfüllen und mit der Auferweckung Jesu den Anfang gemacht habe. Was Petrus erwartete, war die Auferweckung der Toten und die Ausgießung des Heiligen Geistes. Beide Ereignisse sollten in Jerusalem stattfinden oder wenigstens beginnen. Die Ausgießung des Geistes sollte auf dem Zion stattfinden und die Auferweckung der Toten wurde bei den Prophetengräbern erwartet. Da sich der Kern des neuen Gottesvolkes im Zwölferkreis verkörperte, muß Petrus auf seine Erscheinung hin die andern gesammelt haben und mit ihnen nach Jerusalem zurückgekehrt sein.

Die Jünger des Zwölferkreises hatten Haus und Hof aufgegeben, als sie sich an Jesus anschlossen. Sie werden nichtsdestoweniger in Galiläa Verwandte und Freunde gefunden haben, bei denen sie nach ihrer Flucht zunächst unterkommen konnten. Es liegt in der Natur der Dinge, daß die Jünger sich nun um Petrus sammelten und die alte Tisch- und Wirtschaftsgemeinschaft wiederherstellten. Sie versammelten sich zumindest zu den gemeinsamen Mahlzeiten. Da nun die Evangelien überwiegend Erscheinungen Jesu beim gemeinsamen Mahl mitzuteilen haben, kann man — unabhängig von jeder Spekulation über die Anwesenheit des Herrn beim Mahl — sagen, daß eben diese Mahlzeiten die Gelegenheit waren, bei der sich die Jünger des Zwölferkreises versammelten. Da die Zwölfjünger von Jesus als eschatologische Führer des Gottesvolks berufen waren, begann Petrus damit, vornehmlich diesen Kreis zu sammeln und auf diese Weise das Gottesvolk aufzubauen.

Im Unterschied von den Berichten der Evangelien zählt die Liste der Auferstehungszeugen als zweite Erscheinung die vor „den Zwölfen" auf. Das ist darum überraschend, weil wir davon ausgehen müssen, daß Judas Ischarioth ausgeschlossen war, so daß der Zwölferkreis nur elf Mitglieder hatte, als ihm der Herr erschien. Daraus war zu schließen, daß der Name „die Zwölf" als Amtsbezeichnung so fest geworden war, daß die Mitglieder dieses Kreises diesen Namen auch dann führen konnten, wenn ihr Kreis nur elf Mitglieder zählte.

Diese ersten Ereignisse, Sammlung des Zwölferkreises, Sammlung weiterer Jünger und Rückkehr nach Jerusalem, müssen ziemlich rasch aufeinander gefolgt sein. Da die Jünger, bestärkt durch den Glauben des Petrus, neue Zuversicht gefaßt hatten, hielt sie nichts mehr in Galiläa; vielmehr dürften sie sich so schnell wie möglich nach Jerusalem begeben haben, weil sie auf den Fortgang der Ereignisse und den Anbruch des Gottesreiches warteten. Die vierzig Tage von Ostern bis Himmelfahrt sind eine typische Zeit; es ist unwahrscheinlich, daß die Zwölf sie in Anspruch genommen haben. Die Jünger werden vielmehr in diesen Tagen der Meinung gewesen sein, unter Zeitdruck zu stehen.

Durch die Sammlung des Zwölferkreises war das durch seine Ämter repräsentierte Gottesvolk vorhanden, aber die Zwölf waren nicht die einzigen von den Jüngern, die sich wieder sammelten und nach Jerusalem zurückkehrten. Die Erscheinung Jesu vor Petrus und den Zwölfen war von solcher Art, daß sie auch den andern Jüngern mitgeteilt werden mußte, um auch sie zur Sammlung in Jerusalem zu veranlassen. Wir haben damit zu rechnen, daß die Urgemeinde in diesen Tagen der Rückkehr ständig Zuzug aus Galiläa erhalten hat. Es ist anzunehmen, daß die Zwölf dafür gesorgt haben, daß ihre Erlebnisse den andern mitgeteilt wurden. Dennoch dürfen wir in diesem Abschnitt der Geschichte der Urgemeinde noch nicht von einer Missionstätigkeit sprechen, weil es hier noch um die Sammlung der alten Jünger Jesu geht, auch wenn es in erster Linie die seinerzeit von Jesus ausgesandten Jünger gewesen sein sollten, die abermals zur Sammlung und zur Rückkehr nach Jerusalem aufriefen.

Die Schnelligkeit, mit der die Ereignisse seit dem Zug Jesu nach Jerusalem aufeinander gefolgt waren, bedeutete, daß die Organisation der Jünger gar keine Zeit hatte, zu zerfallen, und daß sie nun, nach den ersten Erscheinungen, dazu auch keine Ursache mehr hatte. In der Gewißheit, in die die Erscheinungen die Jünger versetzt hatten, mußte sie sich vielmehr weiter verfestigen. Es gab gegenüber der vorösterlichen Zeit nur einen Unterschied, der aber war von großer Bedeutung: In die Botschaft vom Anbruch des Gottesreiches war nun als Herzstück die Nachricht aufgenommen worden, daß Gott Jesus auferweckt habe und daß er Petrus und den Zwölfen erschienen war.

Dieser Abschnitt der Geschichte der Urgemeinde, ihre Gründungsphase, in der die Jünger Jesu sich in Jerusalem sammeln und auf die Ausgießung des Heiligen Geistes warten, erfährt seinen Abschluß durch eine dritte Erscheinung Jesu „vor über 500 Brüdern auf einmal". Es gibt in Jerusalem nur einen Ort, an dem man sich diese Erscheinung vorstellen kann, und das ist der Tempelbezirk. An einen Feldgottesdienst außerhalb der Stadt ist nicht zu denken; warum hätten sich die Jünger anderswo versammeln sollen, als da, wo sie ohnehin das Heil und die Ausgießung des Heiligen Geistes erwarteten, nämlich auf dem Zion. An anderem Ort ist diese Erscheinung nicht vorstellbar. — Nun kann man sich aber andererseits nicht vorstellen, daß dieses wohlbezeugte Ereignis nicht seine Spuren in der Apostelgeschichte hinterlassen haben sollte. Dann bleibt nichts übrig, als diese dritte Erscheinung und die Pfingstgeschichte zu identifizieren.

Dagegen könnte freilich sprechen, daß wir gewohnt sind, uns die Erscheinungen Jesu leibhaftig vorzustellen, so, wie sie in den Evangelien geschildert sind. Aber von Paulus wissen wir, daß er nichts anderes gesehen hat als eine gewaltige Lichtfülle, die ihn blendete, und daß er doch keinen Augenblick daran gezweifelt hat, daß ihm in diesem Licht der Herr erschienen war, ein Paulus wohlgemerkt, der in diesem Augenblick die Gemeinde noch verfolgte. Wir meinen jedenfalls, daß die Jünger wußten, daß ihnen der Herr erschienen ist und daß sie dieses ihr Wissen glaubwürdig bezeugt haben. Es mag sein, daß ihnen der Herr leibhaftig erschienen ist. Aber die glaubwürdig bezeugte Tatsache der Erscheinungen Jesu gewinnt nichts an Glaubwürdigkeit, wenn wir zu ihr Analogien aus unserer Erfahrungs- und Vorstellungswelt hinzufügen.

Diese dritte Erscheinung Jesu vor den in Jerusalem versammelten Jüngern hat in sich selbst abschließende Bedeutung. Die Ausweitung von dem einen Petrus auf zunächst die Zwölf und sodann das ganze Gottesvolk läßt sich nicht weiter steigern. Daher haben die darauf folgenden Erscheinungen, die die Zeugenliste aufzählt, eine andere Aufgabe.

Wir betrachten im allgemeinen die Geschichte des Urchristentums so, als habe mit der Gründung der Urgemeinde ein absoluter Neuanfang eingesetzt und als erscheine etwas noch nie Dagewesenes in der Geschichte. Diese Sicht der Dinge hat ihre Berechtigung, aber für die Jünger Jesu dürfte sich die Sache anders dargestellt haben. Tage, allenfalls wenige Wochen zuvor hatten sie sich auf Jesu Befehl hin in Jerusalem versammelt, um hier den Anbruch des Gottesreiches zu erleben. Angesichts der Verhaftung und Kreuzigung Jesu war dann ihr Glaube ins Wanken geraten und schwach geworden. Nun sahen sie sich durch die Erscheinungen des Auferstandenen beschämt; sie sahen, daß Gott treu war, während sie die Treue verraten hatten. So beeilten sie sich, Zuversicht zu fassen und den Makel ihrer Flucht zu tilgen. Für ihr Bewußtsein standen sie in ungebrochener Kontinuität mit der vorösterlichen Zeit. Diese Kontinuität betraf aber nicht nur ihre Person und ihre Überzeugung; sie betraf auch die Organisation. Die Urgemeinde verstand sich als die Gemeinde Jesu, die sich auf einen ursprünglich von Jesus ergangenen Befehl in Jerusalem zu versammeln begonnen hatte, und die nun eine Wiederholung dieses Befehls von dem Auferstandenen empfangen hatte. Die Erscheinungen des Auferstandenen mußte sie als Befehle zur Rückkehr nach Jerusalem interpretieren.

Da sie als Zeichen für den Anbruch des Gottesreiches die Auferstehung der Toten erwartete, konnte sie die Erscheinung des Auferstandenen nur als erstes der erwarteten Zeichen deuten. Alle Erscheinungsformen der Gemeinde, ihre Ämter, ihre Lebensweise, waren zu Lebzeiten Jesu eingerichtet worden und von ihm so angeordnet oder wenigstens gebilligt worden. Daher hatte sie keinen Grund, hier irgend etwas von vornherein zu ändern. Auch die Aufforderung der Boten, nach Jerusalem zu kommen, dürfte sich alsbald fortgesetzt haben, zumal die von Jesus ausgesandten Boten ja vorhanden waren und den Befehl Jesu als weiterhin gültig ansehen mußten. — Desgleichen dürfte das Wirtschaftsgebaren der Gemeinde sich zunächst nicht von dem der vorösterlichen Jüngerschaft unterschieden haben; die Aufgaben waren fürs erste dieselben und dürften auch von demselben Personenkreis wahrgenommen worden sein, und die zum Unterhalt der Jünger nötigen Mittel werden auch aus denselben Quellen geflossen sein.

Fragen wir, wann im Bewußtsein der Urgemeinde die erste Zäsur eingetreten sei, dann ergibt sich als Antwort die Pfingstgeschichte. Wenn die Teilnehmer und Zeugen der Meinung waren, eine Christusvision empfangen zu haben, so mußten sie aus eben dieser Tatsache schließen, daß sie den Heiligen Geist empfangen und die Ausgießung des Heiligen Geistes erlebt hatten. Da die Ausgießung des Geistes — neben der Auferstehung der Toten — die zentrale Enderwartung der Jünger Jesu war, waren sie fähig, dieses Ereignis zu erleben. Die Geistausgießung zog aber eine Grenze zwischen denen, die daran teilgenommen hatten, und denen, die nun noch hinzukamen. Darum hebt die Pfingstgeschichte (Apg 2, 1) hervor, daß an Pfingsten *alle* versammelt gewesen seien. Man wird zwar in der Zeit nach Pfingsten, da man bis dahin in der Erwartung durch die Weissagung Joel 3, 1—6 bestimmt war, weiterhin in der lebhaften Erwartung des Tages des Herrn gestanden haben. Aber es kann andererseits nicht lang gedauert haben, bis man erkannte, daß die Zahl der Berufenen und Erwählten noch nicht voll war durch die, die an Pfingsten den Geist empfangen hatten und zur Gemeinde gehörten. Dafür dürften bereits die gesorgt haben, die jetzt noch dazu stießen und in die Gemeinde einzutreten wünschten, galiläische Jünger Jesu, die nur zufällig zu spät gekommen waren, andere, die sich jetzt erst entschlossen, und dazu andere, Bürger Jerusalems, Fremde, Hellenisten, die erst in Jerusalem von der Gemeinde erfuhren. Da begannen sich Probleme zu stellen, die es in der vorösterlichen Zeit noch nicht gegeben hatte, und für die man deshalb auch keine Lösung bereit hatte.

Das Problem, das gebieterisch nach Lösung verlangte, war die Zugehörigkeit der Neueintretenden zur Gemeinde. Das Pfingstereignis hatte zur Folge, daß die Urgemeinde in ihrer Gesamtheit aus geistbegabten Charismatikern bestand; die Zahl von „mehr als 500 Brüdern", die damals die ganze Gemeinde vorstellten, ist glaubwürdig. Aber nun kamen täglich neue Brüder nach Jerusalem und verlangten, aufgenommen zu werden, und die Idee der Gemeinde ertrug hier nicht leicht Voll- und Halbmitglieder nebeneinander;

dazu kommt, daß diese Eintrittswilligen sich ebenfalls für ihr Kommen auf den Befehl Jesu berufen konnten. Daher brauchte die Gemeinde die Möglichkeit, neue Mitglieder in ihren Kreis aufzunehmen; das heißt aber, daß sie ein Amt brauchte, das befugt war, den Heiligen Geist zu spenden. Hier wirkte sich die prophetische Vollmacht des Dreierkreises aus; aus Apg 8, 14 ist zu schließen, daß die Verleihung des Geistes und damit die Aufnahme in die Gemeinde ursprünglich einmal ein Reservatrecht dieses Kreises gewesen war. Für die Geistmitteilung gab es vom Alten Testament her zwei Formen. Die eine besteht darin, daß der Geist sich den Menschen auswählt, auf dem er sich niederlassen will. Daneben kannte man aber auch Prophetenschüler, die einem Propheten nachfolgten, und kannte die Berufung eines Propheten durch einen andern. So kam der Augenblick, an dem man gezwungen war, dem alttestamentlichen Vorbild zu folgen und einen Ritus der Geistmitteilung für die einzuführen, die nun in die Gemeinde einzutreten wünschten. Es kam zur Einführung der Taufe.

2. Die Einführung der Taufe

Jesus und seine ersten Jünger waren aus der Umgebung des Täufers gekommen; Jesus war von Johannes getauft. Das dürfte auch für die Täuferjünger gelten, die sich ihm angeschlossen hatten. Das Judentum und seine Sekten kannten in dieser Zeit verschiedene Waschungsriten, aber die Johannestaufe unterschied sich von ihnen grundsätzlich, und das sah man äußerlich daran, daß nur bei ihr ein Täufer zum Vollzug erforderlich war. Sie war keine Waschung und bedeutete keine Reinigung, sondern sie war ein prophetisches Zeichen, das dazu diente, die Ausgießung des Heiligen Geistes auf das neue Gottesvolk anzukündigen und herbeizuführen. Die Johannestaufe wird in der Überzeugung geübt, daß die alttestamentlichen Weissagungen auf die Ausgießung des Geistes, insbesondere Joel 3, 1—6, sich erfüllen und daß dadurch das Gottesreich anheben werde. Die Gottesherrschaft ist dabei als Leitung des Menschen durch Gott den Heiligen Geist verstanden.

Es gibt keinen Anhaltspunkt, der dafür spricht, daß die Vorstellungen Jesu und seiner Jünger vom Anbruch der Gottesherrschaft und von ihrem Wesen sich dabei irgendwie von den Vorstellungen des Täufers unterschieden hätten. Die Herrenworte, die wir als echt ansehen können, sind mit dieser Erwartung in Einklang. Es gibt aber kein Zeugnis dafür, daß Jesus zu seinen Lebzeiten die Taufe geübt hätte (die entgegenstehende Behauptung Joh 3, 26 wird ein paar Verse weiter 4, 2 wieder zurückgenommen). Gründe für diesen Unterschied gegenüber dem Täufer können wir zunächst darin sehen, daß Jesus die Gottesherrschaft in noch größerer Nähe erwartete als der Täufer und daß er den Gedanken einer menschlichen Mitwirkung bei ihrem Kommen noch entschlossener verwarf. Daher gab es in der Verkündigung Jesu keinen Platz mehr für ein prophetisches Zeichen, durch das die Gottesherrschaft angekündigt oder herbeigeführt werden konnte. Da bei dem Täufer die Umkehr der Gnade vorausgeht, war da zwischen beiden Platz für ein die Gnade ankündigendes Zeichen. Bei Jesus geht hingegen die Gnade der Umkehr voraus; darum gab es auch keinen Platz für die Taufe.

Man muß dabei im Auge behalten, daß die prophetischen Zeichen in der Bibel mehr als Zeichen sind. Sie sind über reine Zeichen hinaus wirksame Zeichen, die das bewirken, was sie ankündigen, und sie sind, als wirksame Zeichen von Gottes Bevollmächtigten getan, zugleich der Anfang dessen, was sie bezeichnen. Das Zeichen und seine Verwirklichung stehen nicht auf verschiedenen Realitätsstufen, sondern mit dem Zeichen beginnt bereits das Ereignis, das mit der Erfüllung zum Abschluß kommt. Das ist eine Vorstellung vom Zeichen, die aus dem Gedanken der Bevollmächtigung des Propheten durch Gott abgeleitet ist, und an der man auch festhielt, als man sich über die Aporien klarwurde, die sich aus der Vorstellung vom Propheten als Gottes bevollmächtigtem Stellvertreter ergeben mußten.

Da es bei der Taufe als prophetischem Zeichen keinen Realitätsunterschied zwischen Zeichen und Erfüllung gibt, war es möglich, daß eben dieses Zeichen, das bei dem Täufer die Geistausgießung als bevorstehend ankündigen und herbeiführen sollte, von den Charismatikern der Urgemeinde gebraucht wurde, um den Geist mitzuteilen. Vielleicht hatten die ersten Täufer der Urgemeinde die Taufe auch nur als Ankündigung einer späteren Geistmitteilung verstanden. Aber die Urgemeinde machte alsbald die Erfahrung, daß die Taufe den Geist mitteilte, anders gesagt, daß die Taufe ein wirksames Zeichen auf derselben Realitätsstufe wie seine Erfüllung war.

Die Apostelgeschichte teilt die Einführung der Taufe im Zusammenhang der Pfingstgeschichte mit. Unter dem Eindruck des Sprachenwunders und der Ansprache des Petrus hätten sich um 3000 von den Umstehenden zur Bekehrung entschlossen und seien durch die Taufe in die Gemeinde aufgenommen worden. Wir können voraussetzen, daß Lukas hier den Gang der Ereignisse zusammengedrängt und stilisiert hat und daß er ein Geschehen von längerer Dauer dabei zusammenfaßt. Dazu kommt, daß Lukas hier ferner den Eintritt der Hellenisten in die Urgemeinde und den Anfang der Mission durch die Pfingstgeschichte verursacht sein läßt. Für unsere Frage nach der Einführung der Taufe ist es aber übersichtlicher, diesen Sachzusammenhang getrennt zu halten.

Vielmehr ist vorauszusetzen, daß der Zustrom von Brüdern aus Galiläa auch nach der Geistausgießung noch angehalten hat. Das waren Anhänger Jesu, die sich auf dieselben Heilszusagen berufen konnten wie die, die den

Geist bereits empfangen hatten. Weiterhin ist es denkbar, daß sich in Jerusalem auch Juden an die Gemeinde anschließen wollten, die sie jetzt erst kennenlernten, und daß darunter auch Hellenisten waren, die hier den Anbruch des Gottesreiches erwarteten und die darum für die Verkündigung der Gemeinde aufgeschlossen waren; Luther übersetzt mißverständlich „Griechen", aber es handelt sich dabei um Juden griechischer Sprache. Auch sie sahen in der Geistausgießung ein Zeichen dafür, daß das Gottesreich angebrochen war und sich in der Urgemeinde verwirklichte und wünschten darum, in die Gemeinde einzutreten.

Die Einführung der Taufe wird in der Apostelgeschichte als ein Werk des Petrus beschrieben, und Petrus war von den Johannesjüngern gekommen, als er sich an Jesus anschloß. Darum gibt auch die Person des Petrus einen Grund dafür ab, in der Taufe der Urgemeinde eine Wiederaufnahme der Johannestaufe zu sehen. Der neue Name, den Petrus erhalten hatte, sprach von seiner Befugnis, die Taufe zu spenden. Er verwies auf den geistlichen Felsen, der auf der Wüstenwanderung das Gottesvolk begleitet und getränkt hatte, und verwies damit auf den Herrn als den eigentlichen Spender des Heiligen Geistes. Er bezeichnete Petrus als Bevollmächtigten Christi.

Daß nach Apg 2, 41 3000 Seelen auf einmal in die Gemeinde aufgenommen wurden, eine überraschend große Zahl, spricht dafür, daß diese Aufnahme durch die Taufe unter dem Druck der Eintrittswilligen zustande kam. Man hatte anscheinend einige Zeit gewartet, bis man sich zu diesem Schritt entschloß und bis man erkannte, daß das Problem gelöst werden mußte. So dürfte es auch Petrus gewesen sein, der den Vorschlag gemacht hatte, den Eintrittswilligen die Taufe zu erteilen und damit die Anwartschaft auf den Heiligen Geist. Lukas hat die Geistausgießung und die Einführung der Taufe zu einem einzigen Ereignis zusammengezogen und auf den Pfingsttag gelegt, das heißt auf das Wochenfest, das sieben Wochen nach Ostern gefeiert wurde. Es spricht nichts dagegen, für die Geistausgießung an diesem Datum festzuhalten. — Die Taufe dürfte aber an einem andern Tag eingeführt worden sein, nämlich am Hüttenfest, wie sich aus Joh 7, 37—39 schließen läßt. Das Hüttenfest war für die Einführung der Taufe besonders geeignet. Nach Sach 14, 8 erwartete man, daß in der Endzeit in Jerusalem eine starke Quelle „lebendigen Wassers" aufbrechen und einen Strom nach Osten und einen nach Westen senden werde; „lebendiges Wasser" deutet aber das Taufwasser an. In nachexilischer Zeit wurde am Hüttenfest eine Wasserspende vorgenommen, die als Ankündigung dieser Quelle zu verstehen war. Zu den Heilserwartungen gehörte nicht nur die Rückkehr der Zerstreuten; auch für die Heiden wurde erwartet, daß sie in der Heilszeit alljährlich zum Hüttenfest nach Jerusalem kommen müßten. Die Heiden, die dieser Pflicht nicht nachkommen wollten, sollten Sach 14, 17—19 dafür mit Regenmangel bestraft werden. Insofern hängen Einführung der Taufe und Erwartung der Heidenbekehrung ursprünglich miteinander zusammen. Der Zusammenhang mit dem Hüttenfest als Vorwegnahme der Heilszeit läßt sich noch etwas ausführen. Nach dem Talmud (b. Sukka 4, 9.10) holte ein Priester aus der Gihonquelle drei Log Wasser, die nach verschiedenen Zeremonien an der Südwestecke des Altars ausgegossen wurden. Nach Apk 6, 9 befanden sich aber unter dem Altar die Seelen der erschlagenen Zeugen; die Urgemeinde hat die Spende lebendigen Wassers am Altar als Ankündigung der Auferweckung dieser Zeugen verstanden. Die Taufe erscheint auch in dieser Hinsicht als Begabung mit dem lebenspendenden Geist. Wir kommen somit zu der Vermutung, daß die Urgemeinde für ihre Taufe, die sie durch Übergießen vollzog, Wasser aus der Gihonquelle oder dem Siloateich holte. Die vorhin genannte Stelle Joh 7, 38 erweist sich auf diesem Weg als anschauliche Beschreibung vom Vollzug der Taufe in der Urgemeinde: „Wer an mich glaubt, wie die Schrift sagt, von des Leib werden Ströme des lebendigen Wassers fließen." Die Stelle wird vom Evangelisten im folgenden Vers als Ankündigung der Geistausgießung gedeutet, und das Bild erhält dadurch seinen Sinn, daß man darin eine Ankündigung der Übergießungstaufe der Urgemeinde erkennt.

Die Enderwartungen, die mit dem Empfang der Taufe verbunden waren, werden von Petrus in seiner Bekehrungsrede dadurch belegt, daß er die Weissagung Joel 3, 1—6 zitiert (= Apg 2, 17—21):

Und es soll geschehen in den letzten Tagen spricht Gott,
Ich will ausgießen von meinem Geist auf alles Fleisch;
und eure Söhne und eure Töchter sollen weissagen,
und eure Jünglinge sollen Gesichte sehen,
Und eure Ältesten sollen Träume haben;
Und auf meine Knechte und auf meine Mägde
Will ich in denselben Tagen von meinem Geist ausgießen, und sie sollen weissagen.

Und ich will Wunder tun oben im Himmel
und Zeichen unten auf Erden:
Blut und Feuer und Rauchdampf;
die Sonne soll sich verkehren in Finsternis
und der Mond in Blut,
Ehe denn der große und offenbare Tag des Herrn kommt.

Und soll geschehen, wer den Namen des Herrn anrufen wird, soll selig werden.

Die Weissagung besteht aus drei verschiedenen Bestandteilen: a) Geistausgießung; b) kosmische Zeichen, die dem Herrentag vorausgehen; c) Rettungsverheißung für die, die den Namen des Herrn anrufen.

a) Die Verheißung der Geistausgießung auf alles Fleisch ist dadurch stark betont, daß drei Paare von Geistempfängern genannt werden. Es soll keinen

Unterschied der Geschlechter und des Alters beim Geistempfang geben. Das dritte Paar ist dabei bemerkenswert, weil man zunächst erwartet, daß es beim Geistempfang auch keinen Unterschied des Standes geben werde. Man erwartet, das dritte Begriffspaar müßte als „Sklaven und Freie" bezeichnet werden. Wenn es statt dessen aber „Knechte und Mägde" heißt, so bedeutet das, daß die Standesunterschiede auf andere Weise aufgehoben werden; die Empfänger des Geistes werden sämtlich zu Knechten Gottes, d.h. zu Propheten. Lukas war sich anscheinend nicht ganz sicher, ob seine Leser auch wußten, daß unter einem Knecht Gottes ein Prophet zu verstehen sei. Darum erläutert er das Begriffspaar „Knechte und Mägde" noch einmal durch den Zusatz „und sie werden prophezeien". Der Zusatz war darum erforderlich, weil man zweifeln konnte, ob auch Frauen in das Prophetenamt berufen werden konnten. Das Alte Testament hatte in Mirjam, Debora und Hulda zwar Beispiele bereit, aber es war doch Anlaß, eigens darauf hinzuweisen, daß es im Gottesreich keinen Unterschied der Geschlechter geben werde, zumindest, was den Geistbesitz betraf. So möchte man vermuten, Lukas habe den Zusatz „und sie werden weissagen" gerade im Hinblick auf die urchristlichen Prophetinnen angebracht.

b) Am Herrentag vollzieht sich der Untergang der alten Schöpfung. Das Erscheinen Gottes ist von kosmischen Erschütterungen als Begleiterscheinungen der Epiphanie angekündigt, und so werden diese Erschütterungen zu Vorzeichen des Weltuntergangs. In der Apokalyptik haben sie sich daneben aber auch verselbständigt und können als Strafen und Plagen eigene Bedeutung erlangen; darüber hinaus erwartet man, daß sich unter solchen Erschütterungen auch der Untergang der alten Welt vollzieht. Dieser Untergang wird als Gericht Gottes über die Welt gedeutet; es handelt sich hier noch um die kollektive Vernichtung der alten Schöpfung mit Ausnahme derer, die Aussicht auf Rettung und Heil haben.

c) In der ursprünglichen Weissagung Joels waren das diejenigen gewesen, die auf dem Zion den Namen des Herrn anrufen würden. In der Apostelgeschichte ist die Bedingung weggefallen, daß diese Anrufung in Jerusalem stattfinden müsse. Denn aus dieser Anrufung war das Taufbekenntnis zu Jesus als dem Herrn geworden, und unter Anrufung Jesu als des Kyrios taufte man inzwischen, wohin sich immer das Christentum ausgebreitet hatte. Damit blieb die Anrufung des Herrn allein als Bedingung der Rettung übrig.

Zu der Zeit, als die Urgemeinde entstand, war man aber noch der Meinung, daß diese Anrufung auf dem Zion erfolgen müsse. Diese Auffassung hat sich über die Urgemeinde hinaus gehalten. Wir finden sie noch Apk 14, 1; da steht das Lamm mit seiner Gefolgschaft von 144000 auf dem Zionsfelsen, und die Geretteten stehen dort in Sicherheit, während über die Erde Gericht und Vernichtung gehen; und wenn sie ein neues Lied singen, das keiner außer ihnen lernen kann, dann darum, weil der Geist es ihnen eingibt.

Die Einführung der Taufe ist von den Erwartungen unabtrennbar, die mit der zitierten Joelweissagung gegeben waren. Die Bedingung, unter der die Rettung erfolgt, ist die Anrufung des Namens des Herrn. „Herr" ist für die Juden der Gott Israels, aber das Wort hat für die Gottesknechte einen besonderen Sinn und bezeichnet die Gestalt, in der sich Gott eigentümlich als Herr seiner Knechte zeigt, den Heiligen Geist. Wenn die Urgemeinde aber von dem Herrn sprach, dann meinte sie vornehmlich den auferstandenen Herrn Jesus. Der Name des Herrn, der bei der Taufe angerufen werden mußte, um Rettung im Weltuntergang zu erlangen, war der Name Jesu. So mußten die Täuflinge den Namen Jesu als Namen des Herrn bekennen, und man kann aus diesem Zusammenhang schließen, daß die Urgemeinde bei der Einführung der Taufe deren Empfang mit einer Anrufung des Namens Jesu verbunden hat: Κύριος 'Ιησοῦς. Diese Anrufung bewies, daß der den Heiligen Geist empfangen hatte, der sie vornahm. Diese Taufanrufung und diese Deutung hat uns Paulus 1Kor 12, 3 bewahrt, obwohl er eine andere Tauftheologie vertritt. Aber Paulus argumentiert in eben dieser Weise: Wer Jesus als Herrn bekennt, der beweist damit, daß er den Heiligen Geist empfangen hat, denn ohne den Heiligen Geist könnte er dieses Bekenntnis nicht aussprechen und in Jesus nicht seinen Herrn erkennen. Für die Theologie des Paulus ist die Deutung Jesu als Christos charakteristisch. Dennoch setzt er voraus, daß den Korinthern das Taufverständnis der Urgemeinde geläufig ist und daß sie bei ihrer Taufe Jesus als den Herrn bekannt haben.

3. Die Gestalt der ältesten Gemeinde

Als Jesu Jünger sich nach ihrer Flucht auf Betreiben des Petrus wieder sammelten und nach Jerusalem begaben, da geschah das nicht im Bewußtsein, etwas Neues zu unternehmen. Sie stellten die Ordnung wieder her, in der sie sich bis dahin befunden hatten, und gehorchten den Befehlen, die ihnen der Herr gegeben hatte. Vielmehr werden sie bestrebt gewesen sein, sich vor Neuerungen zu hüten, und sich nur zögernd an die veränderte Situation angepaßt haben. Da die Anordnungen Jesu in ihren Augen endgültige Entscheidungen waren, und da die Ordnungen der vorösterlichen Zeit von Jesus getroffen oder gebilligt worden waren, hatten diese Ordnungen für die Gemeinde normative Kraft, der man sich nicht leicht entziehen konnte.

Faktisch aber war die Situation der Gemeinde verändert und änderte sich auch noch weiterhin. Einen grundsätzlichen Unterschied bedeutete der Umstand, daß der Herr nicht mehr sichtbar zugegen war. Zwar bestand die persönliche Bindung der Jünger an den Herrn fort, denn sie war vom Glauben an die Auferstehung gehalten und durch die Erscheinungen des Auferstandenen befestigt. Aber die Leitungsfunktionen, die Jesus bis dahin ausgeübt hatte, mußten nun von andern wahrgenommen werden und mußten, da der Herr keinen Nachfolger haben konnte, institutionalisiert werden. — Einen zweiten grundsätzlichen Unterschied bedeutete der Umstand, daß die Gemeinde nun einen festen Platz hatte, an dem sie bleiben konnte und mußte. Das bedeutete, daß Gestaltungs- und Versorgungsaufgaben regelmäßig und in immer gleicher Weise gelöst werden mußten. Auch hier mußten der Regelmäßigkeit wegen Funktionen institutionalisiert werden, auch wenn die Gemeinde im Bewußtsein der Vorläufigkeit ihrer Existenz lebte.

Zu diesen Institutionalisierungen gehörte der Übergang der Gemeindeleitung auf den Dreierkreis. Da Petrus die Sammlung der Gemeinde betrieben und die Einführung der Taufe veranlaßt hatte, muß er eine Zeitlang die Gemeindeleitung ausgeübt haben. Da wir aber den Dreierkreis später in den Zeiten des Apostelkonzils als das leitende Gremium der Gemeinde finden, und da dieser Kreis durch Jesus selber eingerichtet wurde, und da schließlich der Name des Dreieramtes „Säulen" auf ein Fortbestehen aus der vorösterlichen Zeit hindeutet, muß dieses Amt als leitendes Amt die Nachfolge Jesu angetreten haben. Die Apostelgeschichte hat uns freilich darüber keine Nachrichten überliefert, weil nach der Sicht des Lukas die Leitung der Urgemeinde bei dem Zwölferkreis lag. Nun sind die Zwölf von Jesus als Richter und Repräsentanten der zwölf Stämme des neuen Gottesvolkes berufen, und dies konnte Lukas dazu veranlassen, den Zwölferkreis für den Leitungskreis der Urgemeinde zu halten und ihm auch die Aufgaben zuzuweisen, die vom Dreijüngeramt wahrgenommen wurden. Darüber hinaus hat Lukas aber noch ein besonderes Anliegen, wenn er alle gemeindeleitenden Funktionen der Anfangszeit dem Zwölferkreis zuweist. Das kommt daher, daß die Zwölf in seinen Augen die Vorgänger der Bischöfe sind; umgekehrt gesagt, daß die Bischöfe die Nachfolger der Zwölf im leitenden geistlichen Amt sind. Dazu hat Lukas insofern besondere Ursache, als in seiner Zeit das Bischofsamt als leitendes geistliches Amt noch nicht allgemein anerkannt war, und sein Charakter als geistliches Amt noch lange bestritten wurde.

Die Tendenz, von der die Darstellung des Lukas geleitet ist, wird bei seinem Bericht von der Nachwahl deutlich. Bevor es zu dieser Nachwahl kommt, berichtet Petrus vom Tode des Judas Ischarioth (Apg 1, 16—22). Damit ist festgestellt, daß der ursprüngliche Amtsinhaber verstorben ist; das Amt wird nicht zu Lebzeiten des Inhabers verliehen. Das bedeutet, daß an Hand dieses Beispiels nicht die Frage erörtert werden kann, ob das Amt bei Lebzeiten des ursprünglichen Inhabers verliehen werden könne; die Nachwahl hat ihren Grund nicht in der Unwürdigkeit, sondern in dem Tod des

Judas Ischarioth. Welches Amt Lukas dabei aber im Auge hat, wenn er in dieser Weise die Nachwahl darstellt, das deutet er in dem Zitat aus Ps 109, 8 an, das er dem Petrus zur Begründung der Nachwahl in den Mund legt (Apg 1, 20): „Sein Bistum empfange ein anderer" τὴν ἐπισκοπὴν αὐτοῦ λαβέτω ἕτερος. Lukas nimmt damit zu einem Problem Stellung, das zu seiner Zeit in Rom und Korinth erörtert wurde, und es ist der Standpunkt der römischen Gemeinde, den er vertritt; es ist darum wahrscheinlich, daß er nach dem Ende des 1. Jh. in Rom seine Apostelgeschichte geschrieben hat.

Die Nachwahl findet dann so statt, daß zwei Kandidaten aufgestellt werden, von denen einer ausgelost wird. Das Los soll dabei ein Mitwirken des Heiligen Geistes ermöglichen. Eine Wahl durch die Gemeinde bleibt es aber insofern, als die Kandidaten vorher aufgestellt werden mußten. Beide sind alte Jünger Jesu und sind Zeugen seiner Auferstehung; sie gehören also zu den Jüngern, die nach dem Katalog der Auferstehungszeugen bei der dritten Erscheinung Jesu zugegen waren, die „vor über 500 Jüngern" geschah. Daraus ergibt sich, daß die Nachwahl erst nach der Pfingstgeschichte stattfand und daß Lukas die Reihenfolge von Nachwahl und Pfingstgeschichte vertauscht hat.

Dafür gibt es noch einen weiteren Beweis. Einer der beiden Kandidaten, der, auf den nicht das Los fiel, heißt bei Lukas „Joseph, der Barsabbas genannt wurde, mit dem Beinamen Justus" (Apg 1, 23). Dieser Mann hat einen jüdischen Namen — Joseph; dazu trägt er einen durch Alliteration anklingenden griechisch-lateinischen Namen — Justus. Der dritte Name, der hier genannt wird, Bar-Sabbas, ist ein Prophetenname. Er ist als בַּר־שְׁבוּעַ Bar-Schebua aufzulösen, als „Sohn des Pfingstfestes" und bezeichnet damit einen Mann, der an Pfingsten seine Berufung empfangen hat. Wir können daraus schließen, daß Barsabbas erst nach Pfingsten als Pneumatiker hervorgetreten ist, obwohl er zu Jesu ältesten Jüngern gehörte. Wenn Lukas sagt, die Kandidaten hätten schon bei Jesu Taufe zur Jüngerschaft gehört (Apg 1, 22), so ist das nach dem Zeugnis der Evangelien übertrieben; es sei denn, Barsabbas sei damals noch Johannesjünger gewesen und habe sich bald danach, wie die Erstberufenen, an Jesus angeschlossen.

Das Losorakel, das Lukas zur Nachwahl einführt, paßt nicht recht in die Vorstellungswelt der Jünger Jesu. Da sind lauter Pneumatiker versammelt, die als einzelne bereits den Geist haben; desgleichen ist der Geist auch der Gemeinde gegeben. Man wird daher zunächst einmal vermuten können, daß Lukas das Losorakel darum eingeführt habe, weil er die Nachwahl vor die Geistausgießung gestellt und die Reihenfolge vertauscht hat. Dazu kommt aber noch ein weiterer Grund. Wenn Lukas, wie wir zu vermuten Grund hatten, seiner Darstellung die Amtstheorie der römischen Gemeinde zugrunde gelegt hat, dann mußte der nachgewählte Matthias das Amt auf dieselbe

Weise erlangen, wie die andern elf, die bei Lukas den Namen Apostel führen. Da die elf aber unmittelbar von Jesus eingesetzt waren und das Amt als erste empfangen hatten, mußte auch Matthias unmittelbar von Jesus durch den Heiligen Geist berufen werden. Andernfalls wäre er im Sinne des Lukas kein Apostel gewesen, sondern ein Apostelnachfolger.

Auf diese Weise versteht man aber, warum Lukas die Nachwahl und die Pfingstgeschichte in der Reihenfolge vertauschen mußte. Da für Lukas die Mission mit Pfingsten beginnt, und bei der Himmelfahrt der Missionsauftrag nur angekündigt wird, muß an Pfingsten das Zeugenkollegium — wie er die Zwölf versteht — vollständig sein. Und da die Gemeinde den Geist erst an Pfingsten empfängt, ist auch darum das Losorakel nötig; nur so ist sichergestellt, daß der Geist die Wahl vorgenommen hat.

Zur Nachwahl hatte sich ein Kreis von 120 Jüngern versammelt. Die Zahl liegt in der Größenordnung, die wir für die Zahl der Jünger Jesu ermittelt hatten. Es ist die Zahl derer, die der ersten Aufforderung des Petrus gefolgt und nach Jerusalem zurückgekehrt waren. Man sieht der Zahl an, daß sie als zwölf mal zehn verstanden sein will und daß diese 120 wieder das Zwölfstämmevolk repräsentieren. Die jeweils Zehn können untereinander zu einer gottesdienstlichen Versammlung zusammentreten; so könnte es sein, daß jeder Stamm eine Hausgemeinde darstellt. Vermutlich hat Lukas hier aber bereits die rasche Zunahme ins Auge gefaßt, so daß die 120 als die Ältesten der künftigen Hausgemeinden zu verstehen sind. Diese Zunahme hat nach der Geistausgießung stattgefunden. Bei der Massentaufe, von der Lukas Apg 2, 41 spricht, wurden 3000 Mitglieder in die Gemeinde aufgenommen.

Die 3000 Mitglieder versammelten sich täglich im Tempel (Apg 2, 46); das war der einzige Ort, wo eine derartige Versammlung stattfinden konnte, und hier können im Zusammenhang mit der Zusammenkunft zur Gebetszeit auch Lehrvorträge der Apostel stattgefunden haben. Das Anschwellen der Mitgliederzahl setzt voraus, daß derartige Veranstaltungen stattgefunden und werbend gewirkt haben. Abgesehen von dem gemeinsamen Gebet und den Ansprachen muß sich aber das Gemeindeleben in den Häusern abgespielt haben, die hier zum ersten Mal erwähnt werden. Wir können vermuten, daß Lukas Gemeindeverhältnisse, wie er sie aus Rom kennen konnte, vielleicht sogar vor Augen hatte, auf die Gründungszeit übertragen hat. Aber wir können dazu auch umgekehrt vermuten, daß die großstädtische Gemeinde am Ende des ersten Jahrhunderts in ihren Gewohnheiten und ihrer Gemeindestruktur dem Beispiel der Urgemeinde gefolgt ist.

Das alles bedeutet, daß die Urgemeinde sich in zwölf Stämme gliederte, die an ihrer Spitze je ein Mitglied des Zwölferkreises als Leiter und daneben ein Ältestenkollegium hatten, und daß diese Ältesten ihrerseits Leiter der Hausgemeinden waren, in die sich die Stämme weiter gliederten. Denn diese

Hausgemeinden versammelten sich wenigstens zum Brotbrechen, und als Leiter dieser Feier haben wir uns Älteste vorzustellen.

Grundsätzlich verändert war auch die finanzielle Situation der Gemeinde, und das stellte sich in dem Augenblick heraus, in dem sie auf über 3000 Mitglieder angewachsen war. Lukas beginnt hier im Anschluß an die Nachricht von der Einführung der Taufe einen Abschnitt der Apostelgeschichte (2, 42—6, 6), der sich in erster Linie mit den finanziellen Problemen beschäftigt, die sich der Gemeinde stellten. Nach wie vor bestand die Gemeinde in ihrem Kern aus einer Gruppe besitzloser Jünger, die sich einst unter Besitzaufgabe an Jesus angeschlossen hatten; dieser Kern war durch Spenden und Beiträge besitzender Anhänger unterhalten worden. Daran konnte sich nichts ändern, und die Urgemeinde blieb schon wegen dieser Kerngemeinde in der ganzen Zeit ihres Bestehens auf die Spenden auswärtiger Anhänger angewiesen. Allem Anschein nach bestand auch — wenigstens eine Zeitlang — die Möglichkeit, durch Besitzaufgabe, nämlich durch Übereignung des Besitzes an die Gemeinde, in die Kerngemeinde der Besitzlosen einzutreten. Durch die Übergabe des Besitzes an die Gemeinde wurde ein Anspruch auf Unterhalt durch die Gemeinde erworben. Die Bereitschaft zur Besitzhingabe kann in der ersten Zeit verhältnismäßig groß gewesen sein, weil die Jünger glaubten, der Weltuntergang werde in der nächsten Zeit eintreten. So entstand die Vorstellung, daß mit der Besitzhingabe ein Landlos (κλῆρος) im Gottesreich erworben werde.

Der Unterhaltsanspruch gegen die Gemeinde, der mit der Besitzübereignung erworben wurde, dürfte in den meisten Fällen den Wert des hingegebenen Besitzes weit überschritten haben. Die Gemeinde erkannte verhältnismäßig früh, daß sie Maßnahmen treffen mußte, um dem finanziellen Ruin zuvorzukommen, der ihr auf diese Weise drohte. Es mußte zunächst einmal sichergestellt sein, daß der Unterhaltsanspruch nur gegen die Hingabe des gesamten Besitzes erworben wurde. Die überraschend harte Strafe, von der Ananias und Saphira getroffen werden (Apg 5, 1—11), erklärt sich eben dadurch, daß die Eheleute behaupten, ihren ganzen Besitz der Gemeinde übergeben zu haben und damit Unterhalt durch die Gemeinde beanspruchen. Petrus erklärt ausdrücklich, daß es das Recht der beiden gewesen wäre, nur einen Teil oder auch gar nichts zu spenden. Damit hätten sie dann allerdings auch keinen Unterhaltsanspruch erworben. So aber haben sie ein Verhalten an den Tag gelegt, das die wirtschaftliche Existenz der Gemeinde unmittelbar gefährdete. Andererseits verlangte die Gemeinde aber auch von denen, die ihr ihren Besitz übereignet hatten, daß sie nach Kräften zu ihrem und der Gemeinde Unterhalt beitrugen. Im allgemeinen wird die Besitzhingabe darum so vorgenommen worden sein, daß nur das Eigentum wechselte und auf die Gemeinde überging, während die bisherigen Eigentümer im

Besitz blieben und weiterhin durch ihre Arbeit zu ihrem und der Gemeinde Unterhalt beitrugen. Der Grundsatz, daß arbeiten muß, wer essen will, wird in diesem Zusammenhang zum ersten Mal formuliert worden sein. Die Ermahnung, die Paulus 2Thess 3, 6ff. an die Thessalonicher richtet, dürfte bereits in der Urgemeinde die Regel gewesen sein; auch die Didache weist die Gemeinden an, arbeitsfähige Brüder mit Arbeit zu versorgen.

Auf diese Weise kam es in Jerusalem zu einer verhältnismäßig großen Zahl von besitzlosen Gemeindegliedern, bei denen aber zwei Klassen zu unterscheiden waren, nämlich solche, die ganz im Gemeindedienst standen und für ihre Arbeit von der Gemeinde Unterhalt empfingen, und solche, die ihren Besitz wie jene aufgegeben hatten, aber verpflichtet waren, durch ihre Arbeit für ihren eigenen Unterhalt und den der Gemeinde beizutragen. Die Gemeinde war ihrerseits bestrebt, ihre beschränkt arbeitsfähigen Glieder mit geeigneter Arbeit zu versorgen. Beide Gruppen machten miteinander die „Armen" aus, die besitzlose Kerngemeinde, die sich durch Besitzhingabe Anspruch auf einen Platz im Gottesreich erworben hatte.

Die durch Besitzhingabe in die Gemeindekasse fließenden Kapitalien reichten nicht aus, die Kerngemeinde zu unterhalten. Da die Jünger Jesu in der vorösterlichen Zeit durch Spenden unterhalten worden waren, suchte die Urgemeinde auch weiterhin von den alten Anhängern Spenden einzuziehen. Diesen wurde Teilhabe an den Hoffnungen der Armen verheißen. Die Maxime, die an das Gleichnis vom ungerechten Haushalter angehängt ist (Lk 16, 9), ist eine derartige Aufforderung, zum Unterhalt der Armen beizutragen: „Schafft euch Freunde mit dem ungerechten Mammon, damit sie euch, wenn er zu Ende ist, in die ewigen Hütten aufnehmen."

Zum Einzug dieser Spenden sandte die Urgemeinde Boten an die Anhänger in Galiläa, die dort außerdem die Werbung für die Gemeinde betrieben. Es ist anzunehmen, daß als Boten eben diejenigen ausgesandt wurden, die schon in der vorösterlichen Zeit dieses Amt hatten und die sich auf einen Auftrag Jesu berufen konnten. Bei der Definition des Apostelamtes hat man gegen Paulus einen derartigen Auftrag als Bedingung des Apostolates behauptet. Diese Auffassung konnte sich aber nicht durchsetzen. Das hatte darin seinen Grund, daß die Botschaft, die den Boten aufgetragen war, sich entscheidend verändert hatte. Der alte Inhalt „Das Gottesreich ist nahe herbeigekommen" hatte einen Beweis erhalten, auf dem er hinfort gegründet war, und der wesentlich zur Botschaft hinzugehörte: „Der Herr ist auferstanden." Darum lag es nahe, als Verkünder der Botschaft solche Jünger auszusenden, die den Auferstandenen gesehen hatten und die Wahrheit bezeugen konnten.

In dem Augenblick, in dem man dies erkannte, muß man dann aber auch zu der Konsequenz gekommen sein, daß alle weiteren Christusvisionen als

Aufträge des Auferstandenen zur Verkündigung des Gottesreiches verstanden werden mußten.

Der nächste, dem der Auferstandene erschien, war der Herrenbruder Jakobus. Jesu Geschwister haben in der vorösterlichen Zeit nach dem Zeugnis der Evangelien der Jüngerschaft ferngestanden. Zu den Perikopen, in denen das unmittelbar mitgeteilt wird, kommen andere, in denen die Bedeutung der natürlichen Verwandtschaft für das Gottesreich bestritten wird. Wann sich das geändert hat, wissen wir nicht; es zeigt sich aber, daß Jesu Angehörige in der Urgemeinde bald zu Ansehen gekommen sind. Die größte Bedeutung hat dabei der Herrenbruder Jakobus. Von ihm wissen wir, daß er nicht nur durch seine Gerechtigkeit ausgezeichnet war und daher den Beinamen „der Gerechte" trug, sondern daß er ein anerkannter Prophet mit einem Prophetennamen war. Jakobus war dann der Empfänger der vierten Erscheinung des Auferstandenen. Ohne daß wir den Zeitpunkt genauer bestimmen können, läßt sich doch sagen, daß diese vierte Erscheinung nicht lange nach der dritten gewesen sein kann. Denn sie muß in jedem Fall vor der Bekehrung des Paulus liegen, und es muß auch noch Zeit für die Erscheinung „vor allen Aposteln" bleiben. Auch die Abspaltung des hellenistischen Gemeindeteils, die ebenfalls ihre Zeit in Anspruch nahm, und die Verfolgung der Hellenistischen muß in der Zwischenzeit vor der Bekehrung des Paulus untergebracht werden. Die Urgemeinde muß die Erscheinung des Auferstandenen vor Jakobus so gedeutet haben, daß dieser in einer Tätigkeit bestätigt wurde, die er bereits für die Gemeinde ausübte. Die Erscheinung des Herrn von Jakobus bestätigte die gerade entstehende Theorie, daß die Bezeugung des Auferstandenen auf Grund eigener Kenntnis der eigentliche Inhalt des geistlichen Amtes sei. Die Situation war darin neu, daß Jakobus sich nicht auf einen Befehl des lebenden Herrn berufen konnte. Für die Richtigkeit dieser neuen Auffassung sprach nicht nur, daß Jakobus ein leiblicher Bruder Jesu war, sondern vor allem ein durch seine Gesetzesstrenge ausgezeichneter Mann, der darüber hinaus als Prophet anerkannt war.

Vielleicht hat man geschwankt, ob Jakobus als Ausnahme anzusehen sei, aber die Frage entschied sich dadurch, daß der Auferstandene allen Aposteln erschien. Das waren auf jeden Fall, außer Jakobus, die Mitglieder des Zwölferkreises und die einst von Jesus ausgesandten Boten, die nun mit dem Auftrag Jesu diese Tätigkeit fortzusetzen begonnen hatten. Dazu kommen außerdem noch Gemeindeglieder, die bei der Geistausgießung an Pfingsten den Heiligen Geist empfangen hatten und nun mit ihrem Geistbesitz ein Gemeindeamt wahrnahmen. Von diesen kennen wir Barnabas, Andronikos und Junias mit Namen; die beiden letztgenannten kennen wir daher, daß Paulus sie Röm 16, 7 grüßen läßt und von ihnen sagt, sie seien berühmte Apostel und vor ihm „in Christo" gewesen. Über Barnabas, den Begleiter des Paulus in den Anfangszeiten seiner Missionstätigkeit erfahren wir aus der Apostelgeschichte etwas mehr. Barnabas war ein Levit aus Zypern (Apg 4, 36). Dieser Barnabas lebte in Jerusalem; wenn er aus Zypern stammte, dann darum, weil er in Jerusalem auf den Anbruch des Gottesreiches wartete. Da Barnabas im Besitz eines Ackers war, können wir folgern, er habe sich in Jerusalem, wo er das Gottesreich erwartete, ein Stück Land gekauft. Dieser Barnabas hatte sich aber anscheinend an die Gemeinde angeschlossen und dürfte an Pfingsten den Heiligen Geist empfangen haben. Das ist daraus zu schließen, daß er neben seinem bürgerlich-jüdischen Namen Joseph von den Aposteln den Namen Barnabas empfangen hatte, der ihn unmittelbar als Propheten kennzeichnete. Von Barnabas berichtet die Apostelgeschichte an dieser Stelle, daß er seinen Acker verkaufte und den Erlös den Aposteln übergab. (Lukas versteht unter den Aposteln ausschließlich den Zwölferkreis). Somit war Barnabas durch den Geistempfang dazu veranlaßt worden, seinen Besitz aufzugeben; er war „geistlich arm" im Sinne der ersten Seligpreisung, und offensichtlich war Barnabas durch seine Besitzaufgabe nicht nur in die Gemeinde eingetreten, sondern hatte auch ein Gemeindeamt übernommen und war dabei zum Apostel geworden. — Wenn man sich nun fragt, wie es möglich war, daß der Auferstandene allen Aposteln erscheinen konnte, obwohl doch ein Teil der Apostel sein Amt auf Reisen ausübte, so ist anzunehmen, daß das an einem der Festtage geschah, an denen ohnehin alle Juden die Pflicht hatten, nach Jerusalem zu kommen, und es ist weiter zu vermuten, daß diese fünfte Erscheinung des Auferstandenen beim Gemeinschaftsmahl stattfand, das die besitzlosen im geistlichen Amt befindlichen Gemeindeglieder vereinigte. Mit dieser fünften Erscheinung war dann aber endgültig die Theorie bestätigt, daß die Erscheinung des Auferstandenen die entscheidende Qualifikation für den Apostolat darstelle. Diese Auffassung muß sich soweit verfestigt haben, daß sie den Christenverfolger Saulus, als ihm der Herr erschien, dazu bestimmte, in dieser Erscheinung eine Beauftragung mit dem Apostolat zu erblicken.

4. Die Hellenisten in der Urgemeinde

In dieser Zeit finden wir die Juden nicht allein in Palästina, sondern in der ganzen alten Welt, soweit sie durch Handel und Wandel im Austausch stand. Die Juden, die außerhalb Palästinas in der Diaspora unter Heiden lebten, gingen nicht in ihren Wirtsvölkern auf, auch wenn sie sich in mancherlei Hinsicht an sie anpaßten. Sie konnten deren Sprache annehmen und an ihrer Kultur und Bildung teilhaben, aber sie blieben durch die Religion von ihnen geschieden. Zwar mußten sie das Gesetz auf eine Weise auslegen, die ihnen den Umgang mit ihren heidnischen Nachbarn möglich machte, aber solange sie am Gesetz festhielten, blieben sie eben dadurch von den Heiden getrennt. Das Gesetz ist Ausdruck des Treueverhältnisses, in dem sie mit Gott verbunden waren; darum machte ihnen das Gesetz unmöglich, die Götter der Heiden zu verehren. Solang sie Gott verehrten und seine Gebote hielten, konnten sie nicht aufhören, Juden zu sein. Wie das Gesetz die Juden von den Heiden schied, war es zugleich auch das Band, das alle Juden untereinander vereinte. Das hatte die Folge, daß die Geschichte der jüdischen Religion in Palästina und der Diaspora trotz verschiedenen Sonderentwicklungen grundsätzlich analog verläuft.

Einen erheblichen Unterschied weist das religiöse Bewußtsein der Diasporajuden jedoch in anderer Hinsicht auf. Der Ort, an dem sie wohnten, gehörte zu der dem Untergang geweihten alten Welt. Die Juden in Palästina lebten demgegenüber im gelobten Land, dort, wo alle Juden die Offenbarung der Gottesherrschaft erwarteten. Die Juden in der Diaspora waren darauf eingestellt, bei Anbruch der Gottesherrschaft ihre Wohnungen in der Fremde aufzugeben und in die Heimat, in das Gottesreich, zurückzukehren. In dem Maß, in dem sie glaubten, das Himmelreich sei nahe, waren sie auch von dem Gedanken bedrängt, daß die Zeit gekommen sei, ihm entgegenzugehen. In dieser Absicht unternahmen sie Wallfahrten nach Jerusalem, und wer dazu in der Lage war, nahm dort auch für längere Zeit Wohnung. Der Levit Joseph aus Zypern, der in oder bei Jerusalem ein Grundstück erworben hatte, wäre so bei Anbruch der Gottesherrschaft im Gottesreich ansässig gewesen.

Unter den Diasporajuden waren alle Richtungen der jüdischen Frömmigkeit vertreten. Dies gilt auch für die von ihnen, die in Jerusalem auf den Anbruch des Gottesreiches warteten. Da gab es Pharisäer und Essener und gab es auch Vertreter jener prophetischen Frömmigkeit, die das Gottesreich als Ausgießung des Heiligen Geistes und Auferweckung der Toten erwarteten. Das waren aber zugleich die Juden, die dem Gedanken der Heidenbekehrung aufgeschlossen gegenüberstanden, und das aus doppeltem Grund: weil die Propheten dies geweissagt hatten und weil das Leben in der Diaspora sie gewöhnt hatte, sich in missionarischer Absicht an die Heiden zu wenden, unter denen sie lebten.

Von diesen Juden aus der griechischen Diaspora schloß sich im Zusammenhang der Pfingstgeschichte ein größerer Teil der Urgemeinde an. Dies ist schon darum glaubwürdig, weil diese Hellenisten gerade darum nach Jerusalem gekommen waren, um hier die Ausgießung des Heiligen Geistes zu erwarten. Alle Nachrichten, die wir nun von ihnen erhalten, zeigen, daß in ihnen eine ausgesprochene Geistfrömmigkeit lebendig war. Ob es vorher schon Hellenisten unter den Jüngern Jesu gegeben habe, ist eine schwer beantwortbare Frage. Ganz ausgeschlossen ist es darum nicht, weil Jesus seine Wanderungen mehrfach über die Grenze von Galiläa hinaus in Gebiete ausgedehnt hatte, in denen Hellenisten lebten; andererseits paßt die Vorstellung, daß Jesus sich auch an Hellenisten gewandt habe, nicht zu dem Bild, das die Evangelien von ihm zeichnen.

Das Johannesevangelium sieht den Gang der Dinge auf seine Weise. Der Eintritt der Hellenisten in die Jüngerschaft Jesu wird zwar ebenfalls nach Jerusalem verlegt, wie von der Apostelgeschichte, aber vor den Beginn der Leidensgeschichte im engeren Sinn. Der Wunsch der „Griechen" — d.h. der hellenistischen Juden —, Jesum zu sehen, löst den Gethsemanemoment aus (Joh 12, 20—22). Aber es ist für das Johannesevangelium kennzeichnend, daß von seinem unhistorischen, alle Chronologie vernachlässigenden Blickpunkt aus die vorösterliche und die nachösterliche Zeit in eines gesehen wird. Das geschieht nicht allein hinsichtlich der Person Jesu, sondern auch der Ereignisse, die die Jünger betreffen. Daher bleibt es denkbar, daß der Anschluß der Griechen an die Jüngerschaft Jesu, der an sich in der nachösterlichen Zeit stattgefunden hat, vom Evangelisten in die vorösterliche Zeit verlegt wird. Wenn das Johannesevangelium aber Philippus und Andreas zwischen den Griechen und Jesus vermitteln läßt, so bedeutet das, daß hernach gerade diese beiden Jünger sich als Apostel um die Ausbreitung des Evangeliums zu den Hellenisten verdient gemacht haben. Der Philippus freilich, den uns die Apostelgeschichte als Evangelisten zeigt, ist selber hellenistischer Herkunft und muß darum von dem Jünger und Apostel gleichen Namens unterschieden werden. Denn der Jünger Philippus stammte aus Galiläa, aus Bethsaida (Joh 1, 44). Somit lassen sich die Nachrichten des Johannesevangeliums und der Apostelgeschichte nur so verstehen, daß der Apostel Philippus — der aus Bethsaida stammte — sich in Jerusalem zusammen mit Andreas um die Gewinnung der Hellenisten verdient gemacht habe, während der Evangelist Philippus, der aus der griechischen Diaspora stammte, in den Griechenstädten des Küstenstreifens und in Samarien — ebenfalls unter den Hellenisten — missioniert hat. — Vielleicht bedeutet die besondere Nennung des Philippus und Andreas Joh 12, 20, daß die Hellenisten in Jerusalem gerade in die von diesen beiden Jüngern geführten Stämme eintraten und auf diese Weise innerhalb der Urgemeinde unter sich blieben.

Die hellenistischen Juden, die in Jerusalem auf das Gottesreich warteten, waren landsmannschaftlich organisiert und bildeten eigene Synagogen. Von solchen werden Apg 6,9 fünf aufgezählt (vgl. auch Apg 21, 27). Die Bildung solcher landsmannschaftlicher Untergruppen ist die Regel, wenn Menschen verschiedener Heimat zusammenkommen, und sie trifft um so leichter zu, wenn unterschiedliche Sprachen den Vorgang begünstigen. Die Urgemeinde war nach der Massentaufe auf mehr als 3500 Mitglieder angewachsen und mußte sich in Untergruppen gliedern, weil ihre innige Lebensgemeinschaft nur in kleineren Gruppen verwirklicht werden konnte. So setzt Lukas Apg 6, 1 voraus, daß die Hellenisten eigene Gemeinschaften innerhalb der Urgemeinde bildeten. Die Einrichtung dieser Untergruppen deutet er 2, 46 im Anschluß an seinen Bericht von der Massentaufe an: „Täglich versammelten sie sich einmütig im Heiligtum. Das Brot brachen sie hausweise. Die Nahrung empfingen sie mit Jubel und Herzenseinfalt." Wir können dem Text entnehmen, daß die Gesamtgemeinde sich einmal täglich im Tempel versammelte. Das geschah (Apg 3, 1) um drei Uhr nachmittags. Die Zeit ist eine der jüdischen Gebetsstunden. Wenn die Urgemeinde aber gerade diese Zeit für ihre Versammlung gewählt hat, so läßt sich daraus schließen, daß sie zu der Stunde, da Jesus gestorben war, seines Todes gedachte und des Heils, das ihr der Tod des Herrn bereitet hatte. Bei dieser Gelegenheit wandten die Apostel sich mit Ansprachen zunächst an die Gemeinde und weiterhin an das Volk. So stellt Lukas die Dinge im dritten Kapitel der Apostelgeschichte dar: das Volk läuft zusammen, weil Petrus den Lahmen geheilt hat, und so kann Petrus sich nun mit seiner Ansprache auch an das Volk wenden.

Neben dieser Versammlung der Gesamtgemeinde traf man sich in kleineren Gruppen des Abends zur Einnahme der Mahlzeit und zum Brotbrechen. Die beiden Veranstaltungen sind zu unterscheiden. Die Abendmahlzeit diente der Sättigung, das Brotbrechen war eine liturgische Handlung in Gestalt einer Mahlzeit.

Für die Gestalt der Abendmahlzeit war es von Bedeutung, daß die Urgemeinde anfänglich nur aus besitzlosen Mitgliedern bestand. Diese besitzlosen Mitglieder bildeten Lebens- und besonders Tischgemeinschaften; das sind die Hausgemeinden, von denen wir an der zitierten Stelle zum ersten Mal erfahren. Die Nahrungsmittel wurden zentral ausgegeben an die für die Versorgung der Hausgemeinden zuständigen „Witwen", von diesen zubereitet und dann von der Hausgemeinde mit Jubel empfangen. Aus dem Jubel läßt sich schließen, daß die ersten Christen darin eine Darstellung des Freudenmahls im Gottesreich erkannten. Die besitzenden Mitglieder hätten die Abendmahlzeit wohl zu Hause einnehmen können. Aus 1Kor 11, 22 läßt sich die Sitte erschließen, daß auch die besitzenden Mitglieder sich bei den besitzlosen versammelten, um gemeinsam mit ihnen zu essen. Dies war schon darum zweckmäßig, weil anschließend das Brotbrechen stattfand, an dem alle getauften Gemeindeglieder teilnahmen.

Es ist nicht anzunehmen, daß alle Hellenisten, die sich an die Gemeinde anschlossen, auch alsbald die Taufe übernahmen. Ähnlich wie bei dem palästinensischen Gemeindeteil dürfte es auch beim hellenistischen Menschen gegeben haben, die der Gemeinde nahestanden, aber doch nicht förmlich in sie eintraten. Manche waren Wallfahrer, die nach einer begrenzten Zeit wieder in ihre Heimat zurückkehrten. Die brachten Kenntnis von der neuen Gemeinde in die Diaspora. Sie bereiteten auf diese Weise der späteren hellenistischen Mission und schließlich auch der Heidenmission den Boden.

Für den weiteren Verlauf der Dinge erwies es sich als folgenreich, daß Hellenisten und Palästinenser innerhalb der Urgemeinde jeweils untereinander zusammenhielten und in den Hausgemeinden untereinander blieben. Es wird Ausnahmen gegeben haben; Barnabas stellte eine solche Ausnahme dar. Er war seiner Herkunft nach Hellenist, da er aus Zypern stammte, war aber unter Besitzhingabe in die besitzlose Kerngemeinde eingetreten und war sogar Apostel geworden; offensichtlich war er bei der fünften Erscheinung des Auferstandenen „vor allen Aposteln" zugegen gewesen. — Aber im allgemeinen blieben die Hellenisten unter sich und ließen auch die Palästinenser unter sich. Der nahliegende Grund, der der Verschmelzung im Wege stand, war die Sprache. Die Hellenisten hatten Griechisch als Muttersprache; sicher konnten sie sich auch aramäisch verständigen, aber die Sprache, die sie gebrauchten, war Griechisch. Allem Anschein nach verwandten sie auch im Gottesdienst die griechische Sprache, abgesehen von kurzen liturgischen Ausdrücken (Hosianna, Halleluja, Maranatha).

Da die beiden Gemeindeteile nach ihrer Sprache unvermischt nebeneinander existierten, konnten sie sich auch in einer zentralen theologischen Frage auseinanderentwickeln, nämlich in der Beurteilung des Wortsinns des jüdischen Gesetzes. In dem Maße, in dem bei den Juden in Jerusalem der auf wörtliche Befolgung des Gesetzes dringende Pharisäismus an die Macht kam, setzte sich auch im palästinensischen Teil der Urgemeinde die Überzeugung durch, daß das jüdische Gesetz wörtlich und strikt befolgt werden müsse. Die Hellenisten aber, die von vornherein geneigt waren, das Gesetz geistig auszulegen, nahmen an dieser Entwicklung nicht teil. So kam es schließlich zur Spaltung.

Zu den Ursachen, die diese Entwicklung vorantrieben, gehörte die römische Religionspolitik. Nach dem Oktober des Jahres 31 nahm die Einstellung der römischen Regierung gegenüber den Juden einen radikalen Kurswechsel vor. Bis zu diesem Datum hatte Seianus, der Reichskanzler des Kaisers Tiberius, die Richtlinien der römischen Politik angegeben; Seianus war ein schroffer Feind der Juden. Nach seinem plötzlichen Sturz wurde die römische Religionspolitik judenfreundlich. („Denn der Kaiser erkannte, und zwar sofort nach Seians Tod, daß die Anklagen gegen die jüdischen Bewohner Roms falsche Verleumdungen waren, Erfindungen Seians, der das Volk vertilgen wollte... Und den allerorts eingesetzten Regierungsbeamten trug Tiberius auf, die Juden in den Städten zu beruhigen..." Philon, Legatio ad Gaium 160f.) In Jerusalem hatte bis dahin Pontius Pilatus die Juden immer wieder in ihrer religiösen Eigenart verletzt. Als ihm nun größere Rücksicht aufgetragen war, wirkte sich das dahin aus, daß die jüdischen Führer größere Handlungsfreiheit erlangten und daß in Jerusalem Sadduzäer und Pharisäer um die Macht zu ringen begannen. Diese Macht lag zunächst noch in den Händen der Sadduzäer. Sie waren der Urgemeinde feindlich gesonnen; nach Apg 4, 2 darum, weil sie die Auferstehung von den Toten leugneten, während Jesu Jünger die Auferstehung Jesu verkündigten. So finden wir zunächst den Hohenpriester und die Sadduzäer als Gegner der Urgemeinde. Zur offenen Feindschaft kam es dadurch, meint Lukas, daß die Urgemeinde sich gerade damals entschloß, sich mit der Verkündigung des Auferstandenen auch an die Orte außerhalb Jerusalems zu wenden.

Man muß dabei im Auge behalten, daß Lukas weder am Ende des Evangeliums noch am Anfang der Apostelgeschichte einen Missionsauftrag des Auferstandenen mitteilt und daß er die Apostel ausschließlich als Zeugen der Auferstehung Jesu deutet. Für ihn sind die Apostel keine Missionare. Dennoch läßt sich erkennen, daß er in diesem Zusammenhang das Ereignis berichtet, in dem wir die Begründung des Apostolates erkannt haben. Petrus und Johannes erklären gegenüber den „Obersten, Ältesten und Schriftgelehrten" und den Angehörigen der hohenpriesterlichen Familien (Apg 4, 5f.): „Wir können's ja nicht lassen, daß wir nicht reden sollten, was wir gesehen und gehört haben." Das ist eine Formel, mit der die Apostel bezeugen, daß sie den Auferstandenen erblickt haben (1Joh 1, 1). Die jüdischen Führer entlassen daraufhin Petrus und Johannes und verbieten ihnen ihr Zeugnis. Die beiden Apostel begeben sich zu „den Ihren"; die Bezeichnung läßt den Kreis, der hier gemeint ist, merkwürdig unbestimmt. Mit ihnen sprechen sie ein gemeinsames Gebet, das in den Worten gipfelt: „„...Und nun, Herr, ...gibt Deinen Knechten, mit aller Freudigkeit zu reden Dein Wort, und strecke Deine Hand aus, daß Gesundheit und Zeichen und Wunder geschehen durch den Namen Deines heiligen Knechtes Jesus." Mit Wortverkündigung und Zeichen wird die Tätigkeit der Apostel umschrieben; sie bezeichnen sich aber hier noch mit dem Prophetentitel „Gottesknechte", den auch der heilige Gottesknecht Jesus trägt.

Auf dieses Gebet hin erfahren die Versammelten ein ekstatisches Erlebnis; sie werden voll mit Heiligem Geist und die Erde bebt, „und sie redeten das Wort Gottes mit Freudigkeit".

Lukas war nicht der Meinung, daß bei diesem Erlebnis die Gesamtgemeinde versammelt gewesen sei. Er fährt nämlich fort, von der urchristlichen Gütergemeinschaft zu erzählen, und beginnt seinen Bericht mit „Die Menge aber der Gläubigen". Das bedeutet, daß an dem zuvor mitgeteilten ekstatischen Erlebnis nicht die Gesamtgemeinde beteiligt war. Die Teilnehmer an diesem Erlebnis müssen aber gerade die gewesen sein, die mit dem Verkündigungsauftrag ausgestattet waren, also die Apostel. Da wir oben ermittelt haben, daß dieser Verkündigungsauftrag nach der Zeugenliste 1Kor 15 durch die fünfte Erscheinung des Auferstandenen vor „allen Aposteln auf einmal" erteilt worden ist, müssen wir folgern, daß Lukas hier von ebendieser, den Apostolat begründenden Erscheinung berichtet. Wenn er die Teilnehmer an dem Ereignis und Empfänger des Heiligen Geistes nicht „Apostel" nennt, dann darum, weil er meint, der Aposteltitel komme nur den „Zwölf Aposteln" zu; aber dieses Amt ist nichts als seine eigene Konstruktion (vgl. Apg 1, 26).

Apg 5, 17 teilt Lukas mit, daß ein Pharisäer namens Gamaliel für die Urgemeinde eingetreten sei und den Behörden anstelle von Verfolgungen eine abwartende Haltung empfohlen habe. In dieser Nachricht drückt sich der Umstand aus, daß die Pharisäer im Synhedrium den Sadduzäern den Rang abliefen. Die Folge davon war, daß die Verkündigung des Auferstandenen nicht mehr den Streitpunkt zwischen der Urgemeinde und den jüdischen Behörden abgab. Die Pharisäer waren aber ihrerseits bedacht, dem Gesetz in seinem Wortsinn zu strikter Geltung zu verhelfen. Die pharisäischen Heiligkeitsbestrebungen fanden auch in der Urgemeinde Anklang und führten schließlich zur Abspaltung und wirtschaftlichen Verselbständigung des hellenistischen Gemeindeteils. Daß diese Spaltung ihre Ursache in der unterschiedlichen Gesetzesfrömmigkeit der beiden Gemeindeteile hatte, zeigt der Fortgang der Geschichte. Die Hellenisten werden Opfer einer pharisäischen Christenverfolgung und werden aus Jerusalem vertrieben. Der palästinensische Gemeindeteil entspricht aber so reichlich den Forderungen der gesetzlichen Frömmigkeit, daß nach der Abspaltung der Hellenisten sogar Priester — die auf besondere Reinheit bedacht sein müssen — in die Urgemeinde eintreten können (Apg 6, 7).

Lukas erzählt die Spaltung Apg 6, 1—7. In diesem Abschnitt will er drei verschiedene Mitteilungen machen. Zunächst hat er zu berichten, daß die Hellenisten eine selbständige, von der palästinensischen Urgemeinde unabhängige Wirtschaftsorganisation aufbauen mußten. — Sodann teilt er mit, daß die Zwölf, die bis dahin nach seiner Schilderung zugleich geistliche wie wirtschaftliche Leiter der Urgemeinde gewesen seien, die Wirtschaftsleitung abgegeben hätten. Drittens dient die in diesem Abschnitt erzählte Geschichte auch zu den Vorbereitungen der hellenistischen Mission. Die Ausbreitung des Christentums in die Länder der Heiden und schließlich auch zu diesen geht letztlich auf die Sieben zurück, die in diesem Abschnitt in ihre neugeschaffenen Ämter eingesetzt werden.

Da die drei Inhalte sich gegenseitig behindern, muß man sie auseinanderhalten. Der Ausgangspunkt für die Geschichte, die Lukas erzählen will, ist die Tatsache, daß die Jünger zahlreich wurden: „In den Tagen aber, da der Jünger viele wurden, erhob sich ein Murmeln unter den Griechen wider die

Hebräer, darum daß ihre Witwen übersehen wurden in der täglichen Handreichung" (Apg 6, 1). „Jünger" sind an dieser Stelle die besitzlosen Gemeindeglieder; die sind auf die Versorgung durch die Gemeinde angewiesen, haben auch einen Anspruch darauf. „Witwen" sind die Frauen, in deren Händen Empfang, Zubereitung und Ausgabe der Nahrung liegt. Da diese Frauen die Aufgabe haben, geisterfüllte Pneumatiker zu versorgen, werden sie nach 1Kön 17, 9 Witwen genannt.

Lukas berichtet, daß die zur Ernährung der besitzlosen Gemeindeglieder verfügbaren Mittel wegen deren großer Zahl nicht mehr ausgereicht hätten und daß darum die Urgemeinde sich entschlossen habe, die Verpflegungsausgabe an die Hellenisten zu streichen. Er meint, die Palästinenser hätten untereinander zusammengehalten und die ihnen ferner stehenden Hellenisten ausgeschlossen. Diese Begründung ist jedoch ganz unvorstellbar. Wenn die Urgemeinde sich als das eine Gottesvolk verstand, dann kann sie diese im Mittelpunkt ihrer Selbstdeutung stehende Vorstellung nicht so leicht preisgegeben und die Sprachschranken als trennenden Unterschied anerkannt haben. Es ist vorstellbar, daß die Spaltung der Gemeinde in Palästinenser und Hellenisten in einem Augenblick erfolgte, in dem Versorgungsschwierigkeiten bestanden und daß vielleicht sogar der Ausschluß der Hellenisten von der Gemeindeverpflegung diese Versorgungsschwierigkeiten für den Augenblick lösen half; daß aber diese Versorgungsschwierigkeiten den eigentlichen Grund abgegeben hätten, ist nicht vorstellbar. So viel wird jedoch an dem Bericht des Lukas zutreffend sein: daß die Urgemeinde die Hellenisten von der Verpflegung ausschloß und diese dadurch zwang, eine eigene Wirtschaftsorganisation aufzubauen.

Neben dem Grund, den Lukas selber angibt — die rasche Zunahme der Jüngerzahl —, legt er eine andere Begründung den Zwölfen in den Mund. Als Vertreter des geistlichen Amtes erklären die Zwölf, es sei unpassend, daß sie, denen der Wortdienst anvertraut sei, den Tischdienst ausübten: „Es schickt sich nicht für uns, das Wort Gottes zu vernachlässigen und bei Tisch zu dienen." Die Begründung klingt grotesk, wenn wir sie auf dem christlichen Demutspathos als Hintergrund vernehmen. Um sie zu verstehen, muß man davon ausgehen, daß die Sorge für den Leib und dessen Bedürfnisse auch Jesus und seinen Jüngern als zweitrangig galt und daß sich an diesem Urteil in der Urgemeinde nichts geändert hatte. Darum konnten die Wirtschaftsämter hier nicht zu Ansehen kommen. — Lukas stellt die Dinge so dar, als hätten die Zwölf bis dahin die geistliche und die wirtschaftliche Gemeindeleitung in der Hand gehabt und sich hinfort auf die geistliche Leitung beschränkt; wer die Wirtschaftsführung wahrnahm, das mitzuteilen war nicht der Mühe wert.

Das waren keineswegs die Sieben, die jetzt aufgestellt werden. Denn diese Sieben sind für den hellenistischen Gemeindeteil zuständig; die Verwaltung des palästinensischen Gemeindeteils ist nicht ihre Aufgabe. Dazu kommt, daß diese Sieben für ihr Amt durch Geist und Weisheit qualifiziert sind. Das sind Gaben, die man für das geistliche Amt braucht, aber nicht gleichermaßen für das Wirtschaftsamt. Von den Sieben sind vier, von denen wir mehr als den Namen kennen; alle vier sind Propheten. Daher läßt sich feststellen, daß die Sieben durch ihren Besitz an „Geist und Weisheit" als Pneumatiker bezeichnet werden. Nach der Trennung der Gemeindeteile haben die Inhaber des Siebeneramtes bei den Hellenisten eben die Bedeutung, die die Inhaber des Zwölferamtes bei den Palästinensern haben. Apostel hier und Evangelisten da sind die jeweiligen geistlichen Leiter der beiden Gemeindeteile. — Dabei nahmen die Sieben sowohl die geistliche wie die wirtschaftliche Leistung der hellenistischen Gemeinde wahr.

Wir können aus dem Bericht der Apostelgeschichte folgern, daß die Hellenisten nicht nur eine eigene Wirtschaftsorganisation aufzubauen hatten, sondern daß bei ihnen auch ein geistliches Amt neu eingerichtet wurde. Hinfort gab es zwischen den hellenistischen Gemeinden und der Urgemeinde Unterschiede in der Organisation. Bei der Urgemeinde und den später von der Urgemeinde aus gegründeten Gemeinden ist der Wortdienst das einzige geistliche Amt; die Versorgungsämter erlangen keinen geistlichen Charakter. Bei den Hellenisten entwickelt sich statt dessen aus dem Wirtschaftsamt ein neuer Typ des geistlichen Amts.

Wenn Lukas die Sache so darstellt, als hätten die Zwölf urspünglich die geistliche und die wirtschaftliche Gemeindeleitung wahrgenommen, so stehen ihm dabei als Modell die hellenistischen Gemeinden seiner eigenen Zeit vor Augen. In der Urgemeinde lagen vielmehr geistliche Leitung und Wirtschaftsleitung von Anfang an in verschiedenen Händen.

Johannes hatte im Evangelium (12, 6) behauptet, Judas Ischarioth sei der Kassenführer der Jüngerschaft gewesen. Aus der Stelle ließ sich entnehmen, daß dieses Amt nicht angesehen war. Der Name dieses Amtes läßt sich aus Apg 1, 20 erschließen. Petrus erklärt, an Judas habe sich die Weissagung Ps 109, 8 erfüllt: פְּקֻדָּתוֹ יִקַּח אַחֵר „seine Pequda empfange ein anderer". Im Griechisch der Apostelgeschichte lautet der Satz τὴν ἐπισκοπὴν αὐτοῦ λαβέτω ἕτερος. Das Amt des Judas ist im hebräischen Alten Testament p^{e}quda genannt; im Griechischen Episkope. Der griechische Begriff ist das Äquivalent für den hebräischen. Dieses Amt kann aber nicht das Apostelamt gewesen sein; dafür lauten die entsprechenden Begriffe schaluach-apostolos. Es muß sich vielmehr um das Amt des Judas gehandelt haben, das nach dem Johannesevangelium in der Kassenführung bestanden hat.

Das griechische Wort ἐπισκοπέω ist eine zutreffende Übersetzung für das hebräische Wort פָּקַד. Dieses Verbum ist aber andererseits mit seinen Bedeutungen 'Auftrag geben', 'befehlen' nicht verschieden von שָׁלַח — 'entsenden', 'beauftragen'. In beiden Fällen handelt es sich um Verben, die eine Beauftragung ausdrücken und deren Partizip daher einen Beauftragten meint. Da es aber zwei verschiedene Verben sind, lassen sich mit ihnen auch zwei verschiedene Ämter unterscheiden. — So kommen wir zu der Folgerung, daß die Urgemeinde zwei Amtstypen entwickelt hat, die sich nach ihren Aufgaben unterschieden. Das eine war das geistliche Amt des Apostels. שָׁלוּחַ; das andere das Verwaltungsamt des Episkopos — פָּקִיד. Diese Ämter unterschieden sich nicht nur durch ihre Aufgaben, sondern auch durch ihre Besetzung. Die Apostel waren nicht durch die Gemeinde gewählt, sondern durch die Erscheinung des Auferstandenen in ihr Amt berufen.

Als die hellenistische Gemeinde sich verselbständigte, da konnte sie sich keine Apostel geben und konnte auch kein Apostelamt für sich einrichten. Sie stellte darum von vornherein Episkopen auf. Dazu suchte sie zwar Pneumatiker aus, aber diese Beamten konnten von der Gemeinde gewählt werden (Apg 6, 5). Das Losorakel wird nicht befragt, wie bei der Nachwahl für den Zwölferkreis; hier reicht die Wahl durch die Gemeinde aus. Die Wählbarkeit der Gemeindebeamten in der hellenistischen Gemeinde wird von der Didache ausdrücklich bestätigt „So wählt euch also Bischöfe und Diakone, denn auch sie tun euch den Dienst der Propheten und Lehrer" (Did 15, 1). Die Anweisung zeigt, daß die Gemeinden unsicher waren, ob man wirklich die Charismatiker in der Gemeindeleitung, die Propheten und Lehrer, durch Bischöfe und Diakone ersetzen dürfe. Der Grund für diese Unsicherheit ist aus der Apostelgeschichte zu erkennen. Die Hellenisten hatten ihre ersten Gemeindebeamten, die Sieben, zwar gewählt, aber sie hatten als Kandidaten für diese Wahl Charismatiker aufgestellt. Sie hatten sich, wie es nahelag, nach dem Vorbild der Urgemeinde gerichtet. Apostel konnten sie freilich nicht aufweisen, aber an Charismatikern scheint in der ersten Zeit noch kein Mangel gewesen zu sein. Daher konnten die hellenistischen Gemeinden zunächst versuchen, die geistliche Leitung der Gemeinden durch Pneumatiker auszuüben, die den Amtstitel Euangelistes oder Angelos trugen; der Titel leitete sich von den in der späten Prophetie geweissagten Verkündigern des Gottesreiches her. Diese Evangelisten werden außer in der Apostelgeschichte im Epheserbrief, im 2. Timotheusbrief und in den Sendschreiben der Apokalypse als Vorläufer des Bischofsamtes vorausgesetzt. Wenn der Bischof aber, der von Haus aus Wirtschaftsbeamter und kein Pneumatiker war, hier als fähig angesehen wurde, die Nachfolge des pneumatischen Evangelisten anzutreten, so zeigt sich dabei, daß in den hellenistischen Gemeinden der Schwerpunkt des Gottesdienstes zunehmend auf die Eucharistiefeier fiel und daß dementsprechend der Wortgottesdienst an Bedeutung zurücktrat. Damit kommt der Vorgang zum Abschluß, der in der Urgemeinde mit der Einrichtung der Hausgemeinden und der Feier des Brotbrechens in den Häusern begonnen hatte.

Die Spaltung der Gemeinde hatte darin eine ihrer Ursachen, daß in Jerusalem — wie im Synhedrium, so in der Urgemeinde — die pharisäische Gesetzesfrömmigkeit das Übergewicht erlangte. Der Prokurator Pontius Pilatus, Vertreter einer judenfeindlichen Religionspolitik, war im Jahre 36 nach einem schweren Übergriff von dem syrischen Legaten Vitellius abgelöst und zur Verantwortung nach Rom gesandt worden. Vitellius plante einen Feldzug gegen die Parther; daher lag ihm daran, die Juden ruhig und loyal zu stimmen. Da seine Maßnahmen darauf zielten, das Volk zu gewinnen, nahm die Volkspartei der Pharisäer an Macht zu und konnte ihre Grundsätze zur Geltung bringen. Die jüdischen Behörden machten sich die pharisäische Frömmigkeit zu eigen und achteten darauf, daß das Gesetz strikt gehalten wurde.

Der hebräische Teil der Urgemeinde scheint die Schwenkung zur Gesetzesfrömmigkeit mitgemacht zu haben. Wie oben erwähnt, genügte die Urgemeinde nach der Abspaltung der Hellenisten den strengeren Reinheitsforderungen, die für Priester galten. Schon dies zeigt, daß sie auch den Ansprüchen der Pharisäer genügen konnte. Dazu kommt, daß die alsbald einsetzende Verfolgung durch die Pharisäer nur die Hellenisten, aber nicht die Apostel traf, d.h. den von diesen geführten Gemeindeteil (Apg 8, 1). Schließlich finden wir in der weiteren Geschichte der Urgemeinde in ihr Vertreter einer klaren Gesetzesfrömmigkeit, die kaum später als zu dieser Zeit in der Urgemeinde großgeworden sein kann.

Als Vertreter der Hellenisten müssen wir uns zuerst an Stephanos halten, dessen Frömmigkeit Lukas in der Rede zu charakterisieren sucht, die zu seinem Martyrium führt. Stephanos wendet sich darin gegen den Tempelkult und stützt sich auf Prophetenworte, in denen die prophetische Kultfeindschaft zum Ausdruck kommt. Das mag bedeuten, daß sich in Stephanos die griechische Geistigkeit mit der prophetischen Frömmigkeit zusammengefunden hat. Wenn Stephanos seine Hörer anredet „Ihr Halsstarrigen und Unbeschnittenen an Herzen und Ohren", so drückt sich in diesen alttestamentlichen Worten die Forderung nach einem geistigen und nicht wörtlichen Gesetzesverständnis aus. Die wenig später einsetzende Missionsgeschichte zeigt uns darüber hinaus, daß die Hellenisten den Heiden nicht mit der Zurückhaltung begegneten, die zur Erhaltung der Reinheit in gesetzlichem Sinn erforderlich gewesen wäre. Somit haben wir zu schließen, daß es das Gesetzesverständnis und in dessen Konsequenz die Frage der gesetzlichen Reinheit war, die die Urgemeinde gespalten hat. Die Urgemeinde war als Wirtschaftsgemeinschaft Tischgemeinschaft, eine Tischgemeinschaft, die darüber hinaus liturgisch begründet war. Wenn die Palästinenser die Hellenisten nötigten, sich eine eigene Wirtschaftsorganisation aufzubauen, so bedeutet das, daß sie die Tischgemeinschaft nicht mehr aufrechterhalten konnten, und der einzige denkbare Grund dafür ist, daß die Hellenisten ihren gesteigerten Reinheitsansprüchen nicht mehr genügten.

Die Urgemeinde stand dabei unter dem Druck ihrer der pharisäischen Frömmigkeit zuneigenden Glieder im Innern und der Pharisäer von außen. Deren Einfluß nahm in dem Maße zu, in dem die Römer sich an der Ostgrenze ihres Reiches politisch engagierten. Außer dem bereits genannten Feldzug gegen die Parther hatten sie ihre Interessen in Armenien verschiedentlich zu verteidigen, und dazu kam der Feldzug, den Tiberius gegen den Nabatäerfürsten Aretas angeordnet hatte. Es geht dabei immer noch um die leidige Geschichte, die seinerzeit Johannes dem Täufer das Leben gekostet hatte. Herodes Antipas hatte sich in seine Schwägerin Herodias verliebt, und die war bereit, ihren Gemahl zu verlassen und den Herodes Antipas zu heiraten, wenn dieser sich von der Tochter des Nabatäerfürsten Aretas trennte, mit der er verheiratet war. So geschah es; darüber kam es zum Krieg zwischen Aretas und Herodes Antipas, der dadurch sein Ende fand, daß Aretas das Heer des Antipas vernichtete. Herodes Antipas war aber nach seiner staatsrechtlichen Stellung ein Verbündeter des Römischen Reiches, und Kaiser Tiberius trat darum an seine Seite und ordnete einen Straffeldzug gegen Aretas an. Damit beauftragte er den syrischen Legaten Vitellius. Vitellius war durchaus kein Freund des Antipas, versprach sich auch von dieser Wüstenexpedition keinen wirklichen Erfolg, konnte sich aber dem Befehl des Kaisers nicht widersetzen. So begann er das Unternehmen und war dabei bestrebt, die in apokalyptischer Hochspannung stehenden Juden ruhig zu halten. Er führte sein Heer nicht durch Judäa, ging aber selber zum Fest — wohl zum Passa — nach Jerusalem. Die deutlich erkennbare Rücksichtnahme des Vitellius auf die Juden und ihre Religion wurde von den Pharisäern als Erfolg beansprucht, und das konnten sie um so leichter, als die Antipathie des Vitellius gegen Herodes Antipas kein Geheimnis war.

Sachlich hatten sie damit sicher nicht unrecht. Vitellius hatte sich entscheiden müssen, ob er, um auf die Juden Einfluß zu nehmen, sich auf König und Sadduzäer oder auf die Pharisäer stützen wollte, und da er die Verhältnisse kannte, schienen ihm die Pharisäer geeignete Partner zu sein. Damit hatte er zweifellos die richtige Wahl getroffen. Die Juden erwarteten den Anbruch des Gottesreiches für die allernächste Zeit und waren dementsprechend erregbar. Andererseits nahm auch auf seiten der Heiden die Feindschaft gegen die Juden fortgesetzt zu. Für die Juden — und das galt zumindest für die Zeloten, aber in dieser Frage dachten auch die andern jüdischen Gruppen ähnlich — gehörte die Vertreibung der Heiden aus Palästina zu den Maßnahmen, die sich dazu eigneten, das Gottesreich herbeizuführen. Dabei richtete sich die Abneigung der Juden nicht allein gegen die Römer, zumal deren Präsenz weniger ins Auge fiel, als gegen das hellenistische Heidentum, und dieses Heidentum war seinerseits Träger der Judenfeindschaft in Palästina wie in den umliegenden Ländern. Unter diesen Umständen waren die Pharisäer eben die Partei, die es dem Vitellius ermöglichte, die religiöse Erregung der Juden unter Kontrolle zu halten.

Die Pharisäer wußten, daß die Römer auf sie angewiesen waren und nutzten die Situation aus. Wenn ihr Programm in der minuziösen Erfüllung der Forderungen des Gesetzes bestand, so spielten dabei die Reinheitsvorschriften nicht die geringste Rolle. Daher machten sie sich daran, das Judentum von seinen heidnischen Beimengungen und Kontakten zu reinigen, soweit es unter ihrer Kontrolle stand oder darunter zu bringen war.

Aus der Bekehrungsgeschichte des Apostels Paulus läßt sich schließen, daß der Glaube an die Auferstehung Jesu einen Anlaß zur Feindschaft zwischen Pharisäern und hellenistischen Judenchristen gab. Die Pharisäer glaubten zwar wie die Christen an die Auferstehung der Toten, teilten aber nicht deren Glauben, daß diese Auferstehung mit der Auferstehung Jesu begonnen habe. Allem Anschein nach rechtfertigten die hellenistischen Christen aber mit der Auferstehung Jesu ihre — in pharisäischen Augen — laxere Gesetzespraxis und insbesondere ihre Versuche, auch Heiden für das Heil und das Gottesreich zu gewinnen. (Paulus war eben dadurch, daß ihm der Auferstandene erschien, überzeugt, daß die Christen im Recht und der pharisäische Eifer für das Gesetz im Unrecht war.)

Besonders heftig war die Feindschaft zwischen Juden und Griechen in Alexandrien; hier kam es auch in dieser Zeit zu schweren Judenverfolgungen. Der Grund für die besondere Erbitterung, in der sich hier Juden und Griechen gegeneinander befanden, lag wohl darin, daß die Juden einen größeren Anteil an der Bevölkerung ausmachten. Aus dieser Feindschaft erklärt sich, daß die Verfolgung der hellenistischen Judenchristen in Jerusalem von großenteils ägyptischen Juden begonnen wird, die in Jerusalem eine Synagoge hatten. Diese Juden befinden sich aus demselben Grund in Jerusalem wie die hellenistischen Judenchristen: sie warten auf den Anbruch des Gottesreiches. Da die Feindschaft sich am Streit um das Gesetz und seine Geltung entzündet, ist zu schließen, daß diese Juden die pharisäische Enderwartung teilen und damit die Überzeugung, daß das Gottesreich dadurch kommen werde, daß das ganze jüdische Volk zur strikten Beobachtung des Gesetzes zurückkehrt, daß es besonders die Reinheitsgesetze hält und folglich auch den Umgang mit Heiden meidet. Dementsprechend werfen nach der Apostelgeschichte diese hellenistischen Juden dem Stephanos außer Tempelfeindschaft die Abwendung vom Gesetz vor (6, 14). Lukas läßt den Stephanos dagegen eine Rede halten, aus der hervorgeht, daß die pharisäischen Vorwürfe zutreffen. Stephanos beweist zunächst ausführlich, daß der irdische Tempel nicht Gottes Wohnung sein kann und wirft seinen Gegnern sodann vor, daß sie durch ihre Mißachtung der Prophetie den Sinn des Gesetzes, des göttlichen Willens, verfehlt hätten. So stellt Lukas die Feindschaft innerhalb des hellenistischen Judentums, die in Jerusalem zum Ausbruch kommt und zum Martyrium des Stephanos führt, als Gegensatz zwischen nomistisch und prophetisch gesinnten hellenistischen Juden dar, d.h. als einen Streit um das richtige Verständnis des Alten Testaments und um die Grundsätze seiner Auslegung. — Da Lukas aber aus den Kreisen jenes hellenistischen Judenchristentums herkommt, das damals Opfer der Verfolgung wurde, können wir annehmen, daß er uns hier zutreffend unterrichtet. Dann vertreten die hellenistischen Judenchristen eine aus den Propheten abgeleitete Enderwartung, bei der der Heidenbekehrung zentrale Bedeutung zukommt. Da die Enderwartung der Jünger Jesu und der palästinensischen Urgemeinde ebenfalls aus den Propheten gespeist war, können sie dem Gedanken der endzeitlichen Heidenbekehrung nicht schroff ablehnend gegenübergestanden haben. Auch wenn Jesus selber sich mit seiner Verkündigung grundsätzlich nicht an die Heiden gewandt hatte, konnte doch unter seinen Jüngern der Gedanke aufkommen, daß vor dem Ende auch den Heiden nach der Geistausgießung das Evangelium noch angeboten und ihnen Gelegenheit zur Bekehrung gegeben sein mußte. Hier war aber schnell der Punkt erreicht, an dem die Frömmigkeit der hellenistischen Judenchristen mit der der Pharisäer unverträglich wurde, während die palästinensische Urgemeinde in dieser Frage geteilter Meinung war.

Da die Pharisäer im Synhedrium an die Macht gekommen waren, konnten sie sich daranmachen, die Juden gewaltsam zu ihren Grundsätzen zu bekehren. Die Urgemeinde hatte sich in einen hellenistischen und einen palästinensischen Teil gespalten, und der palästinensische Teil lebte auch vom pharisäischen Standpunkt aus unanstößig. Darum trafen die Zwangsmaßnahmen nur den hellenistischen Gemeindeteil. Lukas schreibt, daß die Urgemeinde „außer den Aposteln“ von der Verfolgung betroffen war (Apg 8, 1), d.h. dem von den Aposteln geführten Gemeindeteil. Das war der Gemeindeteil, der im Sinne des Gesetzes so rein war, daß ihm sogar Priester angehören konnten (Apg 6, 7), ohne sich dadurch zu verunreinigen. Die Verfolgung trieb die Hellenisten zu schleuniger Flucht, zunächst in die Ortschaften Judäas und Samariens. Denn die vertriebenen Hellenisten glaubten gerade wegen der Verfolgung, daß das Weltende nun in die allernächste Nähe gekommen sei, und darum wollten sie sich erst recht nicht weit von Jerusalem entfernen. Aber wir sehen, daß die Hellenisten in diesen Ortschaften Glaubensgenossen und Gemeinden finden konnten, die sie in ihrer Not aufnahmen.

Apg 9, 1 lehrt uns, daß die Pharisäer zu dieser Zeit erhebliche Anstrengungen machten, ihr Gesetzesverständnis in ganz Palästina durchzusetzen, und so weit darüber hinaus, wie ihr Einfluß reichte. Zu diesem Zweck sandten sie Rabbinen in die Gemeinden, und als einen solchen Rabbi zeigt uns Lukas den Saulus; Paulus selber erklärt, daß er vorher die Gemeinde verfolgt habe. Allem Anschein nach versuchte auch die Urgemeinde in dieser Zeit, die hellenistischen Gemeinden, die sich in Samarien gebildet hatten, ihrer Aufsicht zu unterwerfen (Apg 8, 14).

Diese ganze pharisäische Unternehmung fand durch den Tod des Kaisers Tiberius (16. 3. 37) ihr Ende. Vitellius, der syrische Legat, der den Feldzug gegen Aretas bereits angetreten hatte, kehrte wieder nach Antiochien zurück, und der Regierungswechsel in Rom tat ein übriges, daß sich das Kräfteverhältnis im Synhedrium wieder verschob und der pharisäische Einfluß zurückging. Das bedeutete für die hellenistischen Christen in Palästina das Ende der Verfolgung. Die Apostelgeschichte bringt 9, 31 das Ende der Verfolgung mit der Bekehrung des Paulus in Zusammenhang. Das war insofern ungerechtfertigt, als dieser ein junger und unbedeutender Rabbinenschüler war, der sich bei diesen Aufgaben zum ersten Mal zu bewähren hatte. Aber wir können schließen, daß die Bekehrung des Paulus mit dem Ende der Verfolgungen ungefähr zusammenfiel oder ihr nicht viel vorausging. — Auf Tiberius folgte Caligula, unter dem es an vielen Orten zu schweren Judenverfolgungen kam; über die in Alexandrien unterrichten uns Philon und Josephus. Die allgemeine Unsicherheit, in der sich unter Caligula das öffentliche Leben nicht nur in Rom, sondern auch in den Provinzen befand, veranlaßte sowohl den Prokurator Marullus, den Caligula eingesetzt hatte, wie die jüdischen Parteien zur Zurückhaltung. So kam es für die Gemeinde zu einem Frieden von vier- oder fünfjähriger Dauer (Apg 9, 31).

5. *Die Anfänge der Ausbreitung des Christentums*

Das Christentum ist als jüdische Sekte entstanden; vom Urchristentum läßt sich sinnvollerweise so lang sprechen, wie die Bezeichnung „jüdische Sekte" zutrifft. Als Erscheinungsform des Judentums ist das Urchristentum in seinen Ausdehnungsmöglichkeiten auf das Judentum beschränkt. Die Möglichkeit einer Ausdehnung über dessen Grenzen hinaus war zwar von Anfang angelegt, ist aber nur langsam den Jüngern Jesu zu Bewußtsein gekommen. Jesu Jünger verstehen sich als Israels heiligen Rest, als die Glieder des Gottesvolks, die Gott für sein Reich erwählt hat. Wenn sie, von dem Herrn Jesus ausgesandt, das Gottesreich verkündigen, dann werben sie nicht für eine Organisation; wenn sie die Menschen auffordern, ihrem Beispiel zu folgen, dann tun sie das nicht, um ihre Gemeinde zu vergrößern. Die Jünger verkündigen in der Überzeugung, daß Gott zuvor die Menschen erwählt habe, die durch ihre Verkündigung berufen werden, und daß gegenüber ihrer

Verkündigung die Wahl Gottes sichtbar wird. Darum überreden sie nicht, und schon gar nicht, ihnen sich anzuschließen; vielmehr teilen sie mit. Sie sprechen als Juden zu Juden und fühlen sich als Nachfolger der Propheten, die ebenso als Juden zu Juden gesprochen haben. Der Ruf in die Nachfolge Jesu ergeht nicht an Fremde. — Es ist nicht wahrscheinlich, aber immerhin möglich, daß sich unter Jesu Anhängern in der vorösterlichen Zeit Hellenisten befunden haben, Juden griechischer Sprache und Kultur. Denn Jesus hat seine Wanderungen über die Grenzen Galiläas nach Norden und Osten geführt in Gebiete, in denen er auf hellenistische Juden stoßen mußte; darum bleibt es vorstellbar, daß sich auch solche an ihn anschlossen. Die Rolle, die der Apostel Philippus im Johannesevangelium spielt, und die Tatsache, daß die Überlieferung den Apostel und den Evangelisten dieses Namens nicht auseinanderhalten konnte, spricht für die Möglichkeit. Aber davon abgesehen ist die Bewegung Jesu durch die Art ihrer Entstehung eine Form des galiläischen Judentums, und als solche erscheint sie auch den anderen Juden.

Die ursprüngliche Beschränkung der Bewegung Jesu auf Galiläer wird nach der Gründung der Urgemeinde aufgegeben. Angehörige der Jerusalemer Bevölkerung und Hellenisten treten in die Urgemeinde ein, die Gemeinde spaltet sich in einen palästinensischen und einen hellenistischen Gemeindeteil, und beide Gemeindeteile dehnen sich nebeneinander auf ihre jeweilige Weise aus. Zunächst die Palästinenser. Nach Apg 3, 26; 4, 4; 5, 16 findet die Urgemeinde Anhänger in der Bevölkerung von Jerusalem und den umliegenden Ortschaften. Dazu kommt der rege Verkehr zwischen der Urgemeinde und den Anhängern Jesu in Galiläa, der schon für die erste Zeit der Urgemeinde zu erschließen war. Daraus ergibt sich, daß auch Samarien relativ früh zu den Ausdehnungsgebieten der palästinensischen Urgemeinde zählte. Die synoptischen Evangelien sind der Meinung, Jesus habe zu seinen Lebzeiten in Samarien noch keine Anhänger besessen. Aber das Johannesevangelium läßt durch das Gespräch Jesu mit der Samariterin am Jakobsbrunnen — und vor allem durch seinen Schluß Joh 4, 36—42 — darauf schließen, daß sich auch früh Samariter an Jesu Jünger angeschlossen haben. Das Gespräch ist sicher erst zu einer Zeit niedergeschrieben, in der die Urgemeinde nicht mehr die Heilsoffenbarung auf dem Zion erwartete; d. h. nach dem Auszug aus Jerusalem. Die Zeit ist gekommen, in der der Vater weder auf dem Garizim noch zu Jerusalem angebetet wird (4, 21). Wenn Jesus in der Ansprache an seine Jünger (4, 36f.) Sämann und Schnitter nennt („ .. auf daß sich miteinander freuen der da säet und der da schneidet"), so erinnert das an die Rede des Täufers über den Bräutigam, dessen Freund und seine Freude (3, 29ff.). Daraus läßt sich der Anschluß samaritanischer Täuferjünger an die Urgemeinde folgern.

Mit der Einschränkung, die für alle chronologischen Schlüsse aus dem Johannesevangelium gilt, kann man als vorausgehendes Datum Joh 4, 1—3 angeben, d.h. den Augenblick, an dem Jesu Jünger die Taufe eingeführt hatten. So ergibt sich, daß nach der Gründung der Urgemeinde und nach der Massentaufe, die von Lukas im Anschluß an die Pfingstgeschichte berichtet wird, auch Samariter in größerer Zahl zur Gemeinde stießen. Das ist um so wahrscheinlicher, als das die Gelegenheit war, bei der sich die Urgemeinde nach allen Seiten öffnete.

Diese Ausdehnung der Urgemeinde geht von den Hebräern aus, oder wie Lukas sagt, von den Aposteln. Sie ist dadurch von der zweiten Ausdehnungsweise zu unterscheiden, die von den Hellenisten ausgeht und zu Hellenisten führt. In der vorösterlichen Zeit ist nicht mit Hellenisten unter Jesu Jüngern zu rechnen, zumindest nicht in größerer Zahl. Grundsätzlich war der Eintritt von Hellenisten nicht ausgeschlossen. Jesus war aber überzeugt, daß die Zeit drängte und daß er darum in erster Linie an die Menschen seines Volkes gewiesen sei. Wenn er seinen Boten untersagt, die Grenzen Galiläas zu überschreiten, dann darum, weil ihm selbst für Verkündigung in Galiläa die Zeit knapp zu sein schien. Da man sich aber nicht vorstellen kann, Jesus habe Anhänger übergangen und nicht zur Beteiligung am Zug nach Jerusalem aufgefordert, folgt daraus, daß wir auch nicht mit Mengen von Anhängern in der Dekapolis oder wo sonst außerhalb von Galiläa zu rechnen haben. In bemerkenswerter Zahl sind Hellenisten erst in Jerusalem zur Gemeinde gestoßen.

Die Hellenisten, die sich in Jerusalem aufhalten, tun das aus religiösen Gründen. Zum Teil sind es Festpilger, die besonders auf Passa die Wallfahrt nach Jerusalem unternehmen, nicht anders als die Festpilger aus Palästina. Diese Wallfahrt ist nicht jedem möglich, und wer sie unternimmt, der tut damit ein frommes Werk. Sie wird in der Hoffnung angetreten, daß bei dem jeweils bevorstehenden Fest Elia oder der Messias kommen und das Gottesreich den Anfang nehmen werde. Da die Hellenisten weite Reisen machen mußten, um nach Jerusalem zu kommen, werden sie sich länger in der Stadt aufgehalten haben, so lang, wie sich das mit ihren Lebensumständen vereinbaren ließ. Die Wallfahrt nach Jerusalem war nicht allein zum Passa, sondern zu den drei großen Festen vorgeschrieben; daher werden viele die Zeit vom Passa bis zum Hüttenfest in der Stadt verbracht haben. Solche länger in Jerusalem weilenden Pilger stellten die große Zahl derer, die zunächst Zeugen der Pfingstgeschichte wurden und die sich dann unter dem Eindruck der Geistausgießung zum Anschluß an die Gemeinde bereit fanden.

Lukas hat in seinem Bericht von den Pfingstereignissen mehrere Geschichten untergebracht: die nach dem Schema der Berufungsvisionen erzählte Geistausgießung, die Glossolalie der Neuberufenen, das Sprachenwunder und die Einführung der Taufe. Diese Geschichten ließen sich ohne Schwierigkeiten aneinanderhängen mit einer Ausnahme: Glossolalie und Sprachenwunder sind zwei verschiedene Berichte von demselben Ereignis, die nur mühselig nebeneinander existieren können. Die Zungenrede erweckt bei den Umstehenden den Eindruck, daß die betrunken seien, die gerade den Geist empfangen haben. Betrunkene sind aber meist nicht Herr über ihre eigene Sprache, geschweige denn über eine fremde. Das Sprachenwunder setzt voraus, daß die Redner fließend in einer ihnen bis dahin fremden Sprache gesprochen haben, und darüber hinaus wird das von den anwesenden Hellenisten bestätigt, die diese fremde Sprache jeweils als ihre Muttersprache beherrschen.

Wir haben hier nicht historische, sondern literarische Kritik zu üben; es sei aber festgestellt, daß wir nicht naiv das Zungenreden als historisch festhalten und das Sprachenwunder als unhistorisch verwerfen dürfen, weil wir uns das Zungenreden besser vorstellen können, und weil die meisten von uns kein Sprachenwunder der geschilderten Art mit ihren Erfahrungen in Einklang bringen können. — Unserer Beurteilung unterliegt aber der Umstand, daß hier ein und dasselbe Ereignis in zwei verschiedenen Gestalten erzählt ist, als Zungenrede und als Sprachenwunder. Da der Stoff — das Ereignis — in jedem von beiden Berichten vollständig verbraucht ist, haben wir zu schließen, daß die beiden Berichte, das Zungenreden und das Sprachenwunder, in doppelter Gestalt auf Lukas gekommen sind und von diesem zu einem einzigen Zungen-Sprachenwunder verbunden wurden. Des weiteren läßt sich konstatieren, daß das Sprachenwunder die Zeichen legendarischer Erzählweise an sich trägt, aber nicht die Geschichte vom Zungenreden. Denn die Bestätigung und Erläuterung eines Wunders durch als Zeugen anwesende Dritte, und gar durch kompetente Fachleute, gehört zu den Merkmalen, an denen sich die Erzählgattung der Legende regelmäßig erkennen läßt. Schließlich ist auch die unterschiedliche Wirkung zu beachten, die das Ereignis nach seinen beiden Erzählweisen zur Folge hat. Die Hörer des Zungenredens verspotten die Geistbegabten; die Zeugen des Sprachenwunders geraten in Bestürzung und Angst. Damit ist gesagt, daß das Zungenreden die Wirkung hat, die sonst regelmäßig der prophetischen Verkündigung zukommt. Die Geister scheiden sich; die Verstockten und Verworfenen werden zu Spott und Feindschaft gegen die Propheten provoziert, die Erwählten bekehren sich. — Das Sprachenwunder kann nicht zu einer derartigen Scheidung führen, denn dabei handelt es sich um einen offensichtlichen Machterweis Gottes.

Unter diesen Umständen nimmt es wunder, daß Lukas das Zungenreden überhaupt mitgeteilt hat. Vermutlich liegt das daran, daß die Glossolalie für ihn selbst und seine Umwelt noch ein geläufiges Phänomen war und daß er und seine Hörer gewohnt waren, aus dem Auftreten dieses Phänomens auf die Anwesenheit des Heiligen Geistes zu schließen. Wenn der Geist auf die

Menschen fällt, dann zeigt sich das als Zungenrede. Durch das Zungenreden ließ sich beweisen, daß der Heilige Geist auch auf die Heiden fiel. Dazu kommt, daß die Erklärung des Geschehnisses als Erfüllung von Joel 3, die Lukas dem Petrus in den Mund legt, zusammen mit der Zungenrede und nicht mit dem Sprachenwunder überliefert war. Vom Spott der Hörer geht Petrus aus, als er seine Rede beginnt. Dieser Spott der Hörer verlangt eine Deutung auf Grund von Jes 6, 9—10 „Höret's und verstehet's nicht; sehet's und merket's nicht! ..." Lukas hat diese Deutung auch gebracht, aber an einer ganz andern Stelle, nämlich am Ende der Apostelgeschichte, so daß die ganze Apostelgeschichte mit ihrem Weg des Evangeliums von den Juden zu den Heiden eine Auslegung des Jesajaworts wird. Aber dadurch, daß diese Deutung des Zungenredens hier fehlt, wird aus dem Spott der Hörer ein harmloser Irrtum, den Petrus leicht korrigieren kann, und dies dürfte kaum der ursprünglichen Absicht des Berichtes entsprochen haben.

Zu dem Sprachenwunder paßt der Spott der Hörer gar nicht. Wie der Spott der Hörer steht auch das Sprachenwunder in einem heilsgeschichtlichen Zusammenhang, aber der ist ganz anderer Art. Das Sprachenwunder ist die Aufhebung der babylonischen Sprachverwirrung. Zu seiner Deutung setzt es die Rekapitulationstheorie voraus; das ist die Lehre, daß Gott in der Heilszeit die fehlerhaften Handlungen der Menschen in der Anfangszeit selber zu dem von ihm vorgesehenen Ende führen werde. Als die Menschen sich überhoben und einen bis in den Himmel reichenden Turm zu bauen versuchten, da vermochten sie das nicht, weil Gott ihre Sprache verwirrte. Diesen Turm erbaut aber Gott in der Endzeit und hebt die Verwirrung der vielen Sprachen durch die Einheit des Gottesreiches auf. Den Gedanken kennt schon Paulus (1Kor 3, 10ff.); ferner finden wir ihn Eph 2, 20 und Apk 21, 16. Am breitesten hat ihn Hermas ausgeführt. Der Turm tritt dabei an die Stelle der Gottesstadt. Aber bei dieser Ersetzung ändert sich der Inhalt der Vorstellung in charakteristischer Weise. Die Gottesstadt, das himmlische Jerusalem, ist transzendent; es ist bei Gott bereitgestellt, um zu gegebener Zeit immanent und offenbar zu werden. Der Turm aber ist, obwohl unsichtbar, nicht transzendent. Er wird auf Erden erbaut. Bei Beginn seines Baus ist die Wende der Zeiten schon eingetreten. So setzt das Sprachenwunder eine jüngere Eschatologie als das Zungenreden voraus; es ist die eschatologische Vorstellung, die auch von Lukas vertreten wird.

In der Erzählung von dem Sprachenwunder werden siebzehn Volksgruppen aufgezählt:

> Wie hören wir denn ein jeglicher seine Sprache, darin wir geboren sind?
> Parther und Meder und Elamiter,
> und die wir wohnen in Mesopotamien und Judäa und Kappadokien,
> Pontus und Asien,

Phrygien und Pamphylien,
Ägypten und an den Enden von Libyen bei Kyrene und Ausländer von Rom,
Juden und Judengenossen,
Kreter und Araber.

(Apg 2, 8—11)

In dem Nachtragskapitel Joh 21 wird Vers 11 von dem Netz mit 153 Fischen erzählt. Die Zahl 153 ist nur dadurch ausgezeichnet, daß sie Dreieckszahl von 17 ist. (Die Dreieckszahl von n ist der Ausdruck $\frac{n + n^2}{2}$; nach verbreiteter Auffassung konnten die Zahl n und ihre Dreieckszahl sich gegenseitig vertreten.) Wir können auf diese Weise ersehen, daß dem Verfasser von Joh 21 bereits Apg 2 mit dem Sprachenwunder und darin einer Aufzählung von 17 Völkern vorlag. Dennoch ist diese Völkerliste nicht von Anfang an fertig gewesen, sondern schrittweise gewachsen, und sie trägt die Spuren dieses Wachstums an sich. — Der älteste Teil dieser Liste sind die ersten zehn Namen. Dieser Teil ist bis auf einen Namen ohne Störung. Die Aufzählung beginnt mit drei Völkernamen im Nominativ: „Parther, Meder, Elamiter"; dann folgen sieben Landschaftsnamen im Akkusativ. In der Reihenfolge ist sichtlich ein geographisches Ordnungsprinzip angewandt; die Aufzählung beginnt im Osten und geht im Bogen nach Norden, nach Kleinasien. Daher dürfte Judäa fehlerhaft sein, und dementsprechend existieren schon seit dem Altertum Konjekturen. Tertullian hat Armenien und Hieronymus Syrien; beides ist ad sensum konjiziert, aber aus keinem von beiden kann durch Verschreibung „Judäa" geworden sein. Desgleichen läßt sich auch Kommagene und Kilikien vermuten, und das von Dibelius vorgeschlagene Galatien wäre ebenfalls nicht unpassend in der Reihe. Aber wie aus einem dieser Landschaftsnamen durch Verlesen oder Verschreiben „Judäa" entstanden sein könnte, ist unvorstellbar. Besser steht es da schon mit dem von Chrysostomus vorgeschlagenen „Indien"; aber da kann man sich wieder nicht vorstellen, wie in so früher Zeit Indien als Ziel der christlichen Mission erscheinen kann. — Wir kennen keine allseitig überzeugende Konjektur. Aber jedenfalls erfährt die Aufzählung in ihrer Ordnung nach Pamphylien einen Bruch. Wäre es in der bisherigen Art weitergegangen, so hätte eine westkleinasiatische Landschaft oder Achaja kommen müssen, aber der Verfasser hatte etwas anderes im Sinn, als den Bogen weiterzuschlagen. Diese ersten zehn Völker wohnen sämtlich im Osten und Norden von Judäa. Im Gebiet dieser Völker vermutete man die verlorenen zehn Stämme Israels. Auf diese Weise kündigt sich im Sprachenwunder ursprünglich die Heimkehr der verlorenen Stämme Israels an, und die Urgemeinde, die nun entsteht, stellt das wiederhergestellte Zwölfstämmevolk im Gottesreich dar.

Dies war die ursprüngliche Gestalt der Völkerliste. Weil es eine Aufzählung der Völker war, zu denen die verlorenen Stämme Israels verschleppt waren, kann an der fünften Stelle nicht Judäa gestanden haben, auch wenn wir nicht wissen, welches Volk hier ursprünglich genannt war. Diese Liste fand einen Ergänzer, der den Süden und besonders Ägypten mit seinen zahlreichen Juden vermißte, und der darum „Ägypten und die libysche Kyrenaika" hinzufügte. Vielleicht hatte dieser Ergänzer beabsichtigt, auf diese Weise zwölf Völker als Entsprechung zu dem Zwölfstämmevolk aufzuzählen. — Hinter Κυρήνην ist ein zweisilbiger Volksname ausgefallen. Wer die „sich hier aufhaltenden Römer" sind, ist nicht zu sagen. Es sind zwar sicher römische Juden, aber ob diese sich in Rom oder in Jerusalem als Fremdlinge aufhalten, ist kaum zu entscheiden. Die Stelle kann auch anders zu verstehen sein; es kann sich auch um jene seinerzeit von Pompeius verschleppten Juden handeln, die repatriiert und mit dem römischen Bürgerrecht ausgestattet wurden. Die beiden übrigen Paare dienen der Plerophorie des Ausdrucks und der Vervollständigung. „Juden und Proselyten" sind alle Arten von Juden; wenn „Kreter und Araber" nicht für die Himmelsrichtungen Westen und Südosten stehen, so sind diese Bewohner des Festlands und der Inseln. Insgesamt bedeutet die Liste jetzt eine Aufzählung der ganzen von Juden bewohnten Welt.

Das Sprachenwunder hat vom Weg des Evangeliums zu den Heiden eine andere Vorstellung als die Apostelgeschichte. In der Apostelgeschichte zeigt Lukas an drei entscheidenden Stellen, daß sich gegenüber dem Evangelium die Geister scheiden. Dahin gehört der Spott über die Wirkung des Heiligen Geistes 2, 13; dem entspricht der Spott über die Verkündigung der Auferstehung 17, 32 und schließlich die Ablehnung des Paulus durch die römischen Juden 28, 24. Das Sprachenwunder stellt die Menschen nicht in die Entscheidungssituation. Sein Skopus ist die Einigung des Diasporajudentums durch den Heiligen Geist. Daher läßt sich zunächst sagen, daß das Sprachenwunder die Form ist, in der das hellenistische Judenchristentum die Pfingstgeschichte überlieferte. Die Hellenisten haben dieses Ereignis nicht als Christusvision gedeutet und hatten dazu wohl auch keine Veranlassung. Denn bei ihnen spielt, wie die auf uns gekommenen Nachrichten zeigen, die Berufung und Entsendung durch den Auferstandenen nicht die entscheidende Rolle, die ihr in der palästinensischen Urgemeinde zukommt. Das Charisma der hellenistischen Pneumatiker beruht auf unmittelbarer Inspiration durch den Heiligen Geist. Das Sprachenwunder besagt, daß Juden aus Galiläa (Apg 2, 7) in den Sprachen der ganzen Welt die großen Taten Gottes verkündigen (Apg 2, 11). Die vielen Sprachen werden durch den einen Geist geeint, der in ihnen spricht. Damit erfüllt das Sprachenwunder eine Hoffnung, die dem hellenistischen Judentum eigentümlich ist. Aber man darf dabei nicht vergessen, daß die Sprachen, in denen der Geist spricht, die Sprachen der Völker sind, und insofern drückt sich im Sprachenwunder eben durch die Vielheit der Sprachen eine Zuwendung des Judentums zu den Heiden aus, die mit der Frömmigkeit des Diasporajudentums ganz in Einklang ist.

Das Pfingstereignis, Zungenrede oder Sprachenwunder, wurde für eine ganze Anzahl von Hellenisten zum Anlaß, in die Urgemeinde einzutreten. Davon blieben viele in Jerusalem und bildeten den hellenistischen Gemeindeteil. Andere sind, vielleicht nach einigem Zögern, wieder in ihre Heimat zurückgekehrt. In der Völkerliste können die ersten drei nachträglich hinzugefügten Namen bedeuten, daß sich spontan auswärtige Christengemeinden bildeten, nämlich in Ägypten, der Kyrenaika und Rom. Aus Andeutungen der Apostelgeschichte erfahren wir, daß es dort Christen gegeben habe; es gibt aber kaum Nachrichten, wie das Christentum dorthin gekommen sei. Indessen ist es wahrscheinlich, daß das Christentum in dem Augenblick begonnen hat, sich in die Welt auszubreiten, in dem die ersten Hellenisten sich der Urgemeinde anschlossen. Diese erste stille Ausbreitung geschieht durch die hellenistischen Pilger, und sie geht auf den Handels- und Verkehrswegen voran.

Wir können sehen, daß sich die Ausbreitung des Christentums von Anfang an in derselben Weise vollzog, die wir in den folgenden drei Jahrhunderten genauer beobachten können. Danach können wir von vornherein eine Nahausbreitung von einer Nachbarstadt zur andern und eine Fernausbreitung von Hafen zu Hafen und von Markt zu Markt unterscheiden. Diese beiden Bewegungen in die Nähe und in die Ferne gehen gleichzeitig vor sich. Merklich später folgt ihnen eine Ausbreitung von der Stadt auf das Land, die eine viel größere Schwelle zu überwinden hat. Das liegt an sozialen und sprachlichen Barrieren. Die Landbevölkerung ist geistig schwerer beweglich und versteht die Verkehrssprachen Syrisch, Griechisch, Lateinisch nur dann, wenn es zufällig die eigene Sprache ist. Um die Ausbreitung von der Stadt auf die ländliche Umgebung zu ermöglichen, müssen besondere Übersetzungsanstrengungen gemacht werden. In den meisten Ländern des Ostens kann man sich zwar überall auf griechisch verständigen, aber man erreicht auf diese Weise nicht die Landbevölkerung. Auch der Apostel Paulus kann bei seinen Missionsreisen in Kleinasien sich nur an die Stadtbevölkerung gewandt haben.

Die erste Ausbreitung des Christentums, die wir hier beschrieben haben, geht allen missionarischen Bemühungen voraus. Sie ergibt sich folgerichtig aus dem verschiedenen Charakter des Judentums in Palästina und in der Diaspora. Das Judentum in Palästina war eine nationale, an das jüdische Volk gebundene Religion. Die Religion des Diasporajudentums war eine Missionsreligion. Dementsprechend konnte die palästinensische Urgemeinde zunächst nur darauf aus sein, Juden für ihre Form der jüdischen Religion zu gewinnen. Die hellenistischen Juden aus der Diaspora mußten jedoch ihr Christentum so verstehen wie ihr Judentum, nämlich als Missionsreligion. Der Gedanke, Heiden für ihren Glauben zu gewinnen, kann ihnen nicht fern gelegen haben.

6. *Die Ausbreitung des Christentums durch die Hellenisten*

Die Feststellung, daß das Judentum der Palästinenser eine nationale Religion, das der Diasporajuden eine Missionsreligion war, zumindest seit den Zeiten Alexanders, läßt wie alle generellen Feststellungen Ausnahmen zu. Auch die Rabbinen in Palästina sind nicht sämtlich und immer abgeneigt, Heiden zum Anschluß an das Judentum zu gewinnen. Mt 23, 15 wird den Pharisäern und Schriftgelehrten vorgeworfen, sie zögen über Meer und Land, um *einen* Proselyten zu machen. Aber die Beurteilung des Proselyten ist bei den Rabbinen zwiespältig. Es gibt Rabbinen, die am Eifer der Proselyten ihre Freude haben. Aber daneben gibt es reichlich Stimmen, die den Proselyten abhold sind. Gerade weil das Judentum in den Augen der Rabbinen keine Missionsreligion ist, glauben sie auch nicht, daß ein Mensch aus Überzeugung Jude werden könne. Sie vermuten unzureichende Motive für den Übertritt und meinen, die Proselyten könnten Israel nur zum Ärgernis gereichen und ihm ein schlechtes Beispiel geben. Was Apk 2, 24 gegen die Schüler des Proselyten Nikolaos gesagt ist, das stammt aus diesem tiefen und grundsätzlichen Mißtrauen gegen die Proselyten.

Wenn nun dieselbe jüdische Religion gleichzeitig nationale, der Mission abgeneigte Religion und Missionsreligion sein konnte, so läßt sich daraus auf einen Widerspruch in einer zentralen Überzeugung schließen. Zu den wesentlichen Grundvoraussetzungen des Judentums gehört der Glaube, daß Gott sich unter allen Völkern dieses eine Volk Israel als sein Eigentum erwählt habe und daß die Wahl Gottes in nichts als dem göttlichen Willen begründet gewesen sei. Als Zeichen dieser Liebeswahl hat Gott seinem Volk seinen göttlichen Willen im Gesetz offenbart; er hat dadurch dem Volk die Möglichkeit gegeben, ihn zu lieben, indem es seinem aus Gnade offenbarten Willen folgt. Von dieser Grundvoraussetzung aus führt kein Weg zu irgendeiner Form der Mission. Das Erwählungsbewußtsein des jüdischen Volkes schließt alle missionarischen Anstrengungen aus.

Doch sind in der jüdischen Religion und im jüdischen Gottesbild Momente, die zur Verallgemeinerung und zum Universalismus hin drängen — beispielsweise der Schöpfungsglaube — und die die sittliche Seite des Gesetzes in den Vordergrund stellen. Denn auf diese Weise mußte der religiöse Wert der Abrahamskindschaft an Bedeutung verlieren gegenüber dem Gehorsam als dem wahren und eigentlichen Zeichen der Zugehörigkeit zum Gottesvolk. Andererseits ließ sich auch der Gedanke nicht aufhalten, daß Gott nicht nur der Gott seines Volkes, sondern auch der Gott der Heiden sei und sich auch diesem Teil seiner Schöpfung barmherzig und gnädig zeige.

Die Verschiebung zum sittlichen Gesetzesverständnis mit der sich dadurch ergebenden Berücksichtigung der Heiden können wir als Entwicklung innerhalb der alttestamentlichen Prophetie beobachten. Den entscheidenden Anstoß scheint dafür der Aufenthalt der Juden im Exil gegeben zu haben; er zwang ihnen die Erkenntnis auf, daß Gottes Wille sich auch auf die Heiden bezieht und daß die Kategorie des Gehorsams sich auch auf das Verhältnis der Heiden zum Gott Israels anwenden ließ. Den bedeutendsten Schritt in der Richtung zum universalistischen Denken hat dann die Religionspolitik Alexanders getan, die von der Idee der Völkervermischung als einem Weg zum Weltfrieden geleitet war. Hierbei gewinnt das Diasporajudentum die Überzeugung, daß es berufen sei, mit den Vorzügen seiner Religion die Welt zu erleuchten. Die Beschäftigung mit der Prophetie und das Leben in der Diaspora können somit Juden dazu veranlassen, eine Bekehrung der Heiden als religiöses Ziel ins Auge zu fassen. Umgekehrt führt die betonte Zuwendung zum Gesetz zur Abwendung von den Heiden, die nur noch als Quelle von Unreinheit und Verhinderer der Gottesherrschaft erscheinen.

Die Frage, ob man überhaupt die Gewinnung von Heiden anstreben soll, wird innerhalb des Judentums kontrovers beantwortet. Dazu kommt als nächstes Problem die Frage, wozu man die Heiden veranlassen soll, wenn man sich ihnen zuwendet. Sicher ist, daß die Heiden sich zum Gott Israels bekehren und in ihm den allein wahren Gott erkennen sollen. Für die Rabbinen heißt das, daß man Heiden, die man gewinnen will, dazu veranlassen muß, sich beschneiden zu lassen und das Gesetz zu halten. — Der theologische Grund für diese Ansicht besteht darin, daß für die Rabbinen der Wille Gottes und das Gesetz zwei Begriffe mit demselben Inhalt und Umfang sind, so daß der Mensch nur dadurch in Einklang mit dem Willen Gottes sein kann, daß er in Einklang mit dem Gesetz lebt. Dazu kommt, daß das Gesetz ausschließlich dem erwählten Volk gegeben ist, dem Samen Abrahams, so daß völlig Glied dieses Volkes werden muß, wer am Heil Gottes teil erlangen will. Ob dies überhaupt möglich ist und der Makel heidnischer Abstammung sich tilgen läßt, wird unterschiedlich beantwortet. Auch die praktische Seite spielt eine Rolle: der Jude kann aus Gründen der Reinheit nur mit einem Menschen Gemeinschaft haben, der das Gesetz hält.

Daher sind die Rabbinen geneigt, von allen Bewohnern Palästinas zu verlangen, daß sie sich beschneiden lassen und das Gesetz halten, und wenn die Verhältnisse es ihnen erlaubten, dann haben sie diese Forderung nicht bloß erhoben, sondern auch durchgesetzt. — In Zeiten apokalyptischer Spannung wird diese Forderung durch den Gedanken verstärkt, man könne den Anfang der Gottesherrschaft dadurch herbeiführen, daß man dafür sorge, daß das gelobte Land nur von Juden bewohnt werde, die dem Gesetz strikt gehorchen — das ist nichts anderes als eine Umschreibung für den Begriff der Gottesherrschaft oder des Himmelreiches. — In jedem Fall verlangten die Rabbinen aber von den im Land ansässigen Fremden die Einhaltung bestimmter Gebote; dadurch sollten schwere kultische Verunreinigung des Landes, der Fremden und der mit ihnen umgehenden Juden ausgeschlossen sein. Diese Gebote wurden als für alle Menschen verpflichtend angesehen (so kommt der Ausdruck „noachitische Gebote" zustande). Sie schienen auch der palästinensischen Urgemeinde geeignet, den Umgang von Judenchristen mit Heidenchristen zu ermöglichen (Apg 15, 20.29; 21, 25).

Die rabbinische Beurteilung der Heiden und Heidenbekehrung ist in ihrer Gleichsetzung von Gesetz und göttlichem Willen begründet. In der Prophetie finden wir dagegen eine andere Deutung des göttlichen Willens. Er manifestiert sich danach nicht allein im Gesetz, sondern auch im heilsgeschichtlichen Handeln Gottes. An der Stelle des bei den Rabbinen verabsolutierten Gesetzes steht hier Gottes handelnde Person. Daher wird die Heidenbekehrung nicht als Bekehrung zum Gesetz, sondern zum Gotte Israels verstanden. Sicher war den Gemeinschaften, in denen man die prophetische Gesetzesauslegung trieb, die Technik der rabbinischen Auslegung unzugänglich. Aber man war sich bewußt, daß man nicht nach den Konsequenzen aus dem Wortlaut des Gesetzes fragte, sondern nach dem Willen Gottes. So konnte man nicht übersehen, daß der Wille Gottes sich auch auf die Heiden richtete. — Dazu sah man, daß der Begriff des „auserwählten" Volkes die Existenz von andern, nicht erwählten Völkern implizierte, deren Gott auch ihr Gott sein mußte, weil er der einzige war.

Der Vorzug des jüdischen Volkes blieb seine größere Nähe zu Gott, aber von dem Glanz, den diese Nähe auf das auserwählte Volk warf, fiel auch ein Schein auf die frommen, Gott gehorsamen Heiden. Diese freundliche Beurteilung der Heiden tritt in der nachexilischen Prophetie deutlich zutage und beeinflußt auf diesem Wege später die Stellung der Urgemeinde zur Heidenmission. Der Gedanke der endzeitlichen Bekehrung der Heiden hat einen Platz in den Enderwartungen.

Anderer Art ist die freundliche Beurteilung, die der Gedanke der Heidenbekehrung im Diasporajudentum erfahren kann, und selbst wenn er sich auf dieselben Prophetenstellen stützt, ist er doch anders begründet. Es handelt sich dabei nicht um eine Enderwartung, sondern um eine geschichtliche Aufgabe des jüdischen Volkes. Die Juden in der Diaspora hatten noch weniger Aussicht als die in Palästina, Nichtjuden zur Übernahme von Beschneidung und Gesetz zu gewinnen. Wer sich beschneiden ließ, der löste sich dadurch aus seinem Volk und seiner Verwandtschaft und trat in ein anderes Volk ein, das geringgeachtet war und in dem er selber womöglich nur geringe Achtung fand. — Wenn das Diasporajudentum sich werbend an die Heiden wendet, dann zielt es darauf, diese durch den Monotheismus und die überragende Sittlichkeit der jüdischen Religion zu beeindrucken und zu besserer Sittlichkeit und zum Monotheismus zu bekehren. Das sind zugleich die Ziele der philosophischen Religionskritik; die Juden konnten sich auf sie stützen, um den geistigen Charakter ihrer Religion darzustellen. Die nationale Komponente in der jüdischen Religion tritt dabei zurück. Das Bewußtsein, Glied des auserwählten Volkes zu sein, wird dahin gedeutet, daß man sich als Verkünder einer alle Menschen überzeugenden und verpflichtenden Sittlichkeit fühlt, die im Gesetz von Gott offenbart wurde. Das Befolgen dieses Gesetzes wird von den Juden und von den Heiden, die sich ihnen anschließen, als Weg zu wahrer, offenbarter Gotteserkenntnis verstanden; das entspricht einer religiösen Überzeugung, die im Hellenismus des letzten vorchristlichen Jahrhunderts allenthalben verbreitet ist. So wird das Judentum in der Diaspora zur Missionsreligion; es versucht, Heiden nicht zum Übertritt, sondern zum Anschluß zu verlocken. Das gewichtigste Zeugnis von diesem auf Gewinnung der Hellenen ausgerichteten Judentum ist die griechische Übersetzung des Alten Testaments. Wenn diese Übersetzung nicht bereits zur Werbung für das Judentum veranstaltet wurde, so ist sie doch alsbald dafür gebraucht worden, und die Übersetzer kamen nicht nur einem jüdischen Bedürfnis nach, sondern die Griechen verlangten nicht minder nach einem lesbaren Zugang zum Alten Testament als Quelle reiner Offenbarung. (Als das Judentum später im zweiten Jahrhundert seine griechische Form abstieß und seine missionarischen Bestrebungen aufgab, da hat es konsequenterweise auch die Herstellung der Septuaginta mit der des goldenen Kalbes verglichen.)

Die Frage, ob man die Heiden, die sich für das Judentum interessierten, zum Anschluß oder zum Übertritt veranlassen solle, war zwischen hellenistischen Juden in der Diaspora und gesetzesfrommen Juden in Palästina kontrovers. Josephus berichtet (Ant 20, 17—53) von einer Bekehrungsgeschichte, bei der nacheinander die entgegengesetzten Standpunkte zur Geltung kamen und die darum einen Modellfall für das oben Ausgeführte darstellt. Es geht dabei um die Bekehrung des Königs Izates von Adiabene. Die Geschichte ereignete sich zu Beginn der Regierung des Kaisers Claudius, d. h. zu der Zeit, die wir gerade behandeln, und die Ereignisse stehen in Zusammenhang mit dem Übergewicht, das die Pharisäer im Synhedrium erlangten.

Am adiabenischen Hof hatte die jüdische Propaganda die Mutter des Königs Izates für das Judentum gewonnen. Das Verdienst daran hatte ein Kaufmann namens Ananias. Josephus schreibt nun:

Sobald Izates erfuhr, wie sehr seine Mutter den jüdischen Gebräuchen zugetan sei, wollte auch er sich vollständig dazu bekennen, und da er sich für keinen rechten und vollkommenen Juden hielt, wenn er sich nicht beschneiden ließ, war er auch dazu bereit. Seine Mutter aber, der dies zu Ohren kam, suchte ihn von seinem Vorhaben abzubringen, indem sie ihm zu bedenken gab, in wie große Gefahr er dadurch geraten würde. Er müsse ja bei seinen Untertanen lebhaften Unwillen erregen, wenn sie vernähmen, daß er sich zu fremden und ihnen ganz widerwärtigen Gebräuchen bekenne, und sie würden gewiß nicht zugeben, daß ein echter Jude über sie herrsche.

Durch solche Vorstellungen suchte sie, ihm seine Absicht zu verleiden. Izates teilte aber ihre Äußerungen dem Ananias mit, der wider Erwarten die Ansicht der Helena billigte und ihm zugleich ankündigte, er werde seinen Hof verlassen, wenn er ihm nicht gehorche. Er, Ananias, müsse ja selber Gefahr für sein Leben befürchten, wenn die Sache in die Öffentlichkeit käme, weil man ihm dann gleich den Vorwurf machen werde, den König dazu verleitet und ihn in solchen, ihm so wenig anstehenden Dingen unterwiesen zu haben. Izates, fuhr er fort, könne Gott auch ohne Beschneidung verehren, wenn er nur die gottesdienstlichen Gebräuche der Juden befolgen wolle, die viel wichtiger als die Beschneidung seien...

Wir haben in dem Kaufmann Ananias einen Vertreter des hellenistischen Judentums vor uns. Ananias kennt nicht nur die Gefahr, die der Übertritt einer hervorragenden Persönlichkeit für das Judentum mit sich bringt, sondern ist für seine Person auch davon überzeugt, daß es ausreicht, wenn der König sich als Gottesfürchtiger an das Judentum anschließt und am jüdischen Gottesdienst beteiligt. Das, was Ärger macht, ist die Beschneidung, und die sei etwas, meint Ananias, worauf der König ruhig verzichten könne. — Diesem Vertreter der hellenistischen Missionsauffassung tritt in einem schriftgelehrten Juden aus Galiläa namens Eleazar ein Vertreter der rabbinischen Auffassung entgegen:

Einige Zeit nachher aber machte ein aus Galiläa gekommener Jude namens Eleazar, der für besonders gesetzeskundig galt, sein Verlangen nach der Beschneidung wieder rege. Als dieser nämlich beim König Einlaß erlangt hatte und ihn bei der Lesung des mosaischen Gesetzes antraf, sprach er zu ihm: „Du weißt nicht, o König, wie sehr du dich gegen das Gesetz und demnach auch gegen Gott verfehlst. Es ist nämlich nicht genug, das Gesetz zu lesen, sondern du mußt auch alle seine Vorschriften befolgen. Wie lange willst du denn noch ohne Beschneidung bleiben? Hast du die Bestimmungen darüber noch nicht gelesen, so tu das gleich, damit du einsiehst, wie weit du noch von wahrer Frömmigkeit entfernt bist."

Die Geschichte endet dann damit, daß der König sich beschneiden läßt und daß die königliche Familie und die Juden am Hof in Sorge geraten, die Untertanen wollten nun den König stürzen. Das Gegenteil tritt ein. Das Volk erträgt den Religionswechsel des Königs geduldig und ruhig, und die Königsmutter Helena kann sogar eine offizielle und feierliche Wallfahrt nach Jerusalem unternehmen.

Das geschah nach dem Regierungsantritt des römischen Kaisers Claudius. Der hatte sich entschlossen von der judenfeindlichen Politik seines Vorgängers Caligula abgewandt; in Jerusalem versuchte König Agrippa die Pharisäer auf seine Seite zu bringen. Damit dürfte es wohl zusammenhängen, daß in Adiabene plötzlich die pharisäische Ansicht über die richtige Bekehrung zum Judentum sich gegen die hellenistische durchsetzen konnte.

Das verbreitete Mißtrauen der Rabbinen gegenüber den Proselyten wirkte sich dahin aus, daß man den Übertritt zum Judentum kompliziert und schwierig machte. Mit der Beschneidung allein — auch wenn diese das Haupthindernis darstellte — war es nicht getan. Die Übertrittsformalitäten begannen mit einer Prüfung der Motive, die dazu bestimmt war, Leichtfertige vom Übertritt abzuhalten. Danach wurde ein Unterricht erteilt, der sich über längere Zeit hinzog. Seine Gegenstände waren die Gebote, die Liebespflicht, die Strafen, der Lohn und die kommende Welt. Diesen Unterricht erteilten drei gelehrte Männer, die beim Übertritt eine Art Patenrolle zu spielen und Bürgschaft zu leisten hatten. Auf ihre Empfehlung hin wurde die Beschneidung vollzogen. Frühstens am achten Tag nach der von einem Arzt vorgenommenen Beschneidung fand das Tauchbad statt, die Proselytentaufe. Der Übertritt wurde durch ein Opfer abgeschlossen. Der Proselyt brachte die Tatsache, daß er auf diese Weise eine neue Existenz erhalten hatte, nicht selten durch die Annahme eines neuen Namens zum Ausdruck.

Der Bestandteil des Übertritts, der uns dabei am stärksten interessiert, ist das Tauchbad. Die Frage, wann es in den Übertrittsritus eingeführt worden sei, läßt sich nicht endgültig beantworten. Weder Philo noch Josephus erwähnen es; daraus wollte man schließen, daß es erst im zweiten Jahrhundert aufgekommen sei. Dies ist jedoch ein Mißbrauch des Schweigens der Quellen. Es ist völlig unvorstellbar, daß die Juden in der Zeit der Trennung und schroffen Feindschaft zwischen Kirche und Synagoge einen eigentümlich und charakteristisch christlichen Ritus übernommen hätten. — Man muß freilich zugeben, daß das Tauchbad in der zweiten Hälfte des ersten christlichen Jahrhunderts gleichzeitig in rabbinischen und außerjüdischen Texten erwähnt wird. Die Art der Erwähnung spricht aber dafür, daß die Sitte damals schon längere Zeit geübt wurde; vermutet man, wenigstens seit Anfang des Jahrhunderts, dann kann man nicht weit danebentreffen. — Das Tauchbad bringt zum Ausdruck, daß der Proselyt durch seine heidnische Vergangenheit als unrein anzusehen ist. Der erste rabbinische Text berichtet von einem Streit zwischen den Schulen Schammai und Hillel, in dem es um die Frage ging, ob der Proselyt nach der gewöhnlichen oder der Leichen-Unreinheit als unrein zu betrachten sei (Edujot 5, 2 = Pesachim 8, 8).

Diesen Ritus übernahmen die Hellenisten, wenn sie Gottesfürchtige zum Anschluß an die Synagoge veranlaßten. Die Beschneidung fiel weg und wurde als Beschneidung des Herzens oder der Ohren geistig gedeutet. Als sinnfälliger Ritus blieb das Tauchbad übrig. Die Rabbinen mußten diese Art Anschluß an das Judentum als unzulänglich und darum als schädlich betrachten. Es gibt aus dem Bereich des hellenistischen Judentums drei Texte, die den Übertritt zum Judentum durch das Tauchbad und ohne Beschneidung belegen. Etwa aus dem Jahre 80 stammt Sib 4, 161—169:

Ach ihr armen Sterblichen, ändert dies und bringt nicht zu jeglichem Zorne
den großen Gott, sondern fahren lassend
die Schwerter und den Jammer und Männermord und die Freveltaten
badet den ganzen Leib in immerfließenden Flüssen
und die Hände zum Himmel ausstreckend bittet um Vergebung
für die bisherigen Taten und sühnt mit Lobpreisungen
die bittere Gottlosigkeit! So wird es Gott gereuen
und er wird euch nicht verderben; er wird seinen Zorn wiederum stillen, wenn ihr alle
die hochgeehrte Frömmigkeit in eurem Geiste übt.

Dieser der heidnischen Prophetin in den Mund gelegte Text ist zugleich ein schönes Beispiel für die Art, in der das hellenistische Judentum sich den Heiden, um die es warb, als geistige Religion präsentierte.

Wenig später ist ein Sätzchen bei Epiktet niedergeschrieben (2, 9, 19f.):

Warum betrügst du die Menge? Warum gibst du vor, ein Jude zu sein, während du doch ein Grieche bist? Siehst du nicht, in welchem Sinn jemand Jude, Syrer, Ägypter genannt wird? Und wenn wir einen Mann sehen, der zwischen (zwei Religionen) hin und her schwankt, dann sagen wir gewöhnlich: Das ist kein Jude, sondern er stellt sich nur so. Nimmt er aber das Pathos eines Mannes auf sich, der getauft und erwählt ist, dann ist er in Wahrheit ein Jude und heißt auch so.

Epiktet rechnet mit Menschen, die zwischen Juden- und Griechentum hin- und herschwanken. Wenn sich ein solcher Mensch für das Judentum entscheidet, dann nimmt er die Taufe auf sich. Von Beschneidung steht hier kein Wort, obwohl Epiktet seinen Gedanken verdeutlicht hätte, wenn er statt der Taufe von der Beschneidung gesprochen hätte. Aber allem Anschein nach kam in Epiktets Augen als Ritus für den Übertritt zum Judentum allein die Taufe in Frage. Der Vollzug der Taufe entschied darüber, ob jemand in Wahrheit ein Jude war oder nicht.

Dazu kommt ein Text, den J. Jeremias (Kindertaufe 31ff.) im ›Testament Levis‹ (14, 6) gefunden hat. Er richtet sich an sich gegen Mischehen und entspricht darin den pharisäischen Vorstellungen von der Reinheit des Gottesvolks:

Mit Dirnen und Ehebrecherinnen werdet ihr euch verbinden
und Töchter von Heiden zur Frau nehmen,
sie reinigend mit gesetzwidriger Reinigung,
und eure Vermischung wird sein wie Sodom und Gomorrha.

Jeremias erklärt, der „Verfasser bekämpft die Einführung der Proselytentaufe, weil er fürchtet, daß sie die Mischehen begünstige, und er beruft sich darauf, daß ihr die Schriftgrundlage fehle". Dies kann so nicht richtig sein. Das Tauchbad ist nicht ohne Schriftgrundlage. Paranomos heißt „gesetzwidrig" und nicht „ohne Schriftgrundlage". Das Tauchbad ist aber gesetzwidrig, wenn es nicht mit der Absicht vorgenommen wird, hinfort das Gesetz zu halten. Der Verfasser bekämpft also nicht die Proselytentaufe, sondern das einen regelrechten Übertritt zum Judentum ersetzende Tauchbad, also das Taufbad der Hellenisten.

Mit dem allem sehen wir, welchen Anstoß die jüdischen Hellenisten bei ihren pharisäischen Glaubensgenossen in Palästina dadurch erregten, daß sie Heiden nach bloßem Tauchbad in die Glaubensgemeinschaft aufnahmen, ohne von ihnen die Beschneidung und das Halten des ganzen Gesetzes zu fordern.

Wir erfahren aus der Apostelgeschichte, daß die aus Jerusalem vertriebenen christlichen Hellenisten nach ihrer Vertreibung eben diese Praxis übten und daß sie anstelle der in der Urgemeinde üblichen Übergießungstaufe Heiden durch die Tauchtaufe in ihre Gemeinschaft aufnahmen. So liegt die Frage nah, ob die Hellenisten mit dieser Praxis nicht schon in Jerusalem Anstoß erregt und die Spaltung der Urgemeinde herbeigeführt haben können. Desgleichen ist zu fragen, ob hier nicht auch einer der Gründe für das Martyrium des Stephanos und die Vertreibung der Hellenisten aus Jerusalem liegt.

Lukas führt die Ausbreitung des Christentums durch die Hellenisten auf deren Verfolgung durch die Pharisäer und ihre Vertreibung aus Jerusalem zurück. Er beginnt seinen Bericht mit Apg 8, 4: „Die nun zerstreut waren, zogen umher und predigten das Wort." Hier läßt er den Erzählungsfaden, mit dem er begonnen hatte, aber schon wieder fallen und teilt zunächst mit, wie sich das Christentum schnell, aber Schritt für Schritt auf dem Landweg ausgebreitet habe; nach Norden, nach Samarien also, nach Süden, nach Gaza, und dann wieder nach Norden entlang der Phönizischen Küste. Diese Ausbreitungsgeschichte wird in einzelnen Anekdoten erzählt; darunter wird auch die Aufnahme der Heidenmission mitgeteilt und als ein Werk des vom Heiligen Geist geleiteten Petrus dargestellt. Mit 11, 19 nimmt Lukas aber den Erzählungsfaden wieder auf, den er 8, 4 hatte fallenlassen. Man erkennt das an der wörtlichen Wiederholung und dem Rückbezug auf das Martyrium des Stephanus: „Die aber zerstreut waren in der Trübsal, so sich über Stephanus erhob, zogen umher bis Phönizien, Zypern und Antiochien und redeten das Wort zu niemand, denn allein zu den Juden." Diese Ausbreitung geht auf dem Seeweg vor sich; man erkennt das daran, daß Männer aus Zypern und der Kyrenaika daran beteilt sind: „Es waren aber etliche unter ihnen, Männer von Zypern und Kyrene, die kamen gen Antiochien und redeten auch zu den Griechen und predigten das Evangelium von dem Herrn Jesus." Nach diesem summarischen Bericht ist der Übergang des Evangeliums zu den Heiden ein Werk dieser Hellenisten. Wir können vermuten, daß von dieser Ausbreitung Ägypten mit der Kyrenaika betroffen war, auch wenn jenes nicht eigens genannt wird.

Lukas verarbeitet hier verschiedene Quellen; wir können dies dadurch berücksichtigen, daß wir die Richtungen dieser ersten Ausbreitung auseinanderhalten.

a) Samarien

Die Nordgrenze Judäas ist die Südgrenze Samariens. In Samarien gibt es drei verschiedene Bevölkerungsteile, Samariter, Griechen und Juden. — Die Samariter hatten sich nach der Rückkehr der Juden aus dem babylonischen Exil von ihnen getrennt. Ursache des Schismas war die Restauration unter Esra und Nehemia, und dabei besonders die Forderung der Heimkehrer, daß die, die im Land verblieben waren, ihre Mischehen auflösen und ihre heidnischen Frauen entlassen sollten. Das hatte sich schon in Judäa nicht leicht durchsetzen lassen. In Samarien erwies es sich als undurchführbar. Das Schisma verfestigte sich dann dadurch, daß die Samariter die Zentralisation des jüdischen Kults in Jerusalem ablehnten und ihr eigenes Heiligtum auf dem Garizim beibehielten. Nichtsdestoweniger war die Religion der Samariter aber in allen wesentlichen Einzelheiten jüdisch. Weil die Auflösung der Mischehen aber nicht gelungen war, blieb die Bevölkerung Samariens stärker heidnisch vermischt als die Judäas. — In Galiläa hatten die Dinge ursprünglich ebenso gestanden wie in Samarien; auch dort war zunächst die völlige Wiederherstellung mißlungen. Aber zu einem späteren Zeitpunkt, gegen Ende des 2. Jh., gelang unter Alexander Jannai die Rejudaisierung. In Samarien blieb sie abermals erfolglos; das lag an der kultischen Selbständigkeit der Samariter. Dennoch waren die Samariter Juden. In der Geschichte vom barmherigen Samariter erscheinen dieser und die Juden als Glieder *eines* Volks.

Von den Samaritern, die wir in erster Linie auf dem Lande finden, ist die Bevölkerung der hellenistischen Städte zu unterscheiden. Die wichtigste ist Samaria-Sebaste. Hier hatte Alexander der Große Makedonen angesiedelt. Nach wechselvollen Schicksalen war die Stadt durch Herodes den Großen als hellenistische Stadt neubegründet und dem Kaiser Augustus zu Ehren Sebaste genannt worden. (Sebastos ist das griechische Äquivalent zum lateinischen Augustus.) Herodes hatte noch andere Griechenstädte gegründet. Stratonsturm war in der persischen oder griechischen Zeit gegründet worden; Herodes hatte es erweitert und als hellenistische Stadt ausgebaut. Von dieser

Stadt wissen wir, daß in ihr eine beachtliche jüdische Minorität wohnte. Auf der Grenze zwischen Samaria und Judäa liegt Antipatris, das Herodes gegründet und nach seinem Vater Antipater benannt hatte. Schließlich liegt westlich des Jordan die zur Dekapolis gehörende Stadt Skythopolis; auch sie besaß eine starke jüdische Minderheit. Wie sie zu ihrem Namen gekommen ist, wissen wir nicht.

Das waren alles Griechenstädte. Es wird in ihnen auch Samariter gegeben haben. Wichtig für uns sind aber die jüdischen Minderheiten, die in diesen Städten lebten. Unter diesen jüdischen Minderheiten warben die Missionare der hebräischen Urgemeinde. Sie wandten sich also an Juden. Darum stand einer Ausbreitung der hebräischen Urgemeinde nach Samarien auch kein religiöses Bedenken im Weg. Wenn Apg 1, 8 und 9, 31 Judäa, Samarien und Galiläa zusammengefaßt sind, dann ist damit die Urgemeinde mit ihren auswärtigen Anhängern gemeint.

Als die Hellenisten aus Jerusalem vertrieben wurden, da zogen sie sich in diese Griechenstädte zurück. Hier waren sie immer noch nah bei Jerusalem, wo sie den Anbruch des Gottesreiches erwarteten, und hier fanden sie auch bei Glaubensbrüdern Aufnahme. Die Ortschaften Judäas waren für sie als Zuflucht darum ungeeignet, weil dort das Synhedrium dieselbe Macht besaß wie in Jerusalem. Die vertriebenen Hellenisten nahmen in diesen Orten die Verkündigung auf. Ob sie sich dabei aber wirklich nur an ihre jüdischen Glaubensbrüder wandten, wie in dem summarischen Bericht Apg 11, 19 behauptet wird, oder ob sie auch schon unter den Gottesfürchtigen warben, wie aus Apg 8 zu erschließen ist, das wird von Ort zu Ort verschieden gewesen sein; es hing davon ab, ob die Juden zahlreich genug waren, daß das Synhedrium in den Gemeinden die pharisäischen Reinheitsforderungen durchsetzen konnte. Die städtischen Behörden der Griechenstädte nahmen vom Synhedrium keine Weisung an.

Nach seiner Vertreibung aus Jerusalem kam der Evangelist Philippus „in die Stadt Samariens". Die Stadt Samariens ist die Griechenstadt Samaria-Sebaste. Philippus hat sich später in Cäsarea niedergelassen; vielleicht war er in einer dieser Griechenstädte zu Haus. Nach Apg 8, 6 verkündigte Philippus das Wort, und auf seine Predigt hin kam es zu Krankenheilungen und Dämonenaustreibungen. Das sind die Zeichen, unter denen das Gottesreich anbricht; somit hat Philippus dessen Anbruch verkündigt. Wenn wir in der folgenden Geschichte erfahren, Philippus habe dem Kämmerer Jes 53, 7f. ausgelegt, so hat Philippus gepredigt, daß durch Jesu Opfertod das Gottesreich angebrochen sei. Dieser Kämmerer war mit Sicherheit kein Jude, sondern Gottesfürchtiger. Wir können daraus schließen, daß Philippus sich in Samaria nicht allein an die hellenistischen Juden, sondern auch an die Gottesfürchtigen gewandt hat. Das geht aber auch daraus hervor, daß die Hörer des Philippus sich taufen lassen. Denn die Taufe, zu der es hier kommt, verleiht nicht den Heiligen Geist. Darum kann es sich nicht um die Jerusalemer Übergießungstaufe gehandelt haben, durch die Juden in die Urgemeinde aufgenommen wurden und den Geist empfingen. Wenn sich die Hörer des Philippus aber taufen ließen, ohne dabei den Geist zu empfangen, dann müssen es gottesfürchtige Heiden gewesen sein, die sich durch das Tauchbad in die Gemeinde der hellenistischen Judenchristen aufnehmen ließen. Die Gemeinde des Philippus übernahm die Taufsitte, die zuvor schon von den hellenistischen Juden geübt worden war.

Die Nachricht von einer christlichen Taufe, die nicht den Heiligen Geist mitteilt, klingt uns ungewohnt, und man könnte vermuten, Lukas habe sich eine derartige Taufe ausgedacht, um die Geistmitteilung als Reservatrecht der Jerusalemer Apostel herauszuarbeiten. Wir finden die Unterscheidung von Taufe und Handauflegung in der Tat später beim kirchlichen Taufvollzug; die Taufe wird vom Diakon vorgenommen, der Bischof legt die Hände auf. Aber da handelt es sich um einen romantischen Rückgriff auf die Verhältnisse, wie Lukas sie hier konstruiert hat. Es ist nicht das Ergebnis einer geradlinigen Entwicklung der Taufgeschichte. Dagegen wird auch Apg 19, 1—7 von einer Taufe berichtet, bei der die Getauften nicht den Heiligen Geist empfangen haben. Den empfangen sie durch die Handauflegung des Paulus, obwohl die Apostelgeschichte Paulus den Aposteltitel sonst vorenthält. Dadurch zeigt sich, daß die hier erwähnte Taufe wie in Samarien ein Tauchbad war, das nicht zum Geistempfang, sondern zur Aufnahme in das Gottesreich vorgenommen wurde.

Überraschenderweise kann auch der Apostel Paulus die Taufe ohne jede Bezugnahme auf den Geistempfang interpretieren. Das geschieht Röm 6, 1—7; da deutet Paulus die Taufe ausschließlich als den Tod der alten und den Empfang der neuen Existenz. Die Vermutung liegt nah, daß Paulus sich hier an das in Rom übliche Taufverständnis angepaßt habe. — Wir kennen die Deutung des Tauchbades als Tod und Wiedergeburt aus den Isismysterien und davon abhängigen Riten. Der hellenistischen Taufe lag diese Deutung nah, weil sie von der ebenfalls als Empfang einer neuen Existenz gedeuteten Proselytentaufe abhängig war. Da Paulus sich an dieser Stelle auf die Deutung der Taufe als Empfang einer neuen Existenz beschränkt, ist sicher, daß er hier allein die Tauchtaufe ins Auge gefaßt und von der den Geist mitteilenden Übergießungstaufe abgesehen hat. Zu dieser Zeit, als Paulus den Römerbrief schrieb, dürfte die Gleichsetzung von Tauchtaufe und Übergießungstaufe bereits allenthalben vollzogen gewesen sein. Die Didache macht in der Taufwirkung keinen Unterschied und weist die Gemeinden im übrigen an, so zu taufen, wie es ihnen möglich ist.

Lukas hat angenommen, Philippus habe sich mit seiner Predigt an Samariter gewandt. Dies entspricht seiner Konstruktion der Missionsgeschichte;

danach nimmt das Evangelium von der Urgemeinde über Hellenisten, Samariter und Gottesfürchtige den Weg zu den Heiden. Indessen kann Philippus in der Griechenstadt Sebaste nicht unter Samaritanern, sondern nur unter hellenistischen Juden missioniert haben. Soweit es sich um solche handelt, bleibt es vorstellbar, daß sie von den Aposteln anerkannt und unter Handauflegung in die Gemeinschaft aufgenommen wurden. Bei den Gottesfürchtigen, die die Hellenisten durch die Taufe eingegliedert hatten, ist dies schwerer vorstellbar, zumal Lukas den Übergang zu den Heiden erst später, in Cäsarea, stattfinden läßt. Indessen macht es keinen grundsätzlichen Unterschied; wenn nicht hier in Sebaste, so hat Petrus später in Cäsarea die Aufnahme von Gottesfürchtigen durch die Tauchtaufe gutgeheißen und ihre Zugehörigkeit zur Gemeinde anerkannt.

Gewaltsamer ist Lukas aber damit verfahren, daß er den Zusammenstoß zwischen der christlichen Mission und dem Zauberer Simon ebenfalls nach Sebaste verlegt hat. Simon und seine Anhänger sind Samariter, und die Auseinandersetzung des Christentums mit den Simonianern ist nicht von Philippus und den Hellenisten, sondern von der Urgemeinde und den Aposteln geführt worden.

Simon gilt später den Kirchenvätern als Stammvater der häretischen Gnosis. In dem Bericht der Apostelgeschichte fehlt jeder Hinweis auf eine gnostische Vorstellung. Mit der Gnosis hatte sich das Christentum nicht auseinanderzusetzen, als es mit Simon und den Simonianern zusammentraf. — Lukas berichtet, Simon sei ein Zauberer gewesen und habe unter den Samaritern eine große Anhängerschaft gesammelt. Als „Zauberer" werden bei Josephus regelmäßig die Propheten bezeichnet, die den Anbruch des Gottesreiches verkündigen, und es dürfte sich bei Simon um einen derartigen Reich-Gottes-Propheten gehandelt haben. Da er wie Philippus Zeichen tat, werden sich beide in ihrem Auftreten nicht voneinander unterschieden haben. Lukas legt den Anhängern Simons ein Bekenntnis in den Mund, das er analog dem christlichen Taufbekenntnis seiner eigenen Zeit konstruiert hat: „Dieser ist die Kraft Gottes, die die große heißt." „Kraft" kann auch einmal ein gnostischer Terminus sein, da es sich dabei um einen gängigen philosophischen Begriff handelt. Ein gnostischer Spezialausdruck ist es nicht. Das Wort ist eine Umschreibung für den Begriff Gottes. Im Petrusevangelium bezeichnet es den Heiligen Geist; so wird es auch hier zu verstehen sein.

Lukas stellt die Ereignisse so dar, als habe Simon sich durch die Zeichen des Philippus bekehrt und von ihm taufen lassen. Daran ist nichts wahrscheinlich. Zeichen tat Simon selber, und er hatte eine große Anhängerschaft; nach der Apostelgeschichte hing ihm die ganze Bevölkerung an. Damit sind diesmal die Samariter gemeint. Es gibt aber keinen Grund für Simon, sich taufen zu lassen. Da die Pseudoclementinen behaupten, Simon sei Täuferjünger gewesen, könnte es wohl sein, daß er zwar getauft war, aber nicht von Philippus, sondern schon viel früher. Was ihn von Philippus unterschied, war, daß er Samariter war, während Philippus griechischer Jude war, und sodann, daß er, wenn er das Gottesreich verkündigte, nichts von Jesus und seiner Auferstehung wußte.

Wenn Simon aber ein samaritanischer Prophet war, der das Gottesreich verkündigte, dann versteht man, daß er wünschte, Anschluß an die Urgemeinde in Jerusalem zu finden. Wir wissen nicht, ob er wirklich Täuferjünger gewesen war, aber gerade dann lag es ihm nah, sich mit seinem Wunsch an Petrus zu wenden, der selber ehemals Täuferjünger gewesen war. Der Wunsch war für einen anerkannten Propheten mit einer großen Anhängerschaft nicht anmaßend. Simon wünschte, unter Vermögenshingabe in die Urgemeinde aufgenommen zu werden und apostolische Vollmachten übertragen zu erhalten. Er bietet sein Vermögen an, um dafür einen Kleros im Gottesreich zu erlangen. Petrus lehnte das ab. Lukas meint, der Apostel habe durch seinen Heiligen Geist erkannt, daß Simon mit seinem Wunsch unaufrichtig gewesen sei. Worin die Unaufrichtigkeit des Simon aber gelegen habe, vermag er nicht zu sagen. Wenn die Urgemeinde aber Simon mit seinen Samaritern sich nicht angliedern lassen wollte, dann ist der wahrscheinlichste Grund dafür, daß sie in dieser Zeit unter pharisäischem Druck stand und auf Reinheit hielt und daß sie sich die Konfrontation mit den jüdischen Behörden nicht erlauben konnte, die der Anschluß Simons bedeutet hätte. — Aus dem Schlußsatz ersehen wir, daß die Auseinandersetzung zwischen Simon und dem Christentum wirklich eine Angelegenheit der Urgemeinde und nicht der Hellenisten war. Petrus und Johannes verkündigen das Evangelium in „vielen Dörfern der Samariter". Hier zeigt sich, daß die Begegnung zwischen Simon und den Aposteln dadurch veranlaßt wurde, daß diese die Mission in den Dörfern Samariens aufgenommen hatten. — Wenn Lukas aber diese Begegnung fälschlicherweise nach Sebaste verlegt, so könnte das bedeuten, daß in dieser Griechenstadt die Bewegung Simons begonnen hat, gnostische Gedanken aufzunehmen und dadurch abermals mit dem Christentum in Gegensatz trat.

b) Philippus und der Kämmerer

Lukas läßt in seiner Missionsgeschichte das Evangelium den Weg von den Juden zu den Heiden schrittweise gehen; darum hat er mit der Mission bei den Samaritern begonnen und schließt die Bekehrung eines Gottesfürchtigen an. Hier ist — will man den Gedanken der wunderbaren Führung nicht strapazieren — vorausgesetzt, daß Philippus von Jerusalem aufgebrochen sei.

Das bedeutet, daß diese Bekehrungsgeschichte noch vor der Vertreibung der Hellenisten aus Jerusalem stattgefunden hat; darüber hinaus erklärt sie, warum die Urgemeinde und die Hellenisten sich getrennt haben und warum die Hellenisten von den Pharisäern verfolgt und vertrieben wurden. Denn sie zeigt die Bereitschaft der hellenistischen Missionare, Gottesfürchtige in die Gemeinde aufzunehmen.

Nimmt man an, Philippus sei von Sebaste — wo wir ihn verlassen haben — oder Cäsarea aufgebrochen, seinem späteren Wohnort, dann hätte er nicht nur eine sehr weite Reise zurückzulegen gehabt, um den Kämmerer einzuholen, sondern er hätte entweder über Jerusalem reisen müssen oder den Kämmerer erst in Gaza getroffen. Die wahrscheinliche unter den Möglichkeiten ist aber, daß Philippus sich in Jerusalem befindet, als der Engel des Herrn ihm seinen Auftrag gibt, und daß er den langsam fahrenden Kämmerer zu Fuß eingeholt und angesprochen hat.

Der Kämmerer kommt aus dem äußersten Süden Ägyptens. Südlich des 5. Katarakts befindet sich das nubische Reich von Meroë, das von einer Königin mit dem Titel Kandake regiert wird. Als Finanzminister und Beamter am Hof einer Königin ist der Kämmerer Eunuch. Damit ist nicht nur gesagt, daß er ein Hofamt bekleidet, sondern daß er auch dementsprechend verstümmelt ist. Als Verschnittener befindet er sich gegenüber dem jüdischen Volk in einer eigentümlichen Lage. Nach Dt 23, 2 kann er kein Proselyt werden: „Es soll kein Zerstoßener noch Verschnittener in die Gemeinde des HErrn kommen." Das gilt für die Gegenwart. Für die Zukunft des Gottesreiches sagt aber Jesaja 56, 1—8, daß auch die Fremden und Verschnittenen Aufnahme in das Gottesvolk finden werden. Damit wird das Geschehen an dem Verschnittenen, daß er die Taufe und die Aufnahme in das Gottesvolk empfängt, zum Modell und zur Verheißung für die Aufnahme der Heiden in das Gottesvolk: „denn mein Haus wird heißen ein Bethaus allen Völkern" (Jes 56, 7). Auf diese Weise kündigt die Taufe des gottesfürchtigen Nubiers die Taufe der Heiden an.

Der Kämmerer sitzt auf einem Reisewagen und hat Dienerschaft bei sich. Es handelt sich dabei um einen großen und schweren vierrädrigen Wagen. Ob Pferde, Maultiere oder Ochsen vorgespannt waren, können wir nicht entscheiden; wahrscheinlicher sind Ochsen. Denn wenn der Kämmerer beim Fahren lesen konnte, dann war die Reisegeschwindigkeit gering; so gering, daß ein Fußgänger das Fahrzeug bequem einholen konnte. Sie muß auch darum gering gewesen sein, weil der Fußgänger verstehen konnte, was der Kämmerer auf seinem Wagen las. Man las in der Antike laut, aber die Wagen fuhren auch schon damals nicht völlig geräuschlos.

Lukas ließ den Kämmerer einen Text lesen, dessen Gebrauch für die Missionspredigt der Hellenisten charakteristisch war. Das ist hier die Gottesknechtsweissagung Jesajas, die nach dem Glauben der Kirche durch Jesus erfüllt worden ist. Wenn die Predigt, die Philippus dem Kämmerer über Jes 53 hielt, geradewegs dazu führte, daß dieser die Taufe begehrte, dann muß Philippus ihm auch Jes 55 und 56 ausgelegt haben und muß ihm ein Verständnis des Gottesreiches ausgelegt haben, das den Zugang der Verschnittenen und Heiden einschloß. Das könnte Lukas zwar alles nach dem Vorbild der Heidenmission in seiner eigenen Zeit entworfen haben, aber die Dinge haben sich in dem halben Jahrhundert, um das es hier geht, nicht geändert.

Die Geschichte schließt, wie sie begonnen hat. Der Geist des Herrn entrückt Philippus. Die Geschichte ereignete sich im Bereich von Gaza, und der Evangelist zieht danach langsam nach Norden, die Küste entlang, und verkündigt das Evangelium. Er treibt Mission in dem überwiegend von Hellenisten bewohnten Küstenstreifen. Dort liegen, nach Gaza und Anthedon, Asdod (wo nach der Apostelgeschichte das Missionswerk des Philippus einsetzt), Jamnia, Joppe und Cäsarea. Hier ließ sich Philippus nieder. Von diesen Städten sind Jamnia und Joppe (Jaffa) überwiegend von Juden bewohnt; die anderen Städte haben eine griechische Bevölkerungsmehrheit. Für Asdod kennen wir die Verhältnisse nicht sicher.

Nicht weit von der Küste liegen in Judäa Lydda und in Samarien an der judäischen Grenze Antipatris. Lydda wird als jüdische Stadt von Petrus besucht (Apg 9, 32). Die Visitation der Hebräer ist sein Amt. Als er sich dort aufhält, holen ihn Jünger nach Joppe. Die können nicht durch Petrus von Jerusalem aus bekehrt worden sein, sondern Philippus muß sie durch seine Predigt gewonnen haben. Joppe liegt in Judäa und hat auch eine jüdische Bevölkerungsmehrheit. Daher hatte Petrus keinen Grund, sich dem Wunsch der Jünger dort zu entziehen und besuchte auch sie. In Joppe empfängt er aber eine Vision, die ihn veranlaßt, sich nach Cäsarea zu begeben und dort selber Heidenmission zu betreiben. Auf diese Weise werden die ursprünglich scharfen Grenzen zwischen der Mission der Apostel und der der Hellenisten verwischt. In jüdischen Städten mit hellenischer Bevölkerung und in Griechenstädten mit jüdischer Bevölkerung überschneiden sich die Missionsgebiete geographisch und völkisch. Dadurch treten die missionarischen Bemühungen der beiden Volksgruppen in Konkurrenz. Petrus hat keinen Grund, die hellenistische Mission abzulehnen; seine eigenen Enderwartungen nötigten ihn, mit der hellenistischen Judenmission auch ihre Heidenmission gutzuheißen.

c) Antiochien und der Beginn der Heidenmission

Zu dieser Zeit, dem Anfang der Regierung Caligulas (37—41), hat eine heftige apokalyptische Erregung die Juden im ganzen Römerreich ergriffen. Sie erwarten den Messias und mit ihm das Gottesreich. Häufig kommt es unter den Juden zu Streitigkeiten um die Gestalt des Gottesreichs, die Bedingungen seines Eintritts und die Erscheinung des Messias; fast überall, wo die Juden in größeren Gemeinden unter den Heiden leben, kommt es auch zu Judenverfolgungen und zu Kämpfen zwischen Juden und Heiden. Die schwersten sind die in Alexandrien, aber sie sind kein Einzelfall. Für ihren Ausbruch war die Judenfeindschaft Caligulas Anlaß, aber sie hat die apokalyptische Erregung der Juden nicht verursacht, eine Erregung, die sich während der den Juden freundlicheren Politik des Claudius und Nero nicht legt, sondern sich schließlich im jüdischen Krieg entlädt als einem fanatischen Versuch, das Gottesreich mit Gewalt herbeizuzwingen. Daß die Juden nicht nur den Nichtjuden, sondern auch einander feind sind, wissen auch die Heiden. Der römische Historiker Suetonius schreibt einige Jahrzehnte danach in seiner Claudiusbiographie, der Kaiser habe die Juden aus Rom vertrieben, weil sie „auf Anstiften des Chrestus" in beständiger Unruhe gewesen seien. Der Name des Chrestus, den Sueton für die jüdischen Unruhen in Rom verantwortlich macht, wurde damals ‚Christus' ausgesprochen. Der heidnische Historiker hatte keine Ahnung davon, daß „Christus" der Titel des Himmelskönigs war, den die Juden erwarteten, und daß sie wegen dieser Erwartung in Unruhe waren. So setzte er den geläufigen Namen Chrestus an die Stelle des Titels, den er nicht kannte. — Wir wissen freilich nicht, ob der Streit, der unter den römischen Juden ausgebrochen war, um die Messianität Jesu Christi ging. Der Zeit nach — die römische Judenaustreibung unter Claudius fand 49 statt — ist das wohl möglich. Aber die Juden haben sich auch an Orten um den Messias gestritten, wo sie nicht durch die Ausbreitung des Christentums dazu veranlaßt wurden.

In Antiochien herrschte zu dieser Zeit Ruhe, zumindest, wenn wir es mit den Kämpfen und Judenverfolgungen in andern Städten vergleichen. Dafür lassen sich Gründe angeben. Einer lag in dem schweren Erdbeben, das die Stadt 37 heimsuchte und zu großen Teilen zerstört hatte; die allgemeine Not dämpfte die Feindschaft der Bevölkerungsgruppen. Ein anderer Grund lag in der Umsicht der römischen Statthalter Vitellius und später Petronius. Beide waren darauf bedacht, Provokationen der Juden zu vermeiden und Unruhen im Keim zu ersticken. Kaiser Caligula hatte dem Petronius — die Geschichte charakterisiert beide — den Befehl erteilt, im Jerusalemer Tempel ein Kaiserbild aufzustellen. Petronius schob die Ausführung mehrfach hinaus, obwohl der Kaiser ihn mahnte, und geriet dabei in äußerste Lebensgefahr. Schließlich erteilte ihm der Kaiser den Befehl, er solle sich wegen seines fortgesetzten Ungehorsams selber töten. Der Befehl brauchte ungewöhnlich lange, bis er Petronius überbracht wurde. Als er bei ihm ankam, wußte der Statthalter schon seit drei Wochen, daß der Kaiser inzwischen ermordet worden war.

Der Frieden, den Juden und Judenchristen in Antiochien genossen, ist eine Voraussetzung dafür, daß hier die erste Basis für die christliche Heidenmission entstehen konnte. Die Jünger hatten sich bisher mit ihrer Verkündigung des Gottesreiches nur an Juden gewandt. Die Urgemeinde suchte die palästinensischen Juden in Judäa, Samaria und Galiläa heim; die Hellenisten richteten ihren Eifer auf die hellenistischen Juden in den Griechenstädten und auf den gottesfürchtigen Anhang, der sich um deren Synagogen gesammelt hatte. In Antiochien, hören wir, sei es nun zu einer Verkündigung gekommen, die sich unmittelbar den Heiden zugewandt habe (Apg 11, 20).

Lukas hatte Apg 8, 4 einen Bericht über die Ausbreitung des Christentums durch die aus Jerusalem vertriebenen Hellenisten begonnen, aber sich sofort unterbrochen, um Einzelgeschichten zu diesem Thema zu erzählen. Die ursprüngliche Absicht setzt er erst Apg 11, 19 fort. Er spricht von zwei Wegen, auf denen die christliche Verkündigung Antiochien erreicht habe. Ein Teil der Hellenisten sei mit der Missionspredigt durch Phönizien, also auf dem Landweg, nach Antiochien gekommen. Die Philippusgeschichten dienen dafür als vorausgegangenes Beispiel. Der andere Teil sei über die Kyrenaika und Zypern, also auf dem Seeweg, nach Antiochien gelangt. Dies seien aber die Jünger gewesen, die sich mit dem Evangelium von dem Herrn Jesus auch an die Griechen gewandt hätten.

Überraschend ist, daß zwar die Kyrenaika, aber nicht Alexandrien als Station auf dem Weg genannt wird. Wir wissen, daß das Christentum bei der Vertreibung der Hellenisten aus Jerusalem auch nach Ägypten gekommen ist. Ägyptische Gnostiker führen ihre Überlieferungen auf Nikolaos und Prochoros zurück, auf Evangelisten aus dem Siebenerkreis. Später kommt Apollos aus Alexandrien nach Ephesus; das Evangelium, das er mitbringt, ist von der Art, wie es die Sieben ursprünglich verkündigt hatten. — Der Grund dafür, daß Ägypten hier nicht genannt ist, kann darin liegen, daß diese Provinz in den ersten anderthalb Jahrhunderten mit der übrigen Kirche nicht so in Austausch gestanden hat, daß sich davon Spuren in der altkirchlichen Überlieferung erhalten hätten. Dadurch ist eine Lücke entstanden, durch die bereits Lukas in seiner Berichterstattung behindert gewesen sein kann.

Wir wissen von diesen auf dem Seeweg nach Antiochien gekommenen Hellenisten, daß sie mit der Verkündigung des Evangeliums an die Heiden den Anfang gemacht haben. Lukas war der Meinung, sie hätten damit in Antiochien begonnen, oder stellt wenigstens die Dinge so dar. Aber das ist bei einer Entscheidung von so grundsätzlicher Bedeutung unwahrscheinlich. Die Gemeinschaft zwischen Hellenisten und Heiden spielte bereits bei der Vertreibung der Hellenisten aus Jerusalem ihre Rolle. Über die Anfänge des Christentums in Ägypten und der Kyrenaika läßt sich in diesem Zusammenhang nicht viel sagen, weil man dazu die Traditionen der ägyptischen Gnostiker betrachten müßte. Dagegen schweigt unsere Quelle nicht von Zypern; die Insel war das Ziel der ersten Ausfahrt des Apostels Paulus. Wir können der Apostelgeschichte entnehmen, daß die erste von Antiochien ausgesandte Missionsunternehmung darum nach Zypern ging, weil die Hellenisten dort bereits mit der Evangeliumspredigt begonnen hatten.

Die Entsendung von Missionaren aus Antiochien nach Zypern wird durch eine Gruppe von Pneumatikern, Propheten und Lehrern, veranlaßt, die der antiochenischen Gemeinde dienten. Einer dieser Männer ist Lucius; er stammt aus der Kyrenaika und ist darum den auf dem Seeweg nach Antiochien gelangten Hellenisten zuzurechnen. Ferner gehört der Apostel Barnabas zu dieser Gruppe. Sein Interesse an der Mission auf Zypern wird darin seinen besonderen Grund gehabt haben, daß er in Zypern beheimatet war. Wenn er hier, wie die andern, als „Prophet und Lehrer" bezeichnet ist, so liegt darin kein Widerspruch zu seinem Apostelamt. Denn der Apostolat stellt eine Form des prophetischen Amtes dar. — Auch Paulus gehörte zu dieser Gruppe von Pneumatikern, in deren Kreis der Plan entstanden war. An der Reise sind Barnabas und Paulus beteiligt; sie wird als erste Missionsreise des Apostels Paulus gezählt.

In Zypern stößt Paulus mit einem jüdischen Missionar namens Elymas zusammen. Elymas ist ein libyscher Name. So liegt der Gedanke nah, Elymas sei einer der Hellenisten gewesen, die aus der Kyrenaika gekommen waren. Er sei aber darum nicht mit den andern nach Antiochien weitergereist, weil er auf Zypern beachtliche Missionserfolge erzielt hatte. Es war ihm gelungen, den Prokonsul Sergius Paulus für seine Verkündigung zu interessieren. Der römische Prokonsul war gewiß ein Heide. — In der Apostelgeschichte wird Elymas als „Zauberer" bezeichnet. Das ist ein abwertender Name für das prophetische Amt, dessen sich Josephus für die Reich-Gottes-Propheten seiner eigenen Zeit ebenso bedient, wie Lukas in der Apostelgeschichte für den Samaritaner Simon, um jede Gleichordnung mit den urchristlichen Propheten zu vermeiden. Auch hier verdeutlicht Lukas die Bezeichnung des Elymas als Zauberer dadurch, daß er sagt, er sei ein Pseudoprophet gewesen. Daß Elymas aber wirklich ein Prophet war, sieht man daran, daß er neben diesem Namen noch den Prophetennamen „Bar-Jesus" führt.

Elymas empfand das Unternehmen des Paulus und Barnabas als Einbruch in sein Missionsgebiet und versuchte zu verhindern, daß die Apostel Einfluß auf den Prokonsul gewannen. Dadurch kam es zu dem Zusammenstoß zwischen ihm und Paulus. Dieser warf ihm bei dieser Gelegenheit vor, „er verkehre die rechten Wege des Herrn". Unter dem „Weg des Herrn" ist das Handeln Gottes und besonders das endzeitliche Handeln zu verstehen. Dabei kann es sich, wie man durch den Vergleich mit dem Anfang des Markusevangeliums sieht, um eine Umschreibung für den Begriff „Evangelium" handeln, und so ist der Ausdruck auch hier zu verstehen. Paulus warf dem Elymas eine fehlerhafte Evangeliumsverkündigung vor. — Wir finden denselben Sprachgebrauch „Weg des Herrn" für Evangelium auch in der Geschichte von dem Alexandriner Apollos. Als der nach Ephesus in das Gebiet der paulinischen Mission kam (Apg 18, 24—28), war er wohl unterrichtet im „Weg des Herrn", aber seine Verkündigung genügte nicht den Ansprüchen, die Aquila und Priszilla stellten. Die legten ihm den „Weg Gottes", das Evangelium, noch genauer aus, und Apollos lernte dabei, daß Jesus der Christus sei; eben das hatte er noch nicht gewußt, als er nach Ephesus kam. Wenn Elymas einer der aus dem Süden gekommenen Hellenisten war, dann dürfte seine Verkündigung der ursprünglichen des Apollos sehr ähnlich gewesen sein.

Die Apostelgeschichte berichtet weiter, Paulus habe an dem Elymas ein Strafwunder vollzogen. Sie sagt aber nicht, daß der Prokonsul dadurch gläubig geworden sei, sondern nennt die Lehre des Paulus von dem Herrn als das, was den Prokonsul überzeugt habe. Zur Taufe kam es nicht, und so ist mit „gläubig werden" nur das Interesse umschrieben, das der Prokonsul an der Verkündigung des Paulus nahm. Wenn die Apostelgeschichte auch dem Apostel Paulus den Sieg über Elymas zuschreibt, so erweckt sie doch nicht den Eindruck, daß das Unternehmen auf Zypern wirklich erfolgreich gewesen sei. Damit stimmt es überein, daß Paulus die Insel nicht mehr besucht hat. Barnabas hat allerdings später noch eine Reise dahin unternommen (Apg 15, 39), über deren Erfolg wir nichts erfahren. Über die weitere Geschichte des Christentums auf Zypern gibt es bis ins vierte Jahrhundert nur wenig Nachrichten. Wir hören allerdings, der Gnostiker Valentin habe zuletzt auf Zypern gelehrt, und so können wir vermuten, die Lücken in unsern Kenntnissen von der Kirchengeschichte Zyperns hätten denselben Grund wie die von der ägyptischen Kirchengeschichte.

So kommen wir zu der Feststellung, daß die auf dem Seeweg nach Antiochien gekommenen Hellenisten überall das Evangelium an die Heiden verkündigt hatten. Nach Apg 11, 20 setzten sie dies auch in Antiochien mit großem Erfolg fort. „Und die Hand des Herrn war mit ihnen, und eine große Zahl ward gläubig und bekehrte sich zu dem Herrn. ...Und es ward ein großes Volk dem Herrn zugetan." In diese Arbeit, berichtet Lukas, sei auch der Apostel Barnabas eingetreten, den die Urgemeinde in Jerusalem wegen des großen Missionserfolgs der Hellenisten nach Antiochien gesandt habe. Barnabas habe sich zur Unterstützung aus Tarsus den Paulus geholt, der nach seiner Bekehrung dorthin in seine Vaterstadt zurückgekehrt war, und beide hätten ein ganzes Jahr in Antiochien gewirkt, und so sei es gekommen, daß man in Antiochien die Jünger zuerst Christen genannt habe.

Die Jünger, die hier als erste „Christen" genannt werden, sind Heidenchristen. Lukas setzt voraus, daß die Judenchristen mit ihrer Bekehrung zum

Christentum nicht aufhörten, Juden zu sein und darum auch keines neuen Namens bedurften. Die Heidenchristen hingegen wurden durch ihre Bekehrung keine Juden; sie übernahmen weder das ganze Gesetz, noch ließen sie sich beschneiden. Für sie mußte daher in dem Augenblick ein neuer Name gefunden werden, in dem ihre große Zahl dies erforderte.

Dieser neue Name 'Christianoi' ist auf überraschende Weise gebildet. Die Art der Bildung ist römisch; durch Anhängen von *-ianus* an einen Namen bezeichneten die Römer die Parteigänger politischer Persönlichkeiten (Pompeiani, Caesariani), und so handelt es sich von der Bildungsweise her um einen Parteinamen. Der Geltungsbereich dieses Satzes muß etwas eingeschränkt werden; weil auf diese Weise leicht die Zugehörigkeit eines Menschen oder einer Sache zu einer Person auszusagen war, sind es zwar überwiegend, aber nicht ausschließlich Parteinamen, die auf diese Weise zustande kommen. Eine kaiserliche Leibgarde trägt den Namen 'Augustiani', und mit diesem Wort Augustianus lassen sich auch andere Beziehungen zu dem Kaiser und seinem Haus ausdrücken.

Weil es eine ursprünglich römische Namensbildung ist, konnte man auf den Gedanken kommen, die römischen Behörden in Antiochien hätten als erste die Christen mit diesem Namen bezeichnet, aber der Schluß war vorschnell. Die Bildungsweise bleibt keine römische Eigentümlichkeit. Die Art der Namensbildung ließ sich leicht ins Griechisch übertragen und erlaubte den Griechen ihrerseits Parteinamen auf *-ianos* zu bilden, auch in solchen Fällen, wo sie von sich aus *-eioi* gesagt hätten. So werden die Parteigänger des Herodes als Herodiani bezeichnet, und die vielen von Griechen auf *-ianos* gebildeten altkirchlichen Ketzernamen zeigen uns, daß sie ein Bedürfnis dafür hatten, auf so bequeme Weise aus einem Eigennamen einen Parteinamen zu machen. — Es gibt keinen hinreichenden Grund zu der Annahme, daß Römer diesen Namen gebildet und als erste gebraucht hätten; Menschen griechischer Sprache sind dafür wahrscheinlicher.

Die Art der Namensbildung erlaubt noch weitere Ausschließung. Der Name drückt von seiner Bildung her keine besondere Verehrung seiner Träger für Jesus Christus aus. Weder als Anbeter Jesu noch als Verehrer Christi werden die Jünger durch ihren neuen Namen Christianoi bezeichnet.

Um die Christen mit ihrem Namen als Anbeter Jesu Christi zu bezeichnen, hätte ein Name auf *-stai* gebildet werden müssen, gleich ob es sich um eine Selbstbezeichnung oder um einen von außen gegebenen Namen gehandelt hätte. So bilden die Kultvereine ihre Namen (Isiasten), so bezeichnen sich Philosophenschulen, deren Gründer göttergleiche Verehrung genießt (Platonisten), und selbst bei der Sekte der Markionisten kommt Markions Ansehen auf diese Weise zum Ausdruck. Man kann jedoch weder der Namenform noch dem Text der Apostelgeschichte ansehen, ob der Name als

Selbstbezeichnung gebraucht oder den Christen von außen beigelegt wurde. Der Satz der Apostelgeschichte (11, 26) ist zu übersetzen „Daher kam zuerst in Antiochien für die Jünger ‚Christen' in Gebrauch" oder „Daher kam zuerst in Antiochien für die Jünger der Name ‚Christen' auf".

So läßt sich feststellen, daß „Christianoi" ein Parteiname ist, mit dem ursprünglich eine Christuspartei in Antiochien bezeichnet wurde. Lukas ist bei seiner Erzählung durch die Verhältnisse seiner eigenen, späteren Zeit bestimmt. Er nimmt darum an, die antiochenischen Heidenchristen seien die ersten Träger dieses Namens gewesen. Zu dieser Meinung mußte er kommen, weil die Judenchristen sich nirgends „Christen" nannten. Lukas kennt den Christennamen als den gemeinsamen Namen aller Heidenchristen.

Die Erklärung, die Lukas andeutet, kann aber nicht vollständig sein. Wenn die Heidenchristen in Antiochien auch zahlreich waren, so gab es dort doch ebenfalls zahlreiche Judenchristen. Das zeigt uns schon das rege Interesse, das die Urgemeinde an den antiochenischen Verhältnissen nahm, und der Verkehr von Pneumatikern zwischen Antiochien und Jerusalem, von dem nicht nur die Apostelgeschichte, sondern auch Paulus erzählt. Die antiochenischen Judenchristen können nicht, wie später die Heidenchristen, „Christus" als Eigennamen behandelt und ohne jede Rücksicht auf den Messiastitel gebraucht haben. Vielmehr läßt sich die Gruppe eingrenzen, der der Name „Christianoi" ursprünglich zugekommen sein muß. Es kann sich dabei nicht um antiochenische Juden gehandelt haben, die in besonders lebhafter Messiaserwartung standen und darum nach dem Messias genannt wurden. Das ist nicht möglich, weil es der neue Name für die Gemeinde ist, aus der hernach die heidenchristliche Kirche entstand. Der erste, von dem wir wissen, daß er die Christen als Christianoi bezeichnete, ist der Bischof Ignatius von Antiochien. — Aber der Name kann ursprünglich nicht die Christen heidnischer Herkunft bezeichnet haben, weil gerade bei diesen das Interesse an der Gestalt des Messias geringer war als bei den Juden und besonders bei den Diasporajuden. Die Juden warteten von Haus aus auf den Messias; darum müssen es Juden sein, die diesen Namen zuerst getragen haben.

So ergibt sich, daß der Name „Christianoi" ursprünglich eine Gruppe von antiochenischen Juden oder Judenchristen bezeichnete, die für die Heidenmission besonders aufgeschlossen waren, und die im Unterschied von anderen Juden die Gemeinschaft mit den Heiden praktizierten; sonst hätte der Name nicht später von ihnen auf die heidenchristliche Kirche übergehen können. Aber wir können nicht davon abgehn, daß der Name ursprünglich einen messianischen Sinn hatte und darum ursprünglich Juden und nicht Heiden zukam.

Daraus folgt, daß dieser Name ursprünglich Juden zukam, die Jesus für den *Messias* hielten. Er kam nicht etwa Juden zu, die *Jesus* für den Messias hielten. Daß seine Träger Jesus verehrten, war selbstverständlich und stand nicht in Frage. In Frage stand vielmehr die Deutung Jesu als Messias, und zu dieser Deutung bekannten sich die ersten Träger des Namens, wenn sie sich Christianoi nannten oder nennen ließen.

Diese Deutung der Gestalt Jesu ist nicht für die aus Jerusalem vertriebenen Hellenisten charakteristisch. Aus der Apostelgeschichte müssen wir entnehmen, daß die ersten Hellenisten Jesus von Jes 53 her deuteten und seine Gottessohnschaft aus den beiden Bedeutungen von Pais Theou ableiteten, das beides heißen kann, Gottes Knecht und Gottes Sohn. Da sie von der Urgemeinde herkamen, ist es ganz natürlich, daß sie eine Deutung Jesu vertraten, die der der Urgemeinde ursprünglich eng verwandt war. Der Name Christianoi spricht aber davon, daß seine Träger Jesus als Messias verehrten. Diese Deutung war zu Jesu Lebzeiten mehrfach als Möglichkeit erschienen und war um der politischen Mißdeutung willen abgewehrt worden. In der Diaspora hatte diese Gefahr keine Rolle gespielt. Hier erwarteten viele Juden den Messias als den Heilbringer und Erlöser. Die Deutung Jesu als Messias kam dadurch zustande, daß der wiederkehrende Herr, auf den alle Jünger warteten, mit dem Himmelskönig gleichgesetzt wurde, der im Zentrum der Erwartung des Diasporajudentums stand.

Wir können der Apostelgeschichte und ihrem Bericht vom Wirken des Paulus in Antiochien entnehmen, daß diese Gleichsetzung des Kyrios Jesus mit dem Christos Jesus auf die paulinische Predigt zurückgeführt werden konnte. Paulus war sicher nicht der erste, der dafür eingetreten war; alle Juden waren gewohnt, die Schrift dadurch auszulegen, daß sie Bibelstellen miteinander kombinierten. Paulus hat aber die theologische Arbeit geleistet, die die Richtigkeit dieser Deutung für die Erscheinung Jesu evident machte. Er konnte bei Gelegenheit die Kyrios-Theologie der Urgemeinde wiederholen und davon sachgemäßen Gebrauch machen. Sie war durch die Deutung Jesu als Christos nicht widerlegt. Aber diese Deutung erlaubte ihm vollständigere Aussagen über die gottmenschliche Person Jesu Christi. Paulus konnte auf diese Weise die präexistente Gottessohnschaft Jesu Christi lehren und konnte zugleich einen präzisen Unterschied zwischen dem präexistenten Gottessohn und dem Heiligen Geist machen. Zu beidem war die alte Kyrios-Christologie der Urgemeinde nicht in der Lage. Für sie war erst der Auferstandene im vollen und eigentlichen Sinn zum Kyrios geworden.

d) Der Eintritt der Urgemeinde in die Heidenmission

Die Urgemeinde war, wie vorher die Jünger Jesu, in ihrer Enderwartung durch die nachexilische Prophetie bestimmt und rechnete daher für die Endzeit mit einer Bekehrung der Heiden zum Gotte Israels. Da das Gesetz und besonders seine pharisäische Auslegung den Juden aber den Umgang mit Heiden verwehrte, und die Urgemeinde unter dem Druck des pharisäisch gesinnten Synhedriums und ihrer pharisäischen Mitglieder stand, gab es bis zum Beginn der Regierung des römischen Kaisers Caligula für sie nicht viel Möglichkeit und Bereitschaft, das Christentum außerhalb der Grenzen Palästinas zu verkündigen, geschweige, Heiden unmittelbar zum Anschluß an die Gemeinde aufzufordern. Die Apostel besuchten auf ihren Reisen die auswärtigen Brüder und konnten in den Griechenstädten, in denen neben palästinensischen auch hellenistische Gemeinden waren, mit diesen Kontakt halten, aber fürs erste war die Evangeliumsverkündigung außerhalb Palästinas ein Unternehmen, das allein die Hellenisten wahrnahmen. Die Lage änderte sich dadurch, daß der Einfluß der Pharisäer im Synhedrium als Folge der judenfeindlichen Politik Caligulas zurückging. Dieser Umstand erlaubte den Aposteln, wenn auch nicht in Jerusalem, so doch außerhalb auf ihren Reisen die Gemeinschaft mit den Hellenisten zu pflegen und sich schließlich auch an der Heidenmission zu beteiligen. Lukas hat in der Öffnung der Urgemeinde für die Heidenmission ein Werk des Apostels Petrus gesehen, und dies wird durch die übrigen neutestamentlichen und altkirchlichen Nachrichten bestätigt, insbesondere durch das Zeugnis des Apostels Paulus.

Petrus kam auf einer seiner apostolischen Reisen nach Lydda (Apg 9, 32—35). Dort heilte er den seit acht Jahren gelähmten Aeneas. Lydda gehört zu Judäa und ist eine jüdische Stadt. Die Heiligen, die dort wohnen, sind auswärtige Glieder der Urgemeinde und werden als solche von Petrus besucht. Das Heilungswunder führt dazu, daß „alle, die zu Lydda und Saron wohnten, sich zum Herrn bekehrten". Die Landbewohner in der Ebene Saron sind Juden, wie die Einwohner von Lydda. Wenn sie sich zum Herrn bekehrten, so haben sie sich an die Urgemeinde angeschlossen. Das lief faktisch darauf hinaus, daß sie die Predigt des Petrus anhörten, vielleicht auch seinen seelsorgerlichen Zuspruch gebrauchten, und im übrigen Beiträge zum Unterhalt der Urgemeinde leisteten. Mit dem allem ist Petrus unter Juden geblieben und hat die Grenzen nicht überschritten, die sich die Urgemeinde zog, als sie die Hellenisten zur Abspaltung zwang.

Diese Überschreitung wird durch den Aufenthalt des Petrus in Joppe angebahnt, wo er die Tabitha von den Toten erweckt (Apg 9, 36—43). Joppe ist eine Küstenstadt Judäas, in der die Juden die Majorität haben. Doch besaß der Ort in seiner Verfassung eine gewisse Selbständigkeit; die Verfassungen der Griechenstädte hatten ihr als Modell gedient, und der griechische Bevölkerungsanteil war für den Charakter der Stadt nicht bedeutungslos. Die Apostelgeschichte sagt zwar nicht ausdrücklich, welcher Art die Jüngergemeinde in dieser Stadt war, deutet es aber unmißverständlich an. Petrus läßt keinen Zweifel daran, daß er von sich aus die Stadt nicht betreten hätte und daß er nur darum nach Joppe ging, weil die Jünger ihn als Beistand in dem Leid brauchten, das durch den Tod der Tabitha entstanden war. Folglich war die Gemeinde in Joppe eine hellenistische Gründung, und sie vereinigte palästinensische und hellenistische Jünger in ihrer Gemeinschaft. Juden waren aber beide Gruppen, und Petrus befand sich hier noch als Jude unter Juden, und das in einer überwiegend von Juden bewohnten und in Judäa gelegenen Stadt. Die Gemeinschaft mit den hellenistischen Juden konnte vielleicht Pharisäern als unrätlich erscheinen, aber grundsätzlich war auch vom Standpunkt eines gesetzesstrengen Juden nichts gegen das Verhalten des Petrus einzuwenden. — Petrus hielt sich längere Zeit in der Gemeinde auf (Apg 9, 43). Es ging ihm darum, den Zusammenhang dieser Jünger mit der Urgemeinde herzustellen und zu festigen. Da die Jünger ihn eigens geholt hatten, ist anzunehmen, daß sie ohne geistliche Versorgung waren, d. h., daß es in ihrer Gemeinde weder Lehrer noch Propheten gab und daß sie schon darum den Apostel als zuständig ansehen und in Anspruch nehmen konnten.

Nun kann der zweite Schritt getan werden. Das übernatürliche Eingreifen Gottes veranlaßt Petrus, sich den gottesfürchtigen Heiden zuzuwenden. Die Bekehrung des Cornelius ist eher eine Bekehrung des Petrus. Wie in der Bekehrungsgeschichte des Paulus empfangen Petrus und Cornelius aufeinander bezogene Visionen, die das Geschehen in Gang bringen; so erkennt Petrus und der Leser der Apostelgeschichte mit ihm, daß der Übergang des Evangeliums zu den Heiden ein Werk des Heiligen Geistes ist. „...wer war ich, daß ich konnte Gott wehren?“ (Apg 11, 17).

Anders als Joppe ist Cäsarea eine heidnische Stadt; die Juden stellen hier nur einen kleinen Teil der Bevölkerung dar, und Petrus begibt sich zu den Heiden, als er nach Cäsarea geht. Christliche Verkündigung hat es nach Meinung der Geschichte hier noch nicht gegeben; Lukas wird sich vorgestellt haben, daß Petrus vor Philippus nach Cäsarea gekommen sei. Lukas schreibt in einer Zeit, in der die Gemeindegründung nur zwei Generationen zurücklag; insofern könnte man vermuten, daß die Geschichte in ihrem Kern historisch ist und daß die Gemeinde von Cäsarea die Möglichkeit besaß, sich ihrer Gründung durch den Apostel Petrus zu rühmen. Es ist allerdings auch die Zeit, in der man beginnt, Über- und Unterordnungen der Gemeinden daraus zu erklären, daß die Überordnung beanspruchende Gemeinde eine apostolische Gründung und die apostolische Autorität auf sie übergegangen — „übergeflossen“ sagt Tertullian — sei. Weil es sich um die Gründungslegende der Gemeinde von Cäsarea handelt, wird man zurückhaltend in der Frage urteilen müssen, ob es nicht vor Petrus doch schon christliche Verkündigung durch die Hellenisten in Cäsarea gegeben habe.

Die Zeit, in der die Geschichte spielt, läßt sich ziemlich genau angeben. Kaiser Augustus hatte Cäsarea Herodes dem Großen geschenkt. Nach dessen

Tod fiel die Stadt zunächst dem Archelaus zu (4 v. Chr. — 6 n. Chr.) und kam dann wieder unter römische Verwaltung. Kaiser Claudius schenkte aber gleich nach seinem Regierungsantritt Judäa und Samarien an Agrippa; daher kann es nach dem Jahr 42 in Cäsarea keine römischen Truppen mehr gegeben haben. Damit stimmt überein, daß die Verhältnisse in Jerusalem bis zum Jahr 41 eine Annäherung der Urgemeinde zuließen, danach aber wenigstens bis zum Jahr 44 ausschlossen. Wir kommen somit zu der Folgerung, daß die Bekehrung des Cornelius in die vier- bis fünfjährige Friedenszeit fällt, die die Gemeinde während der Regierungszeit des Caligula genoß. Das ist in der Geschichte der Kirche die Zeit zwischen der Bekehrung des Paulus und dem Martyrium des Zebedaiden Jakobus.

Cornelius war Centurio. Der Centurio ist der ranghöchste Unteroffizier der römischen Armee, aber diese Feststellung erweckt ein falsches Bild; ein Centurio ist in der Provinz ein angesehener und mächtiger Mann. Luthers Übersetzung „Hauptmann" trifft, wie immer, die Sache am besten. Fromme Soldaten sind Lieblingsgestalten der Bekehrungslegende. Die Macht ihres Amts gibt einen erbaulichen Kontrast zu der Demut, die ihre Bekehrung zeigt. Aber Frömmigkeit und Selbstzucht nehmen auch außerhalb der Legende für einen Menschen ein. — Sicher ist, daß Cornelius Heide war. Welcher Nation er angehörte, läßt sich nicht sagen. Die „italische" Kohorte heißt nur so, weil sie ursprünglich in Italien aus syrischen Freigelassenen aufgestellt worden war, und aus dem Namen läßt sich ebenfalls nicht auf die Volkszugehörigkeit schließen. Vermutlich war er Syrer. — Wenn Cornelius auch Heide war, so hatte er sich doch als Gottesfürchtiger an die Synagoge angeschlossen und hielt sich an die jüdischen Gebetsstunden.

Aber für Petrus war er nichtsdestoweniger ein Heide. Das sagt der Apostel auch, als die Boten des Cornelius bei ihm eintreffen, um ihn abzuholen. Ohne besonderen Auftrag Gottes hätte er den Wunsch des Hauptmanns nicht erfüllt, und von sich aus hätte er die Reinheitsgebote des jüdischen Gesetzes nicht übertreten. Nun hat ihm Gott in der Vision aber gezeigt, daß es seine Pflicht ist, auch zu den Heiden zu gehen, um ihnen Jesu Auferweckung und die Sündenvergebung zu bezeugen.

Daß er auf dem rechten Weg ist, erkennt er und erkennen die Brüder in seiner Begleitung, als der Heilige Geist auf die Heiden fällt und sich als Zungenrede kundgibt. Daraufhin ordnet Petrus auch die Taufe an. Das kann jedoch nicht die Jerusalemer Übergießungstaufe gewesen sein, denn die sollte den Geist vermitteln; der war aber sichtlich von sich aus auf die Heiden gefallen. Vielmehr mußte es die hellenistische Tauchtaufe gewesen sein, die Petrus nun vornahm oder vornehmen ließ. Denn der Sinn dieser Taufe ist ja, die Heiden zur Gemeinschaft mit den Brüdern aus der Urgemeinde zu befähigen und vor allem den gemeinsamen Genuß der Eucharistie zu ermöglichen. — Wir müssen außerdem daran denken, daß uns hier die Gründung der ganz oder überwiegend heidenchristlichen Gemeinde von Cäsarea erzählt wird und daß diese Gemeinde keine andere Taufsitte geübt haben kann, als die der hellenistischen Gemeinden in der Umgebung, die von Hellenisten gegründet waren.

Petrus blieb noch einige Tage in Cäsarea (Apg 10, 48). Er mußte der neuen Gemeinde ihre Gestalt geben, mußte Ämter einrichten und Glaubensunterricht erteilen. Denn wenn die Neugetauften als Gottesfürchtige auf den Empfang des Evangeliums auch vorbereitet waren, so mußten sie doch lernen, wie die Urgemeinde die Erfüllung der alttestamentlichen Verheißungen verkündigte. Die Apostelgeschichte berichtet, daß sich Petrus nach seiner Rückkehr in Jerusalem verteidigen mußte, weil er „zu den Unbeschnittenen gegangen sei und mit ihnen gegessen habe" (Apg 11, 3). Das sei ihm dadurch gelungen, daß er von seiner Vision und von der Geistausgießung auf die Heiden berichtet habe. — Daß Petrus sich bei der Urgemeinde durchsetzen konnte, wird darüber hinaus an dem Umstand gelegen haben, daß die Urgemeinde zum Unterhalt der besitzlosen Kerngemeinde auf die Spenden der auswärtigen Gemeinden dringend angewiesen war. Die neuen Gemeinden in den Griechenstädten stellten mit ihren Spenden für die Urgemeinde eine neue Einnahmequelle dar, und so läßt sich annehmen, daß unter diesen Umständen die für die Heidenbekehrung aufgeschlossenen Mitglieder sich gegen die pharisäisch Gesinnten durchsetzen konnten.

Dieser Wechsel in der Einstellung der Urgemeinde zur Heidenmission zeigt sich samt Begründung in dem Verhältnis zur antiochenischen Gemeinde. Als die Nachricht von der Aufnahme der Heidenmission durch die Antiochener nach Jerusalem gekommen war, sandte sie zunächst Barnabas nach Antiochien. Da wir Barnabas später als aktiven Heidenmissionar kennenlernen, können wir schließen, daß die Urgemeinde in ihm einen Apostel nach Antiochien gesandt hatte, der von vornherein dem Gedanken der Heidenmission aufgeschlossen war. So kommt in der Entsendung dieses Mannes die Bereitschaft zum Ausdruck, die Heidenmission anzuerkennen.

In der Zeit, in der Barnabas aber in Antiochien predigte, und Paulus an seiner Seite, trafen in Antiochien Propheten aus Jerusalem ein. Darunter befand sich Agabus, und der weissagte eine große Teuerung, die über die Erde kommen werde. Es gehörte zur Verkündigung der urchristlichen Propheten, die Zeichen anzugeben, unter denen das Weltende eintreten werde, und eines dieser Zeichen ist Teuerung und Hungersnot; in der Johannesoffenbarung wird die Weissagung mit der Erscheinung des dritten Reiters verbunden. Daß Agabus in dieser Weise die Nähe des Endes ankündigte, erkennt man daran, daß die von ihm angekündigte Teuerung über die ganze Erde kommt.

In dieser Weissagung des Agabus hat Lukas aber den Grund dafür gesehen, daß die antiochenische Gemeinde eine Kollekte sammelte und durch die Apostel Barnabas und Paulus nach Jerusalem sandte. — Lukas muß also gewußt haben, daß die Urgemeinde mehr als jede andere Gemeinde unter der bevorstehenden Teuerung leiden werde und daß die antiochenische Gemeinde, gleich allen andern auswärtigen Gemeinden, sich verpflichtet fühlte, zum Unterhalt der Urgemeinde beizutragen. — Schließlich können wir noch das Zeugnis des Apostels Paulus heranziehen, der (Gal 2, 10) auf dem Apostelkonzil die Verpflichtung übernahm, bei den von ihm gegründeten und noch zu gründenden Gemeinden für den Unterhalt der Urgemeinde zu sammeln, und der dieser Verpflichtung, wie wir aus seinen Briefen erfahren, auch eifrig nachgekommen ist.

Die antiochenische Spende, die Barnabas und Paulus nach Jerusalem brachten, wird nun nicht mehr von den Aposteln entgegengenommen, wie in den ersten Zeiten der Urgemeinde, sondern von den Ältesten. Lukas hat hier zunächst einmal die Folgerung aus dem gezogen, was er Apg 6, 2—4 erzählt hatte, nämlich daß die Apostel die Sorge für die wirtschaftliche Verwaltung der Gemeinde in andere Hände gelegt hatten. Wenn Lukas hier aber die Ältesten als Empfänger der Gaben nennt, so erscheinen diese hier nicht als Verwalter des Gemeindevermögens, sondern als Repräsentanten der Gemeinde. Sie repräsentieren sogar die der Heidenmission kritisch gegenüberstehenden Gemeindeglieder, die mit der Annahme der Spenden die antiochenische Heidenmission ausdrücklich anerkennen. Indessen blieb die Einstellung der Urgemeinde gegenüber der Heidenmission geteilt; aber zu dieser Zeit, zu Ende der Regierung Caligulas, hatten sich die Apostel und das heißt der Gemeindeteil, der die Heidenmission guthieß, in der Urgemeinde durchsetzen können.

7. *Die Entwicklung der Gemeindeverfassung*

a) Die Urgemeinde

Die jüdischen Gemeinschaften streben danach, das Himmelreich, die Theokratie zu verwirklichen. Die Pharisäer betrachten das Gesetz als abschließende Kundgebung des göttlichen Willens und verabsolutieren es darum. Nach christlicher Auffassung spricht Gott jedoch durch den Heiligen Geist, der in der Gemeinde lebendig ist. In der Vergangenheit hat Gott durch den Geist das Gesetz und die Sprüche der Propheten mitgeteilt, und dieser selbe Geist lebt in der Gemeinde und leitet sie. Darum sind alle Gemeindeglieder Propheten, weil der Heilige Geist sie von innen her leitet und regiert. Ebenso können alle Gemeindeämter nur Spezialaufgaben des prophetischen Amtes darstellen. Bei den Propheten im engeren Sinn ist das offensichtlich, und nicht minder bei den Aposteln, weil es sich bei ihnen um Gottesboten handelt, die mit der Verkündigung des Evangeliums besonders beauftragt wurden. Die Lehrer, deren Amt vom Prophetenamt nicht scharf abgegrenzt gewesen zu sein scheint, konnten darum als Propheten gelten, weil niemand ohne den Heiligen Geist die Schrift geistlich auslegen und ihren prophetischen Sinn erschließen kann.

Aus dem Gedanken der unmittelbaren Leitung der Kirche durch den Heiligen Geist folgte, daß die Urgemeinde sich als Zentrum der Kirche verstand und daß ihre charismatischen Ämter, Apostel, Propheten und Lehrer, gesamtkirchliche Ämter waren. Die Existenz von auswärtigen Gliedern in Judäa, Samarien und Galiläa sprach nicht gegen diese Vorstellung, zumal die Auswärtigen durch Beiträge die Urgemeinde unterhielten und die Urgemeinde durch die Apostel sie geistlich versorgte. Erst die hellenistischen Gemeinden mit ihrer eigenen, von der der Urgemeinde verschiedenen Organisation konnten zeigen, daß die Urgemeinde nicht nur das Zentrum der einen und ganzen Kirche, sondern daneben auch die Gemeinde von Jerusalem war. Indessen blieb bis zum Auszug der Urgemeinde aus Jerusalem die Einheit aller Christen dadurch gewahrt, daß die hellenistischen Gemeinden auf die Gemeinschaft mit der Urgemeinde und die Anerkennung durch sie angewiesen waren, die Urgemeinde aber auf die Kollekten der Hellenisten, durch deren Annahme sie die Gemeinschaft zweifelsfrei bestätigten.

Die faktische Leitung in Jerusalem hatte, wie wir durch Paulus (Gal) erfahren, der Dreierkreis, der während der Regierungszeit Caligulas noch aus Petrus und den Zebedaiden bestand. Nach dem Martyrium des Zebedaiden Jakobus (vor Beginn der Regierungszeit des Claudius, unter dem König Agrippa, d. h. zwischen 42 und 44) trat der Herrenbruder gleichen Namens an dessen Stelle. — Bis zu diesem Datum dürfte der Zwölferkreis bestanden und das Leitungsgremium dargestellt haben. Das Datum ergibt sich dadurch, daß wir nichts von weiteren Nachwahlen außer der ersten erfahren; das bedeutet, daß deren Zahl nur beschränkt gewesen sein kann. — Sodann müssen wir in Betracht ziehen, daß Lukas gegen Ende des Jahrhunderts nicht mehr zwischen den „Zwölfen" und den „Aposteln" unterscheiden konnte. Daraus läßt sich schließen, daß die Zwölf in den Aposteln aufgegangen sind. Dies muß relativ früh erfolgt sein, und die Gelegenheit, bei der das am wahrscheinlichsten geschah, war eben jene Verfolgung der Urgemeinde durch Agrippa. Da die Zwölf zugleich auch Apostel waren, ist verständlich, daß die Überlieferung nicht zwischen beiden Ämtern unterscheiden und die Frage, was aus den Zwölfen geworden sei, nicht anders beantworten konnte.

Nachfolger der Zwölf in der Leitung der Urgemeinde wurden die Presbyter. Die Vermutung liegt nah, die Ältestenverfassung der jüdischen Gemeinden habe dafür das Vorbild abgegeben, daß auch die Urgemeinde zu einer Leitung durch Älteste überging. Aber das ist nicht wahrscheinlich. Vor dem Aufkommen des monarchischen Episkopates gelten die Presbyter in der ganzen Kirche als Schüler und Nachfolger der Apostel; selbst Ignatius von Antiochien, der erste energische Verfechter des monarchischen Episkopates, bringt die Presbyter mit den Aposteln in Zusammenhang, und so wird Lukas in der Apostelgeschichte wohl recht haben, wenn er auch für Jerusalem in den Presbytern die Nachfolger der von ihm mit den Aposteln zusammengeworfenen Zwölf sieht. Allem Anschein nach hat auch Lukas den Übergang der Gemeindeleitung an die Ältesten mit der Verfolgung der Apostel durch den König Agrippa erklärt. Denn die Ältesten erscheinen Apg 11, 30 zum ersten Mal, und unmittelbar darauf kommt Lukas auf die Verfolgung und das Martyrium des Zebedaiden Jakobus zu sprechen.

Die Presbyter scheinen die Gemeindeleitung bis zum Auszug der Urgemeinde aus Jerusalem innegehabt zu haben. Auf dem Apostelkonzil beraten sie zusammen mit den Aposteln (Apg 15, 6), und wenn man die Angabe mit Hilfe des Galaterbriefes kontrollieren will, so bieten sich die „falschen Brüder, die sich mit eingedrängt hatten" (Gal 2, 4) zur Identifikation an. Denn unter diesen Presbytern hat man die auf gesetzliche Reinheit bedachten Angehörigen der Urgemeinde zu suchen. Paulus sagt, daß sie an den Beratungen teilgenommen und ihm erhebliche Schwierigkeiten gemacht hätten: „Denen gaben wir keinen Augenblick nach..." — Nach dem Untergang der Urgemeinde verlieren sich die Spuren der Presbyter wie die der Apostel. Der Presbyter Johannes, in dem wir vielleicht den Verfasser des zweiten und dritten Johannesbriefs zu sehen haben, könnte ein Jerusalemer Presbyter gewesen sein. Er zeigt uns, wie diese Presbyter ihr Amt als ein Charisma in der Nachfolge der Apostel verstanden haben.

b) Die Hellenisten

Die hellenistischen Gemeinden unterschieden sich durch ihre Selbständigkeit von den Gemeinden der Hebräer in Palästina. Wir können uns zwar ausmalen, daß auch die hellenistischen Evangelisten, die diese Gemeinden gegründet hatten, den Kontakt mit ihnen in derselben Weise aufrechtzuerhalten suchten, wie das der Apostel Paulus in seinem Missionsgebiet getan hat. Aber wenn es so war, hat sich davon keine Spur in der Überlieferung erhalten, und in den Zeugnissen, die es gibt, scheinen die hellenistischen Gemeinden ganz auf sich gestellt zu sein. Die Verhältnisse in diesen Gemeinden kennen wir dadurch, daß uns eine Kirchenordnung erhalten geblieben ist, die ursprünglich vor dem Ende der Urgemeinde für hellenistische Gemeinden in den Griechenstädten Samariens oder vielleicht auch Syriens verfaßt wurde. Daß sie auf uns gekommen ist, verdanken wir dem glücklichen Umstand, daß ein späterer Bearbeiter ihr einen paränetischen Teil vorsetzte und sie mit der Überschrift ›Lehre der zwölf Apostel‹ versah.

Mit den Aposteln haben die Gemeinden, an die sich diese Didache wendet, nicht viel zu tun. Zwar kommen bei ihnen Apostel auf der Durchreise vorbei; denen gewähren sie Herberge und Reiseproviant für einen Tag. Längere Zeit sollen sie sich nicht aufhalten. Wenn ein besonderer Grund zwingt, der ungenannt bleibt, dann darf der Apostel allerdings auch noch einen zweiten Tag bleiben. Dieser besondere Grund kann nur das Reiseverbot des Sabbats gewesen sein; denn für eine durch Unfall oder Krankheit erzwungene Pause wären zwei Tage nicht hinreichend gewesen. Falls ein Apostel am Freitag nachmittag Herberge erbat, so konnte er nicht vor Sonntag weiterreisen. — Aus dem Umstand, daß die Gemeinden mit regelmäßig durchreisenden Aposteln rechnen, ergibt sich, daß sie in Samarien liegen und daß die Apostel, die zwischen Jerusalem und Galiläa verkehren, notwendig in Samarien Station machen müssen. Die Apostel werden zwar mit allen Ehren aufgenommen „wie der Herr", aber ein Dienst an und in der Gemeinde ist nicht vorgesehen. Bemerkenswert ist, daß der Apostel zwar Reiseproviant, aber kein Geld fordern darf. Der Sinn des Verbots ist natürlich, den „Pseudopropheten", die sich auf diese Weise bereichern wollten, es nicht allzu leicht zu machen. Aber dies bedeutet auch, daß den durchreisenden Aposteln nicht die Kollektengelder für die Urgemeinde anvertraut wurden. (Es war im Judentum ohnehin nicht Sitte, Geld- oder Sachspenden einzelnen auszuhändigen.) Tatsächlich finden wir aber immer wieder, daß die Kollekten von Boten der Gemeinden überbracht wurden, in denen sie gesammelt worden waren. Barnabas und Paulus, die Apg 12, 30 die Gelder aus Antiochien nach Jerusalem bringen, vertreten dabei die antiochenische Gemeinde.

Im Unterschied von den Aposteln dürfen durchreisende Brüder drei Tage in der Gemeinde bleiben und Herberge und Verpflegung beanspruchen. Drei Tage sind, wie man weiß, hinreichend, wunde Füße zu pflegen. Nach drei Tagen müssen sie sich aber entscheiden, ob sie weiterwandern oder arbeiten wollen. Faulenzer werden nicht geduldet.

Das Amt, das in diesen Gemeinden das größte Ansehen genießt, ist das Prophetenamt. „Die Propheten sind eure Hohenpriester." Wir werden daraus zu schließen haben, daß die Hellenisten, die diese Gemeinden gründeten, selber den Prophetentitel trugen. Die Propheten haben das Recht, sich in der Gemeinde aufzuhalten und ihr zu dienen und für ihren Dienst Unterhalt zu beanspruchen. Die Gemeinde begrüßt es, wenn sie sich bei ihr niederlassen wollen, rechnet aber auch sichtlich mit wandernden Propheten. Ähnlich wie die Propheten sind auch die Lehrer erwünscht und können von der Gemeinde Unterhalt für ihren Dienst beanspruchen. Das große Ansehen, das die Propheten durch ihr Amt genießen, gleich ob sie der Gemeinde bekannt sind oder nicht, macht umständliche und praktisch doch nicht zureichende Sicherheitsvorkehrungen gegen Pseudopropheten notwendig; andererseits möchte die Gemeinde auf keinen Fall eine Sünde wider den Heiligen Geist begehen, der ihr in der Person des Propheten begegnet.

Zu den Aufgaben der Propheten und Lehrer gehört auch die Leitung des Gottesdienstes. Aber die Didache rechnet, daß diese Ämter nicht zur Verfügung stehen und daß es Gemeinden ohne sie gibt. In diesem Fall muß die Gemeinde sich Bischöfe und Diakone wählen, „denn auch sie verrichten euch den Dienst der Propheten und Lehrer".

Da es keine Apostel in den Gemeinden der Didache gibt, gibt es auch nicht deren Nachfolger, die Presbyter. Die Gemeinden sind vielmehr ursprünglich durch Propheten und Lehrer gegründet, und Bischöfe und Diakone treten an deren Statt. Auch die Wirtschaftsleitung dieser Gemeinden liegt ursprünglich in den Händen der Propheten. Sie nehmen die Gaben, besonders den Zehnten und das Hebopfer entgegen, bei dem sich die Gemeindeglieder nach den alttestamentlichen Vorschriften richten. Es ist vorausgesetzt, daß die Propheten, die selber besitzlos sind, aus diesen Gaben ihren Unterhalt bestreiten und darüber hinaus die Fürsorge für die Armen übernehmen. Wo es keine Propheten gibt, können die Gaben auch unmittelbar an die Armen gegeben werden.

Wir finden in diesen Gemeinden eben die Gemeindeverfassung, wie sie die Apostelgeschichte (6, 1—7) für die Hellenisten voraussetzt. An der Spitze der Gemeinden stehen Propheten, die zugleich die wirtschaftliche Verwaltung der Gemeinde wahrnehmen, und das in solcher Grundsätzlichkeit, daß sie, wenn es an Charismatikern fehlt, durch Verwaltungsbeamte ersetzt werden können. Dies war darum möglich, weil bei den Hellenisten die Eucharistiefeier in den Mittelpunkt des Gottesdienstes rückte. Daher konnte das Amt, das diese Feier ausrichtete, von Anfang an nach seinen liturgischen Aufgaben als geistliches Amt gedeutet werden.

Das Bischofsamt hat seinen Namen vom Wirtschaftsamt der Urgemeinde übernommen; es war auch hier der Beamte, zu dessen Obliegenheiten die Ausrichtung des Gemeinschaftsmahls gehörte. Insofern läßt sich sagen, daß der Episkopos ursprünglich der Rechnungsführer der Gemeinde war. Er vereinnahmte die Einkünfte und gab das Geld auch wieder aus: für den Unterhalt der Gemeindebeamten, für die Armen und vor allem für das Gemeinschaftsmahl.

Daß dies die wichtigste seiner Aufgaben war, sieht man an dem Amtstitel des Diakonos, der ihm zur Unterstützung beigegeben war. Die Diakone sind die Aufwärter bei Tisch, und sind eben darin die Diener des Bischofs, daß sie ihn bei seiner Hauptaufgabe unterstützen. Später hat man den Amtstitel der Diakone mit dem Gottesknechtstitel Jesu Christi in Zusammenhang gebracht, aber das ist sekundär. Paulus hat 1Kor 12, 28, wo er vermeidet, von Bischof und Diakon zu sprechen, ihre Amtsaufgaben gemeinsam als ἀντιλήμψεις und κυβερνήσεις beschrieben, als Gabe zu unterstützen und zu regieren. Bischof und Diakon sind ein Ämterkomplex, dem man meist gemeinsam begegnet.

Die Ortsgemeinden der Hellenisten hatten jeweils einen Bischof. Da die Hellenisten ihre Gemeinden in den Griechenstädten gründeten, ist für ihre Mission die Zuordnung von Stadt und Bischof charakteristisch. Hier drückt sich die Ausbreitung des Christentums auf dem Landweg, von Stadt zu Stadt, aus. Bei den andern Ausbreitungsformen ergaben sich auch andere Verteilungen der Bischöfe auf das Land.

Da die hellenistischen Gemeinden sich eben dann Bischöfe wählten, wenn sie keine Propheten und Lehrer hatten, konkurrierte von Anfang an kein charismatisches Amt mit dem Bischofsamt. Von solcher Konkurrenz hören wir erst zu Beginn des 2. Jh. aus Kleinasien aus Gebieten, wo sich urgemeindliche und hellenistische Mission überschneiden. Daß das Bischofsamt so rasch seine überragende Bedeutung erlangte, die später als monarchischer Episkopat die Gestalt der Kirche bestimmte, hatte mehrere Gründe. Ein nahliegender läßt sich vermuten. Der Bischof verwaltete das Gemeindevermögen und nahm die Armenpflege wahr. Dazu kommt als nächster, daß der Bischof als Leiter der Abendmahlsversammlung über die Zulassung zur Eucharistie und zur Taufe entschied. Der Bischof wachte darüber, daß nur Getaufte und Heilige zur Eucharistie kamen. In den ältesten Teilen der Tauf- und der Abendmahlsliturgie haben sich Verweise auf Umstände erhalten, die vom Empfang des Sakraments ausschließen. Auf diese Weise mußte der Bischof auf die Dauer auch zum Verwalter der Kirchenbuße werden. Diese Entwicklung vollzieht sich erst später. — Vom Ende des Jahrhunderts an wird der Bischof, der die Eucharistie verwaltet und mit ihr ein Bekenntnis zur Wirklichkeit von Leib und Blut Christi ablegt, auch zum Hauptverteidiger der kirchlichen Lehre gegen häretische Entstellungen und wird auf die Dauer so auch zum Vertreter des kirchlichen Lehramts.

8. Das Schicksal der Urgemeinde bis zum jüdischen Krieg

a) König Agrippa und die Verfolgung der Apostel

Während der Regierungszeit des römischen Kaisers Caligula (37—41) genoß die Urgemeinde Frieden (Apg 9, 31), nicht allein in Jerusalem, sondern auch in den Landesteilen Judäa, Samarien und Galiläa. Die vorausgegangene Verfolgung, zu deren Ende die Bekehrung des Paulus stattfand, hatte sich auf den Machtbereich des Synhedriums beschränkt. Sie war von den Pharisäern im Synhedrium ins Werk gesetzt worden, um die Juden zur Einhaltung des Gesetzes zu zwingen und auf diese Weise den Eintritt des Gottesreiches herbeizuführen. Caligulas Feindschaft gegen die Juden hatte dem Synhedrium verwehrt, eine Herrschaft über Palästina auszuüben. Daher konnte die Urgemeinde in dieser Zeit Verbindung mit den in pharisäischen Augen heidnisch-unreinen hellenistischen Gemeinden aufnehmen und mit ihnen Gemeinschaft halten. Nach Caligulas Tod (24. 12. 41) kam es aber wieder zu einer dreijährigen Verfolgung, die wohl letzten Endes auf die Pharisäer zurückzuführen war. Ausgeführt wurde sie durch den jüdischen König Agrippa I., der sich in Palästina als Vertreter der pharisäischen Frömmigkeit gab.

Der König war auf abenteuerliche Weise auf den Thron gekommen. Er war 10 v. Chr. als Enkel Herodes des Großen geboren. Im Alter von sechs Jahren hatte man ihn zur Erziehung nach Rom gesandt, und hier wuchs er im Umgang mit Angehörigen des Kaiserhauses und der Jeunesse dorée der Hauptstadt auf. Die römischen Historiker und Satiriker haben uns die Lebensweise der Gesellschaft, zu der der junge Mann gehörte, als elegant, lasterhaft und verschwenderisch beschrieben. Agrippa schloß sich davon nicht aus; er legte sich einige kostspielige Gewohnheiten zu, die dazu führten, daß sein Vermögen bald verzehrt war und daß er immer tiefer in Schulden geriet. Die nahmen solche Ausmaße an, daß (im Jahr 29 oder 30) ihm der weitere Aufenthalt in der Hauptstadt unmöglich wurde. Er begab sich in den Orient, wo er mehrfach Menschen fand, die ihm zu helfen versuchten, und wo er es aber mit seinen Helfern auch immer wieder verdarb. Letzten Endes waren es seine Schulden, die loszuwerden er keine Aussicht hatte und die ihm seine abenteuerliche Lebensweise aufzwangen. Er befand sich auf beständiger Flucht vor seinen Gläubigern.

Auf dieser Flucht kehrte er im Frühjahr des Jahres 36 nach Italien zurück, wo es ihm gelang, die Gunst des Kaisers Tiberius zu gewinnen; aber in eben dieser Lage war er der Bedrängung durch seine Gläubiger besonders hart ausgesetzt. Das veranlaßte ihn dazu, die Freundschaft des Caius Caligula zu suchen, von dessen Thronbesteigung er sich die Wende seines Schicksals versprach. Es charakterisiert ihn, daß er leichtsinnig genug war, diese Hoffnung auch gelegentlich auszusprechen, und der Ausspruch kam dem Kaiser Tiberius zu Ohren. Tiberius war empört und Agrippa wurde eingekerkert. Der Kaiser ließ sich Zeit mit der Entscheidung über sein Schicksal; als er sechs Monate danach starb, hatte er noch keinen Entschluß gefaßt.

So trat die Wende im Leben Agrippas ein. Caligula bestieg den Thron, befreite ihn und gab ihm die Tetrarchie des Philippus samt dem Königstitel. Der römische Senat verlieh dem Günstling des Kaisers die Rechte eines Prätors ehrenhalber. Agrippa blieb zunächst in Rom; erst anderthalb Jahre danach kehrte er langsam heim. Er wählte den Reiseweg über Alexandrien, wo sich Juden und Griechen in erbitterter Feindschaft gegenüberstanden, und seine Anwesenheit in der Stadt löste schwere Unruhen und Judenverfolgungen aus. — Bald danach, vermutlich im Jahr 40, ergab sich für ihn ein Grund, abermals die Reise nach Rom anzutreten. Herodes Antipas war nach Rom gereist, um beim Kaiser um die Verleihung des Königstitels nachzusuchen. Der Ehrgeiz der Herodias hatte ihn dazu bewogen. Mit ihm traf aber eine Klageschrift des Agrippa ein, die den Kaiser dazu veranlaßte, den Antipas nach Lyon in die Verbannung zu senden. Als bald danach Agrippa selber nach Rom kam, verlieh ihm Caligula auch dessen Tetrarchie. — Bei Caligula war als Folge oder Symptom einer schweren Erkrankung, die ihn im Herbst 37 befallen hatte, der Cäsarenwahn ausgebrochen, und die Zustände waren schließlich derart, daß der Kaiser von einigen Senatoren am 24. 1. 41 ermordet wurde. Agrippa hatte Verdienste darum, daß Claudius die Thronfolge antreten konnte, und dieses Verdienst belohnte der neue Kaiser dadurch, daß er ihm den Besitz seiner Herrschaft bestätigte und ihm dazu Judäa und Samarien verlieh. So erlangte Agrippa die Herrschaft über das Reich, das einst Herodes der Große besessen hatte; zweifellos hatte er von allen Nachkommen des Herodes am meisten diplomatisches Geschick bewiesen, auch wenn dem Glück nicht der kleinste Teil an seinen Erfolgen zuzuschreiben war.

Eben dessen scheint sich Agrippa bewußt gewesen zu sein, und so leitete ihn hinfort das Bestreben, die Macht zu befestigen, die ihm derart zugefallen war. Diese Macht ruhte auf den von ihm geschickt gestalteten vielfältigen Beziehungen zum römischen Kaiserhaus, einer sehr unsicheren Grundlage. Im Osten galt er, wie er gesehen hatte, den Griechen als Jude, den Juden als Grieche und konnte daher von beiden Seiten nur Feindseligkeit erwarten. Hierin suchte er zunächst Wandel zu schaffen und sich den Juden als Jude, den Griechen als Grieche zu präsentieren. Zu diesem Ziel begünstigte er in Palästina die pharisäische Volkspartei und gab sich, solange er seinen Aufenthalt in Jerusalem hatte, als Vertreter der pharisäischen Frömmigkeit. — Die Pharisäer erkannten rasch, wie vorteilhaft ein König für sie war, der offen für sie eintrat. Anstelle der bei ihnen sonst üblichen Prinzipienreiterei dankten sie dem König das Eintreten für ihre Partei und machten eifrig für ihn Propaganda; so konnte Agrippa als ein von der Liebe des Volkes getragener Herrscher erscheinen und damit eben die Figur machen, die ihn dem römischen Kaiser empfahl. — Der König erleichterte ihnen ihre Haltung dadurch, daß er seine gesetzestreue Gesinnung demonstrierte. Er hatte schon unter Caligula, wie es hieß, durch sein persönliches Eintreten die Aufstellung eines Kaiserbildes im Jerusalemer Tempel verhindert. Jetzt brachte er seinen künftigen Schwiegersohn Epiphanes, Sohn des Königs Antiochos von Kommagene dazu, die Beschneidung zu versprechen. Wenn man ihm vorwarf, daß er außerhalb Palästina in griechischer Weise lebe, so bemühte er sich, die Unrichtigkeit und Belanglosigkeit dieser Vorwürfe zu beweisen.

Dies fiel ihm nicht leicht. Denn wenn der König auch innerhalb Palästinas sich die Griechen durch seine Politik zu Feinden machte, so gab er sich außerhalb als hellenistischer Herrscher und ahmte auch darin seinen Großvater nach. Josephus deutet eine rege Bautätigkeit an und spricht besonders von den Bauten in Berytos. Dort ließ Agrippa ein Theater und ein Amphitheater, dazu Bäder und Säulenhallen aufs prächtigste und verschwenderischste errichten (Ant 19, 7, 5). Zur Einweihung des Amphitheaters ließ er zwei Kohorten von je 700 Mann gegeneinander kämpfen. „Zu diesem Kampf waren alle Verbrecher, die es nur gab, zur Strafe aufgeboten worden." Josephus teilt die Christenverfolgung des Agrippa nicht mit, aber man muß bei dieser Nachricht doch die Frage aufwerfen, ob das Auftreten von Christen in der Arena eine Erfindung des Nero oder des Agrippa gewesen sei. Im übrigen ist der vorteilhafte Bericht, den Josephus von Agrippa liefert, ein später Nachklang jener pharisäischen Propaganda, mit der diese das Eintreten des Königs für ihre Grundsätze erwiderte.

Dies war die Voraussetzung dafür, daß der König sich gegen die Urgemeinde wandte. Hellenisten gab es dort nicht mehr; vielmehr richtete sich die Verfolgung gegen die von Lukas „Apostel" genannte Gruppe, die von der ersten Verfolgung nicht betroffen war. In der vorausgegangenen fünfjährigen Friedenszeit hatten die Apostel die Verbindung mit den Hellenisten und ihrer Heidenmission betrieben und waren sogar selber zur Heidenmission übergegangen. Wenn sie nicht in Gemeinschaft mit Unbeschnittenen lebten, so bekannten sie sich doch zu den Gemeinden, in denen dies der Fall war.

Lukas sagt, der König habe sich auf diese Weise bei den Juden beliebt machen wollen (Apg 12, 3), und so müssen wir offenlassen, wieweit die Verfolgung sein eigenes Werk war und wieweit ihn die Pharisäer dazu inspiriert hatten. Da der Urgemeinde Pharisäer angehörten, ist es möglich, daß die Initiative bei dem König lag. Der Zeitpunkt dieser Verfolgung läßt sich durch die relativ kurze Regierungszeit des Königs eingrenzen. Am 24. 1. 41, bei der Ermordung Caligulas, befand sich Agrippa in Rom und war dem Claudius behilflich, Caligulas Nachfolge anzutreten. Er kann dann nicht sofort zurückgereist sein, zumal es Winter war und die Schiffahrt erst Anfang März wiederaufgenommen wurde. Da die Verfolgung der Apostel mit einem Passa zusammenfiel (zum Passa war der Zebedaide Jakobus bereits hingerichtet und wurde Petrus gerade verhaftet — Apg 12, 3), so ist es kaum vorzustellen, daß der König zum Passa überhaupt in Jerusalem sein konnte, geschweige denn, daß er die Verfolgung in die Wege zu leiten Zeit hatte. Wahrscheinlicher ist vielmehr, daß er erst zum Laubhüttenfest des Jahres 41 wieder in Jerusalem eingetroffen ist und daß die Verlesung des Deuteronomiums die Amtshandlung war, mit der er seine Gesetzesfrömmigkeit zu demonstrieren begann. Josephus berichtet (Ant 19, 6, 1ff.) über diese Rückkehr des Königs: „Bald darauf entließ Claudius den Agrippa mit den glänzendsten Ehrenbezeugungen in sein Reich und gab allen Statthaltern in den Provinzen schriftlichen Befehl, ihn freundlich und zuvorkommend zu empfangen. Agrippa beschleunigte seine Heimreise nach Möglichkeit, wie sich das von einem Manne erwarten ließ, dem alles nach Wunsch gegangen war, und als er in Jerusalem angekommen war, brachte er Dankopfer dar und ließ keine der gesetzlichen Vorschriften außer acht." Anschließend nahm er eine Neubesetzung des Hohenpriesteramtes und anderer Ämter vor, und so können wir folgern, daß das Jahr 41 und der Anfang des Jahres 42 darüber hingingen, bis er die Verfolgung der Urgemeinde ins Werk setzen konnte. So ergibt sich das Passa des Jahres 42 als frühste Möglichkeit.

Von dieser Verfolgung sind nicht viele historische Nachrichten auf Lukas gekommen. Warum gerade der Zebedaide Jakobus zum Märtyrer wurde, wissen wir nicht. Sein Bruder Johannes erlitt jedenfalls damals nicht das Martyrium, sondern nahm am Apostelkonzil noch teil. Petrus wurde gefangengesetzt, aber wunderbar befreit. Ob außer den beiden Genannten andere Apostel der Verfolgung zum Opfer fielen, wissen wir nicht; Jakobus und Petrus sind die beiden, deren entweder Agrippa habhaft werden oder über die Lukas etwas erfahren konnte. — Aus den spärlichen Nachrichten läßt sich aber schließen, daß die bisherigen Führer der Gemeinde, wie Petrus, „an einen andern Ort zogen" und daß eben darum die Presbyter die Gemeindeleitung übernahmen. Lukas setzt voraus, daß der Herrenbruder Jakobus nach der Flucht des Petrus dessen Rolle übernommen habe (Apg 12, 17) und anstelle des Zebedaiden Jakobus in den Dreierkreis eingetreten sei. Im Unterschied von Petrus vertritt der Herrenbruder Jakobus aber die der Heidenmission zurückhaltend gegenüberstehende Richtung der Urgemeinde, und auf diese Weise wird verständlich, warum er bei der Verfolgung nicht betroffen war.

Die Verfolgung fand durch den Tod des Agrippa ihr Ende. Lukas erweckt den Eindruck, der König sei wenige Tage nach dem Passa in Cäsarea gestorben, und über seinen Tod berichtet Josephus kaum anders als die Apostelgeschichte. Agrippa, sagen beide Historiker, habe im Theater Spiele veranstaltet und sich dabei vom Volk die Akklamation als Gott gefallen lassen, und das sei der Grund für seinen plötzlichen Tod gewesen, der fünf Tage danach eingetreten sei.

Agrippa hatte verschiedene Versuche gemacht, durch Befestigungen und Bündnisse seine Abhängigkeit von den Römern zu lockern. Der Kaiser Claudius muß die Überzeugung gewonnen haben, daß er dem Agrippa mehr Macht verliehen habe, als den römischen Interessen dienlich war. So ließ er dessen gleichnamigen Sohn nicht die Nachfolge seines Vaters antreten, sondern stellte Palästina wieder unter römische Verwaltung. Für Palästina wurde ein Prokurator eingesetzt, der dem Statthalter von Syrien unterstellt war. Diese Konstruktion ergab sich dadurch, daß dem Prokurator von Palästina nur Hilfstruppen und keine Legionen zur Verfügung standen. Legionen wollten die Römer nicht nach Palästina legen, um das religiöse Empfinden der Juden zu schonen. Sie mußten sie aber zur Verfügung haben, weil die apokalyptische Spannung in Palästina weiter zunahm und die Gefahr eines Aufstandes gegen die römische Herrschaft immer größer wurde.

Durch Agrippas Tod war fürs erste der pharisäische Einfluß auf das religiöse Leben in Palästina wieder zurückgedrängt; die Apostel, die die Verfolgung überlebt hatten, konnten zurückkehren, und innerhalb der Urgemeinde konnten sich die Freunde und Gegner der Heidenmission wieder zu Parteien formieren.

b) Das Schicksal der Urgemeinde in der Zeit der Prokuratoren

Die 22 Jahre vom Tode Agrippas bis zum Ausbruch des jüdischen Krieges lassen sich dahin charakterisieren, daß die römischen Prokuratoren immer korrupter wurden, während auf seiten der Juden die Naherwartung des Gottesreiches immer mehr zunahm. Die Regierung Agrippas hatte das jüdische Nationalbewußtsein gestärkt, und die Prokuratoren fügten aus Nachlässigkeit und Mutwillen eine Verletzung dieses Nationalbewußtseins an die andere. So berichtet die Geschichte fortwährend von Unruhen und Zusammenrottungen der Juden, die von den Prokuratoren blutig niedergeschlagen und unterdrückt wurden. Auch außerhalb Palästina läßt in dieser Zeit die messianische Unruhe unter den Juden nicht nach, und ebensowenig die Feindschaft zwischen Juden und Heiden.

In der Urgemeinde blieben in der Frage der Heidenmission der pharisäische Standpunkt und der der Apostel unausgeglichen nebeneinander bestehen. Es ging dabei einerseits um die Frage, ob man die Heiden zur Beschneidung und Übernahme des Gesetzes anhalten müsse oder ob die Reinigung durch das Tauchbad hinreichend sei; es ging andererseits darum, ob man mit den hellenistischen Gemeinden Gemeinschaft halten dürfe oder müsse, in denen Juden und Gottesfürchtige miteinander lebten. Daß bei der Erörterung dieser Frage die Kollektengelder der neuen Gemeinden, auf die die Urgemeinde dringend angewiesen war, eine Rolle spielten, deutet Paulus Gal 2, 10 an.

Paulus berichtet Gal 1, 18, er sei drei Jahre nach einer Bekehrung nach Jerusalem gekommen, um sich von Petrus Informationen zu holen. Dabei sei er auch mit dem Herrenbruder Jakobus zusammengekommen. Der Besuch fällt in die Friedenszeit der Gemeinde unter Caligula. Aus den Worten des Paulus läßt sich schließen, daß Petrus der eigentliche Führer der Gemeinde zu dieser Zeit war, daß aber Jakobus schon großes Ansehen genoß. Da Petrus und Jakobus hernach in der Frage der Heidenmission unterschiedliche Standpunkte einnehmen, können wir erwarten, daß dieses erste Gespräch zwischen Paulus und den Vertretern der Urgemeinde bereits das Problem der Heidenmission behandelte.

Vierzehn Jahre danach (Gal 2, 1) ging Paulus abermals, zusammen mit Barnabas, nach Jerusalem hinauf, diesmal in der erklärten Absicht, das durch die Heidenmission gestellte Problem zu erörtern. Dies ist das Apostelkonzil, das so genannt wird, weil an dem Gespräch fünf Apostel beteiligt waren. Außer Paulus und Barnabas nahmen Petrus, Johannes und der Herrenbruder Jakobus daran teil. Man einigte sich dort darauf, daß Paulus den Heiden und Petrus den Juden das Evangelium verkündigen solle. Die Situation hatte sich seit dem ersten Gespräch dahin gewandelt, daß Paulus sich inzwischen in erster Linie an die Heiden wandte, daß aber auch Petrus dazu übergegangen war, die Grenzen Palästinas zu überschreiten und seinen Missionsauftrag dahin verstand, daß er die hellenistischen Juden einschloß. Der Unterschied zwischen Paulus und Petrus war geringer, als es zunächst schien. Petrus wollte sich an die Juden in der Diaspora wenden, während Paulus das Evangelium in den Ländern der Heiden zu verkündigen gedachte, also ebenfalls in der Diaspora.

Daß die Definitionen der Missionsaufgaben sich überschnitten, nahm man wohl bewußt hin. Indessen müssen wir darauf achten, daß bei dem Gespräch drei verschiedene Standpunkte vertreten waren. Paulus richtet seine Verkündigung an Juden und Heiden. Petrus wendet sich zwar an die Juden, erkennt aber die Gemeinschaft mit den bekehrten Heiden an. Von Jakobus wissen wir (Gal 2, 12), daß er einen gesetzlichen Standpunkt einnahm.

Wenn er die Heidenmission guthieß, so ging er doch nicht so weit, wie Petrus die Kultgemeinschaft palästinensischer Juden mit den Heiden hinzunehmen. Er dürfte vielmehr die Übernahme der Taufe durch die Heiden als Versprechen einer vollständigen Bekehrung zum Gesetz und zur Beschneidung angesehen haben und unter dieser Voraussetzung zur Duldung bereit gewesen sein.

Über das Apostelkonzil werden wir durch Paulus und durch die Apostelgeschichte unterrichtet. Aus der Apostelgeschichte erfahren wir nicht, daß Paulus den unbeschnittenen Titus nach Jerusalem mitgebracht hatte; als Reisegenossen, aber wohl auch zur Demonstration seiner Missionsarbeit. Ferner sagt Paulus, daß man ihm in Jerusalem keine andere Auflage gemacht habe, als daß er in seinen Gemeinden für die Einziehung der Beiträge an die Urgemeinde zu sorgen habe. Dieses Abkommen hätten die Vertreter der Urgemeinde mit ihm dadurch bekräftigt, daß sie ihm und Barnabas die Hand darauf gegeben hätten. — Die Apostelgeschichte behauptet demgegenüber, Petrus habe auf der Versammlung sich dafür eingesetzt, von den Heiden nicht Gesetz und Beschneidung zu fordern, und Jakobus habe daraufhin einen Kompromißvorschlag gemacht, nämlich die Heiden auf die sogenannten noachitischen Gebote festzulegen. Der Name geht auf Gen 9, 4 zurück; es sind aber Lev 17f. aufgestellte Forderungen, deren Einhaltung dazu dient, den Heiden das Leben in Palästina zu ermöglichen, ohne die Juden fortgesetzt zu verunreinigen. Da Paulus sich in einer so wichtigen Sache nicht geirrt haben kann, müssen wir schließen, der Bericht vom Apostelkonzil sei aus einer Gemeinde an Lukas gekommen, wo man an der Tischgemeinschaft zwischen Judenchristen und Heidenchristen besonders stark interessiert war und darum diesen Schluß als Aposteldekret hinzugefügt habe.

Auf dem Apostelkonzil haben wir Jakobus als Vertreter einer betonten Gesetzlichkeit kennengelernt. Diese Rolle spielt er auch danach, als er Petrus und Barnabas veranlaßt, die Tischgemeinschaft mit den Heidenchristen in Antiochien aufzugeben (Gal 2, 11); Paulus mußte dem Petrus vorwerfen, daß er dabei gegen seine eigene Überzeugung gehandelt habe. Dadurch wissen wir, daß die Apostelgeschichte die Einstellung des Petrus richtig wiedergibt.

Jakobus ist ein Beispiel dafür, daß die prophetische Frömmigkeit die Gesetzlichkeit nicht unbedingt ausschließen mußte. Der Bericht von seinem Martyrium ist die einzige ausführliche Nachricht, die aus den letzten beiden Jahrzehnten der Urgemeinde auf uns gekommen ist. Die Datierung ergibt sich auf folgende Weise: Beim letzten Aufenthalt des Paulus in Jerusalem, als er verhaftet wurde, wird die Urgemeinde von Jakobus und den Presbytern geleitet. Von den Aposteln hören wir in diesem Zusammenhang nichts mehr. Die Verhaftung des Paulus fällt in die Prokuratur des Felix (52—60), und dieser übergab den Paulus seinem Nachfolger Festus (60—62), der ihn dann nach Rom überstellte. Festus starb während seiner Amtszeit, so daß es einige Monate dauerte, bis Albinus, der neue Prokurator, aus Rom eingetroffen war. In dieser Zwischenzeit versuchte der Hohepriester Ananos sich der Regierung zu bemächtigen und übte einige Monate seine Willkürherrschaft aus. Die fand dadurch ein Ende, daß es dem König Agrippa II. gelang, sich gegen ihn durchzusetzen und ihn aus dem Amte zu entfernen. Diese Zwischenzeit unter der Terrorherrschaft des Ananos fällt in das Jahr 62, und in diesen Monaten kam es zu dem Martyrium des Jakobus.

Die für die Datierung wichtigen Nachrichten hat Euseb aus Josephus exzerpiert (Eus. h. e. 2, 23, 21—24; Jos. Ant 20, 197, 199—203):

Als der Kaiser vom Tod des Festus erfahren hatte, sandte er den Albinus als Prokurator nach Judäa. Der jüngere Ananos, der wie gesagt, die hohepriesterliche Würde erhalten hatte, war ein außerordentlich stürmischer Draufgänger. Er gehörte der Sekte der Sadduzäer an, welche, wie wir schon gezeigt haben, als Richter grausamer waren als alle anderen Juden. Dieser Ananos nun glaubte, da Festus gestorben und Albinus noch auf der Reise war, die Lage sei für ihn günstig. Deshalb berief er den Hohen Rat ein, ließ den Bruder Jesu, des sogenannten Christus, der Jakobus hieß, und noch einige Männer vorführen, beschuldigte sie der Gesetzesübertretung und lieferte sie zur Steinigung aus.

Unmittelbar vor diesen Angaben hat Euseb den Bericht vom Tode des Jakobus gebracht (h. e. 2, 23, 3—19). Er fand ihn in den Denkwürdigkeiten des Hegesipp. Hegesipp war im 2. Jh. darum bemüht, gegen die Häretiker die apostolische Überlieferung zusammenzustellen. Dabei sammelte er alles an Nachrichten, was er über die Apostel erfahren konnte.

Am genauesten berichtet über ihn [nämlich Jakobus] Hegesippus, einer der ersten Nachfolger der Apostel. Er erzählt im 5. Buch seiner Hypomnemata: Die Kirche wurde übernommen von den Aposteln und Jakobus, dem Bruder unseres Herrn, der von den Zeiten des Herrn an bis auf unsere Tage allgemein der Gerechte genannt wurde; denn es gab noch viele, die den Namen Jakobus führten. Schon von Mutterleib an war er heilig. Wein und geistige Getränke nahm er nicht zu sich, auch aß er kein Fleisch. Eine Schere berührte nie sein Haupt, noch salbte er sich mit Öl oder nahm ein Bad. Jakobus allein war es gestattet, das Heiligtum zu betreten; denn er trug kein wollenes, sondern ein leinenes Gewand. Allein pflegte er in den Tempel zu gehen, und man fand ihn auf den Knien liegend und für das Volk um Verzeihung flehend. Seine Knie wurden hart wie die eines Kamels, da er ständig auf den Knien lag, um zu Gott zu beten und ihn um Verzeihung für sein Volk zu bitten. Wegen seiner hervorragenden Gerechtigkeit wurde er der Gerechte genannt. Er war ein Oblias, was im Griechischen περιοχὴ τοῦ λαοῦ heißt, und war die Gerechtigkeit, von der die Propheten sprechen.

Oblias (ʼΩΒΛΙΑC) ist ein Schreibfehler, nämlich aus Abdias (ʼΑΒΔΙΑC) entstellt, und Abdias ist Ebed Jahwe, der Gottesknecht, d. h. ein Prophetentitel. Περιοχὴ λαοῦ ist nicht die Übersetzung von Abdias, sondern ein aus Jer 1, 18 abgeleiteter Prophetenname. Im folgenden führt Hegesipp aus, Jakobus habe viele zum Glauben bekehrt, daß Jesus der Messias sei. Gelegentlich eines Passafestes hätten ihn Pharisäer und Schriftgelehrten von der Tempelzinne herabgestürzt, gesteinigt und ein Walker habe ihn schließlich mit seinem Walkerholz erschlagen. Es ist bemerkenswert, daß bei diesem Martyrium des Jakobus ein Rechabiter für Jakobus einzutreten versucht.

Da die Gemeinde in Jakobus ihren Führer verloren hatte, mußte sie für einen Nachfolger sorgen. Darüber berichtet Euseb (h. e. 3, 10, 11):

Nach dem Martyrium des Jakobus und der bald darauf folgenden Einnahme von Jerusalem kamen, wie berichtet wird, die damals noch lebenden Apostel und Jünger des Herrn von allen Seiten an *einem* Ort zugleich mit den leiblichen Verwandten des Herrn zusammen; denn auch von letzteren waren damals noch mehrere am Leben. Alle sollen nun gemeinsam darüber, wer es verdiene, Nachfolger des Jakobus zu werden, beraten und einstimmig Symeon, den Sohn des Klopas, den auch das Evangelium erwähnt, des Bischofsstuhles in Jerusalem für würdig erklärt haben. Symeon war, wie man erzählt, ein Vetter des Heilandes; denn nach dem Bericht des Hegesippus war Klopas der Bruder des Joseph.

Die Wahl des Klopas zum „Bischof von Jerusalem" fand nach dem jüdischen Krieg statt. Aber die Gemeinde, die ihn zum Führer wählte, war nicht mehr die Urgemeinde. Die Urgemeinde hatte sich zusammengefunden, weil die Apostel die Offenbarung des Himmelreiches auf dem Zion erwartet hatten. Diese Erwartung hat die Urgemeinde kurz vor dem Krieg aufgegeben. In der Zeit der beiden letzten Prokuratoren Albinus (62—64) und Gessius Florus (64—66) nahm die allgemeine Unsicherheit in höchstem Maße zu. Die Juden kamen immer deutlicher zu der Überzeugung, daß es nötig sei, die Heiden aus dem Land zu vertreiben. Die Sikarier trieben ihr Unwesen und ermordeten jeden, der als Römer- oder nur als Friedensfreund galt. In den Kreisen prophetischer Frömmigkeit wurden die Drohworte der alten Propheten gegen die Stadt lebendig und erweckten die Überzeugung, daß Jerusalem ein schreckliches Schicksal bevorstehe (Jos. Bell 6, 288—304). Zugleich erwartete man einen neuen Exodus, der die Gemeinde dem Gottesreich entgegen und aus der Stadt herausführen sollte. So entschloß sich die Urgemeinde (Eus. h. e. 3, 5, 3), die Stadt zu verlassen und nach Pella zu gehen. Das geschah zwischen dem Martyrium des Jakobus (62) und dem Ausbruch des Krieges (66); denn nach der Einschließung der Stadt hätte der Auszug nicht mehr stattfinden können.

Warum die Gemeinde gerade nach Pella ging, wissen wir nicht. Pella war eine unter anderen Griechenstädten, die keine Ursache hatte, sich am Krieg zu beteiligen und von den schrecklichen Geschehnissen des Krieges unberührt blieb. So könnte es dort eine starke christliche Gemeinde gegeben haben, die in der Lage war, den Flüchtlingen aus Jerusalem Hilfe zu gewähren. — Wahrscheinlich ist diese Erklärung nicht. Wenn die Urgemeinde sich auf Grund eines Prophetenspruchs entschloß, Jerusalem zu verlassen, dann kann sie das nur in der Absicht getan haben, dem Gottesreich entgegenzugehen, und dieser Weg konnte sie nur in die Wüste oder auf einen Berg führen. Wir müssen auch an die gesetzesstrengen Glieder der Urgemeinde denken, denen die Flucht in die hellenistische Stadt schwergefallen oder unmöglich gewesen sein dürfte. Vielleicht besaß die Urgemeinde in dieser Gegend bereits einen Platz, der den Flüchtlingen eine erste Unterkunft bot; vielleicht hatten auch die Täuferjünger, die es immer noch gab, und die stadt- und kulturfeindlich waren, hier eine Möglichkeit, die Urgemeinde fürs erste unterzubringen. Sie ist dort nicht geblieben. Vielleicht ist ein Teil später wirklich nach Jerusalem zurückgekehrt; vielleicht weisen die Spuren eines anderen Teils nach Kleinasien. Mit dem Auszug aus Jerusalem hatte die Urgemeinde ihre Sonderstellung verloren und ihre weitere Geschichte verliert sich in der der Ebionäer, Nazaräer und anderer judenchristlicher Sekten. Von einer Urgemeinde läßt sich nach dem jüdischen Krieg nicht mehr reden.

Literatur

Zu 1.:

Außer den oben genannten Darstellungen der Geschichte des Urchristentums:

Conzelmann, H.: Die Apostelgeschichte = Handbuch zum NT 7.

Zu 2.:

Delling, G.: Die Taufe im NT, 1963.

Kretschmar, G.: Die Geschichte des Taufgottesdienstes in der alten Kirche, Leiturgia 5 (1970) 1—348.

Zu 5.:

Hahn, F.: Das Verständnis der Mission im Neuen Testament, 1963.

ALLGEMEINE LITERATUR

Baly, D.: Geographisches Handbuch zur Bibel, 1966.

Conzelmann, H.: Geschichte des Urchristentums, NTD Ergänzungsreihe 5, 1971.

Dalmann, G.: Orte und Wege Jesu, ³1924.

Filson, F. V.: Geschichte des Urchristentums in neutestamentlicher Zeit, 1967.

Finegan, J.: Handbook of Biblical Chronology, 1964.

Fischer, U.: Eschatologie und Jenseitserwartung im hellenistischen Diasporajudentum, ZNW Beiheft 44, 1978.

Foerster, W.: Neutestamentliche Zeitgeschichte, 1968.

Goppelt, L.: Die apostolische und nachapostolische Zeit, Die Kirche in ihrer Geschichte 1 A, ²1966.

Hengel, M.: Judentum und Hellenismus, 2. Aufl. 1973.

Knopf, R.: Das nachapostolische Zeitalter. Geschichte der christlichen Gemeinden vom Beginn der Flavierdynastie bis zum Ende Hadrians, 1905.

Reicke, Bo.: Neutestamentliche Zeitgeschichte, Sammlung Töpelmann, 2. Reihe, Bd. 2, 1965.

Schlatter, A.: Geschichte Israels von Alexander bis Hadrian, ³1925 (Nachdruck 1972).

—: Die Geschichte der ersten Christenheit, 1926.

Schürer, E.: Geschichte des jüdischen Volkes im Zeitalter Jesu Christi, 3. und 4. Aufl., 1901—1909.

Volz, P.: Die Eschatologie der jüdischen Gemeinde im neutestamentlichen Zeitalter, 1934.

Vögtle, A., und Lohse, E.: Geschichte des Urchristentums, in: Kottje, R., und Möller, B.: Ökumenische Kirchengeschichte I, 1970.

Weiß, J.: Das Urchristentum, 1917.

Weizsäcker, C.: Das apostolische Zeitalter der christlichen Kirche, ³1901.